Verborgen
Nachtreiter

Impressum:
Bibliografische Information der Deutschen Nationalbibliothek: Die deutsche Nationalbibliothek verzeichnet diese Publikation in der deutschen Nationalbibliografie, detaillierte bibliografische Daten sind im Internet über dnb.dnb.de abrufbar.

TWENTYSIX – Der Self-Publishing-Verlag Eine Kooperation zwischen der Verlagsgruppe Random House und BoD – Books on Demand
Erste überarbeitete Fassung

© 2016 Schubert, Anna

Herstellung und Verlag: BoD – Books on Demand, Norderstedt.

ISBN: 9783740714161

Für Dich.

Kapitel 1

Die Autobahn endet in ein paar Kilometern für sie. Etwa eine Stunde später wird sie ihr Ziel erreichen. Mit dem Pferdehänger hinten dran kann Agatha nicht schnell fahren, weshalb sie schon eine kleine Ewigkeit unterwegs ist. Sie trinkt den letzten Schluck Kaffee aus dem Wegwerfbecher und steckt ihn wieder in die Halterung im Auto. Schon seit einer Stunde versucht sie die Müdigkeit zu vertreiben. Als sie jetzt das Abfahrtsschild liest, fällt ihr ihre letzte Fahrt auf dieser Strecke wieder ein. Zorn steigt in ihr auf, weckt sie.

„Dieser Scheißkerl!" Mit diesen zwei Worten hatte sie sich vor dem Hotel in ihr Auto gesetzt, wutentbrannt und geräuschvoll die Tür zugeschlagen und war abgerauscht. Agatha erinnert sich noch sehr gut daran, wie alles angefangen hat. Ronny hatte an der Kinokasse hinter ihr gestanden und war dann in denselben Vorführsaal wie sie gekommen. Sie hatte ihn zwar bemerkt, doch erst als er sich neben ihr nieder ließ, sich galant vorstellte, dann erst fragte, ob der Platz neben ihr bereits besetzt sei, sah sie ihn genauer an. Ronny gefiel ihr. Er schien Manieren zu haben. Ein galanter Plauderer war er ebenfalls. Einige Tage später, traf sie ihn beim Einkaufen, danach in der Disko. Er tanzte den ganzen Abend mit ihr und so kam eins zum anderen.

Das ist nun schon - was? – sechs Jahre her?
Ja, beinahe.
Oh, je, wo ist die Zeit hin?
Sechs Jahre verplempert!

Alle ihre Freundinnen sind bereits verheiratet, haben Familie. Agatha wünscht sich auch eine. Hatte sich eingebildet, den richtigen Mann erwischt zu haben. Pustekuchen! Sehnsüchtig wartete sie jedes Mal, dass Ronny mit einer guten Nachricht und einem eventuellen Umzugstermin nach Hause käme und war dann immer enttäuscht, dass er sie wieder vertröstete. Er wollte eine Wohnung besorgen und sich nach einer Arbeitsstelle für sie umsehen, aber nichts dergleichen hatte er getan.

Heute weiß sie auch warum. Er hatte gar keine Lust und keine Zeit, sich darum zu kümmern. Als er den Job als Gästebetreuer in einem großen Hotel an der Ostsee antrat, waren sie schon mehr als zwei Jahre zusammen. Er war eben erst bei ihr eingezogen und sie schmiedeten große Pläne über ihre Zukunft in ihrer neuen Heimat. Er wollte erst einmal Fuß fassen, sie später zu sich holen, wenn ihr Sozialpädagogik-Studium abgeschlossen war, das sie an ihre

Ausbildung als Erzieherin noch angehängt hatte. Kurz darauf bekam sie die Kindergartengruppe einer Kollegin übertragen, die in Schwangerschaftsurlaub ging. Agatha hörte auf, Ronny zu beknien und widmete sich voll und ganz ihrer Arbeit in der Kindereinrichtung. Hinterher fiel ihr erst auf, dass Ronny in diesen mehr als zwei Jahren kaum ein Wort über ihren Umzug verloren hatte. Als sie die Kinder voriges Jahr in die Schule abgegeben hatte, wollte sie nur noch Springer sein und nicht mehr Gruppenerzieherin mit einer eigenen Gruppe. Denn nun verfolgte sie wieder ihren Plan und begann, sich im Internet um zu tun. Sie suchte nach Wohnungen und Jobangeboten. Er hatte zwar nichts dagegen, aber tatkräftig unterstützt hat er sie auch nicht. Deshalb beschloss sie in diesem Frühling, sobald die Bestätigungen für die Besichtigungstermine für zwei Wohnungen da waren, ihm einen Überraschungsbesuch abzustatten. Und es wurde eine Überraschung.
Eine große Überraschung!
Für beide!
Agatha nahm sich eine Woche Urlaub, packte ein paar Sachen zusammen und setzte sich früh beizeiten ins Auto. Kurz nach dem Mittag kam sie auf dem Hotelparkplatz an. Den Schlüssel für sein Zimmer holte sie sich bei der Dame von der Rezeption, die ihr einen vorsichtig nervösen Blick zuwarf, den Agatha nicht recht einzuschätzen wusste. Doch sie fragte nicht extra nach, weil sie sich von ihrem letzten Besuch kannten und es alles Mögliche hätte bedeuten können.
Nachdem sie ihre Reisetasche in die Kelleretage gehievt hatte und sie vor seinem Zimmer fallen ließ, öffnete sich die Tür wie von selbst. Eine junge Frau von vermutlich noch nicht mal zwanzig Jahren stand vor ihr. Das kurze Strandkleid über ihrem Bikini endete, wo ihre langen Beine begannen. Die makellos braun gebrannte Haut war an verschiedenen Stellen mit Piercings und Tattoos bedeckt. Das lange, in ein grelles Orange gefärbte Haar mit verschiedenen farbigen Strähnchen wallte ihr weit über den Oberkörper hinunter und verdeckte mehr, als der winzige Bikini und das halb transparente, enge Kleidchen es vermochten. Von ihrem Gesicht war außer einem dick mit Lipgloss bestrichenen Schmollmund unter der monströsen goldverzierten Sonnenbrille nicht viel zu sehen. Während ihre linke Hand den Henkel einer bunten, geflochtenen Strandtasche auf ihrer Schulter hielt, zog der Zeigefinger ihrer anderen Hand die riesige Sonnenbrille ein Stück herunter und zwei eiskalte blaue Augen fixierten Agatha von oben bis unten. Kaugummi katschend schob das Mädchen mit einem

modisch manikürten Fingernagel, passend zu den Fußnägeln in den grell bunten Badelatschen, die Sonnenbrille wieder vor die Augen und verlangte mit rauchiger Stimme zu wissen, was anliege. Als Agatha ihre Stimme wieder fand und nach Ronny fragte, zischte das Mädchen sie an:
„Verpiss dir! Diese Woche bin ick dran. Wenn ick am Wochenende abjereist bin, kannste es ja noch eenmal probieren. Aber ick sach dir lieber jetzte schon: Die Liste ist lang, da wirste dich weit hinten anstelln müssen. Außerdem ist er wählerisch." Damit stieg das Mädchen über die Reisetasche im Flur und warf die Tür hinter sich zu. Hoch erhobenen Hauptes, eine vanillige Duftwolke hinter sich herziehend, stolzierte sie den Gang entlang und verschwand. Agatha starrte erst mit offenem Mund die Tür vor sich an und dann dem lauten Schlappen der Badelatschen des Mädchens hinterher.
Nachdem der erste Schock vorüber war, wollte Agatha sich vergewissern und versuchte mit dem Schlüssel in ihrer Hand, die Tür zu öffnen. Bis diese gehorsam auf schwang, hatte sie immer noch gehofft, einem Irrtum erlegen zu sein. Doch auch das Zimmer selbst bestätigte, was das Mädchen gesagt hatte. Überall lagen seine und ihre Sachen verstreut. Eine angefangene Flasche Wein und zwei benutzte Gläser standen zwischen Packungen mit Konfekt, Keksen und Schokolade. Daneben verschiedene Packungen Kondome. Im Bad lagen ihre Kosmetika zwischen seinen. Die allgemeine Verwüstung des Raumes ließ darauf schließen, dass er es morgens eilig hatte und sie sich nicht darum scherte, wie es aussah. Mit dem Wort Flucht kann man wohl Agathas Verlassen von Ronnys Zimmers am besten beschreiben. Geistesgegenwärtig hatte sie allerdings noch den Schlüssel aus der Tür gezogen.
Nachdem sie diese hinter sich zugezogen hatte, schnappte sie sich die Reisetasche und verließ so schnell wie möglich das Hotel. An ihrem Auto angekommen, beförderte sie schwungvoll die Tasche auf den Rücksitz, machte sich eine Flasche Wasser auf und plumpste keuchend in den Fahrersitz. Wie lange sie dort saß und ungläubig vor sich hin stierte, weiß sie nicht mehr, aber als sie wieder zu sich kam, beschloss sie, auf der Stelle einen Schlussstrich zu ziehen. Also marschierte sie zur Rezeption, gab den Schlüssel wieder ab und fragte erneut nach Ronny.
Wenig später kam er von einem Tagesausflug zurück und versuchte seinen Schreck hinter einem blendenden Lächeln zu verbergen. Zufällig sah Agatha einen Blickkontakt zwischen ihm und der Dame an der Rezeption, bei dem diese nur unschlüssig die

Schultern hob und fallen ließ. Agatha hört ihn noch freudig ausrufen:
„Hallo, mein Schatz. Was für eine Überraschung!"
„Das kann man wohl sagen." gab sie kühl zurück. Er bemühte sich, weiterhin zu lächeln, doch es fiel ihm sichtlich schwer.
„Warum hast du mich nicht angerufen, dann hätte ich mir heute frei nehmen können."
„Oh, nein, dann wäre es ja keine Überraschung mehr gewesen." stellte sie trocken fest. Er kam näher, nahm sie an den Schultern und raunte ihr verschwörerisch ins Ohr: „Allerdings, aber ich hätte mich auf dich freuen können."
„Ja und aufräumen." antwortete Agatha und trat einen Schritt rückwärts. Sie konnte seine vertrauliche Nähe nicht mehr ertragen. Er begann, sie anzuwidern. Er setzte einen Verzeihung heischenden Blick auf, zwinkerte ihr zu und meinte:
„Erwischt. Am besten ich erledige das gleich, während du dir einen Kaffee gönnst. Dann holen wir dein Gepäck aus dem Auto und besprechen, was wir heute Abend noch so tun wollen." Er zog sie förmlich mit Blicken aus.
„Vergeude keine Zeit mit mir, ich habe schon gehört, dass du ausgebucht bist."
„Nein, nein." Charmant winkte er ab und strich ihr mit den Handflächen über die Oberarme, „Für dich habe ich immer Zeit. Zwischendurch sollte ich zwar mal ein paar Stunden arbeiten, aber wenn du schon einmal hier bist, werden wir den Rest des Tages natürlich zusammen verbringen."
„Da wird dein Feuerköpfchen sicher sauer sein. Sie hat mir versichert, dass sie in dieser Woche dran und die Warteliste lang ist." Erstaunt und ein wenig erschrocken musterte er sie, warf einen raschen Blick zur Rezeption und schüttelte dann entschlossen den Kopf:
„Liebling, dass hast du bestimmt falsch verstanden."
„Nein, konnte ich gar nicht, denn sie stand ganz dicht vor mir in deiner offenen Zimmertür." Seine Augen verrieten ihn. Er wusste, von wem sie sprach. Es machte Agatha wütend. Seine Hände an ihren Armen ebenfalls. Sie konnte seine Berührungen nicht mehr ertragen, deshalb entzog sie sich ihm.
„Liebling, ich ..."
„Spar dir deine Erklärungen." fiel sie ihm ins Wort, „Ich habe lediglich auf dich gewartet, weil ich von dir wissen will, ob ich deine Sachen hierher schicken soll oder an eine andere Adresse." Jetzt runzelte er die Stirn und fragte ungläubig:
„Du willst mich raus werfen?"

„Nein, ich will dich nicht mehr sehen und dazu muss ich sicherstellen, dass ich alles loswerde, was du eventuell noch bei mir holen könntest. Und sei versichert, dass ich mir nicht ein noch so kleines Fitzelchen von dir behalten werde. Also wohin?" sie verschränkte die Arme vor sich und funkelte ihn verärgert an. Er zuckte mit den Schultern und seufzte:

„Wir leben so lange trennt voneinander. Ich bin doch auch nur ein Mann." Glaubte er wirklich, dass die Tour bei ihr zog? Sie schüttelte nur den Kopf und wiederholte:

„Wohin?" Er sah sie nervös an und fuhr sich mit der Hand durch die Haare:

„Scheiße, du kannst doch nicht wegen dem kleinen Biest einfach so mit mir Schluss machen!? Die kann dir nicht das Wasser reichen, Agatha. Sie bedeutet mir nichts."

„Wohin?" wollte sie abermals wissen und überlegte, ob er wirklich dachte, dass sie glauben könnte, dass die Kleine Orange gefärbte sein einziger Fehltritt ist. Für wie dumm hält er mich eigentlich? Da flehte er sie an:

„Überlege es dir noch einmal und verzeih mir! Ja?"

„Wohin?" wiederholte sie so beherrscht, wie es eben noch ging. Denn sie war sauer geworden und wollte nur noch raus da, ehe sie explodierte. Er kam näher und machte Anstalten, sie zu berühren. Seine aufgesetzte Reue war ekelhaft und brachte sie immer mehr auf Touren, als er bettelte:

„So geht das nicht, Liebling. Ich brauche dich. Vergib mir, bitte!"
Das brachte das Fass zum überlaufen.

„Wohin soll ich dir deine Klamotten schicken, verdammt noch mal!" schrie sie ihn an, „Sonst will ich nichts mehr von dir hören. Hast du kapiert?" Alle Leute in der Hotelhalle drehten sich zu ihnen um und er flehte sie an, leiser zu sprechen, während sie ihn grimmig mit Blicken aufspießte. Er drängte sie hinter einen Werbeaufsteller und flüsterte:

„Hör auf, hier herum zu brüllen! Du wirst noch meinen Ruf ruinieren." Den letzten Satz von ihm fand sie so absurd, dass sie laut lachen musste. Nachdem sie sich wieder beruhigt hatte, entriss sie ihm ihre Hand und zischte:

„Ich sage jetzt zu dir, was dein Feuerköpfchen mir vor den Latz geknallt hat und ich meine es genau so: Verpiss dich!" Dann hatte sie auf dem Absatz kehrt gemacht und im Gehen einen Flyer des Hotels aus einem Aufsteller gerissen. Als sie an der Rezeption vorbei marschierte, fragte sie die Dame dort, ob die Adresse darauf stimmt und auf deren Nicken hin, wandte sie sich dem Ausgang zu und rannte zu ihrem Auto, ohne einen Blick zurück. Es war ihr absolut egal, was wer von ihr dachte. Sie wollte schleunigst weg und viele Kilometer zwischen sich und Ronny bringen, um ihn nicht mehr sehen zu müssen. Irgendwann auf dieser Heimfahrt konnte sie sich nicht mehr konzentrieren und hielt auf einem Rasthof an. Sie wollte sich eigentlich nur einen Kaffee holen, doch sie war zu müde. Ihre Tränen waren seit einer Stunde versiegt und sie fühlte sich so erschöpft, wie schon lange nicht mehr. Sie weiß noch, dass sie die Zentralverriegelung betätigte und im nächsten Augenblick muss sie eingeschlafen sein.

Fröstelnd wurde sie gegen Morgen wach. Nachdem sie sich orientiert hatte, zog sie ihren Anorak drüber, flitzte auf die Toilette und ordnete ihr Aussehen, so gut es ging. Die verquollenen Augen und die dunklen Ringe darunter ließen sich natürlich nicht kaschieren, doch hier kannte sie zum Glück niemand. Vermutlich hätte sie auch niemand erkannt, so einen ausgelaugten, total fertigen Anblick bot sie. Schließlich holte sie sich einen Kaffee und ein Brötchen und überlegte sich beim Frühstück, wie sie am Schnellsten seine Sachen loswerden kann. Nie wieder wollte sie diesen miesen Kerl sehen. Wer weiß, wie lange er sie bereits hintergangen hat. Wahrscheinlich hat er sich köstlich amüsiert über die blöde Pute, die brav und still zu Hause wartete, bis der Herr endlich einmal wieder dort erschien.

Nein!

Die Männer im Allgemeinen und der im Besonderen können ihr gestohlen bleiben. Vorerst hatte sie die Nase voll. Sie schafft es allein, ihr Leben auf die Reihe zu bekommen. Das wäre ja gelacht! Sie wird nicht untergehen. Sicher nicht! Langsam fühlte sie ihre Lebensgeister wiederkehren und ihren Stolz.

So gestärkt und mit einem genauen Plan im Kopf, fuhr sie die restliche Strecke nach Hause und fing sofort an, die Wohnung zu beräumen. Am Ende der Woche hatte sie alles abgeschickt und gönnte sich einen langen Kinotag. Spät in der Nacht fiel sie in ihr Bett, zog den Stecker ihres Weckers aus der Dose und kuschelte sich für so viele Stunden, wie sie es aushielt, in ihre Kissen.

Am Sonntagvormittag ging sie unter die Dusche. Den restlichen Tag verbrachte sie bei ihrer Großmutter. Das tat ihrer Seele gut und ihr Leben verlief in ruhigeren Bahnen.

** * **

Eine Woche später baute sie gerade ihren neuen Schreibtisch zusammen, den sie sich zu Ostern geleistet hatte, als ihr Handy klingelte. Erschrocken fuhr sie hoch und rammte sich das Schienbein an der Kante des Couchtisches ein. Mit Tränen in den Augen nahm sie das Gespräch an:
„Agatha Schöner."
„Herzlichen Glückwunsch zum Geburtstag, Gatha." flötete es ihr frisch fröhlich und laut wie eh und je ins Ohr.
„Hallo, Bruni!" lächelte Agatha in das Telefon, „Schön von dir zu hören, aber mein Geburtstag ist noch Monate weit weg."
Bruni ist ihre beste Freundin und ihre älteste. Seit Agatha vor über zwanzig Jahren hier in diesen östlichen Zipfel Deutschlands gezogen war, um ab da bei ihrer Oma aufzuwachsen, sehen sie sich nur noch ein paar Mal im Jahr. Vorher waren sie Nachbarn.
Kurz nach der Wende beschlossen Agathas Eltern, sich in der Welt umzusehen. An ihr Kind dachten sie dabei nicht, denn dafür gab es schließlich Großeltern. Diese bemühten sich sehr, Agatha den Trennungsschmerz zu nehmen, schafften es jedoch nur selten. Sprachbegabt und unkompliziert wie Agathas Eltern beide sind, fanden sie sich als Journalisten in der ganzen Welt zurecht und kehrten immer seltener nach Deutschland zurück. Dafür wurden die Geschenke jedes Jahr größer und die Telefonate vereinzelter und kürzer. Irgendwie müssen sie es geschafft haben, sich finanziell abzusichern, denn im letzten Jahr, an Agathas dreißigsten Geburtstag, standen sie urplötzlich vor der Wohnungstür und zeigten ihr nach der Vesper ihr Geschenk. Sie nahmen Agatha in die Mitte, führten sie auf die Straße und drückten ihr die Schlüssel für einen nagelneuen Offroader in die Hand. Sie konnte es kaum glauben, umarmte und küsste Mutter und Vater herzlich. Doch als sich ihre Freude etwas gelegt hatte, verabschiedeten sie sich auch schon. Sie durften ihren Flieger nach Japan nicht verpassen. Seither hat sie ihre Eltern nicht mehr gesehen, lediglich zu Weihnachten mit ihnen telefoniert.
Bis Agatha zu ihrer Oma zog, hatten Bruni und sie sich intensiv mit Pferden beschäftigt und reiten gelernt. Oma wollte ihr dann auch hier Reitstunden ermöglichen, animierte sie immer von neuem. Doch Agatha wollte einfach nicht. Unter anderem erinnerte es sie fortwährend an zu Hause. Diese Erinnerungen schmerzten zu sehr.
Jetzt war Bruni etliche hundert Kilometer weit weg und beschwor mit ihrem Anruf viele alte Bilder herauf. Durch diese Rückblenden drang Brunis lautes Organ:
„Ich weiß, ich weiß, ich weiß. Doch leider habe ich dein Geburtstagsgeschenk bereits hier. Sag mal was!"

„Was soll ich dazu sagen?" fragte Agatha. Statt einer Antwort gab es ein Ohren zerfetzendes Geräusch. Sie hielt das Handy auf Armlänge von sich und rief:
„Spinnst du? Was soll denn das?" Als Antwort hörte sie plötzlich wieder Brunis Stimme:
„Hast du ihn gehört?"
„Konnte ich ja nicht, wenn du ins Telefon pustest!"
„Das war ich nicht, sondern Heinz. Er telefoniert so selten, dass er sicher nicht daran gedacht hat, dass du sein Schnaufen nicht magst." Bruni kicherte und murmelte liebevolle Worte in ihrem Kauderwelsch, in dem sie mit ihren Pferden spricht. Vorsichtig hielt Agatha ihr Handy wieder näher ans Ohr und meinte:
„Danke, Heinz. Mein Trommelfell ist Matsch, aber sonst geht es uns allen gut."
Heinz ist Brunis Turnierpferd. Das ruhigste und liebste Pferd, dass Agatha je kennen gelernt hat. Bei jedem Besuch verbrachte sie viele Stunden mit dem Tier. Sie liebt ihn sehr. Der Warmblutwallach ist rabenschwarz und im Sommerfell dunkelbraun geäpfelt, schwarze Mähne, schwarzer Schweif, üppig und gepflegt, wie das gesamte Tier. Er bewegt sich gekonnt elegant im Dressurviereck sowie im Parcours und ist absolut geländesicher. Manchmal scheut er am Bahnübergang, aber nur bei vorbei rauschenden Zügen. Bruni hat ihn als Fohlen gekauft und selbst ausgebildet. Dafür hat sie ein Händchen.
„Das mit dem Gratulieren kannst du ja noch etliche Wochen üben." schlägt Agatha vor, „Eventuell hat er es bis zu meinem Geburtstag drauf. Der kann doch sonst alles."
„Er wollte dir nur nett sagen, dass er dein Geburtstagsgeschenk ist."
„Heinz?"
„Ja, Heinz."
„Dein Heinz?"
„Ja, mein Heinz!"
„Du willst mir Heinz schenken?" so baff wie da, war sie selten.
„Ja, genau. Und ehe du weitere so überaus intelligente Fragen stellst, verrate ich dir auch gleich, dass es gar nicht so uneigennützig ist, wie du vielleicht denkst. Leider hat der Tierarzt mir offeriert, dass Heinz die Belastungen der höheren Springprüfungen nicht mehr lange aushalten wird. Nicht das du jetzt glaubst, er sei krank und ich wöllte ihn deswegen loswerden. Nein. Ich versichere dir, dass dieses Plüschmonster von einem Pferd kerngesund ist. Nur leider erst wieder einige Wochen. Ich war mit ihm im Winter bei mehreren Hallenturnieren und dann

bekam er dicke Beine. Der Tierarzt meint, dass es auf eine Überbelastung zurück zu führen sei und empfahl, sein Leistungspensum runter zu schrauben." Bruni holte tief Luft und sagte gequält: „Aber ich will noch mehr und nicht zurückschrauben. Deshalb sah ich mich nach einem anderen Pferd um. Jetzt habe ich es gefunden. Howard und Halli mit ihrem Fohlen sind ja auch noch da. Mein Tag hat auch nur vierundzwanzig Stunden und meine Familie braucht mich ebenfalls. Da dachte ich mir, dass ich dir Heinz schenke, weil du dich intensiv um ihn kümmern kannst. Er ist wie ein kleines Kind, das man immerzu umsorgen muss. Na, du kennst ihn ja. Also, tust du mir den Gefallen und nimmst ihn als Geschenk an?" ein tiefer Seufzer drang aus dem Hörer, „Ich könnte es nicht ertragen, ihn in fremde Hände zu geben." Damit hatte sich Agathas nächste Frage, warum Bruni ihn nicht zu Geld machen will, erledigt.
Kopfschüttelnd versuchte Agatha herauszukriegen, ob sie sich in einem Traum befindet oder nicht. Sie hockte mit dem Handy am Ohr auf der Sofakante und starrte ungläubig das Foto an der Wand an, auf dem Bruni mit Mann und Sohn und beiden Pferden, Heinz und Halli, abgelichtet wurden. Das Bild ist zwei oder drei Jahre alt und Halli noch tragend mit Howard. Majestätisch ragt Heinz' Kopf über alle hinweg, so als ob er sie bewachen und beschützen will. Mit Halli ist er ein Herz und eine Seele.
„Was wird denn Halli dazu sagen, wenn du ihren besten Freund weg gibst?"
„Leider zanken sie sich immer öfter. Seit Howard da ist, wurde ihr Verhältnis angespannt. Sie hat Heinz immerzu fort gejagt. Ganz schlimm ist es geworden, seit Hilda vor ein paar Tagen geboren wurde. Jetzt spielt Halli völlig verrückt, sobald Heinz sich sehen lässt."
„Das ist ja schade. Die beiden waren immer so dicke Freunde, ein wunderschönes Paar."
„Ja, da hast du Recht. Jedoch, wie du aus meiner Erzählung entnehmen kannst, tust du Heinz einen großen Gefallen, wenn du ihn dir schenken lässt." Noch ein tieferer Seufzer, als vorher bei Bruni, zwängte sich aus Agathas Brust. Das konnte nur ein Traum sein, dachte sie und sprach laut aus, was ihr als nächstes durch den Kopf ging:
„Da muss ich erst mal auf Stallsuche gehen. Meine Zwei-Zimmer-Wohnung dürfte eindeutig zu eng für uns beide werden. Außerdem bekämen meine Nachbarn einen Anfall, wenn er den Vorgarten plündert oder auf dem Wäscheplatz Häufchen hinterlässt." Brunis schallendes Lachen drang aus dem Hörer und Agatha musste ihn

wieder auf Armlänge weg halten, um keine erneuten Gehörschäden zu riskieren. Aber es bewies ihr, dass sie nicht träumte.

„Vor allem der Gockel von gegenüber bekäme einen Infarkt." brachte Bruni zwischen ihren Lachern heraus, „Oder ist der zu deinem Glück ausgezogen?" Agatha musste kichern. Brunis Lachen steckte an. Und sie hatte vermutlich Recht. Ausprobieren will Agatha es lieber nicht. Ihr Nachbar hat ihr schon seine Hilfe beim Auto, im Haushalt, beim Einkaufen bis hin zum Bett angeboten, was Agatha eher wie Drohungen vorgekommen war. Selbst zu einem Heiratsantrag, allerdings zum Jahreswechsel in ziemlich angetrunkenem Zustand, hatte er sich schon hinreißen lassen. Der Kerl widert sie an, merkt es nicht und lauerte ihr immer von neuem auf. Über Agathas Gesicht huschte ein Grinsen. Vor Heinz hätte er wahrscheinlich Respekt.

Bruni deutete ihre Antwort als Zusage und vereinbarte einen Abholtermin mit ihr. Außerdem ließ sie Agatha Stift und Zettel holen und alles aufschreiben, was sie bis dahin erledigen und besorgen musste. Und sie duldete keine Einwände. Dieses Telefongespräch ist erst zwei Wochen her.

Jetzt sitzt Agatha in ihrem Offroader mit dem geborgten, weißen Pferdetransporter hinten dran und hat die Autobahn schon eine Weile hinter sich. Etliche Kilometer weiter hält sie noch einmal in einer Parkbucht an der Tankstelle an und sieht nach Heinz. Ganz ruhig steht er im Anhänger und kaut an dem Heu herum, dass Bruni ihm zum Abschied vor die Nase gehängt hatte.

Agathas beste Freundin hatte dicke Krokodilstränen in den Augen und versprach, spätestens zum Geburtstag im August vorbei zu kommen. Hermann und Hannes, ihr Mann und ihr Sohn, waren mit Halli, Howard und dem Fohlen spazieren gegangen, weil sie den Abschied von Heinz erst gar nicht ertragen konnten. Es war eine rührende Szene, aus der Vater und Sohn förmlich flüchteten, weil ihnen die Tränen in den Augen brannten. Agatha versprach, öfter zu schreiben und Fotos zu schicken.

Bruni hielt sie an, doch mal über Wettkämpfe im Bereich Dressur nachzudenken. Da musste Agatha lachen. Schon ewig hatte Agatha auf keinem Pferd mehr gesessen und ihre Bedenken, ob sie sich noch an alles erinnern kann, sind ja wohl berechtigt nach dieser langen Zeit. Sie hat in dem Stall, in dem sie Heinz unterbringt, nachgefragt und als sie erfuhr, dass es möglich ist, sofort dort Reitstunden gebucht. Und dann kommt Bruni mit dieser Idee! Umso mehr Agatha lachen musste, umso ärgerlicher wurde Bruni, bis sie mit dem Finger auf Agatha zeigte und schimpfte:

„Mit deinem Naturtalent schaffst du alles. Ich habe dich immer darum beneidet. Wenn ich dein Talent hätte, wäre ich sportlich schon viel weiter! Und du verschleuderst es!" erbost mit der Hand wedelnd bestimmte sie: „Aber damit ist jetzt Schluss! Heinz hat den Auftrag, dir auf den richtigen Weg zu helfen. Mach was draus und mach uns stolz." Bruni zeigte mit dem Finger nun auf die eigene Brust und hob den Kopf, „Ich will schließlich mal behaupten können, dass ich dieses Pferd aufgezogen und ausgebildet habe." grinsend setzte sie hinzu, „Und bescheiden wie ich bin, will ich noch nicht mal nachher darauf herumreiten, dass ich jetzt schon weiß, was für ein Dreamteam ihr beiden sein werdet." Agathas Lachen war verebbt, Bruni meinte es ernst. Schmunzelnd war sie bald darauf mit ihrem Pferd unterwegs nach Hause.
Wie sich das anhört: mit ihrem Pferd.
Nie hätte sie sich zu träumen gewagt, einmal ihr eigenes Pferd zu besitzen und dann noch so ein tolles wie Heinz. Das schönste Pferd der Welt überhaupt. Die Mappe mit den Papieren liegt auf dem Beifahrersitz und Agatha wirft einen kurzen Blick hinüber. Dann einen in den Rückspiegel. Es ist wirklich war.
Kaum zu glauben!
Aber schön!
Und wie.
Weiter vorn steht ein Hinweisschild. Noch ein paar Kilometer und sie sind da. Der Reitstall liegt am Waldrand auf dem ehemaligen LPG-Gelände. Die verschieden großen Stallgebäude wurden bei der Sanierung komplett um- und ausgebaut, sodass ein großes Stallgebäude mit vielen Boxen für die Privatpferde, eine Reithalle daneben, eine Scheune und eine Garage mit sich direkt anschließendem Sozialgebäude entstanden. Die vierte Seite des ziemlich geräumigen Hofes schließt ein hoher, stabiler Zaun, der hinter den Gebäuden in einen Koppelzaun übergeht. Damit sind Reitplätze und Weiden eingegrenzt. Agatha biegt in die knapp zweispurige Straße ein, die aus der Mitte des Dorfes zu dem Reitstall führt und in einem weiten Bogen hinter den Anwesen zum Dorfeingang zurück verläuft. Allerdings ist sie nur zur Hälfte befestigt. Dann geht die Straße in einen breiten, mit Gras bewachsenen Wiesenweg über. Das Tor des Hofes steht offen und Agatha fährt langsam hinein.

** * **

Er hat das Auto schon den Weg entlang kommen gehört. Jetzt dreht der große Offroader einen Kreis im Hof und parkt mit der Schnauze zum Tor. Hoffentlich ist dass der Neuzugang, damit er dann mal endlich nach Hause gehen und etwas essen kann. Hunger macht ihn unleidlich. Seit dem Morgen ist er hier nicht weggekommen und hatte keine Chance, sich etwas zu essen zu besorgen.
Will hatte in den letzten drei Wochen Urlaub und heute ist sein erster Arbeitstag. Im Büro fand er einen Zettel vom Chef, dass heute Heinz und Agatha Schöner eintreffen werden. Unter den Namen stand nur noch Warmblutwallach. Aus den Namen kann man heutzutage nicht mehr viel erlesen, doch Will stellte sich ein älteres Ehepaar vor, das für ihre Enkelin ein Freizeitpferd besorgt hat. Jetzt sind sie hoffentlich da und erlösen ihn von der Warterei.
Eben brachte er eine Stute auf eine der Koppeln und räumt nun den Strick weg. Dabei wirft er einen Blick in den Hof. Von dem Gefährt sieht er momentan nur die Rückfront. Der Hänger ist komplett geschlossen. Eine Autotür klappt und dann hört er das laute Wiehern des Pferdes im Transporter. Sofort bekommt es eine ohrenbetäubende Antwort aus dem Stall und zwar mehrstimmig.
Will schließt die Sattelkammertür und tritt durch das große, zweiflügelige Tor in den Hof. Keiner zu sehen. Er umrundet das Auto samt Pferdetransporter und schaut durch die getönten Scheiben des Wagens.
Leer.
War da nicht eben jemand ausgestiegen? Aber wo sind die Leute hin? Etwa ins Büro? Er macht sich auf den Weg zum Sozialgebäude an der Straßenseite des Hofes.
Als er nach der Türklinke greift, fliegt ihm die Tür auch schon pfeilschnell entgegen. Will kann nur noch die Wucht etwas abfangen und den Oberkörper zurück reißen, allerdings trifft die Türkante trotzdem noch sein Gesicht. Vor allem die Nase. Der Schmerz schießt wie ein Blitz durch seinen Kopf. Er kneift die Augen zu. Während er die Tür festhält und flucht, tastet er vorsichtig über seinen Nasenrücken. Eine erschrockene Stimme bittet ihn:
„Verzeihung! Ich hoffe, ich habe Ihnen nicht allzu sehr weh getan."
Diese Stimme gehört unmöglich einer älteren Frau, denkt er, da sagt sie schon: „Zeigen Sie mal her! Ist es sehr schlimm?" Sein Blick fällt über seine Finger hinweg direkt in zwei braune Augen, die ihn kritisch mustern.
Oh, verflucht, nicht doch!
Das muss die Enkelin persönlich sein.

Er nimmt die Hand runter und sie tritt noch näher heran. Ihr Duft fährt ihm in die Nase und macht ihn schlagartig an.

„Nichts zu sehen. Ein Glück." sagt Agatha. Sie schaut ihm erneut direkt in die Augen und staunt über seinen intensiven Blick. Der jagt ein Kribbeln über ihre Haut und löst ein angenehmes Beben aus. Auf der Stelle wird sie sauer auf sich. Deshalb tritt sie schnell wieder einen Schritt zurück und erklärt:

„Ich habe den Chef gesucht. Er sagte, ich solle mich im Büro melden, wenn ich ankomme." Sie zeigt mit dem Daumen hinter sich, „Aber da ist keiner."

„Kann auch nicht, denn der Chef ist am Wochenende selten da." Will muss sich richtig beherrschen, um sie nicht lüstern an zu stieren. Reiß dich zusammen, Mann. Sie ist eine Frau wie jede andere. Hol dein Gehirn wieder hoch in den Kopf und mach dich hier nicht zum Trottel, fordert er energisch von sich. Doch sein Körper hat keine Lust, auf seinen Verstand zu hören. Zumindest nicht solange sie auf Armlänge vor ihm steht, so aufregend duftet und so verlockend aussieht. Nervös leckt sie sich mit der Zungenspitze über die Oberlippe und schlägt ihn damit noch ein bisschen mehr in ihren Bann.

„Oh! Ähm, ich hatte mit ihm ausgemacht, dass ich heute mein Pferd bringen kann." Agathas Gehirn scheint im Schlamm versunken zu sein. Sie fischt im Trüben nach dem nächsten vernünftigen Satz, um heraus zu bekommen, was sie nun mit Heinz machen soll. Doch einen halbwegs intelligenten Satz zu erwischen, ist schwierig. Denn beim Anblick ihres Gegenübers entgleiten ihr die Worte sofort wieder und versinken im Ungewissen.

Derweil versucht sie den großen, hellblonden Mann vor sich so uninteressiert wie möglich zu betrachten. Sein ziemlich kurzer Haarschnitt scheint neu zu sein. Die Reitkappe hat einen Abdruck hinterlassen. Obwohl er bereits mit den Fingern hindurch gefahren ist, sieht man es noch. Die klaren, blauen Augen fixieren sie neugierig unter langen, dichten blonden Wimpern hervor. Die geraden Augenbrauen, die schmale Nase und der gerade Mund, dessen Unterlippe etwas größer ist als die Oberlippe, geben seinem Gesicht einen maskulin fein geschnittenen Ausdruck, der von Stolz und Intelligenz zeugt. In seinem etwas eckigen Kinn deutet sich ein Grübchen an, das seinem ovalen, gepflegten Gesicht Charakter verleiht. Ihr Blick rutscht über seinen muskulösen Hals zu seinen breiten Schultern, als er sagt:

„Ich weiß. Er hat mir einen Zettel hingelegt. Sofern Sie Frau Schöner sind?" Er sollte aufhören in diese braunen Augen zu

schauen, alle Alarmglocken schrillen, aber er kann sich nicht loseisen. Da streckt sie ihm lächelnd die Hand entgegen:
„Ja, die bin ich. Agatha Schöner." Etwas verwirrt ergreift er ihre Hand und schaut erstaunt zu, wie sie in seiner großen Pranke verschwindet. Dann spürt er ihren kraftvollen Händedruck. „Will-Ole Maaler." stellt er sich vor, „Ich bin hier für die Pferde zuständig." Wenn er noch lange stehen bleibt, wird er Wurzeln schlagen. Doch irgendwie ist er blockiert. Und sie entzieht ihm ihre Hand auch nicht.
Warum lässt er sie nicht los? Warum wünscht sie sich gerade, er möge sie nicht loslassen? Seine Finger umschließen warm und schützend die ihren, übertragen sinnliche Energien, bringen die Schmetterlinge im Bauch zum Flattern. Agatha versucht dieses Gefühl zu unterdrücken, denn sie hat sich geschworen, dass sie sich in näherer und fernerer Zukunft nicht gleich wieder mit einem Mann einlassen wird.
Allerdings ist dieser hier...
Nein, Mädchen!
Lass es gut sein und ordne erst einmal das Chaos! Zuerst ist Heinz dran. Deshalb sagt sie so ruhig, wie es ihr aufgewühltes Inneres zulässt:
„Okay, Herr Maaler. Dann können Sie mir sicher zeigen, in welche Box ich Heinz bringen soll."
„Heinz?"
„Ja, Heinz. So heißt mein Pferd." Agatha beobachtet verwundert und entzückt, wie in seinem erstaunten Gesicht ein umwerfendes Lächeln erscheint und ein makelloses Gebiss blitzen lässt. Jetzt erst öffnen sich seine Finger, lösen sich von ihren und er vollführt eine einladende Geste zum Stall hinüber: „Bitte nach Ihnen! Die vorletzte Box links hinten." Er wartet bis sie ein paar Schritte getan hat und schließt dann die Tür des Sozialgebäudes hinter ihr.
Zügig überquert sie den Hof, steuert ihr Auto an, wirft ihre Handtasche, die sie über der Schulter trug, auf den Rücksitz und holt einen Strick heraus. Als sie Anstalten macht, die Ladeklappe des Hängers zu öffnen, fragt er:
„Wollen sie sich nicht erst einmal umsehen?"
„Nein. Ich habe mich vorige Woche umgeschaut und Heinz steht seit heute früh in diesem Hänger. Er will sich bestimmt umsehen. Sie können schon voran gehen, Herr Maaler, wir kommen nach."
„Wie Sie meinen. Und bitte nennen Sie mich Will, so wie alle andern auch." Sie hält inne und schaut ihn an, als sie antwortet:
„Okay, Will. Wir sind gleich bei Ihnen."
„Soll ich Ihnen nicht beim Abladen helfen?"

„Danke, aber ich denke, es wird keine Probleme geben."
„Ist recht. Also zum Stall rein links." Damit geht Will los. Er hat die Box zwar heute Vormittag bereits fertig gehabt, doch er wird noch einen Kontrollblick hinein werfen und dann nachsehen, wie sie mit dem Abladen zurecht kommt. Am Stalltor wirft er einen Blick über die Schulter und sieht nur das große, schwarze Hinterteil eines Pferdes auf der Laderampe stehen. Der Chef hat ihm die Wahl des Stellplatzes überlassen und jetzt öffnet er die Tür der vorletzten Box rechts von ihm. Sein geübter Blick schwenkt durch den Innenraum. Er kann keinen Makel finden. Alles ist sauber, die Raufe voll Heu und in der Futterkrippe liegt eine Handvoll Hafer als kleines Einstandsgeschenk für das Pferd.
Heinz!
Nie wäre er darauf gekommen, dass die beiden Namen auf dem Zettel zum Pferd und seiner Besitzerin gehören. Sie haben ihn wirklich überrascht und sie tun es schon wieder. Lauter, sich nähernder Hufschlag reißt ihn aus seinen Gedanken und als Will in die Stallgasse tritt, staunt er nicht schlecht. Am langen Strick schlendert ein recht großer, rabenschwarzer, prachtvoller Wallach seelenruhig hinter seiner Besitzerin her. Seine Freiheit ausnutzend schnuffelt er an jeder Box und begrüßt seine neuen Mitbewohner. Das Pferd ist fast so schön wie seine Besitzerin. Will ist ein großer Pferdenarr, doch wenn er die Wahl hätte, würde er sich bei den beiden für die Frau entscheiden.
Oh, Junge!
Über was machst du dir denn da Gedanken? Spinnst du? Komm gefälligst auf den Teppich und lass das Gesabber, sonst leistest du dir noch irgendeine Peinlichkeit! Doch er kann die Augen nicht von ihr lassen, als sie meistens rückwärts auf ihn zukommt.
Agatha beobachtet Heinz genau und lässt ihm Zeit, die unbekannte Umgebung zu erkunden. Ganz entspannt war er vom Hänger getreten und nach einem Blick in die Runde hinter ihr her getrottet. Jetzt wiehert Heinz laut und danach etwas leiser, ehe er ihr weiter den breiten Gang entlang folgt.
Vor sich hin brummelnd, stiefelt er in seine neue Behausung. Seine Hufe rascheln durch das goldene Stroh in der Box als Agatha ihn zur Tür umdreht, das weiße Stallhalfter abschnallt und ihm den Hals klopft.
Will hatte hinter ihr die Tür angelehnt, weil man ja nie wissen kann, wie ein Pferd auf seine neue Unterkunft reagieren wird. Zum Pferd einfangen hat er heute keine Lust mehr. Er öffnet die Boxentür nun für Agatha, um sie heraus zu lassen und hinter ihr ordentlich zu verriegeln. Begeistert schaut er dem Rappen durch

das Gitter zu, wie er schnaubend das Stroh untersucht, sich auf der Stelle dreht und dann hinlegt, um sich zu wälzen. Schwungvoll kommt er nach einigem Hin und Her wieder auf die Beine, schüttelt sich Stroh und Staub ab, hebt den Kopf mit den großen dunklen Augen und wiehert lautstark. Dann inspiziert er alle Ecken, auch den Futtertrog, entdeckt den Hafer und macht sich genüsslich darüber her. Ein wirklich beeindruckendes Tier.
„Dem scheint es gut zu gehen." merkt Will in Gedanken verloren an und Agatha bestätigt neben ihm stehend:
„Ja, ich denke, er fühlt sich wohl hier." Ihre Augen schwenken von dem schwarzen zu dem blonden Herrn und sie muss feststellen, dass Will ein sehr markantes Profil hat. Klare Linien, nichts Schwammiges oder Verwaschenes. Sie stehen beinahe Schulter an Schulter und seine Aura und sein Duft kratzen an ihrer Entschlossenheit, aktivieren ihre weibliche Seite. Plötzlich ertappt sie sich bei dem Wunsch, ihn berühren zu wollen. Da wendet er ihr sein Gesicht zu, lächelt sie an und vermittelt ihr das Gefühl, beim Süßigkeiten mausen erwischt worden zu sein. Schnell schaut sie in die Box.
Sie wird doch hoffentlich nicht rot jetzt, oder?
Heinz hat seinen Nachbarn entdeckt und kontaktiert ihn gerade. Um dieses blöde Gefühl loszuwerden, räuspert Agatha sich und fragt:
„Kann er sich nachher noch draußen austoben?" damit sie Will nicht ansehen muss, hängt sie das Halfter und den Strick ordentlich an den Knauf an der Tür, gleich unter der Halterung für das Namensschild.
„Sicher. Ich schaffe ihn später auf die Koppel, da kann er sich eine Stunde Luft machen."
„Danke, ich hole ihn dann selbst heute Abend wieder rein und putze ihn."
„Okay, aber Sie müssen bis um sieben fertig sein."
„Warum?"
„Weil ich dann nach Hause gehe und Sie noch keinen Schlüssel bekommen haben. Oder?"
„Haben Sie immer um sieben Feierabend?"
„Ist das so erstaunlich?"
„Nein. Verzeihung, es geht mich nichts an."
„In gewisser Weise schon. Denn ein ungeschriebenes Gesetz hier besagt, dass ich immer der letzte bin. Dann zieht Ruhe ein. Die Pferde brauchen ihre Zeit, um sich von uns zu erholen. In besonderen Fällen gibt es natürlich Ausnahmen."
„Haben alle einen Schlüssel?"

„Die Pferdebesitzer, ja, bzw. die Betreuer. Das bedeutet aber nicht, dass jeder zu allen Tages- und Nachtzeit hier herum kriechen darf. Es gibt Stallregeln, die gelten für alle!" Will stößt sich von der Wand ab, dreht ihr den Rücken zu und geht zur Sattelkammer neben dem großen Stalltor. „Kommen Sie mit, ich
werde Ihnen auch gleich zeigen, wo Sie die Ausrüstung und so unterbringen können." Er steuert die letzte Tür rechts von sich an, öffnet die Sattelkammer, geht hinein und knipst das Licht an. Dann wendet er sich zu ihr um.
Doch hinter ihm ist keiner.
Wo, zum Teufel, ist sie denn nun schon wieder hin? Er geht zurück in die Stallgasse und wirft einen Blick um die Tür. Agatha steht vorn über gebeugt vor der Luke, die sich über dem Futtertrog in der Boxenwand befindet. Den Kopf und den rechten Arm hat sie in die Box gesteckt. Leise redet sie mit dem Pferd und streichelt es. Ihre eng anliegende Kleidung modelliert ihren Körper nach. Will schluckt die Ideen schnell runter, die sich bei dem Anblick einschleichen. Verärgert räuspert er sich laut und weil sie nicht reagiert, ruft er nach ihr, bis sie endlich auf ihn aufmerksam wird und näher kommt.
„Entschuldigung, was sagten Sie?" meint sie unschuldig und schaut ihn schon wieder mit diesen Augen an, die ihm auf Anhieb gefallen haben und gefährlich werden können.
Lass es gut sein, Mann, konzentriere dich auf das Wesentliche!
Das Wesentliche?
Das könnten ihre Augen auch sein.
Verärgert über sich selbst, löst er seinen Blick mit Macht von ihren Augen und schon klebt er an ihrem Mund. Nebenbei hört er sich sagen:
„Das ich Ihnen den Platz für seine Ausrüstung in der Sattelkammer zeigen will." Als Agatha sich flink mit der Zungenspitze die Lippen befeuchtet bevor sie darauf antwortet, verscheucht er grimmig die eindeutigen Vorstellungen aus seinem Gehirn.
„Oh, ja. Das ist gut, danke." sagt sie freundlich lächelnd und erklärt: „Etwas habe ich schon dabei. Den Rest bringe ich heute Nachmittag mit." Wieso sieht Will sie so mürrisch an? Hat sie etwas Falsches gesagt? Oder ist er sauer, weil er auf sie warten musste? Heinz hat Vorrang, den ganzen Vormittag hat er auf dem Hänger gestanden, weshalb er dringend ein paar Streicheleinheiten brauchte. Gibt es bei Will so etwas nicht? Gehört er etwa zu denen, die sich über liebebedürftige Pferde wie Heinz lustig machen?
Plötzlich dreht er sich um und geht ihr voran in die ziemlich geräumige Sattelkammer. An drei Wänden befinden sich

Halterungen für Sättel und Zubehör, an der vierten Wand neben der Tür mehrere Spinde mit immer drei abschließbaren Fächern übereinander. In der Mitte des rechteckigen Raumes stehen ein hoher, langer Bock und daneben zwei Stühle und ein kleiner Schrank. Alles ist so sauber und gepflegt, dass Agatha nur staunen kann. Von der hohen Decke baumelt mittig eine einfache Lampe und daneben hängen noch zwei lange doppelte Neonröhren, die momentan nicht eingeschaltet sind, weil genügend Licht durch das Fenster fällt. Will biegt nach links ab, um die Spindschränke herum und zeigt auf die vorletzte Halterung rechts an der Wand vor der Tür:

„Da können Sie seine Ausrüstung hin hängen und hier drin" er wendet sich dem ersten Spind zu und öffnet das mittelste Fach, „Putzzeug und so weiter unterbringen. Er steht in Box Nummer zwei, also auch Fach zwei und so weiter. Werden Sie ihn reiten oder fahren?"

„Reiten. Wenn ich es noch kann." Seine Frage überfällt Agatha und die Antwort rutscht ihr ungewollt heraus, was ihr peinlich ist, deshalb hängt sie sofort an: „Er ist zwar eingefahren, aber er ging schon lange nicht mehr vor einem Wagen." Die Wände kommen immer näher und der Raum wird zu eng für zwei Personen. Er lässt sie nicht aus den Augen. Agatha wird heiß. Sie muss hier raus, ehe sie doch noch auf dumme Gedanken kommt. Deshalb dreht sie sich um und erklärt über die Schulter:

„Okay, dann hole ich den Sattel. Alles andere bringe ich später mit." Schnurstracks marschiert sie die Stallgasse entlang und um die Ecke der Sattelkammer herum zum großen Tor hinaus. Die frische Luft im Hof tut gut. Sie atmet tief durch. Kann mir mal einer sagen, was dass soll? fragt sie sich verärgert. Hast du nichts gelernt, Mädchen? Männer sind doch alle gleich und hinterher stehst du wieder alleine da mit deinem Talent.

Nein.

Wie wäre es stattdessen, ihn zu hassen. Das schafft Abstand, denn seine Nähe bringt dich so unerklärlich durcheinander. Doch auch Hass ist ein tiefes Gefühl und Gefühle beschwören erneut die aus ihrer Sicht zurzeit unnütze Gelegenheit herauf, über eine Beziehung nachzudenken.

Verflixt!

Konzentriere dich auf die Pferde, damit hast du genug zu tun, ermahnt Will sich, als Agatha den Raum verlässt. Dieses süße Hinterteil sieht in einem Sattel sicher gut aus. Ab nächste Woche wird sie Reitstunden nehmen, da ist er ja mal gespannt drauf. Ob sie bereits weiß, dass er der Reitlehrer sein wird und was meinte

sie mit der Bemerkung, ob sie es noch kann? In Gedanken versunken durchquert Will den Raum diagonal der Länge nach und an der Halterung Nummer achtzehn bleibt er stehen. Dort hängen der Sattel und das Zaumzeug seines Recken.
Da Gama ist ein Fuchswallach, zehn Jahre alt und höher als einen Meter und siebzig im Stockmaß. Seinen geraden Kopf ziert eine schmale, weiße, unregelmäßige Blesse von der Stirn bis zu den Nüstern und er ist an den Hinterbeinen verschieden hoch gestiefelt. Man könnte ihn als robust gestaltetes Pferd bezeichnen, hoch und lang, aber nicht klotzig, eher muskelbepackt, durchtrainiert. Ein braves Pferd gebärdet sich anders als da Gama, doch Will hatte noch nie Probleme mit ihm, immer nur die anderen. Mit seinem ungestümen Temperament und seinem rücksichtslosen Vorwärtsdrang ist da Gama vielen zu wild. Dafür ist er gelehrig, mutig und ehrgeizig. Will liebt seinen Wallach sehr und tut alles für ihn. Und nicht nur das Tier ist durchweg gepflegt sondern auch seine Ausrüstung.
Da er ihn heute Vormittag geritten hat, ist der Filz noch feucht und das Leder am Gebissstück des Zaumzeugs ebenfalls. Will nimmt sich einen Lappen aus dem Spindfach und reibt an der Trense herum. Er steht mit dem Rücken zur Tür, als Agatha mit dem Sattel über dem Arm den Raum betritt. Sie bemerkt ihn nicht und ist sehr erschrocken, als er sie anspricht. Will geht zu seinem Fach und räumt den Lappen wieder weg:
„Die Tür der Sattelkammer wird immer geschlossen." Agatha schnellt herum und sieht ihn hinter sich ein Spindfach schließen.
„Den Staub aus dem Stall brauchen wir hier drin nicht." erläutert Will, weil sie ihn so abschätzend ansieht. Sie nickt wortlos und schiebt den Sattel, an dem sich nur die Steigbügel befinden, auf die Halterung. Dann dreht sie sich abrupt um und fragt sachlich:
„Wann bringen Sie Heinz raus?" Will schaut auf seine Armbanduhr und meint:
„In etwa einer Stunde."
„Ist es okay, wenn ich ihn gegen halb sechs rein hole?"
„Ja."
„Bis dann." Agatha verlässt eiligst den Raum und versucht sich darauf zu konzentrieren, was sie jetzt alles noch erledigen muss, um keine Fehler zu begehen und nichts zu vergessen. Doch sie braucht eine Menge Kraft dafür und weiß auch sofort warum.
Zu viel Mann in ihrer Nähe.
Sie zieht an der Türklinke und schließt ohne einen Blick zurück schnell die Tür hinter sich, die die ganze Zeit breit offen stand. Doch in dem Moment, in dem sie in den Hof gehen will, fällt ihr ein,

dass sie Arbeitsgeräte braucht, um den Hänger zu reinigen, bevor sie ihn aufräumen kann. Deshalb drückt sie die Klinke wieder runter, statt sie los zulassen und reißt die Tür erneut auf. Und steht direkt vor Will, der eine Hand erhoben hat, so als ob er das Türblatt abfangen wollte. In seinem Gesicht zeigt sich Verärgerung: „Wird das jetzt zur Gewohnheit?" fährt er sie an.

„Was?" Agatha ist erschrocken über seinen zornigen Gesichtsausdruck.

„Das Sie mir die Tür ins Gesicht schlagen?"

„Verzeihung. Sie sagten, die Tür soll geschlossen werden."

„Ja, aber ich wollte raus."

„Ich habe nicht bemerkt, dass Sie ebenfalls den Raum verlassen wollten. Entschuldigung." antwortet sie ungerührt. Da er sie immer noch böse anfunkelt, tritt sie sicherheitshalber einen Schritt zurück und sagt eilig: „Ich brauche Arbeitsgeräte, um den Hänger sauber zu machen, ehe ich ihn in die Garage bringe."

„Nicht nötig."

„Wie bitte? Soll ich mit den Händen den Mist vom Hänger befördern?" Agatha ist sauer. Der Kerl spinnt wohl! Es wird doch möglich sein, eine Schaufel und einen Besen aus dem Stall benutzen zu dürfen! Sie holt Luft, um ihm seine Unverschämtheit vorzuwerfen, da fällt er ihr streng ins Wort: „Sie brauchen den Hänger nicht wegzuräumen, der wird heute noch beladen." Es war nur eine einfache Frage. Womit, bitteschön, hat sie ihn denn verärgert? Seine Hand kracht auf die Türklinke. Er verlässt die Sattelkammer, schließt energisch die Tür hinter sich und geht nach links zur übernächsten.

„Die Arbeitsgeräte sind hier drin." Er öffnet, schaltet das Licht an, wartet bis Agatha bei ihm ist und setzt hinzu: „Wenn Sie fertig sind, können Sie sie am Hänger stehen lassen. Heute räume ich sie wieder auf."

„Danke." Agatha schnappt sich die Schubkarre, legt einen Besen und eine Schaufel darauf und marschiert los. Als sie an ihm vorbei auf die Stallgasse tritt, ermahnt er sie so energisch, wie ein Lehrer eine Schülerin, die jeden Tag irgendwelchen Blödsinn verzapft: „Aber nur heute. Sonst ist jeder, der etwas benutzt, dafür verantwortlich, dass es aufgeräumt wird!" Sie schaut ihn schon wieder dermaßen abschätzend an, dass er gern wissen würde, was in ihrem Kopf vorgeht. Es verwirrt und verunsichert ihn. Dieses Gefühl löst Wut aus, weshalb er ziemlich unwirsch fragt: „Verstanden?"

** * **

Verstanden? Der Typ hat wirklich Nerven! Der redet mit ihr, als hätte sie nur einen Teil ihres Hirns zur Verfügung. So eine Frechheit! Kommt sie denn so sehr als kleines Dummchen rüber, das völlig ahnungslos durch die Welt schwebt? Was erlaubt er sich eigentlich! Tut er das mit anderen auch? Wenn der so weitermacht, wird sie sicher leicht in der Lage sein, ihn zu hassen. Schönheit muss auch von innen kommen, nicht nur äußerlich sein.
Doch seine maskuline Attraktivität zerstört sofort jedes ablehnende Gefühl in ihr, sobald sie in seiner Nähe ist. Mit puddingweichen Knien, denkt sie darüber nach, wie wunderbar sein schöner Mund wohl küssen kann. Über derlei Ideen macht sie sich große Sorgen, denn vermutlich kennt sie den Grund dafür, wird aber den Teufel tun und ihn sich eingestehen. Sie gestattet sich noch nicht einmal den Luxus, darüber nachzusinnen und ihre ungezügelte Fantasie, beflügelt von ihren Wünschen, schweifen zu lassen. Sicher liegt es auch daran, dass es schon etliche Wochen her ist, seit sie mit Ronny das letzte Mal im Bett war. Doch nicht mal da hat der sie so sehr angemacht, wie Will mit einem einzigen Blick. Wieso reagiert sie dermaßen eindeutig auf einen Mann, den sie noch nicht einmal kennt? Nein. Nicht sie, nur ihr Körper, dieser Verräter! Hat sie nicht schon genug zu tun und ist mit ihrer Kraft und Zeit immer bereits rum, ehe sie alles getan hat, was sie sollte und wollte? Dazu noch dieser Mann. Empört von sich selbst, fragt sie sich:
Bist du verrückt, Mädchen?
Weil es nicht klappen will, versucht sie sich mit Logik aus dem Chaos heraus zu manövrieren. Betrachte es einmal ganz einfach vom zeitlichen Standpunkt her: du gehst acht 31 Stunden arbeiten, hast dich um den Haushalt und alles andere drum herum zu kümmern, Oma hast du schon lange vertröstet, dazu kommt jetzt auch noch dein eigenes Pferd und Heinz benötigt dringend sein tägliches Pensum an Streicheleinheiten. Zu allem anderen, wie zum Beispiel schlafen und Kino, kommst du so schon viel zu wenig. Oder?!
Allerdings muss man ja nicht unbedingt allein ins Kino gehen? Schluss!
Diese erste Reitstunde hat gezeigt, dass sie mit ihm sicher nicht vor einer Leinwand sitzen wird. Sein Herumnörgeln ging ihr irgendwann auf die Nerven und sie hörte nur noch mit halbem Ohr zu, beobachtete lieber Heinz näher. Da begann Will sauer zu reagieren und zu schimpfen. Sie hatte ihm gesagt, dass sie

Anfängerin ist und lediglich weiß, wie sie ein Pferd putzen muss. Mit ernster Miene war er um Heinz herum gegangen und hatte ihn von allen Seiten betrachtet. Als Agatha schon dachte, bei dieser Putzkontrolle durchgefallen zu sein, nickte er und befahl ihr, den Sattel und die Trense zu holen, was sie sofort tat. Noch bevor sie aus der Sattelkammer trat und staunte, hörte sie den Hufschlag im Gang. Heinz ging seelenruhig neben Will her, der seine Bewegungen beobachtete. Kurz vor der Sattelkammer drehten die beiden um und gingen zurück zur Box. Dort band Will den Wallach neben der Boxentür an und tastete nochmals seine Beine ab. Dann wandte er sich zu Agatha um und fragte verstimmt:
„Wollen sie noch lange da stehen bleiben, statt den Sattel auf das Pferd zu schnallen?"
„Ich..." Agatha schloss kurz die Augen und den Mund auch gleich, um sich zu beruhigen und ihre giftige Antwort runter zu schlucken, dann meinte sie betont ruhig,
„Wenn Sie mir sagen wie?" Nach einem langen strengen Blick aus seinen klaren Augen, dem sie stur standhielt, kam er einen Schritt näher und sagte:
„Zuerst die Unterlage gerade auf das Pferd legen." Er nahm ihr den Sattelfilz ab und ging damit um Heinz herum. Sie folgte ihm. Von der linken Seite des Pferdes aus legte er den Filz auf den Pferderücken und strich ihn glatt. „Jetzt legen Sie den Sattel drauf und passen die Unterlage dem Sattel an." Er trat zur Seite und machte ihr damit den Weg frei.
Agathas Arme wollten bereits unter dem Gewicht protestieren. Mit Mühe hievte sie den Vielseitigkeitssattel auf Heinz. Wie hat Bruni das nur immer geschafft, fragte sie sich dabei. Heinz hat eine Widerristhöhe von beinahe einem Meter und siebzig und ist damit genau so groß wie Agatha. Doch Bruni war schon immer kleiner als Agatha. Während sie darüber nachdachte, fiel ihren Händen wieder ein, was sie vergessen hatten. Sie richtete die Sattel und die Unterlage auf dem Pferd aus und kroch unter Heinz' Hals hindurch auf die rechte Seite, um dort den neuen Sattelgurt aus hellen, fast weißen Gurten zuerst einzuschnallen. In welchem Loch war der bei Bruni? Hat der neue Gurt die gleiche Länge? Mit dieser Frage im Kopf bückte sie sich unter dem Hals durch und befestigte das andere Ende am Sattel. Dann richtete sie ihn gleichmäßig zu beiden Seiten aus. Er saß ihrer Meinung nach fest und gerade in der richtigen Position am Pferd.
Erstaunt bemerkte sie, was ihr wieder alles einfiel. Ihre Freude darüber verflüchtigte sich sofort, als sie sich zu Will umdrehte und sein versteinertes Gesicht sah. Mutig fragte sie:

"Und jetzt die Trense?" Statt einer Antwort fragte er skeptisch: „Sie sind Anfänger?" Agatha hatte sich geschworen hier niemandem ihre Geschichte zu erzählen. Schließlich geht es keinen etwas an, woher sie kommt und was sie macht. Auch ihn nicht, deshalb antwortet sie nur knapp:
„Ja."
„Aber sie machen das nicht zum ersten Mal." stellt er fest. „Nein."
„Wie wäre es, wenn wir uns Zeit sparen und sie mir erzählen, was sie können?"
„Soll ich eine Qualifikation für einen Anfängerkurs vorweisen? Eigentlich war ich der Meinung, dass ich erst einmal was lernen sollte, bevor ich etwas kann."
„Wie Sie wollen, aber wir verschwenden hier meine Zeit!"
„Sie werden für Ihre Zeit bezahlt!"
„Eben, es ist meine Zeit und Ihr Geld. Trensen Sie ihn auf und bringen Sie ihn in die Halle." befahl er kalt. Sie war hin und her gerissen ihn zu fragen, wie sie korrekt aufzäumen soll und starrte ihn wütend an. Weil sie keine Antwort gab, fragte er ärgerlich: „Verstanden?"
Abrupt drehte sie sich um und ging zu Heinz' Kopf, um ihm die neue, aus hellbraunem Leder gefertigte Trense überzustreifen. Will wandte sich ab und marschierte hinter Heinz herum und die Stallgasse entlang davon. Am Sonntag hatte Agatha das Zaumzeug bereits an Heinz' Kopf angepasst, als niemand außer ihr im Stall war. Darüber war sie jetzt froh, denn es hatte geraume Zeit gedauert. Den geflochtenen Lederzügel legte sie über den Pferdehals und kontrollierte nochmals den Sitz der Ausrüstung. Zum Schluss legte sie ihm an allen vier Pferdebeinen die neuen, ebenso hellen Streichkappen an. Als sie das Halfter zu dem Strick an die Boxenwand hängte, merkte sie, dass ihre Reitkappe noch auf dem Spind lag. Sie führte den Wallach bis auf Höhe der Sattelkammer, ließ ihn dort halten und warten. Seelenruhig stand er im Gang und schaute sich um. Flink schlüpfte sie in die Sattelkammer und schnappte sich die Kappe vom Schrank. Dann führte sie Heinz nach draußen in den Hof. Vor dem großen Tor zur Reithalle neben dem Pferdestall blieb sie wiederum stehen. Sie zerrte eine Hälfte des Tors auf und betrat mit Heinz die Reithalle. Hinter sich schloss sie das Tor wieder und führte ihr Pferd an den Enden der Tribünen vorbei, die sich rechts und links des Einganges empor hoben. Dahinter öffnete sich der Blick auf eine große Reithalle, an deren gegenüberliegender Längsseite ebenfalls Tribünen aufragten.

Etwas verwundert schaute Agatha sich um. Sie dachte, sich entschuldigen zu müssen, weil sie so lange gebraucht hatte, doch außer ihr war keiner da. Hatte Will nicht gesagt, dass sie in die Halle kommen soll? Doch! Ganz bestimmt hatte er Halle gesagt. Vielleicht wurde er ans Telefon gerufen oder ähnliches, es geht sie nichts an. Dann wartete sie eben auf ihn.

Um sich die Zeit zu vertreiben, überprüfte sie nochmals die Streichkappen, setzte sich den Reithelm auf und stieg in einem Anfall von Übermut in den Sattel. Heinz stand ganz ruhig da und verharrte auf der Stelle. Agatha setzte die Fußspitzen in den Steigbügel, ließ ihr Gewicht in den Sattel rutschen, legte die Unterschenkel ordnungsgemäß an den Pferdebauch und genoss die Aussicht. Es tat so gut und fühlte sich so richtig an, wieder auf einem Pferd zu sitzen.

Einfach fantastisch!

Heinz schnaubte leise, als wolle er sagen: So ist es gut.

Agatha musste lachen, tätschelte mit der flachen Hand seinen Hals und raunte ihm liebevolle Worte zu. Langsam nahm sie die Zügel auf, bis sie die Verbindung zum Pferdemaul spürte. Heinz stand immer noch völlig reglos da. Suchend schaute sie sich um; sie war allein. Also kann auch keiner lachen, wenn sie ihn nicht vom Fleck bekommt. Bruni hatte sie davor gewarnt, ihm die Absätze in die Seiten zu bohren. Diese Art der Hilfe bedeutet bei Heinz Hochstart. Dann galoppiert er aus dem Stand an und legt erhöhtes Tempo vor. Deswegen drehte Agatha die Fußspitzen korrekt nach vorn, trat die Absätze tief und versuchte anzureiten. Überglücklich spürte sie, wie Heinz den ersten Schritt nach vorn setzte. Sie trieb ihn weiter an und ritt gerade aus auf die andere Seite der Halle zu. Dort parierte sie ihn zum Stehen durch, um gleich wieder anzureiten. Heinz reagierte auf jede Parade und jeden Schenkeldruck. Agatha ritt durch eine Ecke, vollführte eine Kehrtvolte und ließ Heinz im Schritt die Seite der Reitbahn entlang gehen. Am Ende der langen Bahn lenkte sie ihn noch einmal in eine Kehrtvolte. Auf dem Weg zurück überlegte sie gerade, ob sie sich getrauen soll, anzutraben, da bemerkte sie Will.

Er lehnte an der Wand neben dem Tor zum Stall, ein Bein angewinkelt und den Fuß gegen die Wand gestellt, hielt er Longe und Peitsche in der Hand. Er beobachtete sie mit Argusaugen.

Agatha wurde ganz schlecht.

Sicher hatte er schon tausend Fehler entdeckt und amüsierte sich im Stillen über ihren kläglichen Versuch, auf dem Pferd vorwärts zu kommen und die verbogene Figur, die sie abgab.

Als er merkte, dass sie ihn entdeckt hatte, stieß er sich elegant von der Wand ab und begab sich in die Mitte der Reitbahn. Agatha blieb stehen. Sie wusste nicht so recht, was sie tun und wie es nun weitergehen sollte.
Plötzlich drehte er sich zu ihr um und befahl:
„Kommen Sie hier her!"
Von wegen Anfängerin, dachte Will! Die Frau sitzt keinesfalls zum ersten Mal auf einem Pferd. Außerdem geht der Wallach einen ganz munteren Schritt und hebt ordentlich die Beine, was darauf schließen lässt, dass sie ihn vorwärts treibt. Die ordentlich angelegte Ausrüstung und ihre Sitzhaltung sind ebenfalls Dinge, die man nicht einfach so kann. Ihre Steigbügel sind passend gemacht und die korrekte Handhaltung mit den Zügeln ist ein weiterer Beweis. Agatha sprang aus dem Sattel nahm den Zügel in die rechte Hand, ohne sie vom Pferdehals zu holen und führte Heinz zu ihm in die Mitte. Ein paar Meter vor Will hielt sie an.
„Die Zügel gehören in Ihre Hand und nicht auf den Pferdehals!" tadelte er sie. Agatha angelte schnell die Zügel herunter und zog das Ende über Heinz' Kopf. Will ging auf die andre Seite des Pferdes und sagte: „Die Zügel brauchen Sie heute nicht. Schnallen Sie sie ab und dafür den Ausbinder ein." Agatha trat einen Schritt nach vorn, damit sie um Heinz' Kopf herum Will ansehen konnte, der sich an dem Verschluss des Zügels zu schaffen machte. „Sie sind doch Anfängerin, da brauchen Sie noch keine Zügel. Oder wollen Sie mir jetzt erzählen, was Sie alles können?"
So plötzlich, dass sie fast erschrak, schaute er auf und ihr direkt in die Augen. Stumm schüttelte sie den Kopf. Kein einziges Sterbenswörtchen wird über ihre Lippen kommen. Sie will erst einmal wieder richtig sitzen lernen und all das auffrischen, was ihr entfallen war, ehe sie hier große Töne spuckt und sich hinterher entsetzlich blamiert.
Nein, nein, vergiss es.
Niemandem wird sie erzählen, was Bruni Heinz quasi aufgetragen hat und dass er ein tolles Turnierpferd ist. Sein Blick versengte sie beinahe und sie beschlich die Angst, Will könnte ihre Gedanken lesen. Ruckartig machte sie kehrt und öffnete den Verschluss des Zügels auf ihrer Seite. Will hielt ihr den zweiten Ausbinder unter dem Pferdehals hindurch hin und sagte ihr, wo und wie sie ihn anbringen soll. Damit war sie noch nicht fertig, schon wies er sie an, den Steigbügel über den Sattel zu legen. Kaum hatte sie dass getan, verknotete er diesen mit dem anderen vor dem Sattel. Dann kam er auf Agathas Seite und prüfte den Ausbinder und den Sattelgurt. Letzteren zog er noch fester an und hakte die Longe

unterhalb des Kinnriemens an einem Extrateil am Gebissstück ein. Agatha hatte Heinz losgelassen, um Will nicht im Wege zu sein. Sie stand halb hinter ihm, als er sagte:

„Steigen Sie auf!" Gehorsam trat sie an das Pferd und wollte sich einen Steigbügel herunter ziehen. „Von Steigbügeln hatte ich nichts gesagt!" schnauzte er sie an.

„Aufspringen kann ich nicht." gab sie scharf zurück und drehte sich zu ihm um. Er war einen Schritt näher getreten und so musste sie den Kopf ins Genick legen, um ihm in die Augen schauen zu können. Zwischen dem Pferd und ihm gefangen, spürte sie plötzlich eine große Aufregung. Ihr Herz flatterte, ihr Puls raste und sie konnte kaum noch atmen. Er beugte seinen Kopf ein wenig zu ihr herab und wollte wissen:

„Warum?"

„Warum was?"

„Warum sind sie so stur und erzählen mir nicht, wo sie reiten gelernt haben?"

„Eigentlich habe ich gehofft, es hier bei Ihnen zu lernen." „Wann haben Sie das letzte Mal auf einem Pferd gesessen?" „Eben auf Heinz."

„Und davor?" Sie schüttelte wortlos den Kopf, um ihm nichts verraten zu müssen. Dabei fuhr sie sich mit der Zunge schnell über die trockenen Lippen. Seine Aufmerksamkeit rutschte von ihren Augen zu ihrem Mund und sie presste automatisch kurz ihre Lippen zusammen. Sein Blick klebte immer noch an ihrem Mund, als er sagte: „Wie Sie wollen." Plötzlich trat er zurück und räusperte sich, ehe er befahl: „Halten Sie sich vorn und hinten am Sattel fest und winkeln Sie ihr linkes Bein an!" Erleichtert, aus dieser Zwickmühle heraus zu sein, drehte sie sich um und ließ sich von Will aufs Pferd helfen.

Kaum war sie oben, trieb er Heinz an. Ständig korrigierte er ihren Sitz und ließ sie alle möglichen Gleichgewichtsübungen machen. Eine halbe Stunde später wechselte er zum dritten Mal die Hand und ließ Heinz wieder in die andere Richtung laufen. Agathas Muskeln schrien schon um Hilfe, doch sie wollte um keinen Preis anfangen zu jammern. Heinz stapfte ohne Unterlass zügig vorwärts. Er hatte Spaß an der Sache. Bis dahin hatte Will sie im Schritt und im Trab reiten lassen. Plötzlich verlangte er, sie solle angaloppieren. Agatha brach der Angstschweiß aus. Was, wenn Heinz plötzlich los prescht und sie von der Fliehkraft aus seinem Sattel geschleudert wird? Festhalten war die Devise. Während sie darüber nachdachte, hatte Will ihr die Galopphilfen erklärt, von denen sie allerdings nicht viel mitbekam. Doch Heinz schien es

verstanden zu haben. Denn kaum lag ihr äußerer Unterschenkel in der richtigen Position, sprang er auf den ersten Druck hin an. Agatha war so erleichtert, dass sie aufhörte sich mit den Fingern zu verkrallen. Sie ließ sich von der Bewegung mittragen und lobte ihr Pferd, indem sie ihm mit einer Hand den Hals streichelte.
Immer wieder hatte sie ihn und Bruni bewundert, wenn sie bei ihren Besuchen die beiden in Aktion gesehen hatte. Doch nie hatte sie sich getraut, Brunis Angebot anzunehmen und einen Ausritt auf Heinz zu machen. Bruni beteuerte ihr immer, dass sie keine Angst zu haben braucht und dass sie sie auf Halli begleiten würde, aber Agatha lehnte jedes Mal ab. Doch Bruni wusste halt, wovon sie sprach, denn Heinz hat wirklich einen sehr weichen und gut zu sitzenden Gang.
Ihre glücklichen Gedanken wurden von Wills rüdem Kommando für Trab unterbrochen. Er schimpfte mit ihr, was sie dort oben eigentlich treibe. Sie solle auf ihn hören und das Pferd nicht immerzu belobigen. Agatha war sauer und wollte ihm das sagen, da kommandierte er schon weiter und befahl, erneut anzugaloppieren. Dummerweise hörte Heinz auf ihn und Agatha kam überhaupt nicht dazu, die entsprechenden Hilfen zu geben. Kurz darauf ließ Will sie absteigen und das Pferd noch drei Runden um die Reitbahn der Halle führen.
„Aber im Schritt!" rief er ihr nach und weil sie nicht gleich reagierte, brüllte er:
„Verstanden?"
„Ja, meine Ohren funktionieren sehr gut!" erwiderte sie erbost über die Schulter.
„Den Eindruck hatte ich beim Longieren nicht." gab er zurück, machte kehrt und verließ mit langen Schritten die Reithalle. Agatha schluckte mit Macht ihre Antwort hinunter und ging stur weiter. Ihre Beine waren dankbar, sie jedoch so wütend auf Will, dass sie sicher die Beherrschung verloren und ihm gesagt hätte, was für ein arroganter Blödmann er sein kann, wenn sie sich zu einer Erwiderung hätte hinreißen lassen. Noch immer angesäuert, brachte sie Heinz nach den drei Runden in seine Box zurück.
Und wie um sie auch ja in diesem aufgebrachten Zustand zu halten, kam Will herein, als sie gerade fertig war mit putzen. Er fuhr mit der Hand über den Hals und Rücken des Pferdes und unter dem Bauch entlang. Dann kontrollierte er die Beine und Hufe. Den letzten Huf absetzend stellte er fest:
„Okay. Er ist sauber."
„Haben Sie daran gezweifelt?" Agatha war erleichtert, dass er nichts gefunden hatte, wofür er sie hätte rügen können, doch das

zeigte sie nicht. Sie lehnte sich mit ernstem Gesicht neben Heinz' Kopf an den Türpfosten. Aber schon holte Will zum Gegenschlag aus:
„Da Sie Anfängerin sind schon." antwortete er ungerührt. Sie schloss die Augen und fragte so sachlich wie möglich:
„Ist der Unterricht damit beendet?"
„Das war er schon vor einer Weile." meinte er und betrachtete sie schamlos von oben bis unten. Ärgerlich schob sie die Hände in die Taschen ihrer Jeans. Ihr wurde unbehaglich zumute. Abwehrend funkelte sie ihn an und fragte feindselig:
„Und, was tun Sie dann noch hier?"
„Mir die Gewissheit holen, dass meine Anfängerin auch alles richtig macht." bohrte er weiter und sah ihr prüfend ins Gesicht. Standhaft ertrug sie es und weil er sie nur ansah, wollte sie nach einer langen Weile wissen:
„Und? Haben Sie sich vergewissert?" Sein Blick glitt flink über ihre Lippen und schnippste zu ihren Augen zurück:
„Ja. Nur eins hätte ich gern noch gewusst."
„Was?" sein Auftreten reizte sie zur Weißglut. Liebend gern hätte sie ihn aus der Box verwiesen. Doch zu ihrem Leidwesen stellte er sich nahe vor sie hin und fragte:
„Wieso wollen Sie es mir nicht erzählen? Was meinten Sie mit der Bemerkung, wenn ich es noch kann?" Wortlos schüttelte Agatha den Kopf. Sie konnte ihn einfach nicht belügen, aber ihm erzählen, dass sie sich einige Jahre damit beschäftigt hat, wollte sie auch nicht. Vielleicht später einmal, wenn sie sich gut mit Heinz bewegen kann. Augen, denen nichts zu entgehen schien, spießten sie förmlich auf. Wills mächtige Präsenz begann Agatha zu erdrücken und sie versuchte zu entkommen. Ihr Geist war schon auf dem Weg, doch ihr Körper machte keine Anstalten. Verraten und in die Ecke gedrängt fühlte sie sich. Mit dem Rücken zur Wand stand sie, den Kopf ein Stück ins Genick gelegt, um zu ihm hoch sehen zu können. Sie überlegte, wie sie dieser Situation entweichen könnte und fuhr sich mit der Zungenspitze über die Oberlippe. Als sie merkte, dass er sie dabei beobachtete, presste sie die Lippen zusammen. Da sagte er leise:
„Wenn Sie nicht reden wollen, tun wir etwas anderes." Sein Gesicht kam näher und er zischte sie an:
„Ich hatte Ihnen gesagt, dass die Sattelkammertür immer geschlossen wird. Sie stand breit offen, als ich Sie gesucht habe. Und wenn Sie das nächste Mal wieder so viel Zeit verschwenden, berechne ich die extra! Außerdem werden Sie das nächste Mal besser zuhören und erst auf das Pferd steigen, wenn ich es Ihnen

sage!" wie um seinen Worten mehr Wirkung zu verleihen, setzte er nach einer Atempause hinzu, „Anfänger sollten nicht ohne Aufsicht auf einem Pferd sitzen. Verstanden?"
Agatha platzte beinahe vor Wut. Sie biss die Zähne zusammen, versuchte ein ungerührtes Gesicht hinzukriegen. Mit großer Anstrengung schluckte sie den Kloß in ihrem Hals herunter und antwortete giftig:
„Wenn Sie als mein Ausbilder mir geholfen hätten, die Ausrüstung richtig anzulegen, wie man es eigentlich bei Anfängern tut, wäre es sicher schneller gegangen. Als ich mich entschuldigen wollte, waren Sie nicht da."
„Sie haben es doch perfekt allein hin bekommen, oder hat Ihnen jemand geholfen?"
„Sie hätten mir helfen sollen!"
„Sie wiederholen sich und was haben Sie mit dem Pferd im Hof getan, statt das Tor zwischen Reithalle und Stall zu benutzen?" „Ich wusste ja nichts davon. Es hat Sie doch vorhin auch nicht interessiert, was ich mit dem Pferd mache, wieso jetzt?"
„Weil es mich immer etwas angeht, wenn es hier um die Pferde geht und dazu bin ich Ihr Ausbilder, verdammt!"
„Sollten Sie als Ausbilder nicht etwas ruhiger sein? Sie sind so gereizt."
„Weil Sie so verdammt stur sind!"
„Wenn ich stur bin, als was bezeichnet man dann Sie?" Die Atmosphäre war so geladen, dass nur ein winziger Funke eine Explosion ausgelöst hätte. Agatha hatte ihre Hände in den Hosentaschen zu Fäusten geballt und sich dabei in dem Stoff verkrallt, damit sie nicht in die Versuchung geraten konnte, sie raus zu ziehen, denn dann hätte sie sich entscheiden müssen, ob sie Will geohrfeigt oder geküsst hätte. Sein erregter Atem strich über ihr Gesicht und vermischte sich mit ihrem, so nah waren sie sich gekommen.
„Hey, Will? Ah, da bist du ja. Hoppla! Habe ich bei irgendwas gestört?" Agatha und Will standen sich wutentbrannt fast Nase an Nase gegenüber und blitzten sich an, als Berti Schneider in der Boxentür auftauchte. Unwillkürlich fuhren sie auseinander. Will stapfte auf den Gang und Agatha drehte sich abrupt zu Heinz um. Hinter sich hörte sie Will sagen:
„Tag, Berti! Was kann ich für dich tun?" mehr verstand sie nicht. Es rauschte in ihren Ohren, so wütend und aufgebracht war sie. Nicht nur auf Will, sondern auch über sich selbst. Denn während sie sich nach ihrer letzten Frage trotzig anstarrten, landete ihr Blick auf seinem Mund und sie überlegte, wie ein Kuss von ihm wohl

schmecken mag. Seine Lippen waren so nah, dass sie der Wunsch überkam, den Hals zu recken und von ihm zu kosten. Sein Duft bestärkte sie darin enorm. Er roch nach Pferd, Leder und Mann. Immer wenn sie darüber nachdenkt, glaubt sie ihn beinahe wieder wahrzunehmen.
Nein!
Schluss damit!
Diese Macht über sich wird sie Will nicht zugestehen. Nach diesem Streitgespräch beeilte sie sich Hals über Kopf, aus dem Stall zu kommen. Glücklicherweise hatte Berti Schneider Will in die Box nebenan zum Pferd seiner Tochter gelotst und redete dort auf ihn ein. So konnte Agatha unbehelligt flüchten, nachdem sie sich von Heinz verabschiedet hatte. Laut schimpfend war sie nach Hause gefahren und konnte sich lange nicht beruhigen. In der Nacht hatte sie sogar von Will geträumt. Immer wieder war ihr sein Gesicht erschienen, strahlend lächelnd, wie bei ihrer allerersten Begegnung.
Zu dieser ersten Reitstunde kamen noch zwei des gleichen Kalibers in der ersten Woche von Heinz' Aufenthalt in seinem neuen Stall. Wills Laune wurde nicht besser, im Gegenteil. Er war wortkarger und mürrischer geworden und verteilte nur an die Pferde Lob und Freundlichkeiten.
 Am Wochenende war er nicht zu sehen gewesen und Agatha ging mit Heinz jeden Nachmittag spazieren.

*** * ***

Der heutige Montag war schon im Kindergarten ziemlich stressig. Der Vater eines Kindes machte ihr wieder Avancen, dem sie einfach nicht klarlegen kann, dass sie ihn nicht als Verehrer haben will. Er hat seiner Tochter sogar schon eingeredet, bald zu ihr Mama sagen zu dürfen.
Kaum war sie ihn los, rannte das erste Kind ins Bad und erbrach sich. Ein anderes Kind hatte es gesehen und kam laut und aufgeregt Bericht erstatten, woraufhin ein weiteres Kind sich mitten im Gruppenraum übergab und dort für eine große Pfütze sorgte. Zu guter Letzt musste sie drei Eltern anrufen, die mit ihren Kindern zum Arzt unterwegs waren, noch bevor das Frühstück vorbei war. Die restlichen Kinder sahen vormittags immer noch etwas blass um die Nase aus. Na, mal abwarten, was die Diagnose der Kinderärzte ergibt, denn die Eltern werden sich sicher morgen früh melden.

Agatha schaltet runter und biegt in die kleine Straße ein. Einerseits freut sie sich auf Heinz, auf ihm zu reiten, ist sehr schön, wenn auch anstrengend, Muskelkater verursachend. Andererseits fürchtet sie sich vor einem Wiedersehen mit Will, obwohl sie es kaum erwarten kann. Ist sie denn noch zu retten?
So blöd kann auch nur sie sein. Kaum ist sie den einen Idioten losgeworden, droht sie am nächsten Kerl kleben zu bleiben. Und auch er hat an jedem Finger eine Braut. Jedenfalls benehmen sich viele Mädchen und Frauen hier so und reden darüber, welche momentan mit ihm liiert ist und wer schon alles seine Aufmerksamkeit genießen durfte. Will scheint in der Gemeinschaft im und um den Privatpferdestall einen ähnlichen Status inne zu haben, wie Ronny in seinem Hotel an der Ostsee. Irgendwer ist eben immer der Hahn im Korb.
Agatha parkt im Hof und geht sich im Sozialtrakt umziehen. Als sie den Stall betritt, hört sie aufgeregte Kinderstimmen diskutieren:
„Ich will zuerst!"
„Aber mir hat er versprochen, dass ich erster sein darf!"
„Du warst schon mal erster!"
„Genau. Heute bin ich dran." meint eine dritte Stimme vorwurfsvoll, „Nicht wahr, Will?"
„Wir werden uns an den Plan halten und dabei kommt keiner zu kurz. Jessica ist die erste und dann geht es der Reihe nach wie immer. Okay, Kinder?" Agatha bleibt neben dem Tor stehen und überlegt, ob es wirklich Wills Stimme ist, die sie da sanft und freundlich mit den Kindern sprechen hört. So hat sie ihn noch nie erlebt. Langsam geht sie rechts um die Ecke und schaut in die erste Box rechts von sich. Um den mittelgroßen dunklen Fuchswallach, der seelenruhig in seiner Box angebunden steht und auf den Namen PePe hört, die Abkürzung für Power Point, scharen sich vier Kinder. Will hockt neben einem Hinterbein und befestigt die Streichkappen.
„Habt ihr alle eure Reitkappen auf?" fragt er.
„Ja."
„Ja, gleich."
„Ja."
„Ich hole meine schnell." sagt das vierte Kind, dreht sich zur Tür und informiert die anderen lauthals, „Agatha ist schon da." „Okay, beeile dich! Wir gehen in die Halle." antwortet Will über die Schulter. Das Mädchen flitzt mit einem „Hallo." an Agatha vorbei in Richtung Sattelkammer. Agatha begrüßt die Kinder und Will. Alle drei acht oder neun Jährigen schauen sie an, als sie zurück grüßen und lächeln. Nur Wills Blick ist kurz und ernst, während er ihr ein

„Tag." zu wirft. In der vergangenen Woche hatte sie die kleine Schar bereits kennen gelernt, als sie zu ihrer Reitstunde am Freitag viel zu zeitig da war. Waren die Kinder letzten Montag auch schon hier? Nein. Oder sie hatte sie in ihrer Aufregung nicht bemerkt. Will schnallt den Longiergurt mit dem großen Griff oben drauf fester und wendet sich dann an Agatha:
„Haben Sie heute Abend noch was vor?" Seine Frage klingt genauso neutral und sachlich wie die Miene, die er dazu zeigt. Was soll das?
„Warum?" will sie erstaunt wissen.
„Weil wir aufgehalten wurden und ich mit den Kindern noch mindestens eine Stunde beschäftigt bin. Ihre Reitstunde würde sich um dreißig Minuten verschieben."
„Das geht in Ordnung. Ich werde einen kleinen Spaziergang machen und rechtzeitig wieder da sein."
„Okay, bis dann." Damit hakt er die Longe in PePes Zaum ein und geht mit ihm und den Kindern an Agatha vorbei Richtung Hallentor am Ende von dieser Seite des Pferdestalles. Die Kinder beschnattern Will von allen Seiten. Er antwortet ihnen ruhig und gelassen. Agatha schaut dem Trupp nach, bis das Kind, dass seine Kopfbedeckung aus der Sattelkammer holte, als letztes in der Reithalle nebenan verschwunden ist. Agatha lächelt in sich hinein: das Pferd, die Kinder und Will mittendrin ergeben ein hübsches Bild. Die Kleinen lieben und achten ihn. Ob er das weiß?
Gedankenverloren geht sie in die andere Stallhälfte. Heinz hat sie schon gehört und schaut ihr entgegen, brummelt erfreut. Nachdem sie Heinz ausgiebig begrüßt hat, putzt sie ihn gründlich von den Ohren bis zu den Hufen. Doch immerzu muss sie darüber nachdenken, wie komisch ihr Will heute vorkommt. Verärgert hat sie ihn schon öfter erlebt und wütend, aber heute beschlich sie ein ganz anderes Gefühl. Ist er traurig, besorgt oder macht ihm etwas Probleme? Sie will nicht neugierig erscheinen, jedoch besteht nachher vielleicht die Möglichkeit, ihn zu fragen, was passiert ist. Geraume Zeit später ist sie mit Heinz fertig und streift ihm die Trense über den Kopf. Zum spazieren gehen benötigt sie nicht mehr.
Heute früh sah der Himmel nach Regen aus, doch die Wolken verschwanden nach dem Mittagessen und jetzt scheint die Sonne, wie man es sich für Anfang Mai vorstellt. Die Jacke lässt Agatha in der Sattelkammer über dem Sattel hängen, wo sie sie vor dem Auftrensen hingeworfen hat. Vielleicht kann sie sich ja bei dem schönen Wetter ein wenig Bräune einfangen.

Heinz stiefelt gemütlich neben ihr her. Sie biegen auf den Weg ab, der hinter den Grundstücken, deren Häuser an der Einfallstraße des Ortes stehen, zum Dorfeingang zurückführt. Einige hundert Meter weiter mündet der Pfad zum Wald ein, welcher die Pferdekoppeln von einer riesigen Wiese trennt. Heinz will da hinein gehen und Agatha fügt sich seinem Willen. So schlendern sie an den Koppeln neben den Reitplätzen hinter Stall und Reithalle entlang auf den Waldrand zu. Entspannt genießt sie die Ruhe und die aufblühende Natur ringsumher. Ein typischer Geruch hüllt sie ein und tut ihr gut. Der Wallach neben ihr scheint es ebenfalls angenehm zu finden. Er schnaubt und nascht von einem Strauch am Wegesrand. Der Waldboden dämpft den Hufschlag und manchmal knirschen Steinchen unter Heinz' Sohlen. Plötzlich bleibt er stehen und lauscht mit hoch erhobenem Kopf.
„Was ist denn?" Agatha horcht und beobachtet das Pferd und die Gegend. Da vernimmt sie von weiter her Motorenlärm und noch andere Geräusche, die sie nicht einordnen kann. Hinter der nächsten Kurve kann sie bis zur Abzweigung sehen. Der eine Weg führt nach rechts in den Wald hinein. Der andere nach links aus dem Wald heraus zwischen der großen Wiese und einer fest umzäunten Koppel hindurch. Dann trifft er auf den Wiesenweg, der vom Stall her kommt, um zwischen den beiden letzten Grundstücken des Ortes hindurch an der Hauptstraße am Dorfeingang zu enden. Der Motorenlärm nähert sich von rechts aus dem Wald. Heinz bleibt wieder stehen. Er reißt den Kopf hoch.
„Ist ja gut. Da kommt nur ein Auto. Ganz ruhig, mein Guter, ruhig." Sie redet auf den Wallach ein, doch dieser schaut nicht in Richtung Auto, sondern zur Koppel rüber. Als Agatha ihn weiterführen will, bleibt er wie angewurzelt stehen. Aufgeregt schnaubend und auf der Stelle stampfend rührt der Wallach sich nicht vom Fleck. Agatha versucht auszumachen, was ihn so aufregt, doch sie kann nichts Offensichtliches entdecken. Sie streicht beruhigend über seinen Hals und redet in leisen, liebevollen Worten mit ihm. Es wirkt. Heinz setzt den ersten Schritt vorwärts. Unsicher, wie auf Glatteis, stakst er neben ihr her und bleibt alle paar Schritte stehen. Agatha ist so sehr mit ihrem Pferd beschäftigt, dass sie das Auto ganz vergessen hat. Weniger als zehn Meter trennen sie noch von der Abzweigung, als der Wagen plötzlich zwischen den Bäumen und Büschen auftaucht. Mitten auf der Kreuzung stoppt das Fahrzeug abrupt. In dem Augenblick denkt Agatha verwundert: „Nanu?"
Doch weiter kommt sie nicht, weil Heinz ebenfalls anhielt und nun eilig ein paar Schritte zurück saust. Zum ersten Mal spürt Agatha,

dass sie keine Chance hat, wenn Heinz macht, was er will. Jede Kraftprobe würde er gewinnen, wenn er so wie jetzt im direkten Vergleich gegen sie antritt. Er schleift sie einfach mit sich und scheint sie gar nicht zu bemerken. Hinter ihr gibt der Fahrer des Autos unvermittelt Vollgas. Er rast auf den Dorfeingang zu. Agatha hat keine Zeit, sich darüber Gedanken zu machen, denn im nächsten Moment hörte sie jemanden laut schimpfen und einige Sekunden später einen Schrei. Dann verebbt der Motorenlärm merklich.

Heinz scheint sich etwas beruhigt zu haben. Langsam und immer wieder zur Koppel rüber sichernd, geht er neben ihr her. Das Auto hat unterdessen die Hauptstraße erreicht und entfernt sich mit quietschenden Reifen aus dem Dorf heraus.

„Verrät's du mir, was dich so aufregt?" fragt Agatha ihr Pferd, „Das Auto ist weg und sonst kann ich nichts sehen oder hören." Sie streichelte ihm über den Kopf und klopfte ihm die Brust. Dann schlägt sie die gleiche Richtung wie das Auto ein. Heinz folgt ihr, äugt aber ständig zur Koppel rüber.

Das riesige Terrain ist mittig mit einem ebenfalls festen Zaun aus Holzstangen unterteilt. Mit dem Rücken zum Wiesenweg steht ein kleines Schuppen- oder Stallgebäude mittendrin, hoch genug für große Tiere. Es sieht von hinten aus wie eine Doppelgarage mit Spitzboden. Die beiden schmalen Kippfenster befinden sich kurz unter der Dachkante und sind geöffnet. Das Gebäude steht jeweils zur Hälfte auf den beiden Koppelseiten. Heinz schnaubt nervös und dreht das Hinterteil tänzelnd auf die Wiesenseite des Weges, als sie die Rückfront des Stalls passieren, so als ob er sich vor den Bewohnern fürchten würde. Agatha spricht die ganze Zeit beruhigend auf ihn ein. Sie schafft es, ihn von einer Flucht abzuhalten. Ein Stück weiter normalisiert sich das Verhalten des Wallachs allmählich. Beinahe haben sie die Ecke der Koppel erreicht, da vernimmt Agatha abermals die Stimme, die vorhin schon lautstark geschrien und geschimpft hat, aber nun hört sie sich gequält an. Langsam führt Agatha das Pferd weiter. Sie versucht die Person zu der Stimme zu finden. Hinter dem hohen Gras und den niedrigen Büschen neben dem Koppeltor liegt eine ältere Frau auf dem Rücken und schimpft mit schmerzverzerrtem Gesicht vor sich hin.

„Kann ich Ihnen helfen?" fragt Agatha sofort, bleibt aber mit Heinz auf dem Weg stehen, um die Frau nicht zu erschrecken.

„Haben Sie die Nummer von dem Auto gesehen, Mädchen?" Agatha schüttelt den Kopf:

„Nein. Hat der Sie angefahren?" plötzlich erinnert sie sich an den Schrei vorhin.

„Nein, nein, aber wegen dem Raser bin ich gegen den Koppelzaun gefallen und jetzt komme ich nicht mehr hoch. Helfen Sie mir mal, Mädchen!"

„Haben Sie Angst vor Pferden?"

„Nein, nein. Keine Sorge. Sulaika ist auch so groß wie das da."

„Okay." Agatha führt Heinz näher an die Frau heran und nimmt das Ende des Zügels in die Hand. „Steh!" befiehlt sie dem Wallach und der bleibt gehorsam am Wegesrand stehen, jedenfalls so lange, bis er die saftigen Grashalme nicht mehr ignorieren kann. Während sie ihn am langen Zügel festhält, reicht Agatha der Frau die Hand. Diese greift erstaunlich fest zu und will sich hochziehen. Im nächsten Augenblick kreischt sie vor Schmerz auf und lässt Agathas Hand wieder los.

„Entschuldigung, das wollte ich nicht." bittet Agatha, weil sie denkt, zu fest zugepackt zu haben.

„Schon gut, Mädchen..." sie ächzt vor Schmerz.

„Was tut Ihnen denn weh?"

„Die Schulter. Mit der bin ich an den Pfosten geknallt."

„Ich rufe einen Krankenwagen für sie." Agatha ist besorgt. „Nein, nein, ich habe keine Zeit zum krank sein."

„Aber wenn ich Ihnen so auf die Beine helfe und Ihnen dabei noch mehr Verletzungen zumute, werden Sie sicherlich noch viel länger krank sein. Der Notarzt besieht sich die Sache und braucht Sie eventuell nur ordentlich zu verbinden. Bitte lassen Sie mich den Krankenwagen holen!"

„Aber das dauert so lange und Sie haben doch bestimmt anderes zu tun."

„Nein, das geht in Ordnung. Ich bleibe bei Ihnen." Ehe sich die fremde Frau anders entscheidet, ruft Agatha an. Man verspricht ihr, so schnell wie möglich ein Fahrzeug zu schicken. Als sie auflegt, meint die Frau:

„Sie verschwenden hier nur Ihre Zeit mit mir, Mädchen. Junge Leute haben doch niemals Zeit."

„Keine Sorge, ich habe gerade etwas Zeit zum Verschwenden übrig." antwortet Agatha mit einem Augenzwinkern.

„Sie können ihn unterdessen hier auf die Koppel stellen. Sulaika ist mit Aladin im Stall eingesperrt." Als die Frau mit dem Arm in Richtung Stall zeigt, verzieht sie schmerzerfüllt das Gesicht. Agatha macht sich große Sorgen. Sie kann die Schmerzen in der Schulter nachfühlen, seitdem sie sich im Winter selbst bei einem Sturz auf Glatteis verletzt hatte.

Heinz arbeitet sich derweil unbeeindruckt und genüsslich durch das üppige Gras am Wegrand. Langsam aber sicher ist er beim offenen Koppeltor angekommen. Vielleicht hat er vor den beiden fremden Tieren so eine Angst? Eventuell beruhigt er sich und baut seine Angst ab, wenn er mal in ihrem Revier herum schnuppern kann. Außerdem wird Agatha vor an die Straße gehen müssen, um den Krankenwagen hierher zu lotsen. Heinz wäre ihr da nur hinderlich. Also nimmt sie den Vorschlag der älteren Frau an und lockt ihn durch das offene Tor, um es eiligst hinter ihm zu schließen.

„Ist das Tor zu der anderen Koppel zu?" fragt sie über die Schulter, während sie dem Wallach die Zügel abschnallt. Den Rest der Trense lässt sie vorsichtshalber am Pferd.

„Ja. Das habe ich gerade zu gemacht." antwortet die ältere Frau und wimmert vor Schmerzen, als sie sich beim Sprechen zu Agatha umdrehen will. So eine geprellte Schulter tut höllisch weh. Hoffentlich ist nicht mehr kaputt.

„Bleiben Sie ruhig liegen, sonst werden die Schmerzen nur schlimmer." Mit der flachen Hand klopft Agatha dem Wallach den Hals und entlässt ihn auf die Koppel. Vorsichtig umrundet er das Gelände, hält aber gebührenden Abstand zum Stall. Nachdem sich Agatha vergewissert hat, das keine offensichtliche Katastrophe von seiner Seite zu erwarten ist, wendet sie sich der fremden Frau zu. Sie stellt sich so neben sie, das diese sich nicht bewegen muss, um Agatha ins Gesicht zu sehen und fragt freundlich interessiert:

„Wie ist das denn eigentlich geschehen?"

„Der Raser wieder. Der Raser wäre mir fast über die Füße gefahren, da bin ich schnell rückwärts ins Gras gegangen und muss irgendwo mit dem Latsch hängen geblieben sein. Dann bin ich hinten über gefallen und auf den Rücken geknallt. Die Schmerzen in der Schulter habe ich erst gar nicht gemerkt, erst als ich wieder Luft gekriegt hab. Vorher hab ich gar nicht gewusst, dass ich gegen den Pfosten gestürzt bin. So ein Scheibenkleister! Ich hab noch so viel zu tun."

„Bleiben Sie ruhig liegen, dann tut es weniger weh. Wieso waren sie denn hier?"

„Ach, ich gehe jeden Tag um die Zeit die zwei Unzertrennlichen füttern. Mir ist noch nie was passiert, doch seit ein paar Wochen fährt dieser Mann wieder wie ein Bekloppter hier rum. Der ist unmöglich! Wehe wenn der mir in die Finger läuft. Na warte, Bürschchen, da kannst du was erleben! Sogar in der Nacht habe ich das Auto schon gehört. Ich möchte mal wissen, warum der nicht so anständig und langsam fahren kann, wie die anderen

auch!?" Warum kam ihr das Auto bekannt vor? fragt sich Agatha, während sie meint:
„Manche können eben nur mit Vollgas fahren." Agatha schaut auf die Uhr. Wenn der Rettungswagen schnell ist, dürfte er in wenigen Minuten das Dorf erreichen. Deshalb hockt sie sich neben die Frau und sagt mit beruhigender Stimme: „Ich werde jetzt vor an die Straße gehen, damit der Krankenwagen nicht vorbei fährt. Bleiben sie ruhig liegen! Keine Angst" sie lächelt aufmunternd, „Heinz passt auf Sie auf und ich bin so schnell wie möglich wieder da. Okay?"
„Aber Kindchen..."
„Kein Aber. Sie wollen doch so schnell wie möglich wieder ihre Unzertrennlichen versorgen können, oder?"
„Ach, Mädchen, Sie haben ja Recht. Doch ich liege so ungern untätig herum. Ich muss doch helfen."
„Zuerst müssen Sie gesund werden! Das ist das Wichtigste, sonst können Sie nicht helfen."
„Ist gut, Mädchen. Machen Sie schon! Ich glaube, ich hab die Sirene gehört."
„Es dauert nicht lange." versichert sie der älteren Frau und springt auf, weil sie die Sirene jetzt ebenfalls vernimmt. So schnell sie kann, rennt sie am Gartenzaun des letzten Hauses entlang. Vom Wald aus hat sie die Entfernung bis zur Straße versucht einzuschätzen und ist zu dem Schluss gekommen, dass es etwa zweihundert Meter sein könnten. Atemlos sprintet sie die letzten Meter bis auf den Bürgersteig. Sie hat sich verschätzt, die Strecke ist bestimmt doppelt so lang. Um Luft ringend wirft sie die Arme hoch, als sie den Krankenwagen um die Kurve gerast kommen sieht. Da sonst niemand auf der Straße fährt, springt sie mitten auf die Fahrbahn und lotst den Notarzt und den Krankentransporter in den Weg zur Koppel. In vermindertem Tempo fahren sie weiter, nachdem Agatha beim Notarzt hinten einsteigen sollte, um diesem zu berichten, wo die Verletzte liegt und was passiert sei.
Als sie bei der Koppel ankommen, hält Agatha sich im Hintergrund. Fürsorglich und professionell kümmern sich die Mediziner um die Frau. Agatha kriecht durch den Weidezaun, um nach Heinz zu sehen. Sie entdeckt ihn hinter ein paar Büschen. Ruhig stopft er sich den Bauch mit dem guten Gras voll. Agatha ruft ihn, da hebt er den Kopf. Er wartet, bis sie bei ihm ist. Ohne Probleme schallt sie ihm den Zügel ein und er trottet hinter ihr her zum Tor. Dort sind die Sanitäter eben dabei, die verletzte Frau in den Transporter zu tragen. Sie wurde an einen Tropf gehängt. Das Schmerzmittel scheint bereits zu wirken, denn sie kann lächeln und mit der anderen Hand kurz winken. Mit Heinz hinter sich, der Agatha über

die Schulter schaut, wünscht sie der Frau alles Gute, ehe die Türen geschlossen werden. Ein lautes Wiehern von Heinz folgt den beiden sich langsam entfernenden Fahrzeugen.
Die Zügel in der einen Hand schaut Agatha auf die Uhr und stellt fest, dass es bis zu ihrer Reitstunde nur noch ein paar Minuten sind. Hoffentlich nehmen die Kinder Will länger in Anspruch, als er geplant hat. Kurz überlegt Agatha, sich auf Heinz Rücken zu schwingen und zum Stall zu reiten, doch diesen Gedanken verschiebt sie sofort wieder. Wenn Will sie dabei sieht, oder davon erfährt, macht er ihr sicher die Hölle heiß. Nein, darauf hat sie keine Lust. Deshalb verfällt Agatha in einen zügigen Dauerlauf und lässt Heinz neben sich her traben. Die Strecke bis zum Reitstall erscheint ihr immer länger zu werden, umso weniger Luft sie bekommt. Doch endlich erreicht sie atemlos das Tor. Ihre Reitstunde wird heute zwar etwas kürzer ausfallen, worüber sie allerdings nicht böse ist, weil sie sich jetzt total ausgelaugt fühlt. Keuchend führt sie den Wallach in den Stall und bindet ihn im Gang an, um ihm den Sattel aufzulegen. Einige Boxen sind leer und in anderen herrscht geschäftiges Treiben. Von Will und den Kindern ist nichts zu sehen und zu hören. Ob PePe wieder in seiner Box steht, hat sie beim Hereinkommen gar nicht beachtet. Eilens macht sie ihr Pferd fertig und geht den Gesprächen höflich aus dem Weg, die andere Reiter mit ihr anfangen wollen.
Die Reitkappe aufsetzend betritt Agatha mit Heinz am langen Zügel die Reithalle. Ein Blick in die Runde lässt sie staunen. Außer einem Reiter mit seinem Dressurpferd, der den hinteren Teil der Reithalle als Dressurviereck gebraucht, ist niemand anwesend.
Glück gehabt!
Wenn Will ungeduldig wartend hier gestanden hätte, hätte er gleich einen Anlass gehabt, sich über sie aufzuregen. Agatha führt Heinz an der kurzen Seite vor dem Stalltor langsam hin und her. Ihr Atem hat sich schon lange normalisiert, doch ihr Bauch gibt noch keine Ruhe. Als das Ziehen und Rumoren in leichte Schmerzen verfällt, bleibt sie stehen und lehnt sich erschöpft an die Bande. Der Wallach hält quer vor ihr an. Agatha schließt die Augen und atmet tief durch. Die leichten Krämpfe lassen nach und sie entspannt sich ein wenig. Um Kräfte zum Reiten zu sparen, setzt sie ihren Weg durch die Reithalle nicht fort, sondern verweilt einfach, wo sie ist. Der andere Reiter verlässt direkt an ihr vorbei die Reithalle. Heinz rührt sich nicht vom Fleck. Agatha nutzt die Pause zur Erholung. Es tut ihr sehr gut.

Plötzlich dreht das Pferd den Kopf und schnaubt. Agatha weiß nicht, wie lange sie dort gestanden hat. Als sie die Augen öffnet, schaut Will sie besorgt an:
„Was ist mit Ihnen?" fragt er ernst.
„Nichts. Ich habe auf Sie gewartet."
„Sie auf mich?" brüllt er sie an, „Wo waren Sie eigentlich? Als ich den Krankenwagen hörte, bin ich auf den Marktplatz gerast, doch zum Glück konnte ich weder Ihr Pferd noch Sie am Unfallort entdecken. Allerdings auch nirgends anders, weshalb ich bis zum Bahndamm alle Wege nach Ihnen abgesucht habe. Tun Sie das nie wieder!" er hatte sich in eine Wut hinein gesteigert, die ihn seit neustem immer überkommt, wenn er auf Agatha trifft. Sie hatte bisher mit schlafwandlerischer Sicherheit immer seinen wunden Punkt getroffen und ihn dermaßen in Rage versetzt, dass er oft überlegte, ob er ihr den hübschen Kopf zurecht rücken sollte, oder sie küssen, bis sie beide nicht mehr wissen, was sie tun. Zornig starrt er in ihr unschuldiges, fragendes Gesicht, das ihn selbst in seine Träume verfolgt, ohne dass er es verhindern kann.
Und möchte.
Als er die Sirene hörte, rannte er in den Hof und versuchte herauszubekommen, wohin das Fahrzeug unterwegs war. Zu seinem Entsetzten hielt es unweit in Richtung Ortsmitte. Wenn Agatha mit Heinz nun eine andere Richtung eingeschlagen hat und in den Ort, statt in den Wald gegangen war, könnte ihr etwas zugestoßen sein. Plötzlich schnürte ihm die Angst den Hals zu und die Erinnerungen waren wieder da.
Das Sirenengeheul ist für ihn seit dem unglückseligen Tag ein furchtbares Geräusch. Damals war er auch beschäftigt gewesen, während seine Frau draußen starb. Es hatte ihn beinahe den Verstand gekostet und seither war er sehr vorsichtig geworden. Monate später hatte er sich wieder im Griff, war hierher umgezogen und hatte sich geschworen, sich nie mehr so sehr an jemanden zu binden, damit er nie mehr in eine solche Situation geraten kann.
Aber Agatha hatte ihm da einen Strich durch die Rechnung gemacht. Seit er das erste Mal in ihre braunen Augen geschaut hatte, kämpft er immer wieder und immer stärker mit sorgenvollen und eifersüchtigen Gedanken, sobald sie nicht in seiner Nähe ist.
Es macht ihn sauer, weil er gegen seinen eigenen Vorsatz verstößt. Regeln werden von ihm eingehalten, dafür gibt es sie schließlich auch. Und deshalb ärgert es ihn immer so sehr, wenn Agatha dagegen arbeitete, oder einen Grundsatz übergeht.

Bisher hat er es vermieden, genauer darüber nachzudenken, warum ihn diese Wut bei ihr besonders stark überfällt. Denn er fürchtete, den wahren Grund für sein Verhalten ihr gegenüber zu kennen.
Niemals mehr wollte er sich in eine Frau verlieben. Deshalb hat er sich einige oberflächliche Liebschaften zugelegt, die ihm für seine Bedürfnisse genügen und niemanden zu etwas verpflichteten. Es gefiel ihm bisher so und den Damen auch.
Warum sollte er diesen Zustand ändern?
Nichts verlangt dies.
Nichts?
Und was war dann vorhin los, als er entdeckte, dass Agatha und Heinz fehlten und niemand sie seit einer Stunde gesehen hatte? Die Kinder übergab er an einen anderen Reiter, der noch darüber wachen sollte, dass sie alles ordentlich aufräumen und PePe nicht mit Zuckerstückchen umzubringen versuchen. Dann war er in sein Auto gesprungen und in den Ort gerast. Dass der Auffahrunfall am Marktplatz nichts mit ihr und dem Wallach zu tun hatte, beruhigte ihn nur zur Hälfte. Die Gewissheit, wie es den beiden geht, war ihm plötzlich das Wichtigste auf der Welt. Zurück am Reitstall, waren die zwei immer noch nicht eingetroffen. Sofort beschloss er, erneut los zu fahren und den Wald nach ihnen abzusuchen. Doch umso mehr Wege er absuchte, umso unruhiger wurde er. Auf dem Wiesenweg zum Ortseingang fand er sie ebenfalls nicht. Ihm fiel ein Stein vom Herzen, als er im Stall erfuhr, dass sie wieder da seien.
Seine Wut verflüchtigte sich auf der Stelle, als er Heinz in der Reithalle stehen sah und sie daneben bemerkte. Doch Agatha sieht nicht gut aus. Irgendwie grau im Gesicht. Vorher in PePes Box war ihm gar nicht aufgefallen, dass sie schlecht aussieht. Bei dem Gedanken schlägt seine Wut erneut in Besorgnis um: „Wo waren Sie so lange? Was ist passiert?" will er in ruhigerem Ton wissen, in dem allerdings noch Ärger mitschwingt. Heinz tritt einige Schritte vor und zurück und stupst ihn mit der Nase an, doch Will ignoriert ihn.
Agatha bekämpft gerade wieder einen krampfhaften Schmerz im Bauch und versucht, es sich nicht anmerken zu lassen. Sie schließt die Augen und schüttelt den Kopf.
Warum muss dieser Mann ständig mit ihr zanken? Gibt es irgendetwas, was ihn nicht an ihr aufregt?
Wenn sie ihm jetzt von dem Vorfall an der Koppel erzählt, wird er ihr glauben oder es als Ausrede abtun? Warum sollte er ihr die Geschichte mit der fremden Frau, von der sie noch nicht einmal

den Namen weiß, abnehmen, wenn er selbst den Unfall auf dem Marktplatz gesehen hat? Zwei Unfälle zur gleichen Zeit im selben Ort sind ungewöhnlich. Doch dafür kann sie nichts! Oder? In seinen Augen eventuell doch. Darauf wird sie es nicht ankommen lassen. Ihr fehlt die Energie für eine langwierige Diskussion. Deshalb wird sie ihm nichts sagen. Es geht ihn nichts an.
„Was ist mit Ihnen? Reden Sie mit mir!" seine Stimme klingt ein wenig so wie heute Nachmittag, als sie in den Stall kam. Einfühlsam und besorgt.
Sie öffnet die Augen und wird sofort von seinem Blick eingefangen. Agatha ist nahe dran, ihn zu fragen, warum er sie gesucht hat, doch sie entscheidet sich dagegen. Trotzig erwidert sie:
„Ich war spazieren, so wie ich es gesagt hatte. Warum und worüber sollte ich mit Ihnen reden?"
„Weil ich wissen will, wie es meinen Reitschülern geht. Und wenn es ihnen nicht gut geht, kann ich sie nicht aufs Pferd lassen. Verstanden?" und wieder hat sie es geschafft, dass er sauer ist. Warum kann sie nicht einfach sagen, was los ist? Sie sieht blass aus und abgekämpft, aber ihre Augen funkeln ihn wild entschlossen an. Er hat heute schon genug mit Kranken zu tun und macht sich deswegen große Sorgen. Warum muss diese Frau nur so stur sein?!
Sein letztes Wort aktiviert Agatha. Mit einem Ruck stößt sie sich von der Bande ab und schiebt Heinz von sich weg, sodass sie sich an Will vorbeidrängeln kann.
„Wenn wir nicht bald anfangen, ist die Zeit um." stellt sie energisch fest und fragt sachlich, „Brauchen Sie heute gar keine Longe und Peitsche?"
„Eigentlich sollte ich Ihnen heute keinen Unterricht mehr geben, so wie Sie aussehen. Aber da Sie scheinbar zu stur sind, um zuzugeben, dass es Ihnen nicht gut geht, warne ich Sie: Steigen Sie ab, bevor Sie vom Pferd fallen!"
„Zu Befehl, Herr General!" gibt Agatha zornig zurück und geht mit Heinz in die Mitte der freien Hälfte der Reithalle.
Will knirscht wütend mit den Zähnen. Von irgendwo her hat er Longe, Peitsche und Ausbinder geholt, die er dem Wallach jetzt anlegt. Die Zügel lässt er dran und als er sie aufs Pferd gehoben hat, zeigt er ihr, wie sie die Zügel beim Reiten halten soll.
Eine Weile geht alles gut. Agatha konzentriert sich auf das Tier unter ihr und die Kommandos von Will. Kurz nach dem Handwechsel breiten sich die Krämpfe in ihrem Bauch, die sich noch nicht ganz verloren hatten, auf den Magen aus. Mit jeder Runde scheinen sie stärker zu werden und plötzlich hat sie einen

ekelhaften Geschmack im Mund. Wenn sie nicht ganz schnell auf eine Toilette rennt, wird sie sich irgendwo anders übergeben müssen. Das wäre ihr sehr peinlich. Deshalb springt sie mitten im Trab ab und flitzt zu den Toiletten, die neben dem Hallentor unter den Tribünen eingebaut sind.
Sie schafft es gerade so, die Tür hinter sich zu zu werfen und den Deckel hoch zu klappen, ehe sie sich erbrechen muss. Immer wieder schütteln sie Krämpfe und nach einer Weile bekommt sie kaum noch Luft.
Dann hört es auf und sie kann sich den Mund auswaschen.
Der Bauch und der Magen tun ihr weh und sie befürchtet, dass es sie erneut würgt.

** * **

Will streicht mit der Hand vorsichtig über das verletzte Bein und tätschelt beruhigend das Hinterteil des Tieres. Die handlange Fleischwunde hat sich gut geschlossen. Er kann keine Spuren einer Vereiterung entdecken. Sulaika hat sich in den paar Tagen seit dem verrückten Montag dieser Woche den Umständen entsprechend erholt, doch Mutter noch nicht. Bei ihr wird es einige Zeit dauern.
Solche Tage wie dieser Montag sind übel.
Er war wie jeden Tag mittags nach Hause gefahren und hatte nach den Unzertrennlichen gesehen, bevor er wieder zur Arbeit wollte. Da stand Sulaika blutend und völlig verängstigt vor dem Stall. Aladin sah auch sehr aufgeregt aus, war aber unverletzt. Will hat bis heute nicht herausgefunden, was oder wer die Verletzung verursacht haben könnte. Es sah aufgerissen aus, allerdings könnte es auch ein Biss gewesen sein, so etwa, als hätte ein Reißzahn dieses Loch aufgefetzt. Der Tierarzt brauchte eine Stunde, um zu erscheinen. Dann entschied er sich dafür, die Wunde zu nähen, weil sie zu weit aufklaffte und Will eine große Narbe und eine drohende Entzündung verhindern wollte. Die ganze Sache kostete Will eine Menge Geld und Zeit, aber Sulaika ist es ihm wert. Aladin beobachtete die gesamte Prozedur sehr skeptisch. Den Tierarzt kennt er von seinen jährlichen Impfungen und Untersuchungen. Er wirkte sichtlich entspannter, als der Wagen des Veterinärs abgefahren war.
Wenig später musste Will Agatha suchen und fand sie in einem bedenklichen Zustand in der Reithalle wieder. Seine dunklen Vorahnungen bestätigten sich, als sie blitzschnell vom Pferd sprang

und in der Toilette verschwand. Die Longe noch in der Hand rannte er hinter ihr her. Heinz war erst artig stehen geblieben und folgte ihm dann zum Tor. Die Toilettentür knallte vor Wills Nase ins Schloss und dann hörte er, wie sie sich erbrach. Sofort machte er kehrt und schaffte das Pferd in seine Box. Er nahm ihm die Ausrüstung ab und bat die Reiterin des Nachbarpferdes und ihre Freundin, Heinz zu putzen. Die beiden erklärten sich einverstanden. Eilig räumte Will die Ausrüstung weg.
Auf dem Weg zurück in die Reithalle machte er sich Vorwürfe, dass er sie hatte auf das Pferd steigen lassen. Die grausigsten Gründe fielen ihm ein, was bei Agatha einen derartigen Brechreiz ausgelöst haben könnte. Die Toilettentür war immer noch geschlossen und er horchte angestrengt. Plötzlich rauschte Wasser und als es wieder still war, rief er sie beim Namen.
„Ja." krächzte Agatha und merkte selbst, wie komisch sich ihre Stimme anhörte, räusperte sich, schluckte und wiederholte klarer, „Ja."
„Kann ich Ihnen helfen?"
„Nein, danke. Es geht schon wieder." Agatha hoffte inständig, dass sie damit Recht behielt. Wenigstens bis nach Hause. Das Würgen hatte aufgehört, doch sie traute dem Frieden nicht. Von draußen ertönte seine besorgte Stimme:
„Soll ich einen Krankenwagen rufen?" Agatha musste grinsen. Hatte sie nicht vor einer Weile ähnliche Worte gebraucht? Sie schmunzelte in den Spiegel und stellte fest, dass das Kopfschütteln kein flaues Gefühl mehr im Bauch erzeugte. Da klopfte es erneut:
„Agatha? Reden sie mit mir!" forderte er.
„Ja, okay."
„Ich gehe schnell telefonieren."
„Nein! Ich brauche keinen Arzt. Mir war nur schlecht." „Warum?" Will lauschte angestrengt durch die Tür, als sie über Kindergartenkinder und Übelkeit berichtete. Weil sie ab und zu das Wasser aufdrehte, verstand er nur die Hälfte. Plötzlich fragte sie:
„Könnten Sie mir meine Jacke aus der Sattelkammer holen? Sie hängt am Sattelhalter."
„Ja, warten Sie hier." Will rannte los und holte die Jacke. Als er damit in der Hand um die Ecke der Tribüne kam, lehnte sie mit geschlossenen Augen am Tor. Sie hatte eine Gänsehaut und fror, dazu war sie gespenstisch bleich. Ehe sie irgendwelche anderen Vorschläge machen konnte, bestimmte er:
„Ich werde Sie nach Hause bringen."
„Danke, aber ich fahre selbst. Ich brauche mein Auto."

„Aber nicht heute und morgen. Da sollten sie erst einmal zum Arzt gehen. Und am Mittwoch kann ich Sie abholen, wenn es Ihnen wieder besser geht, oder ich bringe Ihnen den Wagen in die Stadt."
„Aber dann hätten Sie wieder kein Fahrzeug, mit dem Sie nach Hause kommen."
„Dafür fahren Busse."
„Das kann ich auch. Sie machen sich zu viele Umstände nur wegen mir."
„Ab in mein Auto mit Ihnen!" befahl er, nahm sie an den Schultern und schob sie zum Tor hinaus.
„Wo sind Ihre Schlüssel?" Protestierend holte sie ihre Handtasche aus ihrem Auto und ließ sich auf den Beifahrersitz seiner Limousine drücken. Auf der Fahrt zu ihr nach Hause, beruhigte er sie, denn sie machte sich Gedanken um ihr Pferd. An ihrer Wohnungstür wollte er noch ihre Telefonnummer wissen, damit er sich nach ihrer Verfassung erkundigen konnte. Sie reichte ihm mit klammen Fingern eine Visitenkarte. Es war ihm nicht wohl bei der Sache, sie hier so allein zurück zu lassen, doch sie versprach ihm, ihre Großmutter anzurufen.
Kaum war er wieder im Auto und hatte den Stadtrand erreicht, läutete sein Handy. Das Krankenhaus informierte ihn, dass seine Mutter eingeliefert worden war. Eine viertel Stunde später stand er an ihrem Bett im Klinikum. Sie hatte eine geprellte Schulter und ein ausgerenktes Schultergelenk. Die Wirkung der starken Schmerzmittel hatte sie in einen Schlaf versetzt, aus dem sie die gesamte Zeit, die er an ihrem Bett verbrachte, nicht richtig erwachte. Am kommenden Samstag darf er sie schon nach Hause holen. Darauf freut sie sich sehr, weil sie denkt, dann gleich wieder in Haus und Hof herumwirtschaften zu können. Der Arm ist in einer Schlinge fixiert, was noch etliche Zeit so bleiben wird. Es wird sicher ein hartes Stück Arbeit werden, sie davon zu überzeugen, einige Tage ruhig zu halten, damit sich ihr Körper ausheilen kann. Will durfte sie nur am Mittwoch und am Freitag besuchen, weil sie nicht wollte, dass er seine Zeit bei ihr im Krankenhaus verschwendet.
Typisch seine Mutter.
Er rief sie aber jeden Tag an. Sie wollte immer über seinen und den Zustand der Unzertrennlichen informiert werden. Es regte ihn noch jedes Mal auf, wenn sie ihn wie einen Schuljungen behandelte, doch so lange sie krank ist und vor allem im Krankenhaus liegt, wird er es stoisch und kommentarlos über sich ergehen lassen.

Seine Mutter, Sulaika und Aladin sind ein seit Jahren eingeschworenes Team. Die beiden Tiere sind bestimmt froh, Mutter in der nächsten Woche wieder zu sehen. Jeden Nachmittag verbringt sie etliche Zeit bei den beiden im Stall oder auf der Weide. Was sie außer putzen, füttern und ausmisten noch so treiben und besprechen, verheimlicht seine Mutter vor ihm. Wenn er sie mal danach fragt, bekommt er prompt dieselbe Antwort. Mit einem Lächeln erklärt sie ihm dann:
„Jede Frau hat ihre Geheimnisse, auch deine Mutter, mein Sohn." und zwinkert ihm schelmisch zu. Das ist ihm genauso rätselhaft, wie die Bemerkung, die sie fallen ließ, als er sie fragte, was geschehen sei, wie sie zu ihrer Verletzung gekommen war. Sie hat ihm die Geschichte von irgendeinem Raser erzählt. Allerdings ist Will noch nicht dahinter gekommen, ob sie angefahren wurde und dann gestürzt ist, oder nur gestürzt. Ebenso weiß er nicht, wie sie zu dem Krankenwagen kam, bzw. wer ihn rief, denn seine Mutter hatte kein Telefon bei sich.
Die ganze Woche über hatte Will die Autos beobachtet, die in den Wald hinein gefahren und heraus gekommen waren. Die unterschiedlichsten Nummernschilder befanden sich darunter, aber kein einziger ist zu schnell unterwegs gewesen. Will hat nicht annähernd so viel Zeit und Gelegenheit, den Verkehr auf dem Waldweg zu beobachten, wie seine Mutter, deshalb kann ihm der Raser durchaus entgangen sein.
Am Mittwoch brachte Will Agatha das Auto wieder. Ihre Wohnungstür wurde von einer älteren Frau geöffnet, die sich als ihre Großmutter vorstellte. Leider konnte er Agatha nicht sehen, denn er durfte nicht eintreten. Die Großmutter meinte, dass er sich nur anstecken würde. Agatha war die gesamte Woche krank geschrieben und wird am Montag erneut den Arzt aufsuchen.
Am Telefon hörte sie sich gestern Abend schon wieder erholter an. Sie wollte am Montag unbedingt wieder zu Heinz fahren und stritt sich deswegen verbissen mit Will. Doch er nahm ihr das Versprechen ab, erst wenn sie gesund geschrieben ist, wieder her zu kommen.
Sobald sie aus seinem Blickfeld verschwunden ist, verschwendet er kaum einen Gedanken an sie. Sie ist wohlbehütet und gut erzogen mit ausreichend Geld in der Familie aufgewachsen und hat als Tochter des hiesigen Großunternehmers teure Privatschulen besucht. Jetzt arbeitet sie in der Firma mit und leistete sich immer noch auf Daddys Kosten alle halben Jahre mehrere Wochen Urlaub in den angesagten Orten dieser Welt. Treu war sie noch nie, doch

dass ist Will völlig egal, denn er geht nur ins Bett mit ihr, sonst nichts. Nüchtern antwortet er:
„Ich kann mir nicht vorstellen, dass du lange allein warst. Wie geht's dir?"
„Gut. Doch es könnte mir besser gehen, denn im Moment bin ich sehr einsam." Im Grunde genommen stand schon vorher fest, worauf sie hinaus wollte. Es gab noch nie einen anderen Anlass, aus dem sie ihn angerufen hat. Mit einem Mal macht es ihn wütend.
Und warum ruft Agatha nicht zurück?
Hat sie etwa ein Date heute Abend?
Über eine Beziehung haben sie nie gesprochen. Abwesend rät er Flavia:
„Dann tu was dagegen."
„Genau deshalb rufe ich dich an. Hast du heute Abend Zeit für mich?"
Hatte er?
Wer sollte es ihm denn verwehren?!
Und wenn Agatha auch jemanden angerufen hat, um nicht allein zu sein? Diese Möglichkeit macht ihn rasend eifersüchtig. Was sie kann, kann er auch! Deshalb meint er trotzig: „Eigentlich nicht. Aber Pläne sind zum ändern da und ich habe heute das Haus für mich."
„Das ist toll, Süßer. Ich bin schon unterwegs. Du wirst es nicht bereuen." säuselt sie freudig. Ihre Stimme klingt ziemlich überdreht und ist im nächsten Moment weg. Irgendwie fühlt Will sich, als ob er dabei wäre, fremd zu gehen. Es ärgert ihn. So ein Quatsch!
Was bildest du dir ein, Mann?
Mit Agatha verbindet ihn keine ernsthafte Beziehung und Flavia war schon immer eine gute Idee. Sie hat ihn bereits öfter von einer trüben Stimmung befreit. Und sie ist nur daran interessiert, einen potenten Mann abzukriegen. Das kann sie haben. Außerdem gehört sie zu denen, die er auch einmal härter anfassen kann. Sie mag die ungestüme Art, mit der er sie nimmt, wenn er auf diese Weise Frust abbauen will. Bisher hat es immer geklappt. Vielleicht bekommt er den Kopf frei und wird seine Sorgen für eine Weile los. Zu seiner eigenen Bestätigung rechnet er sich aus, dass es schon über zwei Wochen her ist, seit er das letzte Mal mit einer Frau geschlafen hat. Er muss seinem Körper endlich entgegen kommen. Mit einem derartigen Verlangen herumzulaufen, macht ihn reizbar und missmutig.
Will legt das Telefon beiseite und verlässt die Stube. Eben zieht er sich das T-Shirt über den Kopf, als es an der Haustür läutet.

** * **

Der Montagmorgen hat Sonnenschein mitgebracht und in einer Stunde soll Agatha bei ihrem Hausarzt sein. Der Virus, den sie sich in der vergangenen Woche eingehandelt hatte, war sehr hartnäckig und kostete sie sieben Kilo Gewicht und viel Kraft. Sie war kurz davor, ins Krankenhaus einzuziehen, weil sie tagelang nichts essen und kaum etwas Flüssigkeit zu sich nehmen konnte. Sie fühlte sich wie ein Schluck Wasser in der Kurve, kraftlos, selbst zu schlapp zum denken.
„Du bist nur noch Haut und Knochen. Iss vernünftig und regelmäßig!" klingt Großmamas Stimme in ihren Ohren nach. Von Freitagnachmittag bis Sonntagabend hatte sie ihrer einzigen Enkeltochter eine Verwöhnkur angedeihen lassen, die sie wieder in Schwung bringen sollte. Natürlich hat es geklappt. Agatha fühlt sich weit besser als in der vorigen Woche. Als sie am Sonntag spät abends nach Hause kam, weil sie nach dem Abendessen noch einen zeitraubenden Schwatz mit Oma gemacht hatte, war eine lange Reihe Nachrichten auf dem Anrufbeantworter, genauso wie auf der Mailbox ihres Handys. Dieses hatte sie in der Seitentasche des Autos vergessen und als es ihr am Sonnabend auffiel, war es wegen Strommangel ausgegangen.
Zu Hause lud sie es wieder auf und schaltete es erst vorhin nach dem Frühstück wieder ein. Bruni, Will und Ronny hatten Nachrichten hinterlassen. Die beiden Männer hörten sich irgendwie seltsam an und Agatha beschloss, Will nach ihrem Arztbesuch anzurufen. Mit Bruni wird sie heute Abend telefonieren, denn dann hat diese erst Zeit zum Quatschen. Ronny will Agatha weder sehen noch hören. Der wird sie bestimmt davon überzeugen wollen, dass sie ihm verzeiht. Doch das kann er sich abschminken. Nie wieder will Agatha etwas mit ihm zu tun haben.
Jetzt steht sie vor ihrem Spiegel und dreht sich hin und her. Die Jeans waren ihr letzten Monat noch zu eng und nun muss sie einen Gürtel benutzen, damit sie nicht plötzlich ohne Hose dasteht. Das Oberteil ist glücklicher Weise so geschnitten, dass es lose um sie herum flattern kann, ohne hässlich zu wirken. Selbst ihre Oberweite hat gelitten. Agatha ist deswegen nicht platt geworden, doch es macht sich erheblich an ihrer Unterwäsche bemerkbar. Den Gürtel schließend geht sie ins Bad, um sich etwas Make up zu gönnen, bevor sie ihren Kaffee austrinkt und zum Arzt aufbricht.
Die Praxis ist nur ein paar Straßen weiter, da kann sie zu Fuß unterwegs sein. Im Warteraum ist heute kaum ein Mensch

anwesend, allerdings ändert sich dieser Zustand schlagartig, kaum das Agatha Platz genommen hat. Doch nach einer Stunde steht sie bereits wieder auf der Straße und geht zur Post, um ihren Krankenschein in einem Briefumschlag weg zu schicken. Den Anruf bei ihrer Chefin wird sie sofort erledigen, wenn sie zu Hause ist.

Nach einem kurzen Abstecher in den großen Einkaufsmarkt schlendert sie langsam heim, weil sie das Laufen nun doch enorm anstrengt. Auf der Straße vor ihrem Wohnblock herrscht reger Verkehr und Agatha fummelt ihren Schlüssel aus der Handtasche. Sie tritt zwischen zwei parkende Autos auf die Straße und schaut sich um. Da entgleitet ihr der Schlüsselbund. Frustriert bückt sie sich danach und schon droht ihre Handtasche herunter zu fallen. Also hockt sie sich hin, klemmt die Handtasche unter einen Arm und stellt die Einkaufstasche neben sich. Dann angelt sie den Schlüsselbund unter dem Heck einer großen Limousine hervor, wobei sie mit dem Ärmel ihrer pastellblauen Jacke die Stoßstange abwischt. Verflixt! Der schwarze Streifen ärgert sie. Er lässt sich nicht einfach abputzen. Ihre Handfläche ist vom Rubbeln über den Stoff schmutzig grau geworden, sonst ist nichts passiert. Hoffentlich geht der Dreck beim Waschen wieder raus. Mit diesem Gedanken steht sie auf, greift die Tüte mit dem Einkauf und ist drauf und dran, auf die Fahrbahn zu stürmen.

Das Geräusch quietschend bremsender Reifen erschreckt sie zutiefst. Abrupt bleibt sie stehen. Eine Handbreit von ihrem Knie entfernt befindet sich die Stoßstange eines Autos. Schnell tritt sie wieder zurück zwischen die parkenden Wagen.

„Na endlich! Wo waren Sie die ganze Zeit?" Perplex schaut Agatha den Fahrer des Autos an, in das sie beinahe hinein gerannt wäre. Irgendwie ist sie zu keiner Antwort fähig, weil sie nur staunen kann, was er am Vormittag hier in der Stadt macht. Er sucht sie?

Den Kopf aus dem offenen Fenster der Fahrertür haltend ruft er rüber:

„Bleiben Sie, wo Sie sind! Ich parke." Will tritt auf das Gaspedal und schiebt sich in eine Lücke auf der anderen Straßenseite. Kaum hat er die Bremse betätigt, reißt er den Schlüssel raus und die Tür auf. Als er aussteigt, sieht er sich nach Agatha um. Sie hat auf ihn gehört und ist stehen geblieben. Im Losrennen wirft er die Tür hinter sich zu und drückt die Fernbedienung. Dann trabt er über die Straße und an den Autos entlang. Agatha sieht Will eilig auf sich zu marschieren und ist sich nicht ganz sicher, ob sie in einem Tagtraum gefangen ist oder alles wirklich geschieht. Manchmal hatte sie sich vorgestellt, wie er auf sie zukommt, sie wortlos in die Arme schließt und einfach nur festhält.

Im nächsten Moment bemerkt sie sein besorgtes Gesicht und ein schrecklicher Gedanke schießt ihr durch den Kopf.
Heinz ist etwas passiert.
Eine andere Erklärung fällt ihr nicht ein. Warum sonst sollte Will zu ihr gefahren sein? Ihr wird komisch und sie muss sich zusammen reißen, um aufrecht zu bleiben. Deshalb hat er ständig probiert, sie anzurufen und tausend Nachrichten hinterlassen. Ihr Mund ist ganz trocken und sie versucht, nicht in Panik zu verfallen. Da hat er sie erreicht.
„Tag." Meine Güte, denkt Will, sie sieht abgezehrt aus. Am liebsten würde er ihr Gesicht in die Hände nehmen und ihre bleichen Wangen streicheln. Stattdessen fragt er: „Wie geht's Ihnen?"
„Danke. Besser." Agatha versinkt in diesen blauen Augen und quetscht noch ein „Hallo." hervor. Will sieht zwar besorgt aus, aber er strahlt eine starke Ruhe aus, die ihr das panische Angstgefühl nimmt. Doch die Frage, warum er hier ist, drängt sich in den Vordergrund. Deshalb erkundigt sie sich ängstlich: „Was ist passiert? Geht es Heinz gut?"
„Ja. Es geht ihm gut, aber ich muss mit Ihnen reden." „Worüber?" Ihre Stimme hört sich leicht hysterisch an und sie scheint sich in keinem guten Zustand zu befinden. Will hegt eher die Befürchtung, Agatha könnte ihm hier jeden Moment vor die Füße sinken und das Bewusstsein verlieren. Weil er ihr die Sache erklären muss und es nicht so über den Gartenzaun regeln will, versucht er, sie nach drinnen zu bewegen. Deshalb fragt er:
„Müssen wir das auf der Straße besprechen?"
„Nein. Wir können nach oben gehen." Agatha hat das Gefühl, dass ihre Beine sie nicht mehr lange tragen werden. Da greift Will nach ihrer Einkaufstasche und nimmt sie ihr ab.
„Geben sie her!" Ohne Widerrede gibt sie ihm die schwere Tüte und er dreht sich nach dem Verkehr auf der Straße um. Als sich eine Lücke auftut, fasst er ihre Hand und führt sie über die Fahrbahn und zu ihrem Hauseingang. Agathas Haut verströmt Eiseskälte und sie schaut ihn immer noch so verschreckt an, wie vorhin, als er sie beinahe aufgegabelt hätte. Bis zu diesem Moment sah er sie nicht, weder beim Verlassen des Hauses noch beim Einsteigen in sein Auto. Er war echt erschrocken, als sie urplötzlich zwischen den Autos auftauchte und Anstalten machte, ihm vor die Kühlerhaube zu laufen.
Jetzt steigt sie vor ihm die Stufen hoch und schließt ihre Wohnungstür auf. Der Duft von Kaffee und ihrem Parfüm mischen sich in seiner Nase und lösen ein angenehmes Gefühl aus. Sie lotst

ihn in die Küche und er stellt die Einkaufstüte neben dem kleinen runden Tisch vor dem Fenster ab.

Ängstlich schaut sie Will an. Was wird er wohl mit ihr bereden wollen? Wie schlimm ist es, wenn er es ihr nicht einfach auf der Straße sagen möchte? Agathas Beine haben keine Kraft mehr. Sie setzt sich auf einen der beiden Stühle am Tisch. Den leichten Schwindel, der sie erfasst, bekämpft sie, indem sie die Augen schließt und tief durchatmet.

„Agatha?" hört sie ihn fragen, „Was ist mit Ihnen?" seine Stimme klingt besorgt und gibt ihr ein wunderbares Gefühl von Geborgenheit. Sie öffnet die Augen und spürt, wie er nach ihren Händen greift. Seine Hände sind so herrlich warm. Genauso warm wie der Blick seiner blauen Augen. Er hat sich vor sie hin gehockt und schaut ihr forschend ins Gesicht.

„Es geht schon wieder. Mir war nur schwindlig."

„Frieren Sie? Sie haben eiskalte Hände."

„Die habe ich oft, deswegen ist mir nicht gleich kalt."

„Waren Sie beim Arzt?"

„Ja, eben. Ich bin noch die ganze Woche krank geschrieben." In Gedanken an ihre Diskussion in der vergangenen Woche muss Agatha lächeln. „Ich weiß nicht, ob ich es bis nächste Woche ohne Heinz aushalte." Wills Finger umschließen ihre Hände und Handgelenke und seine Daumen streicheln sie sacht. Er hockt vor ihr und lächelt sie an. Seine weißen Zähne blitzen im Sonnenlicht, das hinter ihr zum Küchenfenster herein fällt. Sonnenstrahlen verfangen sich in seinem weißblonden Haar und lassen es leuchten. Agatha möchte so gern die Hand ausstrecken und ihre Finger durch die dichte, feine Fülle schieben, ihn streicheln und küssen. Plötzlich merkt sie, wie sie seine Hände festhält und sie sich tief in die Augen sehen.

Es ist und bleibt ein Wunschtraum.

Er wird so ein hässliches Hühnchen wie sie nie lieben können und sie will sich niemals wieder einen Mann mit anderen Frauen teilen müssen. Energisch schüttelt sie die schönen Ideen ab und fragt:

„Was wollten Sie mit mir besprechen?"

Will ist gerade derart tief in diesen braunen Augen versunken, dass es ihm richtig schwer fällt, auf ihre Frage, die nur am Rande in sein Bewusstsein dringt, zu reagieren. Er räuspert sich und erklärt:

„Als ich heute morgen in den Stall kam, stand Power Point auf drei Beinen. Wo er sich verletzt hat und warum, weiß ich nicht. Die Prognose des Tierarztes besagt, dass er in den nächsten beiden Wochen keinen Schritt laufen darf. Danach müssen wir erst einmal sehen, wie lange er noch braucht, bis er wieder einsetzbar ist.

Deswegen habe ich nun kein Pferd für die Kinder, denn da Gama ist dafür ungeeignet. Im Gegensatz zu Heinz. Weshalb ich Sie fragen wollte, ob ich ihn zum Longieren für die Kinder nutzen darf. Was sagen Sie dazu, Agatha?"
„Sie meinen, er wird sich bei der Kinderschar benehmen?" „Ganz sicher." Will nickt lächelnd, „Immer wenn sie die Pferde begrüßen, halten sie sich besonders lange bei ihm auf. Heinz genießt die Streicheleinheiten und hält still. Ich habe noch nie beobachtet, dass er mal gescheut hat."
Agatha freut sich. Wenn der Wallach mitspielt, kann sie ohne Bedenken Wills Wunsch entsprechen. Heinz ist vermutlich auch begeistert, wieder mitarbeiten zu können. Ihm fehlt der Turniertrubel sicher ein wenig und die Herausforderungen, die er bei Bruni bewältigen musste. Es kommt ihm bestimmt wie Urlaub vor, hier nur Koppel, Box und etwas Longenarbeit mitzumachen.
„Wenn das so ist, können Sie ihn natürlich nutzen. Er ist rundherum versichert und ich vertraue Ihnen. In dieser Woche kann ich sowieso noch nicht reiten und auch nicht mit ihm spazieren gehen. Wie oft trainieren Sie mit den Kindern?"
„Seit letzter Woche Montag und Mittwoch. Am Freitag habe ich keine Zeit mehr, deshalb haben wir die Übungsstunde auf Montag verschoben. Vielleicht könnten wir Ihre Reitstunden auf Dienstag, Donnerstag und Freitag verlegen. Auf diese Weise hätte Heinz jeden Tag etwas zu tun."
„Okay, das ist gut. Ich denke, so haben alle etwas davon." Ein kleines glückliches Lächeln huscht über ihr Gesicht. Agatha holt tief Luft. Sie ist unendlich erleichtert, dass Heinz wohlauf ist. „Aber ich kann immer erst nachmittags da sein."
„Das geht klar. Danke, Agatha. Die Kinder werden sich freuen. Und über die Modalitäten sprechen wir später. Heinz soll ja nicht ohne Gegenleistung für mich laufen."
„Wieso für Sie? Ich denke die Kinder reiten auf ihm."
„Ja, natürlich. Aber die Kinder kommen bei mir privat reiten. Wir haben keinen Verein sondern einen reinen Pensionsstall. Die Kinder standen eines Tages am Zaun und fragten, ob sie 66 die Pferde einmal streicheln dürfen. Damals habe ich mir überlegt, Power Point zu verkaufen, weil ich keine Verwendung für ihn hatte. Doch somit hat er eine Aufgabe bekommen." Will zuckt mit den Schultern, steht auf und lehnt sich an die Küchenzeile hinter ihm, „Also habe ich ihn behalten, auch wenn der Chef es nicht gern sieht, dass die Kinder im Stall sind. Ich finde, Nachwuchs zu betreuen und heranzuziehen, ist gut."

„Richtig. Der Meinung bin ich auch." Auf einmal kommt ihr eine Idee und sie erkundigt sich, „Wollen sie die Kinder zum Turniersport ausbilden oder als Freizeitreiter?"
„Das sollen sie für sich selbst entscheiden. Wenn sich aber einer dafür begeistert und bereit ist, hart zu trainieren, würde ich ihm eine Chance auf da Gama einräumen."
„Da Gama geht im Turniersport?"
„Ja, deswegen habe ich freitags keine Zeit mehr. Oft muss ich schon Freitag Abend anreisen. In den nächsten Monaten könnte es vorkommen, dass ich dann auch mal keine Zeit für Sie haben werde."
„Ich verstehe." Agatha senkt den Blick auf ihre Hände. Diesen Satz hat sie schon so oft gehört und wundert sich, dass sie ihn immer noch als schmerzhaft empfindet. Zuerst fingen ihre Eltern an, keine Zeit für sie zu haben und dann war es Ronny, den sie gern lieben wollte, der sich aber niemals wirklich Zeit für sie nahm. Und nun Will.
Unbewusst holt sie tief Luft. Etwas erschrocken hebt sie den Blick zu Will, als er vorsichtig fragt:
„Was verstehen Sie?"
„Na ja, dass es manchmal nicht möglich ist, erst am Samstag oder Sonntag hinzufahren."
„Woher kennen Sie Reitsportturniere?"
„Meine Freundin hat mir davon erzählt, wenn sie mit..." beinahe hätte Agatha sich verraten, doch sie kann es im letzten Moment abbiegen, macht eine Handbewegung und setzt erneut an, „wenn sie mit geritten ist. Ab und zu konnte ich dabei sein und zuschauen."
„Nur zuschauen?"
„Ja. Nur zuschauen."
„Dann haben Sie bei ihr reiten gelernt?" Es war ein Schuss ins Blaue, doch er wollte es unbedingt erfahren. Aber sie blieb hartnäckig und verschlossen.
„Nein." Agatha schüttelt den Kopf und nimmt sich vor, besser aufzupassen, was sie Will erzählt. Er ist ein schlauer Bursche und kann locker zwei und zwei zusammenzählen. Nachdenklich schaut er sie an. Agatha hat das Gefühl, durchleuchtet zu werden.
„Waren Sie vergangenes Wochenende bei ihr?" Seine Frage verblüfft sie dermaßen, dass sie automatisch antwortet, bis ihr Verstand wieder einsetzt und auf den Alarmknopf drückt.
„Nein. Ich war bei..." erstaunt und nachdenklich schaut sie zu ihm hoch. Woher weiß er, dass ich nicht da war und warum interessiert

es ihn? Als sie nicht weiter spricht, beendet Will ihren Satz mit einer Frage:
„Bei Ihrem Freund?" Sofort schießt Wut durch ihre Adern. Was geht es ihn an? Sie ist nicht mit ihm liiert und er scheint sich sowieso mehr für die Pferde als für Frauen zu interessieren, außer sie liegen gerade in seinem Bett. Wieso sollte sie ihm dann sagen, wo sie war? Wird das ein Verhör?
Das ist ja wohl die Höhe. Sie ist ihm keine Rechenschaft schuldig! Ungeahnte Kräfte lassen sie von ihrem Stuhl aufspringen, um ihm schwer verärgert ihre Antwort vor den Bug zu knallen:
„Und wenn ich auf dem Mond war, geht Sie das noch lange nichts an! Warum fragen Sie mich das?"
„Weil Sie seit Freitagabend nicht an Ihre Telefone gegangen sind und zu Hause waren Sie auch nicht!" Leider hat sie mit ihrer Antwort Wills Bedenken, dass sie schon vergeben sein könnte, nicht beseitigt. Er wüsste es nur zu gern, doch aus der Frau kriegt er kaum etwas raus.
Warum nur?
Diese Frage macht ihn erneut sauer und er tritt näher an sie heran. Es juckt ihm in den Fingern, sie anzufassen und festzuhalten, um seinen Fragen Nachdruck zu verleihen. Da sie um etliches kleiner ist als er, muss sie den Kopf in den Nacken legen, wenn sie ihm ins Gesicht schauen will.
Das Licht vom Fenster hinter ihr zaubert einen irisierenden Glanz in ihr Haar, das ebenso dunkel ist, wie das ihres Pferdes. Auch ihre funkelnden Augen ziehen ihn magisch an und am liebsten würde er...
 Zornig blitzt Agatha ihn an und stemmt die Hände in die Seiten:
„Ich war bei...," setzt sie an, bis sie sich entscheidet, ihm nichts über sich zu verraten. Dafür fragt sie empört: „Verflixt noch mal! Spionieren Sie mir etwa nach?"
„Nein, dafür habe ich keine Zeit." antwortet er gereizt, „Ich wollte einfach nur mit Ihnen sprechen. Entschuldigung, dass es mich interessiert hat, wie es Ihnen geht!"
Verdattert prüft Agatha sein Mienenspiel, ob er es wirklich ernst meint, was er da gerade behauptet hat. Sein Blick hat so gar nichts Hinterhältiges und andere Anzeichen von Lügen oder Häme kann Agatha ebenfalls nicht finden. Nur Ärger und Sorge. Warum ist es für ihn wichtig, mit ihr zu reden? Sie hat sich zwar jeden Abend über die paar Minuten gefreut, in denen sie seine Aufmerksamkeit und den Klang seiner dunklen Stimme genießen durfte, doch sie hätte nie gedacht, dass es ihm so wichtig sein könnte.

Plötzlich verschwimmt sein Gesicht vor ihren Augen und sie fühlt sich wie in einem Ballon mit sich ständig bewegenden Seiten. Behutsam lässt sie sich auf ihren Stuhl sinken, schließt die Augen und atmet tief und regelmäßig. Der Schwindelanfall ist nur kurz, aber jetzt fühlt sie sich unendlich schwach und ausgelaugt. Die Aufregung war zu viel für sie. Aufspringen hätte sie auch nicht sollen, zumindest nicht so schnell.

„Danke der Nachfrage." sagt sie leise und hofft, dass er nicht merkt, wie schlecht ihre Verfassung wirklich ist. Niemals wieder wollte sie ihm in einem so elendigen Zustand begegnen, wo er sie doch schon vergangene Woche krank am Hals hatte. Kein Wunder, wenn er sauer auf sie ist, bei den Umständen die sie ihm macht. Vorsichtig versucht sie ein versöhnliches Lächeln in ihr Gesicht zu kriegen, obwohl sie sich da nicht ganz sicher ist und meint:

„Würden Sie mich bitte anrufen, Will und mir sagen, wie Heinz und die Kinder miteinander zurecht kamen?"

Will trat einen Schritt zurück, als sie sich setzte. Jetzt nickt er und betrachtet sie besorgt. Die schwarzen Wimpern heben sich krass von ihrer bleichen Gesichtshaut ab und mit einer Hand klammert sie sich an die Tischkante, dass die Knöchel weiß hervortreten. Ihr war bestimmt wieder schwindlig, doch sie sagt kein Wort davon. Warum nur will sie tapfer sein und sich aufrecht halten, wenn es ihr doch so mies geht? Am liebsten würde er sie ins Bett tragen und persönlich sicherstellen, dass sie dort bleibt und sich ausruht. Aber er muss wieder zurück in den Pferdestall und vorher noch zu Hause vorbeischauen.

Mutter hatte sich heute nur überreden lassen, kein Mittagessen zu kochen, weil er ihr versprach, aus der Stadt etwas mitzubringen. Also muss er noch zu dem Asia-Imbiss am Großmarkt und seine Bestellung abholen.

Will schaut auf die Uhr an der Wand über dem Tischchen. Es wird höchste Zeit, wenn er alles schaffen möchte, was anliegt. Da Gama hat er heute auf die Koppel gestellt. Der kann einen freien Tag gebrauchen. Sulaika und Aladin sind glücklich, dass Mutter sie wieder betuttelt. Gefüttert und ausgemistet werden sie von ihm selbst, denn Mutter kann ihren Arm noch nicht benutzen. Nachdenklich beobachtet er Agathas schmales, kalkweißes Gesicht, als er antwortet: „Natürlich rufe ich Sie wieder an. Kann ich sonst noch etwas für Sie tun?"

„Nein, danke. Ich muss mich nur ausruhen. Das wird schon wieder." Mit mehr Kraft, als sie sich zugetraut hat, erhebt sie sich und geht in den Flur. Will folgt ihr.

Er ringt immer noch mit sich. Soll er einen Krankenwagen rufen? Etwas unentschlossen bemerkt er:
„Gut. Dann werde ich jetzt gehen." Agatha nickt, zuerst wortlos, dann sagt sie leise:
„Das mit PePe tut mir leid. Tschüss, bis dann am Telefon." und versucht ein Lächeln. Es wird nur sehr kurz. Sie öffnet die Wohnungstür und ist froh, die Klinke als Halt zu haben, denn sie kann kaum noch aufrecht stehen. Doch Wills prüfendem Blick begegnet sie standhaft. Agatha ringt sich noch ein halbwegs freundliches Lächeln ab, als er nickt und sagt:
„Bis dann." und zügig in den Treppenflur tritt. Seine Schritte entfernen sich Stufe für Stufe nach unten, während Agatha die Tür schließt. Sie ist mit ihrer Energie absolut am Ende. Den Rücken an das Türblatt gelehnt, rutscht sie daran herunter. In den Beinen scheint Gelee herum zu schwimmen. Sie gehorchen ihr nicht mehr. Ihr wird erneut schwummrig und dann schwarz von Augen. Agatha spürt nicht mehr, wie sie zur Seite sackt und mit dem Kopf auf der Schwelle der Küchentür den kalten Fußboden berührt.
Im gleichen Moment fällt mit einem metallischen Klick hinter Will die Haustür ins Schloss. Einige Schritte weiter verharrt er und schaut hoch zu den Fenstern im zweiten Stock. Er hat kein gutes Gefühl bei der Sache, sie so ganz allein zu lassen. Ihr körperlicher Zustand bereitet ihm Sorgen. Isst sie überhaupt genug? Trinkt sie ausreichend? Aaach, Mensch! Du hast genug zu tun und dann machst du dir noch Sorgen um diese Frau! Was soll das? Will weigert sich, diesen Gedankengang weiter zu verfolgen, steigt in seinen Wagen und gibt energisch Gas.
Nachdem er am Asia-Imbiss seine Bestellung abgeholt hat, steuert er sein Auto erneut auf die Ausfallstraße zum Stadtrand zurück. Ihr blasses Gesicht ständig vor Augen und die kalten Hände, die sich an seine klammerten, in Erinnerung. Ob er noch einmal schnell bei Agatha nach dem Rechten sieht?

** * **

Heinz schwarzes Fell ist schmutzig verklebt, sie putzen ihn schlampig! Agatha behagt diese Feststellung überhaupt nicht und sie wird es Will sagen müssen. Na gut, die kleinen Kinder kommen lange noch nicht bis auf Heinz' Rücken. Aber Will könnte wirklich mal selbst die Kardätsche in die Hand nehmen und die Sattellage des Wallachs abbürsten. Heinz' Beine und Hufe sind ebenfalls dreckig, doch dass kann vom Koppelgang herrühren. So viel Zeit hat Will nun auch wieder nicht, dass er Heinz nach der Koppel komplett reinigen kann. Agatha streichelt die Mähne und das rabenschwarze Fell des Pferdes und lächelt über seine Reaktion. Seinen Geruch tief einatmend hat sie ihm die Arme um den Hals geschlungen. Heinz legt seinen Hals und Kopf um ihren Körper herum und beschnuffelt sie. Sicher ist er auf der Suche nach diversen Leckereien, die sie in den großen Jackentaschen verbarg. Natürlich bekam er sie gleich zu naschen, doch mit seinem feinen Geruchssinn kann er die Verstecke in ihrer Kleidung immer noch ausmachen. Als Spürhund für Leckerlis ist Heinz schon immer super gewesen. Sein warmer Atem dringt durch ihr dünnes T-Shirt bis auf die Haut ihres Rückens und ihrer Seite und hinterlässt ein sehr angenehmes Gefühl. Heinz hat sie freudig begrüßt und ihr den Kopf zum Streicheln hingehalten, als Agatha vor etlichen Minuten die Box betrat. Eigentlich ist um diese abendliche Zeit schon längst Ruhe im Pferdestall, doch Agatha durfte heute noch einmal hinein.

„Ausnahmsweise!" betonte Will, „Nur ausnahmsweise!" Agatha muss schmunzeln bei der Erinnerung, denn er hatte nur Sekunden vorher bestimmt, dass sie nur unter einer Bedingung mitfahren darf, um Heinz ausgiebig zu streicheln. Der Wallach wäre die ganze Woche schon sehr zurückhaltend und schüchtern gewesen, erzählte Will ihr auf der Fahrt von der Stadt zum Pferdestall. Ein untrügliches Zeichen dafür, dass ihm seine Reiterin fehlt und er sich einsam fühlt. Bei dieser Ansage bemühte Will sich, ein ernsthaftes Gesicht hinzubekommen. Irgendwann zwischendurch stahl sich aber ein verschmitztes Lächeln in seine Mimik und gab ihm den Ausdruck eines kleinen Jungen, der endlich bekommen hatte, was er sich schon so lange wünscht. Als Agatha ihn anlachte, machte er sie energisch darauf aufmerksam, dass es daran gar nichts Lustiges gäbe. So ein Pferd sei auch nur ein Mensch und Heinz sei schließlich noch fremd in diesem Stall.

Dann war Will nur noch stur durch die Windschutzscheibe starrend gefahren, bis er sie am Pferdestall aussteigen ließ. Es war ihr sehr recht, denn so konnte sie sich der Vorfreude auf ihr Pferd hingeben, während sie die von der untergehenden Sonne beschienene Landschaft betrachtete. Will fuhr ziemlich schnell und brauchte deshalb weniger Zeit für diese Strecke, als Agatha, wenn sie allein hinfährt. Schwungvoll bog er in das Hoftor ein und stoppte direkt vor dem großen Stalltor. Er wies sie an, sitzen zu bleiben und kam sogar um das Auto herum, um ihr galant heraus zu helfen. Als sie sich dafür freundlich bedankte, merkte er nur trocken an:

„Reine Vorsichtsmaßnahme. Ich möchte lediglich sicher gehen, dass Ihnen nicht erneut etwas zustößt." Sein fragender Blick ruhte demonstrativ auf der lädierten Stelle ihres Gesichts, die sie heute gründlich unter Make up verschwinden ließ, bohrte sich dann tief in ihre Augen, bis sie ihm auswich, weil sie Angst hatte, er könne darin lesen, was wirklich geschehen war.
Am Montagnachmittag war Agatha auf dem Boden liegend zu sich gekommen. Nachdem sie sich langsam aufgerappelt hatte, war sie in ihr Bett gekrochen und hatte sich mit letzter Kraft in die Decken eingerollt. Noch nie in ihrem Leben hatte sie dermaßen gefroren. Sie klapperte buchstäblich mit den Zähnen. Es dauerte aber nur Sekunden, da war sie wieder eingeschlafen oder bewusstlos, das kann sie nicht mit Sicherheit sagen.
Das nächste, was sie registrierte, war Großmama, die mit einer Tasse dampfend heißem Tee neben ihrem Bett stand und mit ihr sprach. Ihre Oma hatte sich entschieden, noch ein paar Tage nach Agatha zu sehen und war gegen Abend in der Wohnung aufgetaucht. Es kam Agatha vor wie ein Traum. Zum Glück war ihr wieder warm geworden, doch sie fühlte sich immer noch ausgelaugt. Während sie Schluckweise den köstlichen Kräutertee mit viel Honig schlürfte, erzählte sie Großmama, was am Tage passiert war. Also den Teil, der nicht von einem Filmriss ausgelöscht worden war. Großmama setzte sich zu ihr auf die Bettkante und hörte so geduldig zu wie immer. Das einzige, was Agatha in ihrem Bericht ausließ, war das, was sie für Will empfand. Als die Teetasse leer war und Agatha ihre Erzählung beendet hatte, entschied Großmama, dass sie etwas kocht in der Zeit, in der Agatha ein erholsames Bad nehmen sollte. Der Vorschlag war so gut, dass er sofort in die Tat umgesetzt wurde.
Keine Stunde später servierte Großmama das Abendessen im Bett. Jeder in einer Betthälfte sitzend, einen köstlich beladenen, duftenden Teller auf einem Tablett vor sich, machten sie es sich gemütlich und ließen es sich schmecken. Ungestört und bar jeder Hektik. Solche Situationen hatte Großmama schon öfter arrangiert. Vornehmlich, wenn es Agatha nicht gut ging. Es wirkte immer wie Balsam. Wunderbar und enorm heilsam.
Dann war Großmama zufrieden lächelnd mit den beiden Tabletts und den leeren Tellern darauf unterwegs in die Küche, als das Telefon klingelte. Es lag auf Agathas Nachttischchen. Sie angelte es herunter und drückte auf den Knopf. Im nächsten Moment durchflutete sie große Freude, die sie von innen wärmte.
Will rief an.

Er erkundigte sich, wie sie den Tag überstanden hat. Versöhnlich erzählte sie ihm, dass sie fast die ganze Zeit verschlafen habe und nun nach dem Bad und dem Essen schon wieder hundemüde sei. Sofort entschuldigte er sich für den späten Anruf, doch sie hatten ja verabredet, dass er sie über die Trainingsstunde mit Heinz und den Kindern informieren soll. Agatha kuschelte sich mit dem Telefon am Ohr in ihr Bett und lauschte glücklich seiner Stimme. Sie begleitete sie in ihre Träume. Agatha war so erschöpft, dass sie keine fünf Minuten zuhören konnte, da war sie eingeschlafen.

Großmama sagte ihr am nächsten Tag, Will lässt ausrichten, er wird abends wieder anrufen. Agatha war es unheimlich peinlich, eingeschlafen zu sein, doch er hatte Verständnis dafür und es gar kein bisschen als tragisch empfunden.

Und er rief wieder an.

Jeden Abend.

Agatha konnte es kaum erwarten, freudig fieberte sie schon nachmittags darauf. Am Donnerstagabend fuhr Großmama wieder nach Hause. Agatha hatte sich in ihren gemütlichen Fernsehsessel gekuschelt, als es an der Tür läutete. Zu ihrer großen Überraschung stand Will im Treppenflur. Vor lauter Freude wollte sie ihm um den Hals fallen, aber das traute sie sich nicht.

Er brachte sie dazu, mit ihm eine Runde um den Häuserblock zu gehen. Es tat ihr gut, sich an der frischen Luft zu bewegen. Er erzählte ihr von den Pferden und den Kindern und so verging im Nu mehr als eine Stunde.

Wieder vor ihrer Haustür angekommen, wollte er wissen, woher sie den blauen Fleck auf der linken Gesichtshälfte hat. Da sie ihm nicht beichten wollte, dass sie dort bei ihrem Zusammenbruch am Montag auf den Fußboden aufgeschlagen war, dachte sie sich schnell eine plausible Erklärung aus, in der die Tür ihres Küchenschrankes eine Hauptrolle spielte. Ob er ihr die Geschichte abnahm, bekam sie nicht heraus.

Er stand viel zu nahe vor ihr und griff unvermittelt nach ihren Händen, um sie festzuhalten wie am Montag. Ihr Herz klopfte so laut, dass sie Angst hatte, er könnte es hören. Dann sagte er ihr, dass am Freitagabend ein Lagerfeuer veranstaltet wird, zu dem alle Pferdebesitzer und Betreuer eingeladen sind. Er hatte sie zu dem Spaziergang überredet, um zu testen, ob sie in der Lage sei, dabei sein zu können. Sonst hätte er ihr gar nicht erst etwas davon erzählt. Außerdem hätte Heinz genau so viel Sehnsucht nach ihr wie sie nach ihm.

Seine Sorge rührte Agatha und ließ ihn in ihren Augen in einem ganz anderen Licht erscheinen. Nun war er nicht mehr nur der

harte Mann, der sich von niemandem etwas gefallen lässt und der rücksichtslos ihr alle Schwachstellen aufzeigt und ihr ständig auf die Finger klopft. Seine Züge hatten etwas Weiches, Liebevolles bekommen.
Die Straßenbeleuchtung zeichnete besondere Muster durch die Äste der Bäume in sein Gesicht und Agatha wünschte sich sehnlichst einen Abschiedskuss von ihm. Nur eine kleine Berührung. Einen zarten Hauch. Sie schauten sich lange in die Augen und dann glitt sein Blick zu ihrem Mund.
Doch im entscheidenden Moment flog die Haustür auf und ihr schmieriger Nachbar kam heraus stolziert. In einer Hand die Schlüssel und in der anderen den Müllbeutel, bedachte er sie beide mit einem geringschätzigen Blick und fragte im Vorbeigehen abwertend:
„Ach, der nächste? Wie viele brauchen Sie denn?" worauf hin Will erst ihn und dann sie fragend ansah. Agatha schüttelte den Kopf, hob ratlos kurz die Schultern und wisperte:
„Keine Ahnung, was das soll. Mein Nachbar hat immer irgendwas zu meckern." Da ließ Will sie los und verabschiedete sich knapp, ehe er schnurstracks zu seinem Auto marschierte:
„Morgen 20 Uhr! Bis dann." Agatha stand da wie ein begossener Pudel. Verblüfft über seinen abrupten Abgang und den schnellen Szenenwechsel, konnte sie nur nicken und ihm hinterher sehen, selbst als er schon aus ihrem Blickfeld verschwunden war.
Dann schlich sie abwesend die Treppen hinauf. Kaum stand sie vor ihrer Wohnungstür und fahndete noch nach dem Schlüssel in ihrer Tasche, kam ihr Nachbar die Stufen hochgestiegen. Mit beleidigter Miene nörgelt er:
„Erst kommt der eine, dann gleich der andere und zwischendurch der mit dem Kind. Wann kriegt der denn einen Schlüssel? Ich meine ja nur, nicht dass ich mal aus Versehen die Bullen rufe, wenn einer an ihrer Tür herumwerkelt." Unterdessen hatte er Agatha erreicht und sie den Schlüssel ins Schloss bekommen. Direkt hinter ihr stehend erklärte er vorwurfsvoll: „Den ganzen Zirkus könntest Du dir sparen, wenn du mich endlich heiraten und zu mir rüber ziehen würdest!" er hob die Hände und machte Anstalten Agatha anzufassen.
„Niemals!" entfuhr es ihr entsetzt. Sie drehte ihren Schlüssel, riss die Wohnungstür auf und flüchtete hinein. Eilig warf sie mit einem lauten Knall die Tür hinter sich zu. Hastig atmend kam sie sich vor, wie ein Kaninchen, dass der blutrünstigen Meute knapp entronnen war. Sekunden später hörte sie die Nachbartür zugehen und im

Flur herrschte Ruhe. Das darf doch nicht wahr sein! Sie hätte schreien können.
Der Kerl ist einfach eklig und kriegt es nicht mal mit. Igitt! Den würde sie noch nicht einmal mit einer Zange anfassen, geschweige denn im Bett ertragen. Ihre Abscheu hatte sie offen zur Schau gestellt, trotzdem machte der ihr erneut einen Heiratsantrag. Und vorher diese unangebrachte Bemerkung.
Ach, du meine Güte! Was wird Will nur von ihr denken? Schenkt dem Blödmann Glauben? Ist er deshalb derart fluchtartig weg gewesen? Es ist nicht zu fassen! Was sollte sie nur tun? All diese Sachen schwirrten ihr durch den Kopf und belasteten sie.
Mächtig verstimmt ging sie ins Bad und danach ins Bett. Der Blödmann von gegenüber hatte es geschafft, diesem wunderschönen Abend einen Dämpfer zu verpassen. Dieser eingebildete Affe! So eine Frechheit von dem Kerl. Sie bedachte ihn mit allen Schimpfwörtern, die ihr passend erschienen. Lange konnte sie sich nicht beruhigen. Irgendwann träumte sie dann doch noch einen schönen Traum.
Sie freute sich unheimlich auf den heutigen Abend. Will stand schon eine lange Weile vor der Zeit auf der Schwelle und meinte, dass er sie in den Pferdestall bringen wird und erst danach sich kultivieren geht, damit sie ausreichend Zeit für ihr Pferd habe. Glücklicherweise war sie bereits fix und fertig und musste lediglich die Wohnung hinter sich abschließen.
Und so kam es, dass er sie zu Heinz schickte und selbst in den Sozialtrakt ging, um zu duschen und sich umzuziehen. Wie viele Minuten ist das her? Verging bereits eine halbe Stunde? Bestimmt. Dabei fällt ihr ein, vorhin überhaupt nicht auf die Uhr gesehen zu haben. Lächelnd sagt sie zu Heinz:
„Mit dir kann ich ohne Ende Zeit verschwenden und es tut mir gar nicht Leid. Leider geht es mir nicht nur bei dir so, mit ihm könnte ich das auch." Plötzlich bemerkt Agatha die Schritte in der Stallgasse. Dass es sich nicht um Will handeln könnte, kommt ihr gar nicht in den Sinn. Sie kuschelt ihr Gesicht in die Mähne ihres Pferdes und säuselt ihm Koseworte zu, weil sie vermutet, dass Will sie abholen wird. Die Schritte kommen näher und halten vor der Nachbarbox. Sie hört den Riegel und die Tür. Keine Minute später rastet die Verriegelung wieder ein. Und die Schritte kommen näher.
„Jetzt kommt er mich sicher holen, damit du endlich schlafen kannst." flüstert sie Heinz zu. Ihre Hände streichen sanft und voller Liebe über den Pferdekopf. Da hebt das Pferd seine Nase an ihre Wange. Sein warmer Atem fächelt über ihre Haut. Agatha krault ihn unter dem Kinn und gibt ihm einen Kuss auf die weiche Nase

über den Nüstern. Sie ist so sehr beschäftigt, dass sie gar nichts sonst mitkriegt. Deshalb erschrickt sie, als hinter ihr eine unangenehme Stimme verkündet:
„So wie Sie mit dem Tier umgehen, könnten Sie mich auch einmal kraulen." Agatha schnellt herum und sieht Berti Schneider in der Boxentür stehen. Er grinst sie anzüglich an und kommt näher. „So allein hier, schöne Dame?"
„Nein, ich bin nicht allein." Agatha kämpft den Impuls nieder, schleunigst die Box zu verlassen und nach Will zu rufen. „Ich wollte nur Heinz begrüßen." Berti Schneider war ihr bereits in der ersten Woche hier auf den Pelz gerückt und hatte jede Minute genutzt, um sie zu becircen. Doch mit jedem Mal wird sein Erscheinungsbild für Agatha unansehnlicher, abgesehen davon ist er mindestens zwanzig Jahre älter als sie. Die grauen, abgewetzten Kordhosen, sein hässlich braun und grün kariertes Hemd, dessen obere Knöpfe immer offen stehen und darüber das Jackett in einem graubraunen Farbton, der ihn älter aussehen lässt, als Berti vermutlich ist, unterstreichen den abstoßenden Eindruck, den er vom ersten Augenblick an bei ihr hinterlassen hat. Hat er keine anderen Klamotten? Sein Rasierwasser hebt die Stimmung auch nicht gerade, eher ihren Magen. Das dümmlich lüsterne Grinsen teilt er sich wahrscheinlich mit ihrem Nachbarn. Die beiden gemeinsam wären ein gruseliges Paar, findet Agatha und begibt sich zur Sicherheit auf die andere Seite des Pferdes. Der Wallach schnaubt und tritt eilig ein paar Schritte zurück, als der Mann auf ihn zugeht. Offensichtlich kann er Berti Schneider ebenso wenig leiden wie sie. Nun steht Agatha ihm erneut frontal gegenüber und wünscht sich ein Schutzschild. Wieso bilden sich manche Männer nur ein, das Nonplusultra für alle Frauen zu sein? Und wieso haben es solche Typen ständig auf sie abgesehen? Und wo bleibt nur Will so lange?
„Dann haben Sie heute ihren Mann mitgebracht?" fragt er lauernd. Agatha schüttelt den Kopf und bemüht sich um eine feste Stimme: „Nein. Und ich werde solche Sachen nicht mit Ihnen erörtern."
„Also stimmt es, dass du noch zu haben bist."
„Lassen Sie mich in Ruhe!"
„Ich will dir doch nur zeigen, was dir entgeht, wenn du mich abweist."
„Haben Sie mich nicht verstanden? Lassen Sie mich in Ruhe!"
„Eine kleine Kratzbürste. Was?" sein Atem stinkt nach Zigarette und verstärkt die üble Duftwolke um ihn herum. Agatha steht unterdessen mit dem Rücken an der Boxenwand. Warum kapiert es der Kerl nicht? Lüstern meint er: „Das gefällt mir und macht die Sache interessant." „Gehen Sie weg!" aus ihrer Angst wird Ärger

und sie beschließt, Berti Schneider wegzuschubsen, wenn er ihr noch näher kommen und sie anfassen sollte. Seine schmierige Grimasse bezeichnet er vermutlich als Lächeln, Agatha eher als Zähne fletschen, als er sie von oben bis unten ansieht und siegessicher feststellt: „Ich habe ja noch den ganzen Abend Zeit, dich zu erobern."

„Vergessen Sie es!" zischt sie zurück. Agatha hat einen derartigen Zorn im Bauch, dass sie sich nun beherrschen muss, das eklige Zähne fletschen nicht mit einer saftigen Ohrfeige aus seinem Gesicht zu löschen.

„Aber, aber, junge Dame. Nicht so voreilig. Du wirst schon noch einsehen, was ein richtiger Mann dir bieten kann." Gibt er zu bedenken und kommt ihr mit einer eindeutigen Geste noch näher. Lauter als beabsichtigt antwortet sie:

„Ich will nichts mit Ihnen zu tun haben." Agatha knirscht mit den Zähnen und funkelt ihn wütend an.

„Wir werden ja sehen, wie lange es dauert, bis du deine Meinung änderst." sagt Berti Schneider mit einem Augenzwinkern und macht plötzlich auf dem Absatz kehrt. Grinsend verlässt er die Box und marschiert die Stallgasse Richtung Hoftor davon.

Als er verschwunden ist, schließt Agatha die Augen und lehnt den Kopf an die Boxenwand hinter sich. Es schüttelt sie. Sobald sie ohne einen Mann an ihrer Seite unterwegs ist, fühlt sie sich wie Freiwild. Und immer sind es die Idioten und andere Verrückte, die es auf sie abgesehen haben. Manchmal möchte sie sich zu Hause verkriechen und nie mehr raus gehen. Aber da muss sie durch.

Sie seufzt. Wenn sie aus diesem Abend etwas schönes machen will, wird sie Berti ignorieren und den Vorfall vergessen müssen und sich auf die angenehmen Dinge konzentrieren. Richtig! So und nicht anders! Es kitzelt an ihrer Hand. Heinz beschnuffelt sie und stupst sie mit der Nase an, als ob er sagen wöllte:

„Kopf hoch! Vergiss es einfach! Der ist es nicht wert." Sofort bessert sich ihre Laune.

„Du hast Recht, mein Guter." Agatha krault ihn hinter den Ohren und unter der Mähne. Das Pferd macht den Hals lang. Es genießt die Streicheleinheiten ergeben. Selbst seine Augen schließen sich manchmal ein wenig. Minutenlang geht das so, aber mit einem Mal hebt er den Kopf und brummelt. Als sich Agatha zur Boxentür umdreht, steht da lächelnd Will. Er kommt herein, streicht Heinz über den Nasenrücken und stellt fest:

„Das war eine gute Idee, nicht wahr? Sie hat dir gefehlt, alter Junge und jetzt geht es dir besser."

„Das glaube ich auch." stimmt Agatha glücklich zu, denn im ersten Moment dachte sie, Berti Schneider sei wieder gekommen.
Wills Anblick ist in jeder Hinsicht besser, attraktiver, genau ihr Fall und zum Anknabbern sexy. Seine modischen Jeans und eine ebensolche Jacke passen ihm hervorragend. Ein breiter, hellbrauner Ledergürtel mit silberner, verzierter Schnalle hält die Hose auf den schmalen Hüften. Das weiße T-Shirt und die hellen Slipper unterstreichen sein Outfit vorteilhaft. Das hellblonde, ordentlich gekämmte Haar ist noch feucht vom Duschen, einige kurze Strähnen fallen ihm frech in die Stirn. Seine Duftwolke hüllt sie ein und lässt in ihr die schönsten Träume wach werden. Sein Lächeln ist eine Wohltat. Es wirkt unheimlich beruhigend und anziehend auf sie. Agatha ist versucht, sich an ihn zu schmiegen, ihre Arme um seinen Nacken zu schlingen und ihn innig zu küssen. Zur Ablenkung konzentriert sie sich wieder auf ihr Pferd.
„Gut, da können wir ja jetzt zum Feuer gehen. Ich habe Hunger und der Grill ist längst in Betrieb." Will geht zur Tür und hält sie für Agatha auf. Als er sich umdreht, sieht er gerade noch, wie sie Heinz einen Kuss auf die Nase haucht.
Sofort ist die Erinnerung an gestern Abend wieder da. Er trug einen schweren Kampf mit sich aus. Ihre Lippen waren so nah und so verführerisch. Ihr Duft trieb ihn in den Wahnsinn und in ihren Augen sah er die gleiche Neugier vermischt mit dem Verlangen, dass ihn auch schon einige Zeit quält. Wenigstens einen Abschiedskuss wollte er mitnehmen. Einmal ihre Haut berühren. Gerade hatte er sich entschieden, es einfach zu riskieren, da erschien dieser Nachbar auf der Bildfläche. Will kann gar nicht sagen, wo der so plötzlich her kam und was er zu meckern hatte. Im nächsten Moment wurde ihm bewusst, dass er mehr wollte, als nur einen Kuss. Und es würde ihm noch sehr viel schwerer fallen, zu gehen, wenn er erst einmal gekostet hatte. Deshalb trennte er sich schleunigst von ihr, ehe er Schaden anrichten konnte. Es tut ihm allerdings heute noch Leid. Der Wunsch ist geblieben und das Verlangen bekommt neue Nahrung, wenn er sie so wie eben beobachten kann. Wenn er nur einen Weg fände, herauszubekommen, was er wissen will!? Obwohl es ihm zunehmend egal ist, ob sie schon vergeben oder noch frei ist. Nur eine Sache wurmt ihn und hält ihn jedes Mal zurück: Warum erzählt sie ihm nichts von ihrer Vergangenheit, wo sie reiten gelernt hat und wo sie diesen prachtvollen Wallach her hat. Warum vertraut sie ihm nicht, ist immer abweisend, kalt und so sagenhaft stur? Will ist keineswegs die Ruhe in Person, obwohl es die Leute behaupten. Er bemüht sich ständig um Ausgeglichenheit, doch

Agatha kann ihn derart auf die Palme bringen, dass er sich vergessen könnte. Es ist unheimlich. Und sie gibt ihm Kontra, wo sie nur kann. Es regt ihn auf. Andererseits bestaunt er diese Eigenschaft an ihr, denn die meisten Frauen ordnen sich ihm beinahe problemlos unter. Doch wenn sie das getan haben, reizen sie ihn nicht mehr. Agatha ist nicht unterzukriegen. Das stachelt ihn ungemein an. Diese Frau versetzt ihn in einen Zustand, den er kaum noch unterdrücken und sehr schwer kontrollieren kann. Doch er braucht Vertrauen und Ehrlichkeit und beides fehlt ihm, lässt ihn immer wieder zaudern. Sie ist wunderschön. Sie gefällt ihm in den Jeans, dem T-Shirt und der Jacke um die Hüfte gebunden ebenso wie in dem knielangen Sommerkleid, dass sie sich zum Spazieren gehen drüber zog, weil sie ihm im Bademantel die Tür geöffnet hatte. Wobei er die Frage nach dem Drunter vehement aus seinem Kopf gejagt hatte. Diese Überlegung hätte ihn sicher noch mehr in Versuchung geführt.
Jeden Tag am Telefon wollte er ihr von dem alljährlichen Lagerfeuer auf der Weide hinter dem Stallgebäude berichten, doch dann verschwieg er es jedes Mal von neuem. Gestern Abend wusste er warum. Er wollte einen Vorwand haben, um sie sehen zu können. Sein Unterbewusstsein hatte ihm einen Weg gezeigt. Sie öffnete die Wohnungstür und strahlte ihn an. Er war froh, sie in wesentlich besserer Verfassung vorzufinden, als er sie am Montag verlassen musste.
Jetzt kommt sie rückwärts auf ihn zu und versucht den Wallach abzuwehren, der überhaupt keine Lust hat, allein zurück zu bleiben. Will kann das Tier verstehen. Ihm ist es nach jedem Anruf so gegangen. Meistens hat er sich dann in sein Bett verzogen, um schlafend abschalten zu können. Aber da kamen die Träume. Agatha steht jetzt neben Will und meint fröhlich:
„Am liebsten würde er mir in die Hosentasche kriechen, um mitkommen zu können." Will drängt das Pferd zurück in die Box und verriegelt die Tür. Dabei sagt er zu ihm:
„Ich kann dich ja verstehen, aber du bleibst hier, mein Freund."
Währenddessen schaut Agatha sich ihre Hände an und stellt fest:
„Ich brauche zuerst einmal Wasser und Seife. Heinz ist dreckig."
„So sauber wie Sie, putzt ihn keiner." bestätigt Will und geht mit ihr zur Sattelkammer. Nachdem sie dort beide das Waschbecken benutzt haben, weil Will noch einen Blick auf PePe warf, verlassen sie gemeinsam den Stall und Will schließt ab.
Sie umrunden die Scheune, dann folgen sie dem Weg durch die Weiden. Auf der Koppel hinter den Reitplätzen ist ein großer Trubel. Für jedes der mehr als zwanzig Pferde im Stall dürften hier

wenigstens drei Leute anwesend sein. Einige haben ihre Kinder mitgebracht. Das Johlen und toben ist dementsprechend groß.
Das Verpflegungszentrum wurde neben dem Eingang der Koppel aufgebaut. Am Zaun entlang errichtete man eine lange Tafel, auf welcher sich Gefäße mit Speisen und diverse nötige Materialien, wie Servietten und Pappgeschirr, türmen. Unter diesem Tisch reihen sich die Bierkästen aneinander und Kartons mit Sekt und Wein stehen ebenfalls zur Auswahl bereit, direkt neben den alkoholfreien Getränken. Auf einem Grill brutzeln Würste und auf dem anderen Fleischscheiben von unterschiedlichster Art. Die beiden Herren, die sich um die heißen Leckereien kümmern, sind dicht umlagert.
Will legt seinen Arm um Agathas Hüfte und schiebt sie vorsichtig durch das Gedränge. Zuerst drückt er ihr ein Wasser in die Hand und dann fragt er, was sie essen möchte. Sie entscheidet sich für eine Bratwurst und er kommt mit zweien auf ihrem Teller wieder. Dazu legt er ihr noch etwas Kartoffelsalat und ein Brötchen neben die Wurst. Ihr Protest verpufft beinahe wirkungslos, lediglich ein siegessicheres Lächeln huscht über sein Gesicht. Auf seinem Teller stapeln sich neben einem Haufen Salat zwei Steaks und dicke Scheiben dunkles Brot. Gekonnt jongliert er die beladenen Pappteller durch die Menge. Agatha folgt ihm mit den Getränken, dem Besteck und den Servietten.
Etliche Stehtische verteilen sich zwischen der Grillecke und dem Lagerfeuerplatz. Die meisten sind vollständig umzingelt von Leuten, die krampfhaft versuchen, ohne peinlichen Zwischenfall ihr Essen zu genießen. Es wird gelacht, gequatscht, gegessen und getrunken. Die Stimmung ist heiter und völlig zwanglos. Will lotst Agatha an einen der äußeren Tische, der noch unbesetzt ist. Während des Essens schaut sie sich um. Viele Gesichter hat sie unterdessen kennen gelernt oder zumindest irgendwann im Stall gesehen. Etliche grüßen und winken herüber, lächeln, sagen hallo, wenn sie vorbei gehen. Es herrscht eine so angenehme Atmosphäre, dass Agatha sich unwillkürlich wohl fühlt und das Essen schmeckt lecker.
Sie pokert grade mit sich selbst, ob sie die zweite Bratwurst noch schafft oder nicht, da hat Will seinen Teller bereits geleert. Er erkundigt sich, ob er ihr noch ein Wasser mitbringen soll, schnappt sich ihre leere Flasche und steuert den Grill mit dem Fleisch an. Nur Sekunden später steht urplötzlich Berti Schneider neben ihr am Tisch und meint: „Schon wieder so allein, schöne Dame?" erschrocken schaut sie ihn an und antwortet:

„Nein. Will holt sich etwas zu essen." Berti nickt, hebt die Augenbrauen und zeigt mit seinem nikotinbraunen Finger auf Agatha:
„Ah, daher weht also der Wind. Du fängst gleich ganz oben an und gibst dich nicht erst mit dem Rest zufrieden."
„Ich werde es sicher bereuen," Agatha seufzt ergeben und versucht, seinem übel riechenden Atem auszuweichen, „aber wie ist das zu verstehen?"
„Na, gegen Maaler bin ich ein alter Bock. Ich hab dir zwar auch einiges zu bieten, aber er ist der beste Hengst im Stall." Berti fummelt wie selbstverständlich eine Schachtel Zigaretten aus der Sakkotasche und zündet sich eine an. Agatha hatte es schon vorher den Atem samt Sprache verschlagen, doch nun traut sie sich kaum noch Luft zu holen. Berti stopft die Zigarettenschachtel samt Feuerzeug zurück in die Sakkotasche, bläst eine graue Rauchwolke in den Abendhimmel und schlägt unverblümt vor: „Wenn du allerdings die Schnauze voll hast von seinem arroganten Getue und dich nicht immer von ihm herum kommandieren lassen willst, kannst du jederzeit auf mich zurückgreifen. Ich besorg 's dir genauso gut und lange wie der. Meine Erfahrung kann dich ganz schön abgehen lassen, Süße. Überleg 's dir!" Agatha stiert ihn ungläubig an. Sie muss sich wohl verhört haben, oder im falschen Film sein. Das ist doch nicht zu fassen! Berti fletscht rauchend die gelben Zähne und sieht sie immerzu an. Bildet der sich ernsthaft ein, gewinnend zu lächeln? Wills Stimme lässt Agatha zusammenfahren:
„'n Abend, Berti." Unbemerkt von beiden, war er an den Tisch getreten. Von weitem sah er, wie Berti mit Agatha sprach. Eine unangenehme Anspannung ergriff ihn bei dem Anblick. Will stellt seinen Teller auf den Tisch und sieht von einem zum anderen. Agatha macht keinen lockeren Eindruck mehr und hat nicht einen Bissen angerührt, seit er losging und über Bertis Gesicht breitet sich dieser lüsterne Ausdruck aus, den Will gut kennt. Berti ist mal wieder auf Beutezug nach einer Frau für die Nacht. Sollte er sich wagen, Agatha anzubaggern, wird Will böse und ihm ziemlich zornig erklären, was er davon hält. Nämlich nichts! Eifersucht macht ihn wütend und so sagt er eiskalt: „Verschwinde von dem Tisch mit deiner Dunstwolke! Wir wollen ungestört essen."
„Na, na, warum gleich so unhöflich? Ich wollte mich nur erkundigen, ob es euch schmeckt. Nichts weiter. Oder junge Frau?" Berti amüsiert sich über ihre verblüffte Miene, lacht sie förmlich aus. Das ist doch die Höhe! Fassungslos schaut sie ihn an. Vor

ihren Augen verschwimmt sein Gesicht zu einer Fratze, umwabert von einer stinkenden Rauchwolke.
„Es schmeckt uns, danke. Und jetzt verschwinde!" antwortet Will ungerührt und ärgerlich, mit einem Blick, der Berti glatt getötet hätte, wenn das möglich wäre. Es stört Will ungemein, dass Berti Agatha so ansieht. Ihr sprachloser Gesichtsausdruck verrät ihm mehr, als sie ihm sagen würde. „Bin ja schon weg. Einen schönen Abend wünsche ich noch!" „Ebenfalls." nuschelt Agatha Macht der Gewohnheit und hofft, den Brechreiz erfolgreich bekämpfen zu können. Sie nimmt einen ganz kleinen Schluck von dem Wasser, dass Will ihr hingestellt hat und versucht damit, den komischen Geschmack vertreiben zu können. Tief atmet sie die nun wieder rauchfreie Landluft ein, damit ihr besser wird. Will greift sich sein Besteck, säbelt sich ein Stück von seinem Steak ab und ist gerade dabei, es in den Mund zu befördern, als sein Blick auf Agatha fällt. Sie ist wieder kreidebleich und klammert sich mit einer Hand an der Tischkante fest, dass die Knöchel schon weiß hervortreten. Alarmiert lässt er die Gabel auf den Teller sinken und fragt:
„Was ist mit Ihnen?" dabei fasst er nach ihrer Hand, die auf dem Tisch liegt. Sie ist schon wieder eiskalt. „Frieren Sie?" Agatha beruhigt sich und wird damit auch das üble Gefühl im Magen los. Langsam geht es wieder. Wills warme Finger tun ihr gut, lösen die Verspannung. Sie ringt um ein Lächeln, als sie den Kopf schüttelt und zugibt:
„Solche Typen wie der, sind mir ein Graus. Der Zigarettenqualm war eklig, davon wird mir immer schnell schlecht."
„Hat er Sie belästigt?"
„Der gehört hoffentlich zu denen, die nicht wichtig sind. Die ich ignorieren kann. Oder?"
„Was hat er gesagt?" erkundigt Will sich noch einmal. „Wieso ist das wichtig? Ich habe es mir nämlich nicht gemerkt, der Zigarettengestank hat mich vom Zuhören abgelenkt." Agatha senkt den Blick auf ihre und Wills Hand, um ihm nicht ins Gesicht sehen zu müssen. Der Anblick gefällt ihr auch sehr. Dabei beschließt sie zum zweiten Mal an diesem Abend, Berti zu vergessen. Momentan kann sie sich nicht vorstellen, jemals vor Will zu wiederholen, was Berti ihr gesagt hat. Der Ekel schüttelt sie im wahrsten Sinne des Wortes. Will hat schon wieder dieses Gefühl, das sie ihm ausweicht. Deshalb greift er nach ihrer zweiten Hand und hält sie fest:
„Warum sagen Sie es mir nicht?" Das Braun ihrer Augen scheint in der untergehenden Sonne einen besonderen tief goldenen Schimmer zu haben, der ihn besänftigt. Deshalb regt es ihn nicht

gleich so auf, dass sie ihm wieder nicht alles erzählt. Eher fragt er sich, was geschehen sein könnte, weshalb sie schweigt. „Ihnen ist doch kalt. Wir können uns auch ans Feuer setzen." Sie nickt, lässt seine Hände los und sagt hastig:
„Okay." auf ihren Teller zeigend meint sie betrübt, „Ich schaffe die zweite Bratwurst nicht mehr." Sie lächelt entschuldigend und reibt sich den Bauch, „Mein Magen ist mit dem anderen schon völlig überfordert. Solche opulenten Mahlzeiten bin ich nicht gewöhnt."
„Kein Problem." antwortet Will grinsend, nimmt die Wurst von ihrem Teller und schaut sich um, „Seine Majestät oder einer der Hunde hier finden das sicher toll." Nach kurzem Suchen hat er einen Kandidaten gefunden. Er schafft dem Hund die Wurst hin und wechselt ein paar Worte mit dessen Besitzer, der damit einverstanden zu sein scheint, dass sein Vierbeiner das Objekt seiner Begierde bekommt. Der Hund sitzt kerzengerade neben den beiden Männern und lässt Wills Hand nicht einen Moment unbeobachtet. Dann verspeist er genüsslich die Wurst und Will streicht ihm über den Kopf, ehe er zu Agatha an den Tisch zurückkehrt. Dort putzt er sich die Hand an einer Serviette ab.
„Wer ist das?" will Agatha wissen.
„Das ist Roland. Ihm gehören die beiden Füchse am anderen Ende des Stalls. Er selbst reitet selten, meist sind seine Frau und die Tochter da. Die beiden haben wir vorhin beim Grill getroffen."
Agatha nickt und lacht Will an, bis er fragt, „Was?"
„Ich wollte eigentlich wissen, wie der Hund heißt. Den Besitzer habe ich bereits getroffen und seine Familie ebenfalls."
„Aha." Ist alles, was Will ihr antwortet, bevor er seinen Teller und seine Bierflasche nimmt und Richtung Feuer geht. Agatha hat den Eindruck, ihn erneut durch irgendetwas verstimmt zu haben und folgt ihm wortlos. Ihren leeren Teller entsorgt sie in einen Müllsack im Vorbeigehen, die Wasserflasche nimmt sie mit.
Um das mehr als einen Meter im Durchmesser große und in einem Rund aus Hohlblocksteinen brennende Lagerfeuer zieht sich ein Ring aus Baumstämmen und schmalen Holzbänken ohne Lehne. Dahinter hat man etliche Strohquader zu Sitzgelegenheiten aufgestapelt. Hinter einen der schweren langen Ballen wurden zwei übereinander getürmt, die als Lehne oder erhöhte Sitzgelegenheit dienen. Darauf liegen Decken. Die meisten Leute sitzen direkt am Feuer. Die Anwesenden umrundend steuert Will einen der hintersten Strohquader an. Er stellt seinen Teller ab und reicht ihr seine Bierflasche:
„Halten Sie bitte." Dann greift er nach dem Deckenstapel und breitet eine auf der Sitzfläche und eine an der Lehne aus. Eine

dritte Decke hängt er ihr um die Schultern und fordert sie auf, sich zu setzen. Nachdem er seinen Teller wieder an sich genommen hat, hockt er sich neben sie und vertilgt zufrieden sein Steak. Agatha nippt an ihrem Wasser. Sie schaut sich um. Jetzt weiß sie auch, warum Will diesen Platz gewählt hat. Von hier aus hat man den totalen Überblick. Noch ist die Abendsonne heller als der Feuerschein, doch es wird nicht mehr lange dauern, bis es dunkel ist.

Birte Schneider, Bertis Tochter, noch keine zwanzig Jahre alt, sitzt auf einem der Baumstämme nahe dem Feuer und redet mit einem Mädchen etwa so alt wie sie. Die beiden sehen aus wie Tag und Nacht. Birte ähnelt ihrem Vater. Sie ist nicht dick, aber kompakt gebaut. Wenig Busen dafür ein breites Gesäß und dicke Gliedmaßen. Ihren kugelrunden Kopf zieren fast schulterlange, meist etwas fettig wirkende, glatte, graubraune Haare, die sie ab und an mit etwas Blond in Strähnchenform aufzupeppen versucht. Sie trägt keinerlei Schmuck und an den Füßen ausgelatschte Gesundheitssandalen. Ihre alten, abgeschnittenen Jeans enden knapp unter den Knien und das Nicki baumelt lieblos um ihre Figur herum. Es ist ihr einige Nummern zu groß und wirkt abgetragen. Agatha hat sie noch nie in modischen Sachen gesehen.

Ihre blonde Freundin hat eine Modellfigur, ist größer als Agatha und ihre lange goldene Mähne wallt ihr in dicken, weichen Strähnen über die Schultern den Rücken hinunter. Ihr fein geschnittenes herzförmiges Gesicht ist akkurat geschminkt. Moderne Ohrgehänge umschmeicheln ihren langen Hals, ihr Outfit nach der neusten Mode ist in ihren Farben zusammengestellt. Ihre Füße stecken in neuen weißen Sportschuhen mit glitzernden Applikationen. Während sie mit Birte sprich, fährt sie sich ab und an durch das lange Haar, um es sich aus dem Gesicht zu streichen. Eine Geste, die den meisten männlichen Zuschauern dieser Szene nicht uninteressant erscheint.

Agatha muss schmunzeln. Manche Dinge sind überall gleich. Macht das Mädchen diese Bewegung unbewusst oder will sie irgendeinen Effekt erzielen? Während Agatha in die Runde schaut, überlegt sie, welche der Frauen wohl Birtes Mutter ist. Sie kann sie sich nur schwer vorstellen. Was für ein Typ Frau erträgt freiwillig einen Menschen wie Berti Schneider? In Gedanken verloren fragt Agatha: „Welche ist Birtes Mutter?" sie merkt erst, dass sie die Frage laut ausgesprochen hat, als Will ihr antwortet:

„Die ist nicht hier. Sie sitzt seit dem Unfall vor etlichen Jahren im Rollstuhl, ist zum Teil gelähmt. Seither ist sie nie wieder im Stall gewesen." Will hat seinen Teller geleert und wischt mit dem Brot

die Tunke ab. Ehe er den Brotrest mit einem Schluck Bier runter spült, schafft er sein Pappgeschirr in den nächsten Müllbeutel, die rundherum an strategisch wichtigen Punkten an Zaunsäulen und ähnlichem befestigt wurden. Dann setzt er sich wieder neben Agatha und zwar so nahe, wie es geht, ohne aufdringlich zu sein. Den Rücken an das Stroh gelehnt und den Kopf ebenfalls, stiert er in die Flammen. Es ist so wunderbar entspannend.
Gegenüber hocken die meisten Jugendlichen dicht zusammen und genießen den Abend in ausgelassener Stimmung. Birte mittendrin. Francesca sitzt neben ihr und scheint heute Zeit für sie zu haben. Will freut sich darüber, denn er mag Birte und eine Freundin wie Francesca hebt ihr Selbstvertrauen.
Birte hat immer im Schatten ihrer Mutter existiert und hat es seit dem Unfall noch schwerer. Das einzig Gute daran ist, dass sie das Pferd ihrer Mutter nun ganz für sich allein hat und es tut beiden gut. Sie hat einen Draht zu dem Tier und dieses ist auch viel ruhiger geworden. Birtes Mutter konnte zwar sehr gut reiten, doch das wirkliche Gefühl für das Tier unter sich, hat sie nie entwickelt. Sie ist auch nie besonders liebevoll mit ihrer Tochter umgegangen, mit dem Pferd gleich gar nicht. Berti und Birte waren schon immer das bessere Team, obwohl ihr rüder Umgang miteinander für manchen gewöhnungsbedürftig ist.
Will bemerkt Agathas neugierigen Blick. Sie beobachtet ihn von der Seite. Weil er denkt, seine Antwort auf ihre Frage erläutern zu müssen, erklärt er ihr:
„Birtes Mutter war eine gute Reiterin. Sie hat ihrer Tochter das Reiten beigebracht, als sie noch ziemlich klein war. Das Pferd neben Heinz ritt früher Bertis Frau im Turniersport. Dann wurde sie beim Einkaufen auf dem Parkplatz vor dem Großmarkt von einem Transporter überfahren. Seither sitzt sie im Rollstuhl und bleibt zu Hause." Will trinkt einen Schluck aus der Bierflasche, dann hängt er an, „Jetzt reitet Birte auf King, aber keinen Leistungssport mehr. Ich glaube auch nicht, dass sie den jemals angestrebt hat, nur ihrer Mutter zuliebe, als sie noch klein war. Berti hat seine Tochter auch nie dazu gedrängt." Nach einem weiteren Schluck wendet er den Kopf, sodass er Agatha direkt ansehen kann. Sie hat ebenfalls den Kopf angelehnt und ihm das Gesicht beim Zuhören zugewandt. Ihr offener Blick ist einladend und erkundend. Eine kleine Weile stummen Starrens später fragt Will sie direkt:
„Wann sind Sie bei einem Turnier mit geritten?" Ihr ruhiger Blick bekommt wieder diesen verschlossenen Ausdruck und sie wendet ihr Gesicht ab, schaut ins Feuer.

Da richtet Will sich auf, nimmt vorsichtig ihr Kinn in eine Hand und dreht ihr Antlitz zu sich herum:
„Schau mich an!" fordert er sanft, aber nachdrücklich, „Was ist passiert?" aber sie hält nur still. Als er keinen Widerstand mehr spürt, lässt er sie los. Sie sieht ihm weiter ins Gesicht und sagt:
„Nichts Ungewöhnliches."
„Warum erzählst du es mir nicht?"
„Da gibt es nichts zu erzählen."
„Warum?"
„Weil es nichts erwähnenswertes gibt."
„Wieso bist du so stur und redest nicht darüber?"
„Warum fragst du mich immerzu?"
„Weil ich es wissen will. Du hast nicht bei mir gelernt, so auf dem Pferd zu sitzen."
„Doch."
„Nein," langsam schüttelt Will den Kopf, ohne ihre Augen frei zu geben, „das konntest du schon vorher."
Wie lange kann man jemanden so ansehen? Agatha erträgt seinen forschenden Blick nicht mehr, senkt den Kopf und schließt die Lider. Sie holt tief Luft und versucht, wieder klar denken zu können, doch das ist schwierig. Will ist ihr viel zu nah und ihr Widerstand wird einer harten Prüfung unterzogen. Ihm alles zu berichten, wäre vielleicht eine Befreiung und sie müsste nicht mehr ständig auf der Hut sein. Doch ihm von sich zu erzählen heißt, sich verletzbar machen und fällt ihr genauso schwer, wie ihm zu sagen, dass sie ihn mag. Oh, ja. Sie mag ihn sehr, keine Frage. Doch dieses Gefühl muss sie für sich behalten, es geht keinen etwas an. Sie kann sich nicht vorstellen, damit Verständnis und Zuneigung bei Will zu erhaschen. Und genau das braucht sie unbedingt von ihm. Aber warum sollte er sie verstehen und lieben? Verlegen hebt sie die Lider, als er erneut seine Finger unter ihr Kinn schiebt und ihr Gesicht zu sich dreht. Diese blauen Augen versprechen ihr in der untergehenden Sonne alles, was sie sich wünscht, aber sie kann es nicht glauben. Trotzdem beginnt sie:
„Es ist…" entscheidet sich dann allerdings dagegen. Seine Hand streicht langsam an ihrer Wange entlang, seine Fingerspitzen über ihr Jochbein Richtung Ohr. Die Berührung ist himmlisch, zärtlich, elektrisierend und unendlich sinnlich. „Sag's mir, aber lüge mich nicht an!" fordert Will sie mit leiser Stimme auf. Seine Finger streifen über samtweiche Haut und spüren ihre Wärme. Ihre Augen schließen sich erneut und sie hält ganz still. Ihre Lippen sind schon wieder so nah und so einladend, weich und leicht geöffnet. Sein ganzes Bestreben gipfelt momentan alleinig darin, sie zu küssen.

Kein anderer Gedanke bewohnt seinen Kopf, als nur die Lust, sie zu spüren und zu schmecken. Sein Daumen streicht zärtlich über ihre Lippen. Plötzlich öffnet sie die Augen und bewegt sich von ihm weg.

„Ich bin bald wieder da." Hastig flüstert sie den Satz, rutscht fluggs von dem Strohballen, wirft die Decke ab und marschiert entschlossen Richtung Hof zum Sozialgebäude.

Will schaut ihr hinterher. Er ist enttäuscht und sauer. Vielleicht hat er sie mit dem Du überrumpelt, oder sie gar beleidigt? Er wird sich entschuldigen dafür. Allerdings kann er sich an keine Frau erinnern, die bei ihm Reitunterricht genommen hat und mit der er so lange beim Sie geblieben wäre. Aber eventuell legt Agatha besonderen Wert darauf, auch wenn er sich keinen Reim darauf machen kann. Oder war es ihr vielleicht unangenehm, dass er sie angefasst hat? Sie streichelte? Ihre Haut lud ihn förmlich dazu ein. Er war fasziniert von ihrem Duft und der warmen Weichheit. Ausdrucksvolle Augen unterstrichen von einem Jochbein, das ihn beeindruckte. Er wollte seinen Verlauf in ihrem Gesicht nachzeichnen. Die Wange berühren, ihr Ohr, ihren Hals, ihre Lippen und…

Hör auf, Mann!

Hör auf zu spinnen oder tu es, dann wirst du sehen, was passiert! Verflixt, warum muss es bei Agatha so kompliziert sein? Eine andere hätte er sicher schon mehr als einmal geküsst. Da hat er sehr wenig Skrupel. Er will sein Vergnügen genießen und sich mit den Frauen eine schöne Zeit machen. Dabei ist es ihm relativ egal, ob er sie wieder sehen wird oder nicht.

Doch nicht bei Agatha.

So etwas hat er bisher nur noch bei einer anderen Frau erlebt. Bei seiner verstorbenen Frau. Sie war ihm schon bevor sie sich anfreundeten, aufgefallen. Auch bei ihr war es ihm unheimlich wichtig, was sie von ihm hält und das er mit ihr eine Zukunft hat. Seine Frau wurde sie erst Jahre später und er war der glücklichste Mensch auf der Welt, weil sie ihn liebte.

Er will Liebe und Vertrauen von Agatha. Manchmal denkt er, einen Hauch davon in ihren Augen zu sehen und ihre Zuneigung zu spüren. Doch dann ist sie wieder dermaßen abweisend und stur, dass er sich nicht vorstellen kann, ein anderes Gefühl als Ablehnung erwarten zu dürfen. Allerdings wenn er ihr so in die Augen sieht, wie vorhin, stößt er immer wieder auf ein Verlangen, dass seinem eigenen gleicht.

Warum ist sie nur so ein Dickkopf?

Doch genau dieser Dickkopf macht sie für ihn so interessant. Will lächelt vor sich hin, stiert in die hohen Flammen und lässt eine Reihe von Erinnerungen an Zusammentreffen mit Agatha Revue passieren.

*** * ***

Agatha stolpert durch die schwach beleuchtete Finsternis. Sie brauchte dringend einen Vorwand, um seiner wunderbaren Nähe zu entfliehen, denn es wurde langsam akut. Beinahe hätte sie sich hinreißen lassen, ihm alles zu erzählen. Und dann war da noch diese Berührung, die sie total zum Brennen brachte. Zum Brennen? Das war schon eher ein mächtiges Lodern, das sofort einsetzte, als er sie berührte. Sie spürte es bis tief in ihre Mitte. Ein Wahnsinnsgefühl. Verflixt! Wenn sie sich nicht an ihren Singleplan halten würde, wäre sie vielleicht schon wieder in eine Beziehung verstrickt. Es macht sie fuchsteufelswild! Das darf doch nicht wahr sein! Nach allem, was sie erlebt hat. Wie kann sie nur so dumm sein? Sie seufzt. Sie kann. Tief atmet sie die frische Nachtluft ein. Die Erkenntnis ist ernüchternd. Sie ist das beste Beispiel für Unbelehrbarkeit.
Oder nicht?
In dem Zusammenhang fällt ihr eine Begebenheit aus ihrer frühen Jugendzeit ein. Großmama saß eines Abends an ihrem Bett und hörte sich die traurige Geschichte über ihre erste Liebelei an. Verständnisvoll lächelnd munterte sie Agatha auf und nahm sie in den Arm. Das ist über zehn Jahre her, aber Agatha wird nie vergessen, wie Großmamas Stimme zuversichtlich an ihr Ohr drang, als sie sagte:
„Eines Tages wird es auch für dich den einen geben, der dir am Herzen liegt und mit dem du unbedingt den Rest deines Lebens verbringen willst. Du wirst es spüren, glaube mir." Damals konnte sich Agatha nichts darunter vorstellen, doch heute und immer, wenn sie in Wills Nähe ist, weiß sie, was Großmama ihr einst sagen wollte. Man fühlt es. Will stellt eine echte Bedrohung für ihr Herz dar. Sollte er wirklich derjenige welcher sein? Sie schüttelt ungläubig den Kopf. Aus welchem Grund sollte er sie lieben? Trotzdem. Keiner hat sie je derart vereinnahmt wie er!? Agatha seufzt erneut. Wie soll sie sich bloß aus dieser Situation retten? Grübelnd kommt sie auf der Toilette an. Da sie nicht allein hier ist, muss sie eine ganze Weile warten und sich dann zum

Waschbecken durchdrängeln. Als sie sich endlich wieder an der frischen Luft befindet, kommt ihr Berti Schneider aufgeregt telefonierend entgegen. Agatha erschrickt. Er bemerkt sie nicht, gestikuliert heftig und spricht leise und hastig in sein Handy. Schnell rettet sie sich zum Hoftor hinaus und in die Schatten am Wegesrand Richtung Ortsmitte, um ihm nicht zu begegnen. So geräuscharm wie möglich trabt sie am Zaun entlang, doch Berti folgt ihr leider, statt zum Sozialgebäude zu gehen, wie Agatha annahm. Etliche Meter vom Tor entfernt bleibt er unvermittelt stehen, immer noch das Handy am Ohr, aber seine Stimme ist lauter zu hören. Agatha ist zu weit weg. Er redet nicht laut genug, damit sie verstehen kann, worum es geht. Doch er scheint ein Problem zu haben. Eigentlich will sie es auch gar nicht erfahren. Berti nimmt keine Notiz von ihr, darüber ist sie froh. Als sie um die nächste Kurve schleicht, sieht sie bei einem schnellen Blick über die Schulter Berti auf den Hof zurückkehren und zum Sozialgebäude einbiegen. Erleichtert bleibt sie stehen. Sie schaut sich um. Stille ringsum.

Keine Menschenseele ist in der Nähe. Ein Stück weiter neben der Abzweigung auf den Marktplatz befindet sich die Bushaltestelle. Aus einer unerklärlichen Eingebung heraus, tritt sie näher und studiert den Fahrplan. Der nächste Bus geht in ein paar Minuten und der letzte in etwa zwei Stunden. Wenn alle Stricke reißen und sie keine andere Wahl hat, kommt sie auch so in die Stadt. Agatha kehrt um und marschiert zum Feuer zurück.

Bis auf ein paar Jugendliche, die am Hoftor lümmeln und quatschen, trifft sie niemanden. Dann trabt sie an der dunklen Ecke der Scheune vorbei und erschrickt, denn sie hört Berti erbost sagen:

„Dann sieh zu, dass du die Kleine besänftigst und den Schlüssel kriegst!" Schon ist sie vorbei und beeilt sich, die Koppel zu erreichen, ehe er auf sie aufmerksam wird. Atemlos geht sie Schritt um Schritt schneller. Die Schlaglöcher sind tief und unregelmäßig, die Rasenspur in der Mitte rutschig und ungeeignet zum gehen.

Diese Stimme, auch wenn sie gedämpft war, jagt ihr einen eiskalten Schauer über den Rücken. Der Mann ist der Inbegriff des Ekels für Agatha. Noch einmal dreht sie sich am Eingang der Koppel um, auf der das Lagerfeuer brennt. Erleichtert stellt sie fest, dass er sie wahrscheinlich nicht verfolgt.

Im nächsten Moment packen sie zwei starke Hände an den Oberarmen und halten sie fest.

„Da bist du ja endlich!" Will dreht sie zu sich her um. Agatha sieht schon wieder so gehetzt aus. Wortlos wirft sie einen hastigen Blick über die Schulter. „Wen suchst du?" fragt er sie.

„Berti Schneider." antwortet sie wahrheitsgemäß, „Ich habe keine Lust auf noch mehr Übelkeit wegen seiner Zigaretten." Will hat die Arme um sie geschlungen, um sie herumzudrehen und festzuhalten, weil sie im Durchgang zwischen Eingang, Grill und Getränken stehen und etliche Leute vorbei wollen. Ihre Hände hatten keine große Auswahl, also legte sie sie an seine Seiten. Jetzt schiebt sie sie auf seinen Rücken und drückt sich an seinen Bauch, damit hinter ihr zwei sehr voll gehäufte Teller vorüber getragen werden können, ohne das etwas davon an ihrem Rücken kleben bleibt. Von der anderen Seite wollen sich mehrere Leute mit leeren Flaschen in den Händen Getränke holen, sodass sie weiterhin so nahe bei ihm ausharren muss. Welch glücklicher Umstand. In der Menschenansammlung zwischen Eingang und Fressmeile fällt es gar nicht auf und Will würde sie gern noch viel länger an sich drücken. Ihr Körper fühlt sich gut an. Verdammt gut. Fantastisch gut. Muss er sie wirklich loslassen? Seine Gedanken schweifen ab. Plötzlich fällt ihm etwas ein:

„Hat Berti dich belästigt?"

„Nein." sie lächelt siegreich zu ihm hoch, „Diesmal bin ich ihm entkommen."

„Diesmal? Du hast mir vorhin nicht alles erzählt, oder?"

„Ist das wichtig? Ich vergesse solchen Blödsinn am liebsten sofort wieder." Fehlt ihr das Vertrauen, ihm die Wahrheit zu sagen oder meint sie es wirklich so? Oder fühlt sie sich irgendwie genötigt? Deshalb fragt er:

„Bist du böse über das du?" Agatha ist völlig vereinnahmt von seiner Anwesenheit. Seine Stimme klingt entschuldigend, Wärme und Energie strömen ungehindert auf sie ein, durchfluten von seinem Körper direkt den ihren, beleben sie und rütteln mächtig an ihrem Entschluss, Single zu bleiben. Was soll sie nur machen? Langsam schüttelt sie den Kopf, lächelt zaghaft und flüstert:

„Nein." Könnte er sie wirklich mögen? Ihre Erfahrung protestiert energisch, gemeinsam mit ihrem Verstand. Aber was ist mit ihrem Herz? Wieso sollte es Unrecht haben? Ihre Gefühle haben sie mehr als einmal in die Irre geführt, allerdings haben sie auch ebenso oft den richtigen Weg gewiesen. Es ist so unvorstellbar für sie. Rundherum gibt es etliche Frauen und Mädchen, die wesentlich attraktiver sind. Aus welchem Grund sollte er sich bei ihr aufhalten? Viele Ideen hat sie zu diesem Thema nicht, im Grunde nur eine. Aus Mitleid. Kein schöner Gedanke.

Sie holt tief Luft.//
Dass braucht sie nicht. Sie wird auch so überleben. Der Rausch der Zweisamkeit verfliegt bei dem Gedanken und holt sie in die Realität zurück.

Agatha nimmt ihre Hände von ihm, als ob sie sich verbrannt hätte. Was bildet sie sich eigentlich ein, ihn derart zu umarmen. Er soll auf keinen Fall den Eindruck gewinnen, dass sie sich ihm an den Hals werfen will. Als Klette möchte sie niemals erscheinen.

Will senkt frustriert die Arme, es gibt keinen zwingenden Grund mehr, sie festzuhalten. Außer natürlich seinem Gefühl und dem Verlangen, sie nahe bei sich zu spüren. Um sich abzulenken, fragt er, ob sie irgendwelchen Alkohol trinken will. Agatha schüttelt den Kopf und gibt ihm zu verstehen, dass sie nur ab und zu an einem Likör nippt.

Dann bewegen sie sich gemeinsam Richtung Strohballen. Unvermittelt ist Will verschwunden, um gleich wieder aufzutauchen. Am Feuer sind jetzt auch mehr Leute und er schiebt sie drum herum. Auf ihrer Sitzgelegenheit verteilen sich die Decken immer noch so, wie sie sie zurück gelassen haben. Will hängt ihr eine Decke um die Schultern und fordert sie auf, sich zu setzen. Dann nimmt er dicht neben ihr Platz. Von irgendwoher zaubert er zwei Fläschchen Schnaps.

„Welchen willst du?" Der Feuerschein bricht sich in den Gefäßen und lässt sie rot und weiß leuchten. Agatha schaut erst ihn an und dann die Schnapspullis. Die Dunkelheit verhindert, dass sie spontan lesen kann, was auf den Fläschchen geschrieben steht. Deshalb fragt sie:

„Was ist das?"

„Kirsch oder Feige, welchen willst du?"

„Kirsch. Ich weiß nicht, ob ich wirklich Alkohol trinken sollte?"

„Wir trinken jetzt richtig offiziell Brüderschaft. Einverstanden? Ich mag nicht mehr Sie zu dir sagen." schlägt Will vor, schraubt eine kleine Flasche auf und reicht sie Agatha. Zaghaft nimmt sie das winzige Gefäß und beäugt es skeptisch. Es ist gar nicht so kalt, wie sie vermutete. Seine Stimme klingt weich und einfühlsam, als er sie ansieht und sagt: „Ich bin Will." und ihr das andere Fläschchen hinhält. Eigentlich hat sie nicht viele Chancen und weil sie höflich ist, stößt sie mit ihm an, verschränkt den Arm mit ihm und sagt bestimmt:

„Und ich bin Agatha." Dann schütten sie den Schnaps in sich hinein. Sie kneift die Augen zusammen, um den beißenden Nachgeschmack des Alkohols zu verdrängen. Als sie sie wieder

öffnet, ist Wills Gesicht ganz nah. Seine Lippen streichen sanft über ihre. Agatha ist wie hypnotisiert und hält ganz still.
Will kann nicht aufhören. Immer wieder berührt er leicht ihre Lippen, die so weich und süß sind. Seine Neugier und seine Lust treiben ihn an, er kann ihren Mund einfach nicht in Ruhe lassen. Er lechzt nach einem richtigen, tiefen, heißen, langen atemberaubenden Kuss, der die Realität zerstört und den Emotionen freien Lauf lässt. Und er holt ihn sich. Seine Zunge teilt ihre Lippen, begrüßt die ihre und sorgt für die Berührungen, die er sich erträumt hat und ihnen beiden pure, leidenschaftliche Freude bereitet. Er zögert nicht mehr, sondern greift in ihren Nacken, hält ihren Kopf fest und küsst sie so leidenschaftlich und lustvoll, wie sie es noch nie erlebt hat.
Agatha spürt ihn intensiv, wünscht sich, ihn zu fühlen und lässt einfach alle Bedenken fallen. Genießt es, von ihm verführt und gehalten zu werden. Er schmeckt köstlich und nach viel mehr. Sie ist begraben unter seinem energiegeladenen Ansturm und ergibt sich total dem himmlischen Gefühl, es beherrscht jeden Winkel ihres Körpers. Der Kuss dauert eine Ewigkeit und Agatha ersehnt ihn sich noch viel länger. Das Kribbeln auf der Haut hält an, obwohl er sich langsam von ihr entfernt und seine Hand aus ihrem Nacken gleitet. Da öffnet sie die Augen und sieht in Berti Schneiders Gesicht, der sie triumphierend angrinst und dabei die gelben Zähne fletscht.
„Nein!" entfährt es ihr erschrocken und sie erwacht. Das grauenvolle Bild zerspringt wie eine Seifenblase, nichts bleibt zurück außer hektischen Atemzügen. Ein paar Sekunden verstreichen, bis Agatha sich orientiert hat. Um das Feuer herum sind nur noch eine Hand voll Leute und die Hälfte davon ist mit Aufräumen beschäftigt. Berti Schneider ist nirgends zu sehen. Zum Glück war es nur ein Traum. Sie holt tief Luft und beruhigt sich. Nur ein Traum. Es ist vorbei.
Ihre verkrampften Finger entspannen sich und lassen den Stoff los, den sie bis dahin festhielten. Doch es ist auch irgendwie schade um diesen geträumten Kuss. Aber wie konnte sie so tief schlafen? Und wie kam sie eigentlich in die Waagerechte? Agatha liegt auf dem Strohballen, die Decke reicht ihr von den Schultern bis zu den Knien. Ihr Kopf und eine Hand ruhen auf einem muskulösen Oberschenkel in weichen Jeans. Sie dreht sich auf den Rücken und schaut hinauf.
„Ausgeschlafen?" fragt Will lächelnd. In der linken Hand hält er die Wasserflasche, aus der er eben trank, als sie sich herum rollte. Nun stellt er sie wieder auf seinem linken Oberschenkel ab.

„Entschuldige bitte." flüstert Agatha verlegen, „Ich wollte nicht einschlafen." Sie dreht sich erneut auf die Seite, schwingt die Beine über die Kante des Strohquaders und setzt sich aufrecht hin. Ein leichter Schwindel erfasst sie, ist aber gleich wieder weg. Die frische Nachtluft riecht angenehm und ist warm, weshalb sie die Decke von sich wirft, weil ihr augenblicklich zu heiß geworden ist. Ihre Wasserflasche liegt neben ihr. Sie gibt einen guten Vorwand ab, momentan nicht sprechen zu können. Was muss Will nur von ihr denken? Erst schläft sie am Telefon ein und nun hier am Lagerfeuer. „Wie spät ist es?" fragt sie zaghaft und wendet sich zu Will um. Er schaut nicht auf seine Uhr, sondern antwortet sofort: „Weit nach Mitternacht." Sein Blick mustert sie. Ihr unruhiger Schlaf beschäftigt ihn. Wovon hat sie geträumt? Ihre Bewegungen sind fahrig, als sie die Flasche aufschraubt und einige Schlucke zu sich nimmt. Liegt es an der Krankheit, die sie hinter sich hat, oder ist sie immer so nervös? Eigentlich kann er sich gar nicht daran erinnern. Der letzte Schein des Feuers wird von den Strahlern überlagert, deren hartes Licht ihre Haut fahl aussehen lässt. Die Augen liegen tief in den Höhlen und verschwinden in deren Schatten. Doch er weiß, dass sie nach wie vor dunkelbraun sind. Sie schaut nach unten. Die schwarzen Wimpern bilden einen wunderbaren dunklen Kranz oberhalb des Jochbeins. Der Augenaufschlag danach ist umwerfend. Mehr braucht sie gar nicht zu tun, um ihn in ihren Bann zu ziehen. Ihre Zunge schnellt hervor und benetzt ihre Lippen. Will ist sich nicht sicher, wie lange er es noch aushalten wird.

„Ich wollte diesen schönen Abend bestimmt nicht verschlafen, es ist einfach passiert." sie seufzt, „Sei mir bitte nicht böse, Will."

„Ich bin dir nicht böse. Es war nicht nur anstrengend, dein Kopfkissen zu sein." er lächelt und richtet ihr aus, „Ich soll dir einen schönen Gruß von den Kindern sagen. Sie wollten mit dir singen, aber dich zu wecken, brachten sie dann doch nicht fertig."

„Danke." Agatha nickt, „Sie waren sicher enttäuscht." Angestrengt unterdrückt sie ein Gähnen, „Ich werde versuchen, es wieder gut zu machen." meint sie. Tief in Gedanken dreht sie die Flasche in den Händen, während sie sie anstarrt.

Das Feuer glimmt nur noch. Die Windlichter auf den Stehtischen sind zumeist ausgegangen. Die Aufräumenden haben sich transportable Stehleuchten mit Strahlern aufgestellt und sind dabei, die Bänke und die erkalteten Grills in einen Transporter zu laden. Der Tisch mitsamt Essen sind bereits verschwunden. Lediglich eine Reihe von Getränkekästen steht noch da. Ein Mann sammelt Müll

ein. Agatha schämt sich unheimlich. Erst lädt Will sie hierher ein und dann verschläft sie den Hauptteil des Abends.
Das ist peinlich. Und ärgerlich. Solche Sachen können auch nur ihr passieren. Welch eine Schande. Er muss ja den Eindruck bekommen, dass sie völlig unbelastbar ist. Doch das ist nun nicht mehr zu ändern. Der letzte Schluck Wasser rinnt durch ihre Kehle, dann schraubt sie die Flasche zu. Sie hat das Gefühl, ein unwiederbringliches Stück ihres Lebens verpasst zu haben. Das macht sie traurig und wütend auf sich selbst. Sie dreht sich zu ihm um, sieht ihm in die Augen und sagt:
„Verzeih mir bitte, wenn ich dir den Abend verdorben habe. Es tut mir wirklich leid. Vielleicht kann ich es wieder gut machen." Wills Miene bleibt unverändert offen. Er sieht sie eine lange Weile nur an, ehe er antwortet:
„Da gibt es nichts zu verzeihen, denn du hast mir den Abend nicht verdorben. Im Gegenteil, wenn du bei dem Tohuwabohu ringsherum schlafen konntest, musst du wirklich müde gewesen sein." Er legt seine rechte Hand über ihre linke, mit der sie sich neben ihm abstützt, „Du hast sehr unruhig geschlafen. Hast du schlecht geträumt?"
„Nur zum Schluss, glaube ich." Agatha schüttelt den Kopf und lächelt, bis ihr etwas Alarmierendes einfällt, „Habe ich im Schlaf geredet?"
„Nein." Will schüttelt grinsend den Kopf, „Aber erinnere mich das nächste Mal daran, damit ich dich ausfragen kann." Ihr Lächeln darauf hin fällt sehr steif aus. Sie hat plötzlich Angst, sie könnte ihm auf diese Weise etwas aus ihrer Vergangenheit verraten. Erschrocken studiert sie seine Mimik, doch er scheint es nicht ernst gemeint zu haben. Ihren prüfenden Blick erwidert er fröhlich grinsend, bis sie auch lächeln muss. „Soll ich dich nach Hause bringen?"
„Ja, bitte." Sie muss gähnen und hängt schelmisch an, „Ich glaube, jetzt bin ich noch müder als vorhin." Kommentarlos lächelnd rutscht er von dem Strohballen. Sie legen die Decken zusammen und verabschieden sich.
Der Weg zum Auto liegt nun total im Dunkeln. Will kennt sich seit Jahren hier aus, aber Agatha nicht. Während sie ihn nach dem ausfragt, was sie verschlafen hat, versucht sie, sich an alle Unebenheiten des Weges zu erinnern. Er berichtet ihr eben von der spontanen musikalischen Einlage eines schwer alkoholisierten Chors direkt am Lagerfeuer, der sich zur Krönung seines Vortrages beinahe angesengt hätte, als sie lachend in ein Schlagloch tritt,

erschrickt und das Gleichgewicht verliert. Plötzlich greift sie nach seinem Arm und sagt:
„Ich sehe die Hand vor Augen nicht mehr in dieser Finsternis. Wo sind wir eigentlich?"
„Gleich an der Scheune. Mein Auto steht um die Ecke." Sie stolpert, da legt er schnell seinen Arm um ihre Taille und fängt sie auf. Agatha richtet sich wieder auf und bedankt sich. Seine Reaktion hat sie von einem Sturz bewahrt. Dass hätte ihr noch gefehlt! Jetzt nimmt er ihre Hand und führt sie durch die Dunkelheit. Als Will auf die Fernbedienung drückt, antwortet sein Auto mit einem kurzen Blinken. Da findet Agatha ihre Orientierung wieder.
Die Fahrt in die Stadt verläuft sehr still. Will drückt nicht allzu sehr aufs Gas und Agatha brütet vor sich hin. Wann war sie denn eigentlich eingeschlafen und wie hat sie sich hingelegt? Danach zu fragen, traut sie sich nicht, hofft nur, dass es keine allzu peinliche Situation abgegeben hat. Dann fragt sie sich, ob sie sich erkundigen könnte, was er am Wochenende vorhat. Doch das geht sie nichts an. Nein.
Wenn sie am Sonntag zu Heinz fährt, wird sie Will sicher sehen. Oder eben nicht. Über ihre Grübelei hat sie die Zeit verpasst. Erstaunt sieht sie aus dem Fenster, als Will den Motor abstellt. Er hat in einer Querstraße geparkt und verlässt eben den Wagen. Agatha sieht ihn um die Kühlerhaube herumtraben, um ihr aus dem Auto zu helfen. Sie öffnet, da reicht er ihr die Hand. Eigentlich braucht sie seine Hilfe in dem Moment nun wirklich nicht, trotzdem greift sie höflich zu.
Wider besseren Wissens tut sie es und steht sofort in Flammen. Seine Hand hält die ihre und diese Berührung verstärkt seine Anziehungskraft. Wenn er nicht bald loslässt, schmilzt sie bestimmt einfach weg. Sie starrt erst ihre Hände und dann ihn an. Dieser Mann sieht umwerfend aus, egal was er gerade macht. Verzweifelt ringt sie mit sich. Warum lässt er sie nicht los? Das hält sie nicht aus. Ganz gleich was passiert, sie muss weg hier, weg von ihm und dieser Situation im Halbdunkel auf der beinahe menschenleeren Straße. Die laue Nachtluft unter den Bäumen am Straßenrand tut das ihre dazu, verleiht dem Ganzen einen romantischen Anstrich.
Will versetzt der Autotür einen Schubs, sodass sie ins Schloss fällt und drückt auf die Fernbedienung in seiner rechten Hand. Agathas rechte umschließt die Finger seiner linken Hand. Er kommt gar nicht auf den Gedanken, sie freizugeben. Warum auch? Es fühlt sich super an. Plötzlich lässt sie ihn los und sagt gehetzt:
„Vielen Dank für alles. Es war schön. Gute Nacht, Will!"
„Ich bringe dich bis zur Tür."

„Nein. Nicht nötig. Danke." stocksteif bleibt sie stehen und schaut ihn an. Ihre Finger klammern sich an die Verschlussleisten ihrer Jacke. Sie zieht sie sich fest an den Körper. Will schüttelt den Kopf: „Vergiss es! Ich schaffe dich an deine Tür." Was soll dieses Theater? Eine Frage, auf die er keine Antwort finden kann. Doch sie lässt nicht so schnell locker. Den Kopf schüttelnd besteht sie darauf:
„Ich schaffe das allein. Du brauchst dir nicht die Mühe zu machen. Danke!" Agatha dreht sich abrupt um und marschiert zügig los. Wenige Schritte weiter hat er sie am Arm gegriffen und zu sich herum gewirbelt. Mit beiden Händen an ihren Oberarmen sagt er bestimmt:
„Du glaubst doch hoffentlich nicht, dass ich dich um diese Zeit allein auf der Straße herumrennen lasse!?" Agatha ist schockiert und starrt ihn an, als seine Augen sie förmlich aufspießen. Nebenbei hört sie sich sagen:
„Keine Sorge, das mache ich nicht zum ersten Mal. Wenn ich so spät aus dem Kino komme, bin ich auch allein unterwegs." Wills Blick ist undefinierbar für sie. Ein paar Atemzüge später stellt er fest:
„Aber heute bist du es nicht! Also werde ich dich bis zur Haustür bringen."
„Aber..." stammelt sie, doch er lässt sie nicht ausreden. „Kein Aber!" Seine Stimme verrät seine Entschlossenheit. Ohne weiter auf ihren Protest zu achten, legt er eine Hand in ihren Rücken und schiebt sie vorwärts. Ein Stück weiter, zieht er sie an sich heran, damit sie nicht zu dicht an den Sträuchern und dann an den Mülltonnen vorbei muss. Agatha will sich wehren, schafft es aber nicht. Die schiere Willenskraft fehlt ihr. Wie traumatisiert trabt sie neben ihm her und ist nur schwer in der Lage, ihre Aufmerksamkeit auf den Gehweg zu lenken. Seine Hand ist an ihre Hüfte gerutscht. Sie umgibt sie mit einer Energie und Stärke, die alles andere in den Hintergrund drängen. Dieses Gefühl beschäftigt sie so sehr, dass sie die Gestalt im Schatten neben ihrer Hauseingangstür nicht sofort entdeckt.
Was soll der Blödsinn? Hat sie denn keine Ahnung, was ihr alles zustoßen kann, wenn sie allein unterwegs ist? Ist sie so mutig oder einfach nur leichtsinnig. Aber warum?
Er schaut kurz auf sie herunter, sie krallt sich immer noch in ihrer Jacke fest, als ob ihr kalt wäre. Geht sie wirklich allein ins Kino? Trifft sie sich dort eventuell mit jemandem? Und wenn mit wem? Einem Mann? Ein unangenehmer Gedanke, der ihn eifersüchtig macht. Wie wäre es, wenn er mit ihr gemeinsam ins Kino ginge? Er

ist zwar kein Fan, aber es ist immer ein gewisses Erlebnis. Und mit ihr wird die Sache wesentlich interessanter. Er manövriert sie um die Tonnen und Büsche herum und zuckt leicht zusammen, als vor ihrer Hauseingangstür plötzlich eine Stimme aus dem Dunkeln ertönt:

„Guten Abend, die Herrschaften! Geht's jetzt ins Bett?!" Die Stimme kommt Will bekannt vor. Im nächsten Augenblick fährt ihm der Zigarettengeruch in die Nase. Dann sieht er die Spitze der Zigarette glimmen. Agatha ruckte erschrocken herum, starrte eine Sekunde ins Dunkel und beginnt heftig atmend, ihren Schlüsselbund aus der Tasche zu zerren. Aus der Dunkelheit neben dem Eingang ist ein Kichern zu hören, gefolgt von einem Hustenanfall.

Kaum ist die Tür aufgeschlossen, schiebt Will Agatha hindurch und die Treppe hinauf. Das Licht schaltet sich bei ihrer ersten Bewegung im Flur ein. Zwei Treppen hoch fingert sie die Wohnungsschlüssel hervor. Gerade als sie ihn ins Schloss steckt, geht unten die Haustür auf und sie hören den Raucher husten. Da nimmt Agatha Will an der Hand und zieht ihn in den Flur hinein. Fluggs drückt sie die Tür zu und steckt den Schlüssel von innen. Dann dreht sie sich zu Will um und meint:

„Mein Nachbar kann nicht die Klappe halten. Der hat so ziemlich immer eine Beleidigung parat. Dafür habe ich keinen Nerv mehr heute Abend." Erschöpft lehnt sie sich an die Tür, schließt kurz die Augen, um sie im nächsten Moment wieder aufzureißen. Denn unvermittelt wird sie sich der Situation bewusst, die sie soeben heraufbeschworen hat. Deswegen entschuldigt sie sich hastig: „Ich würde dir ja gerne einen Kaffee anbieten, doch ich fürchte, dass ich erneut einschlafe."

Ihre Augen leuchten ihm in der Flurbeleuchtung entgegen. Will ist am Rande seiner Selbstbeherrschung angelangt. Zu seiner Rettung muss er dafür sorgen, schnellst möglich zu etwas erholsamem Schlaf zu kommen, weil er morgen mit da Gama bei einem Wettkampf antreten wird. Energisch sagt er zu sich: Geh, bevor es zu spät ist! Aus dem Treppenflur ertönen schlurfende Schritte und dann das Klirren von Schlüsseln, wenig später das Zuschlagen einer Tür. Ihr Nachbar ist wieder unterwegs zu seinem Fernseher. Doch irgendwie sind diese Geräusche nebensächlich geworden. Sie sehen sich immer noch an.

„Danke fürs Heimbringen." Ein Lächeln umspielt ihre Lippen. „Es war doch gut, dass du mitgekommen bist." Hastig dreht sie sich von ihm weg, zieht ihre Jacke aus und hängt sie an die Garderobe, weil sie nicht weiß, wie sie sich sonst verhalten soll. Im nächsten Moment schlängelt sie sich an ihm vorbei in die Küche.

„Okay." sagt Will, fasst sie an der Taille und dreht sie zu sich herum. Du musst ins Bett, Mann, aber nicht in ihres, da kommst du nicht zum Schlafen. Ihre dunklen Augen schauen ihn erwartungsvoll an. Es wird immer schwerer für ihn, einen klaren Kopf zu bewahren. Wenn sie dich berührt, ist alles zu spät. Verschwinde, solange du noch kannst! Aber eines muss er noch wissen:
„Mit wem gehst du ins Kino?"
„Meistens allein."
„Und wer begleitet dich sonst?"
„Meine Freundin." Will ist ihr so nah, dass sie mit dem Rücken an der Küchenwand steht. Sie hat die flachen Hände neben sich an die Wand gelegt und hebt den Kopf in den Nacken, weil sie ihm anders nicht mehr ins Gesicht sehen könnte. Ihr Herz schreit: Komm näher und bleib hier! Doch ihr Verstand wehrt sich dagegen. Als er die Hand an ihre Wange legt, meint sie zu verglühen. Sein Atem streicht wie eine Liebkosung über ihr Gesicht:
„Niemand anderes?"
„Nein."
„Gibt es einen Mann an deiner Seite?"
„Nein." Agatha bemerkt gar nicht, dass sie ihm antwortet. Seine Augen hypnotisieren sie, sein Duft hüllt sie ein, seine Berührungen senden eine sehnsüchtige Erregung über ihre Haut. Als sein Daumen über ihre Lippen hin und her wandert, senken sich ihre Lider ganz von allein. Sie gibt einfach auf, lässt alles auf sich zukommen. Wie lange danach, kann sie nicht sagen, aber plötzlich hört sie ihn an ihrem Ohr flüstern:
„Gute Nacht." Dann spürt sie seine Lippen flüchtig auf ihrer Wange.

Kapitel 2

Sie hat ihn belogen!
Einfach seelenruhig ins Gesicht gelogen, ohne auch nur mit einer Wimper zu zucken!
Wills Faust kracht wütend auf das Lenkrad. Beinahe wäre er auf sie und ihr gekonntes Gehabe hereingefallen. Doch nur beinahe. Zu seinem Glück kam er in den vergangenen drei Wochen vor lauter Arbeit nicht zu Verstand. Wenn er im Stall fertig war, trainierte er verbissen mit da Gama und danach hielten ihn seine Reitschüler auf Trab. Die Wochenenden waren mit Wettkämpfen zugebaut und wenn er zu Hause alle Arbeiten erledigt und seiner Mutter die gebührende Zeit gewidmet hatte, fiel er regelmäßig völlig erschöpft in sein Bett. Das Gute daran ist, dass Mutter gesundheitlich große Fortschritte gemacht hat. Sie darf bald schon die Schlinge um ihren Arm entfernen. Darauf freut sie sich sehr, weil ihr das Ding erheblich die Bewegungsfreiheit einschränkt. „Dann, mein Sohn," so erklärte sie ihm fest entschlossen nach dem letzten Arztbesuch, „ist der Haushalt wieder meine und die Unzertrennlichen brauchst du auch nicht mehr zu versorgen. Das erledige dann wieder ich. Diese Rumsitzerei macht mich ganz krank. Schluss damit! Du brauchst Deine Zeit für andere Dinge." Dabei funkelten ihre Augen ihn wissend an und ihr Zeigefinger wies auf seine Brust. Als er protestierte, wischte sie seinen Einwand mit einer Geste der gesunden Hand beiseite und hängte an, „Die richtige Frau zu finden ist schließlich nicht so einfach. Solche Sachen kosten Zeit!" Weil sie sich zu diesem Thema bereits ausführlich und jahrelang gestritten haben, schwieg er an dieser Stelle verbissen. Die richtige Frau.
Wie merkt man, ob es die richtige ist? Diese Frage hatte er einst gestellt und auch prompt eine Antwort darauf bekommen. Seine Mutter hatte ihn ernst angesehen und dann gesagt:
„Du wirst es spüren, im Herzen, im Kopf, überall. Glaub mir, du wirst wissen, dass ihr zusammengehört, weil du sie liebst und sie dich!" Sie hatte Recht, bei seiner Frau war es so gekommen. Er hatte sie geliebt und konnte sich nicht vorstellen, jemals wieder lieben zu können und zu wollen. Bis Agatha vor ihm stand.
Es war als hätte die Tür, die sein Gesicht traf, einen Schalter umgelegt und ein Räderwerk in Gang gesetzt, dass er eigentlich nie wieder bewegen wollte.
Nach dem Grillabend sah er Agatha nur an den drei Tagen bei ihren Trainingseinheiten. Um ihre Übungsstunden interessanter zu

gestalten und nebenbei da Gama bewegen zu können, ging er mit ihr mehrmals ins Gelände. Sie hielt sich so hervorragend, dass er kaum sein Grundtempo einschränken nur die Runden verkürzen musste.
Agatha strahlte ihn nach dem ersten Geländeritt glücklich aber erschöpft an und bedankte sich bei ihm. Gerade kam sie in der Box ganz nahe an ihn heran, da trabte ein Pferd herrenlos in den Stall Es preschte an den Boxen entlang, um kurz vor Ende der Stallgasse in die Scheune abzubiegen. Im gleichen Moment ertönte vom Hoftor her eine befehlende Stimme:
„Rex, hieran! Rex, hieran! Bei Fuß!" Entschuldigend sagte Will zu Agatha:
„Der Herr Hundezüchter hatte bei seinem Pferd kein Glück. Ich gehe Rex holen." Agatha hatte ihn angelächelt und genickt.
Der Moment war vorbei und kam nie wieder. Seither fragt Will sich, was sie tun wollte. Wobei wurde sie unterbrochen? Seine Fantasie schenkte ihm anregende Bilder zu dem Thema. Doch heute sagt er sich, was es auch war, es war gut, dass sie sich nicht näher gekommen sind. Er wäre schwer in der Bredouille. Mit einer verheirateten Frau wollte er sich niemals einlassen. So sehr er sich auch grämen wird, die Gewissheit, dass sie ihn belogen hat, versetzt seinem Gefühl für sie einen kräftigen Dämpfer. Deshalb hat sie mit allem hinter dem Berg gehalten, sich immer geziert, Auskunft zu geben. Sein erster Eindruck von ihr auf dem Pferd hat ihn nicht betrogen. Sie kann sehr wohl reiten, und wie! Und für das Wochenende, wo sie verschwunden war, ergibt sich nun eine einleuchtende Erklärung. Sie war bei ihrer Familie. Keine Frage, so muss es gewesen sein. Nur das Warum beschäftigt ihn. Was veranlasst einen Menschen dazu, so etwas zu tun? Meine Güte! Wenn er sich vorstellt, was alles geschehen wäre, wenn er sich nicht in ihrer Wohnung beherrscht und nach dem Kuss auf die Wange gegangen wäre?! Aber sie erschien ihm so einsam und unschuldig!
Unschuldig?!
Ha!
Will stößt laut die verschiedensten Verwünschungen aus, um das Lenkrad zu verschonen. Er ist extrem wütend und enttäuscht. Was davon überwiegt, hat er noch nicht herausgefunden. Es interessiert ihn im Moment auch nicht, obwohl er genau weiß, dass seine Wut verrauchen wird, aber die Enttäuschung sich lange in ihm festsetzen kann. Verärgert nimmt er sich vor, erst einmal nicht zu sagen, dass er Bescheid weiß. Er will erleben, wie weit sie bereit ist, zu gehen. Vielleicht findet er heraus, was sie antreibt. Suchst

du jetzt etwa eine Entschuldigung für ihr Verhalten? Warum tust du das? Die Antwort auf diese Frage schießt wie ein Blitz durch seinen Kopf, allerdings weigert er sich, sie zu akzeptieren. Stattdessen stellt er sich die rein rhetorische Frage:
Bist du noch zu retten, Mann?
Doch sofort schweifen seine Gedanken wieder ab. Wieso ist sie so plötzlich mit samt ihrem Pferd von der Bildfläche verschwunden und in seinem Pensionsstall wieder aufgetaucht. Eventuell dachte sie, da dort kein Verein besteht, hat keiner etwas mit Turnieren zu tun und sie bleibt unerkannt. Sie kann ja nicht wissen, dass er für den Verein im Nachbarort antritt. Agatha, Agatha! Was willst du erreichen? Viele Fragen, keine Antworten, jedenfalls nur solche, die nur sie geben kann. Und wenn er sie einfach zur Rede stellen würde? Vermutlich würde er da genauso erfolgreich sein, wie bei ihrer ersten Trainingseinheit. Er sieht sie noch stur schweigend vor sich stehen. Es bringt ihn auf die Palme, wenn einer so verschlossen ist. Ihre bockigen Reaktionen auf seine Fragen, brachten ihn an den Rand einer Explosion.
Anfängerin?!
Ha!
Keine Sekunde hat er an diesen Blödsinn geglaubt. Und sie hat versucht ihn zum Narren zu halten! Diese Tatsache regt ihn am meisten auf. Sie besitzt die Frechheit, ihn an der Nase herum zu führen, ihn zu benutzen! Dieses Biest.
Hinterhältiges Biest!
Gerissenes Biest!
Süßes Biest!
Sie ist gut in ihrer Rolle, welche auch immer sie spielen mag. Überzeugend in der Wirkung auf ihn allemal. Er hätte geschworen, dass sie die Wahrheit sagt, als er sie fragte, ob es einen Mann in ihrem Leben gibt. Verflucht! Will fallen erneut diverse unflätige Wörter ein, die er auch ungehindert vom Stapel lässt. Schließlich sitzt er allein in seinem Auto. Mit da Gama im Anhänger hat er keine Chance, die eine Stunde Fahrt in rasendem Tempo hinter sich zu bringen. Darum lässt er seinen Unmut auch ungehindert raus.
Und wieder erscheint ihr Bild von neulich nachts in ihrer Wohnung vor seinem geistigen Auge. Als er völlig verzückt über ihre Lippen strich, hatte er den Eindruck, dass sie ihm einen Kuss auf den Daumen hauchte. Er wollte sie fühlen, schmecken, atmen. Es fehlte nicht mehr viel und er hätte sich vergessen. Doch da meldete sich sein letzter Rest Verstand. Will hatte sein Heil in der Flucht

gesucht, ehe er, sein Glück kaum fassend, sich in eine tiefe und für ihn ernsthafte Beziehung stürzen konnte.

Vorbei! Eigentlich hatte er sich vorgenommen, sie heute Abend zu überraschen. Er wollte Agatha ins Kino einladen und das Pfingstwochenende entspannt mit der Frau, die er sehr mag, ausklingen lassen. Was sich daraus ergeben hätte, wäre ihm erst einmal egal und in vielen denkbaren Facetten angenehm gewesen.

Zu seinem Glück hatte er auf dem Pfingstturnier einen alten Bekannten getroffen und mit ihm ein paar Bier getrunken. Der Mann fährt schon eben so viele Jahre zu Wettkämpfen wie Will. Da er aus Norddeutschland stammt genau wie Will, sehen sie sich seit einigen Jahren sehr selten, weil sie selten durch ganz Deutschland zu einer Reitsportveranstaltung fahren. Aber immer am Pfingstwochenende starten sie auf demselben Turnier. Oft gegeneinander. Und es macht jedes Mal Spaß, weil mal der eine und dann wieder der andere die Nase vorn hat. An diesem Wochenende gelang es Will öfter, mit null Fehlern durchzukommen und sein Freund hatte einen und mehr Abwürfe. Abends beim Bier schwatzten sie über Tod und Teufel, bis sie auf Agatha zu sprechen kamen und sein Freund ihm erzählte, was er von ihr und ihrem Pferd weiß. Für Will war der Abend gelaufen. Zum Glück war sein Freund zu betrunken, um den jähen Stimmungsumschwung mitzukriegen.

Am heutigen Pfingstmontag quälte Will sich förmlich durch die letzte Prüfung. Sie erreichten einen guten Platz, doch mehr hätte auch mehr Einsatz von ihnen erfordert. Es ist ärgerlich, denn da Gama und er hatten alle Chancen. Doch irgendwie war Will nicht ganz bei der Sache. Zornig über sich selbst und die verpatzte Gelegenheit, eine Schleife zu ergattern, fuhr er am Nachmittag nach Hause.

Jetzt ist gerade das Ortseingangsschild in Sicht und er wird in wenigen Minuten zu Hause im Reitstall sein Pferd abladen. Ob sie auch da ist? An den vergangenen Sonntagen war sie jeden Nachmittag bei Heinz.

Heinz, das Freizeitpferd!

Ha!

Seit er diesen Wallach das erste Mal sah, kam er ihm besonders vor. Zuerst dachte Will, das Pferd hätte ein Problem mit den Beinen, doch das erwies sich als nichtig. Dann sah er ihn laufen und entschied, dass dieses Tier wesentlich mehr drauf hat, als man ihm auf den ersten Blick und im Zusammenspiel mit seiner Reiterin zumutet. Die beiden scheinen ein Problem zu haben, an dem sie arbeiten. Sie sitzt wie angegossen im Sattel. Zuckte nicht einmal,

als er in der ersten Übungsstunde verlangte, anzugaloppieren. Im Gegenteil, sie begann, das Pferd im Galopp zu streicheln und zu loben, statt sich festzukrallen. Vorher hatte sie ihn allein abgeladen und in den neuen Stall gebracht, ins Gelände geführt und jedes Mal auf Hochglanz gewienert. Sein schwarzes Fell schillert silbrig, so sauber ist dieses Pferd, wenn sie mit ihm fertig ist. Die beiden scheinen sich blind zu verstehen und seit vielen Jahren zu kennen. All das passt zu den Erzählungen seines Freundes. Diese Frau will wahrscheinlich eine Krise in ihrem Leben überbrücken, weshalb sie eine Luftveränderung gewählt hat.
Vergessen Sie es, Madame!
Keine wird sich rühmen können, ihn erfolgreich hintergangen zu haben.
Keine!
Bewahre dir wenigstens dieses bisschen Würde, Mann!
Der Blinker schaltet ab, nachdem Will das Tor durchfuhr und auf dem Hof auf einen Parkplatz einbog. Seit er vorgestern Vormittag losfuhr, hat sich nichts verändert hier. Ihr Wagen steht auch nicht da. Beruhige dich, zuerst ist das Pferd dran und da Gama kann nichts für deine Launen. Will atmet tief durch und schaut auf die Uhr. Der Nachmittag ist weit fortgeschritten. Er hat noch eine Menge zu tun, bis er heimfahren kann. Die Unzertrennlichen warten auch noch auf ihn. Also los! Eine halbe Stunde später rangiert Will den Pferdetransporter an seinen Platz und schließt ihn an, ehe er die Tore der Fahrzeughalle zuschiebt.
Danach geht er zu PePe und vergewissert sich, dass sich sein Zustand nicht verschlechtert hat. Ab morgen darf er ihn wieder auf die Koppel lassen. Darüber wird sich PePe sicher genauso freuen wie Will. Nachdem es bis vor zwei Wochen sehr schlimm um das Tier stand, verbesserte sich seine Gesundheit in der vergangenen Woche von Tag zu Tag zusehends. Der Tierarzt bewertete diese Entwicklung als wesentlich besser als erwartet bis erstaunlich. Er stellte Will frei, ab wann er in der nächsten Woche dem Wallach wieder mehr Bewegung genehmigt. Die Entzündung war völlig abgeklungen. Seit etlichen Tagen ist die Schwellung ebenfalls verschwunden. Deshalb hat Will beschlossen, PePe ab morgen wieder aus seiner Box heraus und auf eine der Wiesen zu lassen, deren weicher Boden der Genesung des Pferdes entgegenkommt. Da Gama wird er dazu stellen. Der verträgt sich gut mit PePe und hat sich einen ganzen Tag auf der Koppel verdient.
Das Pfingstturnier hatte ihm fünf Einsätze bei Springprüfungen abverlangt, die er alle mit guten und sehr guten Platzierungen absolvierte und einem Sieg. Darüber freut sich Will besonders, weil

es eines der M-Springen war. Außerdem war da Gama absolut fehlerfrei gelaufen und hatte bereits zwei L-Springen hinter sich, eines davon mit Stechen in dem er Zweiter wurde. Will ist stolz auf seinen Recken, der Sprünge hinlegte, bei denen die Hindernisse um etliches hätten höher sein können. Der einzige, der schusselte, war Will selbst. Und es wurmt ihn enorm.

Will räumt seine Ausrüstung in der Sattelkammer auf. Er entscheidet sich dafür, erst einmal zu Hause nach dem Rechten zu sehen, dann erst da Gama von der Koppel zu holen. Er rief seine Mutter jeden Abend an, um zu hören, ob alles in Ordnung ist. Es gab keine Vorkommnisse zu berichten, behauptete sie, Jedoch kennt er sie genug. Sie quält sich auch durch die ärgsten Probleme ganz allein, wenn sie ihn nicht belasten will. Davon konnte er sie noch nie abbringen.

Die Autotür fällt hinter ihm ins Schloss. Er startet den Motor und gibt Gas. Um seinen Wagen zu schonen, fährt Will nicht über den buckligen Wiesenweg nach Hause, sondern die Straße durch den Ort. Als er aus dem Hoftor des Pferdestalls nach links auf die Ortsmitte zusteuert, schlendert ein paar hundert Meter hinter ihm ein schwarzes Pferd am langen Zügel den Wiesenweg heran. Will sieht es nicht.

Wenige Minuten später hält Will vor dem Garagentor im Hof seines Anwesens. Er macht den Motor aus. Dann langt er auf die Rückbank nach seiner Jacke und den Stiefeln. Letztere stellte er hinter den Sitz. Sein Blick fällt dabei auf das Gartentürchen hinten, wo man auf den Weg zwischen Koppel und Grundstück gelangt. Durch das tritt soeben seine Mutter. Sie strebt auf dem leicht geschwungenen Weg unter den Obstbäumen entlang die Hintertür des Hauses an. Aus dem Korb in ihrer Hand ragt der Verschluss einer Thermoskanne. Ein Stück des Deckels einer Plastikschüssel ist unter der zusammengerollten Decke zu erkennen. Die Schlinge um ihren Arm fehlt natürlich. Vermutlich hat sie die sofort entfernt, als er vorgestern außer Sichtweite war. Sie ist unverbesserlich! Er schüttelt den Kopf und seufzt.

Zügig steigt er aus dem Wagen, wirft die Tür zu und öffnet den Kofferraum, um seine Tasche herauszuholen.

„Da bist du ja, mein Sohn!" seine Mutter, die eben den Hof erreicht, vermittelt ihm irgendwie den Eindruck, dass sie längst mit ihm zu Hause gerechnet hat. Er fragt sich, was ein derartiges Strahlen in ihr Gesicht gezaubert hat. Sie freut sich sonst auch immer, wenn er nach Hause kommt, aber er war schließlich nur zwei Tage weg und hat keine Weltreise hinter sich. Irritiert klappt er den Kofferraum zu und dreht sich zu ihr um.

„Tag, Mutter. Du siehst gut aus." Sie wartet auf ihn und er beugt sich zu ihr runter, um ihr den obligatorischen Kuss auf die Wange zu geben. Dann sagt sie fröhlich:
„Grüß dich, mein Junge. Na, zu wie vielen Siegen darf ich dir gratulieren?"
„Zu einem. Warum trägst du den Arm nicht mehr in der Schlinge?"
„Herzlichen Glückwunsch! Ich bin stolz auf dich." Sie dreht sich um und marschiert zur Hintertür.
„Danke, Mutter, aber ich hatte Dich etwas gefragt." sagt Will nachdrücklich, während er ihr folgt. Sie lächelt schon wieder glücklich, als sie den Schlüsselbund aus dem Korb holt und den passenden Schlüssel ins Schloss steckt und herumdreht. „Ich habe es nicht mehr ausgehalten und sie heute Nachmittag zu Hause gelassen."
„Wo warst du?" Hatte seine Mutter eine Verabredung, von der er nichts weiß? Und mit wem? Die Tür schwingt auf. Sie betreten den Kellerflur.
„Auf der Koppel bei den Unzertrennlichen." antwortet sie über die Schulter schauend, als wäre seine Frage eigentlich völlig überflüssig gewesen. Dann geht sie wie selbstverständlich auf die Treppe zu.
„Mit Kaffee und Kuchen?" Will wirft die Tür hinter sich zu und schaut sie verwundert an.
„Ja, ich habe mir erlaubt ein Picknick zu machen. Hier zu Hause war doch keiner, mit dem ich hätte Kaffee trinken können." Es war zwar kein Vorwurf, aber mit dem Ausdruck auf ihrem Gesicht und dem undefinierbaren Unterton in ihrer Stimme kann Will nichts anfangen, weshalb er ausweichend meint:
„Ich hoffe, du hast Aladin und Sulaika nicht mit deiner Torte gefüttert?" sein leichtes Grinsen quittiert sie mit einem amüsierten Lächeln und winkt ab:
„Keine Angst, mein Sohn, die haben Leckerlis bekommen und sehr viele Streicheleinheiten. Denen geht es gut. Sulaikas Wunde auch. Das wirst du ja sehen, wenn du hin gehst." sie zeigt in Richtung Waschmaschine, „Stell Deine Tasche gleich dort hin, ich werde mich drum kümmern, während Du Deinen Kontrollgang machst."
„Okay. Heute Abend muss ich noch mal in den Pferdestall, aber nur um da Gama von der Koppel zu holen. Wie wär's dann mit Grillen?"
„Gute Idee, Will. Nur wir beide oder werden wir mehr sein?"
„Ich dachte nur an uns beide, das ist schon lange nicht mehr vorgekommen. Außer Du möchtest noch jemanden einladen, dann tu es von mir aus. Ich habe nichts dagegen."

„Also nur wir zwei." Hört er sie noch sagen, als er seine Sachen neben der Waschmaschine fallen lässt, währenddessen seine Mutter bereits die Kellertreppe empor steigt.
Im Hinausgehen steckt er sich ein paar Leckerbissen ein und begibt sich auf den Weg zur Weide. Nicht dass er ihr das Glück nicht gönnt, aber Will hätte schon gern gewusst, was oder wer seine Mutter so sehr zum Strahlen bringt. Hat sie endlich jemanden getroffen, der zu ihr passt? Seinen Vater wird wohl keiner ersetzen können, zumindest hat sie ihm so etwas schon öfter gesagt. Jedoch bedeutet das ja nicht, niemals einen anderen Mann an ihrer Seite zu erleben. Doch wann sollte sie jemanden getroffen haben? Eventuell erfährt er es ja heute Abend am Grill.
Gedankenverloren marschiert er den Weg entlang. Den Hufabdrücken auf dem Wiesenweg schenkt er wenig Aufmerksamkeit. Die Reiter aus dem Pferdestall nutzen das Gelände ringsum intensiv, ebenso die Handvoll Privater im Dorf, die ihre Tiere zu Hause stehen haben. Doch als Will das Koppeltor erreicht, stutzt er. Hier sieht es so aus, als würde eine fremde Hufspur direkt auf die Weide führen! Eine Reihe niedergetretener Grasbüschel lassen diese Vermutung zu. Und wieder heraus! Natürlich, sonst wäre das Pferd noch da oder durch den anderen Ausgang verschwunden. Wer traut sich denn die Frechheit zu, diese abgeschlossene Koppel zu betreten? Vielleicht ist jemandem das Pferd abgehauen und hier hineingerannt? Er muss an Rex und seinen Besitzer denken. Obwohl der nicht der einzige ist, der da in Frage kommt. Will wird sich umhören, ob am Wochenende irgendwas passiert ist.
Seine Mutter hat sicher davon nichts mitbekommen, sonst hätte sie eine entsprechende Bemerkung gemacht. Oder sie erzählt ihm nachher davon. Sollte ihr Date mit einem Pferd da gewesen sein? Wer käme denn da in Frage? In Gedanken geht er alle durch, die er in dieser Richtung kennt, doch will ihm nicht einleuchten, welchem sie davon den Vorzug gibt und warum. Die Männer kennt sie bereits seit Jahren und noch nie hat sie irgendwie erkennen lassen, dass sie sich mit einem zusammentun würde. Hm! Na, wie auch immer, er wird es erleben.
So in Gedanken geht er den Koppelzaun ab und kontrolliert den hinteren Ausgang. Alles in Ordnung. Dann sucht er kreuz und quer die Weide ab und findet frischen Pferdedung. Was, bis hier hinten ist das unbekannte Tier gekommen? Entweder ist es vor irgendetwas geflüchtet oder befand sich geraume Zeit auf der Koppel. Solche Vorkommnisse gab es all die Jahre nicht, seit er hier her gezogen ist. Erst die Verletzung von Sulaika vor ein paar

Wochen und jetzt das hier. Will hofft, für beides den Grund und den Verursacher zu finden, um weiteren unliebsamen Zwischenfällen vorzubeugen.
Während seiner gesamten Wanderung über die Weiden folgen ihm Sulaika und Aladin auf Schritt und Tritt. Überall wo er stehen bleibt, schnuffeln sie herum und schauen sich um. Nach und nach verfüttert er die Leckereien, bis seine Taschen leer sind. Dann entfernt er den Mist aus dem Stall. Als er fertig ist, haben sich die beiden Unzertrennlichen unter eine Baumgruppe mitten auf der großen Koppel getrollt und dösen vor sich hin. Es ist Zeit, da Gama in die Box zu bringen. Deshalb verlässt Will die Koppel und holt sein Fahrrad aus der Garage. Damit kehrt er nach einer kurzen Unterredung mit seiner Mutter wegen des Abendessens auf den Wiesenweg zurück und ist nur Minuten später am Hoftor des Pferdestalls.
Die Läuferin am Ende der Straße entgeht ihm und ist im nächsten Moment aus seinem Blickfeld verschwunden.

** * **

Agatha rennt um die Ecke und sieht gerade noch, wie sich die Tür des Busses öffnet. Die letzten zwanzig Meter legt sie im Sprint hin und betritt die unterste Stufe, als die alte Frau, die jeden Sonntagabend an dieser Bushaltestelle wartet ihr Ticket in Empfang nimmt. Der Busfahrer grinst Agatha an, die keuchend ihr Portmonee zückt und dann hastig ihr Fahrziel nennt. Kaum hat sie ihren Fahrschein in der Hand, setzt sie sich gleich hinter den Fahrer und schaut zum Fenster hinaus. Der Bus ist nur spärlich besetzt, sodass ihr keiner auf den Pelz rücken und ihr ein Gespräch aufdrängen wird. Dazu hat sie heute keine Nerven mehr.
Sie ist traurig, obwohl der Tag eigentlich sehr schön war. In weniger als einer halben Stunde wird sie in der Stadt aussteigen und dann noch etliche Blocks weit zu Fuß gehen, bis zu ihrer Wohnung. Doch eigentlich hat sie keine Lust, zu Hause allein herum zu sitzen. Vielleicht geht sie ins Kino. Zurzeit laufen mehrere Filme, die sie noch nicht gesehen hat. In den letzten Jahren hat sie jeden neuen Film begierig aufgesogen und sich ständig darum bemüht, auf dem Laufenden in der Kinowelt zu sein.
Allerdings ist dieses Interesse in den vergangenen Wochen sehr geschrumpft. Ihre Gedanken kreisen viel zu oft wo anders herum. Zumeist um den Pferdestall. Um Heinz. Und um Will. Heinz hat

nicht nur verborgene Talente hervorgezaubert, sondern sie auch zu einem Mann geführt, der ihr Denken und Handeln beeinflusst, wie noch nie einer vor ihm. Wie kann ein Mensch eine derartige Macht bei einem anderen ausüben, obwohl er noch nicht einmal etwas davon weiß? Agatha ist ratlos, angesichts ihrer Gefühle. Ihr Verstand sagt ihr immer wieder, dass sie endlich vernünftig werden und erkennen soll, dass sie bei Will keine Chance hat. Gegen die schicken Frauen und Mädchen, die sich seiner Nähe erfreuen, ist sie ein hässliches Entlein. Aber sie will ja auch nicht nur eine Chance bei ihm haben, sondern ihn ganz und gar für sich. Du bist eine dumme Gans! Wechsle den Pensionsstall, wenn du ihn nicht vergessen kannst, oder mach irgendetwas anderes dagegen, aber hör auf, ständig von ihm zu träumen!
Die Nacht nach dem Grillabend war anstrengend. Immerzu wechselten sich die Bilder von ihm ab. Mal wütend, mal aufmerksam, dann wieder sorgenvoll oder gefühlvoll. Und dann dieser Albtraum, dass er auf der Straße unter die Räder gekommen und nicht mehr zu retten ist. Da Gama zog einen Plattenwagen mit einem schwarzen Sarg und darauf lag eine einzelne rote Rose. Er ist nicht tot! Dieser Gedanke war so stark, dass er sie schweißgebadet in ihrem Bett hochfahren ließ. Ab da traute sie sich nicht mehr die Augen zu schließen, bis ihr die Lider gegen Morgen doch wieder zufielen. Kurz vor Mittag erwachte sie und fühlte sich matt und ausgelaugt. Mit immer noch hämmerndem Herzen spürte sie Wills Daumen auf ihren Lippen. Sie hatte unbewusst seine Liebkosung mit einem Hauch von einem Kuss beantwortet. Seine Lippen wollte sie auf ihren spüren statt auf ihrer Wange, aber auch diese Berührung hütet sie wie einen Schatz. Und sollte es die einzige bleiben, wird sie sie bis zum Schluss spüren.
Ohne es wirklich zu merken, hebt sie die Hand und tastet mit den Fingerspitzen über ihre Wange, wie um zu prüfen, ob der Kuss noch da ist. Die alte Dame in der Sitzreihe gegenüber schwatzt angeregt mit dem Teenie-Pärchen vor ihr. Die beiden haben Kopfhörer in den Ohren und verstehen sicher nur die Hälfte. Doch die alte Dame ist glücklich darüber, jemandem von ihren Katzen erzählen zu können. Seit ihr Mann gestorben ist, seien die Tiere ihre einzigen Verwandten. Ihre Stimme ist weich und schläfert ein. Agatha hört nur mit halbem Ohr zu, denn in ihrem Kopf schwirren ihr die verschiedensten Fragen herum. Warum wollte Will wissen, mit wem sie ins Kino geht? Was sollte die Frage, ob es einen Mann in ihrem Leben gibt? Und warum hat sie ihm so bereitwillig geantwortet? Sie war verzaubert in diesem Moment, sonst hätte sie ihm sicher nicht so offen Auskunft erteilt. Und warum ist er

gegangen nachdem sie ihm sagte, dass sie allein ist? Hat er ihr nicht geglaubt? Aber warum hat er dann ihre Lippen gestreichelt, wenn er sie nicht küssen wollte? In den nächsten Tagen hat sie auf ein Zeichen gewartet und als er nach dem Geländeritt zu ihr in die Box kam und sich erkundigte, wie es ihr ging, war sie so glücklich, dass sie sich innig dafür bedanken wollte. Doch gerade als er in Reichweite war und sie nur noch einen Schritt brauchte, um ihm die Hände auf die Schultern zu legen, kam Rex mutterseelenallein in den Stall gelaufen. Natürlich hatte Will pflichtbewusst das Tier wieder eingefangen und in seine Box gestellt. Die Gelegenheit aber war dahin und sollte nie wiederkommen.

Unterdessen ist es Juni geworden und Agatha hat sich ein schönes Pfingstfest vorgestellt. Stattdessen erfuhr sie in der Woche davor, dass er zu Pfingsten niemals zu Hause ist, weil er seit Jahren ein Pfingstturnier besucht. Also wollte sie ihn wenigstens heute am Pfingstmontagabend sehen, fragen wie es für ihn gelaufen ist und ihn eventuell ins Kino einladen. Aber Pustekuchen, sie sah ihn nicht, nur seine Pferde, für die sie seit einigen Wochen immer Apfel-, Möhren- oder Brotstücke einstecken hat.

Heute waren diese Leckerlis allerdings stark rationiert, weil sie für die Unzertrennlichen mit reichen mussten. Agatha war nämlich einer Einladung gefolgt und sehr erstaunt, wen sie traf.

Gestern Vormittag machte sie einen Ausritt mit Heinz durch den Wald bis hinter zum Bahnübergang und wollte an der Wiese vorbei und den Wiesenweg entlang zurück zum Pferdestall reiten. Da traf sie die ältere Frau auf der Koppel wieder und hielt an, um sich nach ihrer Gesundheit zu erkundigen. Die Frau freute sich sehr, sie wieder zu sehen und lud sie für heute Nachmittag auf einen Kaffee am Koppelzaun ein. Sie sagte, sie wolle sich endlich für Agathas Hilfe bedanken und lockte mit selbstgebackenem Kuchen. Agatha war pünktlich da und die ältere Frau erwartete sie bereits. Mit einem freundlichen Händedruck und einem liebevollen Lächeln stellte sie sich als Gesine vor. Um nicht zu viel mitzuschleppen war Agatha mit Heinz zu Fuß unterwegs. Auf der vorderen Koppel angekommen, schnallte sie die Trense ab und ließ den Wallach frei laufen. Nachdem sie zusammen das Koppeltor ordentlich verschlossen hatten, führte sie Agatha zum doppelgaragenartigen Stall. Doch die Unzertrennlichen, wie sie die Tiere nannte, waren nicht da. Die hintere, zweite Koppel ist sehr weitläufig und mit Busch- und Baumgruppen bewachsen, weshalb man sie nicht überblicken kann. Trotzdem behauptete die ältere Frau, die beiden hinter ein paar Bäumen erkennen zu können. Agatha sah nichts. Beim besten Willen konnte sie keine Tiere erkennen. Da meinte die ältere Frau, dass die beiden sicher bald zum Stall kommen werden, weil sie jeden Nachmittag dort auf sie treffen.

Dann stellte sie fest, dass die offizielle Vorstellung halt warten müsse und auf nach dem Kaffee trinken verschoben wird, ehe der Kaffee kalt und der Kuchen zu warm geworden sei. Deshalb gingen sie zum Koppelzaun ein Stück neben dem Stall und picknickten mit vorzüglichem Kaffee aus großen Tassen und leckerem Kuchen aus einer Schüssel mit Deckel, der die Leckerei von Insekten schützte. Munter schwatzten sie darauf los und Agatha merkte bald, dass sie einen Draht zueinander gefunden hatten. Gesine erzählte ihr von ihrem Krankenhausaufenthalt. Sie malte wortgewaltig sehr aussagekräftige Bilder von ihren Zimmergenossinnen, einer besonders schüchternen Lehrschwester und einem energischen Arzt, dem sie unverblümt die Meinung gegeigt hatte und zwar so lange, bis der alte Herr höflich mit ihr umging. Agatha musste mehrfach herzlich lachen. Sie merkte kaum, wie die Zeit verging. Zwischendurch fragte Gesine sie nach ihrer Familie aus und es fiel Agatha komischerweise kein bisschen schwer, mit der ziemlich fremden Frau darüber zu reden. Als Gesine sich wunderte, dass sie sie jetzt erst bemerkt hat, berichtete Agatha ihr, wie sie zu Heinz und dem Pensionsstall hier gekommen war. Sie wollte Gesine fragen, ob sie die Leute im Pferdestall kennt. Vielleicht hätte sie etwas über Will herausbekommen. Denn selbst wenn er nicht im Ort wohnt, wissen die Leute auf dem Dorf über vieles Bescheid. Oft mehr, als einem lieb ist. Eventuell gäbe ihr ja eine solche Information einen Hinweis darauf, warum Will oft so mürrisch und wortkarg ist.

In dem Moment kamen die Unzertrennlichen heran und Heinz ebenfalls, der sich in bester Hengstmanier aufplusterte. Agatha staunte nicht schlecht. Sie war begeistert. So etwas hatte sie auch noch nicht erlebt. Der Wallach gebärdete sich wie früher bei Halli. Er stolzierte in imposanter Haltung vor dem Tor zwischen den Weiden herum und gab die aufgeregtesten Töne von sich. Plötzlich galoppierte er ein Stück am Weidezaun entlang nach hinten und wieder zurück.

Als er am Tor vor dem Stall stehen blieb, sah Agatha zum ersten Mal Sulaika über die Weide kommen. Sie hielt direkt auf den Stall zu und brachte Aladin mit. Dieses Bild war so beeindruckend, dass Agatha nur staunend dastand und die hellbraune Kameldame anstarrte. Sie schaukelte gemächlich über die Wiese und zwischen ihren Höckern thronte ein graubraun gestreifter Kater. Neugierig machten die beiden am Tor halt und die Hälse lang. Vorsichtig beschnuffelte Sulaika Heinz' Nase über den Zaun hinweg.

Aladin stellte sich mit den Vorderpfoten auf den vorderen Höcker und versuchte Witterung aufzunehmen. Um näher heran zu kommen, kletterte er gekonnt auf den Kamelhals und sprang dann mit einem eleganten Satz auf den obersten Balken des Koppeltores.

Das war zu viel für Heinz. Mit einem erschrockenen Quietschen flüchtete er vom Tor, blieb in sicherer Entfernung stehen, beobachtete den Kater auf dem Tor, der seinerseits das Gleiche mit dem Pferd tat. Irgendwann schlicht Heinz sich wieder näher, aber traute sich nicht auf Tuchfühlung mit Aladin zu gehen. Es dauerte eine Weile, bis der Wallach sich ein Herz fasste, den Hals ganz lang machte und mit seiner Nase beinahe die von Aladin berührte. Der Kater saß stocksteif da, aber plötzlich öffnete er das Mäulchen und fauchte die schwarzen Nüstern an. Heinz, dessen Maul und Nase größer sind als der gesamte Kopf des Katers, zuckte erschrocken zurück, flüchtete einige Schritte rückwärts, schnaubte aufgeregt und traute sich nun gar nicht mehr heran. Als Aladin merkte, dass Heinz nicht mehr die Frechheit besaß, in sein Territorium einzudringen, setzte er mit einem eleganten Satz hinunter ins Gras und stolzierte hinter Sulaika her, die bereits wieder auf dem Weg zu den Bäumen und Büschen im hinteren Teil der Koppel war. Etliche Meter weit weg vom Tor begann Aladin in großen Sprüngen auf das gemütlich schaukelnde Hinterteil der Kamelstute zu zu rennen. Kurz hinter ihr machte er einen mächtigen Sprung, der ihn direkt auf die Kruppe hinter den Höckern landen ließ. Halb sitzend, halb stehend thronte er auf Sulaikas Rücken und schien zu sagen: Finger weg, die ist meine.

Du hast hier nichts zu suchen!

Agatha und Gesine amüsierten sich prächtig bei dem Schauspiel. Die persönliche Vorstellung fand nur mit Sulaika statt, weil Aladin nicht zu bewegen war, seine Position auf dem Koppeltor aufzugeben. Agatha hätte ihm gern einmal über den wuscheligen Pelz gestreichelt. Sie wollte gerade fragen, warum die beiden die Unzertrennlichen genannt werden, als sie einen Blick zur Uhr warf. Sie erschrak.

Es war höchste Zeit zum Stall zurück zu kehren. Will müsste bald wieder da sein, wenn er nicht schon daheim war. Mit dem Versprechen, in Kürze wieder vorbei zu schauen, bedankte und verabschiedete sie sich von Gesine und marschierte mit Heinz am langen Zügel auf dem Wiesenweg nach Hause.

Von weitem sah sie ein Fahrzeug vom Hof rollen und auf einer der hinteren Koppeln glaubte sie den großen Fuchswallach zu erkennen, aber sie war sich nicht sicher. Wills Auto stand nicht am

Pferdestall und in die Fahrzeughalle konnte sie nicht hinein, um zu sehen, ob der Pferdetransporter da drin ist. Im Stall traf sie Birte, die ihr sagte, dass Will bereits nach Hause gefahren sei. Diese Information frustrierte Agatha mit einem Mal unheimlich. Ziemlich lustlos und traurig putzte sie Heinz und ging danach auf die Ausläufe hinter der Reithalle, um da Gama zu begrüßen.
Viele Leute hatten sie vor dem Pferd gewarnt, sie solle auf ihre Finger achten und lieber nicht so nahe heran gehen. Er wäre viel zu ungestüm und oft sehr giftig gegenüber allen. Nur Will würde mit ihm auskommen und Ralf, der für Will die Wochenendvertretung macht. Die beiden Männer allein besäßen die Kraft und den Einfluss, mit da Gama fertig zu werden, sonst niemand. Aber der Wallach hatte ihre Hand beschnuppert und das Stück Apfel sacht von ihrer Handfläche genascht, als sie ihn das erste Mal in seiner Box besuchte. Seither wartet er schon darauf, von ihr verwöhnt und gestreichelt zu werden. Bis jetzt hat sie es immer so eingerichtet, dass Will nicht anwesend war, wenn sie mit da Gama schmuste. Sie ist sich nicht ganz sicher, ob er das so gut finden würde. Obwohl sie weiß, dass er seine Tiere sehr liebt und behütet, muss er nicht unbedingt zu denen gehören, die eine Schmuserei mit dem Pferd für angebracht halten. Manche Reiter und Pferdebesitzer sind da sehr eigen und eifersüchtig.
Bevor Agatha heute den Stall verließ, durften PePe und Heinz die letzten Stückchen Möhre vertilgen und sich streicheln lassen. Auf dem Weg in den Hof bemerkte Agatha, dass ihr Bus in wenigen Minuten abfuhr. Da war sie los gerannt. Den Radfahrer weit hinter sich auf dem Wiesenweg sah sie nicht mehr.
Jetzt sitzt sie in Gedanken versunken mit der Stirn an die kühle Scheibe gelehnt auf diesem bereits in die Jahre gekommenen Sitz. Schneller als gedacht, erreicht der Bus ihre Haltestelle und Agatha steigt aus. Ein Blick auf die Uhr verrät, dass sie die Abendvorstellung im Kino noch schafft. Sie könnte gleich hingehen und spart sich den Weg bis nach Hause.
Sie schaut die Straße entlang. Wo kommen denn heute die vielen Pärchen her? Oder sieht sie sie heute nur, weil sie sich selbst verlassen und allein fühlt? Beim Anblick der beiden Verliebten, die eben auf sie zu schlendern, wird ihr bewusst, dass sie sich in ihrem Aufzug nicht ins Kino setzen kann. Das Nicki ist besabbert von den Pferden, die Jeans voller Staub und Flecken und sie verströmt einen typischen Duft nach Pferd, Wiese und Heu. Vorhin bemerkte sie es gar nicht, weil ihre guten Sachen, die sie sich für den Fall mitgenommen hatte, dass sie doch noch mit Will ausgehen könnte, im Spind des Umkleideraumes geblieben sind. Nur das Geld, das

Handy und die Schlüssel steckte sie in die Taschen ihrer Jeans. Denn eigentlich wollte sie nicht so heimfahren, sondern vorher duschen und sich umziehen. Doch dazu kam sie nicht mehr, weil sie mit Gesine so lange schnatterte.
Wie alt mag Gesine wohl sein? Hat sie die fünfzig bereits überschritten? Bestimmt. Oder gar schon die sechzig? Sie scheint Agatha älter zu sein als ihre Mutter, die grade erst achtzehn gewesen ist, als Agatha geboren wurde. Ihr Vater ist nur wenige Jahre älter. Er hatte da schon einige Semester Journalistik hinter sich. Agathas Mutter begann ein paar Wochen nach der Geburt mit dem Studium. Welchen Beruf hat wohl Gesine? Geht sie noch arbeiten und wenn wo? Agatha marschiert den Gehweg entlang und versucht sich diese vitale, aufgeschlossene, fröhliche Frau in den verschiedensten Situationen vorzustellen. Irgendwie passt sie in kein Bild, dass Agatha sich ausdenkt. Sie wird Gesine bei ihrem nächsten Treffen fragen.
Unerwartet steht sie vor ihrer Haustür. Als sie die Treppen hoch steigt, ist alles ruhig im Haus. Typisch Pfingsten, viele Mieter aus ihrem Eingang fahren über die Feiertage zu Verwandten und Kindern. Leider ihr ekelhafter Nachbar nicht. Hat der keine Verwandtschaft? Kaum hat Agatha den Gedanken zu Ende gedacht, rasselt der Schlüssel in der Wohnungstür gegenüber. Eilig schließt sie auf, reißt den Schlüssel aus dem Schloss und schlüpft in ihren Korridor. Doch sie ist nicht schnell genug. Der Nachbar hat sie gesehen und klopft sofort an:
„Eh, Süße, wie wär's mit uns beiden heute Abend? Die haben den Krimi verschoben und der Boxkampf fällt auch ins Wasser." Er hustet und schnieft laut. „Also hätte ich Zeit für dich, überleg's dir! Du brauchst nur zweimal zu klingeln und schon lass ich dich rein. Hauptsache du lässt mich dann auch bei dir rein!" sein Kichern verursacht den nächsten Hustenanfall. „Oder kommt heute etwa noch ein anderer zu dir?"
Agatha schießt der Zorn bis in die letzte Pore ihres Körpers. Sie reißt die Wohnungstür auf und schnauzt ihn an:
„Fahr zur Hölle und lass mich in Ruhe!" sofort schmeißt sie mit Wucht die Tür vor seiner Nase zu. Sie befürchtet sonst, doch noch ausfällig zu werden, wenn sie sich nicht augenblicklich zurückzieht. Deswegen hört sie auch nicht mehr hin, als ihr Nachbar durch die Tür ruft:
„Ich wollte mit deinem Freund grade ein Bier trinken und mit ihm mal über 'nen Dreier reden, da ist der die Kellertreppe hoch und raus gerannt. Hatte sicher die Schnauze voll vom Warten. Kann ich verstehen. Warst derweil bei dem andern, was?"

Hör nicht hin! Dieser Idiot ist es nicht wert! Wutentbrannt marschiert sie ins Bad und zerrt sich die Sachen vom Leib. Dabei beschimpft sie ihn und sich selbst. Wieso hält sie es eigentlich schon so viele Jahre hier in dieser engen Zwei-Zimmer-Wohnung aus, statt bei Großmama am Stadtrand im Grünen zu wohnen? Ihr Arbeitsweg wäre dann um ein vielfaches länger, weil sie von hier aus nur einige Minuten zu Fuß unterwegs ist bis in die Kindereinrichtung. Jedoch ist es wesentlich angenehmer dort draußen zu wohnen und seine Ruhe genießen zu können, als sich hier ständig diesen Terror antun zu müssen.

Agatha nimmt sich vor, bei der nächsten Gelegenheit mit Großmama dieses Thema zu besprechen. Vielleicht ist sie erfreut, dass sie nicht mehr allein in dem ganzen Häuschen leben muss, wobei die finanzielle Seite auch nicht zu verachten ist, denn Agatha würde ihr natürlich Miete zahlen. Bis zum Pferdestall im Nachbarort kann sie von Großmama aus bequem mit dem Fahrrad fahren, denn die Strecke ist nur noch halb so weit. Das spart Benzin und sie kann mal wieder intensiv etwas für ihren Körper tun. So durchtrainiert wie Will, wird sie vermutlich nie sein, doch Speck anzusetzen, plant sie auch nicht.

Ein tiefer Seufzer entflieht ihrer Brust. Sofern sie es in diesem Pensionsstall aushält. Vorbeugend wird sie sich schon einmal mit den Angeboten von anderen näher befassen. In Wills Pferdestall war sie nur gelandet, weil sie dort sofort einen Platz für Heinz bekam. Eventuell ist woanders unterdessen eine Box frei geworden. Mal schauen. Von oben bis unten eingeschäumt samt Schopf, spült sie sich mit warmem Wasser ab und greift nach dem Badetuch. Keine fünf Minuten später ist sie unterwegs ins Kino. Irgendwie muss sie auf andere Gedanken kommen. Intensiv über einen neuen Film nachzudenken, ist ein gutes Mittel. An der Kinokasse steht keiner vor und hinter ihr.

Die Vorstellung hat bereits begonnen, doch die Werbung kennt sie zur Genüge. An der Snackbar im Foyer leistet sie sich eine große Cola und einen Eimer Popcorn. So ausgerüstet betritt sie den Vorführsaal, der nur spärlich besetzt ist. Der Werbeblock geht aufs Ende zu und sie sucht sich einen Platz ganz hinten an der Wand. Weit weg von den meisten Leuten, die in der Mitte und so weit vorn wie möglich sitzen. Keiner dreht sich um, als sie hereinkommt und hoffentlich ist kein Bekannter da, denn heute ist ein schlechter Tag zum Reden.

Da wendet sich vorne eine Frau zu ihr um und winkt.

** * **

Der Donnerstag hat bereits mehr als sechzehn Stunden hinter sich und trotz mieser Vorhersage ganz ordentlich die Sonne strahlen lassen. Unterdessen sind um die dreißig Grad im Schatten und Agathas ärmelloses Shirt zeigt auf dem Rücken Schweißflecken. Sie musste sich öfter die Schweißperlen von der Stirn wischen. Ihr schulterlanges Haar hatte sie sich zu einem kurzen Pferdeschwanz am Hinterkopf fixiert, damit es ihr nicht im Nacken klebt. Kritisch betrachtet sie Heinz, als hinter ihr Wills Stimme erklingt. Wie ist er nur dahin gekommen, sie hat seine Schritte überhaupt nicht gehört.
„Hast du etwas dagegen, dass Birte heute mit uns ins Gelände kommt?"
„Nein." antwortet Agatha gereizt und dreht sich angriffslustig zur Boxentür um, in der Will steht und sie fragend ansieht. „Aber ich habe etwas dagegen, dass ihr Heinz dermaßen dreckig in der Box stehen lasst! Putzen die Kinder ihn denn nach dem Training nicht mehr?" Will schaut sie verwundert an und macht eine hilflose Geste, als ob er sie nicht versteht. Das bringt Agatha an den Rand ihrer Selbstbeherrschung. Traut er sich wirklich, sie zu belügen? Zornig gestikuliert sie beim Reden: „Die Hufe nicht ausgekratzt, die Sattellage total verklebt und an den Beinen und unter dem Bauch eine Schlammkruste! Die Kinder sind vielleicht nicht groß genug, um seinen Rücken zu putzen, aber du bist es sehr wohl! Das ist nicht das erste Mal, dass er dermaßen dreckig im Stall steht, wenn ich herkomme." Agatha atmet tief durch und schließt die Augen, es ist niemals gut, sich vom Zorn beherrschen zu lassen, zumal das Tier neben ihr gar nicht weiß, was es mit ihrer Aufregung anfangen soll.
„Er war sauber. Vielleicht nicht so spiegelblank wie bei dir, aber richtig sauber. Ich habe ihn mir angesehen, rundherum. Hast du mal daran gedacht, dass er auf der Koppel ebenso dreckig wird?" Will ist angesäuert, warum macht sie hier so einen Aufstand. Er ist erst heute Nachmittag zum Training hergekommen, weil Ralf den Futterdienst übernahm und kann deshalb nicht mit Bestimmtheit sagen, welche Pferde den Vormittag draußen verbrachten.
„Ja. Na klar habe ich daran gedacht! Nur gibt es bei deiner Theorie einen Haken: Heinz war heute Vormittag in der Box und nicht auf der Koppel. Und ehe du fragst, auch nicht auf dem Auslauf. Seine Dreckschicht muss also von gestern sein und wenn du es bestreitest, muss ihn wohl jemand in der Nacht raus geholt und

geritten haben, oder wie sollte er sonst so schmutzig werden!?"
Wieso ist sie gereizt wie eine Klapperschlange? Nervös kam sie ihm vorhin schon vor, die Begrüßung fiel sehr kühl und knapp aus. Aber jetzt scheint sie gleich den Siedepunkt zu erreichen. Ist mit ihrer Familie etwas geschehen? Ungläubig den Kopf schüttelnd kommt Will näher heran und betrachtet sich den Rappen eingehend, wobei er mit der Hand über das Fell des Tieres streicht. Dann tastet er die Beine ab, findet aber keine Abnormalität. Das Pferd war gestern Abend super sauber. Die Kinder hatten sich alle Mühe gegeben, ihn so spiegelblank zu bürsten, wie sie es bei Agatha sehen. Selbst die Hufe hatten sie abgewaschen, rundherum. Bei seiner abschließenden Putzkontrolle fand er nicht mal ein Staubkorn geschweige denn ein Steinchen. Die Kinder hatten sich besonders gefreut, weil sie es so gut hinbekommen hatten und Will sollte Agatha nachdrücklich sagen, was für eine Mühe sie sich gegeben hatten. Grade wollte er seinen Auftrag erfüllen, da wirft sie ihm vor, ein dreckiges Pferd in den Stall zu stellen. Wie kommt sie nur darauf und wann sollte dies schon einmal passiert sein?

„Ich kann nichts feststellen und …"

„Ja natürlich," gibt sie schnippisch zurück, „weil ich ihn in der vergangenen Stunde geputzt hab! Ich will schließlich nicht auf so ein schmutziges Pferd steigen!"

„Agatha, ich…" versucht Will sich zu verteidigen, aber sie fällt ihm ins Wort:

„Ich habe mich darauf verlassen, dass ihr ihn gut behandelt. Ich…" Will spricht sie erneut an, um ihre Tirade zu unterbrechen und eine Erklärung anbringen zu können, allerdings mit wenig Erfolg, deshalb wiederholt er:

„Agatha!" sie reagiert nicht wirklich und zetert weiter:

„Ich habe die Kinder gern, aber wenn ihr solche Dinger dreht, werde ich sauer! Dazu kommt noch, dass es sehr unklug ist, den Kindern ein solch schlechtes Beispiel zu liefern!" Als sie Luft holt, wirft er schnell ein:

„Lass mich ausreden!" Will ist einen Schritt auf sie zu getreten und baut sich verärgert vor ihr auf, doch auch das ist nicht sehr wirkungsvoll, denn sie fährt unbeirrt fort: „Deine Pferde werden auch immer gut geputzt, warum legst du bei Heinz keinen Wert darauf? Weil er nicht dir gehört? Er ist es gewöhnt und erwartet, dass er gründlich geputzt wird. Zeige den Kindern das nächste Mal, wie man ein Pferd richtig sauber kriegt, da können sie halt nicht so lange reiten!"

„Agatha!"

„Das gehört schließlich auch dazu, nicht nur das Reiten!"

„Halt den Mund!" Wills Geduld mit ihr ist beinahe auf null. Als sie Luft holt und Anstalten macht, weiterzureden, legt er ihr schnell den Zeigefinger auf die Lippen. „Erst lässt du mich ausreden, ehe du mich weiter beleidigst." Die Wirkung ist gut. Verblüfft reißt Agatha die Augen auf und hält ganz still. „Die Kinder haben sich gestern extra Mühe gegeben und sind sehr stolz gewesen, wie sauber sie Heinz gewienert hatten. Sie beauftragten mich sogar, es dir zu sagen, damit du weißt, wie viel Mühe sie sich mit ihm geben!" ätzend setzt er hinzu, „Denn stell dir vor, außer dir kümmert sich noch jemand um dieses Pferd!" er holt tief Luft und setzt hinzu, „Ich weiß nicht, warum Heinz dreckig war und ich habe keine Idee, wie es passiert sein könnte." weil sie ihn jetzt nur noch wortlos ansieht, fragt er nachdrücklich: „Verstanden?"
Agathas Reaktion kommt prompt.
Mit einem Ruck dreht sie sich um und marschiert mit eiligen Schritten zur Sattelkammer, ehe sie sich vergisst. Sollte sie sich verhört haben, als Birte ihr berichtete, dass Heinz heute noch nicht draußen war? Aber auf der Koppel bekommt er keine verschwitzte Sattellage. Wenn Will recht hat, wie soll dann der Dreck an Heinz gekommen sein? Hat ihn heute Vormittag jemand geritten? Und wenn wer? Warum sollte Will sie belügen? Der Effekt seiner Lüge wäre sofort verpufft, denn sie braucht nur die Kinder zu fragen. Aber wer könnte so abgebrüht sein und den anderen, die vormittags da sind, vorgaukeln, dass er Heinz reiten darf. Außerdem hätte Birte es ihr erzählt. Weil gerade Prüfungszeit in der Schule ist, kann sie öfter auch schon vormittags im Pferdestall sein. Meistens weiß Birte sowieso über alles und jeden Bescheid. Aber warum sollte Birte lügen? Irgendwas stimmt hier nicht, wenn sie nur heraus bekäme, was es ist!
Grübelnd holt Agatha den Sattel und das Zaumzeug von der Wandhalterung. Auf dem Rückweg fällt ihr auf, dass sie die Streichkappen und die Reitkappe vergaß. Also dreht sie um und holt die Sachen. Kaum ist sie mit allem bei Heinz angekommen, ruft Birte von nebenan aus Kings Box:
„Will sagte, wenn wir fertig sind, sollen wir auf den hintersten Reitplatz kommen."
„Gut." murmelt Agatha, während sie die Streichkappen neben der Tür ins saubere Stroh fallen lässt. Sie kriecht mit dem Sattel über dem Arm und der Trense über der Schulter unter dem Pferdehals durch auf Heinz' linke Seite und legt ihm die Sattelunterlage auf den Rücken, als Birtes Stimme erneut erschallt:
„Hast du mich verstanden, Agatha?" Ihre Wut unterdrückend antwortet Agatha so neutral, wie sie es hinbekommt:

„Ja, bin gleich so weit." Warum reizt sie dieses Wort verstanden derartig? Wenn Will es zu ihr sagt und dann auch noch so, wie vorhin, könnte sie ihn mit Wonne ohrfeigen. Er traut sich tatsächlich, die Kinder vor zu schieben! Welch eine Frechheit! Der Kerl war dermaßen arrogant und unverschämt, dass es ihr die Sprache verschlug. Oder war es die Berührung? Agatha weigert sich, darüber nachzudenken, denn sie fürchtet sich förmlich vor ihrer eigenen Einschätzung. Es ist schlimm, denn egal wie gemein oder verletzend, ekelhaft oder herrisch Will zu ihr ist, sie fühlt sich trotzdem zu ihm hingezogen. Und zwar sehr. Es ist irgendwie unlogisch. Paranoid?
Was der Kuss auf die Wange zu bedeuten hatte, weiß sie nicht. Vielleicht nur eine nächtliche Anwandlung, die der Situation zu zuschreiben ist? Wie auch immer. Er mag sie nicht. Sie muss ihn sich aus dem Kopf schlagen, denn nur um ein Verlangen zu stillen, wird sie sich nicht benutzen lassen. Aber auch dass wird sicher vorbei sein, der Dienstag nach Pfingsten hat gezeigt, dass sie ihn lediglich wütend macht. Sonst nichts.
Er hatte sie bereits bei der Begrüßung angefahren, sich zu beeilen und dann auf den Reitplatz hinter der Reithalle zu kommen. Verwundert war sie seiner Aufforderung gefolgt und hatte Heinz um den vorderen Reitplatz herum auf den hinteren geführt. Dort hatte er ihr befohlen aufzusitzen und wie nebenbei gefragt, warum sie nicht heraus geritten sei. Total erstaunt ließ Agatha diese Frage unbeantwortet. Dann sollte sie Heinz lösen. Wie löst man ein Pferd? Angesichts seiner üblen Laune traute sie sich nicht zu fragen. Sie kramte in ihren Erinnerungen und fand ein paar wenige, die zu dem Thema passten. Dazu probierte sie aus, was sie in den vergangenen Tagen in einschlägiger Fachliteratur gelesen hatte. Es schien richtig zu sein, was sie mit Heinz tat, denn Will sagte keinen Ton dazu. Zwischendurch ließ er sie nachsatteln und dann rief er ihr Hufschlagfiguren zu. Als sie den Befehl Schenkelweichen mit Viereck verkleinern verwechselte, bekam er fast einen Tobsuchtsanfall. Die Schimpfwörter und Beleidigungen prasselten ungebremst auf sie herein und schienen kein Ende zu nehmen. Er ging davon aus, dass sie alle Hufschlagfiguren konnte und regte sich furchtbar auf, wenn sie erkennen ließ oder ihm sagte, dass sie keine Ahnung hat, was er von ihr wollte. Zu ihrem Glück schien Heinz einige Befehle zu verstehen und arbeitete ohne zu Zucken mit. Die Krönung dieses Desasters war der Sprung über den Übungsoxer, der auf einer der Diagonalen stand. Agatha hatte Angst davor, es war Jahrzehnte her, seit sie das letzte Mal auf einem Pferd ein Hindernis überwunden hatte. Doch wollte sie Will

nicht noch mehr Anlass zu Wutausbrüchen geben und schickte Heinz mit einem energischen Schenkeldruck über das niedrige Hindernis. Es fühlte sich gut an. Selten war sie so stolz und glücklich, wie nach diesem Sprung. Sie strahlte vor sich hin und lobte Heinz ausgiebig, der natürlich seinen Spaß hatte und ohne zu zögern sprang. Will gab keine Wertung dazu ab, sondern befahl ihr, noch fünf Minuten am langen Zügel Schritt zu reiten und dann die gesamte Ausrüstung von Heinz zu entfernen, um ihn auf dem Reitplatz laufen zu lassen.

Agatha befolgte die Anweisungen, sah Heinz einige Minuten beim Toben zu und schulterte dann den Sattel und die anderen Sachen, um sie ordentlich an ihren Platz zu bringen. Kaum hatte sie alles in der Sattelkammer hergerichtet, geputzt und weggeräumt, riss Will die Tür auf und wies sie an, mit ihm zum anderen Reitplatz zu kommen. Sich ständig fragend, womit sie nun schon wieder seinen Zorn erregt hatte, joggte sie förmlich hinter ihm her. Er machte nur einen Schritt, wo sie zwei brauchte. Am Reitplatz lotste er sie neben sich an die Umzäunung. Birte war mit ihrer Trainingseinheit dran. Will wollte unbedingt, dass Agatha sich die Hufschlagfiguren genau ansieht, um sie zu lernen. Aber Birte war nicht so gut, wie Agatha erwartet hatte. Und Will muss das gesehen haben, sonst wäre er blind. Er griff nur manchmal korrigierend ein, ließ Birte sonst machen, wie sie es für richtig hielt. Gar nicht lang vorher war er in die Luft gegangen, weil Agatha den Durchmesser einer Volte im Trab viel zu groß geritten hatte und bei Birte erlaubte er diese Eierpflaume von einem Zirkel? Agatha wusste nicht, was sie davon halten sollte. So beschloss sie, keinen Ton dazu zu sagen. Wenn er sie fragte, ob sie dieses oder jenes gesehen habe, nickte sie nur. Und selbst das schien ihn auf die Palme zu bringen. Ein paar Mal kam es ihr so vor, als ob er sie heimlich beobachtet.

Eine halbe Stunde später durfte sie Heinz hineinbringen und putzen. Frustriert und erschöpft fuhr sie im Regen nach Hause, der gerade eingesetzt hatte, als sie den ersten Gang einlegte. Er passte zu ihrer trüben Stimmung und ließ sie von dem Parkplatz in der Seitenstraße neben dem Wohnblock bis zur Haustür tropfnass werden.

Und heute? Warum soll Birte plötzlich mit ihr gemeinsam trainieren? Agatha ist nicht der Meinung, von Birte noch unheimlich viel reiterliches Können abgucken zu können. Sie kommt zwar mit King prima zurecht, aber Agatha empfindet es nicht als Fortschritt für sich selbst. Zusammen mit Birte so etwas wie Abteilungsreiten zu üben, ist sicher gut, doch so hat Agatha sich ihr Training nicht vorgestellt. Was möchte Will damit bezwecken? Wenn sie nur einmal aus diesem Mann schlau werden würde! Aber er scheint sich alle Mühe zu geben, sie mit Rätseln zu bombardieren. Sie muss mit ihm reden, so geht es nicht weiter und sie wird sich einen anderen Stall für Heinz suchen. Sie muss aus dieser Zwickmühle heraus, sonst wird sie noch verrückt. Also beschließt sie, sich bis nächste Woche einen anderen Stellplatz zu suchen und wird dann hoffentlich ab Juli hier weg sein. Bis dahin wird sie seine Launen noch ertragen, mal sehen, was es heute wieder ist.

Sie legt Heinz die Ausrüstung an und führt ihn aus der Box. Kings Hinterteil verschwindet eben durch das Tor nach draußen. Heute ist es warm und trocken, der Regen in den vergangenen beiden Nächten hat der Natur gut getan. Am Morgen sah alles wie frisch gewaschen aus.

Erneut musste Agatha heute früh feststellen, dass es in der Stadt nicht halb so schön ist, wie draußen auf dem Land. Die Blumenrabatten vor Großmamas Häuschen und die Wiese mit den Obstbäumen am Rand sahen aus wie auf einem Stillleben. Die Morgensonne zauberte die schönsten Farben hervor. Agatha genoss die Stille und die frische Luft, während sie auf Großmama wartete. Diese hatte darum gebeten, in die Nachbarstadt zu einem Spezialisten gefahren zu werden. Deshalb hatte Agatha für heute ihren Dienst verschoben und war später auf Arbeit gegangen. Sie trägt sich oft für den Frühdienst ab sechs Uhr ein, ist an den anderen Tagen meist um sieben Uhr in der Kindereinrichtung. Wenn sie Spätdienst hat, wird es meist ein langer Tag, weil sie dann von halb acht früh bis um fünf Uhr nachmittags auf Arbeit ist. Deshalb hat sie genügend Überstunden, um an solchen Tagen wie heute, verkürzt arbeiten gehen zu können. Die Absprache unter den Kollegen funktioniert sehr gut. Weil immer einmal jemand etwas vorhat, gibt es auch keine Diskussionen bei Terminen und ähnlichem.

Pünktlich zur Beschäftigungszeit, bei der heute Vormittag eine Fingermalerei oder eine Schneidearbeit den Kindern angeboten wurden, erreichte Agatha die KiTa. Die Kinder johlten und freuten sich über ihr Erscheinen und es entbrannte sofort eine heiße Diskussion, die Bastelarbeiten nach draußen auf die Terrasse des Gruppenraumes zu verlegen. Gesagt, getan, räumten sie gemeinsam mit ihrer Kollegin die Tische und Stühle raus und genossen dann auch noch das Mittagessen und die Vesper im Freien.

Es war wirklich bis dahin ein sehr schöner und zufrieden stellender Arbeitstag. Zumindest bis zu dem Moment, wo sie mit ihrer Tasche über dem Arm die KiTa verließ. Auf der Außentreppe kam ihr der

Vater des kleinen Mädchens entgegen, das schon jedem erzählte, Agatha würde bald ihre neue Mutti sein. Bei seinem Anblick, versuchte Agatha ein neutrales Gesicht hinzukriegen und grüßte höflich in der Hoffnung, schnell an ihm vorbei und nach Hause zu kommen. Doch leider fasste er ihre Höflichkeit als Aufforderung auf. Und zu ihrem Leidwesen schien er Zeit zu haben. Normalerweise holte er seine Tochter erst eine Stunde später ab und Agatha war froh, ihm heute entgehen zu können. Stattdessen hängte er sich an ihre Fersen und redete ununterbrochen auf sie ein. Als sie ihm sagte, dass sie keine Zeit habe und eilig nach Hause müsse, weil ein Termin am Nachmittag auf sie warte, fragte er sie doch glatt, ob sie bis dahin noch einen Kaffee mit ihm trinken würde. Agatha verneinte ausdrücklich mit grimmigem Gesicht und verabschiedete sich. Sie rannte beinahe den Bürgersteig entlang und antwortete ihm nicht mehr, aber er blieb an ihrer Seite. Vor ihrem Block schloss sie die Haustür auf sagte erneut auf Wiedersehen und schlug ihm vor der Nase die Tür zu. Dann sprintete sie die Stufen hinauf. Schleunigst verschwand sie in ihrer Wohnung. Als sie zehn Minuten später zu ihrem Auto spurtete, war er nirgends mehr zu sehen.

Was bildet sich dieser Kerl nur ein. Mal abgesehen davon, dass er schon vom Äußerlichen her überhaupt nicht ihr Typ ist, wird sie garantiert keine Bindung eingehen, nur weil er seiner Tochter eingeredet hat, dass sie ihre Mutti wird und das auch nur, weil Agatha gut mit dem Kind auskommt. Aber irgendwie ist der Typ nicht von dieser Idee abzubringen. Seine Tochter hätte ihm erzählt, dass Agatha sie mag, deshalb wöllte er Agatha heiraten, erklärte er ihr. Als er das zum ersten Mal zu ihr sagte, ein paar Tage bevor sie Ronnys Fehltritt entdeckte, dachte sie, der Vater des Mädchens wolle sie auf den Arm nehmen. An diesem Tag hatte sie keine Zeit für ihn, aber am nächsten. Da legte er ihr die Idee aus seiner Sicht klar. Agatha war entsetzt. Unterdessen hatte sie bereits mit ihrer Chefin über das Problem gesprochen und einen Termin für ein Elterngespräch erbeten. Aber egal wie oft sie mit ihm geredet hatten, er war nicht von der Vorstellung abzubringen, sie zu seiner Frau zu machen.

Agatha grübelte verbissen, wie sie ihn umstimmen könnte und fluchte immer wieder lautstark. Ihr Wagen war ringsum geschlossen, also hörte sie niemand. Doch derart in Gedanken versunken, überfuhr sie beinahe eine rote Ampel. Sie bremste haarscharf vor einem Fußgänger, der schimpfend stehen blieb und als er sie genau erkannte, abwinkte und weiter schlurfte. Sicher hat er frauenfeindliche Sachen gesagt. Seine Gestik und Mimik ließen darauf schließen. Aber das ließ sie kalt. Dann kam sie mit Verspätung im Stall an. Sie lief Will in die Arme, der mit mürrischem Gesicht ein Hallo knurrte. Es hob nicht gerade ihre Stimmung, sondern passte eher zu den anderen Begebenheiten der letzten Stunde. In der Umkleide beschloss sie, sich jetzt nur auf das Pferd zu konzentrieren. Der Umgang mit Heinz lud immer wieder ihre Batterien auf und hatte eine beruhigende und ausgleichende Wirkung auf sie.

Mit Vorfreude im Herzen und den Taschen voller Leckerlis betrat sie die Box. Wie angewurzelt blieb sie stehen. Der Wallach starrte vor Dreck. Das war zu viel. Sie bebte vor Zorn. Weil sie Will nirgends fand, sprach sie mit Birte, die ihr versicherte, dass Heinz seit gestern nicht mehr die Box verlassen hatte. Wütend schrubbte sie dann das Pferd sauber und hatte das Putzzeug eben eingeräumt, als Will in der Boxentür stand.

Sie schüttelt ungläubig den Kopf. Was ist hier los? Wem soll sie glauben? Und wenn wirklich ...?

Nachdrücklich schiebt sie diesen Gedanken von sich, damit sie sich auf den Ausritt konzentrieren kann. Am langen Zügel geht der Wallach neben ihr her. Beim Reitplatz angekommen, stellt sie sich mit Heinz neben Birte und King. Will reitet da Gama über einen niedrigen Übungsparcours. Als er sie beide am Zaun bemerkt, befiehlt er ihnen: „Aufsitzen!" Er kommt ans Tor geritten und öffnet es, indem er sich hinunter beugt, die Torstange aus der Halterung hebt und fallen lässt. King geht erschrocken ein paar Schritte rückwärts, als der Balken vor seinen Hufen mit einem dumpfen Laut auf die Erde schlägt.

Heinz zuckt gar nicht. Während Agatha den Fuß in den Steigbügel steckt und das Bein über den Sattel schwingt, tritt da Gama heraus und Will lenkt ihn an den beiden Pferden vorbei Richtung Wald. Sie nimmt die Zügel auf und bewegt Heinz hinter ihm her. Derweil hat es Birte ebenfalls in den Sattel geschafft und hängt sich an die Reihe dran. Der Weg durch die Koppeln und Reitplätze verschwindet zwischen Büschen und Bäumen in der Waldkante. Ab dort wird er zu einem schmalen, mit Laub und Nadeln bedeckten Waldweg. Einige Schritte vor Agatha dreht sich Will um und kommandiert:

„Folgt mir! Agatha, du bist die letzte! Wir reiten Richtung Bahnübergang."

„Okay." antwortet Birte. Sie schiebt King an dem haltenden Heinz vorbei. Will schaut schon wieder so gereizt drein, dass Agatha lieber gleich so laut wie Birte ruft:

„Okay." Denn wenn er jetzt hätte verstanden gefragt, wäre sie wahrscheinlich explodiert und dann mit Heinz wieder in den Stall gegangen, um den Mann nicht weiter ansehen zu müssen.

Sie wollte diesen Tag wenigstens noch mit einer schönen Zeit auf dem Pferderücken verbessern. Das Tier braucht die Bewegung und kann nichts für den Ärger, den sie hat und auch nichts für die Wut in ihrem Bauch. Kaum hat sie ausgesprochen, setzt Will sein Pferd in Bewegung. Sie reiten still im Schritt bis zum Waldrand. Die Sonne brennt vom Himmel herab, aber unter den Bäumen wird es angenehm kühler. Will befiehlt Trab. Ehe Birte ihr Pferd auf Touren gebracht hat, muss Agatha ihres ein paar Mal durchparieren, damit sie Abstand halten kann. Der Weg verläuft in der Waldkante entlang und ist so schmal, dass die Reiter sich immerfort nach der Seite oder vorn beugen müssen, um die Äste zu umgehen, die tief herunter hängen. Der Boden ist hier noch sehr feucht. Er schluckt die lauten Geräusche der Hufe. Am Ende der Koppeln treibt Will sein Pferd an der Einmündung des kleinen Koppelpfades vorbei, durch eine Lücke in den Büschen am Grabenrand. Mit einem kurzen Sprung setzt er hinüber auf die Wiese, an deren anderer Längsseite der Wiesenweg vorbei führt. Birte muss King mit der Gerte ein wenig überzeugen, damit er den Graben mit einem Satz überwindet. Ein paar Galoppsprünge weiter wartet sie bei Will.

Agatha weiß genau, dass Heinz absolut geländesicher ist und solche kleinen Rinnsale von noch nicht einmal einem halben Meter Breite locker überspringen kann. Mutiger als sie sich fühlt, treibt sie den Wallach hinter King her. Mit einer Hand am Sattel festgekrallt, lehnt sie sich zurück, als Heinz die Böschung hinab steigt. In der Vorahnung, dass ihr Pferd einen ebensolchen Hopser hinlegen wird wie King, presst sie die Knie an den Sattel. Zu ihrer Verblüffung macht Heinz eher einen großen Schritt, als einen Sprung und steigt genau so gemächlich auf der anderen Seite die kleine Anhöhe rauf, wie er runter gekommen ist. Erfreut darüber, wie cool er die Sache meisterte, lobt Agatha ihn mit ein paar Streicheleinheiten und liebevollen Worten. Auf Wills giftigen Blick hin, nimmt sie die Zügel wieder in beide Hände und ist still.

In scharfem Ton fordert er:

„Folgt mir und keiner überholt mich!" Dann dreht er nach rechts ab und trabt an. Ein paar Meter weiter lässt er da Gama in einen ruhigen Galopp fallen. King versucht sofort hinterher zu spurten. Birte muss ihn ziemlich energisch zurückhalten. Heinz trabt weiter in seinen raumgreifenden Schritten über das abgemähte Gras. Er schnaubt, fühlt sich wohl. Als Agatha ihren rechten Schenkel an seinem Bauch etwas nach hinten schiebt, springt er auf den ersten

Druck im Galopp an. Ebenso ruhig wie er hinter den anderen beiden her trabte, galoppiert er jetzt.
Vorn dreht sich Will um und sieht, dass die beiden ihre Pferde in Galopp gebracht haben. King ist etwas nervös, doch Heinz läuft ganz ruhig. Schön, da kann er das Tempo etwas anziehen. Er gibt da Gama ein bisschen mehr Druck mit den Schenkeln und entlastet seinen Rücken. Sofort werden die Schritte raumgreifender und schneller.
Auf der Wiese liegt das Heu in langen Schwaden zum Trocknen da und bildet so Spuren, in denen die Pferde jetzt laufen. King folgt da Gama in dessen Spur am Waldrand entlang und Heinz läuft in der linken Spur neben den beiden hinterher. Als Will das Tempo erhöht, schießt King erneut vorwärts und rennt beinahe an da Gama vorbei. Irgendwie schafft es Birte, den Wallach unter Kontrolle zu bringen. Agatha treibt Heinz stärker an. Er galoppiert gleichmäßig wie ein Uhrwerk vorwärts. Der Wind rauscht in den Ohren. Sie freut sich. Um Heinz' Rücken zu entlasten, stellt sie sich in die Steigbügel und hebt den Po etwas aus dem Sattel. Sie bemerkt gar nicht, dass sie schneller ist als King. Plötzlich reitet sie neben ihm. Sie registriert Birtes Blick von rechts und will Heinz schon abbremsen. Doch erstaunlicherweise hört King auf, gegen den Zügel zu rasen und geht ruhiger mit, da er zwischen Waldkante und Heuschwaden, Heinz und da Gama keine Chance mehr hat, nach vorn durchzubrennen. Oder fühlte er sich gejagt, solange Heinz hinter ihm war?
Will schaut sich um und sieht mit Genugtuung, dass Agatha keine Probleme mit ihrem Pferd hat und sogar noch einen guten Einfluss auf Birte und King ausübt. Sieh sich das einer an und dann soll sie ihm noch einmal etwas von der Anfängerin und dem Freizeitpferd erzählen. Will schüttelt im Stillen den Kopf. Wenn er nur wüsste, was sie vorhat!? Hundert Meter voraus ist die kilometerlange Wiese an dem Weg bei den Unzertrennlichen zu Ende. Weil Will nicht weiß, wie Heinz auf die beiden reagiert, hält er es für sicherer, nicht zu nahe heran zu reiten. Deshalb verringert er das Tempo und steuert eine Lücke am Grabenrand an, die weit genug von der Koppel der Unzertrennlichen entfernt ist. Da die beiden Damen mit ihren Pferden keine Schwierigkeiten haben, Wasser zu überqueren, wiederholt er die Übung von vorhin und lässt sie im Schritt über den Graben gehen. King macht nur noch einen kleinen Sprung und kommt dahinter gleich wieder zum Stehen. Heinz schreitet förmlich hinüber. Dann lenkt Will da Gama in eine Brandschneise, die beinahe parallel zu dem Fahrweg zum Bahnübergang im Wald

verläuft und auf die Brandschneise trifft, die am Gleis entlanggeht. Auf dem weichen Untergrund lässt er wieder antraben.
Er hält das Tempo die nächsten Kilometer nur mit kurzen Unterbrechungen ein. Kreuz und quer führt er die beiden durch den Wald. Dann erreichen sie den Bahnübergang. Die Schranken sind offen.
Agatha registriert es mit Freude und auch die Tatsache, dass Will nun Schritt reitet. Der Geländeritt hat zwar Spaß gemacht bis jetzt, aber ihre Muskeln haben sich eine Pause redlich verdient. Viele Wege kannte sie von den bisherigen Ausritten und ihren Spaziergängen mit Heinz, aber den Bahnübergang mied sie immer. Sie schwitzt genauso wie Birte. Die Pferde sind auch nass. Das gemächliche Schritttempo tut allen gut. Der Fahrweg wird am Bahnübergang wesentlich breiter. Dahinter teilt er sich nach rechts und links auf. Die Wege führen an den Bahnschienen entlang. Geradeaus ist lichter Hochwald, der am Rand ab und zu mit Büschen und jungen Bäumen bestanden ist.
Will wendet sich nach rechts und reitet etliche Meter den Weg entlang, ehe er hinter ein paar Büschen nach links in den Hochwald einbiegt. Als Agatha und Birte ebenfalls abgebogen sind, hält er an und dreht sich zu ihnen um:
„Auf dieser Schneise liegen einige umgestürzte Bäume über die man gut springen kann. Wir werden sie einzeln absolvieren. Auf dem Waldweg auf der anderen Seite der Schneise wird gewartet. Agatha, du reitest vor, ich werde der letzte sein!"
Agatha schluckt. Sie hätte es sich lieber erst einmal bei Birte angesehen, ehe sie mit Heinz da durch muss. Aber Wills Aufforderung und seine Miene dulden keine Widerrede. Entschlossen, sich nicht von ihm unterkriegen zu lassen, treibt sie Heinz an den anderen beiden vorbei. Nicht weit entfernt sieht sie bereits den ersten Baumstamm quer über den Weg liegen. Da meint Will:
„Weiter hinten kommen zwei, die liegen wie eine Zweier-Kombination im Parcours, sind aber aus dem Trab zu schaffen, falls du nicht galoppieren willst." Agatha dreht sich zu ihm um und sieht, wie er sie neugierig mustert. Wieso sollte er sie ärgern wollen oder testen? Wenn er nicht wüsste, dass sie die Strecke schaffen kann, würde er sie doch nicht losschicken, oder? Ob er sich mit dieser schwierigen Aufgabe für die Vorwürfe von vorhin rächen will? Nach dem Motto, wer die Klappe so weit aufreißen kann, muss auch was drauf haben? Doch so schätzt sie Will eigentlich nicht ein. Andererseits hat jeder Mensch eine dunkle Seite.

Agatha schaut nach vorn. Sie beschließt, sich dem Können von Heinz anzuvertrauen. Ihrem Pferd kann sie vertrauen, weil sie weiß, was er für Leistungen bringt. Für den dürften die niedrigen Hindernisse kein Problem darstellen. Bei Bruni musste er ganz andere Kaliber überwinden. In dem Wissen, dass er weiß, was er tun muss, setzt sie Heinz in Trab. Sie visiert den ersten Baum an. Wie nicht anders zu erwarten, springt Heinz in einem kleinen Hüpfer darüber hinweg. Dann trabt er weiter. Hinter dem nächsten Baum hält Agatha ihn im Galopp, denn sie schätzt, dass das kommende Hindernis höher und breiter ist, als die vergangenen. Vor ihr stapeln sich nämlich zwei dicke Stämme übereinander und ein dünner, an dem noch einige Äste und Zweige empor ragen, liegt davor. Unbewusst treibt sie Heinz an. Er legt einen schönen, weiten Satz hin. Sie lächelt. Langsam beginnt die Sache Spaß zu machen. Jetzt kann sie die Zweier-Kombination sehen. Heinz galoppiert gelassen weiter. Agatha glaubt, dass er einen, maximal zwei Schritte zwischen den beiden Stämmen brauchen wird.

„Pass auf!" sagt sie und schickt ihn mit einem energischen Schenkeldruck über den ersten Stamm. Einen Galoppsprung später setzt er über den zweiten aus der Kombination heraus. Sie ist stolz auf ihr Pferd und freut sich, die Schwierigkeiten alle gut gemeistert zu haben. Glücklich darüber, sich auf Heinz verlassen zu können, reitet sie weiter. Da biegt die Schneise leicht nach rechts ab. Heinz galoppiert ruhig vorwärts. Agatha schaut sich um und erblickt das nächste Hindernis. Entweder hat sie unbewusst die Beine an den Pferdebauch gepresst oder Heinz hat von sich aus reagiert, denn er zieht das Tempo an. Vor ihnen ragt die haushohe Böschung des Waldweges auf. An ihrem Fuß türmen sich einige dünne Baumstämme zu einem Bergaufsprung. Zwei Galoppsprünge dahinter steigt das Gelände etliche Meter weit recht steil bis zum Waldweg empor an. Agatha nimmt die Zügel in die rechte Hand und krallt die linke in den Vorderzwiesel des Sattels. Im nächsten Moment katapultiert sich Heinz mit einem mächtigen Satz den nicht ganz einen Meter hohen Absatz hinauf und setzt dann zum Endspurt den Berg hoch an. Agatha lehnt sich so weit vor wie möglich. Die Zügel lässt sie lang. Mit einem letzten mächtigen Sprung kommen sie oben auf dem Waldweg an. Dort pariert sie Heinz durch zum Schritt und dreht das Pferd um.

Sie lobt ihn keuchend. Mit fliegenden Fingern fummelt sie ein Leckerli aus einer Hosentasche. Damit beugt sie sich vor. Heinz dreht den Kopf so weit herum, dass sie es ihm zwischen die Lippen schieben kann. Während er genüsslich kaut, lässt Agatha ihn im Schritt hin und her patrouillieren. Ihr Puls beruhigt sich langsam. Es war weniger die Anstrengung, als vielmehr die Aufregung, die sie so atemlos machte. Sie schaut sich die Strecke an, die sie herauf gekommen war. Von hier oben sieht die Sache noch viel bedrohlicher aus, als von unten. Sie ist froh und glücklich, oben zu sein. Plötzlich entdeckt sie die beiden Trampelpfade rechts und links teilweise zwischen den hohen Kiefern hindurch, die an dem Bergaufsprung vorbei führen und nicht ganz so steil sind, wie der Aufstieg, den sie nahm.

Warum hat ihr Will von dem dicken Ende der Strecke nichts gesagt? Wollte er sie etwa doch testen? Warum? Die Hindernisse sind nie und nimmer Anfänger geeignet. Dieses jedenfalls bestimmt nicht. Warum setzt er sie einer solchen Gefahr aus? Und dann auch noch allein und ohne vorherige Erklärung? Oder denkt er etwa, sie könnte das alles, nur weil Heinz immer so gut mitmacht? Die Lage wird ihr langsam zu prekär. Entweder zieht sie so schnell wie möglich in einen anderen Stall um, oder sie muss ihm sagen, was sie vor vielen Jahren einmal gelernt hatte, heute allerdings nicht mehr kann. Aber eigentlich geht es ihn nichts an! Ist es nicht besser, die Reitstunden bei ihm abzusagen? Sie wird sich am Wochenende zu einer Entscheidung durchringen und in der nächsten Woche versuchen, mit ihm zu reden. Für die Kinder kann er bald wieder PePe nehmen, denn der hat sich gut erholt.

Durch ihre Grübeleien dringt Hufgetrappel und Birtes Stimme. Agatha sieht King um die Ecke getobt kommen. Vor dem Bergaufsprung dreht er ab und stoppt abrupt. Birte versucht erst gar nicht, ihn da hinüber zu bringen. Verbissen klammert sie sich im Sattel fest, um oben zu bleiben. Mürrisch lenkt sie ihr Pferd zwischen den Bäumen hindurch auf dem Trampelpfad den Berg hinauf. King stapft tapfer Schritt für Schritt die Anhöhe herauf. Er schnauft ganz schön dabei. Agatha überlegt unwillkürlich, warum das so ist. King ist vielleicht nicht so durchtrainiert wie da Gama und Heinz oder viel älter. Oben angekommen bleibt er mit langem Hals stehen und schnauft. Da meint Birte den Pferdehals tätschelnd:

„Wir müssen zur Seite gehen. Will kommt hier wie ein Irrer angejagt." Sie dreht King um und reitet zur Seite, Agatha bewegt Heinz in die entgegen gesetzte Richtung. Kaum hat sie ihn wieder zum Hang hingedreht, spitzt er die Ohren und schaut in den Wald. Im nächsten Moment hört sie auch den herandonnernden Hufschlag und dann sieht sie Will um die Kurve reiten. Da Gama galoppiert zügig, elegant und kraftvoll vorwärts. Will bildet mit ihm eine Einheit. Es ist schön, die beiden in Aktion beobachten zu können. Genau wie Heinz vorher nimmt da Gama den

Bergaufsprung in einem mächtigen Satz und jagt dann weiter, um mit seinem Schwung die Steigung zu überwinden. Oben stoppt er sofort, einen Kreis auf der Stelle drehend.
Will klopft seinem Pferd anerkennend den Hals, wirft einen Blick auf die Uhr und dann auf die beiden Damen mit ihren Pferden. King ist bald am Ende seiner Kräfte und sie müssen noch ein paar Kilometer zurück in den Stall. Heinz dagegen scheint es gut zu gehen, seiner Reiterin auch. Wie ist sie wohl die Anhöhe hinauf gekommen? Danach wird er sie nachher fragen. Birte hingegen macht keinen guten Eindruck, sie sieht erschöpft und ausgelaugt aus. Sicher war sie auf einer dieser Nächte langen Abschlusspartys, auf denen mehr getrunken als geatmet wird. Um sie zu schonen, wählt er den kürzesten Weg nach Hause.
„Hier entlang!" er wendet da Gama nach rechts und treibt ihn im Schritt an. In derselben Reihenfolge wie zuvor reiten sie den leicht geschwungenen und später abfallenden schmalen Fahrweg entlang. Die Pferde müssen auf die Baumwurzeln achten, um nicht zu stolpern.
Agatha gibt Heinz den Zügel so lang, wie er ihn sich zieht. An der nächsten Kreuzung biegt Will nach rechts Richtung Bahnübergang ab. Da dieser Weg breiter ist, lässt er sich etwas nach hinten fallen, sodass da Gama neben King läuft und fragt Birte nach ihrem Befinden.
„Mir geht's gut." murrt sie und schaut wieder nach vorn. „Was war denn an der Kombination los? Wollte King nicht mehr?" während Agatha alle Hindernisse ohne zu zögern übersprungen hatte, bis zur Kombination konnte er sie mit Blicken verfolgen, war Birte vor der Kombination in den Wald ausgewichen und hatte nur den hinteren Baumstamm übersprungen. Danach galoppierte King weiter und verschwand aus seinem Blickfeld.
In Gedanken stellte er sich vor, dass sie die restliche Strecke im Schritt absolvierte. So lange wartete er. Als er meinte freie Bahn zu haben, ließ er da Gama laufen. Der war sowieso schon heiß auf die Sache und stampfte auf der Stelle. Zum einen kennt er die Strecke und überwindet sie immer wieder mit wachsender Begeisterung. Zum anderen wollte er natürlich hinter den Pferden her. Sein Antritt war kraftvoll und Will musste ihn lediglich vor der Kombination bremsen, damit er einen ordentlichen Zwischensprung hin bekam. Der Bergaufsprung reizt da Gama jedes Mal von neuem, dann legt er ein tolles Tempo vor und fliegt die Anhöhe hinauf, als ob er auf geradem Weg laufen würde. Das war nicht seit je her so.

Zum ersten Mal, als sie diese Strecke benutzten, lagen nur zwei der Stämme auf der Schneise und zwar der erste und der vorderste der Kombination. Die anderen hat Will nach und nach aus dem Windbruch so arrangiert, wie sie heute daliegen. Den Bergaufsprung gibt es erst seit vorletztem Jahr. Davor war es ein langer Anstieg mit einem Absatz im unteren Teil. Daraus hatte Will den Sprung entstehen lassen. Zum Anfang ging da Gama ihn nur bergab. Dann nahm sich Will eines Tages eine Longe mit ins Gelände. Er stieg auf dem Waldweg ab, schnallte die Zügel aus und die Longe ein, zog die Steigbügel hoch und gab da Gama zu verstehen, ihm zu folgen. Zu Fuß war Will den Abhang hinunter gerannt und den Bergabsprung auch. Der Wallach schien an eine geistige Umnachtung seines Reiters zu glauben. Er folgte ihm nur sehr langsam und vorsichtig. Unten bekam er ein Stückchen Möhre als Belohnung. Dann ließ Will ihn öfter an dem Bergaufsprung vorbei gehen, setzte sich auf den obersten Stamm und animierte da Gama, den Sprung und die Umgebung zu inspizieren. Eine lange Weile später rannte Will mit dem Pferd von dem Sprung weg, drehte vor der Kurve um und nahm Anlauf, um hinauf zu springen. Im Trab folgte der Wallach ihm, hielt aber immer weiter Abstand. Will rannte unbeirrt weiter und rief ihn dabei zu sich. Das Pferd wollte gern heran kommen, traute sich nur noch nicht. Doch Will sprang auf die Barriere und machte Anstalten, den Berg zu erklimmen. Etliche Meter hinter ihm brummelte und schnaubte das Pferd aufgeregt auf der Stelle tretend. Will blieb stehen und lockte ihn mit der Stimme. Die Longe stellte zwar eine Verbindung zwischen ihnen beiden dar, doch Will zog nicht daran. Plötzlich schüttelte der Wallach den Kopf, machte zwei energische Trabschritte vorwärts und sprang mit einem gekonnten Satz hinauf. Will freute sich. Er belobigte ihn mit einem Möhrenstück. Nachdem sie die Sache noch mehrfach nach oben und unten probiert hatten, schwang sich Will wieder in den Sattel und siehe da, auch mit seinem Reiter auf dem Rücken war da Gama nun gewillt, über das Hindernis in beide Richtungen zu gehen.

Seitdem reitet Will mindestens einmal pro Woche durch diese Schneise. Mit King und Birte hat er das auch schon öfter getan. Heute erscheinen ihm Pferd und Reiterin angeschlagen. Überanstrengung kann es eigentlich nicht sein, oder werden die beiden krank? Er wird sich King nachher im Stall und morgen früh auch noch einmal genau ansehen. Aus Birte ist immer schlecht etwas heraus zu holen, doch heute ist sie besonders zugeknöpft. Auf seine Frage hin, zuckt sie lediglich mit den Schultern und schaut nicht einmal rüber. Will beobachtet sie von der Seite und

bemerkt die dunklen Ringe unter ihren Augen. Also doch die Partyfolgen, das ist in Ordnung. Soll sie sich amüsieren, sie hat sonst nicht viel zu lachen.
Unterdessen kommen sie den Gleisen näher. Will hört von fern das leise Rattern der Räder auf den Schienen. Ein Zug kommt. Da die Bahn im Allgemeinen keine Bedrohung darstellt, reitet Will unbeirrt weiter und versucht, Birte in ein Gespräch zu verwickeln. Doch sie bleibt wortkarg, nur auf die Frage nach ihrem Vater, schaut sie Will an und erzählt, dass er wieder unterwegs ist.
Komischerweise ist noch niemand dahinter gekommen, was Berti denn eigentlich macht, wenn er unterwegs ist. Es muss Geld einbringen, denn damit hat er nie Mangel.
Der Weg geht in einer relativ lang gezogenen Kurve nahe an den Bahndamm heran. Das Geräusch wird lauter. Dann rast der Zug neben ihnen entlang. Es ist zum Glück nur der Personenzug und nicht einer der unendlich langen und lauten Güterzüge. Da Gama und King zucken überhaupt nicht. Sekunden später sind die Waggons auch schon vorbei geeilt. Das Geräusch verliert sich in der Ferne. Langsam folgen sie dem Zug auf dem Weg direkt neben den Gleisen. Will dreht sich nach Agatha um.
Doch hinter ihm und Birte ist niemand mehr. Der Schreck fährt ihm in die Glieder. Angst schnürt ihm die Kehle zu. Mit rauer Stimme befiehlt er Birte, auf der Stelle zu warten und dreht um.
„Agatha?" ruft er laut, bekommt aber keine Antwort. Deswegen ruft er erneut und treibt da Gama den Weg zurück in den Wald. Als er um die lange Kurve herum ist, sieht er sie weit hinten stehen und hält auf sie zu.
Agatha hört Wills Ruf, als sie es endlich geschafft hat, Heinz zu beruhigen. Der war bei den ersten Geräuschen der Eisenbahn stehen geblieben und dann blitzschnell rückwärts gerannt. Erst als er außer Sichtweite des Zuges war, blieb er stehen. Agatha redete beruhigend auf ihn ein, tätschelte seinen Hals. Momentan schien er sich gerade abzuregen, da kommt Will rufend um die Ecke getrabt. Vorsichtig probiert Agatha, ihr Pferd vorwärts zu treiben. Der Wallach macht wieder einen Schritt auf den Bahndamm zu. Sie lächelt, froh diese Krise überstanden zu haben, klopft noch einmal den Pferdehals und reitet Will entgegen. Der mustert sie besorgt und fragt:
„Was machst du hier?"
„Heinz ist vor dem Zug erschrocken."
„Hier schon?"
„Nein, er ist bis hierher zurück gerannt."

„Warum hast du mir nichts gesagt?" Agatha runzelt die Stirn und fragt verwundert:
„Sollte ich gegen den Lärm schreien: Mein Pferd rennt rückwärts?"
„Ja, nein. Du hättest mir vorher sagen können, wie er auf einen Zug reagiert!"
„Ich wusste doch nicht, dass wir den Bahndamm überqueren werden."
„Macht er das immer?"
„Vermutlich."
„Vermutlich?" Wills Miene ist ungläubig, Agatha zuckt mit den Schultern und meint entschuldigend:
„Ich kann es nicht genau sagen."
„Wieso?"
„Vielleicht hat er einmal schlechte Erfahrungen gemacht oder er mag die Eisenbahn einfach nicht." erklärt sie ungerührt.
„Nein. Wieso kannst du es mir nicht sagen?"
„Weil ich es nicht weiß."
„Du weißt es nicht?" langsam wird er sauer.
„Ja." Agatha hat keine Ahnung, was er sonst von ihr hören will. Es ist doch keinesfalls unnormal, dass Pferde vor Zügen Angst haben. Heinz hatte noch nicht viel damit zu tun und muss sich erst daran gewöhnen. Agatha kann sich nicht vorstellen, was Will daran derart aufregt. Da blafft er sie an:
„Du weißt nicht, wie dein eigenes Pferd im Gelände reagiert, mit dem du eben eine völlig fremde Hindernisstrecke einwandfrei überwunden hast?" Will sie ihn auf den Arm nehmen? Solch eine Unverfrorenheit bringt ihn auf die Palme, ihr unschuldiges Gesicht ebenfalls, als sie sagt:
„Ja." Sie kriegt doch wirklich und wahrhaftig einen ehrlich erstaunten Blick hin! Verflixt! Es ist zum aus der Haut fahren mit dieser Frau:
„Erzähl mir nicht solche Märchen!"
„Märchen?" Agatha ist baff. Irgendwie reden sie gerade aneinander vorbei, oder sie ist im falschen Film. Will knirscht förmlich vor Wut mit den Zähnen. Seine Augen schießen gefährliche Blitze auf sie ab. Was hat sie nun schon wieder getan? Oder was nicht?
„Agatha, ich..." beginnt er verärgert, entscheidet sich aber gleich anders und weist sie an, „Lass uns die Schranken überqueren, ehe ein Güterzug kommt." Er winkt ihr, sie solle ihm folgen und macht kehrt. Angesichts ihrer gut gespielten Erstauntheit war er kurzzeitig versucht, ihr zu sagen, dass er über sie Bescheid weiß und sie sich ihre Lügen sparen kann. Doch dann besann er sich eines besseren. Er wollte sehen, wie weit sie dieses Spiel noch treiben wird.

Agatha hängt sich nachdenklich an Will. Im Trab führt er sie und Birte über den Bahnübergang und in gerader Linie auf den Weg nach Hause. Etliche Meter von den Schienen entfernt, fällt er in Schritt. Wortlos reiten sie weiter. Am langen Zügel stiefeln die drei Pferde in der Reihenfolge wie vorher Richtung Heimat. Agatha wird nicht schlau aus seiner Aufregung. Was soll das? Egal wie sie es dreht und wendet, sie kommt mit ihren Überlegungen auf keinen grünen Zweig. Will führt die Truppe wieder an und es ist besser, dass ihm keiner ins Gesicht sehen kann. Denn der wäre vor seinem Grimm erschrocken. Wieso lügt sie schon wieder? Kann sie die Wahrheit nicht sagen oder will sie nicht?

Eine Anfängerin, deren Pferd vor einem vorbeirauschenden Zug abhaut, gibt doch irgendeinen Laut von sich und bleibt nicht so still und gefasst wie Agatha. Sie hat nicht ein einziges Mal gefragt, was sie hätte machen sollen.

Genau wie in der Schneise. Er hatte ihr mit Absicht nichts vom Ende der Strecke erzählt, denn dort gibt es die Ausweichmöglichkeiten. Sie muss es gut geschafft haben, denn bis jetzt ließ sie keinen Mucks darüber hören. Er hatte nicht den Eindruck, als wenn es etwas Neues für sie wäre, im Gelände über so eine Hindernisstrecke zu gehen. Entschlossen hatte sie ihr Pferd in Bewegung gesetzt und der Wallach ließ nicht ein einziges Mal erkennen, dass er bei den anderen Pferden bleiben und nicht auf seine Reiterin hören will. Die beiden hatten alles im Griff.

Will schaute ihnen fasziniert hinterher, wobei ihm beinahe King durch die Lappen gegangen wäre. Der wollte unbedingt hinter Heinz her. Als Birte ihn kaum noch halten konnte, griff Will ein und hielt ihn fest. Doch dann, als King losgehen sollte, wollte er nicht mehr und Birte musste ihn mit der Gerte auffordern, auf den ersten Baum zu zu traben. Dahinter war er los galoppiert wie ein Wilder bis er vor der Zweier-Kombination eine Vollbremsung hinlegte und in den Wald auswich. Birte hielt sich tapfer oben, obwohl Will schon dachte, er müsse sie irgendwo aus den Büschen holen. Deshalb war er sehr froh, als er später selbst in verkürztem Tempo um die Kurve der Schneise galoppierte und beide Reiterinnen auf ihren Pferden oben stehen sah. Da ließ er da Gama laufen und der zog an. Es ist für Will immer wieder ein erhebendes Gefühl, diese Kraft und den Kampfgeist zu spüren. Er ist stolz auf seinen Recken. Bevor er am Stall absitzt, streichelt er ihm noch einmal über den Hals. Dann führt er ihn in seine Box.

Keine Stunde später bückt sich Will nach dem Vorderhuf der Stute Narzisse. Er holte sie von der Weide herein und kratzt nun ihre Hufe aus, wobei er sich immer wieder der Neckereien von Dingsda erwehren muss. Dingsda ist das drei Monate alte Hengstfohlen von Narzisse. Ein neugieriger Frechdachs, der wirklich alles interessant findet. Vornehmlich Wills Kleidung und Haare, wenn er so wie eben die Stute putzt. Nachher bindet Will auch ihn an und hebt seine Hufe hoch. Zumeist ist bei ihm nichts auszukratzen, aber Übung muss sein und am besten von klein auf. Nach anfänglichen Zicken klappt es beinahe schon perfekt, das Putzen ebenfalls. Dingsda ist sauber und Will bindet ihn los. Sofort geht er zu seiner Mutter, nimmt kurz Kontakt mit ihr auf und kommt dann zu Will an die Tür, um sich letzte Streicheleinheiten abzuholen. Allzu viel Zeit kann Will nicht mit ihm verbringen, denn Motte und ihre Tochter Mokka sind noch von der Weide zu holen. Bei den beiden wiederholt er die Prozedur, mit dem Unterschied, dass Mokka einen Monat älter ist als Dingsda, aber nicht halb so frech. Schmusen ist auch bei ihr angesagt. Er streichelt gerade den Pferdehals unter dem flauschigen Mähnenansatz, als er Agatha hinter sich in der Stallgasse fragen hört:

„Du siehst gar nicht gut aus. Ist dir was?"

„Alles paletti, bin nur müde." antwortet Birte und muss husten. Es hört sich beinahe wie Raucherhusten an, aber das kann nicht sein. Birte raucht nicht.

„Aha. Na dann ab nach Hause und schlafe dich aus."

„Eigentlich wollte ich mir den neuen Film angucken, aber ich penne sicher mittendrin ein."

„Dann sieh ihn dir lieber morgen an, heute ist das Kino sowieso gerammelt voll."

„Stimmt." Birte gähnt und meint im Weggehen, „Ich räume mein Zeug auf und verschwinde. Sag Will, dass ich weg bin, ja?!"

„Geht klar. Tschüss Birte."

„Tschüss." Ihre Stimme ist von weiter her zu vernehmen und die Schritte der beiden verhallen Richtung Sattelkammer. Will gibt sich absichtlich nicht zu erkennen, sondern redet leise weiter mit Mokka, ehe er die Box verlässt. Dann geht er zu Voice, um sie zu putzen. Agatha und Birte sind nirgends zu sehen.

Die Box von Motte und Mokka befindet sich direkt gegenüber der noch freien Box Nummer eins und der von Heinz. Kings Box ist gegenüber dem Tor zur Scheune, das sich zwischen Mottes und Narzisses Fohlenboxen erhebt. Die Scheune steht im rechten Winkel mit einer Stirnseite unmittelbar am Pferdestall. Sie wird den ganzen Sommer lang mit Heu und Strohballen voll gestopft, damit für den Winter ausreichend Vorräte auf Lager sind. In der Scheune ist links vom Scheunentor zum Stall eine hohe Kammer für Rüben und rechts eine für Kraftfutter, damit der Chef immer größere

Lieferungen lagern kann. Aus den Fohlenboxen können vier normal große Boxen entstehen, nämlich die Boxen Nummer einundzwanzig bis vierundzwanzig, dann braucht nur eine Trennwand eingezogen zu werden.

Der Chef hatte sich damals für die Zucht von Pferden entschieden und diese Extraanfertigung bauen lassen. Zu Wills Aufgaben gehört die Betreuung und Pflege der Zuchtstuten vom Chef. Ab und an reitet der Chef selbst auf seinen Pferden und einmal pro Woche muss sich Will daraufsetzen. Die Pferdedamen sind manchmal sehr zickig, aber schnell umzustimmen. Als die Fohlen noch sehr klein waren, bekamen die Stuten eine Pause, aber dann begann er Motte und Narzisse wieder zu reiten.

Die dritte Stute vom Chef steht beinahe am anderen Stallende direkt neben da Gama und heißt Voice of Nature. Sie hat in diesem Jahr kein Fohlen, war aber im vergangenen Monat zum Decken. Die wunderschöne Vollblutstute liebt da Gama sehr und er sie auch und wenn sie kein Fohlen hat, gehen die beiden zusammen auf eine Koppel. So wie heute Vormittag. Weil Will vorhin keine Zeit für sie hatte, putzt er sie jetzt. Beim Hufe auskratzen hört er, wie nebenan da Gamas Box geöffnet wird und jemand dem Pferd etwas zuflüstert. Als er durch die Gitter oberhalb der Trennwand zwischen den Boxen schaut, kann er denjenigen nicht erkennen, weil ihm der Wallach direkt im Blickfeld steht. Also beendet er seine Arbeit und verstaut das Putzzeug, indem hört er die Verriegelung von da Gamas Box und in nächsten Moment wird PePes geöffnet. Während er Voice losbindet, kommen Schritte zum Tor hinein und dann vernimmt er Agathas und Ralfs Stimmen. Wenig später trifft er sie in PePes Box. Will geht davon aus, dass Ralf bei da Gama drin war und findet es nicht erwähnenswert, weil Ralf heute den Futterdienst macht.

Plötzlich verabschiedet sich Agatha und sagt noch, dass Birte bereits nach Hause gegangen ist. Dann macht sie auf dem Absatz kehrt und verschwindet hastig. Eigentlich wollte Will noch mit ihr reden, verschiebt es aber auf morgen. Das Gespräch zwischen Agatha und Birte, welches er mit anhörte, brachte Will auf eine Idee.

Doch er muss erst einmal nach Hause. Mutter hatte sich erbeten, ihn heute Abend zu sehen. Wenn sie solche Ansprüche stellt, hat die Sache immer einen ernsten Hintergrund. Aber zuerst wechselt er ein paar Worte mit Ralf.

** * **

Der heutige Freitag mauserte sich nach einem windigen Morgen zu einem heißen Sommertag. Die vereinzelten Wölkchen ließen der Sonne freien Lauf und kein Lüftchen regte sich mehr. Sobald man sich im Freien bewegt, schwitzt man automatisch. Jedenfalls geht es Agatha so. Als sie vom Kindergarten bis nach Hause gelaufen war, duschte sie sich erst einmal kühl ab, ehe sie in den Pferdestall fuhr.

Gestern Abend verschwand sie so schnell wie möglich aus Wills Reichweite, weil sie sich erst einmal darüber klar werden wollte, was sie mit den ganzen Informationen anfangen soll, die auf sie eingestürmt waren. Außerdem hatte sie nicht für fünf Pfennig Lust auf eine lange Diskussion über da Gama. Agatha befürchtete nämlich, dass er sie beim Schmusen mit seinem Pferd erwischt hatte und ihr die Meinung sagen würde, sobald Ralf weg war. Dass Will Voice nebenan geputzt hatte, bemerkte sie erst, als er mit dem Putzkasten in der Hand vor PePes Box stehen blieb. Vor Schreck hatte sie PePe das letzte Möhrenstückchen ins Maul geschoben und war förmlich aus dem Pferdestall geflüchtet. Zum Duschen nahm sie sich keine Zeit, zog sich nur schnell um und sprang in ihr Auto.

Mit einem Glas Wein setzte sie sich an ihren Schreibtisch und fertigte einige Notizen an, konnte sich allerdings keinen Reim darauf machen. Ihre Beobachtungen ergaben irgendwie keinen Sinn. Weil sie sich niemanden vorstellen konnte oder wollte, der eine verbrecherische Ader hatte, gab sie auf.

Deshalb verbrachte sie etliche Zeit damit, ihr Fachbuch über das Reiten zu studieren, um sich die Hufschlagfiguren und andere Sachen einzuprägen. Die Überlegung dahinter war, dass Will nach dem Geländeritt gestern, heute sicher ein Training auf dem Platz ansetzen wird.

Doch weit gefehlt. Als sie in den Stall kam, fragte er sachlich, ob seine SMS angekommen sei. Sie bestätigte es und erklärte, den Badeanzug mitgebracht zu haben. Schnell musste sie Heinz putzen und satteln, weil Will so bald wie möglich los reiten wollte. Als sie beide durch das große Hoftor Richtung Wiesenweg abbogen, meinte er, dass sie heute die andere Seite des Ortes zum Geländeritt nutzen werden, weil die Hitze ein Training auf dem sonnenüberfluteten Reitplatz nicht zulässt. Ihr Ziel wäre ein Badesee, neben dem ein kleinerer Tümpel sei, den sie mit den Pferden seit Jahren nutzen.

Im Schritt reiten sie nun den Wiesenweg entlang und wenden sich an der Ecke nicht auf den Weg, der an der Koppel der Unzertrennlichen vorbei zum Bahnübergang führt, sondern in die entgegen gesetzte Richtung zur Straße hin. Den wenigen Verkehr

lassen sie passieren, ehe sie auf die andere Seite auf den Radweg wechseln. Von dem biegen sie einige Meter weiter ab in einen Feldweg, der die beiden riesigen Schläge trennt, auf denen Getreide wächst. Der weichere Untergrund des Feldweges ermöglicht ihnen ein höheres Tempo. Will setzt da Gama in Trab und Agatha folgt ihm. So bewegen sie sich auf den Wald zu. Die Sonne brennt gnadenlos auf sie hernieder und das Eintauchen in die Schatten der Bäume ist eine Wohltat. Ein, zwei Kilometer weiter verschwindet Will hinter einigen Bäumen und Sträuchern. Als Agatha um die Ecke herum reitet, sieht sie Will quer durch den Hochwald im Zickzack die Baumstämme umrunden. Er dreht sich zu ihr um und ruft:
„Hier entlang ist der kürzeste Weg. Komm schon und pass auf die Gräben auf!" Er winkt sie zu sich, hält aber nicht an.
Behutsam lenkt Agatha ihr Pferd in den Wald hinein. Es dauert gar nicht lange, da hören sie Hundegebell und Stimmen, Wasser platschen und Gekreische. An der Waldkante erscheint ein See. Etliche Schwimmer sind zu erkennen. Der Waldboden senkt sich hinter den letzten Bäumen in einer steilen Böschung zum Ufer hinunter. Will führt sie oben weiter zwischen den hohen Kiefern hindurch am See vorbei. An dessen Ende treffen sie auf einen schmalen Trampelpfad, dem sie folgen.
Plötzlich weichen die Bäume vor einem vergrasten Sandstück zurück, dass sich etwa in Straßenbreite um einen Teil des halb mit dichtem Schilf überwucherten Tümpels zieht. Der trockene Waldduft vermischt sich mit dem des Teichwassers und der feuchten Erde ringsum. An einem Ende dieses Strandes spielen mehrere Jugendliche mit zwei Hunden Stöckchen bringen. Sie werfen Zweige und Ästchen ins Wasser und die Hunde holen sie wieder raus. An der anderen Seite liegen zwei Pärchen auf Decken in der Sonne.
„Wir sind zu spät, alles besetzt." stellt Will grinsend fest und lenkt da Gama am Waldrand entlang, „Wir werden hier bleiben."
Ein langer Baum liegt schräg verkeilt zwischen den anderen direkt an der Waldkante. Er wird zum Anbinden der Pferde benutzt und als Sattelhalter.
An Wills Sattel ist ein zusammengerolltes Handtuch hinten dran geschnallt, in welches er seine Badehose und ihren Badeanzug samt Handtuch einwickelte. Als die Pferde nur noch die Trensen und Halfter drauf haben, gibt er Agatha ihre Sachen und sagt: „Geh zwischen die Pferde zum Umziehen." Dann stellt er sich dahinter, sodass keiner zwischen sie beiden schauen kann. gentlemanlike dreht er ihr den Rücken zu. Heinz und da Gama

beschäftigt intensiv das Laub der kleinen Bäume. So flink wie möglich, entledigt Agatha sich ihrer Stiefel, Socken und Hosen, bevor sie die Unterwäsche gegen den Badeanzug austauscht. Dann zieht sie sich das Nicki und den BH aus und schlüpft in das obere Stück des Einteilers, der im Genick und auf dem Rücken geschlossen wird. Sie fummelt eben an dem letzten Band im Rücken herum, da hört sie Will hinter sich sagen:

„Darf ich dir helfen?"

„Ja, bitte." antwortet sie und spürt im nächsten Moment seine Hände, die ihr die Bändchen aus den Fingern nehmen. Agatha ist noch angestrengt damit beschäftigt, die Gänsehaut und das angenehme Kribbeln zu ignorieren, welche die flüchtigen Berührungen seiner Finger erzeugen, da räuspert er sich und meint:

„Fertig. Jetzt bin ich dran." Flink rollt sie ihr T-Shirt zusammen, in dem sich all ihre Sachen befinden und legt es auf den Sattel. Als sie sich umdreht, steht Will bereits mit freiem Oberkörper da und zieht die Stiefel aus. Ohne zu zögern, duckt sie sich unter dem Pferdehals hindurch und stellt sich hinter die Pferde.

Um nicht über den Mann hinter sich nachdenken zu müssen, beobachtet sie den Strand. Die Pärchen sind immer intensiver mit sich beschäftigt und haben nur noch Augen für den anderen auf ihrer Decke. Die beiden Hunde samt ihrer lustigen Truppe ziehen sich in den Schatten des Waldes zurück. Der Tümpel liegt ruhig zwischen Wald und Schilf in der Hitze des gleißenden Sonnenscheins. Ein idyllisches Bild.

„Komm her, ich helfe dir hoch!" ertönt Wills Stimme und Agatha wacht aus ihren Tagträumen auf. Sie macht kehrt, um zwischen die Pferde zu gehen und muss schlucken. Dieser Mann sieht in seiner eng anliegenden Badehose fantastisch aus, noch besser als in ihren Träumen. Und das ist nur die Rückseite, weil er eben die Pferde losbindet. Da dreht er sich um. Agatha stockt der Atem. Sie muss sich zwingen, weiter zu gehen.

Sekundenlang kann Will sie nur anstarren. Ihre Rückseite war schon so verlockend, doch der Anblick der Vorderseite ist mehr als aufreizend. Und sie kommt immer näher. Zum Glück scheint es ihr ähnlich zu gehen. Wenn er jetzt nicht die Zügel der Pferde in den Händen hätte, wüsste er, was er machen würde.

Agatha wendet sich ihrem Pferd zu, ergreift die Zügel und winkelt das linke Bein an. Irgendwie geschieht alles wie in Zeitlupe. Sie kann und will nichts dagegen tun. Er umfasst ihren Unterschenkel und sie springt mit dem anderen Fuß ab, um sich auf den Pferderücken zu schwingen. Das Fell ist ungewohnt hart an ihrer zarten Haut und ohne Sattel zu reiten, fühlt sich sowieso ganz anders an. Wills Hand liegt immer noch auf ihrem Schienbein. Er schaut zu ihr hoch und meint:

„Der Tümpel ist sehr flach. Wir reiten erst einmal auf die andere Seite hinüber und später zurück. Die Pferde müssen nicht einmal schwimmen. Wenn etwas passiert, sagst du es mir!"

„Okay." kriegt sie grade so heraus. Wie kann eine Berührung am Schienbein nur derart sexy sein? Sie verstärkt die hypnotische Wirkung seiner wunderbar blauen Augen, sodass seine Stimme wie durch einen dichten Nebel zu ihr dringt:

„Bist du mit ihm schon einmal im Wasser gewesen?"

„Nein." Agatha schüttelt den Kopf, ohne den Augenkontakt zu unterbrechen.

„Bleib neben mir, eigentlich kann nichts passieren." Will lässt sie los und schwingt sich auf da Gama. Agatha dreht Heinz zum Teich um und treibt ihn neben Will. Heinz geht einige Schritte ins Wasser hinein, macht den Hals lang und säuft erst einmal, da Gama ebenfalls. Dann fängt er an, mit dem Vorderhuf auf das Wasser einzuschlagen. Es spritzt hoch und ist erstaunlich kühl auf der Haut.

„Treib' ihn vorwärts, ehe er sich hinlegt!" fordert Will und reitet tiefer in den See hinein. Heinz stapft tapfer hinterher, dass das kühle Nass aufschäumt und spritzt. Die Pferde erzeugen mit jedem Schritt ein lautes Rauschen im Wasser. Meter um Meter stapfen sie vorwärts. Die Wasseroberfläche hat grade Agathas Knöchel erreicht, als sie schon mitten im See sind. Heinz arbeitet sich vorsichtig aber kraftvoll voran und versucht, an da Gamas Seite zu bleiben, der zielstrebig das andere Ufer ansteuert. Es wird immer schwieriger in dem höher steigenden Wasser, die Beine unten zu halten, es spült sie einfach nach hinten weg. Die Abkühlung tut gut. Agatha beugt sich vor und streckt einen Arm ins Wasser. Dann wechselt sie die Zügel in die andere Hand und taucht den anderen Arm ins Wasser:

„Ah, ist das herrlich bei der Hitze."

„Und ein gutes Muskeltraining."

„Weil wir ohne Sattel reiten?"

„Nein, mehr für die Pferde. Es ist enorm anstrengend für sie, durch das Wasser zu waten."

„Und so richtig sauber werden sie auch." Agatha lehnt sich nach vorn und bespritzt Heinz mit Wasser. Wenn ihm die Tropfen den Kopf benetzen, schüttelt er ihn.

Plötzlich drängt er sich nach links an da Gama heran und schnaubt aufgeregt. Im ersten Moment erschrickt Agatha und klammert sich

fest. Vermutlich drückt sie ihrem Pferd dabei die Fersen in die Seiten, denn er versucht zu traben und macht dann einige Galoppsprünge durch das flacher werdende Wasser.
„Ist ja gut, ganz ruhig." versucht Agatha ihn zu besänftigen und verkürzt die Zügel. „Ich lasse dich mit dem Wasser in Ruhe. Ruhig!" Unvermittelt ist Will an ihrer Seite und greift nach ihrem Zügel. Er bremst beide Pferde in den Schritt ab. Dann sieht er Agatha an und danach an ihr vorbei.
„Es ist sicher wegen der Schlange, die dort drüben am Schilf entlang schwimmt."
„Schlange?" dieses Wort bedeutet für Agatha Alarmstufe rot. Sie hasst die Viecher. Heinz scheinbar auch. Ruckartig dreht sie den Kopf und sieht grade noch, wie das Tier zwischen etwas lichter stehendem Schilf verschwindet. Natürlich hat Heinz sie eher bemerkt, denn Pferde können besser sehen und sein Warnsystem hat ihn alarmiert. Der Schilfgürtel ist ein ganzes Stück entfernt. Agatha hielt die Schlange zuerst für eine kleine Welle. Solche Gewässer wie diese hier sind ein Paradies für Reptilien. Warum hat sie daran nicht schon vorhin gedacht. Verständnisvoll streichelt sie ihrem Pferd den Hals. Da meint Will:
„Lass uns dort vorn am Ufer absteigen."
„Absteigen? Aber die Schlange?!"
„Keine Angst, die hat mehr Schiss vor den Pferdehufen, als du vor ihr. Solange die Pferde hier herumtrampeln, kommt sie nicht näher."
„Und wenn die doch wiederkommt?"
„Die kommt nicht wieder. Wahrscheinlich haben wir sie aufgescheucht, deshalb hat sie sich verzogen."
„Na hoffentlich hört das Viech auf dich." stellt Agatha fest und sucht das Ufer und das Wasser nach anderen Vertretern von Reptilien ab. Zum Glück entdeckt sie nichts. Im Wadentiefen Wasser hält Will an:
„Steig ab!" Er rutscht von seinem Pferd und geht mit ihm ein paar Meter weg. Kaum hat er Abstand zwischen die Wallache gebracht, weiß Agatha auch warum. Da Gama legt sich in das flache Wasser und wälzt sich mehrmals hin und her.
Heinz tut es ihm gleich. Nachdem er nochmals die Umgebung gecheckt hat, schlägt er mit den Vorderhufen auf die Wasseroberfläche ein. Dann knickt er mit den Vorderbeinen ein und wirft die Hinterhand förmlich ins Wasser, dass es nur so spritzt. Agatha steht so weit von seinem Kopf entfernt, wie es die Zügellänge zulässt. Sie bewundert die Ausdauer und die Eleganz, mit der Heinz sein Bad genießt. Immer wieder wälzt er sich von

einer Seite auf die andere, dabei gibt er wohlige Grunzlaute von sich. Er suhlt sich so lange, bis er bemerkt, dass da Gama aufgestanden ist. Halb auf der Seite liegend, stellt er nach einer Weile die Vorderhufe in den Ufergrund. So dasitzend wie ein Zirkuspferd, schüttelt er das Wasser vom Kopf. Mit einer fließenden, kräftigen Bewegung stemmt er die Hinterhand hoch und steht triefend da. Agatha führt ihn etwas tiefer in den See und spritzt ihn mit Wasser ab, um den Schlamm und Sand, der kleben blieb, herunter zu waschen.

„Warte, ich halte ihn." sagt Will und greift nach den Zügeln, um Heinz festzuhalten.

„Danke, das ist gut." meint Agatha. Sie verursacht eine große Plantscherei um Heinz herum, um ihn gründlich abzuspülen.

„He, wir waren nass genug." erklingt plötzlich Wills Stimme hinter Heinz, als Agatha einen besonders heftigen Schwall Wasser über den Pferdehals schickt.

„Verzeihung, ich wollte nur das Pferd treffen. Ehrenwort!" Agatha lugt um Heinz herum und kann sich ein schadenfrohes Grinsen nicht verbeißen. Von Will tropft das Wasser. War er vorhin noch wenigstens an Kopf und Oberkörper fast trocken, so ist es damit vorbei. Auf seiner anderen Seite steht da Gama und wühlt mit dem Vorderhuf im Wasser, dass es nur so spritzt. „Aber eigentlich warst du viel zu trocken, das findet da Gama auch. Weichst du jetzt auf?" fragt sie kess und kichert.

„Ich werde mich fürchterlich rächen." Will wischt sich mit einer Hand das Wasser aus dem Gesicht und funkelt sie an, bis er dann doch grinsen muss. „Aber erst später."

Agatha lacht und streicht Heinz das Wasser aus dem Fell. Als sie das rund herum getan hat, gibt Will ihr die Zügel und wäscht da Gama ab. Doch statt sie ebenfalls einzuweichen, trifft er mit dem Wasser größtenteils nur das Pferd. Danach führen sie die Pferde ans Ufer. Die beiden Tiere machen sich lang und schütteln sich, dass die Wassertropfen nur so fliegen.

Dann hilft Will ihr wieder auf Heinz' Rücken, bevor er sich selbst auf da Gama schwingt. Im gemütlichen Schritt reiten sie durch die flirrende Hitze am Ufer des Teiches entlang. Frösche quacken nur vereinzelt, Insekten schwirren herum und die Mückenschwärme folgen ihnen. Jeder Moment Schatten unter den Bäumen der Waldkante ist angenehm. Die Pferde trocknen schneller, als Agatha dachte.

Wie sie bei ihren Sachen ankommen, sind die Tiere nur noch stellenweise feucht. Sie binden die Pferde an, denn die Sattellage soll auch abtrocknen. Während die Tiere den Waldrand weiter von

Fressbarem befreien, meint Will, sie könnten sich derweil auch noch einmal abkühlen.

„Du willst noch einmal in den Tümpel gehen, wo die Schlange herumschwimmt?" fragt Agatha ungläubig.

„Die ist weg und kommt nicht wieder. Du brauchst keine Angst zu haben." Will schmunzelt über ihre Bedenken, es ist so typisch Frau. Ihre braunen Augen schauen ihn immer noch forschend an.

„Haben wir denn soviel Zeit?"

„Sind die Pferde trocken?" stellt er die Gegenfrage.

„Nein." antwortet sie nach einem Seitenblick auf die Tiere.

„Also, haben wir noch Zeit. Oder hast du Lust, den Sattel zu schleppen, sonst riskierst du nämlich Verletzungen."

„Also gut, wenn das so ist, werde ich mit ins Wasser kommen. Aber können wir die Pferde so allein hier stehen lassen?"

„Ja, keine Angst. Da Gama ist ein echter Schlangenkiller." meint Will mit einem Augenzwinkern, um sie aufzumuntern.

„Na, gut, wie du willst." antwortet Agatha ergeben.

Will schnappt sich die Handtücher vom Baumstamm und bückt sich unter Heinz' Hals hindurch. Er nimmt Agatha einfach bei der Hand und führt sie zum Ufer, allerdings ein wenig abseits von der Stelle, an der sie mit den Pferden hinein geritten sind. Die Handtücher lässt er in den Ufersand fallen.

„Aber schwimmen muss ich nicht, oder?" aus ihrer Stimme klingt Besorgnis. Kann sie etwa nicht schwimmen?

„Nein. Wir bleiben am Ufer. Das Wasser ist hier etwas tiefer als dort drüben und man kann sich bequem hinein legen." Er lässt ihre Hand los und setzt sich ins Wasser. Dann macht er sich lang, sodass er fast nur noch mit den Ellenbogen und dem Po den Grund berührt. Den Rest des Körpers lässt er im flachen Wasser schweben.

Weil Agatha hinter ihm stehen blieb, kippt er den Kopf in den Nacken und blinzelt nach oben. Der Anblick ihrer Vorderseite aus dieser Position ist wirklich aufregend. Sie hat eine Hand über die Augen gelegt und schaut sich um, was ihm Gelegenheit bietet, sie zu betrachten. Er hatte vom ersten Augenblick an nie daran gezweifelt, dass sie ihm gefallen würde. Wer so reizvolle Augen hat, muss einfach einen schönen Körper haben. Sofort merkt er, dass er auf sie reagiert und versucht sich abzulenken.

Über das Wasser schauend, grübelt er, wie er ihr die meisten Informationen entlocken könnte, ehe sie wieder verschlossen und stur wird. Das Thema will er schon seit gestern mit ihr besprechen, deshalb fragt er:

„Wann war Heinz schon einmal so dreckig?"

Agatha unterbricht ihre Beobachtung der Umgebung und sieht auf Will hinunter. Nein, dass sollte sie nicht tun, denn dieser Anblick bringt sie nur in Schwierigkeiten. Schnell hebt sie den Blick und schaut zu den Pferden. Sie denkt kurz über seine Frage nach.
„An dem Tag, als du mich zum Lagerfeuer hergebracht hast. Weißt du noch, dass ich mir erst einmal die Hände waschen wollte, ehe wir essen gegangen sind?"
„Stimmt. Das war vor vier Wochen."
„Genau." bestätigt Agatha und setzt sich in das angenehme Uferwasser, genügend weit von Will entfernt. Sie lehnt sich nach hinten und lässt sich treiben. „Ich war echt sauer, weil ich es nicht mag, wenn Heinz schmutzig in der Box steht."
„War er da ebenso dreckig wie gestern?"
„Hmm, kann ich gar nicht so genau sagen. Nur eins weiß ich sicher, gestern war Heinz viel schmutziger als damals." Sie dreht sich zu ihm um, „Und die Sattellage war so von Schweiß verklebt, als ob er geritten worden ist."
„Deshalb hast du geglaubt, die Kinder und ich würden ihn nicht putzen?"
„Ja. Na, ja. Was sollte ich denn sonst glauben? Es war schließlich nicht das erste Mal." Angesäuert fragt sie nach, „Wie hättest du dich denn verhalten?"
„Ich war genauso sauer."
„War?"
„Es ist nicht dass erste Mal, dass Pferde so im Stall stehen."
„Wieso?"
„Wenn ich das wüsste, könnte ich das Problem beseitigen. Aber ich weiß es nicht, das ist ja der Mist!" er flucht.
„Und die Leute sind dir deshalb auf die Zehen getreten?"
„Nein, es waren mein Pferd und zwei vom Chef."
„Und wer war es?"
„Ich sagte doch bereits, das ist der Haken dabei. Ich weiß es bis heute nicht." Er dreht sich auf den Bauch und schaut ihr ins Gesicht. „Es ist bereits ein, zwei Jahre her, als das anfing."
„Du meinst, es kommt öfter vor?" Agatha ist perplex.
„In regelmäßigen Abständen so ungefähr alle ein, zwei Monate. Ich bin leider noch nie dahinter gekommen, wann es sich genau wiederholt und wer es sein könnte."
„Warum sollte sich jemand nachts oder früh morgens die Pferde aus dem Stall holen, wenn er zu einer anderen Zeit reiten könnte?"
„Weiß ich nicht."
„Wem macht es schon Spaß, im Dunkeln durch die Gegend zu reiten?" ungläubig schaut sie ihn an.

„Vor allen Dingen frage ich mich:" setzt Will sinnierend hinzu, „Wie kommt derjenige herein? Er muss einen Schlüssel haben. An den Schlössern ist nie herumgefriemelt worden. Keine Anzeichen eines gewaltsamen Eindringens oder sonstige Hinweise auf irgendjemanden. Nichts, was mich auf irgendeine Idee gebracht hätte."
„Doch wenn es einer der Pferdebesitzer oder Betreuer ist, kann ich mir keinen Grund denken, warum er oder sie so etwas tut?! Es kann doch jeder sein eigenes Pferd nutzen, wie er es wünscht."
„Genau das ist der Punkt, warum es mir so schwer fällt, mir einen Grund vorzustellen. Keinem der Pferdebesitzer, Reiter oder Betreuer traue ich so was zu. Fremde Leute sind nur sehr selten hier und bekommen keinen Schlüssel. Es ist auch niemandem sein Schlüssel abhanden gekommen. Das haben wir als erstes überprüft. Denn als ich PePe zum ersten Mal so dreckig in der Box vorfand, suchte ich vergebens für ihn eine Reitbeteiligung. Da waren zwei fremden Mädchen, sie kamen ein paar Mal in den Reitstall. Die hatte ich damals in Verdacht, allerdings waren sie zu der Zeit im Urlaub." Agatha nickt und denkt nach, bis ihr eine Frage in den Sinn kommt:
„Wieso vergebens? PePe ist doch so ruhig und gutmütig." Will grinst und zuckt mit den Schultern, ehe er antwortet:
„Er ist die Schlaftablette schlechthin," Will erwidert ihr Lächeln und erklärt, „Zumindest wenn man nicht die Kraft und das Können hat, ihn vorwärts zu treiben. Als Freizeitpferd für Reiter, die wenig von Hilfen verstehen, ist er nicht geeignet. Und genau das wollen die meisten, daraufsetzen und los. Einfach so." Er stiert ins Wasser, während die Bilder aus vergangenen Tagen an ihm vorbei ziehen. „Er war, ist es immer noch, ein tolles Dressurpferd, von dem die Kinder eine Menge lernen können. An der Longe geht er hervorragend und ist sehr sicher im Gelände. Nur wenn er auf dem Reitplatz einem Parcours zu nahe kommt, fängt er an zu spinnen. Die Kinder sind dann als Reiter ungeeignet. Ich habe schon öfter versucht, ihn an Hindernisse heran zu führen, doch er bockt immer wieder, egal, was ich versuchte. Aber nur auf dem Platz, im Gelände geht er sicher überall drüber." Will holt tief Luft. „Bisher war er nie verletzt und nun besteht die Möglichkeit, dass die Entzündung immer wieder einmal auftreten kann und ich weiß nicht, wo er sich das zugezogen hat." Mit grimmigem Gesicht schaut er Agatha an und erzählt: „Als ich an diesem Morgen in den Stall kam, sah PePe ähnlich dreckig aus wie Heinz. Es ist mir allerdings nicht so bewusst geworden, weil PePe ganz untypisch für ihn, in der hinteren Hälfte seiner Box stand und das Bein schonte.

Es war etwas angeschwollen und er traute sich nicht, aufzutreten. Auf drei Beinen humpelte er an die Futterkrippe. Ich dachte mich trifft der Schlag. Tags zuvor hat er sich noch kräftig mit da Gama auf der Weide ausgetobt. Und ich hatte ihn mit im Gelände und nachher geputzt in die Box gestellt. Darüber konnte ich allerdings erst später nachdenken, weil zuerst der Tierarzt ran musste und es an diesem Tag noch andere Dinge gab, die wichtig waren. Vielleicht habe ich deshalb etwas übersehen."
Will erinnert sich noch gut daran, das er dachte: Wenn es kommt, kommt's dicke. Erst Sulaikas Wunde und Mutters Arm und nun PePes Bein, dazu noch die Sorge um Agatha.
„Das war der Tag, an dem du bei mir warst und fragtest, ob du Heinz für die Kinder nutzen darfst." stellt Agatha fest und die Erinnerung an dieses grausige Erwachen auf dem Fußboden drängt sich hervor. Schnell fragt sie: „Mit welchen Pferden ist das auch schon passiert?"
„Es waren immer Motte, Narzisse und PePe. Verletzt war bisher keines."
„Was hat der Chef dazu gesagt?"
„Er hat die Polizei angerufen. Die kamen und warfen mit Bemerkungen um sich, die erkennen ließen, dass es sie kein bisschen interessierte, ob die Pferde dreckig sind oder nicht. Wenn wir Beweise hätten, sollten wir uns wieder an sie wenden." Will zuckt mit den Schultern. Verwirrt schaut Agatha ihn an:
„Und weiter?"
„Nichts weiter. Mehr ist seither nicht passiert. Wir haben auch über eine Überwachungskamera nachgedacht, doch so eine Anlage war dem Chef zu teuer. Außerdem war es ja mein Pferd. Als einige Monate später dann seine tragenden Stuten benutzt worden waren, wurde er unruhiger, aber getan hat sich seither nichts. Nach PePes Verletzung rief ich einen Bekannten an, der sich mein Problem anhörte und mir riet, alle Vorkommnisse zu dokumentieren und mich bei seinen Kollegen der hiesigen Polizeidienststelle nicht abwimmeln zu lassen. Wie überall sind auch diese Beamten schwer überlastet und froh über jeden Fall, der unbesehen an Ihrer Zuständigkeit vorbei geht. Von PePes Bein habe ich Fotos gemacht und schrieb alles auf, was mir zu den Vorfällen einfiel. Dabei hat sich ein gewisses Muster ergeben, aber ich werde nicht schlau aus den Informationen." Sein ernster Blick wandert zu ihr. Ein paar Atemzüge später hängt er an:
„Aber ich denke, dass jetzt Heinz herhalten muss, weil Motte und Narzisse die Fohlen haben und PePe verletzt ist. Doch ich kann beim besten Willen nicht sagen, warum es so ist."

** * **

Agatha sitzt am Schreibtisch in ihrem Wohnzimmer, verknotet das hauchdünne, weiße Nähgarn an dem hölzernen Schaschlikspieß,. Am unteren Ende des Fadens baumelt ein Wassertropfen aus Alufolie. Um sie herum hat sie diverse Bastelsachen wie Kleber, Papier und Bindfäden ausgebreitet. Röhrchen mit Perlen aus Glas und Holz, Rollen mit Krepp- und Seidenpapier, Alufolie und ein Karton mit verschiedenen Wolleknäulen ist in dem Wirrwarr zu erkennen. Ihre Wohnstube sieht ähnlich aus, wie ihr Gruppenzimmer beim Basteln mit den Kindern. Wie schon oft, wenn sie ihre Ideen umsetzt. All die Materialien beherbergt der Schrank in der Stube, der aber immer leerer wird, wenn sie nach den geeigneten Zutaten sucht.
Vorhin kam sie vom Reitstall nach Hause und hatte unter der Dusche einen guten Einfall für ein Mobile, welches sie in ihr Gruppenzimmer hängen wird. Die Geschichte, die sie in der nächsten Woche den Kindern im Beschäftigungsangebot vorstellen wird, stammt auch aus ihrer Ideensammlung und mit Anschauungsmaterial wird sie für die Kinder zu einem fassbaren Erlebnis. Das Wasser und die Pferde heute Nachmittag hatten sie inspiriert. Mit einer genauen Vorstellung im Kopf war sie nach der Dusche in einen Bikinislip und ein langes Big Shirt geschlüpft und hatte sich sofort an die Umsetzung ihrer Idee gemacht.
Jetzt hängen an ihrem Mobile nicht nur gläserne Perlenschnüre, die im Sonnenlicht glitzern, sondern auch Wassertropfen aus Alufolie und Figuren aus buntem Tonpapier. Agatha hat schon Unmengen an solchen Ideen realisiert, weshalb sie immer eine eigens für sie kreierte Dekoration im Gruppenraum hat. Ihre Kollegin lag ihr ständig in den Ohren, sie solle diese Sammlungen einmal in einem Bastelbuch zusammenfassen, damit die anderen Erzieherinnen auch etwas davon haben, aber Agatha wollte immer eine einzigartige Sache haben, nichts weit verbreitetes. Sie nimmt die Schere und schneidet den überstehenden Faden ab. Dann hebt sie das Mobile an seiner Aufhängung hoch und überlegt, was sie noch ändern könnte. Irgendwie gefällt es ihr noch nicht. Es ist schön, aber verbesserungswürdig.
Die Türklingel reißt sie aus ihren Gedanken. Vorsichtig legt sie das Mobile auf die einzige freie Stelle im Raum, die Lehne des Sessels und geht zur Tür. Den Blick durch den Spion hat sie sich noch immer nicht angewöhnen können, doch in ihrem Aufzug heute kann sie nicht jedem die Tür öffnen. Ihre Augen weiten sich vor

Schreck, als sie sieht, wer draußen steht. Im ersten Moment will sie sich in ihrer Wohnung verkriechen und keinen Mucks von sich geben, damit er glaubt, sie wäre nicht da. Doch er wird sicher wieder kommen, also kann sie es auch gleich hinter sich bringen. Ihre Kleidung ist in diesem Augenblick nebensächlich. Er soll verschwinden, alles andere ist völlig egal. Mit grimmigem Gesicht und Ärger im Bauch öffnet sie entschlossen die Tür:
„Was willst du denn hier?"
„Hallo, Agatha." Ronny versucht zu lächeln, „Du siehst gut aus." Mit einem langen Blick taxiert er sie eher lüstern als wohlwollend von oben bis unten.
„Hallo!" antwortet sie kalt, „Deine Lügen kannst du dir sparen."
„Das war keine Lüge, egal was du an hast, du siehst immer gut aus."
„Hör auf, mich anzuglotzen und beantworte meine Frage!"
„Ich wollte mich bei dir entschuldigen und dich zum Essen einladen." Er hebt beschwichtigend die Hände, um sie am Reden zu hindern. „Ehe du nein sagst, lass mich erklären: Ich habe mich wirklich scheußlich benommen und kann dich verstehen. Bitte, Agatha, es ist mir völlig klar, dass ich dich verletzt habe. Nimm wenigstens meine Entschuldigung an. Ich möchte nicht, dass wir so auseinander gehen."
„Du kannst so viele Entschuldigungen vorbringen, wie du willst, aber verlange keine Absolution von mir. Ich bin immer noch sauer auf dich. Du hast mir Jahre meines Lebens gestohlen, die sind unwiederbringlich verloren. Gib dir keine Mühe, du kannst da nichts wieder gut machen. Aber sei versichert, dass ich es irgendwann ignorieren kann. Bitte, lass mich in Ruhe, denn ich werde niemals wieder mit dir essen gehen!" Sie tritt in den Flur zurück, um die Tür zu schließen, da sagt er hastig:
„Agatha, bitte!"
„Nein!"
„Aber ich will unsere schöne Zeit nicht vergessen, sie ist mir sehr viel wert. Nur noch einmal essen gehen, verpflichtet dich zu nichts. Ich habe einen Tisch auf der Terrasse am Seeufer bestellt. In deinem Lieblingsrestaurant, weißt du noch?"
„Es ist nicht zu fassen!" sie verdreht genervt die Augen.
„Bitte!" mit diesem Hundeblick hat er sie früher einmal rum gekriegt, aber jetzt ganz bestimmt nicht mehr!
„Nein!" zischt sie ihn an.
„Der Tisch ist den ganzen Abend für uns reserviert. Wir können den Sonnenuntergang genießen und den Wein, den du so gerne trinkst."

„Schluss damit!" mit einer energischen Handbewegung zerschneidet sie die Luft. Doch er bettelt ohne zu zögern weiter.
„Bitte!"
„Ich sagte: nein!"
„Gib deinem Herzen einen Stoß und mir die Chance, noch einmal mit der besten Frau zu essen, die ich je kennen lernen durfte!"
„Lass es sein!" fordert sie erbost. Da wird sein Gesicht ernst und er bittet sie höflich:
„Ich liebe dich immer noch und habe seither keine andere Frau mehr angesehen. Verzeih mir und geh mit mir essen!"
„Ronny!" die Wut kocht ihr bis zum Hals. Schnell schließt sie den Mund, damit ihr die Schimpfwörter, mit denen sie ihn liebend gern bedenken würde, nicht aus versehen heraus rutschen.
„Nur essen. Nichts weiter. Bitte!" Er schaut sie an, als wollte er gleich sagen: Hab dich nicht so, Cherry! Ehe der Zorn sie platzen lässt, greift sie nach der Türklinke und tritt zurück.
„Nein!" wütend schlägt sie ihm vor der Nase die Tür zu.
Der Kerl ist nicht zu fassen!
Penetrant. Begreift er es nicht oder will er nicht?
Arrogant!
So eine bodenlose Frechheit!
Agatha steht schwer verärgert im Flur und ballt die Hände zu Fäusten. Sie könnte schreien und toben vor Wut. Wie sie ihn jemals hatte lieben können, ist ihr heute nicht mehr ganz klar. Es hört sich alles verlogen und gekünstelt an, selbst sein Lächeln ist falsch.
„Ich werde dort auf dich warten." hört sie ihn durch die Tür rufen.
Hat er ihr nein nicht verstanden, dass sie ihm laut und zornig ins Gesicht schleuderte?
Ist er zu dumm oder zu eingebildet, um ihre Entscheidung zu akzeptieren?
Als sie schon denkt, er wäre gegangen, erklingt seine Stimme erneut:
„Bis dann. Ich warte auf dich."
Agatha flüchtet zähneknirschend zurück in die Stube und knallt die Tür hinter sich zu. Die Grübelei über ihre Arbeit wird sie ablenken und mit der Zeit beruhigen. Die Schweißperlen von der Stirn wischend, atmet sie mehrfach tief ein und aus. Die kühle Dusche von vorhin tat gut, doch nun ist ihr schon wieder warm. Kein Wunder bei der Hitze draußen. Nicht mal nachts kühlt es sich so richtig ab. Sie trinkt einen Schluck aus der Wasserflasche, dann noch einen und schraubt die Flasche wieder zu. Ungläubig schüttelt sie den Kopf.

Ist der Kerl noch zu retten?
Sich hier im Treppenflur dermaßen zum Affen zu machen? Vielleicht empfindet er ja wirklich noch etwas für sie und freut sich darüber, sie angetroffen und mit ihr gesprochen zu haben? Hoffentlich hat er es jetzt endlich kapiert.
In dem Moment klingelt es wieder.
Oh, Junge!
Du hast mich noch nie so wütend erlebt! Welch eine Frechheit von Ronny! Der kann was erleben!
Vor Wut mit den Zähnen knirschend, marschiert sie durch den Flur und reißt energisch die Wohnungstür auf.
Doch ihre Wut wird schlagartig zum Staunen, sodass sie sich erst einmal sammeln muss, ehe sie sprechen kann. Sein Gruß entgeht ihr beinahe und irgendwann fällt ihr auf, dass es sehr unhöflich ist, nicht zu antworten.
„Hallo, Will." quetscht sie heraus. Sie stiert ihn an, bis es ihr bewusst wird.
„Komme ich ungelegen?" Agathas Gesichtsausdruck irritiert ihn. Ist er irgendwo dazwischen geplatzt? Das letzte Mal als er hier stand, öffnete sie ihm mit einem Lächeln die Tür, im krassen Gegensatz zu eben. Verwirrt schaut sie ihn an und antwortet:
„Nein. Wieso?" Wills Blick gleitet kurz an ihr hinunter und dann über ihre Schulter in den Flur hinein.
„Weil du aussiehst, als wolltest du ins Bett."
„Oh, ähm, nein. Ich habe nur keinen Besuch mehr erwartet. Möchtest du herein kommen?" Hilfe! Was für eine Stammelei. Und dazu das alte Shirt, die halb getrockneten Haare und das Chaos in der Stube.
Wie peinlich.
Darf ich bitte im Boden versinken? Was muss Will nur von mir denken? Nicht zu ändern, mach das Beste daraus und halt dich grade, würde Großmama sagen! Genau!
Agatha versucht es mit einem höflichen Lächeln, tritt beiseite und so weit wie möglich hinter die Tür. Die Treppe herunter kommt nämlich der junge Mann, der über ihrem Nachbarn wohnt und ihr ständig zuzwinkert, wenn sie sich treffen. Heute grinst er übers ganze Gesicht und winkt hinter Wills Rücken. Sie wirft ihm ein Hallo zu, als sie die Tür schließt. Dann gestikuliert sie höflich und schlägt vor:
„Lass uns in die Küche gehen. Möchtest du etwas trinken? Ich habe verschiedene Sorten Wasser da."
„Nein, danke." Will geht ihr voran in die Küche. Mittendrin dreht er sich um und schaut ihr ins Gesicht: „Hast du heute Abend noch

etwas vor?" fragt er kurz entschlossen. Genau so hatte er sich davon überzeugt, dass es gut wäre, noch einmal mit ihr zu sprechen. Zaudern und Verlegenheit kennt er von sich nicht. Es fühlt sich komisch an, möglichst keinen Fehler machen zu wollen, damit sie auch wirklich ja sagt.
Tu es einfach, dann wirst du sehen, was passiert!
Nachdem ihm seine Mutter erneut von dem Raser erzählte, war er mit seinen Überlegungen soweit gekommen, dass er sich weitere Informationen beschaffen wollte. Also beschloss er mit Agatha zu sprechen, da sie ein gutes Beobachtungsvermögen besitzt und öfter mit Heinz zu Fuß unterwegs ist. Eventuell ist ihr in den vergangenen Wochen etwas aufgefallen, das andere, die hier schon länger unterwegs sind, weniger beachten. Bevor er es sich anders überlegen konnte, war er in eine halblange Jeans und ein Hemd geschlüpft und in sein Auto gestiegen. Dass er mit ihr ins Kino gehen könnte, war ihm erst wieder auf dem Weg eingekommen, als er die Werbung sah. Die Idee hatte sich sofort in seinem Hirn festgebissen.
Und dann öffnete sie ihm in dem großen T-Shirt, das nur fast ihre Oberschenkel erreichte, die Tür. Ihre langen nackten Beine luden ihn zu Phantasien ein, die sich nicht nur auf das Kino bezogen. Jetzt schnellt diese vorwitzige Zungenspitze über ihre Oberlippe, dann sagt sie:
„Eventuell meine Bastelei beenden. Warum?"
„Kann das warten? Ich würde dich gern ins Kino einladen." Ihre braunen Augen hypnotisieren ihn, wenn er nicht aufpasst. Sie legt ihn glatt lahm damit.
Oh, Mann!
„Ja, sicher kann das warten. Ich..." Das ist nicht wahr, oder? Das ist ja wie im Film. Agathas Gedanken überschlagen sich. Sie schaut ihn an. Ihre feuchten Händen streichen über ihr Shirt, um sie abzuwischen. Da erreichen sie ihre nackten Oberschenkel. Verlegen schaut sie an sich hinunter „Ja, okay." sie grinst entschuldigend, „Aber ich sollte mich umziehen. Gib mir fünf Minuten." Sie macht auf der Stelle kehrt und flitzt in die Schlafstube. Zum Glück steht dieser Kleiderschrank so, dass sie die Zimmertür zumachen muss, um die Schranktür öffnen zu können, sonst hätte sie es in ihrer Aufregung glatt vergessen. Da man von der Küche einen geraden Blick in die Schlafstube hat, wäre die Situation pikant geworden.
In Windeseile holt sie ihr neustes Ensemble aus dunkelblauem Spitzen-BH und Minislip hervor und entledigt sich ihrer Kleidung. Da klingelt es erneut an der Wohnungstür.

Was ist denn heute los? Wer hat es denn nun wieder auf sie abgesehen? Großmama vielleicht?

„Würdest du bitte an die Tür gehen, Will?" fragt sie und zieht sich die Unterwäsche an. Wills Schritte kommen näher und halten vorm Schlafzimmer an:

„Was hast du gesagt?" hört sie ihn fragen. Flink streift sie eines ihrer schönsten Sommerkleider vom Bügel, während sie zurückruft: „Würdest du bitte aufmachen?"

„Mach ich." antwortet Will. Agatha überlegt, wer vor der Tür sein könnte und aus welchem Grund, hebt das taillierte Kleid mit dem tief angesetzten, knielangen Rock hoch und lässt es über die ausgestreckten Arme herunter rutschen.

Plötzlich stoppt das Kleid.

Viele Laute lässt das Rascheln des Stoffes um ihren Kopf herum nicht zu. Sie steckt fest. Den Rocksaum spürt sie an ihrem Bauch. Na prima!

Die Stimmen aus dem Flur dringen nur undeutlich zu ihr, denn sie schüttelt und windet sich. Vergebens. Mit einem Mal wird ihr klar, dass sie den Reißverschluss am Oberteil des Kleides vergaß. Solange der zu ist, kommt sie nicht in das Kleid hinein.

Was nun?

Sie angelt umsonst mit den Fingern, erreicht weder einen der Spagettiträger noch den Saum, den Reißverschluss gleich gar nicht, um ihn zu öffnen. Das Kleid wieder auszuziehen klappt ebenfalls nicht, denn weil es so hauteng geschnitten ist, hängt es auf ihrer Oberweite fest.

Peinlich hoch sieben!

Der Tag kann nur noch besser werden. So unmöglich kann auch nur sie sein. Der einzige Vorteil ist, dass Will nicht sieht, wie ihr die Schamröte ins Gesicht steigt, wenn sie ihn um Hilfe bitten muss, denn er wird nur einen mittelblauen Stoffbausch mit weißen Pünktchen auf zwei nackten Beinen und oben heraus ragenden Armen sehen, sofern der Rock ihren Slip verdeckt und nicht wirklich nur bis zum Bauchnabel reicht, so wie sie es spürt. Doch vorher wird sie noch versuchen, das Kleid auf dem Bett abzustreifen.

Wo steht das Bett?

Sie hat sich so oft um die eigene Achse gedreht, dass sie die Orientierung verloren hat.

Was war das jetzt für ein Geräusch? War es die Wohnungstür?

„Agatha?"

Hat Will sie gerufen, oder bildet sie sich dass nur ein? Fragend nennt sie ihn laut beim Namen. Im nächsten Moment spürt sie einen Luftzug an den nackten Beinen. Er muss die Zimmertür

geöffnet haben. Bevor er peinliche Fragen stellen kann, bettelt sie hastig:
„Hilf mir bitte! Ich habe mich verklemmt und komme nicht mehr raus."
Wo in ihrem Schlafzimmer befindet sie sich eigentlich? Sie wollte sich mit dem Rücken zu ihm drehen, damit er den Reißverschluss öffnen kann. Doch plötzlich spürt sie die Schritte von vorn auf sich zukommen. Dann packt er das Kleid rechts und links an und zieht es ihr so schwungvoll über den Kopf aus, dass sie nach hinten treten muss. Allerdings ist hinter ihr die Bettkante. Sie verliert das Gleichgewicht und hat zwei Möglichkeiten: entweder hält sie sich an Will fest, oder sie landet rückwärts auf ihrem Bett. Ein Blick in Wills wütendes Gesicht genügt und sie entscheidet sich blitzschnell für das Bett. Ihr Po trifft zuerst auf die weiche Matratze auf und dann ihr Rücken. Was ist passiert? Warum ist er so wütend? Agatha rappelt sich auf und stützt sich auf die Arme. Würde sie sich aufrecht auf die Bettkante setzen, hätte sie Wills Bauch direkt vor der Nase, da er nur Zentimeter vor ihren Füßen steht.
Nein, viel zu viel Mann und viel zu nah.
Sie schaut zu ihm hinauf:
„Danke!" sagt sie und wartet darauf, dass er ihr das Kleid gibt und zurück tritt. Aber er kommt noch näher. Einen Fuß setzt er zwischen ihre Füße, klemmt ihren Unterschenkel zwischen seinen Beinen fest ein und blitzt sie an.
„Wofür?" Agatha ist perplex. Sie zieht die Augenbrauen zusammen und merkt irritiert an:
„Dafür, dass du mir aus dem Kleid geholfen hast."
„Und wie willst du dich dafür bedanken, dass ich dir den nächsten Heiratskandidaten abgewimmelt habe?"
„Was?"
„Tu nicht so! Du hast doch gehört, wer vor der Tür stand!"
„Ronny?"
„Er nannte einen anderen Namen und die kleine Göre an seiner Hand verkündete, dass du ihre neue Mutti wirst."
„Was? Der war hier und hatte das Kind mit?"
„Ja. Und dein Nachbar behauptete, dass es heute mehrere auf dich abgesehen hätten. Was sagt denn dein Mann dazu?"
„Ich habe keinen Mann! Danach hast du mich schon einmal gefragt."
„Lüge nicht!" donnert Will los, „Du hast Mann und Kind und bist etliche hundert Kilometer von hier entfernt auf den Turnieren bekannt. Hast du geglaubt, wenn du dir meinen Pensionsstall am anderen Ende von Deutschland aussuchst, kannst du inkognito

bleiben? Ich weiß nicht aus welchem Grund du das tust, aber wenn du das nächste Mal die Anfängerin mimen willst, musst du dir etwas mehr Mühe geben. Mit so einem Spitzenpferd herum zu reisen, fällt immer auf. So blind kann ich gar nicht sein, um das Potenzial deines Wallachs nicht zu bemerken. Und du hast dich auch verraten, immer und immer wieder! Ich wäre ein schlechter Ausbilder, wenn ich nicht gesehen hätte, was in dir steckt." Er hatte sich in Rage geredet. Das zusammengeknüllte Kleid in seiner Hand schleudert er zornig neben sie auf das Bett und stemmt die Hände in die Hüften. „Was soll das ganze Theater? Manchmal könnte ich dir den Hintern versohlen, bis du die Wahrheit sagst!" Schnell entzieht Agatha ihm ihr Bein und rutscht quer über das Bett ein wenig weiter weg von ihm. Er ist ihr zu aufgebracht. Bis jetzt war sie immer noch erschüttert, dass der Vater mit seiner Tochter an einem Freitagabend bei ihr vor der Tür stand. Doch nun wird ihr klar, dass Will sie verwechselt und vermutlich deswegen so sauer auf sie ist.

Schon als Kinder sahen Bruni und Agatha sich sehr ähnlich, dunkle Haare und Augen, schlanke Figur. Bruni hat erst vor zwei Jahren ihren langjährigen Lebensgefährten und Vater ihres Sohnes geheiratet und heißt nun Schöne. Der Zufall wollte es so. Das könnte man mit Schöner leicht verwechseln und Heinz ist sicher der Hauptgrund, weshalb Will ihr nicht glaubt. Bruni hat niemals laut verkündet, dass sie aufhören wird, aber dass sie Heinz nimmer mehr verkaufen würde, hat sie seit Jahren allen klar gemacht. Also hat Will seine Informationen von jemandem, der Bruni und Heinz entfernt von Turnieren kennt und den Rest hat er sich irgendwie zusammen gereimt. Wie macht sie ihm am besten klar, dass er sich irrt?

„Will,", beginnt sie zaghaft und setzt sich mit angezogenen Beinen aufrecht hin, um die Hände für Gesten frei zu haben, „ich weiß nicht, wie du darauf gekommen bist, aber du verwechselst mich mit meiner besten Freundin. Sie ist in Norddeutschland auf Turnieren zusammen mit Heinz bekannt. Das stimmt. Doch im Moment kann sie nicht starten."

„Deine beste Freundin! Wie praktisch! Und warum kann sie grade nicht starten?" seine aufgebrachte Reaktion ist ärgerlich, passt aber zu seiner Theorie, an die er zu glauben scheint. Wahrheitsgemäß antwortet sie ihm:

„Weil Bruni im Moment kein Pferd dafür hat. Sie hat mir Heinz zum Geburtstag geschenkt." Da lächelt Will, aber nur für den Bruchteil einer Sekunde. Schon wird seine Miene wieder sauer:

„Wie schön für dich", ätzt er, „es gibt nur einen Haken an der Sache." Verwundert fragt sie nach:
„Und der wäre?" Wütend beugt er sich zu ihr hinunter, um sie anzuzischen:
„Du hattest in der letzten Zeit nicht Geburtstag!"
„Woher willst du das wissen?" Staunen und Trotz sprechen aus ihrer Stimme und ihren Augen. Also erläutert er triumphierend:
„Weil der Chef da eine besondere Macke hat. Er gratuliert jedem Pferdebesitzer per Blumenstrauß und Karte. Und auf seinem Schreibtisch liegt der Geburtstagskalender, in den ich nur einen Blick zu werfen brauche und schon fliegt auch dieser Schwindel auf!" Agathas Verärgerung wird größer und ihre Antwort lauter:
„Ich lüge nicht! Warum glaubst du mir nicht?"
„Wer verschenkt schon ein tolles Turnierpferd wie Heinz?" seine eindeutige Gestik macht ihr klar, wie unsinnig er diesen Gedanken findet. Deshalb erläutert sie:
„Er hatte Probleme mit den Beinen."
„Ja, na klar. Noch so eine Ausrede." Agathas Hand trifft zornig die Bettdecke:
„Das ist keine Ausrede. Er ist im Winter krank geworden und kann nun nicht mehr die hohen Belastungen abhalten, die Bruni von ihm verlangt. Sie würde ihn niemals verkaufen, deshalb hat sie ihn mir geschenkt, weil sie weiß, wie sehr ich ihn liebe."
„Du kennst ihn also schon länger." Sein Blick bohrt sich in ihren, doch sie erwidert ihn genauso entschlossen und bestätigt:
„Ja, seit sie ihn als Fohlen gekauft hat."
„Du kennst ihn seit Jahren und weißt des Öfteren nicht, wie er reagieren wird?"
„Ja." antwortet sie energisch und erneut schlägt ihre Hand mit Nachdruck auf das Bett ein.
„Das ist doch schon wieder gelogen!" schimpft Will, richtet sich zu voller Größe auf und stützt die Hände in die Seiten. Auf Agatha wirkte diese Pose allerdings noch nie einschüchternd, auch jetzt nicht.
„Nein, ist es nicht!" wehrt sie laut ab. Sie saß die ganze Zeit mit angezogenen Beinen mitten auf dem Bett. Doch nun kniet sie sich hin, um größer zu sein. Dass sie nur ihre nachtblaue Spitzenunterwäsche trägt, ist momentan völlig nebensächlich für sie. Will versucht diese Tatsache zu ignorieren, schafft es nur nicht so ganz und wird dadurch immer gereizter. Er bemüht sich, nur in ihr Gesicht oder auf einen anderen Punkt im Raum zu schauen, während sie erklärt:

„Ich habe vorher nie auf Heinz gesessen. Bruni hat es mir immerzu angeboten, aber ich wollte nicht."
„Warum nicht?"
„Das ist meine Sache." Agatha wendet das Gesicht ab, doch Will greift nach ihrem Kinn und schaut ihr grimmig in die Augen:
„Sag mir, warum nicht!" Niemals wird sie vor ihm kuschen, weshalb sie ihn zornig anfunkelt, bis er sie loslässt, um dann entschieden abzulehnen:
„Das geht keinen etwas an." Will schüttelt verärgert den Kopf und zuckt ungläubig mit den Schultern. Sein Blick schweift kurz an ihr hinunter und sofort wieder zu ihrem Gesicht zurück:
„Eben war ich versucht, dir zu glauben, da kommst du wieder mit so einem Mist!" Agatha springt auf und geht auf dem Bett zu ihm hin. Seine Sturheit bringt sie aus der Fassung. Ohrfeigen könnte sie ihn, wenn sie nicht so gut erzogen wäre.
„Das ist kein Mist!" sie ist so aufgebracht, dass sie aufpassen muss, nicht zu schreien. Will wird auch wieder lauter:
„Doch! Genau so wie das Märchen, dass du Anfängerin bist."
„Natürlich bin ich es heute wieder! Es sind schließlich zwanzig Jahre vergangen, seit ich das letzte Mal auf einem Pferd gesessen habe." „Aha, da kommen wir der Sache schon näher. Du hast mich also doch belogen." Sie stützt die Hände in die Seiten und zischt ihn an: „Nein, hab ich nicht. Ich habe dir nur nicht alles gesagt!" Er zeigt mit dem Finger auf ihre Brust beim Sprechen:
„Das ist dasselbe wie lügen."
„Falsch!" schnappt sie und schlägt seine Hand beiseite, „Du kannst alles essen, musst aber nicht alles wissen!"
„Ich wollte mit dir essen gehen. Aber mit Lügnerinnen gehe ich weder essen noch ins Bett!"
„Ich lüge nicht!" protestiert sie laut und ballt die Hände zu Fäusten.
„Beweise es!" fordert er leiser, aber nachdrücklich.
„Wie soll ich dir das alles…" sie schreit nun doch, als ihr eine rettende Idee durch den Kopf schießt, „…halt! Auf meinem Schreibtisch steht ein Bild, darauf sind Heinz und Halli mit Bruni und ihrer Familie zu sehen." Sie streckt den rechten Arm aus und zeigt auf die Wohnstube. „Schau es dir an! Du kannst auch mit Bruni telefonieren."
„Ist das genauso ein Trick wie der mit dem Kleid eben?" Jetzt ist es aus mit ihrer guten Kinderstube. Sie holt aus und will ihm eine kräftige Ohrfeige verpassen, damit dieser Sturschädel endlich einsieht, dass er auf dem Holzweg ist. Doch Will reagiert schneller. Er fängt ihre Hand ab und hält sie fest. Ebenso schnell ergreift er ihre andere Hand, die ihn augenblicklich zu attackieren versucht.

Ein enttäuschter Laut dringt aus ihrem Mund und sie beißt wütend die Zähne zusammen.

„Lass das." Er dreht ihr die Arme nach hinten und drückt sie an ihren Po. „Außer du willst doch noch den süßen Hintern versohlt kriegen."

„Trau' dich nicht, du sturer Esel!" warnt sie ihn. Ihre Augen schießen Blitze auf ihn ab, während sie verbissen jedoch erfolglos versucht, seiner Nähe und den Berührungen zu entfliehen.

„Warum nicht? Du bettelst doch geradezu darum und dazu deine Aufmachung."

„Ich komme ja nicht dazu, mich anzuziehen, weil ich mit dir herum diskutieren muss. Geh nachsehen, dann habe ich Zeit, dich von meinem Anblick zu befreien! Mein Schreibtisch steht nebenan, darauf ist das Foto. Es ist ungefähr zwei, drei Jahre alt." Sie sieht zum Anbeißen aus, wenn sie so aufgebracht ist wie jetzt und sie versprüht eine Leidenschaft, die in ihm lustvolle Sehnsucht weckt. Sein Blick wandert langsam von ihren Augen zu ihrem Mund und dann weiter über ihren Hals zu ihrem Busen. Ihr aufgewühlter Atem hebt und senkt ihn eindrucksvoll, was gut zur Geltung kommt, weil sie sich so weit wie möglich von ihm weg beugt. Seine Lippen darauf pressen, Agatha auf das Bett sinken lassen und sie mit allen Sinnen vernaschen, ist seine nächste Idee.

Wundervolle Idee.

Aber im Moment viel zu schön, um wahr zu werden, denn die Sache hat einen Haken. Solange das nicht geklärt ist, gibt es einen Störfaktor, der ihn hindert, mit ihr den Himmel zu erobern. Sein Alarmsystem ist noch nicht völlig abgestellt und so beherrscht er sich, aber seine Stimme klingt ziemlich rau, als er sagt:

„Ich werde ein Esel sein, wenn ich dir glaube."

„Nein, wenn du es nicht tust." Der stumme Kampf ihrer Augen hält an, sie sind auf gleicher Höhe. Ihre Hände klammern sich fest an seine, als er sie an sich presst. Es ist wie ein Reflex, den er nicht unterdrücken kann. Ihr Duft und die Tatsache, dass sie lediglich diese Unterwäsche trägt, die mehr betont als verdeckt, raubt ihm beinahe den Verstand. Ganz nah an ihrem Gesicht sagt er:

„Ich mag Lügen nicht und Frauen, die fremdgehen auch nicht. Immer wenn ich versucht bin, dir zu glauben, tust du etwas, dass dich als Lügnerin entlarvt."

„Da irrst du dich. Ich kann dich nicht belügen. Ich hab es probiert, dass gebe ich zu, aber am Ende konnte ich es nicht."

„Wusste ich's doch! Und was hat dich gehindert?"

„Lass mich los!"

„Erst sagst du es mir!"

„Lass mich los! Du tust mir weh." Sie windet sich, doch er hält sie mit eisernem Griff fest.

„Erst antwortest du mir!" sie fühlt seinen Herzschlag, so sehr presst er sie an seine Brust. Sie spürt, dass er nicht aufgeben wird, deshalb tut sie es und gibt zu:

„Du." sie seufzt, „Ich habe immer das Gefühl, dass du mich durchschaust." Einen langen Augenblick später meint er ernst: „Wenn es nur so wäre, dann wüsste ich, ob du die Wahrheit sagst."

„Dann sieh dir das Foto an und sprich mit Bruni." fordert sie beinahe verzweifelt, „Solange du mir das mit Heinz nicht abnimmst, brauche ich dir den Rest erst gar nicht zu erzählen."

„Was erzählen?"

„Du würdest es nicht verstehen."

„Wie soll ich dir vertrauen, wenn du mir immer nur Bruchstücke hinwirfst?" fragt Will genervt.

„Ich weiß fast nichts von dir. Wieso sollte ich dir von meinem Leben erzählen?" kontert sie. Seine Mimik verrät eine innere Qual, mit der er kämpft:

„Weil ich es wissen will, seit du mir das erste Mal die Tür ins Gesicht geknallt hast." Er lässt ihre Hände los, drückt sie mit einem Arm an sich und schiebt ihr die Finger der anderen Hand in den Nacken. Sein Daumen umfährt ihr Kinn und streicht dann über ihre weichen Lippen. „Da ist so vieles, was ich von dir wissen will. Doch seit mein Freund mir von Heinz und seiner Reiterin berichtete hat, weiß ich, dass du nicht die bist, die zu sein, du vorgibst. Ich muss wissen warum."

„Warum sollte ich eine andere sein?"

„Du bist keineswegs eine Anfängerin. Du erzählst nur sehr wenig oder gar nichts von dir und deinem Pferd. Deine Wohnung ist frisch renoviert, als ob du noch nicht sehr lange hier wohnst. Um nur einiges zu nennen."

„Ich wohne schon etliche Jahre hier und habe alles neu machen lassen, nachdem ich im Frühjahr meinen Exfreund raus geschmissen hatte. Er war in all den Jahren mit mehr Frauen zusammen, als ich mir vermutlich vorstellen kann, während ich treu und brav zu Hause saß. Erst in diesem März erwischte ich ihn in flagranti und setzte ihn sofort vor die Tür. Ich kann es nämlich nicht leiden, einen Mann mit anderen Frauen teilen zu müssen. Und dann kommst du, ausgerechnet du, von dem tolle Weibergeschichten im Umlauf sind und erzählst mir, ich würde fremdgehen und lügen?!" ihr Kopf kippt leicht von einer Seite auf die andere und sie zieht fragend die Augenbrauen hoch, „Warum sollte ich dir vertrauen?" Was sie gesagt hat, erklärt ihm vieles und

sie hat Recht. Auch wenn sein Verstand noch zweifelt, hat sein Herz sich längst entschieden.
Er will sie.
Wann hatte dieses Verlangen so mächtig werden können?
Doch er gehört nicht zu denen, die sich blindlings von Gefühlen leiten lassen. Die Wahrheit tut manchmal weh, doch sie ist wichtig. Ehrlichkeit gehört zu seinen Grundregeln. Die hält er ein. Aber diese Frau fühlt sich so gut an, ihm graut vor dem Moment, wo er sie loslassen muss. Eine Hand drückt sie auf seine Schulter und die andere in seine Seite. Er mag ihre Berührungen.
Dass sich ihre Finger in sein Hemd krallten, merkte Agatha gar nicht. Erst jetzt, als er sich bewegt, fühlt sie, wie der Stoff sich spannt. Seine Finger erforschen ihr Gesicht, streichen über ihr Jochbein zum Ohr und über die Wange zurück zu ihrem Mund. Beinahe liebevoll folgen seine Augen seinem Finger, der zärtlich ihre Lippen umrundet. Agatha bestaunt diese wunderbaren Streicheleinheiten. Sie kann jede Frau verstehen, die dem Reiz dieser ausdrucksstarken, blauen Augen, eingerahmt von dichten blonden Wimpern, erliegt. Sein Blick wandert von ihrem Mund zu ihren Augen zurück, als er sagt:
„Ich schlafe niemals mit verheirateten Frauen und ich mache keiner etwas vor. Jede wusste vorher, dass ich nur Sex wollte. Mehr verlange ich nicht."
„Ich mag keine One-night-stands. Das werde ich für niemanden sein!" das sie es ausgesprochen hat, scheint sie zu aktivieren, „Lass mich los, wenn du mir nicht glaubst!" mit beiden Händen stemmt sie sich von ihm weg. Doch eine seiner Hände drückt ihren Po an ihn und die andere umklammert gnadenlos ihren Rücken. Sie kämpft wie wild, um frei zu kommen, bis er ihre Schulter ebenfalls festhält und ihre Bewegungen abbremst.
„Agatha!"
„Bitte, Will!"
„Agatha, halt still und hör mich an. Ich will nicht nur eine Nacht von dir, aber ich brauche Gewissheit." Sie starrt ihn bewegungslos an. „Ich werde rüber gehen und mir das Bild ansehen und dann unterhalten wir uns. Einverstanden?" Sie kann nur nicken.
Nicht nur eine Nacht?
Hat er eingesehen, dass sie ihn nicht hinters Licht führen will?
Da spürt sie, wie seine Umklammerung sich öffnet. Seine Hände streichen über ihren Rücken zu ihren Armen. Bitte, nicht loslassen, bleib bei mir, bettelt ihr Herz. Doch ihr Verstand sagt: Lass ihn sich Gewissheit verschaffen, dann wird alles gut und er kommt wieder. Agatha schaut Will hinterher, als er den Raum verlässt. Sie hört es

rascheln und klappern, da fällt ihr auf, dass sie sich nun endlich anziehen kann.
Sie steigt vom Bett nimmt ihr Kleid und öffnet den Reißverschluss. Kaum hat sie es übergestreift und wieder geschlossen, klirrt es nebenan laut. Im nächsten Moment kommt Will in den Flur marschiert. Seine Mine verheißt nichts Gutes.
Agatha steht erschrocken in der Schlafzimmertür, als er seine Hand nach der Klinke der Wohnungstür ausstreckt. Nach einem abwertenden Blick auf sie knurrt er böse:
„Lügnerin!" und verschwindet. Die Tür knallt laut hinter ihm ins Schloss und seine Schritte entfernen sich schnell die Treppe hinunter. Dann hört sie die Haustür zufallen.
Er ist weg!
Er ist gegangen?
Ja.
Verwirrt stiert sie die Wohnungstür an. Wortlos verharrt sie auf der Schwelle zum Schlafzimmer, als ob er jeden Moment wieder herein kommen könnte. Agathas Verstand droht ihr den Dienst zu versagen und ihre Knie wollen nachgeben.
Warum? Er konnte sich doch überzeugen. Was hat ihn verscheucht? Und was hat so laut geklirrt?
Dieser Frage nachgehend betritt Agatha ihre Wohnstube. Das Chaos scheint noch größer geworden zu sein. Etliche Papierbögen und Buntpapierblöcke liegen auf und neben dem Schreibtisch. Der Karton mit den verschieden großen Styroporkugeln steht jetzt auf dem Fußboden und hat einen Teil seines Inhaltes unter den Schreibtisch verbreitet. Aber das sind alles keine Dinge, die derartig klirren können! Agatha steht mitten in der Wüstenei und überlegt.
Hat diese Unordnung ihn so verärgert?
Aber wieso hat er sie denn nun schon wieder der Schwindelei bezichtigt?
Ratlos zuckt sie mit den Schultern und schüttelt den Kopf. Am besten sie räumt auf, dann wird sie alles wieder finden, was sie sucht, denn das Foto von Heinz und Bruni kann sie auch nirgends entdecken.
Da stiehlt sich die erste Träne aus ihrem Auge.

** * **

Will drischt erbarmungslos auf den großen Nagel ein, mit dem er die neue Querstange am Koppelzaun befestigt. Noch ein paar

Schläge und die Umzäunungen aller Weiden um den Reitstall herum sind wieder in Ordnung. Diese Arbeit schob er seit einigen Wochen vor sich her, hatte allerdings noch keine Gelegenheit, sie zu erledigen. Heute brauchte er genau so eine Schinderei. Zuerst hatte er mehrere große Hänger voll Heuballen in der Scheune aufgestapelt und dann schleppte er Stundenlang die Holzstangen hin und her. Hier hinten, die Koppelecke an der großen Wiese, war die letzte Aktion.

Der Schweiß läuft ihm in Strömen am Körper hinunter. Er steckt den Hammer in die Schlaufe an seinem Werkzeuggürtel und zieht das T-Shirt aus dem Hosenbund. Damit wischt er sich das Gesicht, den Hals und Nacken ab. Dann klemmt er es wieder hinter den Gürtel. Bis kurz vor Mittag hatte er es noch an, doch später hielt er die Hitze nicht mehr aus. Jetzt schultert er die übrig gebliebene Holzstange und marschiert den Pfad entlang, der zwischen den Koppeln und der großen Wiese in den Wald führt. Will geht in Richtung Wiesenweg. Wenn er in Kürze die Stange und das Werkzeug weggeräumt hat, muss er den Transporter für morgen beladen. Er wird erst am späteren Vormittag mit da Gama losfahren, sein erster Start ist am frühen Nachmittag, der zweite eine Stunde später. Aber er hat es gern, am Abend zuvor alles einzuräumen. Auf diese Art kann er sich vor der Abfahrt um das oder die Pferde kümmern und vergisst nichts.

In Gedanken geht er noch die Liste der nötigen Dinge durch, da erreicht er bereits die Scheune. Alle Tore stehen breit offen, damit Durchzug herrscht.

Als er eintritt, verlässt Agatha die Scheune auf der anderen Seite durch das Tor zum Stall. Sie geht in die Box zu Heinz. Wahrscheinlich ist sie noch nicht fertig mit putzen, denn es ist gar nicht so lange her, dass sie auf dem Wiesenweg vom Dorfeingang her angeschlendert kam. Sie hatte heute die heißen Nachmittagsstunden gemieden und war erst später aufgetaucht. Was macht er nur mit ihr?

Die halbe Nacht lag er grübelnd wach und der kurze Schlaf brachte ihm Träume von ihr. Heute Morgen fühlte er sich ziemlich erledigt. Jedoch beherrscht ihn eine noch größere Unruhe als zuvor. Dieser Zwiespalt zwischen Verstand und Gefühl quält ihn unheimlich. Die Erinnerung daran, wie er sie in den Armen hielt, ist sehr schön. Er will es wieder erleben. Seinen sehnsüchtigen Blick in ihrem Rücken bemerkt sie nicht.

Will trinkt den letzten Rest Wasser aus seiner Flasche und schaut auf die Uhr. Es ist sieben durch und im Hof steigen die anderen Reiter in ihre Autos. Will winkt dem letzten zum Abschied. Als der

umdreht und auf die Straße hinaus rollt, überquert Will den Hof, schließt die große Fahrzeughalle auf und öffnet den Pferdetransporter. Dann macht er sich ans Packen. Eine halbe Stunde später ist alles korrekt verstaut und er schließt die Halle wieder ab. Auf dem Hof herrscht gähnende Leere. Außer Agathas Offroader und seinem Fahrrad steht nichts mehr da.
Will betritt den Stall und biegt um die Ecke in die Sattelkammer. Agathas Spind ist immer noch offen, ihr Putzzeug fehlt. Sie wird hoffentlich bald fertig sein. Spätestens wenn er geduscht hat, schließt er den Stall zu. Mit einem geübten Handgriff schnallt er sich den Werkzeuggürtel ab und langt nach seinem Handy. Doch die kleine Tasche dafür ist leer.
Verflucht, das kann doch nicht sein!
Hat er es verlo...?
Nein, beiseite gelegt, zusammen mit der Schachtel Nägel, die er als Reserve mitnahm. Die beiden Dinge müssten am Grabenrand neben dem Koppelzaun liegen.
Verflixt!
Aber nicht zu ändern. Also los. Es ist ärgerliche Zeitverschwendung, doch besser so, als verloren gegangen. Vielleicht hat es sein Gutes und Heinz ist sauber, wenn er wiederkommt. Vergnatzt schließt er seinen Spind und marschiert aus dem Stall. Im Hof besteigt er sein Fahrrad und radelt los. Die Sommerhitze ist immer noch drückend. Es treibt ihm den Schweiß aus allen Poren. Die Sonne prasselt auch jetzt in den Abendstunden noch gnadenlos vom blauen wolkenlosen Himmel.
Im Stall sammelt Agatha ihr Putzzeug zusammen. Heinz glänzt wie immer. Mit dem Handrücken wischt sie sich über die schweißnasse Stirn. Waren eben Wills Schritte in der Stallgasse zu hören? Da es bereits sehr spät ist, wird sie sich mit dem Aufräumen beeilen, um ihn nicht zu verärgern. Sie muss schließlich noch mit ihm reden. Dazu hatte sie sich in der letzten Nacht durchgerungen.
Nach dem Ordnen der Wohnstube war sie mit ihrer Grübelei über Will und das Foto kein Stückchen weiter gekommen. Nur eins wusste sie dann, sie kann ihr Problem wahrscheinlich nur lösen, wenn sie Abstand zu ihm gewinnt, denn er vertraut ihr nicht. Nach der Sache mit dem Foto hegt sie nun ihrerseits Bedenken, ob sie Will wirklich trauen kann. Würde er alles machen und versprechen, um eine Frau ins Bett zu kriegen? Den Gerüchten nach, braucht er nie eine zu überreden, denn die Damenwelt steht Schlange bei ihm. Die meisten Frauen verheimlichen eine Affäre mit ihm nicht, sondern erzählen freimütig davon, wie von einer Heldentat.

Agatha surfte gestern Abend noch durchs Internet und fand zwei andere Einstellmöglichkeiten für Heinz in der Nähe der Stadt. Heute Vormittag hatte sie sich die Ställe angesehen und für nächste Woche Termine mit den zuständigen Leuten ausgemacht. Sollten ihr die Modalitäten in einem der beiden Ställe gefallen, wird sie ab Juli hier weg sein. Erst bei Bruni und dann in dem neuen Domizil. Doch bevor sie Will davon unterrichtet, dass sie seinen Stall verlassen und seine Reitstunden absetzen wird, muss sie versuchen, ihr Foto zurück zu bekommen. Sie kann nicht sagen, ob er das Bild in der Hand hatte, als er aus der Wohnung stürmte, deswegen wird sie mit ihm sprechen müssen.

Die Verabschiedung von Heinz fällt heute recht kurz aus. Als Agatha alles aufgeräumt hat, ist kein Mensch mehr da. Enttäuscht schließt sie den Stall ab. Nur ihr Auto ist hier. Wills Fahrrad ist auch weg. Na gut, dann wird sie versuchen, morgen mit ihm zu reden. Auf den einen Tag kommt es nun auch nicht mehr an.

Auf dem Weg ins Sozialgebäude bleibt sie abrupt stehen. In ihrer Hosentasche vibriert es. Sie holt ihr Handy hervor und schaut auf das Display. Staunend drückt sie die Tasten und liest die Nachricht mehrfach durch.

Es ist wirklich wahr.

Sie sind hier!

Lachend schaut Agatha auf die Uhr. Sofort verfällt sie in Hektik. Wenn sie sich beeilt und gleich von hier aus losfährt, schafft sie es locker.

Hurra! Ihre Eltern sind in der Nähe und wollen sie sehen.

Mit Vorfreude im Herzen wie zu Weihnachten stürmt sie in die Umkleide und reißt ihren Schrank auf. Zum Glück hat sie von Pfingsten noch das Kleid hier hängen und die passenden Sandaletten. Flink entledigt sie sich ihrer durchgeschwitzten Kleidung und geht mit ihrem Kulturbeutel in der Hand in eine Duschkabine. Sie dreht den Wasserhahn auf und fängt an, sich die Zähne zu putzen. Immer wieder hält sie die Hand unter den Duschstrahl, doch das Wasser bleibt eiskalt. Ausgerechnet heute muss so was passieren.

Was macht sie nun?

Nur kalt duschen, kann sie selbst bei dieser Sommerhitze nicht. Und keiner ist da, der ihr helfen könnte.

Keiner ist da!

Prima Idee.

Sie dreht die Dusche ab, spült sich den Mund am Waschbecken aus und flitzt zu ihrem Schrank zurück. Dort wickelt sie sich in ihr Badetuch, klemmt den Kulturbeutel und die Sandalen unter den

Arm, nimmt das Kleid und die Unterwäsche in die Hand und huscht hinaus auf den Flur. Sie lauscht an der Tür, doch es ist kein Geräusch zu vernehmen.
Hör auf, hier Zeit zu verschwenden, Mädchen!
Du könntest lange fertig sein, außer dir sind alle gegangen. Entschlossen betritt sie den Männerumkleideraum und geht in eine Duschkabine. Sie schließt die Tür hinter sich. Ehe sie ihr Zeug ablegt, dreht sie die Dusche auf. Gar nicht lange, und warmes Wasser strömt über ihre Hand. Erfreut legt sie ihre Sachen auf den Hocker, hängt das Handtuch an einen Haken und stellt sich unter den breiten Wasserstrahl. Das warme Nass tut gut. Sie seift sich ein und wäscht sich gründlich die Haare. In der dreiviertel Stunde, die sie bis zum Treffpunkt mit ihren Eltern fahren wird, werden ihre Haare bestimmt trocknen. Die Frisur wird ziemlich ungewollt aussehen, doch das ist ihr egal. Sie hält den Kopf unter den breiten Duschstrahl und das Wasser rauscht in ihren Ohren. Immer wieder dreht sie sich herum und spült sich gründlich ab.
Plötzlich bemerkt sie, dass in der Kabine nebenan ebenfalls Wasser läuft. Der Schreck fährt ihr in die Glieder.
Wer könnte das denn sein?
Eilig dreht sie das Wasser zu und trocknet sich ab. Mit fliegenden Fingern besprüht sie sich mit Deo und Parfüm und kramt ihre Unterwäsche hervor. Kaum hat sie die angezogen, wird nebenan die Dusche abgedreht. Sie schnappt sich ihr Kleid, das luftig elegant geschnitten und mit einem ziemlich tiefen Ausschnitt versehen ist und schlüpft hinein. Während sie es runter zieht, springt sie in ihre Sandaletten. Dann stopft sie in Windeseile die Kleinigkeiten in ihre Kulturtasche, nimmt ihr Handtuch und verlässt die Duschkabine. Hoffentlich schafft sie es, unerkannt aus dem Umkleideraum zu kommen. Die Situation ist sowieso peinlich und für lange Diskussionen hat sie keine Zeit.
Sie ist erst einen Schritt weit gekommen, als hinter ihr die andere Duschkabine aufgeht und Will sagt:
„Ich wusste doch, dass ich den Duft kenne." Er folgt ihr mit großen Schritten, fasst sie am Arm und dreht sie zu sich herum. „Gestern hat deine Wohnung danach gerochen. Und du." Die Flasche mit seinem Duschgel stellt er hinter Agatha auf das Fensterbrett. Dann nimmt er ihr die Kulturtasche samt Badetuch ab und verfrachtet sie daneben.
Agatha ist wie paralysiert. Sie kann sich nicht mehr eigenständig regen. Unverwandt schaut er ihr in die Augen, schiebt sie nach hinten an die Wand neben dem Fenster und stellt sich auf Tuchfühlung vor sie.

„Was machst du hier?"
„Ich habe geduscht. Drüben läuft nur kaltes Wasser."
„Du hättest es mir sagen können."
„Ich dachte, du bist nicht mehr da."
„Deshalb hast du den Stall zugeschlossen."
„Ja." Agatha muss schlucken, denn Will hat nur ein Handtuch um die Hüften geschlungen. Seine nackte Haut wirkt einladend auf sie und sein Haar ist vom Abtrocknen verwuschelt. Sein Duft löst ein Verlangen aus, dass ihren ganzen Körper durchströmt. Ihre Stimme klingt komisch, als sie sagt:
„Ich wollte dich noch etwas fragen, Will."
„Was?" Seine Hände streicheln langsam über ihre Arme immer auf und ab, während seine Augen von ihrer Stirn bis zur tiefsten Spitze ihres Ausschnitts auf ihrem Körper entlang spazieren. Sie scheinen eine lodernde Spur zu hinterlassen. Agatha fällt es nicht leicht, ihre Frage zu stellen:
„Warum bist du gestern Abend weggegangen und was hast du mit meinem Bild gemacht?"
„Ich habe nichts mit deinem Bild gemacht, weil ich es nirgends gefunden habe!"
„Was? Aber es stand doch immer auf dem Schreibtisch?"
„Da war kein Bild und ich war sehr sauer, weil du schon wieder geschwindelt hast."
„Habe ich nicht, Will. Dieses Foto hüte ich wie einen Schatz. Warum sollte ich deswegen schwindeln? Es ist weg und ich hatte gehofft, dass ich es wieder bekomme."
„Ich habe kein Foto von Heinz gesehen!"
„Warum hast du mich dann nicht Bruni anrufen lassen?"
„In der Sache bin ich auch sehr skeptisch. Obwohl ich fast geneigt bin, dir zu glauben." Er tritt so nah wie möglich an sie heran. Der Stoff ihres Kleides schmiegt sich genauso an seine Haut, wie an ihre und ist nur eine dünne Barriere zwischen ihren Leibern. Das ist ihm bewusst und regt ihn auf. Am liebsten würde er ihr das Kleid mit den Zähnen ausziehen und alles mit den Lippen erkunden, was er freilegt. Seine Hände wandern zu ihrem Po und von dort langsam kreisend an ihren Seiten hinauf. Sein glühender Blick ruht auf ihren Lippen. Sie hat das Gefühl, ihr Mund steht in Flammen. Sie möchte ihn küssen. Wider allen Vorsätzen und Erfahrungen schreit ihr Herz nach ihm. Aber er vertraut ihr nicht und ist ein Weiberheld. Trotzdem hat sie die Hände auf seine Oberarme gelegt. Seine Haut fühlt sich wunderbar an und die Erotik seiner Berührungen droht sie zu überfluten. Verzweifelt standhaft bleibend, fragt sie:

„Was kann ich tun, um dich zu überzeugen?"
„Mir die Wahrheit erzählen."
„Warum soll ich mich vor dir rechtfertigen?" ihre Zungenspitze huscht über ihre Lippen und sie presst sie kurz zusammen. „Ich belüge dich nicht, gehe nicht fremd und für die Verrückten, die mir nachstellen, kann ich nichts. Wenn du mir nicht glaubst, ist es dein Problem. Aber eventuell gefällt mir auch einiges nicht, was du tust, weswegen ich nicht mit dir essen oder ins Bett gehen würde." Die Botschaft dringt zwar in sein Gehirn ein, aber ihre Zunge, die erneut über ihre Lippen huscht, ist sehr viel interessanter.
Warum sollte er sie nicht küssen?
Nur ein Kuss, nichts weiter. Daran werden seine Regeln nicht zerbrechen und außerdem hat er jetzt keinen Platz mehr im Kopf für andere Gedanken, als den, sie zu küssen.
Er senkt seinen Mund auf ihren und berührt ihn leicht. Zärtlich streift er ihre Lippen, dann noch einmal. Sie hebt das Kinn, seufzt und öffnet ein wenig ihren Mund:
„Will?" Seine Hände umfassen ihre Seiten auf Brusthöhe und seine Daumen streicheln sanft die Unterseiten ihrer Brüste. Agatha stockt der Atem, trotzdem versucht sie es weiter.
„Hmm?" murmelt er und küsst ihren Mundwinkel.
„Will, bitte..." Agatha hat keine Chance mehr, etwas zu sagen, denn Will versiegelt ihre Lippen mit einem leidenschaftlichen Kuss. Sie ergibt sich einfach. Dagegen anzukämpfen, wäre sinnlos, denn er schenkt ihr das, was sie will. Sie schließt die Augen und versinkt in seinem Zauber. Ihre Hände tasten sich über seine kräftigen, breiten Schultern in seinen Nacken, sein Haar. Seine Zunge neckt die ihre, streichelt, spielt und lockt. Er vereinnahmt ihren Mund, lässt nicht eine Stelle unberührt, die er erreichen kann. Lange, bis zur Atemlosigkeit treibt er sie, erwidert jeden ihrer lustvollen Laute aus tiefster Seele. Verliert sich völlig in Zeit und Raum.
Ihn spüren, erleben, schmecken ist alles, wozu sie in der Lage ist. Keuchend holt sie Luft, als er ihre Lippen langsam freigibt. Er bedeckt ihre Augen mit Küssen, da schleicht sich ihr Verstand wieder an und erinnert sie daran, dass sie keine Zeit hat, weil ihre Eltern auf sie warten. Wer weiß, wann und ob sie sie je wieder zu Gesicht bekommt. Will wird hoffentlich noch da sein, wenn sie zurückkehrt. Sein Mund legt eine Spur aus heißen Küssen auf die Seite ihres Halses, wobei sie jede Berührung bis tief in ihre Mitte spürt. Sie begehrt ihn so sehr, dass es sie enorme Kraft kostet zu sprechen:
„Will, sie warten auf mich." wispert sie heiser.
„Wer?" fragt er zwischen zwei Küssen.

„Meine Familie." Seine Liebkosungen hören sofort auf. Er sieht sie wortlos an. „Ich sehe sie in letzter Zeit immer seltener. Lass mich gehen. Bitte!"
Ihre Worte hallen in seinem Kopf nach wie ein Donnerschlag.
Ihre Augen betteln um Verzeihung und dringen tief in seine Seele ein. Hat sie überhaupt eine Ahnung, was sie ihm gerade antut? Ihre Hände sind auf seine Brust gerutscht und verursachen irre gute Gefühle. Ihr Mund lädt ihn ein, da weiter zu machen, wo er eben aufhörte. Er will sie behalten, für sich haben, niemals wieder gehen lassen müssen und auf gar keinen Fall mit jemandem teilen! Aber sie will gehen.
Wenn er sie nicht mal mit diesem Gefühl halten kann, dass sie ihm in gleicher Stärke entgegenbrachte, womit dann?
„Bleib bei mir, Agatha!"
„Will, bitte, ich kann nicht. Ich liebe sie doch." Eine Träne kullert über ihre Wange. Er wischt sie mit der Hand weg und tritt schweren Herzens zurück.
Sie stößt sich von der Fliesenwand ab, nimmt ihr Zeug vom Fensterbrett und wendet sich zur Tür. Doch dann dreht sie um, haucht ihm einen zärtlichen Kuss auf die Schulter und flüstert:
„Ich komme wieder, wenn ich darf." Dabei sieht sie ihn mit traurigen Augen an. Noch einmal drückt sie ihre Lippen auf seine Haut, wispert „Tschüss!" und weg ist sie.
Minuten später steht Will immer noch am gleichen Fleck und versucht seinen Frust und seine Enttäuschung erfolglos niederzukämpfen. Von draußen hört er ihren Offroader vom Hof rollen.
Sie fährt zu ihrer Familie. Sie hat also doch noch jemanden, von dem sie ihm nichts erzählt hat und den sie sehr liebt. Mehr als ihn. Die Erkenntnis, dass er von ihr geliebt werden will, bereitet erneut Schmerzen. Er kann sie nicht dazu zwingen, sie muss es von sich aus tun und jetzt ist sie auf dem Weg zu ihrer Familie.
Eltern?
Geschwister?
Kinder?
Ein Exmann?
Ein Mann? Will wird immer wütender, umso länger er darüber nachdenkt. Er wird sie mit keinem anderen Mann teilen! Sollte sie das anders sehen, kann sie ihm gestohlen bleiben. Rasend vor Wut und Eifersucht flucht er laut. Dann greift er sich das Duschgel und geht auf die Tür zu. Da erlaubt sich seine Phantasie einen grausamen Streich und schickt ihm Bilder von Agatha in den Armen eines anderen Mannes. Zornig wirbelt Will herum. Mit aller Kraft

schleudert er die Flasche an die Wand hinter der letzten Dusche. Sie trifft mit einem lauten Klatschen auf und verteilt ihren Inhalt im halben Duschraum.
„Mist!" keucht er, die Fäuste in die Seiten gestemmt, „Aber das musste sein." Ärgerlich vor sich hin schimpfend, schlägt er noch einmal wütend mit der Faust gegen den Türrahmen und beginnt dann, die Schweinerei wegzuspülen.
Er ist beinahe fertig, als er ein Auto hört. Abrupt dreht er sich um, damit er zum Fenster hinaus in den Hof sehen kann, doch da ist nichts. Das Geräusch kommt von der Straße.
Er merkt, wie sehr es ihm etwas ausmacht, dass sie es nicht war, die zu ihm zurück kehrt und wendet sich schleunigst wieder seiner Tätigkeit zu.
Allerdings zu schnell.
Auf dem letzten Rest Duschgel rutscht er aus und stürzt.

** * **

Es hat keinen Zweck. Sie kann nicht mehr schlafen. Alle Viere von sich gestreckt liegt Agatha auf ihrem Bett und starrt die Decke an. Im ersten Tageslicht verblassen die roten Zahlen, die ihr Wecker an die Tapete projiziert. Es ist lange noch nicht vier Uhr morgens. Der Zipfel eines Bettbezuges bedeckt nur ihre Mitte und auch das erscheint ihr wie eine schwere Matte. Das Fenster steht breit offen, so wie alle anderen in ihrer Wohnung auch. Doch die Luft steht. Kaum ein Lüftchen regt sich. Von draußen kommt mehr Hitze als Abkühlung herein. Die Wände der Wohnblocks verwandeln sich im Sommer in wahre Thermoakkus. Selbst nachts sinken die Temperaturen seit Tagen nicht unter 15°C und sobald die Sonne aufgeht steigen sie unaufhaltsam auf das Doppelte und mehr. Auch gestern am späten Abend zeigte das Thermometer noch 27°C an. Wenn es nicht die Anzeige im Auto sondern das Thermometer am Küchenfenster gewesen wäre, hätte sie darauf getippt, dass die aufgeheizte Hauswand dafür gesorgt hätte. Aber so musste es wahr sein.
Gestern Abend kam ihr die Hitze sehr gelegen. Sie brauchte einen Vorwand, um ihren Eltern ihre geröteten Wangen und die verquollenen Augen erklären zu können. Sie täuschte einen Anfall von Heuschnupfen vor, den sie im Sommer manchmal bekommt. Denn ihre Tränen konnte sie lange nicht eindämmen.

Nachdem sie Will nur sehr widerwillig verlassen hatte, war sie zu ihrem Schrank gerannt, um die Kulturtasche hineinzuwerfen und ihre Handtasche heraus zu holen. Dann hatte sie abgeschlossen und war eilig zu ihrem Wagen geflitzt. Wie sie die ersten Kilometer überwunden hatte, ohne umzudrehen und zu ihm zurück zu rasen, kann sie gar nicht sagen.
Sie kämpfte schwer mit sich.
Die Versuchung war beinahe übermächtig, bis sie plötzlich bemerkte, dass sie in die falsche Richtung fuhr. Sie bog ab und konzentrierte sich mit Macht auf das, was sie vorhatte, nämlich ihre Eltern zu treffen.
Doch immer wieder schoben sich Fragen dazwischen: Wieso hat er das Bild nicht gesehen und was soll damit geschehen sein? Wo ist es? Kann sie ihm glauben? Wieso hat er sie gestern Abend in ihrem Schlafzimmer nicht geküsst, aber heute in der Dusche? Hat er gedacht, dass Bruni ihn belügen würde, wenn er mit ihr telefoniert? Warum mussten ihre Eltern ausgerechnet an dem Tag in Deutschland zwischenlanden, wo sie die Zeit für Will gebraucht hätte. Hätte sie ihren Eltern absagen können, um bei ihm zu bleiben? Wird sie ihn wieder sehen dürfen? Was wird geschehen, wenn sie Will das nächste Mal begegnet? Darf sie ihn wieder küssen? Bitte!
Es war das schönste, dass ihr je mit einem Mann passiert ist. Er hat ihr den Verstand geraubt, ihr klar gemacht, dass sie die besten Seiten des Lebens noch gar nicht kennt. Das erregte Kribbeln spürt sie sofort wieder auf ihren Lippen, wenn sie nur darüber nachdenkt. Bei der Vorstellung, dass sie wieder so nah vor ihm steht, breitet sich das Kribbeln auf ihren gesamten Körper aus. Er setzt sie in Flammen, wenn er sie nur ansieht. Wie muss es dann erst sein, wenn er ihre nackte Haut berührt? Ein wohliger Schauer läuft über sie. Sie dreht sich auf den Bauch und versucht von ihm zu träumen. Hoffentlich darf sie ihn wieder sehen, sonst muss sie so schnell wie möglich seinem Bannkreis entfliehen.
Die Möglichkeit dazu hat ihr Bruni gestern eingeräumt. Agatha war gerade damit fertig, Heinz nach dem Spaziergang abzuwaschen, als ihr Telefon klingelte. Bruni rief an, weil sie sie auf ein paar Wochen Urlaub samt Heinz einladen wollte. Sie hatte Sehnsucht nach ihrem Liebling und ging davon aus, dass Agatha noch keinen Urlaub geplant hatte. Während des Gesprächs schaffte Agatha Heinz in seine Box, damit er etwas abtrocknen konnte, bevor sie ihn putzt. Inzwischen ging sie in die Scheune, um ungestört telefonieren zu können, denn im Stall herrschte reger Betrieb. Auf einem Stapel Heuballen hockend berichtete sie Bruni von ihren Ausritten und

Spaziergängen mit Heinz. Sie hatte nicht auf die Uhr geschaut, aber das Telefonat dauerte sicher eine viertel Stunde, wahrscheinlich mehr. Zum Schluss musste sie Bruni versprechen, im Juli mindestens zwei Wochen mit Heinz bei ihr zu verbringen. Da Brunis Überredungskunst legendär ist, schaffte sie es natürlich, Agatha dieses Versprechen abzuringen und gleich einen Termin festzumachen.
Am Montag wird Agatha deshalb ihren Urlaub im Dienstplan fest eintragen lassen. Wegen des Reisetermins mit Großmama muss sie ihn sowieso um eine Woche verschieben. Und die Termine in den anderen Pferdeställen wird sie absagen müssen.
Bis gestern Abend wusste sie noch nichts von ihrem Glück. Das hatten ihre Eltern wieder einmal so arrangiert. Nach einer herzlichen Begrüßung und vielen Geschichten über ihre Arbeit sowie Berichten von Agathas Erlebnissen bei einem köstlichen Essen, verrieten sie ihr, dass sie den Zwischenstopp in Deutschland für ein Wiedersehen nutzen wollten, weil sie zu Agathas Geburtstag in ein paar Wochen nicht da sein werden. Zu der Zeit berichten sie über eine Forschungsreise in Südostasien, die in einigen Tagen starten soll. Deshalb wollten sie noch in der Nacht die nächste Maschine nach Hongkong besteigen. Ihre Sachen waren bereits auf dem richtigen Flughafen hinterlegt. Agatha blieben nicht einmal drei Stunden für diese Begegnung.
Dann rückten sie mit ihrer Geburtstagsüberraschung raus. Zum einen haben sie ihr einen Zahlungsbeleg überreicht, der beweist, dass die Standgebühr für Heinz in Wills Reitstall bis zum Ende des nächsten Jahres bezahlt ist und zum anderen gaben sie ihr einen Umschlag mit Reiseunterlagen. Für Großmama und sie ist eine Irlandreise gebucht, die sie im Juli antreten werden. Agatha wusste nicht, was sie mit diesem Überfall anfangen sollte. Höflich bedankte sie sich, bemüht, Freude auszudrücken und versprach, die Reise auch wirklich mitzumachen. Ihre Eltern deuteten an, dass sie damit verhindern wollen, dass Agatha und Großmama hier in diesem Nest, wie sie es nannten, versauern.
Heute Mittag, wenn sie bei Großmama zum Essen ist, wird Agatha mit ihr darüber reden. Mal sehen, was die davon hält. Denn es ist durchaus möglich, dass sie überhaupt keine Ahnung davon hat. Doch die Reisezeit und die Zeit bei Bruni bedeutet auch, dass sie nicht in Wills Nähe sein wird. Positiv denken! Sie sollte die Zeit nutzen, um sich klar zu werden, ob sie diesen Mann so ertragen kann, wie er zu sein scheint, oder nicht.
Er hat die gleiche Chance.

Vielleicht deutet sich in den drei Wochen bis dahin schon eine Entscheidung an. Zumindest haben ihre Eltern in einer Sache völlig Recht: sie ist urlaubsreif. Großmama wird so eine Reise auch gut tun. Sie kann sich ruhig den Luxus gönnen und sich zwölf Tage bedienen lassen. Die Reise ist kein Billigangebot und mit etlichen Annehmlichkeiten versehen. Dazu fand Agatha noch tausend Euro in bar bei den Unterlagen. Viel lieber hätte sie das alles gegen mehr Zeit mit ihren Eltern eingetauscht, doch so lange sie zurückdenken kann, sind die beiden unterwegs. Ihre Großeltern waren immer für Agatha da, ihr hat es nie an Liebe gefehlt, nur an der Anwesenheit ihrer Eltern. Sie ist beinahe wie eine Waise oder ein adoptiertes Kind. Doch sie kann sich nicht beklagen. Im Vergleich geht es ihr sehr gut. Also sollte sie nach vorn schauen und das Beste daraus machen.
Tu's einfach, du wirst das richtige tun!
Diesen Satz hatte ihr Großmama öfter gesagt und meistens Recht gehabt. Warum sollte es jetzt nicht so sein?
Das Richtige tun.
Das Richtige mit Will tun.
Hmm, ein sehr erregender Gedanke. Sie schließt wieder die Augen und sieht ihn ganz nah vor sich, spürt seine Lippen, seine Hände... der Traum wird immer reizvoller. Plötzlich reißt sie der Wecker aus dem Schlaf.
Wieso klingelt der heute Morgen?
Es ist doch Sonntag. Schweißgebadet liegt sie quer über ihrem Bett, total in den Bettbezug verfitzt. Jetzt weiß sie auch wieder, warum sie so zeitig aufstehen wollte. Sie will so früh wie möglich mit Heinz einen Geländeritt machen. So wird sie pünktlich zum Mittagessen bei Großmama sein und Heinz entgeht im etwas kühleren Stall der Mittagshitze. Agatha wickelt sich aus der Zudecke und wirft das verschwitzte Teil samt Bettlaken in die Waschmaschine. Dann macht sie die Kaffeemaschine an und geht ins Bad duschen. Nach dem Frühstück räumt sie alles auf, schließt sämtliche Fenster, Rollos und Vorhänge, schnappt sich ihre Tasche mit den Wechselsachen und verlässt die Wohnung.
Kurz vor sieben an einem Sonntagmorgen ist weder im Haus noch auf der Straße etwas los. Still und leise trabt sie die Treppe runter. Als sie durch die Haustür getreten ist, fasst sie diese an der Klinke an, um zu verhindern, dass sie laut ins Schloss knallt. Ein leises metallisches Klicken verrät, dass das Schloss eingerastet ist. Agatha dreht sich um und steht keine Armlänge entfernt vor ihrem Nachbarn. Erschrocken tritt sie zurück, kommt aber nicht weit, denn die Tür hinter ihr ist zu. Sein diabolisches Grinsen verrät ihr,

dass er sich an ihrem Schrecken weidet. Unter seinem Bierbauch klemmen die abgewetzten Shorts in einem ausgeblichenen Farbmix, die er schon so lange trägt, wie sie ihn kennt. Außer denen hat er nur noch Latschen an. Die Zigarettenschachtel beult die rechte Hosentasche aus. Schweißperlen zieren seine fliehende Stirn, an der einige Strähnen seines dünnen Haares kleben, das nur spärlich seinen Kopf besiedelt.
Wie kann man am frühen morgen dermaßen verschwitzt riechen? Agatha steigt der Ekel in der Kehle hoch. Seine gelben Zähne fletschend, sagt er:
„Na, Süße? Was treibt dich denn so früh raus? Besuchst wohl heute deinen Stecher? Welcher ist dran? Der Große oder der mit der Göre? Wenn du dich nicht entscheiden kannst, klingelste einfach bei mir." Er lacht und blafft ihr den nächsten Schwall nach Zigarette stinkenden Atem ins Gesicht, das ihr schlecht wird. „Du kannst auch gleich mit hoch kommen, da brauchste gar nicht erst weit zu fahren. Wenn du so scharf bist, wie du aussiehst, biste bei mir richtig. Ist das ein verlockendes Angebot, Süße, oder was?"
„Danke, nein!" wehrt sie ab und ehe er sie anfassen kann, gleitet sie zur Seite weg, wobei sie die Tasche als Puffer und Schutzschild benutzt.
Eiligst rennt sie die Straße hinunter zu ihrem Auto. Von weitem öffnet sie es, wirft die Tasche auf den Beifahrersitz und springt hinein. Die Tür sofort hinter sich schließend, betätigt sie die Zentralverriegelung. Gehetzt atmend schaut sie in den Spiegel.
Ihr Nachbar ist nirgends zu sehen.
Warum sie eben so sehr in Panik geraten war, ist ihr nicht ganz klar. Sie schiebt es auf den wenigen Schlaf. Den Motor startend kontrolliert sie den Verkehr. Er ist praktisch nicht vorhanden. Außer ihr ist keiner unterwegs. So kann sie auf dem Weg zum Reitstall sämtliche Zwischenfälle mit ihrem Nachbarn Revue passieren lassen.
Eine makabre Show.
Sie kommt zu dem Schluss, dass sie die Wohnung kündigen wird. Der kurze Arbeitsweg wiegt diese ganzen Unannehmlichkeiten auf keinen Fall auf. Beim Mittagessen ist die beste Gelegenheit, mit Großmama einen Plan zu schmieden. Genau das wird sie tun.
Minuten später parkt sie auf dem Hof des Reitstalls und geht sich umziehen. Als sie den Stall betritt, ist Ralf grade fertig mit füttern. Sie begrüßt ihn und die Pferde, bevor sie Heinz putzt. Als sie sich ihr Sattelzeug holt, sind noch mehr Reiter da, um die Morgenstunden auszunutzen. Die meisten wollen an den Teich

oder in der Halle bleiben. Agatha ist die einzige, die Richtung Bahndamm reiten wird.
Während sie den Sattelgurt festzieht, kommt Ralf mit da Gama vorbei. Er schafft den Wallach auf eine Koppel. Wenig später setzt sie sich die Reitkappe auf und will Heinz aus der Box führen, da kommt Ralf mit Pepe anmarschiert. Power Point sieht aus, als wäre er gestern unter dem Sattel gegangen.
Doch das ist er nicht.
Will hatte ihn den ganzen Tag auf eine Weide am Waldrand gebracht und kurz vorm Füttern abends wieder rein gestellt. Genau wie da Gama. Die beiden waren gestern, als Agatha den Stall abschloss, absolut sauber.
„Wo bringst du ihn hin?" fragt sie und Ralf bleibt mit Pepe stehen.
„Auf die Koppel neben Voice und da Gama. Wenn Will dann mit dem Großen wegfährt, stellt er Pepe zu Voice. Der Große verdrischt nämlich jeden, der mit ihm und der Stute auf einer Weide steht. Selbst den hier." Ralf tätschelt Pepes Hals und streichelt seinen Kopf, während er grinst und meint: „Wie der Reiter so das Pferd, bei den Damen beliebt."
„Wann fährt denn Will los?"
„Gegen zehn, halb elf glaub ich. Er fährt heute nicht lange und sein erster Start ist, glaub ich, kurz nach zwei." Er schaut auf die Uhr, „Wenn du aus dem Gelände zurück bist, wird er vermutlich noch da sein."
„Okay, danke, Ralf."
„Hals und Beinbruch, Agatha. Pass an der Bahn gut auf!"
„Danke, mach ich." Ralf marschiert zum hinteren Stalltor, das auf die Weiden und Reitplätze führt. PePe trottet treu und brav hinter ihm her. Agatha fährt mit einem Arm durch den Zügel, streift sich die Reithandschuhe über und geht dabei zum Hoftor. Draußen steigt sie in den Sattel und lenkt Heinz nach rechts auf den Wiesenweg. Hinter den Koppeln trabt sie über die große Wiese, auf der kein Heu mehr liegt, lässt den Wallach über den Graben gehen und nutzt im Wald dann die kleinen verwachsenen Wege und Brandschneisen, um wieder zu traben oder zwischendurch ein Stückchen zu galoppieren.
Dieser Sonntagmorgen ist wirklich schön. Ruhig und locker stapft Heinz vorwärts. Vermutlich ist er froh, dass sie sich endlich von ihm tragen lässt und er nicht immer in diesem Schleichertempo neben ihr her latschen muss. Agatha genießt es einfach, atmet die noch frisch riechende Luft ein und freut sich über ihre Zweisamkeit mit Heinz. Der schnaubt ab und ist sehr aufmerksam. Spricht sie mit

ihm, antwortet er ihr mit dem Spiel seiner Ohren. Sie weiß, dass er sie versteht und sie lobt ihn dafür.
Schneller als gedacht, erreichen sie den Bahnübergang. Die Schranken sind offen. Agatha reitet schnurstracks darauf zu. Soweit ihr bekannt ist, führen diese Gleise nach Polen. Hier fahren selten Personenzüge, viel öfter Güterzüge. Ehe sie so einem begegnet, überquert sie eilig die Schienen und wendet sich dahinter nach rechts.
Plötzlich bekommt sie Lust, die Hindernisstrecke zu absolvieren. Will hatte Recht mit seiner Einschätzung. Auch wenn sie sich nur sehr kurz darüber unterhalten hatten, war Agatha nicht entgangen, dass Will sie mit Adleraugen beobachtet hatte. Heinz hatte sich beim ersten Mal in dem natürlichen Parcours wahrlich gut geschlagen. Den Spaß wird sie ihm heute erneut gönnen. Sie reitet auf die Büsche zu und um diese herum.
Abrupt hält sie an.
Vor ihr steht Wills Auto.
Heinz Nase befindet sich über dem Kofferraum. Agatha lauscht verwundert. Es ist nichts zu hören. Was macht er denn hier im Wald um diese Zeit? Die dunkel getönten, hinteren Scheiben lassen von ihrer Position aus keinen Blick in das Wageninnere zu. Deshalb reitet Agatha auf der Beifahrerseite um das Auto herum zur Vorderfront, weil dort mehr Platz ist. Ein kurzer Blick von oben durch die Scheibe der Beifahrertür zeigt ihr ein nacktes Bein und ein Stück Rock. Im Zwielicht hier unter den hohen Kiefern kann sie gar nicht gleich sagen, was ihr an diesem Anblick spanisch vorkommt. Auf alle Fälle sitzt eine Frau im Wagen!
Wellen giftiger Eifersucht erfassen sie und machen sie augenblicklich wütend. Gestern Abend sollte sie unbedingt bei ihm bleiben und kaum ist sie weg, tröstet er sich mit einer anderen.
Der Kerl ist auch nicht besser als Ronny!
Sie kommt vom Regen in die Traufe, wenn sie sich mit ihm einlässt.
Also Finger weg, egal wie weh es tut!
Sie hat die Kühlerhaube erreicht und reitet noch einige Schritte, ehe sie Heinz anhält. Dann dreht sie ihn um und schaut in den Wagen.
Nein!
Das darf nicht wahr sein!
Zuerst traut sie ihren Augen nicht. Dann springt sie aus dem Sattel und sieht näher hin. Wie vom Donner gerührt steht sie vor dem Wagen und stiert entsetzt durch die Windschutzscheibe.

Welche von Wills Freundinnen da in dem zurück geklappten Beifahrersitz liegt, ist nicht auszumachen. Denn wo ihr Gesicht war, ist kaum noch zu erkennen. Überall ist Blut und Gewebe zwischen den Löchern. Ihr nackter Oberkörper weist die gleichen Spuren auf. Ihr Kleid ist in der Hüfte zusammen gerutscht und teilweise über den nicht vorhandenen Slip hochgezogen.
Agatha bekommt kaum noch Luft. Sie umklammert das Ende des Zügels und geht auf Wills Seite.
Sein Sitz ist ebenfalls etwas zurück geklappt. Er liegt darauf mit freiem Oberkörper und rührt sich nicht.
„Will?" fragt Agatha mit zittriger Stimme, aber er reagiert nicht. Sie bindet Heinz' Zügel an einen jungen Baum, den der Wallach sofort von seinen Blättern befreit und schaut sich kurz um.
Der Wald liegt still und friedlich da wie immer um diese Tageszeit. Dann schleicht sie sich auf die Fahrerseite. Zuerst fällt ihr das Loch in der Scheibe auf. Die Innenseite des Fensters ist mit Blut besprizt. Vor lauter Angst um Will schnürt ihr ein Kloß die Kehle zu. Sie kann nur wispern:
„Will? Bitte sei nicht tot, bitte!" sie greift nach der Türklinke und öffnet den Wagen. Seine Hand rutscht von seinem Oberschenkel und hängt heraus. Langsam tropft Blut davon herunter. Agatha schaut nach unten und sieht, wie sich die Blutlache, die sich angesammelt hatte nun langsam über die Türschwelle ergießt und auf den Waldboden rinnt.
Vorsichtig beugt sie sich über ihn. Zitternd legt sie ihre Finger an seinen Hals. Er hat die Augen geschlossen und den Kopf nach rechts gedreht. Agatha vermeidet es, in die Richtung zu schauen. Plötzlich fühlt sie seinen Puls.
Erleichtert hält sie ihre Hand nahe vor seinen Mund. Ein feiner Luftzug verrät ihr, dass er atmet. Sie spricht mit ihm und betrachtet ihn eingehender:
„Will, halte durch! Bitte, wenn du mich hörst, gib mir ein Zeichen." Hastig flüstert sie immer wieder die gleichen Worte. „Ich rufe jetzt den Krankenwagen. Du darfst nicht sterben, dass darf nicht passieren! Das wird wieder. Du wirst gesund. Ganz sicher."
Unterdessen hat sie die breite Wunde an seinem Oberarm entdeckt. Während Agatha die 110 wählt und darauf wartet, dass jemand antwortet, sucht sie nach dem Verbandskasten. Sie muss Will verbinden, damit er nicht noch mehr Blut verliert und vielleicht daran drauf geht.
Für die Frau kann sie nichts mehr tun. An biologische Wunder glaubt Agatha nicht.

Im Kofferraum herum wühlend, spricht sie zügig mit der Rettungsleitstelle und versucht der Telefonistin dort klar zu machen, was sie gefunden hat und wo sie sich befindet. Sie kennt sich in diesem Waldstück hier nur anteilig aus, ohne jegliche Ahnung, wie der Landstrich auf einer Karte bezeichnet wird, geschweige denn die Straßen und Wege. Da hat sie das Gesuchte in der Hand. Der Kasten ist noch in Folie eingeschweißt. Entnervt verspricht sie der Frau, die mindestens fünfzig Kilometer weit weg in einer Zentrale sitzt und ihr momentan die Zeit raubt, in etwa zehn Minuten vorn an der Straße beim Dorfeingang zu warten, damit der Krankenwagen sich nicht im Wald verfährt. Die Leute sollten auf ein großes schwarzes Pferd achten.
Dann unterbricht sie die Verbindung. Ihr Telefon stopft sie hektisch in die Hosentasche. Sie zieht deren Reißverschluss zu und reißt im nächsten Moment die Verpackungsfolie vom Verbandskasten. Mit fliegenden Fingern sucht sie sich die passenden Materialien heraus und öffnet die erste Packung. Will ist nicht zu sich gekommen. Als sie seinen Arm anhebt, damit sie ihn verbinden kann, stöhnt er. Aber seine Augen bleiben geschlossen. Ständig mit ihm redend, legt sie eilig einen festen Verband um seinen linken Oberarm an. Dann holt sie die Decke aus dem Kofferraum und deckt ihn zu. Seine Haut ist klamm und fahl. Tränen wollen ihr in die Augen steigen, als sie ihn so ansieht. Energisch vertreibt sie sie, dafür hat sie jetzt keine Zeit.
„Durchhalten, Will, durchhalten! Ich bin gleich wieder da. Das wird wieder, glaub mir!"
Sie schließt die Autotür und den Kofferraum und flitzt zu Heinz. Als sie nach dem Zügel greift, bemerkt sie das Blut an ihren Händen. Sie wischt es an ihrer dunklen Reithose ab und schwingt sich aufs Pferd. Beim Umrunden des Autos vermeidet sie jeden Blick hinein. Will hier so allein zu lassen, fällt ihr schwer, aber wenn sie nicht zur Straße reitet, dauert es eventuell noch viel länger, ehe der Notarzt bei ihm ist. Wenn man mal jemanden braucht, trifft man keine Menschenseele.
Das ist typisch.
Hoffentlich ist Wills Zustand nicht so schlimm, wie es auf den ersten Blick aussieht.
Auf den Schienen herrscht heute genauso wenig Verkehr wie im Wald und auf der Straße. Sie lenkt Heinz über die Gleise und biegt auf die Brandschneise ein. Dort galoppiert sie an. Im gestreckten Galopp rast sie durch den Wald, später über die Wiese gegenüber der Koppel der Unzertrennlichen. Nur an Kreuzungen und scharfen Kurven nimmt sie etwas das Tempo raus. Die letzten hundert Meter

bis zur Straße reitet sie Schritt am Zaun des großen Grundstückes vorbei. Auf dem Bürgersteig bleibt sie stehen, ihr Atem geht schwer, vor Aufregung und Anstrengung. Heinz' Hals ist schweißnass.
Hat sie die Zeit verpasst und der Rettungswagen ist schon vorbei gefahren?
Nein, dann hätte sie doch sicher die Sirene gehört, oder?
Sie schaut die Straße auf und ab.
Grade erwägt sie die Möglichkeit, ob sie Heinz in den Stall schafft und sich ihr Auto holt, anstatt hier herum zu stehen, da hört sie die Sirene. Nicht lange und der Wagen ist hinter der nächsten Kurve auszumachen. Als er um die Ecke geschossen kommt, winkt sie. Heinz tänzelt auf der Stelle, die Sirenen und die Rundumleuchten machen ihn nervös. Agatha reagiert instinktiv, hält ihn fest am Zügel. Der Notarzt fährt vor dem Krankenwagen, bremst ab und biegt in den Wiesenweg ein. Agatha winkt, sie sollen ihr folgen und trabt wieder in Richtung Wald. Als sie merkt, dass sie verstanden worden ist, galoppiert sie an. Vor den beiden Fahrzeugen prescht sie den Weg an Sulaikas Koppel vorbei in den Wald hinein. Diesmal nimmt sie nicht die Brandschneise, sondern bleibt auf dem Hauptweg. Die Fahrspur ist recht eben und breit, weshalb ihr die beiden Autos zügig folgen können. Hinter manchen Kurven drosselt sie die Geschwindigkeit, um sicher zu stellen, dass die Fahrzeuge sie nicht aus den Augen verlieren. Als der Bahnübergang in Sicht kommt, hofft sie inständig, er möge geöffnet bleiben. Und sie hat Glück. Zumindest bis beide Fahrzeuge drüber geholpert sind. Sie trabt bis zu den Büschen, bleibt dort stehen und bedeutet: Anhalten.
Dann zeigt sie mit ausgestrecktem Arm auf Wills Wagen. Der Fahrer des ersten Autos stoppt, der Notarzt springt raus und kommt auf sie zu geschritten.
Da fängt Heinz an, nervös auf der Stelle zu traben und bewegt sich immer weiter an der Beifahrerseite von Wills Wagen vorbei in den Wald hinein. Erst kurz vor dem ersten Hindernis schafft sie es, ihn umzudrehen und anzuhalten. Im gleichen Augenblick sieht sie durch die hohen Bäume, die Lok eines schier endlos langen Güterzuges angerast kommen. Selbst so weit weg wie sie sich von den Gleisen befindet, ist der schnell anschwellende Lärm ohrenbetäubend. Heinz tänzelt auf der Stelle und Agatha streichelt ihm beruhigend den Hals. Er lenkt sie von den Aktivitäten der Sanitäter bei Wills Wagen ab. Was sie sich zurufen, kann sie wegen dem Lärm und der Entfernung nicht verstehen und beobachten kann sie sie auch nicht durchgehend, weil sie auf ihr Pferd achten

muss. Irgendwann, es kommt ihr vor wie eine Ewigkeit, schießt der letzte Waggon vorüber und der Lärm verliert sich in der Ferne. Zusehens beruhigt sich Heinz, doch Agatha traut sich nicht von ihm herunter. Er ist aufgeregt, reagiert jetzt auf alles nervös. Ob sie ihn am Zügel geführt halten könnte, wenn er wirklich flüchten will, weiß sie nicht. Solange sie oben sitzt, kann sie ihn beherrschen. Agatha reitet näher heran.

Die Sanitäter heben Will auf eine Trage und schnallen ihn an. Sein Gesicht verdeckt eine Sauerstoffmaske und Schläuche führen in seinen rechten Arm. Er wird von den Füßen bis zu den Schultern zugedeckt. Der Notarzt tritt beiseite, um den Sanitätern für den Abtransport Platz zu machen. Agatha ist schräg hinter ihm und fragt:

„Wird er es schaffen?"

„Er hat viel Blut verloren, beinah zu viel, doch das werden wir sehen. Er scheint in guter Konstitution zu sein und außer der Fleischwunde am linken Oberarm, war momentan nichts festzustellen. Wir werden ihn in der Klinik gründlich durchleuchten, um zu sehen, was drinnen los ist." Er sieht auf die Uhr. „Sind Sie in Ordnung?"

„Ja, mir geht's gut. Wird er durchkommen?"

„Intensivstation die erste Zeit, dann werden wir sehen." antwortet der Arzt knapp und schaut zum Krankenwagen, in den die Sanitäter eben die Trage schieben wollen. „Kennen sie ihn?" Agatha nickt. Den prüfenden Blick des Arztes sieht sie nicht, weil sie den Rettungswagen anstiert, in dem Will grade verschwand. Deswegen dauert es auch einen Moment, ehe die nächste Frage in ihr Bewusstsein vordringt:

„Sind Sie mit ihm verwandt?"

„Nein."

„Und mit der Toten?"

„Nein."

„Ich muss mich um den Patienten kümmern. Mein Fahrer bleibt bei Ihnen. Die Polizei wird bald hier sein. Tschüss!"

„Wiedersehen!" sagt Agatha. Der Notarzt stiefelt durch den Wald auf den Rettungswagen zu, wo einer der Sanitäter für ihn die Tür aufhält. Kaum ist diese geschlossen, setzt das Fahrzeug sich in Bewegung. Agathas Augen folgen ihm. Als es über die Schienen gerollt ist, gehen die Rundumleuchte und die Sirene an. Wills Zustand ist kritisch, sonst würden sie hier im Wald und bei dem wenigen Verkehr nicht alle Signale einschalten.

Heinz tänzelt unter ihr herum. Die Sirene mag er eindeutig nicht. Damals bei Gesine auf der Weide ist es ihr gar nicht so sehr

aufgefallen. Oder spürt er, dass Agatha sich große Sorgen macht? Das Geräusch verebbt langsam und Agathas Blick fällt auf die zugedeckte Leiche auf dem Beifahrersitz. Die Sanitäter hatten sie mit der Decke abgedeckt, die Agatha vorher über Will ausgebreitet hatte. Nun schießen ihr doch Tränen in die Augen.
Er schafft es!
Alles wird wieder gut!
Er kommt durch!
Bestimmt, ganz sicher!
Das ist nicht das Ende!
Reiß dich zusammen!
Durch den Tränenschleier sieht sie den Fahrer des Notarztes auf sich zu kommen. Schnell wischt sie sich die Tränen vom Gesicht und die Hand an der Reithose ab. Ein paar Meter von ihr entfernt bleibt er stehen und will freundlich wissen:
„Ist alles in Ordnung?"
„Ja." antwortet Agatha und merkt, dass sie irgendetwas tun muss, ehe sie verrückt wird. Hier herumstehen und auf die Polizei warten, ist nicht drin. Deshalb sagt sie: „Ich komme wieder." und dreht Heinz um.
„Wo wollen sie denn hin? He, Fräulein, ich weiß noch nicht mal Ihren Namen! Wie heißen Sie?" Agatha hört es nur noch leiser werdend hinter sich, antwortet aber nicht.
Sie muss weg hier, sofort!
Also trabt sie an und hält mitten auf den ersten Baumstamm zu. Dahinter lässt sie Heinz weiter galoppieren. Die Tränen nimmt der Fahrtwind mit. Am Ende der Strecke steuert sie Heinz neben dem Sprung den Abhang hinauf. Er galoppiert bis auf den Waldweg. Oben wendet sie sich nach links.
Sie will allein sein, keinem begegnen.
Hoffentlich kann sie das auf diesem Weg. Hier war sie noch nie. Doch das ist ihr zurzeit absolut egal. Am langen Zügel lässt sie den Wallach im Schritt gehen.
Warum? Was ist geschehen? Wer ist die Tote? Warum ist nur sie tot? Wieso, Will?
Wieso, warst du mit ihr zusammen?
Was hatte er ausgerechnet dort zu suchen? Er muss schon seit Stunden so dagelegen haben. Agatha ist keine Expertin, aber die Löcher sahen nach Schüssen aus. Wer hat auf die beiden geschossen und weshalb? Sie dachte immer, dass hier in der Ecke von Deutschland nur verschlafene Nester existieren, in denen die Verbrecher niemals mit Schusswaffen herum laufen. Ladendiebstahl, ein aus Geldnot zertrümmerter Zigarettenautomat,

gestohlene Autos, ein verrückter Nachbar, der einen im Treppenhaus vollquatscht und einem extrem auf den Geist gehen kann, ein Betrunkener, der eine ganze Straße entlang sämtliche Autos mit dem Schlüssel zerkratzt, weil er sein eigenes Auto sucht, mit dem seine Frau unterwegs ist, geklaute Fahrräder, solche Sachen passieren hier in diesem Landstrich.
Aber Mord?
Dass Will die Frau so zugerichtet haben könnte, glaubt Agatha nicht. Warum hätte er sie umbringen sollen? Sein Hosenknopf war offen und der Reißverschluss herunter gezogen. So wie ihre Kleidung war, sind die beiden gestört worden. Will hatte bei Agatha nicht landen können, deswegen war er zu einer anderen geflüchtet.
„Oh, Will!" Agatha merkt nicht, dass sie es laut ausgesprochen hat. Enttäuschung und Eifersucht nagen an ihr und Angst um ihn. Viele Was-passiert-wenn-Fragen gehen ihr durch den Kopf, wobei sie sich auch nicht wohler fühlt. Später wenn sie Heinz versorgt hat, wird sie ins Klinikum fahren, um sich nach Will zu erkundigen. Sie weiß nicht, wie lange Heinz mit ihr schon durch den Wald getrottet ist. In Gedanken versunken hockt sie im Sattel.
Plötzlich trifft der Weg in einer T-Kreuzung auf einen anderen. Ihr gegenüber entdeckt sie den Bahndamm. Da sie sich immer links gehalten hat, ist sie im Kreis geritten. Sie wendet sich abermals nach links. Später, als sie die nächste Kurve umrundet hat, sieht sie weit vor sich den Bahnübergang und eine Ansammlung von Polizeifahrzeugen. Irgendwie ist Agatha froh darüber. Sie kommt nicht zu spät, kann noch mit den Beamten reden. Ohne auf die Uhr zu schauen, war sie los geritten, deshalb könnte sie beim besten Willen nicht sagen, wie lange sie fort war. Der Fahrer des Notarztes hat sicher ausgerichtet, dass sie wiederkommen wird. Sein Dienstwagen ist nicht mehr da.
Hoffentlich muss sie nicht noch einmal zu Wills Auto hin und die Leiche der Frau sehen. Es wird bestimmt Monate wenn nicht Jahre dauern, ehe sie dieses grauenvolle Bild in den hintersten Winkel ihres Bewusstseins verbannt hat.
Minuten später reitet sie am Bahnübergang vorbei. Dort steht am Waldrand das erste Polizeiauto. Aus dem parkenden Einsatzfahrzeug gleich links neben ihr steigt ein Mann in Uniform aus und kommandiert:
„Halt! Hier können sie nicht lang." Da Agatha keine Schwierigkeiten verursachen will, indem sie noch mehr Spuren zertrampelt, als sie schon hat, schlägt sie vor:
„Soll ich durch den Wald reiten?"

171

„Das ist mir schnurz, solange Sie sich von dem Tatort fernhalten." knurrt der Polizist. Na gut, sie hat kein Verlangen danach, sich dem Auto zu nähern, vielleicht holt er wen her. Deshalb sagt sie:
„Ich wollte nur mit jemandem reden und sagen, dass ich da bin." Verärgert kneift der Uniformierte die Augen zu Schlitzen zusammen und gestikuliert entsprechend, während er sie ankeift:
„Hören Sie, Fräulein! Ob Sie hier waren oder nicht, spielt keine Rolle. Also reiten Sie mit Ihrem Gaul wo anders lang!"
„Ich kann leider nicht absteigen, sonst würde ich zu Fuß hingehen." merkt sie an.
„Haben Sie mich nicht verstanden? Wir brauchen hier keine Zuschauer. Ob zu Fuß oder auf dem Gaul, Sie kommen keinen Meter näher an den Tatort ran! Also verschwinden Sie!" er wedelt mit der Hand in Richtung Bahnübergang, „Machen Sie flinke Hufe und wenn's geht schnell!" er feixt über seinen vermeintlichen Scherz und stützt die Hände in die Hüften. Agatha ist verwirrt, aber vielleicht wird sie nicht mehr gebraucht. Da fällt ihr ein, was der Fahrer ihr hinterher gerufen hat:
„Schreiben Sie sich dann wenigstens meinen Namen auf! Ich heiße Agatha Schöner." Der Mann holt genervt Luft:
„Warum sollte das wichtig sein?"
„Na, weil ich hier war. Äh, bin?" Agatha wird immer unsicherer. Der Mann verdreht die Augen und winkt ab:
„Interessiert doch keinen, Fräulein! Verschwinden Sie lieber!" Sie sieht ihn zweifelnd an, doch er meint es tot ernst. Er sollte es ja wissen, also wird sie in den Stall reiten. Sie zuckt mit den Schultern und wendet Heinz zum Bahnübergang hin. Der Polizist lehnt sich an den Dienstwagen, holt eine Schachtel Zigaretten raus und murmelt:
„Scheiß, Hitze! Das wird ja immer schöner!" dann kichert er. Agatha ignoriert ihn.
Solange sie kann, schaut sie sich das Treiben bei den Büschen an. Etliche Transporter verstellen ihr die Sicht auf Wills Wagen, Absperrband zieht sich von einem Baum zum anderen in den Wald hinein. Eine Menge Leute wuseln dazwischen herum. Dann sind zu viele Bäume und Sträucher dazwischen und der Tatort verschwindet aus ihrem Blickfeld.
In Gedanken verloren reitet sie heimwärts. Immer möglichst durch den Wald, um den höher steigenden Lufttemperaturen zu entgehen, bis sie in den Weg zwischen den Reitplätzen einbiegen muss. Da prasselt die Sonne gnadenlos auf sie herab. Doch in ihrem sorgenvollen Zustand bemerkt sie es nur am Rande.

Heinz schlendert zum Stalltor und bleibt stehen. Geistesabwesend gleitet Agatha aus dem Sattel und führt den Wallach in seine Box. Wie in Trance sattelt sie ihn ab, räumt die Ausrüstung in der Sattelkammer auf und holt ihr Putzzeug hervor.
Erst jetzt bemerkt sie, dass es viel zu ruhig ist. Ein Blick in die Runde und sie weiß warum. Kein Pferd wird mehr gearbeitet, alle Sättel und Geschirre hängen auf ihrem Platz. Es ist bereits elf durch, zeigt die Uhr über der Sattelkammertür. Eigentlich müsste dieser Gedanke sie aktivieren, denn um zwölf soll sie bei Großmama am Esstisch sitzen.
Doch Agatha schleicht zurück in die Box und putzt Heinz, geistesabwesend und mechanisch von oben bis unten, jedoch nicht sehr lange. Sie verabschiedet sich von ihm mit ein paar Möhrenstückchen und schließt das Putzzeug in ihren Spind ein. Kaum tritt sie aus der Sattelkammer heraus, hört sie Ralf sagen: „Da bist du ja! Wir haben uns schon Sorgen gemacht, weil wir die Sirene hörten." Er kommt mit da Gama zum Tor herein. Agatha schließt die Tür hinter sich und wartet auf die zwei. Als sie auf ihrer Höhe sind, bleiben sie stehen. Agatha kramt das letzte Stückchen Möhre aus der Hosentasche. Sie lässt es da Gama von ihrer Hand naschen. Dabei streichelt sie seinen Kopf, wie sie es immer macht, wenn sie zu ihm geht. Ralf sieht sie an und meint:
„Hast du zufällig was von Will gehört? Er ist noch nicht aufgetaucht. Das ist sonst gar nicht seine Art, vielleicht kommt er ja gleich. Ich werde den Großen inzwischen schon mal transportfertig machen." Traurig schüttelt Agatha den Kopf und versucht die Tränen zurück zu halten, bis Ralf fragt: „Was hast du denn?" Sie schluckt ein paar Mal und sagt dann mit bebenden Lippen:
„Er wird nicht kommen."
„Wieso nicht?" will er ungläubig wissen.
„Ich habe ihn im Wald gefunden, es steht nicht gut um ihn." Ralfs Augen werden immer größer vor Entsetzen, sie berichtet ihm kurz von dem Vormittag, kuschelt dann ihren Kopf an da Gamas Hals, krallt ihre Finger in seine Mähne und weint. Ihre Beherrschung löst sich auf. Hemmungslos schluchzend lehnt sie an dem Pferd. Die Tränen fließen in Strömen. Ralf steht neben ihr, hebt die Hand, als wollte er ihr den Rücken streicheln oder auf die Schulter klopfen, entscheidet sich dann aber doch für den Nasenrücken des Pferdes. Nebenbei stammelt er verständnislos:
„Ich... ich... es... Will?" dann räuspert er sich und probiert es erneut, mit ebenso viel Erfolg, „Äh... sie... der Große... du?" Da Gama tritt einen Schritt zurück, damit er ihre Hosentaschen

beschnuffeln kann. Diese Bewegung holt Agatha zurück in die Wirklichkeit. Sie lässt die Mähne los, kann aufhören zu weinen und wischt sich mit den Handrücken das Gesicht ab. Da Gama stupst sie an. Liebevoll streichelt sie dem Pferd den Hals. Dann dreht sie sich zu Ralf um und sagt:
„Ich gehe duschen und fahre ins Klinikum. Du wirst die nächsten Wochen den Job hier machen müssen. Gibst du dem Chef Bescheid? Wills Familie wird sicher benachrichtigt werden, die können ihn dann genau informieren. Ich rufe dich aus dem Krankenhaus an, wie der Stand der Dinge ist, falls ich etwas erfahre. Okay?"
„Gut. Na klar, so machen wir es." Ralf scheint froh zu sein, keine Entscheidung treffen zu müssen. „Ich fasse es nicht!" Sie tauschen die Handynummern und Agatha geht in die Umkleide.
Sauber geduscht steigt sie wenig später in den Offroader und startete den Motor. In dem Moment klingelt ihr Telefon. Ohne aufs Display zu schauen, nimmt sie das Gespräch an und fährt los:
„Ja?"
„Agatha, wo bist du denn?"
„Hallo, Großmama. Grade beim Reitstall losgefahren."
„Gut, dann bist du ja in zehn Minuten hier. Bis gleich, mein Mädchen!" und weg ist sie. Agatha kommt gar nicht dazu, ihr zu antworten und schaut auf die Zeitanzeige. Seit fünf Minuten sollte sie am Tisch sitzen.
Verflixt!
Sie überschlägt schnell die Ereignisse und was sein muss und was warten kann und kommt zu dem Schluss, dass Will vermutlich noch behandelt wird. Eventuell wird er operiert, da bekommt sie ihn sowieso nicht zu Gesicht und auch keine vernünftige Auskunft.
Sie kann nichts mehr für ihn tun.
Im Moment sind andere dran. Deshalb fährt sie erst einmal zu Großmama, um mit ihr zu reden und einen Plan zu schmieden. Außerdem möchte sie für Will etwas mitnehmen. Sie weigert sich, darüber nachzudenken, ob er in der Zwischenzeit sterben könnte.
Er darf sie nicht verlassen.
Sie hat ihm noch eine Menge zu sagen.
Will wird wieder gesund.
Punkt.
An diesen Gedanken klammert sie sich.

** * **

Die gebrochene Rippe wird verheilen, der angeknackste Mittelfußknochen wird heilen, die Schusswunde wird heilen, die blauen Flecken werden heilen. Der Arzt ist sich sicher, dass es in dieser Hinsicht keinen Grund zur Besorgnis gibt. Auch den enormen Blutverlust wird er ausgleichen. Alles ist im grünen Bereich. Die Schwester behauptete aufgeräumt, dass es keinen Grund zur Sorge gäbe.
Nur aufwachen müsste Will.
Seit vier Tagen ist er in einem Zustand tiefer Bewusstlosigkeit. Seine Haut ist immer noch so bleich. Er liegt bewegungslos in dem Bett auf der Intensivstation des Klinikums, seine Körperfunktionen werden unaufhörlich überwacht. Jedes Mal, wenn Agatha dort hinkommt und ihn sieht, hat sie das Gefühl, dass er gleich die Augen aufschlagen und sie ansehen wird.
Aber nichts geschah bisher.
Die Familie, besser gesagt, Wills Mutter, hat erlaubt, dass sie zu ihm darf. Wer noch zu seiner Familie gehört, weiß Agatha nicht. Sie kennt ja keinen. Die Stationsschwester sprach nur von seiner Mutter. Wie sie zu der Ehre gekommen ist, kann Agatha sich nicht erklären, da sie ihres Wissens nach noch niemanden von Wills Verwandtschaft antraf.
Sie war am Sonntag vom Reitstall aus zu Großmama gefahren und hatte ihr alles berichtet. Nachdem sich ihre Oma von dem ersten Schrecken erholt hatte, waren sie in eine sehr lange produktive Diskussion verfallen. Stunden später hatten sie die kommenden Wochen komplett durchgeplant.
Dann pflückte Agatha von ihrem Lieblingsrosenbusch einen Stängel mit vielen Knospen, verabschiedete sich von Großmama und fuhr ins Klinikum. Sie musste versprechen, abends anzurufen und Bericht zu erstatten, was sie auch tat.
Zu ihrer Überraschung traf Agatha auf der Krankenhaustreppe Gesine. Bei einem kurzen Gespräch kam heraus, dass die ihren Sohn besucht hatte. Auf ihre Frage hin erzählte Agatha ihr kurz, dass sie nach einem guten Freund sehen will, um den sie sich sehr große Sorgen macht, weil ihm ein Unglück widerfuhr. Gesine meinte, sie solle sich immer an das Gute halten und nicht den Kopf in den Sand stecken. Dann schrieb sie ihr eine Telefonnummer auf und sagte, dass sie jederzeit anrufen könne, wenn sie es wolle. Agatha bedankte sich. Nach einem Tipp von Gesine, die Vasen für die Blumen würden in dem kleinen Schrank neben der Besuchertoilette stehen, trennten sie sich.
Gesine ging auf den Parkplatz und Agatha auf die Intensivstation. Dort erfuhr sie nur, dass Will zurzeit außer Gefahr, aber bewusstlos

sei. Mehr durfte man ihr nicht sagen. An sein Bett ließen sie Agatha auch nicht. Sie steckte die Rose in eine Vase, füllte Wasser hinein und bat die Schwester, sie auf Wills Nachttisch zu stellen. Dieser Bitte wurde gleich entsprochen. Mit einem entschuldigenden Lächeln kam die Schwester zurück und sagte bedauernd:
„Mehr kann ich nicht für Sie tun." Am nächsten Tag führte dieselbe Schwester sie persönlich an sein Bett.
Am Sonntag fuhr Agatha vom Klinikum nach Hause und schrieb die Kündigung für ihre Wohnung. Sie hatte das Gefühl etwas ändern zu müssen, um weiterleben zu können. Montagmorgen brachte sie das Schreiben persönlich in das Büro der Wohnungsbaugesellschaft. Dort fragte Agatha, ob es eine Möglichkeit gäbe, die monatelange Kündigungsfrist zu verkürzen. Nur eine Variante wurde ihr eröffnet, nämlich ein Nachmieter, der in dieser Zeit einzieht. In der Kindereinrichtung während der Mittagspause unterhielt sie sich mit ihren Kolleginnen. Eine davon erzählte, dass ihr Sohn demnächst mit der Ausbildung fertig sei und seinen Dienst in einem Polizeirevier antreten wird. Heute bei Dienstschluss kam diese Kollegin zu Agatha und fragte, ob sie wirklich in den nächsten Wochen ausziehen werde, wieviel Miete sie zahlt und wieviel Quadratmeter die Wohnung hat. Es stellte sich heraus, dass ihr Sohn eventuell im hiesigen Polizeirevier arbeiten wird und nicht mehr bei seinen Eltern einziehen will. Weil Agatha von einem Nachmieter gesprochen hatte, wollte sie sich über die Wohnung informieren.
Sollte es mit dem Polizisten klappen, wird Agatha ab August bei Großmama wohnen. Darauf freut sie sich. Großmama hatte bereits Handwerker kommen lassen, die ihr in der oberen Etage ein kleines Bad mit Dusche einbauen werden. Dafür muss die Abstellkammer herhalten und aus dem Gästezimmer und Agathas Kinderzimmer wird ein Schlaf- und ein Wohnzimmer. Das andere Schlafzimmer bleibt Großmamas. Sie ist mit soviel Begeisterung bei der Sache, dass sie den Firmen eine Frist bis Ende des Monats gesetzt hatte. Agathas Erstaunen darüber erklärte sie ihr strahlend mit den Worten:
„Ich will schon lange, dass du wieder zu mir ziehst, aber ich habe mich nicht getraut, dich zu fragen." Agatha schmunzelt bei diesem Gedanken. Sie steht in der Box neben PePes Kopf und beobachtet Wills Truppe beim Putzen.
Gleich am Montag musste sie den Kindern versprechen, dass sie sie in Wills Abwesenheit betreuen wird, so gut sie es kann. Birte hilft ihr. Sie beaufsichtigt zurzeit die anderen Kinder bei King und Heinz. Die Truppe wurde aufgeteilt, sodass die sechs Kinder je zu zweit

eines der Pferde betreuten. Genau wie vor dem Reiten. Die drei Pferde kamen von der Koppel und waren entsprechend staubig. Ralf schlug vor, dass die sechs Kinder einige Runden in der Halle reiten könnten. Nachdem sie unter Aufsicht von Ralf bei PePe, von Birte bei King und von Agatha bei Heinz die Pferde blank gestriegelt hatten, wurde gesattelt. Die Erwachsenen führten sie in die Halle und ritten einige Zeit, um die Pferde zu lösen. Die Kinder sahen zu und waren schon sehr aufgeregt. Die Erwachsenen marschierten an der Mittellinie zur Abteilung auf und ließen die ersten drei Kinder aufsteigen. Zur Sicherheit gingen sie neben den Pferden her, auch bei der zweiten Reiterabteilung. Die Kinder waren begeistert und gaben sich große Mühe. Will hat bei ihnen wirklich gute Arbeit geleistet.

Am heutigen Mittwoch wiederholten sie das Prozedere, doch zum abschließenden Putzen mussten sie ohne Ralf auskommen, der hat mit den Stuten und ihren Fohlen zu tun. Die Kinder sind nun fertig. Die Materialien werden weggeräumt. Agatha hört sich ihre aufgeregte Unterhaltung über die Pferde und ihren heutigen Ritt an. Plötzlich sagt ein Mädchen:

„Können wir nicht nachher mitkommen zu Will, Agatha? Er freut sich bestimmt, wenn wir ihm erzählen, dass wir auf allen drei Pferden geritten sind. Bitte!"

„Das geht leider nicht, Kinder. Er würde sich bestimmt freuen und ich würde euch sehr gern alle mitnehmen, aber die lassen uns nicht zusammen hinein. Vielleicht an einem anderen Tag, wenn es ihm besser geht. Wie wäre es denn, wenn ihr ihm etwas malt, schreibt oder bastelt? Mit Bildern könnt ihr ihm auch mitteilen, was ihr ihm sagen wollt, oder ihr schreibt es ihm auf."

„Schreiben ist doof. Das kann ich nicht so gut."

„Dann machst du etwas anderes für ihn. Ich werde ihm sagen, dass es von dir ist. Abgemacht?"

„Ich überlege es mir."

„Prima. Ich denke es wird am besten sein, wenn ihr die Sachen nächsten Montag mitbringt und ich nehme sie ihm dann mit ins Krankenhaus."

„Okay." antworten die Kinder, verabschieden sich und verlassen den Hof.

Unterdessen hat Ralf mit Voice und da Gama zu tun. Er hat die beiden von der Koppel geholt und muss sie jetzt noch vom Schmutz befreien. Agatha will ihm helfen. Sie holt sich ihr Putzzeug, um da Gama zu reinigen. Ralf steht nebenan in der Box bei Voice und staunt.

„Den Großen dürfen sonst nur Will oder ich putzen. Wann hat Will ihm denn beigebracht, bei dir still zu stehen?"
„Gar nicht. Denke ich jedenfalls. Will weiß nicht, dass ich manchmal da Gama verwöhne. Würde er das gut heißen?"
„Bei dir bestimmt, glaub ich. Der Große ist nämlich sehr eigensinnig und spinnt oft rum, deshalb trauen sich die meisten gar nicht erst ran. Aber der braucht seine Streicheleinheiten. Von Will und mir kriegt er sie. Genau wie die hier, eine Zicke vor dem Herrn. Die beiden passen zusammen, wie Latsch und Bommel."
„Reitest du da Gama, wenn Will nicht da ist?"
„Es wird mir gar nichts anderes übrig bleiben, wenn er länger im Krankenhaus ist. Der Große braucht ab und zu auch was anderes als nur Koppel. PePe eigentlich auch und die Stuten, aber dafür reicht meine Zeit nicht aus. Ein Glück, dass ich nicht auch noch ein eigenes Pferd habe, das würde das Kraut noch fett machen!" er lacht.
„Will hat mir erzählt, dass PePe ein tolles Dressurpferd ist. Bis jetzt habe ich immer nur gehört, dass Will mit da Gama an Springprüfungen teilnimmt. Warum reitet er PePe dieses Jahr nicht mehr auf einem Turnier."
„Will hat nur sehr selten an Dressurprüfungen teilgenommen und auch nur die ersten beiden Jahre, nachdem er hergezogen war. Ist nicht sein Metier, er hat das nur für das Pferd getan. PePe gehörte seiner Frau."
„Will ist verheiratet?"
„Verwitwet. Seine Frau ist bei irgendeiner blöden Sache gestorben. Aber bitte, sag es keinem weiter. Außer mir weiß das niemand, glaub ich jedenfalls. Ich hab es auch nur erfahren, weil er sich mal entscheiden wollte, ob er PePe weggibt oder nicht. Irgendwie sind wir bei einem Kasten Bier und einer Flasche Schnaps gelandet und haben Stundenlang geredet. Er war damals oft schlecht drauf, depri, du verstehst. Bitte sag's nicht weiter und Will findet es bestimmt nicht gut, wenn er spitz kriegt, dass wir drüber gequatscht haben. Behalt's also für dich."
„Ja, na klar." antwortet Agatha, „Kannst dich drauf verlassen." Sie geht auf da Gamas andere Seite, um die auch noch zu säubern. Was ihr Ralf erzählte, rückt einige Begebenheiten in ein anderes Licht. Da ist es für sie nachvollziehbar, dass Will sauer auf sie war. Er hat sich ernsthaft Sorgen um sie gemacht, weil ihm bereits so Schreckliches widerfahren war. Und sie dachte manchmal, er kann sie nicht leiden. Doch das eine muss mit dem anderen nichts zu tun haben. Eventuell gibt er auch nichts preis, was mit seiner

Vergangenheit zu tun hat, weil sie ihm Schmerzen bereitet, auf die er gern verzichten möchte.
Warum hat er so viele Liebschaften?
Vielleicht kann er sich nicht für eine andere entscheiden, oder er denkt, wenn er sich mit einer anderen Frau zusammen tut, besudelt er das Andenken der Verstorbenen. Oder so ähnlich. Mancher ist in solchen Dingen kompliziert gestrickt. Weil Will aber nicht wie ein Mönch leben kann, sucht er sich lediglich eine Frau, um sein Bedürfnis zu befriedigen. Keiner hat er je wieder etwas versprochen. Aber das alles ändert nichts daran, dass er sich als Hahn im Korb wohl zu fühlen scheint. Genau das ist der Punkt, der Agatha immer abstößt, wenn sie an eine Zweisamkeit mit ihm denkt. Sie will und wird einen Mann für sich allein beanspruchen. Davon rückt sie keinen Millimeter ab. Sie ist ein gutmütiger Mensch, der oft an andere denkt, aber nicht, wenn es um den Mann an ihrer Seite geht. Ihr Eigentum soll er gar nicht sein, sondern sie will von ihm geliebt werden. Und sie braucht die Gewissheit, dass sie die einzige Frau ist, die er so sehr liebt, dass er mit ihr alt werden will. Sie hätte auch nichts gegen eine Hochzeit und gegen Kinder schon gleich gar nicht. Wäre Will ein guter Vater?
Bestimmt. So wie er mit seiner Kindertruppe umgeht und wie er über Kinder redet, kann sie ihn sich gut in dieser Rolle vorstellen. Da Gama ist sauber.
Agatha räumt auf. Ralf muss noch füttern. Also verabschiedet sie sich, geht duschen und schwingt sich in ihr Auto.
Als sie bei Großmama ankommt, hat die bereits alles für ein Abendbrot vorbereitet. Dabei muss Agatha ihr von ihrem Tag berichten. Wie auch schon gestern und vorgestern. Dann pflückt Agatha eine Rose für Will und fährt ins Klinikum.
Der Parkplatz ist in dieser abendlichen Stunde lange nicht mehr so voll, wie tagsüber. Auf den Gängen der Station ist Ruhe eingekehrt. Agatha hatte den Schwestern gesagt, dass sie immer erst gegen Abend zu Will kommen kann und sie sprachen mit dem Arzt. Der fand es gut, dass sie jeden Tag mit seinem Patienten spricht und Kontakt aufzunehmen versucht. Will war durch den enormen Blutverlust in eine Art Schockzustand verfallen, jedoch hofft der Arzt, dass er nun bald aufwacht. Er hatte Agatha in einem Gespräch verraten, dass Wills Mutter jeden Vormittag am Bett ihres Sohnes verbringt und sich sehr freut, Agatha abends dort zu wissen.
Die Tür zur Intensivstation schwingt auf. Agatha betritt den hellen fensterlosen Flur. Überall gehen in unregelmäßigen Abständen

Türen ab. Wie immer winkt Agatha der Schwester in ihrem Glaskasten zu und erkundigt sich bei ihr, wie es um Will steht. Auch heute ist keinerlei Veränderung eingetreten. So geht sie zu Wills Zimmer, drückt leise die Türklinke herunter und betritt den in ein Halbdunkel getauchten Raum. Das Fenster gegenüber der Tür wird von einer halb geschlossenen Jalousie überzogen, die das Zimmer vor dem gleißenden Sonnenlicht abschirmt. Die Hitze hat sich trotzdem herein geschlichen. Agatha geht auf das Bett zu. Will liegt noch so da, wie sie ihn gestern verlassen hat. Etwas enttäuscht ist sie schon, aber eigentlich war daran nichts verwunderlich. Sie beugt sich über das Bett und gibt ihm einen Kuss auf die Stirn.

„Hallo, Will!" Der blonde Kranz dichter Wimpern säumt reglos seine geschlossenen Lider. Liebevoll streicht sie mit den Fingerspitzen über seine hellen Augenbrauen hin zu seinen Schläfen. „Ich habe dir noch eine zweite Rose mitgebracht. Sie ist rosa mit feinen weißen Linien. Ich stelle sie in die Vase zu der anderen. Am besten gebe ich den beiden erst einmal frisches Wasser." Als sie die Vase wieder zurückbringt, sagt sie: „Wenn du aufwachst, sollst du sie sehen. Ich hoffe du magst rote und rosa Rosen. Es sind viele Knospen daran, die werden auch bald aufblühen." Der einzige Stuhl im Raum steht am Fenster. Agatha öffnet es. Die etwas kühlere Abendluft schwebt ins Zimmer. Das ist angenehm. Den Stuhl nimmt sie mit ans Bett. Sie setzt sich an Wills rechte Seite und erzählt ihm von den Pferden und den Kindern. Dabei streichelt sie sacht seinen Arm und seine Hand.

„Weißt du, man sagt zwar immer, jeder wäre ersetzbar, aber du bist es nicht. Nicht für die Kinder und nicht für mich." Eine Träne rollt über ihre Wange. „Egal wieviel Mühe wir uns geben, wir können einfach nicht, was du alles kannst. Du musst aufwachen und wieder gesund werden. Bitte! Wir brauchen dich! Die Kinder. Die Tiere." sie schnieft, wischt die Träne weg, „Ich. Deine Familie braucht dich auch. Wir lieben dich, hörst du?" sie wischt sich erneut Tränen vom Gesicht, da kommt die Schwester herein.

„Alles in Ordnung?" fragt sie und kontrolliert die Gerätschaften und Schläuche. Agatha nickt als sie antwortet:

„Ja."

„Es ist schon spät." meint die Schwester und Agathas Blick auf die Uhr lässt sie erschrecken. Beim Reden hat sie gar nicht gemerkt, wie die Zeit verging.

„Danke, okay, ich bin gleich weg."

„Das Fenster mache ich dann zu." sagt die Schwester und verlässt den Raum. Agatha stellt den Stuhl wieder zurück und tritt noch

einmal an das Bett. Sie umfasst Wills Finger mit ihren, schaut ihm ins Gesicht und hofft, er möge jetzt die Augen aufmachen und sie ansehen. Ansehen mit diesen unheimlich blauen Augen, die sie immer zu durchleuchten scheinen, bis ins tiefste Mark und zu den verborgensten Gedanken. Einen davon spricht sie leise aus, bevor sie seine Stirn und Schläfe küsst:
„Ich verzeihe dir fast alles, wenn du endlich die Augen aufmachst. Und ich verrate dir auch warum: Weil ich dich liebe." Sie haucht ihm noch einen Kuss auf die Schulter. „Ich fahre jetzt nach hause und träume von dir, aber nur schöne Sachen. Bis morgen!" Agatha reißt sich los. So schnell wie es ohne zu rennen geht, marschiert sie aus dem Zimmer, den Gang entlang zum Treppenhaus Richtung Parkplatz. Das Zucken von Wills Fingern hat sie nicht mehr bemerkt. Die Autoschlüssel aus der Hosentasche kramend sprintet sie zu ihrem Auto, sonst hatte sie nichts weiter mit hinein genommen. Den Weg durch die abendlichen Straßen der Stadt bringt sie wie in Trance hinter sich. Sie schafft es mit Mühe bis nach Hause und in ihr Bett. Dann löst sie sich in Tränen auf.
Sie fühlt sich schuldig.

** * **

„Sie zu erwischen, ist wie Lotto spielen, Fräulein!" Agatha dreht sich erschrocken um, „Tach, Post." sagt der Mann mehr vorwurfsvoll als freundlich zu ihr und hält ihr die Hand hin. Agatha setzt Heinz' rechten Hinterhuf ab. Sie tätschelt ihm wie immer kurz die Kruppe und wendet sich dem Mann zu, der in der Boxentür steht.
Er ist etwa so groß wie sie und neigt dazu, so lang wie breit zu werden. Sein kugelrundes Gesicht unter dem wenigen bis nicht vorhandenen sehr kurzen Haupthaar lächelt ihr angedeutet freundlich entgegen. Seine Jeans und das Hemd spannen über seiner Leibesfülle. Die Hand, die er ihr entgegenstreckt, erscheint ihr zu zart und klein für einen Mann, ebenso seine Füße in den Sandaletten.
Agatha wischt sich die Hand an der Reithose ab und ergreift die seine.
„Sollten wir uns kennen?"
„Zumindest seit einer Woche. Solange jage ich Ihnen bereits hinterher. Kommissar Wilhelm Post, Kripo."
„Agatha Schöner. Wollen Sie nun doch mit mir sprechen?"

„Sicher! Ich habe letzten Sonntag im Wald bereits auf Sie gewartet. Der Fahrer des Notarztwagens sagte, Sie werden wiederkommen. Wo waren Sie?"

„Ich bin eine Runde herum geritten. Ihr Kollege fing mich am Bahnübergang ab und teilte mir mit, dass es keinen interessieren würde, ob ich da bin oder nicht. Er schickte mich weg. Also bin ich nach Hause geritten. Wieso suchen Sie mich jetzt?"

„Wenn das wirklich so war, handelt es sich um ein bedauerliches Missverständnis. Ich habe sogar zwei Kollegen losgeschickt, die Ihnen bis auf den Waldweg folgten. Doch gesehen hat Sie keiner."

„Sie waren noch nicht einmal in der Nähe, als ich los geritten bin." Sie zeigt auf Heinz hinter sich, der über ihre Schulter auf den Beamten herabschaut. „Denken Sie nicht, dass ich auf ihm schneller bin, als Ihre Kollegen zu Fuß? Selbst mit dem Auto rechts herum auf dem Fahrweg, hätten sie mich nicht eingeholt."

„Da haben Sie vermutlich Recht, denn der Fahrer erzählte, Sie wären wie der Teufel vor ihm her geritten. Warum sind Sie eigentlich verschwunden?"

„Ich habe es bei der Toten nicht ausgehalten. Wer war sie?"

„Ich dachte, Sie hätten sie erkannt. Ihr Name lautet Flavia soundso. Moment." Er zückt einen kleinen Notizblock aus der Brustasche und schlägt ihn auf. Nach einer kurzen Blätterei nennt er den Familiennamen. Agatha horcht auf. Der kommt ihr bekannt vor, doch im Zusammenhang mit Flavia ist er ihr noch nie untergekommen. Deshalb sagt sie:

„Der Name an sich ist mir von der Firma her bekannt. Allerdings weiß ich nicht, ob sie damit was zu tun hat. Ich kannte sie nur unter Flavia."

„Wie gut kannten Sie die Tote?"

„Ich habe ihr ein paar Mal Hallo gesagt, wenn ich an Kings Box vorbei gegangen bin. Sie war Birtes Freundin. Sonst habe ich kaum mit ihr gesprochen. Ach ja, eigentlich nur einmal ausführlicher, als ich mich für die Hilfe bedankt habe."

„Hilfe wofür?"

„Ich war krank geworden und Birte und Flavia haben sich um Heinz gekümmert."

„Wer ist Heinz?"

„Er hier." Wie zur Bestätigung, macht der Wallach den Hals lang, um Wilhelm Post zu beschnuppern. Der lehnt sich argwöhnisch nach hinten und fragt skeptisch:

„Will er mich beißen?"

„Nein, beschnuppern. Er kann sich nur Ihren Geruch merken, wenn Sie ihm Ihren Namen sagen, kann er nichts damit anfangen. Haben Sie Angst vor Pferden?"

„Eigentlich nicht, aber der ist für meinem Geschmack ein paar Nummern zu groß. Benutzen Sie eine Leiter, um da hinauf zu kommen?"

„Nein. Das geht auch so."

„Können wir uns woanders in Ruhe unterhalten?" er grinst, „Vielleicht wo es weniger warm ist und nicht so viel Betrieb herrscht?"

„Wir können es in der Kaffeeküche versuchen, aber ich weiß nicht, ob wir dort ungestört sind. Ich kann schließlich nicht alle weg scheuchen, nur weil Sie mit mir reden wollen."

„Wir können uns auch auf dem Revier weiter unterhalten."

„Ja, wenn Sie das wollen? Nennen Sie mir einen Termin und ich bin da."

„Mir wäre es aber lieber, wenn wir das gleich abarbeiten würden."

„Also dann müssen Sie bitte mit mir mitkommen, weil ich noch mehr zu tun habe. Die Pferde haben es schon schwer genug ohne Will."

„Na gut, wenn es so sein soll. Sie haben mir von der Toten erzählt. Mit wem war sie befreundet?"

„Mit Birte und Francesca. Jedenfalls habe ich die drei manchmal zusammen gesehen. Francescas Pferd Rex steht ein paar Boxen weiter."

„Wie ist der Nachname?"

„Ich weiß nur durch Zufall, dass Birte Schneider heißt. Von Francesca kenne ich nur den Vornamen. Die meisten nennen sich hier nur beim Vornamen. Die Jugendlichen sowieso." Agatha hat ihr Putzzeug eingeräumt, bindet Heinz los, verlässt seine Box und begibt sich auf die andere Seite des Stalles. Herr Post folgt ihr und schaut sich genau um.

Es ist Freitag und später Nachmittag. Etliche Leute sind mit ihren Pferden unterwegs und die anderen putzen. Ein paar wenige Tiere stehen noch auf den Koppeln. Agatha war heute in der Halle, weil sie sehr früh Dienstschluss hatte und wegen der Hitze nicht mit Heinz nach draußen gehen wollte. Sie nutzte die freie Halle, um all die Hufschlagfiguren zu üben, die Will ihr beibringen wollte. Nach einer Stunde gab sie auf. Sie war nicht unzufrieden mit ihren Übungen, jedoch auch nicht zum Jubeln aufgelegt. Der Schweiß lief ihr in Strömen vom Körper, und Heinz auch. Dann gönnte sie dem Wallach ein ausgiebiges Duschvergnügen unter dem Wasserschlauch. Hinterher durfte er im Schatten dösen, bis er

einigermaßen trocken war, was nicht lange dauerte bei über fünfunddreißig Grad Lufttemperatur. Sie hatte grade einmal Zeit, PePe von der Koppel zu holen und zu putzen. Schon war Heinz trocken. Dann wienerte sie ihn blank und war eben fertig mit Hufe auskratzen, als der Kripo-Beamte sie fand.
Während sie mit ihm sprach, kam Ralf mit da Gama und Voice herein. Agatha versprach ihm, den Großen zu putzen. Deshalb stellt sie nun den Kasten vor seiner Box ab, nimmt sich Kardätsche und Gummistriegel heraus und den Strick vom Haken.
„Was können Sie mir noch über die Tote sagen?" fragt der Kommissar neben ihr:
„Nichts. Wie gesagt: Ich kannte sie kaum." Agatha öffnet die Tür von da Gamas Box und holt ein Möhrenstückchen aus der Hosentasche. „Bei dem kommen Sie bitte nicht mit hinein, der ist es nicht gewöhnt, dass sich Fremde in seiner Box aufhalten. Der könnte Sie vielleicht wirklich beißen." Agatha betritt die Box, redet beruhigend auf den Wallach ein, der mit angelegten Ohren rückwärts geht. Sie lockt da Gama zu sich, lässt ihn das Leckerli von ihrer Hand naschen und streichelt ihn. Herr Post bleibt auf der Stallgasse stehen:
„Wem gehört das Pferd?"
„Will." Agatha bindet da Gama in der Box an. Er beäugt den Fremden vor der offenen Tür sehr skeptisch.
„Meinen Sie Will-Ole Maaler?"
„Ja."
„Wie lange kennen Sie Herrn Maaler?"
„Seit Ende April diesen Jahres." Sie fängt an, da Gamas Fell mit dem Gummistriegel zu bearbeiten.
„Woher wissen Sie das so genau?"
„Weil das der Tag ist, an dem ich Heinz hier eingestallt habe."
„Da sind sie sich zum ersten Mal begegnet?"
„Ja."
„Im Krankenhaus sagte man mir, dass Sie jeden Abend dort sind und seine Mutter Ihnen quasi die Genehmigung erteilt hat, dass man sie wie zur Familie gehörend betrachtet. In welcher Beziehung stehen sie zu dem Verletzten?"
„Wir sind befreundet."
„Eng befreundet?"
„Nein."
„Aber wenn sie beide nicht so eng befreundet sind, warum sitzen Sie dann jeden Abend an seinem Bett? Ich meine, Sie kennen sich doch erst einige Wochen?"
„Ist das verboten?"

„Nein, natürlich nicht."
„Wir haben dieselbe Wellenlänge. Was ist daran so erstaunlich? Was wollen Sie denn eigentlich mit Ihren Fragen bezwecken?"
„Herausfinden, was passiert ist."
„Der Annahme war ich auch, nur werden Sie von mir in diesem Punkt kaum produktive Hinweise erhalten können. Ich habe Will und Flavia nur gefunden, was für mich persönlich ein sehr schreckliches Erlebnis war. Wie Ihnen der Arzt sicher bestätigen kann, war es schon eine Weile her, dass auf die beiden geschossen wurde, denn Will wäre beinahe verblutet."
„Können Sie mir sagen, wieso Herr Maaler und die Tote sich ausgerechnet dort trafen?"
„Nein, keine Ahnung. Außerdem, wer sagt Ihnen denn, dass sie sich dort im Wald getroffen haben?"
„Warum nicht?"
„Weil sie in Wills Auto saßen und ich nirgends ein anderes Fahrzeug gesehen habe. Wieso sollte Flavia nachts durch den Wald laufen? Sie hätten sich doch auch im Ort oder sonst wo treffen und dann dorthin fahren können. Am Samstag war er mit dem Fahrrad hier und ist erst ziemlich spät heimgefahren."
„Woher wissen Sie das?"
„Weil wir an dem Tag die letzten waren und ich vor ihm los fuhr, kurz nach acht."
„Wohin sind Sie gefahren?"
„In die Gaststätte in der alten Wassermühle."
„Was haben Sie dort getan?"
„Zu Abend gegessen."
„Tun Sie das öfter?"
„Nein."
„Allein?"
„Was allein?"
„Haben Sie allein gegessen?"
„Nein."
„Mit wem?"
„Warum ist das wichtig?"
„Eventuell brauchen Sie ja ein Alibi?"
„Na, ganz sicher nicht!"
„Bitte, Fräulein Schöner! Mit wem haben Sie in der alten Mühle gegessen?"
„Mit meinen Eltern."
„Aus welchem Anlass?"
„Sie wollten mir mein Geburtstagsgeschenk geben."

„Warum vorher schon? Sie haben doch erst in ein paar Wochen Geburtstag?"

„Stimmt, Sie sind bestens informiert. Deshalb müssten Sie auch wissen, dass meine Eltern als Journalisten im Ausland unterwegs sind. Zurzeit sind sie in Südostasien und nehmen an einer Forschungsreise teil, über die sie berichten werden. Ist Ihnen das Erklärung genug?"

„Ich werde es überprüfen. Wann waren Sie zu Hause?"

„Gegen Mitternacht. Und ehe Sie fragen, ich habe versucht ein paar Stunden zu schlafen. Trotz der Hitze. Allein. Um sechs Uhr morgens bin ich aufgestanden und kurz vor sieben aus dem Haus gegangen. Das kann übrigens mein Nachbar bestätigen. Der stand vor der Haustür, weil er unten rauchen war. Er erinnert sich bestimmt daran, er hat mich nämlich wieder einmal belästigt." Sie nennt ihm den Namen, den der Kommissar sich notiert.

„Auch das werde ich überprüfen. Wie sind Sie denn in den Wald und zum Tatort gekommen?"

„Geritten."

„Sie wissen ganz genau, wie ich es gemeint habe, Fräulein Schöner!" merkt er gereizt an. Agatha schaut ernst und kurz auf: „Ich habe meine Antwort auch ernst gemeint. An diesem Tag waren wegen der Hitze noch etliche andere Reiter sehr zeitig da. Ich wollte nicht im Pulk reiten, also habe ich eine Richtung gewählt, wo kein anderer hin ritt. Dazu kam, dass ich mein Pferd an die Bahn gewöhnen will. Das geht nur auf dieser Strecke."

„Aha. Ich könnte demnach auch annehmen, dass Sie sicherstellen wollten, dass die beiden tot sind und dass Sie froh waren, allein in diese Richtung reiten zu können."

„Das ist Quatsch, Herr Kommissar! Mit der einfachen Begründung, dass ich es hätte gar nicht verhindern können, wenn ein anderer dort hätte entlang reiten wollen. Und ich wäre froh gewesen, nicht allein zu sein, als ich die beiden fand. Dazu kommt, dass dieser Weg viel befahren ist und Wills Auto ausgerechnet am Anfang der Hindernisstrecke stand. Wenn es hätte jemand geheim halten wollen, dann hätte er das Auto auf den Waldweg auf der anderen Seite der Hindernisstrecke befördert. Dort ist kaum Betrieb, es wäre außer Sichtweite des Hauptweges." Agatha ist sauer. „Ihre Theorie ist noch aus einem ganz anderen Grund völliger Schwachsinn. Ich mag Will sehr und könnte ihm nie etwas antun!"

„Aha, jetzt kommen wir der Sache schon näher. Verbrechen aus Leidenschaft. Vielleicht waren Sie eifersüchtig, weil er fremdgegangen ist und haben sich rächen wollen?"

„Jetzt sind Sie nicht nur auf dem Holzweg, das Ding ist auch noch morsch. Ich habe nämlich keine solche Beziehung zu Will."
„Warum sitzen Sie dann jeden Abend an seinem Bett?"
„Weil ich mir Sorgen um ihn mache!"
„Na gut. Ich schicke Ihnen noch eine Einladung aufs Revier. Wir müssen ein Protokoll anfertigen und Sie müssen es unterschreiben."
„Ist gut. Aber ich sage Ihnen lieber gleich, ich kann nur nachmittags und nur noch die nächsten beiden Wochen. Dann bin ich vier Wochen im Urlaub. Am ersten Augustwochenende komme ich wieder."
„Wo wollen Sie hin?"
„Erst zwölf Tage nach Irland und dann zwei Wochen nach Norddeutschland zu einer Freundin."
„Ich weiß nicht, ob ich Sie ins Ausland fahren lassen sollte?"
„Sie wollen mich ernsthaft verdächtigen?"
„Ich weiß noch nicht, was die Ermittlungen ergeben werden."
„Wenn Sie diesen Fall genau so behandeln wie die Nachtreiter hier, dann wird Flavias Mörder wohl nie gefasst werden!"
„Was für Nachtreiter?"
„In der Nacht bevor ich Will fand, waren die auch wieder aktiv. Diesmal hatten sie PePe." Und Agatha berichtet dem Kommissar, was sie darüber weiß. Sein Kommentar lautet:
„Aha. Ich kann ja mal in die Akten sehen. Wenn ich Zeit habe."
Unterdessen ist Agatha mit da Gama rund herum fertig. Sie nimmt sich den Hufkratzer und lässt sich seinen linken Vorderhuf geben. Sie ist verärgert und enttäuscht. Eisern hält sie sich zurück und reinigt einen Huf nach dem anderen. Der Kommissar hält sich still im Hintergrund, notiert sich etwas auf seinem kleinen Block und schaut sich um. Doch als Agatha den letzten Huf absetzt und sich umdreht, sieht sie, wie er sie mit gelangweiltem Gesicht betrachtet. Oder hat er ihr auf den Hintern gestiert?
Sofort fällt ihr wieder ein, was Will ihr über die Polizisten sagte, die den Fall der benutzten Pferde untersuchen sollten und fährt Herrn Wilhelm Post an:
„Machen Sie sich nur nicht so viele Umstände! Die Polizei dein Freund und Helfer ist doch nur noch eine leere Floskel, langsam weiß das jedes Kind. Wir werden den Fall im Do-it-yourself-Verfahren lösen müssen, nicht wahr? In der heutigen Zeit färbt man sich schließlich auch allein zu Hause die Haare und geht dazu nicht mehr unbedingt zum Friseur. Warum sollte es bei der Polizei anders sein?" erzürnt geht sie auf die Stallgasse, wirft mit Schwung

den Hufkratzer zwischen Kardätsche und Striegel in die Putzbox und klappt laut den Deckel zu.
Da Gama tritt unruhig auf der Stelle hin und her, legt immerfort die Ohren an. Agatha kehrt zu ihm zurück. Das Ende des Strickes fassend, löst sie mit einem Ruck den Knoten, dann macht sie den Karabiner auf, tätschelt ihm den Hals und schickt da Gama in die hintere Hälfte der Box. Zum Kommissar sagt sie, als sie in der Tür an ihm vorbei geht:
„An Ihrer Stelle würde ich hier weg gehen. Da Gama kommt gleich heran geschossen." Kaum hat sie ausgesprochen und das Stück Möhre aus der Hosentasche geholt, prescht der Wallach mit gefletschten Zähnen auf die Tür zu. Der Kommissar verschwindet eilig um die Ecke auf den Gang. Die Tür halb zuhaltend, damit der Wallach keinen Platz hat, die Box zu verlassen, redet sie sanft auf ihn ein. Kaum ist der Mann aus seinem Blickfeld verschwunden, beruhigt sich da Gama und lässt sich streicheln. Agatha belohnt ihn. Dann verriegelt sie die Box.
Ralf ist schon längst nicht mehr bei Voice. Nach und nach kommen die anderen Reiter in den Stall. Der Kripobeamte folgt Agatha in die Sattelkammer. Nebenbei stellt er organisatorische Fragen, die sie ihm knapp und sachlich beantwortet. Als sie alles erledigt hat, was heute auf dem Plan stand und er keine Fragen mehr stellt, will sie von ihm wissen:
„Wenn das dann alles wäre, würde ich mich gern ins Klinikum begeben. Wir können bei unserem Protokolltermin weitere Fragen erörtern, wenn Ihnen das Recht ist."
„Ja, ich denke, damit bin ich einverstanden." erwidert er genervt. Wortlos verlassen sie die Sattelkammer. Agatha verabschiedet sich. Dann wendet sie sich dem Hoftor zu. Da ruft der Kommissar ihr hinterher, ihm wäre da noch etwas eingefallen. Arglos dreht sie sich um und wartet, bis er bei ihr ist:
„Was wollen Sie mich noch fragen?"
„Trauen Sie es Herrn Maaler zu, sich einer seiner Freundinnen auf so eine Art zu entledigen?" Im ersten Moment bleibt Agatha förmlich die Spucke weg, doch dann ist sie sofort wütend:
„Nein! Und Sie haben keine Ahnung von ihm, sonst würden Sie mich so einen haarsträubenden Blödsinn nicht fragen. Auf Wiedersehen, Herr Post!"
Welch eine bodenlose Frechheit! Dieser Kommissar wurde ihr zusehends unsympathischer.
Eine halbe Stunde später biegt sie in die Auffahrt von Großmamas Haus ein. Immer noch wütend knallt sie die Autotür zu und marschiert hinein.

In der Veranda fängt Großmama sie ab. Ehe sie es sich versieht, entführt sie Agatha in die obere Etage. Als erstes fällt Agatha auf, dass rechts von der Treppe eine Tür fehlt. Sie fragt verwundert nach und bekommt nur eine Antwort:
„Schließ die Augen!"
„Großmama, ich bin nicht in der Stimmung! Ich bin stinksauer und habe eigentlich vor, gleich zu Will zu fahren."
„Schließ die Augen, mein Mädchen, es ist mir wichtig!" Agatha seufzt tief und tut wie ihr geheißen. Großmama nimmt sie an der Hand. Sie führt sie durch die Tür geradeaus.
„Öffne die Augen!" Agatha sieht sich um. In ihrem ehemaligen Kinderzimmer gibt es einen neuen Fußboden, eine neue Tür, die hinter ihr ins ehemalige Gästezimmer führt und zu ihrer Linken steht die Tür zu ihrem neuen Bad auf. Die Armaturen und die Türen der Dusche fehlen noch sowie Waschtisch und Toilettenbecken. Die in verschiedenen Blautönen und Silber gehaltenen Fliesen sind bereits angebracht und lassen das kleine Bad jetzt schon attraktiv wirken. Die Scheibengardine hängt auch schon vor dem schmalen Fenster.
Agatha ist sprachlos.
Vor einer Woche war das noch eine Abstellkammer mit Kisten voller Weihnachtsschmuck und Säcken mit ausrangierter Kleidung.
„Na, was sagst du?"
„Ich…? Meine Güte! Du hast aber gewütet in der vergangenen Woche!" Agatha ist sprachlos.
„Du musst dich noch für Tapeten und Farben entscheiden und am Montag kommen die Fußbodenleger. Was willst du haben: Fußbodenbelag oder Teppichboden?"
„Fußbodenbelag."
„Dann müssen wir morgen einkaufen fahren. Wenn alles klappt, werden am Dienstag die Gardinenstangen angeschraubt, nachdem alle anderen Handwerker fertig sind."
„Aber Großmama!" Agatha kommt aus dem Staunen gar nicht heraus. Ihre Großmutter strahlt sie an:
„Kein Aber! Ich bin dafür, dass du am nächsten Wochenende umziehst. Und ehe du deine Einwände vorbringst, sage ich dir ein paar Gründe, die für einen baldigen Umzug sprechen: zum Beispiel könntest du noch vor dem Urlaub die Wohnung übergabebereit machen und wenn der Polizist oder ein anderer einziehen will, kannst du das Thema sofort abhaken. Dann brauchst du nicht mehr deinen blöden Nachbarn treffen und sparst Nerven. Außerdem kannst du dich besser um deinen Freund im Krankenhaus kümmern, weil ich viele Sachen für dich zu Hause

erledigen könnte." Sie lächelt, schiebt Agatha in das ehemalige Gästezimmer und meint: „Weißt du noch, wenn Mutti und Vati manchmal da waren habt ihr drei hier in diesem Zimmer in dem großen alten Bett geschlafen. Jetzt soll es dein Schlafzimmer werden. Deine Möbel passen hoffentlich rein, oder wir kaufen neue."
„Stopp, Moment! Wir werden nicht noch mehr Geld ausgeben. Außerdem mag ich meine Schlafzimmereinrichtung. Es wird schon alles hier hinein passen." Agatha umarmt ihre Oma glücklich und die streichelt ihr den Rücken. Dann strahlt Großmama sie an und meint aufgeräumt:
„Gut. Also lass uns in die Küche gehen, das Essen wartet. Dabei können wir besprechen, wann wir morgen wo einkaufen werden." Sie schaut auf die Uhr. „Du musst dich beeilen! Will wartet auf dich."
„Wäre schön, wenn er endlich zu sich gekommen wäre." Agatha seufzt traurig.
„Das wird er auch wieder, glaub mir, der Bursche ist stark."
„Woher willst du das wissen?" fragt Agatha und beneidet ihre Oma um ihre schier endlose, positive Energie.
„Weißt du nicht mehr, dass ich ihm einmal die Tür geöffnet habe, als du krank warst? Da habe ich ihn gesehen und mir gleich gedacht, dass du dich in so einen starken, schönen Mann verlieben könntest."
„Oh, Großmama. Ich weiß nicht, ob das gut gehen würde."
„Du klingst aber reichlich verliebt."
„Er vertraut mir nicht und nach den letzten Ereignissen, darf ich ihm auch nicht mehr glauben. Es ist nicht so einfach, wie es scheint."
„Liebe ist nie einfach, dafür ist das Leben zu kompliziert. Aber man kann sich einfach lieben und dieses stärkste aller Gefühle das gemeinsame Leben bestimmen lassen. Wenn man so ein Dickschädel ist wie du, findet man nicht leicht einen Mann mit starkem Charakter, der die Macht hat, dagegen zu halten. Streitereien werden nicht ausbleiben, sie gehören dazu. Du wirst nie ein langweiliges Leben führen. Das kannst du gar nicht." Sie lächelt Agatha liebevoll zu und schaufelt ihr Salat in ein Schälchen. Wenig später ist Agatha auf dem Weg ins Klinikum.
Sie parkt und geht auf die Station. In Wills Zimmer ist alles unverändert. Bleich und reglos liegt er im Bett. Sie steckt die weiße Rose, die sie ihm mitbrachte, zu den anderen beiden in die Vase. Dann setzt sie sich an sein Bett. Sie erzählt ihm von Kommissar Wilhelm Post, da Gama, Voice, PePe und den anderen. Sie richtet

Grüße aus, die sie von anderen Reitern aufgetragen bekam. Nebenbei streichelt sie seine Hand und seinen Arm, massiert leicht die Fingerspitzen. Lange hält sie seine Hand in ihrer. Sie mag es, ihre kleine Hand in seiner großen zu verstecken, dann bekommt sie ein Gefühl von Geborgenheit. Sie legt ihre andere Hand auf seine oben drauf und lehnt ihre Stirn daran. Mit geschlossenen Augen fleht sie Will im Stillen an, er möge aufwachen. Sie will ihm weder Vorhaltungen machen, noch wissen was passiert ist. Nein, sie wünscht sich für ihn, dass er gesund wird. Es soll dir gut gehen!
Beinahe wäre sie so eingeschlafen, aber zum Glück kommt die Schwester herein. Agatha fährt nach Hause. Dort holt sie einige Materialien hervor und bastelte in den nächsten Stunden eine lange Schnur mit Glas- und Holzperlen zwischen verschiedenste Steinchen. An die Enden knotet sie je einen gläsernen Tropfen. Die Dekoschnur wird ziemlich lang und als Agatha mit ihrer Arbeit zufrieden ist, lässt sie sie in ihre Handtasche gleiten. Später im Traum hört sie Will sagen:
Lass uns ein Leben leben, dass noch viel schöner und länger ist als die Schnur.

** * **

„Blumen und Streifen?" hatte Großmama ausgerufen, als Agatha die Tapete in den Einkaufskorb legte.
„Ja und Punkte. Die und die Blumen zusammen ins Wohnzimmer und die Streifen mit der unifarbenen ins Schlafzimmer, dazu die passenden Bordüren." Großmama schüttelte mit dem Kopf und meinte nur:
„Du wirst schon wissen, was du tust. Dafür hast du ein Händchen. Ich lass mich überraschen." Dann landeten noch verschiedene Farben und notwendige Arbeitsgeräte im Einkaufswagen. Zwei hölzerne Rollos und ein Teppich sowie eine Wandleuchte kamen dazu.
Das war gestern.
Heute hat Großmama bestätigt, dass die Auswahl der Tapeten und Farben gut war. Nun steht sie neben Agatha in der neuen Wohnstube und bewundert die farbenfrohe Wandgestaltung. Großmama kam herauf, um Agatha zum Abendessen zu holen, als die grade fertig war mit Streichen. Nachdem Agatha den ganzen Sonnabend zusammen mit einem Nachbarn Tapete geklebt hatte, gab sie den Wänden heute den letzten Schliff. Die

Fenstereinfassungen wurden weiß und um die Türen herum brachte sie im Wohnzimmer ein dunkles Rot und im Schlafzimmer ein sattes Sonnengelb auf die Wände. Der Nachbar wird übermorgen die Rollos, Lampen und Vorhänge anbringen. Großmama hat bereits alles organisiert und zurecht gelegt. Für Agatha hatte sie auch noch einen sehr wichtigen Auftrag, nämlich jeden Tag in der nächsten Woche einen Teil ihrer Sachen und Einrichtungsgegenstände mitzubringen.

Sie macht Ernst mit dem Umzug am kommenden Wochenende. Fahrzeuge und Helfer hat sie schon organisiert. Agatha kommt sich ein wenig überrollt vor, doch wenn sie genau darüber nachdenkt, hat Großmama eigentlich in allen Punkten Recht.

Nachdem sie gemeinsam die Arbeitsgeräte und Farben aufgeräumt haben, wäscht sich Agatha die Hände und setzt sich an den gedeckten Tisch im Hof hinter der Veranda. Großmama kommt mit zwei Gläser und einer Flasche fröhlich aus dem Haus gewuselt. Sie füllt die beiden großen bauchigen Stielgläser und drückt eines davon in Agathas Hand:

„Auf deine neuen vier Wände! Prost, mein Schatz!"

„Prost, Großmama! Aber ich muss doch noch Auto fahren."

„Das ist dieser Cidre, der hat nicht viele Prozente. Das Gläschen ist in einer Stunde raus. Außerdem kannst du doch mit dem Rad fahren. Durch die Stadt bis ins Klinikum brauchst du kein Auto."

„Stimmt und wie komme ich heim?"

„Ich sagte doch, das Zeug ist in einer Stunde durchgelaufen und wenn du dir nicht sicher bist, fährst du mit meinem Fahrrad nach Hause und bringst es mir später, nachdem du bei Will warst, zurück." Großmama nimmt einen Schluck und überlegt laut: „Die Idee ist sowieso die beste, alles andere ist reine Benzinverschwendung." Agatha lächelt. Es ist so typisch Omi.

„Du hast ja Recht, aber ich bin heute müde und erschöpft. Ob ich es noch schaffe, vom Krankenhaus hier her zu kommen, weiß ich noch nicht. Vielleicht hole ich mein Auto auch erst morgen früh."

„Das ist okay, mein Mädchen. Mach, wie du denkst. Ich bin nur so froh, dass du bald wieder bei mir wohnen wirst. Also, lass es dir schmecken!"

„Danke, ich freue mich auch. Guten Appetit!" Später radelt Agatha durch die Straßen der Stadt. Sie muss sich beeilen, denn es ist schon spät. Heftig atmend kommt sie bei Will an. Ihre Handtasche legt sie beim Fußende des Bettes ab. Nachdem sie ihm zur Begrüßung einen Kuss auf die Stirn gedrückt hat, zieht sie die Dekoschnur aus der Handtasche und hängt sie über den Galgen an Wills Kopfende. Die gläsernen Tropfen baumeln in

unterschiedlichen Höhen herab. Die Abendsonne schickt ihre letzten Strahlen zum Fenster herein, sodass ab und zu flirrende Reflexionen an der Zimmerwand erscheinen. Kaum hat sich Agatha hingesetzt, überfällt sie eine starke Müdigkeit. Um sich abzulenken, berichtet sie Will von ihrer neuen Wohnung und der Streicherei. Sie erzählt von der zügigen Organisation ihres Umzugs und Großmamas Gründen dafür. Dann erwägt sie die verschiedenen Möglichkeiten, wie sie die Kinder am morgigen Montag zufrieden stellen könnte. Bis sie zu dem Schluss kommt:
„Entweder du wachst auf und wirst in Rekordzeit gesund, oder ich muss den Übungsleiterschein machen. Hoffentlich kann Ralf mir zeigen, wie man ein Pferd longiert." Sie stützt sich auf der Kante des Bettes ab und betrachtet Wills Gesicht. Dabei streichelt sie seine Finger.
Als ihr die müden Lider wie von selbst zufallen, entgeht ihr die Bewegung in Wills Gesicht.
Plötzlich merkt sie, wie ihr der Kopf von der Hand rutscht. Erschrocken schaut sie sich um. Nein, außer ihr ist keiner da. Sie hatte das Gefühl, einen Laut vernommen zu haben. Aber Will liegt genauso reglos da wie vorhin. Mit ihrer Hand hat sie immer noch die seine umfasst.
Jetzt lässt sie los und schafft den Stuhl wieder zum Fenster. Besser sie fährt heim, ehe sie sich hier in Peinlichkeiten stürzt. Deshalb umrundet sie das Bett, fährt ihm mit den Fingerspitzen durch das Haar und lächelt:
„Weißt du, als wir uns zum ersten Mal trafen, dachte ich, was du für eine schöne Haarfarbe hast. Und dazu deine blauen Augen." Sie küsst seine Stirn. „Mach sie wieder auf! Bitte, Will! Ich liebe dich!" Ihre Lippen berühren noch einmal seine Schläfe, dann schleicht sie aus dem Zimmer. Beim Glaskasten der Schwestern sucht sie nach ihren Autoschlüsseln. Da fällt ihr ein, dass sie ihre Handtasche bei Will stehen ließ. Sie geht zurück und drückt leise die Tür auf. Ihre Handtasche befindet sich noch dort, wo sie sie hin getan hatte, am Fußende des Bettes. Sie wirft noch einen letzten liebevollen Blick auf ihn und verlässt traurig wie immer den Raum. Leise zieht sie die Tür hinter sich zu.
Will sieht, wie Agatha sich von ihm abwendet.
Warum bleibt sie nicht hier?
Wo willst du hin?
Irgendwie kann er seine Frage nicht laut formulieren und da ist sie auch schon zur Tür hinaus. Hat Mutter umbauen lassen? So ein Zimmer gibt es in seinem Haus nicht und solche breiten Türen schon gleich gar nicht. Und warum fühlt er sich so komisch? Er ist

zu müde zum Denken. Morgen früh wird alles besser sein. Seit er sich entsinnen kann, versprach ihm das seine Mutter, wenn er mal krank war.
Krank.
Er ist im Krankenhaus!
Weiter kommt Will nicht mit seinen Erkenntnissen, denn die Erschöpfung und der Schlaf überwältigen ihn.

** * **

Dieser Montag war irre heiß. Jeder wünschte sich eine Abkühlung. Gegen Ende der Trainingseinheit hörte man es in der Ferne donnern. Als die Kinder aus Wills Truppe sich verabschiedeten, fing es an zu gewittern. Dicke graue Wolken ballten sich am Himmel zusammen. Die ersten Tropfen trafen die Frontscheibe, da startete Agatha ihren Wagen. Sie hoffte, der Regen wäre in der Stadt noch nicht angekommen oder wenigstens nicht so schlimm. Aber das Gegenteil stellte sich heraus. Umso näher sie der Stadt kam, um so mehr hatte der Scheibenwischer zu tun und die Reifen mit Aquaplaning zu kämpfen. Ausgerechnet jetzt muss es wie aus Eimern schütten, wenn sie es am wenigsten braucht. All die Basteleien und Briefumschläge für Will, die ihr die Kinder heute im Reitstall zu treuen Händen gaben, werden bei diesem Wolkenbruch durchweichen.
Agatha sitzt in ihrem Wagen auf dem Parkplatz des Klinikums und wägt ihre Chancen ab. Das Trommeln des Regens auf dem Auto ist schon eher ein Donnern. Plötzlich fällt ihr ein, dass sie die Plastiktüte vom letzten Einkauf unter den Sitz gestopft hatte. Sie zerrt sie vor, verstaut alle Mitbringsel darin und sucht nach ihrem Schirm.
Der ist im Kofferraum.
Na, toll!
Dort nutzt er ihr natürlich nichts. Bis sie ihn herausgeangelt hat, ist sie genauso nass, als wenn sie gleich los spurtet. Sie wartet noch ein paar Sekunden, aber der Regen hört nicht auf und weniger wird er auch nicht. Sie hat keine Zeit zu verlieren, es ist schon wieder recht spät.
Also los!
Sie zieht den Schlüssel ab, schwenkt die Tür auf und springt raus. Die Tüte hält sie oben fest mit der Faust zu. Große Regentropfen klatschen auf ihre Haut. Manche tun richtig weh. Schnell wirft sie

die Tür zu, drückt im Losrennen auf die Fernbedienung und sprintet auf den Eingang zu. Einer der großen Pfützen kann sie nicht mehr ausweichen, zwei Schritte muss sie hindurch machen. Das Wasser spritzt ihr bis unter den knielangen Rock. Dann hat sie das Vordach erreicht. Regenwasser rinnt ihr an den Beinen und den Rücken hinunter. Ihre Bluse wird zum Glück nicht durchsichtig bei Nässe, aber sie klebt am Körper. Die Plastiktüte ist hoffentlich dicht. Bevor sie die Tür öffnet, schüttele sie das Wasser aus den Haaren. Die erste Besuchertoilette im Klinikum, die sie trifft, benutzt sie, um wenigstens die nasse Haut an Armen und Beinen sowie das Gesicht abzutrocknen. Für die nasse Frisur, die keine mehr ist, kann sie nichts tun. Das Fönen vorhin war ein glatter Schuss in den Ofen. Jedoch hat Will sie ja bereits mit nassen Haaren gesehen, die hatte sie letzte Woche in der Männerdusche auch nur mit dem Handtuch trocken gerubbelt und mit den Fingern gekämmt. Doch er wird sie sowieso nur sehen, sofern er die Augen endlich öffnet.
Agatha steht vor dem Waschbecken und starrt in den Spiegel. Vor ihrem inneren Auge läuft der tollste Film ab, den sie kennt. In den Hauptrollen Will und sie. Casablanca ist nichts dagegen. Dieses unheimlich gute Gefühl erfüllt und wärmt sie jedes Mal, wenn sie daran denkt, wie er sie küsste. Sie war am Ziel ihrer Wünsche, kam der Erfüllung all ihrer Träume so nah wie noch nie. Fühlte sich selig geborgen in seinen Armen. Warum hat sie ihm eigentlich nicht einfach gesagt, dass sie ihn liebt? Weil es nicht einfach ist, ihm so etwas zu sagen. Was, wenn er von ihr nicht mehr als von den anderen Frauen erwartet? Nur um ihr Verlangen und vielleicht auch seines zu stillen, wird sie sich nicht hergeben. Könnte sie sein Nein einfach so hinnehmen? Schon der Gedanke bereitet ihr Schmerzen. Denn sie will mehr von ihm, viel mehr als nur Sex. Doch eventuell könnte er sich in sie verlieben, wenn sie ihm sagt, dass sie ihn liebt. Sie hätte die Gelegenheit nutzen sollen. Vielleicht wäre dann das alles nicht passiert und Flavia würde noch leben und Will nicht bewusstlos im Krankenhaus liegen? Und sie ist schuld?!
Nein!
Sie schiebt diesen Gedankengang von sich. Darüber wird sie sich jetzt nicht den Kopf zerbrechen! Entschlossen reißt sie die Toilettentür auf und geht weiter zur Intensivstation. Hinter den großen Fenstern des Schwesternzimmers ist keine Schwester zu sehen. Die einzige in Agathas Blickfeld betritt eines der letzten Zimmer ganz hinten im Gang. Also schleicht Agatha weiter zu Wills Zimmer. Leise öffnet sie die Tür. Auf der Schwelle bleibt sie erschrocken stehen.

Sie stiert ein leeres, frisch bezogenes Bett an.
Die Blumen sind weg und die Schnur baumelt auch nicht mehr am Galgen. Was ist passiert? Eilig verlässt sie den Raum und sucht nach einer Schwester. Beim Glaskasten ist keiner. Wo sind die denn alle? Sie ist beinahe drauf und dran von einem Patientenzimmer zum nächsten zu gehen, da taucht die Schwester hinten im Gang wieder auf. Agatha rennt ihr entgegen und bestürmt sie mit der Frage, was mit Will geschehen sei. Da lächelt die Schwester und meint freundlich:
„Nur keine Aufregung! Er ist heute morgen wach geworden und der Doktor hat ihn auf die Station nebenan verlegen lassen. Es geht ihm soweit gut."
„Danke." Agatha schluckt die Panik runter. „Welche Station?"
„Station Zwei, Zimmer zwei null zwei. Ich habe ihn vorhin rüber gebracht."
„Danke. Schönen Abend!" verabschiedet sie sich von der Schwester. Im Losrennen hört sie deren Antwort mit der Bitte, nicht zu stürzen. Doch sie hat nur einen Gedanken.
Er ist wach!
Endlich!
Agatha freut sich unheimlich. Jetzt wird er wieder gesund. Ganz bestimmt! Sie hetzt durch den Treppenflur, drückt die Tür zu Station zwei auf und landet in einem Gang der beinahe genauso aussieht, wie die Intensivstation. Die Dekorationen sind andere und es gibt eine Sitzecke am anderen Ende, die im Moment leer ist. Der Glaskasten der Schwestern ist gleich ganz vorn. Auch hier ist momentan niemand zu finden. Also sucht sie sich das Zimmer zwei null zwei.
Sie braucht nicht weit zu gehen. Bevor sie die Klinke berühren kann, wird die Tür von innen geöffnet. Ihr kommt eine korpulente Schwester entgegen, die demonstrativ die Tür hinter sich ins Schloss drückt. Agatha versucht zu lächeln:
„Guten Abend!" sagt sie leise. „Ich wollte zu Herrn Maaler."
„Es ist keine Besuchszeit mehr, Fräulein!"
„Ich weiß, aber ich bin jeden Abend bei ihm gewesen."
„Kommen Sie morgen wieder!"
„Aber ich habe die ganzen Geschenke der Kinder mit und habe ihnen versprochen, sie Will zu geben."
„Die können sie mir geben."
„Nein, bitte!" Agatha versucht es anders herum. „Sie verstehen mich nicht. Ich warte seit einer Woche darauf, dass er wieder wach wird. Ich habe jeden Abend an seinem Bett verbracht. Seine Mutter

hat zugestimmt, dass ich wie ein Familienmitglied behandelt werde. Ich will ihn nur sehen."

„Er schläft sowieso, ich habe ihm grade etwas verabreicht."

„Bitte, nur fünf Minuten."

„Er schläft bereits."

„Bitte!" Agatha ist entschlossen, sich an Wills Bett vorzukämpfen, koste es, was es wolle. Da schaut die Schwester über ihre Schulter und sagt mit genervtem Gesicht:

„Der Doktor soll das entscheiden." In dem Moment hört Agatha die Schritte hinter sich und des Doktors sonore Stimme:

„Guten Abend, Fräulein Schöner! Ich freue mich, Sie zu sehen." Er streckt ihr die Hand entgegen, die sie ergreift. „Grade wollte ich nach unserem Patienten sehen. Kommen Sie!" Er wendet sich der Schwester zu und sagt: „Fräulein Schöner gehört dazu, Sie hat die ausdrückliche Erlaubnis der Familie." Dann zeigt er mit einer einladenden Geste auf die Tür: „Nach Ihnen, Fräulein Schöner." Erleichtert schiebt sich Agatha an der Schwester vorbei und drückt auf die Klinke. Hinter ihr tritt der Arzt ein. Leise schließt sie die Tür. Sie folgt ihm langsam und schaut sich in dem Patientenzimmer um. Links steht ein frisch bezogenes leeres Bett. Gegenüber diesem auf der rechten Seite befindet sich die Tür zur Nasszelle.

In der großzügigen Nische dahinter bis zum breiten Fenster steht Wills Bett. Sein Körper liegt genauso da, wie auf der Intensivstation, nur dass er das rechte Knie angezogen und den Kopf nach rechts gedreht hat. Das einzige Geräusch im Raum sind seine gleichmäßigen Atemzüge.

Der Arzt tritt an das Bett und spricht Will an, doch der reagiert nicht. Da nimmt er sein Handgelenk und fühlt den Puls. Dann schaut er ihm genauer ins Gesicht, auf die Verbände am Oberkörper und am Arm, nickt und sagt leise:

„Er braucht viel Schlaf. Ich bin zuversichtlich, dass er in ein paar Wochen wieder soweit hergestellt ist, dass er nach Hause entlassen werden kann. Doch abwarten. Wir werden es sehen. Ich lasse Sie jetzt allein. Bitte, nur zehn Minuten. Ich sage der Schwester Bescheid. Auf Wiedersehen!"

„Danke, Doktor." flüstert Agatha. Sie steht mit der Plastiktüte in der Hand neben dem Bett und schaut Will an. Das leise Klicken der Tür sagt ihr, dass sie allein mit ihm ist.

Sein linker Arm mit dem Verband ist über dem Bauch angewinkelt, der andere unter dem Kopf. Auf dem Nachttisch steht die Vase mit ihren Rosen neben den Blumen und Karten von anderen. Am Galgen über ihm hängt die Schnur. Das Laken, dass ihm als Zudecke dient, verbirgt seinen Körper nur vom Bauchnabel bis

oberhalb der Knie. Sein linker Fuß und Unterschenkel sind eingebunden, aber nicht mehr hochgelegt, wie vorher. Die geschlossenen Augen vermitteln ihr einen anderen, besseren Eindruck als auf der Intensivstation. Warum kann sie nicht sagen. Er sieht im Allgemeinen vitaler aus, ist aber immer noch blass. Vielleicht kann er sie morgen im wachen Zustand ein paar Minuten ertragen. Sie freut sich so sehr und hat gleichzeitig Angst, ihn zu wecken. Deshalb stellt sie all die Arbeiten der Kinder zwischen die Blumen und Karten. Morgen wird sie sie ihm erläutern. So schnell und leise wie möglich knautscht sie die Tüte zusammen. Das Knäuel birgt sie fest in der Hand, damit es nicht mehr knistert. Sie würde ihm so gern wieder einen Kuss auf die Schläfe drücken, doch sie will ihn nicht stören. Deshalb flüstert sie leise:
„Ich bin so froh, dass du wach geworden bist. Oh, Will, ich hatte solche Angst um dich, aber jetzt bin ich glücklich. Schlaf dich aus und werde gesund. Morgen komme ich wieder und hoffe, dass du dich freust, mich zu sehen. Gute Nacht!" sie beugt sich über ihn und küsst vorsichtig seine Schulter über dem Verband, „Ich liebe dich!"

** * **

Es ist wirklich erstaunlich, wieviel man schlafen kann. Will schaut auf die Uhr, kurz nach sieben am Mittwochabend. Das Abendessen ist schon etliche Zeit vorbei und die Schwester war mit der Tablette da. Die Schmerzen im Arm und dem Rücken lassen ihn schlecht einschlafen und ständig wach werden. Weshalb er sich eine Schlaftablette erbeten hatte. Die schluckt er jetzt, spült sie mit dem restlichen Wasser aus dem Trinkglas hinunter, stellt es neben die Flasche auf den Nachtschrank und lässt sich in die Kissen sinken. Er fühlt sich, als hätte er den ganzen Tag schwer gearbeitet, dabei war die längste Strecke, die er heute zurücklegte, die zwischen Bett und Dusche. Bis auf die Toilette ist es einen Schritt weniger. Er konnte sich vorher kaum vorstellen, wie schön es sein kann, allein ein Bad benutzen zu können. Die Dusche heute Morgen war die blanke Erlösung, hinterher fühlte er sich endlich wieder wie ein Mensch. Es ging ihm gleich viel besser, kostete ihn allerdings seine gesamten Kraftreserve. Abgekämpft erreichte er wieder sein Bett und schlief beim anschließenden Besuch seiner Mutter ein. Es war ihm peinlich. Er wird sich morgen bei ihr entschuldigen. Dabei erinnert er sich daran, wie Agatha am Telefon eingeschlafen war. Sein Blick wandert hinauf zu den gläsernen Tropfen. Die

Schwestern hatten ihm erzählt, dass Agatha jeden Tag auf der Intensivstation stundenlang an seinem Bett gesessen hatte und auch an dem Abend da war, an dem er hierher verlegt worden war. Doch er hat sie noch nicht zu Gesicht bekommen.
Was soll er ihr auch sagen?
Zuerst muss er sich bei ihr bedanken. Der Arzt, ein bärbeißiger älterer Herr mit grauen Schläfen und einer sonoren Stimme, erzählte ihm, dass er verblutet wäre, hätte sie ihn nicht rechtzeitig gefunden. Sie hatte ihm das Leben gerettet und dass einen halben Tag nachdem sie ihn wegen ihrer Familie verlassen hatte.
Nicht nur verlassen.
Nach diesem Kuss stand er am Abgrund. Als sie ihm den Weg zu sich versperrte, konnte er nur noch in die Hölle sehen. Er hatte schwer mit sich gerungen, doch egal welche Ausfahrt er nahm, alle Gedanken endeten bei ihr. Mit Vernunft hatte er dann lediglich seine Wut eingedämmt. Beruhigt hatte es ihn nicht. Sie hatte gesagt, sie würde wiederkehren, wenn sie darf.
Warum wollte sie zu ihm zurückkommen?
Die Antwort auf diese Frage ist ihm sehr wichtig. Sie bestimmt seine weiteren Entscheidungen. Aber diese Frage kann nur Agatha beantworten und er will ihr ins Gesicht sehen dabei. Nicht am Telefon, sondern persönlich. Und was passiert, wenn sie sich anders entschieden hat und nicht mehr zu ihm zurückkehren will, weil sie Flavia neben ihm im Auto fand?
Er war wirklich dumm.
In seiner Wut gab er nach und traf sich zu so einer frühen Stunde mit ihr. Seine Erinnerung reicht nur bis dahin zurück, wo der Mann auf Flavia schoss. Ein Schuss nach dem anderen krachte und nahm ihm das Bewusstsein. Sein Erstaunen beim Erwachen hielt sich in Grenzen, denn er hatte die Wucht des Geschosses gespürt, die die Kugel nicht nur durch seinen Oberarm sondern auch durch die Scheibe der Tür hinter ihm befördert hatte. Warum kann er nicht sagen, er hatte sich nicht umgedreht, trotzdem weiß er, dass die Kugel die Seitenscheibe durchschlagen hat. Er war in den Sitz geschleudert worden und hatte noch ein zweites Geschoss abbekommen. Flavia schrie neben ihm hysterisch, da zielte der Mann auf sie und pumpte den Rest des Magazins in ihren Körper. Mit ihrem letzten Laut, erstarben auch seine Sinne. Er kann sich noch so viel Mühe geben, sein Film ist an dieser Stelle zu Ende. Wieso das alles passiert ist und wer der Mann war und warum er auf sie beide geschossen hat, weiß Will nicht. Vielleicht wäre Flavia noch am Leben, wenn er ein Treffen mit ihr abgelehnt hätte? Oder lag es daran, wo sie hinfuhren? Oder hatte sie sich mit jemandem

eingelassen, der ihren flatterhaften Lebensstil nicht so toll fand wie sie? Oder wollte sich jemand an ihm rächen? Aber warum? War doch eine der Frauen verheiratet, mit der er in den vergangenen Monaten geschlafen hatte? Oder war es der Vater eines der gerade volljährig gewordenen Mädchen, die in seinem Bett lagen? Oder waren sie jemandem im Weg?
Will zerbricht sich den Kopf seit er wach und sich bewusst geworden ist, was vorgefallen war. Wenn er den Gedanken zulässt, dass erneut eine Frau an seiner Seite starb, überkommt ihn ein depressives Gefühl. Will hatte gehofft, diesen Teil seines Lebens abgeschlossen zu haben. Und jetzt ist es wieder geschehen. Auch diesmal konnte er nichts dagegen tun, aber er fühlt sich schuldig. Es belastet ihn sehr.
Mit Macht schüttelt er diesen Gedanken ab, er reißt ihn sonst in seelische Abgründe, die er nie wieder erleben möchte. Ein tiefer Seufzer entringt sich seiner Brust. Die Polizei findet hoffentlich die Ursache des Überfalls und Flavias Tod heraus und den Täter am besten gleich mit. Heute hatte der Arzt gesagt, dass ein Kommissar der Kripo mit ihm sprechen will. Der wird in den nächsten Tagen hier erscheinen. Irgendwie hat Will das Gefühl, diesen Mann von Erzählungen her zu kennen, aber er kann sich nicht entsinnen, warum das so ist.
Schmerzgeplagt verzieht er das Gesicht. Seit Mittag pocht es in seinem linken Arm mehr als sonst. Man erläuterte ihm, dass die Schusswunde in einer OP gesäubert und genäht worden ist, weil die offene Stelle zu groß und unübersichtlich war. Das eine Geschoss war direkt durch den Oberarmmuskel gegangen und das andere hatte die Haut und den Muskel darüber zerfetzt. Es bestand der Verdacht, dass der Knochen eventuell doch in Mitleidenschaft gezogen wurde. Aber der Arzt bestätigte, es sei nicht so gewesen. Der Eingriff sei nach Plan verlaufen, die Wunde ordnungsgemäß geschlossen worden. Sein Körper wird sich erholen. Leichte Schmerzen seien normal.
Dafür heilen seine Knochen sehr gut. Die Verbände um den Brustkorb und sein Bein sind nach dem Duschen erneuert worden. Von dort spürt er kaum noch etwas. Der blau geschlagene Arm tut nicht mehr ganz so sehr weh und verfärbt sich langsam. Dass man in dem Duschraum derart ungünstig fallen kann, hätte er wahrscheinlich kaum jemandem geglaubt.
Will war auf dem letzten Rest Duschgel ausgerutscht, rückwärts gestürzt, hatte versucht sich mit der rechten Hand auf dem Fensterbrett hinter sich abzufangen. Dort war er ebenfalls auf den nassen Fliesen mit dem Handballen abgeglitten, mit den Rippen

und dem Unterarm auf die Kante des Fensterbrettes geknallt, bevor er sich mit dem anderen Arm und einem Fuß abfangen konnte. Dabei war er kraftvoll gegen die Stirnseite der Duschkabinentrennwand getreten. Dass sein Mittelfußknochen angeknackst sein könnte, ist ihm gar nicht bewusst geworden. Es war ihm beinahe peinlich, dem Arzt die Ursache seiner Prellungen und Knochenbrüche erklären zu müssen. Doch der zuckte mit keiner Wimper. Sicherlich hat er schon haarsträubendere Geschichten gehört in seinem langen Medizinerdasein.
Ein sanftes Lüftchen bewegt sich vom offenen Fenster her durch den Raum. Angenehm kühl streicht es über die Haut. Das Klatschen der Regentropfen, die von Blättern und Gegenständen fallen, ist nach dem kräftigen Regenschauer ein beruhigendes Geräusch. Seit gestern Abend gewittert es immer wieder. Aber kaum ist die graue Wolke verschwunden, schlägt die Hitze erneut zu. Jetzt riecht die Luft wie frisch gewaschen. Will mag diesen Duft, obwohl er hier mit Krankenhaus- und Stadtgerüchen vermischt ist. Zu Hause öffnet er auch immer das Fenster, wenn er zu Bett geht. Allerdings schweben dort die Aromen von Wiese, Garten und Wald herein.
Langsam fällt Will das Denken schwer. Seine Lider schließen sich wie von selbst. Ohne es zu merken, treibt er hinüber in Morpheus Reich. Die Erschöpfung zusammen mit der Tablette verhelfen ihm zu einem sehr tiefen Schlaf. Er ist noch nicht lange im Land der Träume, als sich behutsam die Zimmertür öffnet.
Agatha schaut durch den Spalt, das zweite Bett ist noch frei. Im Zimmer herrscht Stille. Sie tritt ein, schleicht zu Will und flüstert: „Hallo. Will? Bist du wach?" Heute liegt sein linker Arm lang ausgestreckt neben ihm, das rechte Bein ist aufgestellt und der rechte Arm liegt angewinkelt auf seinem Bauch. Sie hat den Eindruck, er würde jeden Augenblick die Augen öffnen und sie ansehen. Sie wünscht sich so sehr einen Blick aus diesen blauen Augen. Mit Absicht küsst sie seine Stirn und streichelt seinen Handrücken, aber er zuckt nicht einmal. Die Schwester hat ihr lediglich fünf Minuten gegeben. Sie solle gefälligst in der Besuchszeit am Nachmittag herkommen. Sie wird es versuchen, hatte Agatha geantwortet und war weiter gegangenen zu Wills Zimmer. Nach leisem Klopfen war sie eingetreten.
Doch er schläft tief und fest.
Vermutlich hat er wieder ein Schlafmittel verabreicht bekommen. Sie steht neben seinem Bett und schaut ihn an. Gestern schlief er auch. Macht er das mit Absicht, oder ist er noch zu erschöpft, um sich auf den Beinen zu halten? Ach, Quatsch! Natürlich macht er

das nicht mit Absicht. Am Abend schläft er normalerweise, wie alle anderen Patienten auch. Seine Kondition muss schließlich erst wieder hergestellt werden. Das braucht Zeit, viel Zeit und Ruhe. Es wird mit jedem Tag besser, beruhigt sie sich. Dann eben morgen. Heute hat sie ihm eine vierte Rose mitgebracht. Den Zweig mit den vielen Knospen, die sich zu schönen gelben Blüten öffnen werden, stellt sie mit frischem Wasser in die Vase zu den anderen. Gedankenverloren stiert sie die Blumen an. Behutsam fährt sie mit den Fingerspitzen über die Blütenblätter. Großmama hatte Recht. Agatha wusste es auch, aber irgendwie fiel es ihr schwer, daran zu glauben. Die Zeit ging vorbei, in der Will bewusstlos auf der Intensivstation lag.

Er ist stark.

Er wird wieder gesund.

Alles andere findet sich. Ein tiefer Atemzug lässt sie sich zum Bett umdrehen. Aber Will schläft. Sie stützt die Arme auf die Bettkante und schaut ihn an. Seine Haut sieht heute schon frischer aus. Sein Atem geht ruhig und gleichmäßig. Schlaf dich gesund, wir sehen uns morgen. Die vielen kleinen Dinge der Kinder drapiert sie so hin, dass er sie sehen kann, wenn er aufwacht. Ein wenig niedergeschlagen schleicht sie sich aus dem Zimmer.

Ein paar Minuten später ist sie bei ihrem Fahrrad draußen und steigt auf. Enttäuscht und traurig, wie jeden Tag. Egal was gewesen ist, sie möchte ihm so gern in die Augen sehen und fragen, wie er sich fühlt, ihm sagen, dass alle ihm eine gute Besserung und schnelle Genesung wünschen. Sie ganz besonders. Und dass sie unendlich froh ist, dass er lebt.

Sie radelt durch die Straßen der Stadt. Die Umzugsvorbereitungen sollen sie ablenken. Wie von Großmama gewünscht, wurden die Renovierungsarbeiten gestern abgeschlossen und Agatha bringt bei jedem Besuch Kartons und Taschen voll Dinge mit, die sie entbehren kann. Den halben Kleiderschrank, die Weihnachtsdeko und ähnliches ist bereits bei Großmama. Für morgen hat sie den Inhalt des Wohnstubenschranks geplant. Doch vorher wird sie aus den Fotos, die sie heute in Pferdestall geschossen hat, eine Grußkarte für Will anfertigen. Das Zusammenstellen der Bilder ist am PC kein Hit und auf Fotokarton ausgedruckt, wird es sicher gut aussehen. Will wird sich hoffentlich freuen, seine Truppe auf den Pferden sitzen zu sehen. Stolz wie die Ritter thronen sie in den Sätteln und strahlen. Agatha nahm auch einige Bilder von da Gama und Voice auf der Koppel sowie PePe und Heinz in ihren Boxen auf. Davon wird sie jeweils das schönste Foto für die Karte aussuchen. In Gedanken versunken steigt sie vor der Haustür ab, kramt den

Schlüssel heraus und will ihn ins Schloss stecken, als von innen die Haustür geöffnet wird. Vor ihr steht ihr Nachbar und grinst. Höflich grüßt sie und drängelt sich an ihm vorbei. Er hält ihr nicht die Tür auf, sondern schiebt sie förmlich zur Seite, um nach draußen zu gelangen. Vor der Haustür stehend, glotzt er ihr hinterher. Agatha trägt eilig ihr Fahrrad die Treppe hinab und schließt es in ihrem Keller ein. Auf dem Weg nach oben in ihre Wohnung im zweiten Stock hat sie noch zwei Stufen der Kellertreppe vor sich, da geht die Haustür auf und ihr Nachbar brüllt rein:

„Du kommst zu spät, Süße. Dein Besuch ist längst weg. Was hast du denn ausgefressen, dass die Kripo nach dir fragt? Die Fettbacke hat geguckt wie 'n Affe, als ich ihm verklickert hab, dass ich dir seit Jahren in den Ohren liege, mich zu heiraten. Dann würdest du keine Schwierigkeiten mehr machen, weil du gar keine Zeit hättest für Blödsinn. Das tät ich dir austreiben!" er lacht, befördert seinen Zigarettenstummel in den Mülleimer und kommt zur Haustür herein gelatscht. Die kurzen Hosen sind immer noch dieselben, wie vor einigen Tagen und die Latschen auch. Seiner Geruchskulisse nach zu urteilen, der Schweiß ebenfalls. Er macht Anstalten, Agatha die Treppe rauf zu folgen. Vergiss es, du Stinktier!

Agatha rennt los.

Es ist ihr egal, ob er es als Flucht wertet. Mit ihr Schritt halten, kann er nicht. Den Schlüssel in der Hand stürmt sie immer zwei Stufen auf einmal nehmend die Treppen empor. Vor ihrer Wohnungstür angekommen, steckt sie den Schlüssel ins Schloss und sieht aus den Augenwinkeln, wie ihr Nachbar hustend um die Ecke kommt.

Nichts wie weg.

Es wäre megaeklig, wenn er sie berührte. Sie flüchtet in ihre Wohnung und wirft hinter sich die Türe zu. Husten, fluchen und Schlüssel rasseln hört sie, ehe seine Tür zufällt und wieder Ruhe einzieht. Es schüttelt Agatha erneut, der Kerl ist genauso widerwärtig, wie sein Gestank. Pfui. Der kriegt sie niemals! Agatha stöhnt innerlich auf und schlüpft aus ihren Sandalen. Wenn der Kommissar den Schwachsinn glaubt, fängt er glatt an, ernsthaft gegen sie zu ermitteln. Wer weiß, was das dann für Blüten treibt. Wegen dem Protokoll ihrer Aussage, rief er sie auch noch nicht zurück. Was sollen nur die Kolleginnen denken, wenn Kommissar Post sie befragen sollte. Der Vorfall stand zwar in der Zeitung, aber ihr Name nicht. Bisher hatte Agatha noch nichts darüber in der Kindereinrichtung erzählt. Die meisten wissen auch nicht, dass sie ein Pferd hat und reiten geht. Nur mit dem Hausmeister und der Praktikantin unterhielt sie sich ein einziges Mal über dieses Thema.

Die Praktikantin ist nur noch diese Woche da und der Hausmeister hat Urlaub.
Den Frust mühsam beiseite schiebend, setzt sich Agatha an ihren Computer und speichert die Fotos vom Chip ihrer Kamera, um sie dann zu bearbeiten. Eine Stunde später druckt sie das Ergebnis ihrer Bemühungen aus. Die Karte ist wirklich hübsch geworden. Sie schreibt mit der Hand einen Text dazu und unterschreibt im Namen aller. In der nächsten Stunde räumt sie alle Kleinigkeiten und Einzelstücke in einen Karton und eine große Tüte, die sie auf den Wohnzimmertisch stellt. Das alles und noch einige Kartons mehr aus dem Schrank, wird sie morgen mit zu Großmama nehmen. Danach schließt sie die Wohnungstür sorgsam von innen ab und geht zu Bett. Gewitterwolken verdunkeln den Himmel, lassen den Mond verschwinden.
Auf dem Bett liegend, stiert Agatha die roten Zahlen an der Zimmerdecke an. Sie lauscht auf die nächtlichen Geräusche des Neubauviertels der Stadt. Nicht mehr lange und sie wird das Grillen zirpen und Bäume rauschen vernehmen, wenn sie zu Bett geht. Es tut ihr schon ein bisschen Leid. Sie hat diese Wohnung hier immer gemocht. Aber sie tauscht es gegen etwas viel schöneres ein.
Eine Wohnung mit Familie und netten Nachbarn.
Zur Arbeit und zum Kino wird der Weg weiter, doch die geliebten Sachen rücken näher ran.
Großmama und die Pferde.
Und Will.
Er würde über keinen ungebetenen Gast mehr stolpern, wenn er sie besucht. Sofern er das überhaupt noch einmal tun wird. Er hat ihr eigentlich deutlich zu verstehen gegeben, dass er sie nicht braucht. Er hat sich Flavia zum Ausgleich geholt. Sein Harem ist groß. Will braucht dich nicht, sieh es endlich ein. Warum rennst du ihm dann hinterher? Weil er ein Freund ist, dem es nicht gut geht. Vielleicht braucht er mich doch? Spätestens wenn er dir beweist, dass er auf dich verzichten kann, wirst du sehen, dass du fehl am Platz bist!
Sie klammert sich an dieses Vielleicht, ehe sie einschläft.

** * **

Ramona hatte er schon ewige Zeiten nicht mehr gesehen und heute stand sie plötzlich neben seinem Bett. Sie arbeitet in der Krankenhausverwaltung und wollte ihm kurz Hallo sagen. Es ist bestimmt mehr als zwei Jahre her, dass sie sich zum letzten Mal trafen. Zum Schluss schickte sie ihm eine SMS, das sie heiraten und seine Nummer löschen werde. Danke, stand darunter. Er gönnte ihr das Glück. Der Freitag heute ist ihr letzter Arbeitstag, dann geht sie in Schwangerenurlaub. Schön war sie schon immer, heute sah sie super aus mit ihrem runden Babybauch. Vor allem ist sie glücklich und zufrieden. Er wünschte ihr zum Abschied von Herzen alles Gute. Hoffentlich weiß ihr Mann, was er an ihr hat. Den rechten Arm unter den Kopf gelegt und den linken lang neben sich, starrt Will zum Fenster raus. Die Erinnerungen ziehen vorbei und lassen ihn lächeln.

Da geht die Zimmertür auf und eine Schwester kommt herein gewuselt. In der Hand hält sie eine breite Vase mit einem Rosenstängel. Sie lächelt, fragt ob alles in Ordnung sei. Er nickt. Da nimmt sie die kleine Vase mit Agathas Rosen mit in das kleine Bad. Er hört Wasser rauschen, Glas klappern, dann den Abfalleimerdeckel zufallen. Als die Schwester wieder erscheint, hat sie die Rosen in der größeren Vase arrangiert. Sie stellt sie aus Platzgründen auf den Tisch vor dem großen Fenster in den Sonnenschein. Dann strahlt sie ihn an und sagt:

„Ich soll Ihnen einen lieben Gruß ausrichten und die Rose zu den anderen von Agatha stecken."

„Wann war sie hier?"

„Vorhin als sie Besuch hatten. Sie kam zurück und sagte, sie wolle Sie nicht stören. Kann ich noch etwas für Sie tun, Herr Maaler?"

„Nein, danke. Oder doch: Das nächste Mal sagen sie mir sofort Bescheid, wenn Agatha auftaucht und nicht erst, wenn sie wieder weg ist!"

„Okay." sie lächelt ihn noch einmal an und verschwindet mit samt der anderen Vase aus dem Zimmer. Will starrt wütend die Rosen an.

Sie wollte nicht stören!

Was soll das?

Konnte sie nicht die zwei Minuten warten, die Ramona hier war? Oder einfach hereinkommen? Das ist für ihn genauso unverständlich wie ihre anderen Besuche.

Verdammt!

Sie hat aber auch ein Feeling dafür. Nachdem er sie am Montag und Dienstag verschlafen hatte, dachte er nicht, dass sie am Mittwoch noch vorbeikommen würde. Doch als er am Donnerstag früh die Augen aufmachte, fielen ihm die neuen Dinge auf seinem Nachttisch auf. Die Grüße der Kinder lenkten ihn ein wenig von den hakenden Schmerzen in seinem Arm ab. Aber er war frustriert, dass er sie wieder nicht gesehen hatte.

Bei der Visite wurde dann festgelegt, dass er eine genauere Untersuchung über sich ergehen lassen musste, deren Ergebnis war, dass er am Donnerstag erneut operiert wurde. In den Tiefen der Wunde fand man einen Entzündungsherd, dessen Herkunft ihm keiner genau erklären kann. Nun ist man allerdings der Ansicht, dass die Wunde sich gut schließen wird, weil der nicht entzündete Teil relativ gut verheilt war.

Als er am späten Nachmittag wieder in sein Zimmer gerollt wurde, stellte man ihm den Briefumschlag mit lieben Grüßen von Agatha hin. Doch er war noch zu müde und daneben, weshalb er sich nicht damit beschäftigte. Er las ihn erst heute früh.

Will dreht den Kopf und schaut zu der Karte auf den Nachttisch. Die Kinder strahlen ihn von den Pferden herab an. Ralf und Birte sind neben PePe und King zu erkennen, da Gama, Voice und Heinz ebenfalls. Nur sie ist nirgends zu entdecken. Warum nicht? Vielleicht will sie nicht, dass er ein Bild von ihr hat? Oder sie findet sich zu hässlich oder zu dick auf Fotos. Jedenfalls weiß er von anderen Frauen, dass sie solche Gründe haben, sich nicht ablichten zu lassen. Oder sie ist sauer auf ihn. Aber warum? Wegen Flavia? Wegen dem Foto, dass er nicht fand? Weil ...?

Ja, warum?

Bis jetzt brauchte er es nicht, aber morgen wird er sich von Mutter sein Handy mitbringen lassen. Er hat sich zwar eine Telefonkarte besorgen lassen, damit er fernsehen kann, sie jedoch noch nicht eine Minute in Anspruch genommen. Außerdem hat er keine Telefonnummer von Agatha. Im Moment könnte er sie gut gebrauchen, denn dann würde er sie sofort anrufen und fragen, was das soll.

Grimmig verstaut er das gesamte Sammelsurium an Mitbringseln in der Schublade des Nachtschrankes. Als er die Karte dazulegen will, fällt sein Blick auf da Gama. Reiß dich zusammen, die Kinder und Tiere können nichts dafür, dass du gereizt bist. Er schiebt die Schublade zu und stellt die Karte so offen vor die Vasen und die Wasserflasche auf den Nachtschrank, dass er die Vorder- und die Rückseite betrachten kann. Die Fotos von PePe und da Gama sind wirklich schön. Will fehlt die Freiheit sehr, die er im Sattel seines Recken erlebt. Hier in dem Bett gefesselt zu sein, belastet ihn mehr, als er bereit ist, zu zu geben.

„He, mein Großer, ich bin bald wieder da. Sei brav und ärger Ralf nicht zu sehr, der ist der einzige, der dich rausholt." Es tut ihm Leid. All die Wochen Arbeit und intensive Vorbereitung sind für die

Katz. Dabei fing die grüne Saison so gut an. Da Gamas Trainingszustand war hervorragend. Er ist so gut drauf, wie schon lange nicht mehr. Nun steht er im Stall und Ralf bemüht sich, ihn manchmal zu bewegen.
Während er über die Pferde nachdenkt, merkt er gar nicht wie die Zeit vergeht. Plötzlich kommt die Schwester mit dem Abendessen herein. Heute lässt er sich keine Tablette geben, damit er Agathas Besuch nicht verschläft, falls sie noch einmal herkommt.

** * **

Ihre Schritte hallen ungewohnt laut durch das leere Schlafzimmer. Mit dem Eimer in der Hand, der die übrigen Putzmittel und Lappen enthält, schaut sich Agatha ein letztes Mal für heute in ihrer Neubauwohnung um. Das leere Wohnzimmer und die anderen Räume hat sie bereits kontrolliert. Nirgends ist noch etwas, das nicht hier bleibt. Die Küchenmöbel samt Tisch und Stühlen sowie die Badeinrichtung lässt sie da. Dazu die Scheibengardinen und Vorhänge. Sie wird sie bei Großmama nicht brauchen. Die Garderobenmöbel ließ sie ebenfalls nicht abbauen. Das kann sie immer noch machen, wenn ihr Nachmieter sie nicht haben will. Die Fenster sind alle geschlossen. Das Wasser ist abgedreht. Die Erinnerungen an schöne Stunden in diesen vier Wänden wird sie in Ehren halten. Bei Großmama wird sie noch besser wohnen und nicht mehr allein.
Tief einatmend wendet sie sich Richtung Tür. Ein wenig Trauer macht sich breit. Agatha schaut auf die Uhr. Es ist Besuchszeit im Klinikum. Eventuell hat sie heute Glück. Am Sonntagnachmittag wird Will vermutlich weder operiert werden, noch schlafen, noch kann die Schwester ihr den Zutritt verwehren, weil sie zu spät kommt.
Gestern Nachmittag bekam sie Will nicht zu Gesicht, weil gerade ein Bettnachbar in sein Zimmer geschoben wurde. Er war eben eingeliefert worden und musste von Arzt und Schwestern versorgt werden. Man konnte ihr nicht sagen, wie lange es dauern wird. Etliche Zeit verbrachte sie in der Besucherecke mit Zeitung lesen. Als sie nachfragte, wurde ihr gesagt, dass Will gerade Besuch bekommen hat. Das muss Agatha beim Lesen entgangen sein. „Allerdings" fügte die Schwester hinzu, „wird die junge Dame sicher in den nächsten Minuten das Zimmer verlassen müssen, damit der neue Patient weiter versorgt werden kann." Man empfahl ihr, es

am Sonntag wieder zu versuchen. Oder anzurufen. Aber anrufen wollte Agatha nicht, ohne vorher persönlich mit Will gesprochen zu haben. Vielleicht möchte er nicht mit ihr reden, denn das hätte er schon die ganze Woche tun können. Da er es nicht tat, wird er einen Grund dafür haben.
Solche Gedanken im Kopf, verlässt Agatha die Wohnung und schließt ab. Kaum hat sie den Schlüssel abgezogen, geht hinter ihr die Tür auf.
„Eh, Süße! Was ist denn das für ein Krach gestern gewesen? Vormittags bin ich bald aus dem Bett gefallen und nachmittags musste ich den Fernseher lauter machen, sonst hab ich den Sportreporter nicht richtig verstanden." Agatha dreht sich zu ihm um. Sie funkelt ihn böse an:
„Warum sollte mich das interessieren?"
„Pass auf, was du sagst, Süße!" plustert der sich auf, „Sonst beschwere ich mich bei der Hausverwaltung." Sein Blick landet auf ihrem Eimer. „Gehst wohl jetzt putzen, was? Haben sie dich zu einer Geldstrafe verknackt, die du abarbeiten musst?" er grinst schadenfroh. Agatha verzieht keine Mine:
„Sind Sie gestern im Suff in die Badewanne gefallen? Sie sehen so sauber aus." merkt sie ungerührt an. Erst schaut er sie fragend an und dann fängt er an zu lachen:
„Guter Witz, Süße! Da hätt ich mir aber die Eier verkühlt! Ich bin nämlich nicht so doof wie andre und saufe die warme Brühe. Meine Badewanne ist voll mit kaltem Wasser mit Eiswürfeln drin. Da krieg ich gleich zwei Kästen Bier und Cola rein, dann ist die Plärre schön kühl. Besser als im Kühlschrank, sag ich dir! Außerdem ist da die Wurst drin und das Dosenfutter." er zwinkert ihr verschwörerisch zu und setzt nach, „Ich bin nicht so blöd, wie ich aussehe."
„Was zu beweisen wäre." murmelt Agatha im Weggehen. Der Nachbar steckt seinen Schlüsselbund in die Hosentasche und folgt ihr die Treppe hinunter. Zum Glück steht die Haustür wieder einmal sperrangelweit offen, sodass sie nicht anhalten muss und er die Chance bekommt, sie doch noch zu erreichen. Denn er hatte bereits die Hand ausgestreckt, um sie am Arm zu fassen. Igitt! Heute stinkt er mal nur nach Bier und Zigaretten, aber die Dosis reicht ihr.
Fluchtartig rennt sie zu ihrem Wagen, der genau vor der Haustüre am Straßenrand parkt. Den Eimer stopft sie vor den Beifahrersitz in den Fußraum und zieht eilig die Tür hinter sich zu. Ein Blick zurück verrät ihr, dass ihr Nachbar vor der Haustür steht und sich eine Zigarette ansteckt. Sie startet den Wagen und fädelt sich in den wenigen Verkehr ein. Im Rückspiegel sieht sie ihn winken.

„Auf Nimmerwiedersehen, Herr Nachbar!" sagt sie laut und gibt Gas. Es fühlt sich an wie eine große Erleichterung, den stinkenden Kerl nicht mehr wieder sehen zu müssen.
Wenige Minuten später ist sie bei Großmama. Das Auto kann sie nachher ausräumen, erst wird sie zu Will fahren. Sie sprintet die Treppe rauf, duscht sich kurz ab, schlüpft in ein luftig buntes Sommerkleid und Sandaletten und trabt die Treppe wieder hinab. Als sie aus dem Haus und in den Garten flitzt, pfeift Großmama und meint:
„Wo willst du denn in dem schicken Kleid hin?"
„Zu Will. Ich hole nur schnell eine Rose." Diesmal sucht sie eine der cremefarbenen aus. Sorgfältig die Dornen entfernend geht sie zum Schuppen, um sich ihr Rad zu holen. Die Rose legt sie auf ihre kleine Handtasche in das Körbchen am Lenker, verabschiedet sich von Großmama und radelt los. Mit jedem Meter, den sie dem Krankenhaus näher kommt, freut sie sich mehr. Heute wird sie ihn endlich wieder sehen. Sie könnte jubeln, so froh ist sie darüber. Dieses erhebende Gefühl im Bauch treibt sie vorwärts.
Fröhlich lächelnd betritt sie Station zwei. Die Schwester im Glaskasten nickt ihr zu, als Agatha sie grüßt. Schnurstracks trabt sie zu Wills Zimmer. Die Aufregung pocht ihr bis zum Hals. Vorsichtig drückt sie die Klinke herunter und öffnet die Tür. Beim ersten Blick auf Wills Bett erstirbt ihr Lächeln. Das Bett ist leer. Vielleicht ist er im Bad. Ja, genau. Sie geht leise in das Zimmer, um den Bettnachbarn nicht zu stören. Der scheint zu schlafen. Die Rose steckt sie zu den anderen in die Vase, zupft verblühte Blätter aus dem Strauß und wirft sie in den Abfalleimer neben der Tür.
Der Pfiff hinter ihr kommt so unerwartet, dass sie erschrocken hochfährt. Abrupt dreht sie sich um und schaut in ein lüstern dreinblickendes Gesicht.
Oh, nein.
Kaum ist sie den einen dieser Kategorie los, stolpert sie über den nächsten. Ignorieren! Einfach alle Anspielungen ignorieren, beschließt sie auf der Stelle. Agatha zwingt sich zu einem freundlichen Lächeln und sagt:
„Guten Tag. Verzeihen Sie bitte die Störung. Wissen Sie zufällig, wo Herr Maaler ist?"
„Aber, hallo, Puppe, dir verzeih ich alles, wenn du näher kommst." Er grinst anzüglich. „Einen Handwerker hab ich hier nicht gesehen."
„Ich suche ihren Zimmergenossen."
„Will? Der ist doch vorhin mit so einer scharfen blonden Biene abgezwitschert. Scheiße! Der Mann hat vielleicht ein Schwein, gleich mehr als eine von den ganz Süßen am Start." Er zwinkert

Agatha zu. Sie verbeißt sich ihre aufsteigende Wut, bedankt sich höflich und verlässt schnellstens das Zimmer. Im Flur rennt sie beinahe eine der Schwestern über den Haufen. Die Entschuldigung dafür fällt sehr knapp aus, denn sie muss flüchten. Sie hat Angst, dass ihr Zorn auf sich selbst sich zu peinlichen Situationen ausbauen könnte.

Draußen ist zum Glück keiner. Sie schließt zornig vor sich hin schimpfend ihr Rad ab, kracht das Fahrradschloss ins Körbchen auf die Handtasche und fährt los. Was hat sie sich eigentlich eingebildet? Sein Harem kümmert sich natürlich auch um ihn. Da war es doch vorprogrammiert, dass es irgendwann so kommen musste. Du blöde Kuh! Wie viele Ohrfeigen brauchst du denn noch, bis du es endlich begreifst! Du brauchst dir keine Sorgen um ihn zu machen, das tun so viele andere. Du bist völlig überflüssig. Lass es sein!

Als sie um die Ecke biegt und merkt, dass sie in die falsche Richtung fuhr und im Neubaugebiet gelandet ist, wendet sie mitten auf der Straße. Ein Auto bremst scharf und hupt. Ein anderer Radfahrer schüttelt den Kopf.

He!

Hör auf hier ein Verkehrschaos anzurichten! Ablenkung braucht sie. In dieser Stimmung kann sie Großmama nicht unter die Augen kommen. Auf einmal fällt ihr Blick auf ein Plakat vom Tierpark. Dort wird sie jetzt hinfahren. Da kann sie sich bewegen und wenn es keiner hört auch mal fluchen und schimpfen. Hinterher ins Kino gehen, ist der andere Teil des Plans.

Genau.

Dann hat sie immer noch genügend Zeit ihr Auto auszuräumen und die Sachen in ihren neuen vier Wänden unterzubringen. Sie wischt sich die Tränen vom Gesicht und tritt in die Pedalen. Von so etwas wie Liebeskummer wird sie sich bestimmt nicht unterkriegen lassen.

Niemals.

*** * ***

Wieder und wieder wählt er ihre Telefonnummern, immer abwechselnd mobil und Festnetz. Aber nirgends geht sie ran. Zornig knirscht er mit den Zähnen.

Es ist zum aus der Haut fahren!

Nachdem sie es erneut geschafft hat, ihn zu verpassen, will sie nun vielleicht nicht einmal mehr mit ihm reden. Wer weiß schon, wie sie es aufgefasst hat, als sein Zimmergenosse ihr sagte, dass er mit einer anderen losgezogen sei. Will könnte sich ohrfeigen, dass er unbedingt aus dem Zimmer raus wollte, damit der Mann im Bett gegenüber nicht ständig Francesca auf den Hintern glotzte. Wenn Will sich vorstellt, wie der Agatha angemacht haben könnte, kocht ihm die Wut im Bauch hoch. So wie sein Bettnachbar von Agatha sprach, hätte Will ihn am liebsten zusammen gefaltet. Doch ehe er sich dazu hinreißen lassen konnte, setzte er sich wieder in den Rollstuhl und wollte in der Besucherecke auf dem Gang telefonieren. An der Zimmertür traf er auf eine Kaugummi katschende Blondine mit dicken schwarzen Balken um die Augen, goldenem Lidschatten und knallig pinkfarbenen Lippen. Sie drängelte sich an ihm vorbei ins Zimmer hinein. Mit einer schweren, süßen Parfumwolke nahm sie ihm kurzzeitig die Luft. Will beeilte sich, das Zimmer verlassen. Hinter sich hörte Will seinen Zimmergenossen pfeifen und ausrufen:
„Wow, enger gab's den Fummel wohl nicht, Kleine. Da geht mir ja einer ab, bei dem Anblick." Ihre Antwort war ähnlich und Will froh, als sich die Tür hinter ihm schloss. Er verspürte keine Lust, den beiden bei einem Blowjob zuzusehen.
Der Kerl ist sowieso nicht seine Kragenweite, eher ein Nervenkiller für Will. Seine Freundin mit der Kriegsbemalung und der großen Oberweite in dem super engen Stofffetzen, würde Will keinen einzigen Gedanken abringen. Vielleicht war sie die Ursache für die Prügelei. Diese Art Frauen bilden sich auch noch etwas darauf ein. Er hatte es jedenfalls so erlebt. Seinen Erzählungen nach liegt sein Bettnachbar nämlich im Krankenhaus, weil er seine große Klappe nicht halten konnte und irgendjemand ihm handfest geantwortet hatte. Will kann den Handfesten verstehen. Der nervige Typ mit seinem großen und lauten Mundwerk ist einfach Stress pur. Die Schwestern und den Arzt hält er mächtig auf Trab.
Frustriert drückt Will abermals die Tasten und lässt das Handy so lange klingeln, bis die Mailbox anspringt. Nur ihre Stimme vom Band zu hören, bringt ihn gleich noch einmal so hoch auf die Palme. Deshalb knurrt er in das Telefon:
„Agatha, ruf mich an! Wieso bist du nicht erreichbar, verdammt?!"
Er sitzt eine Weile am Ende des Ganges. Grübelnd starrt er aus dem Fenster.
Dann versucht er es erneut.
Bei ihrer Festnetznummer springt noch nicht einmal ihr Anrufbeantworter an. Ist der kaputt oder hat sie sich ein anderes

Telefon zugelegt? Auf die Mobilbox ihres Handys spricht er noch öfter drauf, sie solle bitte vorbei kommen, er möchte mit ihr reden. Oder zurückrufen, sofort, wenn sie diese Nachricht abhört, egal wie spät es ist!
Doch er bekommt keine Antwort von ihr.
Eventuell hört sie es abends ab, wenn sie nach Hause kommt.
Zum Abendessen holt die Schwester ihn ins Zimmer. Den nebensächlichen Berichten seines Bettnachbarn schenkt er nur geringe Aufmerksamkeit. Seine Gedanken kreisen ständig um die Frage, wieso er Agatha nicht erreichen kann und warum sie nicht zurück ruft. Er starrt die halbe Nacht an die Decke. Seine Grübelei hält ihn wach. Doch er findet keine Antwort. Jedenfalls keine, die er akzeptieren kann. Irgendwann schläft er dann doch ein. So verbringt er eine weitere von vielen unruhigen Nächten.

*** * ***

Agatha konzentriert sich auf die schmale Fahrbahn. Diese kilometerlangen Baustellen auf der Autobahn kosten Nerven. Immer wieder kommen verrückte Raser haarscharf an dem Pferdeanhänger vorbei gezischt. Grade eben sieht sie im Außenspiegel, dass es hinter dieser engen Kurve sicher erneut einen geben wird, der sich an ihr vorbei drängeln wird.
Der Klingelton ihres Handys erschreckt sie.
Sie drückt das Gespräch weg. Egal wer es war, wenn es wichtig ist, wird er oder sie erneut anrufen. Im nächsten Moment flitzt eine tiefer gelegte Limousine an ihr vorbei. Agatha fährt so weit rechts, wie es der Pferdeanhänger zulässt, trotzdem bleiben zwischen Fahrzeugen und Leitplanken keine Handbreit Abstand. Der Fahrer der Limousine drückt vor ihr dann richtig auf die Tube. Agatha hat bereits die erlaubte Höchstgeschwindigkeit hier erreicht, der hat sie sicher bereits verdoppelt, so wie er an den Fahrzeugen weit vor ihr vorbeirauscht.
Das Lenkrad eisern festhaltend, hofft sie, ohne Unfall ihr Ziel zu erreichen. Da kommt das Ende der Baustelle in Sicht. Erleichtert seufzend, biegt sie auf die rechte Spur ein und gibt langsam Gas. Ihr Telefon läutet wieder.
Jetzt nimmt sie es zur Hand. Ehe sie es verhindern kann, hat sie die falsche Taste erwischt und das Gespräch abgelehnt. Wer da etwas von ihr wollte, wird sie feststellen, wenn sie anhält. Doch das dürfte noch ein paar Stunden dauern.

Wieder Klingeln.
Jetzt schaut sie hin, was sie tut.
„Ja."
„Gatha?"
„Hallo, Bruni!"
„Grüß dich! Ich hoffe, du bist unterwegs zu uns? Wo steckst du?"
„Bin noch auf der Autobahn. Hab grade die Baustelle hinter Berlin geschafft, also werde ich noch etwa drei Stunden brauchen."
„Okay, okay! Wir freuen uns tierisch!"
„Du klingst so aufgedreht?"
„Ich freue mich eben so auf euch und habe tolle Neuigkeiten. Ähm... die darf ich dir aber erst hier verraten. Fahr vorsichtig! Bis dann!"
„Okay, bis nachher." Damit ist Bruni weg und Agatha legt schmunzelnd ihr Telefon beiseite.
Gestern Abend kam Agatha vom Pferdestall nach Hause und wurde sofort von Großmama mit der Bitte überfallen, Bruni anzurufen. Das Telefon in ihre Hand drückend schob sie Agatha ins Wohnzimmer:
„Bitte, erlöse meine Nerven und Brunis auch. Sie treibt mich in den Wahnsinn." Dann ließ Großmama sie aufatmend allein und schloss energisch die Stubentür hinter sich. Weil Agatha weder auf Handy noch Festnetz erreichbar war, rief Bruni mehrfach bei Großmama an.
Kaum hatte Agatha gewählt, war Bruni auch schon dran und bettelte sie, nicht erst am Sonnabend Heinz zu ihr zu bringen, sondern bereits am Freitag. Was Bruni als Begründung angab, hatte Agatha sich auch schon überlegt, denn der Samstag ist der erste Ferientag. Die Autobahnen werden zugepflastert sein mit Urlaubern, jedenfalls noch mehr als am Freitag. Also versprach Agatha, am Freitag nach der Arbeit sofort Heinz zu verladen und loszufahren. Doch da sie bis in den Nachmittag hinein Dienst hatte, war sie jetzt erst etwa auf der Hälfte der Strecke. Damit nichts schief gehen kann, wird sie bei Bruni übernachten und morgen nach Hause fahren.
Bis sie all ihre Urlaubsvorbereitungen abgeschlossen haben wird, hat Agatha noch einiges zu tun. Am Sonntagabend geht es los nach Irland. Der nette Nachbar von Großmama wird sie beide mit dem Auto nach Dresden bringen. Um dort zur Abfahrtszeit am späteren Abend anwesend zu sein, werden sie einige Stunden vorher zu Hause losfahren müssen. Großmama will nicht auf den letzten Drücker da sein. Sie freut sich trotz des Stresses schon sehr auf die Reise.

Agatha entspannt sich etwas, der Verkehr rollt. Nach der Wasserflasche angelnd holt sie tief Luft. Sie trinkt einen Schluck, dann schraubt sie die Flasche zu und legt sie auf den Beifahrersitz zurück. Hinter der nächsten Biegung blinkt Blaulicht in der Ferne. Da klingelt ihr Handy erneut.
Jetzt kann sie nicht ran gehen. Da sie Headsets nicht mag und auch im Auto keines benutzt, wird sie es klingeln lassen müssen. Das Handy am Ohr langsam an der Polizei vorbei fahren zu müssen, hält sie nicht für ratsam. Der Verkehr vor ihr rückt langsamer werdend auf die linke Seite rüber. Als sie die Stelle passiert, wo einige Einsatzfahrzeuge und zivile PKW am Rand parken, sieht sie den Raser von der Baustelle neben seiner tiefer gelegten Limousine mit zwei Polizisten aufgebracht diskutieren. Bei dem Anblick streift sie ein Hauch von Genugtuung. Manchmal sind die Herren und Damen von der Polizei doch zur richtigen Zeit am richtigen Ort.
Dann löst sich der zähe Verkehr wieder auf und es rollt normal weiter. Agatha lehnt sich zurück, schaltet das Radio ein und dreht ihre Lieblingsmusik laut auf. Dabei hört sie das Handy nicht läuten. Sie achtet auch nicht darauf, weil sie mit Autofahren zu tun hat und ihr die vergangene Woche durch den Kopf geht.
Die Kinder von Wills Truppe waren Spitze, am Montag wie am Mittwoch. Sie reiten nun bereits allein auf den drei Pferden. Ralf hatte Birte und ihr gestanden, dass er den Übungsleiterschein hat, aber nicht gern allein mit den Kindern arbeiten möchte. Er hat nicht die Nerven wie Will, meinte er, aber wenn er Hilfe kriegt, würde er mitmachen. Da sie alle drei keine Ahnung vom Longieren hatten, beließen sie es bei dem Abteilungsreiten in der Halle auf PePe, King und Heinz. Die Kinder waren begeistert und übten verbissen Hufschlagfiguren und Hilfen. Die drei Pferde machten erstaunlich gut mit. Geduldig ertrugen sie so manche Fehlentscheidung der kleinen Reiter. Diese waren jedes Mal enttäuscht, wenn ihre halbe Stunde auf dem Rücken der Pferde um war. Vor und nach dem Reiten brachte Agatha sie dazu, die Pferde auf Hochglanz zu putzen. Dann verglichen die Kinder stolz die Pferdehälften und zankten sich darum, wessen Arbeit die beste sei. Sie suchten sich auch schon ein Lieblingstier aus. Zum Glück eroberte jedes der drei Pferde zwei kleine Kinderherzen, sodass es wenigstens darüber keinen Streit gab.
Agatha lächelt bei den Erinnerungen vor sich hin.
In den nächsten Wochen werden Birte und Agatha in den Ferien sein. Dafür hat sich Francesca bereit erklärt, Ralf zu helfen. Ob Rex

sich ebenso gut machen wird mit den Kindern wie Heinz, bleibt abzuwarten. King darf weiterhin genutzt werden.
Dass Agatha ihr Pferd mit in den Urlaub nimmt, stieß auf sehr viel Unverständnis bei den Kindern. Sie hatten sich nämlich schon darauf gefreut, ihn betreuen und putzen zu können, wenn Agatha nicht da ist. Es gab beinahe Tränen bei den beiden Mädchen, die sich in Heinz verliebt haben. Sie flehten Agatha an. Es fiel ihr wirklich schwer, die beiden enttäuschen zu müssen. Sie vertröstete die Mädchen auf den August, wenn sie wieder da sein wird.
Die Grüße für Will, die die Kinder ihr am Anfang der Woche mitgaben, wollte sie erst ablehnen. Doch dann überlegte sie sich, dass die Kinder schließlich nichts dafür können, wenn sie sich über Wills Harem ärgert. Also brachte sie die Grüße und Karten am Dienstag nach der Arbeit ins Krankenhaus.
Herr Kommissar Wilhelm Post war schneller.
Er unterhielt sich bereits mit Will im Pausenraum des Personals. Als Agatha am Glaskasten vorbei ging, sprach eine Schwester sie an und erzählte ihr von Wills Gesprächspartner. Da Agatha in den Pferdestall wollte und der Nachmittag bereits ein paar Stunden alt war, wartete sie nicht, sondern übergab alles der Schwester.
Den Brief, den sie am Mittwoch von einem Mädchen bekam, wollte sie Will am Donnerstagnachmittag bringen. Sie fand erneut ein leeres Bett und einen lüsternen Zimmergenossen vor, der ihr sagte, Will sei vor einer Minute zur Tür hinaus gerollt. Er darf also seinen angebrochenen Mittelfuß noch nicht belasten. Agatha stellte die Mitbringsel hin und wandte sich schnellst möglich mit einem höflichen Gruß zum Gehen.
Sie trat auf den Flur hinaus und sah sich um. Überall eilten Schwestern hin und her. Nach und nach tauchten immer mehr Besucher auf.
Da sah sie ihn.
Er hatte ihr den Rücken zugekehrt. Eine große Brünette beugte sich gerade über ihn, um ihn zu küssen. Sie standen etliche Meter weit weg mitten im Gang kurz vor der Besucherecke. Der Schmerz stach sehr. Agatha machte auf der Stelle kehrt und rannte förmlich aus dem Klinikum. Auf dem Weg nach Hause schalt sie sich, so dämlich gewesen zu sein und schwor sich, das Gefühl für ihn tief in sich zu vergraben. So tief, dass es sie nicht mehr beherrschen und ihr nicht mehr schaden kann. Den Schmerz wird sie noch lange aushalten müssen, aber er wird vergehen.
Dann fuhr sie in den Pferdestall und ritt mit Heinz ins Gelände. Birte begleitete sie. Ralf ebenfalls. Er saß auf da Gama mit PePe am Führzügel. Nachdem sie ihm hinterher beim Putzen geholfen

hatte, fuhr Agatha heim und telefonierte auf Großmamas Geheiß mit Bruni.
Erst da wurde ihr bewusst, dass sie ihr Handy am Sonntag im Auto liegen ließ. Seit sie den Offroader neben Omas Kleinwagen in die große Garage gestellt hatte, fuhr sie nur noch Fahrrad, auch in den Pferdestall. Das Wetter hatte sich wieder für Sonne pur entschieden, jedoch wehte ein leichtes Lüftchen, es nahm die große Hitze mit. Täglich zogen Wolken über den Himmel, aber kein Tropfen Regen fiel herab. Die Temperaturen hielten sich um die dreißig Grad. Alles in allem kein Grund, mit dem Auto zu fahren. Durch die Stadt zu ihrer Arbeitsstelle in der KiTa sowieso nicht. Es fiel ihr gar nicht auf, kein Telefon einstecken zu haben. Doch nach dem Gespräch mit Bruni holte sie ihr Handy aus dem Wagen und lud es auf.
Als sie es am Freitag einschaltete, sah sie die verpassten Anrufe. Will hatte unzählige Male versucht, sie zu erreichen. Warum? Er hat doch seinen Harem. Wenn er sie nicht noch einmal anklingelt, wird er sie nicht sprechen können, denn zurückrufen wird Agatha nicht. Nie wieder rennt sie ihm hinterher. Sie kommt sich schon blöd vor, wenn sie nur daran denkt, wie sie sich wochenlang an sein Bett gesetzt und sich Sorgen um ihn gemacht hat. Jetzt, wo er außer Gefahr ist, tauchen wieder seine vielen Freundinnen auf.
Und plötzlich ruft er an.
Nein, Herr Maaler, ich werde nie eine von vielen in deiner Herde sein! Es ist mir zuwider, den Mann meiner Träume teilen zu müssen! Dann eben nicht! Es wird einen anderen geben, oder sie bleibt allein. Wie sie das in einigen Wochen hinkriegen wird, wenn sie sich im Pferdestall wieder sehen, weiß sie noch nicht. Doch es wird eine Lösung geben. Seine Reitstunden braucht sie sich nicht mehr anzutun und sonst kann sie ihm aus dem Weg gehen.
Alles zu seiner Zeit.
Jetzt sind erst einmal Heinz und der Urlaub wichtig.
Wenn sie aus Irland zurück ist, hat sich hoffentlich Herr Post ein genaueres Bild vom Tathergang machen können und seine unsinnige Idee aufgegeben, wonach er sie als Täterin hinstellt. Solche Mutmaßungen sind abwegig. Bei ihrem Gespräch am Donnerstag machte er schon wieder solche Andeutungen. Was Will ihm erzählt hatte, bekam sie nicht heraus. Kein Sterbenswörtchen konnte sie ihm entlocken. Aber sie musste ihm genau sagen, wann sie wo hinfährt und mit welcher Gesellschaft. Agatha war froh, als sie sein Büro verlassen konnte. Herr Kommissar Wilhelm Post ist auf alle Fälle nicht ihre Kragenweite. Sie kann nur hoffen, dass sie

ihn nicht noch einmal oder wenigstens nicht mehr oft zu Gesicht bekommt.

Die große blaue Hinweistafel am Straßenrand der Autobahn macht sie auf den Rastplatz aufmerksam. Ein Blick zur Uhr und sie staunt. In der vergangenen Zeit hat sie mehr Kilometer geschafft als erwartet. An der letzten Raststätte bevor sie die Autobahn verlassen muss, will sie noch einmal anhalten. Sie setzt den Blinker und lässt den Wagen langsam ausrollen. Die gesamte Anlage mit Tankstelle, Parkflächen und Gasthaus ist nicht sehr groß und ziemlich leer. Agatha kann ihr Gefährt beinahe direkt vor dem Restaurant parken.

Zuerst sieht sie nach Heinz. Dem geht es gut. Dann nimmt sie einen Eimer mit in die Sanitärräume. Eine der Damen vom Personal ist so freundlich und füllt ihn mit frischem Wasser, während Agatha die Toilette benutzt. Sie tränkt ihr Pferd und gibt ihm eine Portion Pellets, bevor sie sich einen Kaffee und ein Sandwich holt. Ihr leerer Magen knurrt schon eine Weile. An den Wagen gelehnt und ab und zu mit Heinz redend, verspeist sie hungrig ihr Essen. Als sie nur noch den Kaffee übrig hat, hört sie ihr Telefon klingeln. Sie fischt es vom Beifahrersitz und lehnt sich in die offene Tür. Ohne aufs Display zu sehen, nimmt sie das Gespräch an:

„Ja."

„Agatha?" hört sie Will erleichtert fragen. Freude schwingt mit seiner dunklen Stimme zu ihr herüber und steckt sie an. Lächelnd antwortet sie:

„Ja. Hallo, Will!"

„Endlich erreiche ich dich! Warum rufst du mich nicht zurück?" schimpft er. Agathas Lächeln erstirbt:

„Ich…"

Kein Hallo, kein wie geht's. Sie ist überrumpelt. Weiß nicht, was sie ihm sagen soll.

„Ständig höre ich von allen Seiten, dass du hier warst, aber ich habe dich noch nicht zu Gesicht bekommen." Er ist verärgert.

„Warum willst du mich sehen?" fragt sie so sachlich wie möglich, um ihre Überraschung zu überspielen. Die energische Antwort kommt wie aus der Pistole geschossen:

„Weil ich mit dir reden muss!" sein Unterton verrät ihr unmissverständlich seine Entschlossenheit.

„Erzähle mir jetzt, was du sagen willst!" meint sie ausweichend.

„Nein. Das kann ich dir nicht am Telefon sagen. Ich will dir ins Gesicht sehen, wenn ich mit dir spreche. Komm her, am besten jetzt gleich!" fordert er.

„Das geht nicht." antwortet sie wahrheitsgemäß.

„Dann morgen Vormittag." schlägt er vor.
„Das geht auch nicht." Sie hört ihn gereizt Luft holen.
„Verflixt, Agatha! Es ist wichtig! Sehr wichtig. Komm bitte her, so schnell du kannst!" Am liebsten würde sie nachgeben, aber sie bleibt hart, sonst wird es ihr später noch mehr wehtun. Deshalb weist sie ihn schnippisch ab:
„Wenn es so schnell sein muss, dann ruf doch eine deiner vielen Freundinnen an. Die hatten doch die letzten Wochen auch Zeit für dich."
„Hör auf damit!" befiehlt er giftig, „Du weißt ganz genau, dass ich nicht mit einer anderen reden will." Agatha schluckt schnell hinunter, was ihr auf der Zunge liegt und sagt stattdessen:
„Schön zu hören, dass es dir wieder besser geht! Ich habe oft versucht, dich danach zu fragen." Er schnauft und fragt dann:
„Was hat dich daran gehindert?"
„Das ich nie deine Aufmerksamkeit hatte!"
„Dann hättest du dich vielleicht einmal bemerkbar machen müssen!" brüllt er ins Telefon. Ebenso laut gibt sie zurück:
„Ich werde mich nicht in deine Angelegenheiten einmischen."
„Das hast du bereits getan. Also hör auf, so stur zu sein und komm her!" Er brüllt sie schon wieder an. In ihre Wut mischt sich Traurigkeit:
„Ich kann nicht."
„Warum?"
„Weil ich unterwegs bin."
„Dann komm her, wenn du wieder da bist!"
„Das geht nicht."
„Was hindert dich diesmal daran?"
„Du." Er stöhnt genervt und will dann verwirrt wissen:
„Das verstehe ich nicht. Du hast gesagt, dass du zu mir zurückkehren wirst, wenn du darfst. Beinahe jeden Tag bist du im Krankenhaus gewesen und nun weigerst du dich, zu mir zu kommen, wenn ich dich darum bitte? Erklär es mir!" Ihr ist zum Heulen, aber sie wird standhaft bleiben. Wenigstens eines will sie ihm noch sagen:
„Ich freue mich sehr, dass du lebst und es dir wieder besser geht."
„Weich mir nicht schon wieder aus!" knurrt er zornig.
„Das ist mein voller Ernst." bekräftigt sie gekränkt.
„Entschuldige, aber ich bin sauer, weil du nicht herkommst."
„Ich kann nicht."
„Wieso nicht? Und sag mir die Wahrheit! Alles!"
„Ich habe dich nie belogen, Will! Verflucht noch mal! Geht das in deinen Dickschädel nicht rein? Ich mag nämlich auch keine Lügner.

Stell dir vor: ich habe gemeint, was ich sagte." Sie holt tief Luft, schließt kurz die Augen und blinzelt eine Träne weg. Den Hinterkopf an das Auto gelehnt, starrt sie in den sommerlichen Abendhimmel. Seine Stimme streichelt ihr Gemüt, als er fast verzweifelt sagt:
„Agatha, bitte. Bitte komm her!" Sie beißt die Zähne zusammen, dann antwortet sie:
„Ich bin hunderte Kilometer weit weg."
„Wo bist du?"
„Auf dem Weg zu Bruni, aber das wirst du mir ja doch nicht glauben, da du Bruni für eine Lüge von mir hältst."
„Das tue ich nicht. Nicht mehr. Mein Bekannter hat mich letzte Woche angerufen. Ich muss mich bei dir entschuldigen. Aber das will ich persönlich machen und nicht am Telefon. Und lehne nicht gleich wieder ab, denn ich muss noch etwas anderes mit dir besprechen. Also, wann bist du wieder da?"
„Morgen, aber ich habe keine Zeit."
„Okay, dann komme ich zu dir."
„Nein, Will. Ich werde nicht da sein."
„Du bist wirklich das sturste Weib, das mir je unter gekommen ist! Noch nie musste ich eine Frau so betteln wie dich!"
„Gib dir keine Mühe mehr, Will. Ich werde nie zu deinem Harem gehören!"
„Agatha, hör mir zu!"
„Tschüss, Will!" sagt sie leise und lässt die Hand mit dem Telefon sinken.
„Agatha..." mit dem Daumen beendet sie schnell das Gespräch und wirft das Handy auf den Beifahrersitz, als ob es in Flammen aufgegangen wäre.
Mit Wut auf sich selbst im Bauch schlägt sie die Beifahrertür zu und geht zum Pferdeanhänger. Wegen der Lüftung hatte sie die vordere Tür geöffnet. Nun schließt sie sie, nach einem Kontrollblick auf Heinz. Dann steigt sie wieder in ihren Wagen und fährt los.
Der Frust nagt an ihr. Traurigkeit drückt ihr die Kehle zu. Seine Stimme zu hören, war sehr schön. Sie hat es sich seit Wochen gewünscht. Und so wie er sich benahm, kann es ihm nicht mehr schlecht gehen. Er klang beinahe wie immer. Ein paar Mal war sie versucht, in ein Treffen einzuwilligen. Sie sehnt sich nach seiner Nähe und Liebe. Aber nicht so. Sie hatte es ihm gesagt und er traf sich trotzdem mit anderen. Also hat er vermutlich vor, sie seiner Eroberungsliste hinzu zu fügen.
Das fällt aus!

Agatha schiebt die Gedanken an Will beiseite und konzentriert sich mit Macht aufs Fahren. Es ist schwer, aber es muss sein. Einige Leute verlassen sich auf sie, da kann sie sich keine Fehler leisten. Egal wie es in ihrer Seele aussieht, Großmama kann nichts dafür. Sie wird ihr nicht mit einer trüben Stimmung den Urlaub vermiesen. Und Bruni ebenso. In spätestens einer Stunde wird sie dort ankommen.

Da klingelt wieder ihr Telefon. Eigentlich will sie es ignorieren, aber es könnte Großmama sein. Die Nummer auf dem Display sagt ihr nichts. Als sie eine Minute später das Handy beiseite legt, tut sie es mit dem Seufzer der Erleichterung. Wenn dem Sohn ihrer Kollegin am Sonntagmittag ihre Neubauwohnung gefällt, hat sie wieder ein Problem gelöst. Abwarten, aber ein bisschen freuen kann sie sich zumindest.

** * **

Will ist drauf und dran sein Handy genauso gegen die Wand zu schleudern, wie die Flasche mit dem Duschgel vor drei Wochen. Doch er beherrscht sich eisern, stemmt keuchend vor Aufregung die Hände in die Seiten. Erstens würde er mit dem Telefon auch die Telefonnummern von Agatha verlieren und zweitens war die Sache schon einmal schief gegangen. Er hat lange genug im Krankenhaus verbracht. Zorn und Frust brodeln in ihm. Sein Blut kocht, er beißt die Zähne zusammen und kneift die Lider zu. Sofort erscheint ein verführerisches Bild von ihr vor seinem inneren Auge.

Oh, verflucht, dieses Weib!

Er war so unendlich froh, ihre Stimme zu hören, sie endlich erreicht zu haben, mit ihr sprechen zu können, doch sie hatte es wieder geschafft, ihn ausrasten zu lassen. Sie ist wirklich die einzige, die es immer wieder schafft, egal wie sehr er sich vornimmt, ruhig zu bleiben. Das Handy legt er vorsichtshalber auf den Nachtschrank. Während des Gesprächs war er aufgestanden und im Zimmer umhergewandert. Nun setzt er sich auf die Bettkante und stützt das Gesicht in die Hände. Was soll er nur machen? Sein Problem lösen, kann nur Agatha. Aber die ist weit weg. Ist sie es wirklich, oder war das nur eine Ausrede? Nein, sie hat ihn nicht belogen. Nach dem Telefonat mit seinem Freund aus Norddeutschland war er sich sicher, dass sie ihm über Heinz und sich die Wahrheit gesagt hatte. Deshalb wird er ihr auch jetzt glauben.

„Wow, Mann, das ist megahammerhart. Voll krass, Alter. Du bist echt verknallt in die Kleine." Will lässt die Hände sinken, schaut zu seinem Zimmergenossen rüber und weiß nicht so recht, was er davon halten soll. Der grinst ihn bewundernd an und meint: „Geile Sache, Mann, scheiße geil! Die ist es echt wert. Super scharfes Gerät und 'ne helle Birne. Wenn die im Bett genauso aufdreht, wie am Telefon, geht dir schon einer ab, wenn du bloß dran denkst. Was?" er schüttelt den Kopf und palavert weiter, „Ist bestimmt übel krass für dich. Du bist hart und sie ist meilenweit weg. Und du kannst nicht mal raus hier und so. Eine Karre kannste auch nicht fahren, wegen deiner Knoche da im Gips. Muss beschissen für dich sein, Alter. Kann ich dir nachfühlen. So wie die mich angeguckt hat, dazu die Stimme und dieser Mund. Wenn ich meine Alte nicht hätte, würde ich mir die holen. Oberaffengeil! Wenn die dich küsst, hörst du die Engel singen, was, Mann?"

„Lass gut sein." sagt Will. Wie der über Agatha redet, macht ihn gleich wieder fuchsteufelswild, aber er will sich lieber beruhigen, denn mit Wutausbrüchen wird er die Situation nicht verbessern.

„Ich wollt dir nur sagen, dass ich dich verstehen kann, Alter. Da sind wir sozusagen Leidensgenossen. Ein Blick von der genügt und dein Gehirn ist im Eimer. Jedes Mal wieder. Und..."

„Du hast sie doch nur einmal gesehen." knurrt Will.

„Nee, zweimal. Gestern war sie doch auch noch mal hier. Ich dachte, du hast sie auf dem Gang getroffen?"

„Gestern? Wann?"

„Nachmittags, als ich auf meine Alte gewartet hab. Da kam sie rein und hat die Rose in die Vase gemacht, zu den andern dort." Er zeigt auf Agathas Strauß. Erst jetzt fällt Will auf, das eine neue Blüte dabei ist. „Dann hat sie mich nach dir gefragt. Du warst doch grade zur Tür raus. Das hab ich ihr auch gesagt. Ich dachte, sie muss dich auf dem Gang sehen, du kannst ja nicht fliegen mit der Schleuder da. Ich hab mich vorhin schon gewundert, als du mit ihr gequatscht hast und mich gefragt, warum du sie nicht gesehen haben willst."

„Okay, Mann. Danke."

„Nichts zu danken. Ich versteh schon, Mann, ich versteh dich, Alter, ..." Will hört nicht mehr hin, weil er darüber nachgrübelt, warum er Agatha nicht gesehen hat.

Er war auf den Gang hinaus gefahren, um endlich vor dieser Quasselstrippe Ruhe zu haben. Bis zum Abendessen hatte er sich zwischen Besucherecke und Stationstür hin und herbewegt, mit Argusaugen alle Besucherbewegungen überwacht. Er hatte sich von nichts ablenken lassen.

Wie konnte sie ihm entgangen sein?
Nur einmal kam ihm jemand dazwischen. Gleich am Anfang war er beinahe mit einem Paar schöner langer Beine kollidiert. Sie gehören Maxi. Sie hatte ihren Vater besucht und musste sich beeilen, weil sie ihren Sohn aus dem Kindergarten abholen wollte. Doch bevor sie sich verabschiedete, gab sie ihm eine Visitenkarte, flüsterte ihm zu, dass sie jetzt geschieden sei und küsste ihn. Er hatte ihr gesagt, dass er ihr viel Glück wünscht und dass es der letzte Kuss war. Sie hatte genickt, leb wohl gesagt und war verschwunden. Wenn Agatha gesehen hat, wie Maxi ihn geküsst hat, wird sie vermutlich die falschen Schlüsse gezogen haben. Er hatte sich mit Absicht erst umgedreht, als er in der Besucherecke angekommen war, um Maxi nicht das Gefühl zu vermitteln, dass er ihr immer noch hinterher schaut. Als er den Rollstuhl am Ende des Ganges wendete, verschwand Maxi durch die Stationstür nach draußen. Wahrscheinlich, nein, mit Sicherheit war Agatha nicht weit vor ihr. Er hatte sie wieder nicht gesehen, aber sie ihn und genau in der falschesten Minute des Tages. Wie macht sie das nur dauernd? Warum trifft er auch immerzu alte Bekannte, wenn er auf Agatha wartet?
Nach dem was sein Zimmergenosse erzählt hat, hat es sie geärgert, ihn mit einer anderen Frau zu sehen. Wenn Will näher darüber nachdenkt, ist dass nicht nur einmal passiert. Und sie hat ihn mit Flavia im Auto gefunden, sozusagen in flagranti. Wenn sie so sauer auf andere Frauen in seiner Nähe ist, bedeutet das doch, dass sie eifersüchtig ist. Und wenn sie eifersüchtig ist, liegt ihr etwas an ihm.
Du bist durchschaut, Agatha!
Sie hat ihren Exfreund rausgeschmissen, weil er fremdging und nun hat sie Angst, dass es ihr bei ihm ebenso ergehen wird.
Du kennst mich nicht, Agatha, doch das lässt sich ändern!
Sobald er sie in die Finger kriegt, hält er sie fest. Alle Proteste ihrerseits werden abgelehnt, bis er ihr alles erzählt hat und sie weiß, was er von ihr will. Nämlich alles.
Was alles?
Einen Kuss, eine Nacht, eine Beziehung, ein Leben?
Nein, das ist ihm noch zu wenig. Er will von ihr geliebt werden. Ohne Unterbrechung, ohne wenn und aber, mit Geist, Körper und Seele.
So wie es ihm mit ihr geht.
Er braucht sie wie die Luft zum Atmen, deshalb ist er im Moment am ersticken. Sie soll bei ihm sein und zwar genau so wie sie ist, denn genauso liebt er sie.

Will macht sich auf dem Bett lang und legt den Kopf auf die Hände. Während er zum Fenster hinaus stiert, malt er sich aus, was er mit ihr alles unternehmen kann. Der Nachmittag am Teich war dermaßen angenehm, dass er auf eine Möglichkeit gelauert hat, den Ausritt zu wiederholen. Aber so ein Ausflug geht natürlich auch ohne Pferde. Egal was sie tun, das wichtigste ist, dass sie zusammen sind.
Sie fehlt ihm so sehr, wie noch keine zuvor.
Die Quasselstrippe im Bett gegenüber hat vollkommen recht mit ihrer Einschätzung. Will ist total verknallt und wird sich Agatha holen. Er will aus ihrem süßen Mund hören, was sie für ihn fühlt und er wird ihr sagen, was sie ihm bedeutet. Wenn sie morgen keine Zeit für ihn hat, wird er sie am Sonntag oder Montag überraschen.
Denn am Sonntag oder Montag wird man ihn entlassen. Spätestens gegen elf Uhr wird er hier raus sein. Wenn ihn seine Mutter nicht abholen kann, ruft er sich ein Taxi. Sein erstes Ziel ist dann Agathas Wohnung. Da kann sie ihm nicht entkommen und muss mit ihm reden. Wills Blick fällt auf ihre Rosen. Alle zwei Tage hat sie ihm eine andere mitgebracht. Der Strauß ist umfangreich und bunt geworden. Viele der Knospen sind aufgegangen. Jede Blüte hat eine andere Farbe. Sie sind alle prachtvoll und einzigartig, mit spitzen Dornen und einem betörenden Duft. So wie diese Frau, die ihn nur mit einem Blick aus ihren braunen Augen umgehauen hat und ihn immer wieder in diesen Zustand versetzen kann.
Wie überzeugt er dieses sture Weib am besten davon, dass sie die einzige Frau in seinem Leben sein wird? Er bezweifelt, dass sie ihm glaubt, wenn er es ihr sagt. Deshalb ruft er sie auch nicht noch einmal an heute Abend. Er liegt auf dem Bett und grübelt, während die Quasselstrippe fernsieht. Ein Glück für Will, dabei hält der wenigstens den Mund, bis er einschläft.
Da fällt Will der Briefumschlag ein, den er immer noch nicht geöffnet hat. Er nimmt ihn vom Nachtschrank und sieht ihn sich an. Auf der Vorderseite steht sein Name in einer krakeligen Kinderschrift. Vorsichtig reißt er eine Kante auf. Heraus kommt ein Blatt Papier und ein Foto. Eines der Mädchen aus seiner Truppe schreibt ihm, dass sie sich um PePe kümmert, ihn so gründlich putzt, wie Agatha es ihnen gezeigt hat und jeden Montag und Mittwoch auf ihm reitet. Sie wünscht sich, dass sie es weiter so machen kann, auch wenn Will wieder das Training übernimmt. Sie möchte so gut reiten können wie er und die anderen Erwachsenen. Als PS schreibt sie: „Ich habe mir von meinem großen Bruder das Handy geborgt und ein paar Fotos gemacht, als Ralf, Agatha und

Birte geritten sind. Die meisten sind verwackelt, aber das schönste schicke ich dir mit, weil Agatha gesagt hat, dass sie eine Karte mit Fotos von uns und den Pferden gemacht hat. Auf meinem Bild kannst du die Erwachsenen reiten sehen. Ich wünsche dir viel Gesundheit und das du bald wieder da bist, weil ich dir zeigen will, was ich gelernt habe."

Um ihre Unterschrift hat sie kleine Fotos von den Pferden geklebt, wahrscheinlich aus den verwackelten Bildern ausgeschnitten. Lächelnd nimmt Will das Foto zur Hand. Vorn ist Agatha auf Heinz zu sehen, sie reitet Richtung Mittellinie. Dort stehen bereits King und dahinter PePe. Birte schwingt ihr rechtes Bein über den Sattel, vermutlich ist sie beim absteigen. Von Ralf sind nur die Beine, eine Hand und die Reitkappe zu sehen. Er steht hinter PePes Hals. Die Zügel in der rechten Hand, beugt er sich etwas herunter, vielleicht sieht er nach dem Sattelgurt. Die größte Fläche des Bildes nimmt der Boden der Reithalle im Vordergrund ein. Von Agathas Reitkappe fehlt der obere Teil.

Will steckt den Brief in den Umschlag zurück und legt ihn in die Schublade. Dann sieht er sich das Foto näher an. Agatha sitzt perfekt auf dem Pferd. Heinz steht gut am Zügel. Sie hat immer noch nicht damit herausgerückt, wo sie reiten gelernt und warum sie seit zwanzig Jahren auf keinem Pferd mehr gesessen hat. Er kann sich nicht vorstellen, warum sie ein Geheimnis daraus macht und nimmt sich vor, es ihr zu entlocken.

Die Hand mit dem Foto sinkt langsam auf seinen Bauch, als Will ins Reich der Träume hinüber gleitet.

** * **

London in Regen und Nebel ist ein Klischee, dass wohl schon seit Jahren nicht mehr stimmt. Der Reiseleiter erklärte ihnen bei der Stadtrundfahrt, dass sich die Situation sehr verbessert hat, seit Anfang der siebziger Jahre verboten wurde, in der Stadt Kohle zu verheizen. Die Luft ist trotzdem nicht unbedingt sauber und Geruchsarm.

Als Landpflanze fällt Agatha diese Tatsache sicher mehr auf, als Leuten, die in einer großen Stadt wohnen, wie sie den Gesprächen an den Nachbartischen beim Abendessen entnehmen konnte. Die Dresdner hatten es gar nicht bemerkt. Überall Gewusel, Baustellen ohne Ende wegen der Sommerolympiade, stockender Verkehr, Abgase, Menschen über Menschen und Häuser ewig hoch, die

einem die Sicht auf den Himmel versperren. Gerüche aller Art. Agatha ist beeindruckt von den Gebäuden und Sehenswürdigkeiten in London, aber nicht überwältigt. Sie kann keinen verstehen und nur jeden bewundern, der hier freiwillig lebt.
Nach dem Abendessen wollte sie noch ein paar Schritte gehen und war unter anderem an diversen Pubs bis zum Hydepark die Straße entlanggegangen. Überall bewegten sich Leute zu Fuß oder mit dem Fahrrad, Jugendliche auf Skateboards und Jogger. Der Parkeingang kam ihr vor wie die Einflugschneise eines Bienenstocks, ein ständiges Kommen und Gehen. Es ging ihr unheimlich auf die Nerven, anstatt sie zu entspannen. Da beschloss sie, sich in die private Einsamkeit ihres Hotelzimmers zurück zu ziehen. Großmama schläft sicher schon.
Der Teppichboden des Hotelflurs schluckt alle Geräusche, die ihre Schritte verursachen. Agatha holt die Karte für ihre Tür hervor und öffnet. Leise fällt die Tür wieder hinter ihr ins Schloss. Das Abendlicht taucht alles in gedämpfte Farben. Lüften wird sie heute Nacht nicht. Das Fenster bleibt zu, schon allein wegen dem Lärmpegel. Sie streift die Schuhe ab, wirft die Handtasche auf den Koffer und schaltet die Nachttischlampe ein. Ihre Jacke hätte sie nicht gebraucht, die sie aus Vorsicht mitnahm. Jetzt hängt sie sie auf den Bügel im Schrank.
Obwohl sie den ganzen Tag und die ganze Nacht nur im Bus gesessen hat, ist sie ausgelaugt und müde. Vor vierundzwanzig Stunden sind sie in Dresden in den Bus gestiegen und heute Mittag mit der Fähre von Calais nach Dover übergesetzt. Im Hafen von Dover stiegen sie wieder in ihren Vier-Sterne-Bus und fuhren weiter nach London. Nach drei Stunden Sightseeingtour wurden sie vor dem Hotel abgesetzt. Die Busfahrer verabschiedeten sich bis morgen früh um sieben, dann geht es weiter in die irische Hauptstadt Dublin. Morgen Abend um diese Zeit wird sie dort für zwei Tage in ein Hotelzimmer einziehen, ehe die Rundreise über die irische Insel weitergeht.
Großmama bekam ein eigenes Zimmer zugewiesen. Für jeden sind auf der gesamten Reise Einzelzimmer gebucht, dass hatten ihre Eltern so vorbestimmt. Agatha war es egal, ob sie sich mit Großmama ein Zimmer teilte oder nicht. Doch momentan ist ihr die Trennung ganz recht. Sie zieht sich aus und geht unter die Dusche. Dann legt sie sich auf das große Doppelbett und zieht sich die dünne Decke über den nackten Körper. Es ist ein herrliches Gefühl, sich lang ausstrecken zu können. Doch statt sofort einzuschlafen, geht ihr alles Mögliche durch den Kopf.
Sie findet keine Ruhe.

Auch nicht, wenn sie die Augen schließt. Das macht die Sache nur noch schlimmer.

Als sie am Freitagabend endlich auf Brunis Hof fuhr, kam diese aus dem Haus gerannt und hüpfte förmlich vor Freude. Sie fiel Agatha um den Hals und weinte. Dann holte sie Heinz vom Hänger, um sich ihm an den Hals zu werfen. Der Wallach hielt still. Dann bezog er Möhrchen kauend seine alte Box, die Bruni für ihn vorbereitet hatte. Ihr Mann und ihr Sohn lächelten glücklich vor sich hin. Sie begrüßten Agatha und Heinz ebenfalls herzlich. Später, nachdem Brunis Sohn im Bett war, saßen sie am Lagerfeuer hinter dem Haus beim Bier. Bruni trank Wasser. Da erzählte sie überglücklich, dass sie sich entschieden hat, Howard auszubilden, statt sich ein anderes Fohlen zu kaufen. Aber erst im nächsten Jahr, weil sie bis dahin etwas anderes vorhat. Nachdem das Kapitel Heinz und die großen Wettkampferfolge im Frühjahr abgeschlossen werden musste, hatte ihr Mann vorgeschlagen, die Zeit für etwas anderes zu nutzen. Bruni ist schwanger. Anfang des nächsten Jahres werden sie zu viert sein. Sie sind alle drei überglücklich deswegen. Agatha freut sich sehr darüber. Mal sehen wie weit Brunis Mann mit der Komplettrenovierung des Wohnhauses gekommen ist, wenn Agatha übernächste Woche wieder dort sein wird.

Sie schmunzelt vor sich hin, wenn sie an die hitzigen Diskussionen über Raumausstattung, Namen und besondere Lieblingsbeschäftigungen mit dem Baby denkt. Es war für sie erstaunlich, was sich Brunis Mann zu manchem Thema vorstellt und wie er Bruni von seinen Vorschlägen überzeugen wollte. Nicht immer mit Erfolg, aber immer einfühlsam, liebevoll und kompromissbereit.

Sofort fällt ihr ein, wie Will sie bei dem letzten Telefonat angebrüllt hat. Er tut es immer wieder. Sie hält zwar auch nicht hinter dem Berg mit ihrer Wut, wünscht sich aber viel mehr Verständnis und leisere Töne und liebevolle Zärtlichkeit von ihm. Das mag sie viel mehr, als die lauten Streitereien. Diese samtweiche, gefühlvolle Seite von sich würde sie ihm gern zeigen, um sein Herz zu erobern. Aber er ist grob, unsensibel und herrschsüchtig. Allein in ihrem Auto hat sie stundenlang darüber gebrütet.

Die Rückfahrt nach Hause und die Reisevorbereitungen verliefen problemloser, als Agatha es sich vorgestellt hatte. Auch der Termin mit dem Sohn ihrer Kollegin ging so schnell vorbei, dass sie nur staunen konnte. Als sie am Sonntagmittag um elf vor dem Neubaublock aus dem Auto stieg, wartete ihre Kollegin zusammen mit ihrem Sohn bereits vor der Haustür. Ihre Kollegin danke ihr für den kurzfristigen Termin und meinte, sie habe nur ihren Sohn her begleitet, damit sie sich nicht verfehlen. Dann verabschiedete sie sich und Agatha betrat mit dem jungen Mann das Haus. Fünf Minuten später verhandelten sie darüber, was er für die Möbel in Küche, Bad und Flur zahlen sollte und welche Zimmer sie noch streichen lassen muss. Den leeren Keller sahen sie sich beim Rausgehen an. In zwei Wochen wenn sie aus Irland zurück sein wird, treffen sie sich, um die Formalitäten zu erledigen. Dann kann sie das Kapitel Neubauwohnung beenden. Alles ist in die richtigen Bahnen gelenkt.

Sie könnte sich freuen.

Aber seit sie in den Bus stieg, wird sie die Lethargie nicht mehr los, die sie beim Anblick von Wills Arzt überfiel. Sie mochte den bärbeißigen, älteren Herrn mit den grauen Schläfen und dem energischen Blick eigentlich sehr gern. Im Krankenhaus jedenfalls. Nachdem sie ihn gegrüßt und mit Großmama bekannt gemacht hatte, begrüßte er diese sogar mit einem Handkuss. Warum muss er ausgerechnet jetzt nach Irland fahren? Sein Sitzplatz ist ein paar Reihen hinter ihnen. Agatha bemüht sich ständig, zu lächeln und sich für alle Dinge um sie herum zu interessieren, um Großmama nicht die Stimmung zu vermiesen. Aber es ist sehr anstrengend, in einer Tour die Gedanken an Will verscheuchen zu müssen.

Wie lange hält sie das aus?

Seufzend dreht sich Agatha zum Nachtschrank. Sie fischt ihr Handy herunter, um auf die Uhr zu schauen. Seit sie von der Fähre kamen, hatte sie es nicht mehr angesehen und vorher auf stumm gestellt. Das Display zeigt eine Nachricht an. Sie kommt von Will, er schickte sie ihr bereits am Nachmittag:

„Ich war bei dir zu Hause! Wo bist du?" Frustriert starrt sie ihr Handy an, als ob es daran schuld wäre, wie es in ihrer Seele aussieht. Dann schließt sie die Augen und legt den Arm darüber. Sie wollte Abstand gewinnen von ihm. Verflixt!

Was nun?

Kilometermäßig hat sie es ja geschafft. Das ist allerdings auch das einzige. Deshalb schreibt sie zurück:

„London. Gute Nacht!" Sie sendet die Nachricht ab und lässt die Hand neben sich auf das Laken sinken. Sie möchte schlafen, einfach nur tief und fest schlafen, damit sie nicht mehr nachdenken muss. Später merkt sie, dass sie das Telefon immer noch festhält und will es beiseite legen. Da leuchtet es auf. Eine weitere SMS wird angezeigt. Eigentlich hat sie keine Lust, sie zu lesen, aber die Neugierde siegt. Will antwortet:

„Ich vermisse dich! Gute Nacht!"

Stunden später versiegen die Tränen und sie schläft ein.

** * **

Da Gama galoppiert gleichmäßig vorwärts. Das abgeerntete Getreidefeld zwischen der Straße in die Stadt und dem Wald, durch den die Bahnlinie zur Stadt führt, ist sehr lang. Er reitet am Feldrand entlang, zumeist parallel zu dem einspurigen Fahrweg, der das Feld und den Wald von einander trennt. Zur Stadt hin führt er in den Wald hinein und auf der Dorfseite umrundet der Fahrweg auch noch die Stirnseite des Feldes und begrenzt auf seinem letzten Kilometer Wills Grundstück, ehe er am Dorfeingang auf dem Bürgersteig mit Radweg endet.
Will ist auf dem Heimweg. Er hat fast die Stirnseite des Feldes erreicht. Deshalb pariert er da Gama durch in den Schritt und reitet auf den Fahrweg. Der Wallach geht am langen Zügel freudig vorwärts. Der kennt sich hier aus. Die Strecke zum Bahnübergang und dann die Brandschneise entlang bis zum Fahrweg und über den riesigen Getreideschlag ist ihm bekannt. Jetzt befindet sich links von Will ein breiter Buschstreifen zwischen den Koppeln von Sulaika und Aladin und dem Fahrweg. Er hat ihn beim Koppelbau vor etlichen Jahren extra angepflanzt. Im Sommer ist alles so dicht belaubt, dass die Pflanzen eine undurchsichtige grüne Mauer darstellen. Manchmal fühlen sich Rehe darin heimisch. Doch die Ricke, die in den letzten Jahren hier ihren Nachwuchs aufzog, hat Will in diesem Jahr nur selten gesehen. Seit es Sommer geworden ist, kam sie gar nicht mehr.
Eventuell sind die Ereignisse auf der Koppel daran schuld, die er sich bis heute nicht erklären kann.
Plötzlich scheut da Gama und weicht gegen Wills Bemühungen auf das Feld aus. Will kennt so ein Getue von ihm gar nicht mehr. Seit Jahren toben sie sich unerschrocken in den Wäldern und Feldern hier aus. Der Wallach kennt Sulaika und Aladin, hatte nie vor ihnen Angst. Aber eben ist er mit geblähten Nüstern angstvoll über den Graben auf das Feld gesprungen und schaut aufgeregt zu den Büschen rüber. Er scheint sich zu fürchten. Will versucht ihn zu bremsen, bekommt ihn aber nicht zum Stehen. Der Wallach ist förmlich auf der Flucht, bis Will ihn wieder im Griff gekriegt hat. Hundert Meter weiter beruhigt er sich endlich und betritt freiwillig wieder den Fahrweg.
Irritierend ist der Geruch, den Will ab und an auffängt. Der ist ihm gestern auf der Koppel bereits aufgefallen. Es stinkt beinahe nach Verwesung, doch sicher ist sich Will nicht. Eventuell ist der Ursprung des Geruchs in dem nur wenig Wasser führenden,

schlammigen Graben zu finden, der sich durch den Buschgürtel zieht. Will nimmt sich vor, heute Abend gründlich das Grundstück abzusuchen.

Wenig später lenkt er sein Pferd nach links in den schmalen Trampelpfad zwischen Koppel und Obstgartenzaun. Bis in den Pferdestall wird er da Gama am langen Zügel im Schritt gehen lassen. An diesem ruhigen, sehr warmen, sonnigen Montagvormittag ist der Wiesenweg beinahe menschenleer, nur der Katzenoma begegnet er. Die freundliche alte Frau kümmert sich Tag und Nacht um ihre Lieblinge und ist eine stille, nette, unauffällige Zeitgenossin. Will grüßt sie höflich, als er um die Kurve an ihrer Hecke vorbei reitet. Sie strahlt ihn an, grüßt und winkt. Seit ihr Mann gestorben ist, bewohnt sie allein mit etlichen Katzen das kleine Haus mitten in dem von hohen Hecken gesäumten Grundstück, ein paar Anwesen von seinem entfernt. Will hört sie hinter sich mit ihren Tieren reden, während er weiter reitet. Sie behandelt sie wie ihre Kinder.

Will atmet tief durch. Seit vier Wochen saß er nicht mehr auf einem Pferd. Es fühlt sich einfach fantastisch an. Auch wenn ihm jeder Muskel schmerzt, geht es ihm besser, als in dem verdammten Krankenhausbett. Der Arzt, der ihn nach Hause entließ, riet ihm, noch einige Wochen zu warten, ehe er seinen Fuß wieder voll belastet. Deshalb reitet Will ohne Steigbügel. Es ist ungewohnt, trainiert aber unheimlich gut die Muskulatur und den Gleichgewichtssinn. Im Krankenbett musste er zwar auch einige Übungen gegen die Muskelerschlaffung ausführen, aber so ein umfassendes Training wie er es normalerweise jeden Tag hat, kann man nicht so einfach ersetzen. Schon gleich gar nicht mit seinen Verletzungen.

Den Fuß muss er noch mit Vorsicht benutzen, die Rippe tut nicht mehr weh, aber bei einem Sturz vom Pferd würde sie erneut zu stark belastet werden und der Oberarmmuskel seines linken Armes ist noch lange nicht wieder hergestellt. Die Kraft muss erst wieder aufgebaut werden. Für die nächsten beiden Wochen ist Will auf alle Fälle noch krank geschrieben, da ließ der Doktor nicht mit sich reden. Er hat Will bis dahin auch das Reiten verboten. Doch das hatte Will ihm gleich auszureden versucht, bis der Arzt meinte: „Wenn Sie es sich zutrauen, kann ich Sie nicht daran hindern, Herr Maaler, aber offiziell darf ich es Ihnen noch nicht gestatten. Seien Sie also besonders behutsam mit sich, wenn Sie meine Anweisungen in den Wind schlagen! Denken Sie bitte daran, dass Sie von ihrem Körper nicht sofort die gleichen Leistungen erwarten können, wie vorher."

Will hatte versprochen sich sehr vorzusehen und brach sein Versprechen sofort, als er zu Hause ankam. Entgegen dem Protest seiner Mutter stieg er in ihren Wagen und raste zu Agathas Wohnung. Er traf niemanden, nicht mal den Nachbarn. Nach einigen Stunden des Wartens schickte er ihr eine SMS.
Die Gelegenheit nutzend, dass er sich wieder frei bewegen kann und in der Stadt war, schaute er bei seinem Autohändler vorbei. Da sein Wagen immer noch bei der Polizei ist und er sich bestimmt nie wieder hinter dieses Lenkrad setzen wird, will er sich ein neues zulegen. Was er mit dem Unglückswagen machen wird, weiß er noch nicht genau. Nur eines ist klar, behalten wird er ihn nicht. Um alle Erinnerungen zu unterbinden, sucht er sich eine andere Farbe, Automarke und einen anderen Typ aus. Wichtig ist bei seiner Auswahl nur, dass eine starke Maschine unter der Haube, Anhängerkupplung dran und eine sehr hohe Anhängelast möglich ist. In den nächsten Tagen, hat sein Autohändler versprochen, möchte er sich mit mehreren Angeboten bei Will melden. Der Vorschlag war akzeptabel für Will und so beendete er seinen Besuch mit einem Rundgang durch den Ausstellungsraum des Autohauses.
Unterdessen wurde die Zeit knapp und Will fuhr in den Pferdestall, weil er das Training seiner Kindertruppe beobachten wollte. Die Kinder freuten sich sehr, sprangen und hüpften aufgeregt johlend um ihn herum. Er bedankte sich herzlich bei jedem einzelnen für die vielen kleinen Geschenke, die jetzt eine Schublade im Nachtschrank neben seinem Bett zu Hause bevölkern. Dann schaute er sich die Leistungen eines jeden auf den Pferden an und bewertete sie positiv. Die beiden Mädchen, die auf Rex ritten, taten sich schwer damit. Sie behaupteten hinterher, dass sie auf Heinz viel besser seien. Agatha hätte ihnen zum Trost versprochen, dass sie einen Tag mit den Pferden am Wasser organisiert, wenn sie wieder da ist. Na, da ist Will ja mal gespannt, wie sie sich das vorstellt und wann sie mit diesem Plan herausrücken wird. Dann erfuhr er, dass sie alles mit Ralf und Birte bereits besprochen hat, selbst Francesca wusste davon. Nur der genaue Termin steht noch nicht fest. Sie hatten über Wills Kopf hinweg entschieden, das störte ihn ein wenig. Ralf schien es zu merken und erklärte ihm, dass sie schließlich nicht wussten, wie lange Will noch im Krankenhaus verbringen muss. So gesehen hatten sie Recht und es sollte ihn eigentlich freuen, dass sie sich freiwillig dermaßen viel Arbeit aufladen mit etwas, dass er eingerührt hat. Umso weiter sie den Badeausflug ans Ferienende verschieben, umso besser stehen die Chancen, dass er helfen kann. Da er noch auf Krücken gehen

muss, ist Will in seiner Bewegungsfreiheit eingeschränkt. Es nervt ihn sehr. Aber die Kinder und Erwachsenen bringen ihm viel Verständnis entgegen Sie machen ihm Mut. Das besänftigt ihn etwas, weil er es so nicht erwartet hat.
Etliche Stunden später saß er nach drei Wochen endlich wieder zu Hause auf der Gartenbank in der untergehenden Sonne und genehmigte sich ein Bier. Der Abend war viel zu schön, um ins Bett zu gehen. Will genoss die Freiheit, im Grünen zu sitzen und mit seiner Mutter zu plaudern. Sie hatte ihm eben eine gute Nacht gewünscht und war in der Hintertür verschwunden, als sein Handy am Gürtel piepste. Sofort schaute er nach und entdeckte Agathas Nachricht. Er schrieb zurück, was ihm zuerst einfiel.
Die Wahrheit und nichts als die Wahrheit.
Er vermisst sie unheimlich.
Seit dem sendet er ihr jeden Abend eine kurze Nachricht und sie antwortet ihm, meistens genauso kurz. Die Kinder hatten Recht, als sie ihm erzählten, dass Agatha ganz weit wegfahren will. Auf der Stelle quälte ihn der Gedanke, mit wem sie wohl unterwegs sei. Agatha in den Armen eines anderen ist eine Vorstellung, die ihn rasend eifersüchtig werden lässt. Deshalb hatte er sie einmal danach gefragt und sie hatte geantwortet:
„Großmama. Träum was Schönes!" Worauf er schrieb:
„Ich träum von dir! Pass auf dich auf und träum von mir!"
Am Samstagabend fragte sie unerwartet:
„Wen hatten die Nachtreiter diesmal?"
„PePe, aber er ist okay. Woher weist du das?"
„Genau so war es vor vier Wochen, als ich dich fand. Ich glaube, sie sind immer vom fünfzehnten zum sechzehnten und noch einmal drei oder vier Nächte später unterwegs. So war es die letzten Monate."
„Kommst du zurück?"
„Ja. Schone dich, da Gama wird's verstehen. Gute Nacht."
„Ich freue mich auf das Wiedersehen. Gute Nacht." Und wie er sich freut. Er fühlt sich wie vor Jahrzehnten im Advent, wenn er als kleiner Junge den Weihnachtmann herbei gesehnt hatte.
Nach der Frage wegen der Nachtreiter studierte er seine Aufzeichnungen, wobei er merkte, dass Agatha Recht hat mit den Datumsangaben. Seither grübelt er, was es zu bedeuten haben könnte und warum sie sich immer genau diese Tage aussuchen. Doch es wollte ihm keine plausible Erklärung einfallen.
In der ersten Woche nach seiner Entlassung aus dem Krankenhaus traute er sich noch nicht aufs Pferd. Deshalb ging er jeden Tag mit da Gama stundenlang spazieren. Dabei fiel ihm einiges auf, was

ihm sonst entgangen wäre. Zum Beispiel fand er Reifenspuren beim Bahnübergang und an verschiedenen Stellen im Wald, die er sich nicht erklären kann.
Auf dem Weg am Koppelzaun von Sulaika und Aladin hatte er einen ganzen Haufen dicke Glassplitter aufgesammelt. Will verhindert damit, dass sich die Pferde daran verletzen. Wenn ein Splitter sich unter ein Hufeisen schiebt oder in die Hufsohle bohrt, kann es schmerzhafte Löcher in der Hufkapsel geben. Derartige Verletzungen sind oft langwierig, ziehen eventuell Entzündungen im Huf nach sich und legen die Pferde komplett lahm.
Über den Scherbenhaufen muss er ständig nachdenken und zwar seit er ihn am Sonnabend fand. Will ist sich fast sicher, dass ihm die Splitter in den Tagen zuvor nicht aufgefallen sind, weil sie noch nicht da waren. Am Mittwoch, Donnerstag und Freitag der vorigen Woche war er nicht auf dem Weg am Koppelzaun entlanggegangen, doch er kann sich nicht erinnern, dass am Dienstag schon so ein Scherbenhaufen dort lag. Dazu kommt, dass die Glasstücke von dem Scheinwerfer eines Autos stammen könnten.
Doch womit ist das Auto kollidiert?
Ein Tier hätte doch Spuren hinter lassen wie Fell und Blut, doch an den Splittern war nichts zu entdecken. Eine kurze Bremsspur konnte er teilweise ausmachen. Sonst nichts. Weil der Weg aber ständig befahren wird und bei dem trockenen Wetter keine tiefen Spuren auf dem ausgetrockneten, staubigen und hart gefahrenen Weg entstehen können, sind kaum Anhaltspunkte zu entnehmen, die für einen Vergleich dienlich wären. Zuerst würde er die Reifenabdrücke mit denen am Bahnübergang vergleichen.
Einen kurzen Moment lang hatte er überlegt, ob er den Kommissar verständigen sollte, verwarf diesen Einfall aber sofort wieder. Herr Wilhelm Post hatte schon bei dem Gespräch im Krankenhaus geschmunzelt, als Will ihn darauf hinwies, dass die Sache mit den Reitern in der Nacht und der Überfall auf Flavia und ihn vielleicht zusammen gehören könnten.
Danach durfte Will sich anhören, wieviel Schaden er bei den Familien seiner Freundinnen angerichtet haben könnte und dass es eher wahrscheinlich ist, dass die sich jetzt rächen wollen. Der Kommissar deutete sogar an, Will habe den Mord an Flavia geplant und nur durch Zufall gut tarnen können. Eventuell sei Agatha ja seine Komplizin, die dafür sorgen sollte, dass er bei der Vertuschung des Verbrechens nicht aus Versehen verblutet. Will hatte Herrn Wilhelm Post erklärt, dass er falsch liegt. Keine seiner Frauen, mit denen er sich ausschließlich nur für das eine traf,

waren oder sind verheiratet. Die meisten machen wenig Hehl daraus, dass sie ab und zu mit ihm ins Bett gehen. Und von keiner weiß er, dass sie irgendeinen Groll auf ihn hegt. Will gab Herrn Wilhelm Post einige Namen und Telefonnummern, damit er seine Aussage überprüfen kann. Bis heute hat er nichts mehr von dem Kommissar gehört. Nur eine der Frauen hatte Will zurück gerufen und ihm von dem Gespräch mit Herrn Post berichtet.

Was Agatha Herrn Wilhelm Post erzählt hatte, bekam Will nicht heraus. Nur ein einziges Mal, als er seine zweifelhafte Theorie über den geplanten Mord erläuterte, meinte der Kommissar, dass es ihm komisch vorkommen würde, dass Agatha die einzige gewesen sein soll, die an diesem Tag dort entlang geritten wäre und sie hätte sich verdächtig gemacht, als sie vom Tatort geflohen sei. Nach den Fotos zu urteilen, die der Kommissar ihm gezeigt hatte, dürfte der Anblick von Flavias Leiche für Agatha äußerst unangenehm gewesen sein. Dass sie vom Tatort geflohen sein soll, glaubt Will ihm keine Sekunde, was er auch aussprach.

Daraufhin warf Herr Wilhelm Post ihm vor, dass er ein Verhältnis zu Agatha hätte, welches er geheim halten wöllte. Will musste sich sehr beherrschen, nach diesen ganzen Beschuldigungen ruhig zu bleiben. Er sagte sich im Stillen, dass er sich nur schadet, wenn er sich gehen lassen würde und dem Herrn Kommissar erbost die Meinung geigt. Vor allen Dingen fällt ihm kein Grund ein, warum er Flavia hätte loswerden wollen. Ein wirkliches Motiv fehlt Herrn Wilhelm Post auch noch, räumte er freimütig ein. Doch dass wird er schon noch heraus finden, versicherte er Will zum Abschied.

So schwer es Will auch fallen mag, dieses unschöne Thema anzureißen, er wird mit Agatha darüber sprechen müssen. Nur sie kann ihm einen Teil der Ereignisse schildern, die er nicht mitbekommen hat. Seine Mutter erzählte ihm, wie sie diesen Tag erlebte und was die Polizei ihr sagte. Es war nicht wirklich aufschlussreich. Die Hufspuren und die Trockenheit hatten verhindert, dass man Fußspuren auf dem Boden neben dem Auto sichern konnte. Wills Hände waren untersucht worden. Dabei kam heraus, dass er nicht geschossen hat. Allerdings brachte Herr Wilhelm Post den Einwand, dass Agatha geschossen haben könnte oder Will Handschuhe an hatte, die sie ihm auszog, bevor sie die Polizei rief.

„Schulden Sie ihr Geld oder sie Ihnen?"

„Nein."

„Wonach hat sie dann das Auto durchsucht?" wollte der Kommissar wissen. Will war völlig verwirrt:

„Wie kommen Sie darauf?"

„Nun, der Kofferraum war durchwühlt und auch auf der Beifahrerseite fanden sich ihre Fingerabdrücke."
„Ich weiß nicht was sie im Kofferraum gesucht hat, vielleicht den Verbandskasten, aber die Fingerabdrücke auf der Beifahrerseite sind entstanden, als ich sie vor Wochen nach Hause brachte. Da war sie krank."
„Wann war das genau?"
„Anfang Mai."
„Wie lange kannten Sie Fräulein Schöner zu dem Zeitpunkt?"
„Ein, zwei Wochen vielleicht."
„Und sie hatten sie vorher nie gesehen?"
„Nein, nie."
„Warum fahren Sie sie dann nach Hause?"
„Weil sie krank war!"
„Und das soll wirklich alles gewesen sein?"
„Ja."
„Und das soll ich Ihnen glauben? Wie wäre es, wenn sie mir die Wahrheit erzählen?"
„Das ist die Wahrheit."
„Davon bin ich keineswegs überzeugt, Herr Maaler."
„Ist mir schnurz!" rutschte es Will raus. Das Gespräch zog sich ein paar gefühlte Ewigkeiten so dahin und brachte Will an die Grenzen seiner Kraft und Nervenstärke. Zum Verdruss des Kommissars beendete Wills Arzt erbost die länger als zwei Stunden andauernde Sitzung und scheuchte Herrn Wilhelm Post aus der Station.
Völlig erschöpft kam Will in seinem Bett an und musste von den Schwestern erfahren, dass er erneut Agathas Besuch verpasst hatte. Er empfand es als Krönung eines grausigen Tages. Ermattet lag er in seinen Laken und versuchte sich einzureden, Agatha würde wiederkommen am Abend. Doch dem war nicht so, er wartete vergebens.
Verärgert brütete er vor sich hin. Seither überlegt er verstärkt, wie er rauskriegen könnte, was wirklich im Wald passiert ist. Die blödsinnigen Theorien von Kommissar Post sind irrelevant und haben nur einen einzigen Anhaltspunkt. Wenn nur Agatha den Kofferraum nach dem Verbandskasten durchsuchte, kann es kein Raubmord gewesen sein. Flavia hatte nur Geld und eine Kreditkarte in der kleinen Umhängetasche, die man auf dem Rücksitz fand und Wills Geldbörse lag auch noch in dem Türfach auf der Fahrerseite. Man hatte ihn im Krankenhaus darüber informiert, dass seine Brieftasche in einen Safe eingeschlossen wurde. Als er sie sich später bringen ließ, steckten immer noch die über dreitausend Euro drin, die er auf das Turnier mitnehmen wollte. Da hatte sicher kein

Verbrecher reingeschaut, denn so eine Summe wäre aufgefallen und garantiert weg gewesen. Will fragt sich nur, warum der Kommissar sich nicht dazu geäußert hat.
Nur sehr selten schleppt Will soviel Geld mit sich herum, aber er hatte vor, sich bei einem der Sattler, die immer am Rand der Turnierplätze ihre Stände aufbauen, einen neuen Sattel mit Zubehör, sowie passender Trense, Martingal, Gebiss und was er noch neues für da Gama und sich braucht, zu erwerben. Er hatte beim letzten Wettkampf mit einem Sattler gesprochen, der meinte, er könne es einrichten, einige Modelle von Sätteln und Zubehör zum Anpassen dabei zu haben, oder zumindest am zweiten Tag der Veranstaltung mitzubringen. Will hatte sich in der vergangenen Woche telefonisch bei dem Sattler für sein Fernbleiben entschuldigt. Außerdem hatte Will sich mit niemandem über dieses Vorhaben ausgetauscht und keiner wusste, dass er so viel Geld in bar einstecken hatte.
Will fragte den Kommissar nach den anderen wenigen Dingen in seinem Wagen. Dieser bestätigte ihm, dass alles im Auto gefunden wurde. Somit kann es sich doch unmöglich um einen Raubüberfall handeln, überlegte Will sofort. Herr Wilhelm Post drehte die ganze Sache gleich um und behauptete, Will wolle sich nur vergewissern, dass Agatha die belastenden Dinge entfernt habe, wie zum Beispiel die Waffe oder Geld oder ähnliches. Fast hätte Will den Kommissar ausgelacht, wenn die Sache nicht so ernst gewesen wäre. Herr Post war sichtlich verärgert darüber, dass sich Will ein Grinsen verbeißen musste und versuchte Will dann mit der felsenfesten Überzeugung nieder zu walzen, dass es für ihn gar nichts zu lachen gäbe und er Will schon noch ein Verbrechen nachweisen werde. So einfach käme Will ihm mit diesem Mord nicht davon. Das war kurz bevor der Arzt ins Zimmer gepoltert kam und den Kommissar in seiner bärbeißigen, despotischen Art der Räume verwies.
Agatha und eine Waffe?
Will muss immer wieder den Kopf schütteln, wenn er daran denkt. Nein, das geht sicher nicht zusammen und sich für irgendwelche krummen Sachen bezahlen lassen, ist ganz bestimmt nicht ihr Ding. Er kann sie sich in so einer Situation unter keinen Umständen vorstellen. Sie ist zwar keineswegs ein zartes, unscheinbares Mauerblümchen und schon gar keine stille, zurückhaltende, Befehle ausführende Duckmäuserin, aber beim besten Willen ist es ihm unmöglich zu akzeptieren, dass so jemand, der schöne Dinge anfertigt und sich mit Hingabe den Kindern widmet wie sie, mit einer Waffe in der Hand Leute überfallen und andere Verbrechen begehen kann. Agatha schon gleich gar nicht. Sie versucht immer

sofort zu helfen, wenn sie dazu kommt, dass jemand Hilfe braucht. Uneigennützig hat sie sich in die Bresche geworfen und seine Kindertruppe betreut und die anderen überzeugt, mitzuhelfen. Nein, sie ist sicher nicht fähig, eine Untat zu begehen. Das einzige Verbrechen, dass er ihr anhängen kann, ist, nicht schon Jahre eher in seinem Leben aufgetaucht zu sein. Als Waffen könnte sie ihre Augen, ihren Mund und ihre starke Ausstrahlung angeben. Ihre süße aber spitze Zunge und ihr sturer Dickschädel haben ebenfalls eine durchschlagende Wirkung. Harte Schale und ein butterweicher Kern, dazu ein großes Herz und zuckersüß, so würde er sie beschreiben.

Noch während er darüber nachdenkt, beschließt Will keine Zeit mehr zu verschwenden. Das hört sofort auf, sobald sie wieder da ist. Der Aufenthalt im Klinikum hat ihm bewiesen, wie kurz und kostbar das ganz normale Leben ist.

Worauf soll er noch warten?

Er hat viel zu lange gezögert. Er will mit ihr gemeinsam heraus bekommen, was das alles auf sich hat. Bei näherem Hinsehen erscheint die Situation für ihn und sie sehr gefährlich. Bis jetzt läuft hier immer noch ein Verrückter mit einer Waffe herum, dem es nichts ausmacht, Menschenleben auszulöschen. Wenn es dem nicht genug gewesen sein sollte, dass Will ihn kaum identifizieren kann und Agatha ihm eventuell in die Quere kam, besteht die Angst herauf beschwörende Möglichkeit, dass der Verbrecher erneut zuschlägt. Und da niemand weiß, wer und warum, wird dieser Angriff völlig überraschend sein. Genau wie der erste und Will kann es wieder nicht verhindern.

In dem Moment fällt Will ein, dass der Angreifer Flavia ins Gesicht gesehen hat und sie ehrlich überrascht war. Dann sagte er etwas, das mehr ein Zischen war als Worte und schoss auf Will. Erst da begann sie zu kreischen. Es geschah alles so schnell, dass es Will entfallen war.

Dieser Flash bringt ihm wieder die grauenhaften Bilder und dieses hilflose Gefühl angesichts des Todes. Er sieht immer wieder, wie der Mann eine Kugel nach der anderen auf Flavia abfeuert. Machtlos, der Ohnmacht nahe musste Will zusehen, wie Flavia starb.

Durch Kopfschütteln versucht er, diese Gedanken zu verdrängen. Im Moment hat er keine Lust, sich damit zu beschäftigen. Nächste Woche wird er wieder zu dem Psychologen gehen, der ihm helfen soll, mit den Erinnerungen fertig zu werden und so normal wie möglich weiterzuleben. Der Versuch ist es auf alle Fälle wert und es hat ihm schon einmal geholfen.

Manchmal beschleicht Will der Eindruck, die Tiere hätten von dem ganzen Tohuwabohu auch etwas abgekriegt. So wie vorhin da Gama wegen irgendetwas auf das Feld flüchtete. Das ist nicht normal. Der Wallach vertraut ihm voll und ganz, weshalb er schon enorme Furcht gehabt haben muss, sonst hätte er nicht so eine drastische Reaktion abgeliefert. Dazu kommen die zeitweise nervösen Verhaltensweisen von Sulaika und Aladin. Seit einigen Tagen benehmen sie sich gereizt. Zweimal beobachtete er, wie Sulaika fluchtartig im Stall verschwand. Doch er fand auf der Weide nichts Gefährliches. Ganz schlimm wurde es heute morgen, als Will die beiden von der linken in die rechte Koppel umsperrte. Auf der rechten, größeren Koppel ist im hinteren Teil eine Ansammlung Bäume und Sträucher, wo sich Sulaika sehr gern aufhält. Aber heute blieb sie nur beim Stall vorn und stand auch jetzt noch dort, als er mit da Gama vorbei ritt. Ihr Verhalten wird immer unerklärlicher. Es kann eigentlich nur bedeuten, dass sie vor irgendetwas scheut, Angst hat. Will nimmt sich vor, heute den Grund dafür heraus zu finden. Und wenn er jeden Meter Wald um die Koppel herum und diese selbst durchkämmen muss. Gleich nach dem Montagstraining seiner Truppe wird er sich aufmachen. Etliche Möglichkeiten fallen ihm ein, von denen er aber die meisten als Blödsinn verwirft.

Unterdessen hat er den Hof des Reitstalles erreicht, hält an und sitzt ab. Einige andere Kinder und Jugendliche sind da. Weil Ferien sind, nutzen sie die Vormittage zum Reiten. Die meisten Teenies wollen den Rest des Tages für sich haben. Es ist Sommer. Will kann sie verstehen. Er bindet da Gama auf dem Waschplatz an und sattelt ihn ab. Nachdem er ihn gründlich mit Wasser abgeschrubbt hat, lässt er ihn im Schatten trocknen. Der Wallach döst vor sich hin, während Will die Ausrüstung reinigt und wegräumt. Danach geht er PePe bei Voice auf der Koppel holen und stellt ihn in seine Box, ehe er da Gama zu der Vollblutstute auf die Weide bringt. Mehrmals passiert Will dabei die leere Box von Heinz. Der ist bei Bruni, soviel hat er sich bereits zusammengereimt.

Aber warum?

Agathas Reise kann ja nicht Monate dauern und es wäre doch viel einfacher gewesen, den Wallach hier zu lassen und nicht hunderte von Kilometern zu transportieren, obwohl sein Standplatz weit voraus bezahlt ist, wie Will zufällig erfuhr. Das gehört zu den Dingen, die sie ihm erklären muss, wenn sie wieder da ist.

Eine Stunde später sitzt er am Küchentisch seiner Mutter gegenüber, schiebt seinen leeren Teller beiseite. Die Frage nach noch einer Kelle Suppe, verneint er höflich. Gegen die plötzliche

Müdigkeit ankämpfend, greift Will nach seinem Wasserglas. In langen Schlucken trinkt er es leer. Ein Blick zur Uhr bestätigt, er hätte Zeit, sich ein wenig hinzulegen. Matt und zerschlagen fühlt er sich, ein Zustand den er gar nicht mag. Seine Augen wollen ihm zufallen, da sagt seine Mutter:
„Verschwinde nach oben und mach dich lang. Du siehst nicht gut aus, mein Junge."
„Ich muss nachher zum Training."
„Dann verschwende hier keine Zeit und leg dich hin. Ich wecke dich und koche Kaffee."
„Hast du heute keine Kunden?"
„Doch, aber erst später. Mach dir keine Sorgen um mich, sondern um dich. Gesund und munter will ich dich sehen und nicht so schlapp und erschöpft wie jetzt. Also Schluss mit meutern, verschwinde!"
„Ay, ay, Käpt'n, ich geh in die Koje."
„Gut so. Du musst dich schonen." Will stöhnt genervt, hat aber keine Kraft mehr, ihr zu widersprechen. Er quittiert ihren besorgten Blick nur kurz mit einem verärgerten. Daraufhin lächelt sie ihn an. Sie lässt sich nicht von seinem Unmut beeindrucken, abschrecken schon gleich gar nicht. Das war schon immer so. Er kennt noch so eine.
Was macht sie gerade?
Will schleppt sich die Treppe rauf und in sein Schlafzimmer. Hier ist es wesentlich kühler als draußen. Das ist sehr angenehm. Er zückt sein Handy, lässt sich auf der Bettkante nieder und stellt sich den Wecker. Anstatt es danach wegzulegen, schreibt er eine SMS:
„Was machst du um diese Zeit in Irland?" nachdem er die Nachricht abgeschickt hat, fährt er aus den Latschen und streckt sich auf dem Bett lang aus. Es tut unheimlich gut, die Muskeln entspannen zu können. Die Hand mit dem Handy liegt auf seinem Bauch. Das Kopfkissen ins Genick gestopft, schließen sich ganz automatisch seine Lider. Minuten später reißt ihn das Piepsen seines Telefons aus dem Halbschlaf. Agatha hat geantwortet:
„Wunderschöne Landschaft genießen und ein Mittagessen. Und du?"
„Mittagsschlaf, der erste Ritt auf da Gama nach vier Wochen war anstrengender, als ich dachte. Ich bin kaputt."
„Davon weiß dein Arzt nichts, er hat es dir bestimmt nicht erlaubt. Oder?"
„So ähnlich. Warum schreiben wir eigentlich anstatt zu telefonieren? Ich will deine Stimme hören!"
„Schlaf dich aus, die Kinder brauchen dich heute Nachmittag!"

„Ich brauche dich! Dringend! Komm bitte so schnell es geht zurück."
„Bis später, träum schön!"
„Ich träum davon, dich hier und jetzt bei mir zu haben."

** * **

Die Blütenfülle an dieser Brücke ist wirklich beeindruckend. Agatha schlendern über die ´Blue Bridge` in Dublin. Sie ist eines der Wahrzeichen der Stadt. Der Sommer schmückt das Bauwerk mit einer Blumenpracht auf der Höhe ihrer Entfaltung. Petunien, Geranien, Fuchsien und verschiedene andere Zierpflanzen bevölkern die unzähligen Blumenkästen in allen nur möglichen Farbvarianten. Ihre Ranken weben dichte Blütenvorhänge. Sie leuchten in der Abendsonne. Der Himmel wird sich erst verdunkeln, wenn Agatha ihr Hotel in der Innenstadt erreicht hat. Sie braucht sich nicht zu beeilen, jetzt hat sie Zeit und kann ihre Umgebung ungestört zu genießen.
Vorhin war ihr dieser Luxus nicht vergönnt, denn der Herr Doktor wollte Großmama und ihr unbedingt einen der tollsten Pubs in Dublin zeigen. Großmama hatte Agatha überredet, sie beide zu begleiten. Agatha hatte es auch nicht bereut, aber nach dem zweiten Guinness die Gelegenheit beim Schopf gepackt und sich verabschiedet. Die beiden kommen sehr gut ohne sie aus und Agatha hat Zeit für sich. Diesen Umstand nimmt sie als glücklichen Aspekt der Reise für sich, denn auf die Art und Weise braucht sie seit einer Woche Großmama nicht mehr den ganzen Tag zu begleiten. Nicht das diese ihre Hilfe nötig hätte. Auf gar keinen Fall. Doch da sie zusammen gehören, empfand es Agatha als unhöflich, sich in Gedanken versunken einzuigeln, weil es sie zu viel Kraft kostete, an all den schönen Dingen teilzuhaben, die um sie herum waren, während Großmama Aufmerksamkeit verlangte.
So sehr Agatha den Zufall, das Wills Arzt in ihrem Bus mitreiste, als unschön betrachtete, war es ihr mit der Zeit zugute gekommen. Irgendwann tauschte Großmama die Plätze und Agatha blieb allein in ihrer Reihe sitzen, weil der Herr Doktor Großmama den freien Platz neben seinem angeboten hatte. Für Agatha war es offensichtlich, dass die beiden von Anfang an einen Draht zu einander hatten. Sie freut sich für ihre geliebte Oma. Diese lebte sichtlich auf an des Herrn Doktors Seite. Nicht lange und es stellte sich heraus, das dieser nicht zum ersten Mal in Irland unterwegs

ist. So hatte er eine Menge Geschichten zu erzählen. Er ist ein begnadeter Erzähler. Es war ihm bereits ein paar Mal gelungen, Agatha ein Lächeln abzuringen.
Vor ein paar Tagen hatte er sie einmal gefragt, warum sie so still wäre und zurück gezogen. Sie wäre ihm im Klinikum sehr viel energiegeladener und lebenslustiger vorgekommen. Agatha suchte noch nach einer allgemeinen aber plausiblen Erklärung, da fragte er sie direkt:
„Warum haben sie die Reise nicht ganz abgegeben, als mit Ihrer Großmama statt Herrn Maaler zu fahren. Sie scheinen einsam zu sein."
Ertappt starrte sie ihn an. Zum Glück rettete sie einer der Busfahrer, der eine wichtige organisatorische Frage erörtert hatte, bei der sie alle die Ohren spitzen mussten. Seither ging sie Einzelgesprächen mit Herrn Doktor geflissentlich aus dem Weg. Dieser scheint zu glauben, dass sie Großmama mit auf diese Reise genommen hat, weil Will krank ist. Ob er weiß, dass Will zu Hause ist und schon wieder reitet, hat er nicht gesagt. Agatha kann sich nicht vorstellen, dass er es gut heißen würde. Sie tut es auch nicht und ist kein Mediziner, dem die Gefahren genauestens bekannt sind, die sie nur erahnen kann.
In Gedanken versunken schaut sie über den Fluss, ohne ihn wirklich zu sehen, als plötzlich ihr Handy eine SMS meldet. Agatha holt es aus der Hosentasche. Will schreibt:
„Die Kinder lassen dich grüßen und die Pferde auch. Haben einen Geländeritt gemacht, weil nur 3 Kinder da waren."
„Super, die Kinder waren bestimmt begeistert."
„Und wie. Sie freuen sich auf das nächste Mal, aber sie vermissen Dich und Heinz. Was hast du mit ihnen gemacht?"
„Nichts Besonderes. Ich schwöre es. Bitte sei nicht sauer auf mich."
„Ich bin nicht sauer auf dich. Ich will dich wieder haben. Wann kommst du heim?"
„Bald. Bin schon fast auf dem Rückweg. Ich freue mich auf Euch. Irland ist wunderschön, aber zu Hause..."
„Gut, ich halte es kaum noch aus. Warum telefonieren wir nicht? Ich will Deine Stimme hören, dich so vieles fragen!"
„Bis morgen. Ich schreibe dir eine SMS. Liebe Grüße. Agatha"
„Bis morgen! Ich warte sehr darauf. Du kannst bereits früh morgens anfangen, Nachrichten zu schreiben. Ich brauche dich! Will"
Ihr Herz krampft sich zusammen bis es schmerzt, wie immer, wenn sie diese Nachrichten von ihm liest. Ihr fehlt seine Stimme unheimlich. Sie würde sie wahnsinnig gern hören, aber sie fürchtet

sich davor. Nein, nicht vor seiner Stimme, sondern davor, dass er sie erneut anbrüllt. Sie mag seinen starken Charakter sehr und sein Durchsetzungsvermögen. Ein Mann, der diese Eigenschaften nicht hat, kann ihr nur schwer imponieren, aber sie ist ungern der Prügelknabe. Andererseits ist sie sich auch nicht ihrer eigenen Reaktion sicher. Wenn er ohne zu brüllen mit ihr spricht und sie bittet nach Hause zu kommen, könnte sie doch noch schleunigst die Taschen packen und vorzeitig die Heimreise antreten. Aber sie hat sich geschworen, durchzuhalten. Sie will wissen, wie lange sie es aushält und ob dieses Gefühl für Will sich nicht nach ein paar Tagen verflüchtigt. Doch bisher ist es nur noch stärker geworden. Unterdessen macht es sie atemlos. Agatha beschließt, ihm zu sagen, dass sie ihn mag. Am liebsten würde sie es gleich tun. Genau in diesem Moment ist Agatha wieder an der Stelle angekommen, wo sie sich überlegt, wie sie am schnellsten an einen Flug in die Heimat herankommen könnte. Viele Male in den letzten Tagen war ihr der Gedanke gekommen, wie lange es wohl dauern würde, könnte sie einen Flug nach Deutschland erwischen und wann wäre sie dort, wo sie sein will? Was würde er sagen, wenn sie unerwartet erscheint? Warum braucht er sie? Wegen der Sache mit Flavia im Wald oder wegen der Kindertruppe? Hat er sie wirklich gern oder ist er nur darauf aus, seinen angestauten Frust abzureagieren? Seine Stimme zu hören ist ein Wunsch, den sie seit dem letzten Gespräch hegt, sich aber nicht freiwillig genehmigen wird, weil sie weiß, was er mit seiner Stimme in ihrer Seele alles anrichten kann. Vielleicht würde sie es nicht aushalten und sich doch eilig auf den Weg nach Hause machen. Sie will nichts überstürzen. Nachher steht sie vor ihm und er brüllt sie nur an. Das wäre das Ende für sie.
Nein!
Sie wird sich zusammenreißen und seine Gründe noch zeitig genug heraus bekommen, wenn er sie nicht schon gleich bei ihrem ersten Treffen wieder kritisiert und anschnauzt.
Warum will er sie wiederhaben?
Agatha kann nur hoffen, dass er genauso ein tiefes Gefühl für sie hegt, wie sie für ihn. Doch er hat es ihr nie gesagt.
Obwohl,… wenn sie an den Kuss denkt, hat sie immer noch das Gefühl, ihn ganz nah bei sich zu spüren. Aber er hat sie gehen lassen.
Warum?
Agatha wischt sich verstohlen eine Träne aus dem Augenwinkel und schaut sich um. Sie ist nicht allein auf der Brücke, aber

niemand ist in ihrer unmittelbaren Nähe. Gut so, sie will jetzt mit niemandem in Kontakt treten müssen.
Sie macht sich auf den Weg. Zügig geht sie die Straßen entlang. Wenig später betritt sie ihr Hotel. Dort läuft sie einigen Leuten aus ihrer Reisegruppe über den Weg, die grade beschlossen haben, den letzten Abend in Irland zu begießen. Deren gute Laune ist zu stark. Agatha hat bald keine höflichen oder vernünftigen Argumente mehr und wird noch während der Diskussion unter gehakt und an die Bar verschleppt.
Stunden später fällt sie ins Bett. Wenn sie endlich ihr Handy finden würde, könnte sie die SMS schreiben, die sie eigentlich noch heute absenden wollte. Doch sie ist irgendwie nicht in der Lage, das Telefon aufzuspüren, obwohl sie genau weiß, dass sie es vorhin noch in der Hand hatte.
Ihre Handtasche fiel auf den Boden neben ihrem Bett. Sie zog sich automatisiert die Kleidungsstücke eines nach dem anderen aus. Dann kam ihr der Gedanke, dass sie das Bad benutzen sollte, bevor sie ins Bett geht. Kaum hatte sie das getan, suchte sie ihr Bett und fand es auch.
Warum musste sie ihr Bett eigentlich suchen?
Diese Frage schleift langsam daher, während sie nackt neben dem Bett steht und nach dem oberen Rand der Zudecke angelt, den sie irgendwie nur schwer zu fassen kriegt. Ihr Hirn ist zu träge, um zu arbeiten, geschweige denn solche schwierigen Fragen zu beantworten. Das liegt bestimmt an dem Whisky.
Genau.
Mindestens einer davon war zu viel. Schlaf ist das einzige, was dagegen hilft. Eine Minute später versinkt ihr Kopf in dem Kissen und sie zieht sich die Decke über den Körper. Wenigstens hofft sie es. Sie ist zu müde und unfähig, weiter zu denken und sich zu bewegen. Obwohl sich die Welt um sie herum dreht, fallen ihr die Augen zu.
Kurze Zeit danach, jedenfalls kommt es ihr so vor, weckt sie ein penetrantes Geräusch, das immer lauter zu werden scheint.

*** * ***

„Ralf!" ruft Will laut. Auf dem Weg zwischen den Reitpätzen und Koppeln steuert er das hintere Stalltor an. Er kommt auf Motte mit Narzisse am Führzügel von einem Geländeritt zurück. Als er am Waldrand in den Weg zwischen Koppeln und Reitplätzen hindurch

einbog, sah er Ralf auf das Tor zugehen und darin verschwinden. Wenn er nicht gerade in den Sozialtrakt oder die Fahrzeughalle gegangen ist, müsste er ihn hören. Aber keine Antwort, keine Reaktion.
An diesem Freitagnachmittag sind nur sehr wenig Reiter anwesend, keiner davon befindet sich momentan im Stall. Die Urlaubswelle schlägt voll zu. Die meisten Pferde werden die nächsten Wochen auf der Koppel verbringen, weil keine Reiter für sie da sind. Heute hat Will sich wieder einmal mit den zwei Zuchtstuten des Chefs befasst, die schon lange auf einen Ausritt warten mussten. Weil Motte die Ruhigere von den beiden ist und Will seine Gesundheit nicht so egal ist, wie er manchmal vorgibt, nahm er die ungestüme Narzisse an den Führzügel. Er hatte weniger Probleme mit den beiden, als erwartet. Seine Verletzungen schränken ihn immer noch ein, das wird wohl noch eine Weile so bleiben, bis er vollständig wiederhergestellt ist. Täglich wird es besser. Mittlerweile kann er sich wieder getrost auf ein Pferd setzen und einen unkomplizierten Ritt durch die Umgebung machen, so wie eben gerade.
Jetzt allerdings braucht er eine helfende Hand, weshalb er nach Ralf rief. Weil sich dieser nicht blicken lässt und keine Antwort gibt, reitet Will in den Stall. Kaum ist er um die Ecke hält er erschrocken an. Direkt vor Motte steht der Kommissar.
„Was machen Sie denn hier?" fragt Will verdutzt.
„Können die Viecher nicht wo anders lang gehen?" stellt Herr Post verärgert die Gegenfrage und versucht sich an die Boxenwand zu schieben. Seine Leibesfülle reicht trotzdem aus, um die Pferde einen Bogen gehen zu lassen, zum Glück ist die Stallgasse etliche Meter breit. Will schaut auf den Beamten herunter und schnauzt ihn an:
„Nein, können sie nicht. Das ist ihr Stall! Und bezeichnen Sie die Pferde niemals wieder als Viecher, denn dann verlassen Sie sofort diesen Stall." Will hebt den Kopf und ruft erneut laut:
„Ralf? Kümmere dich um Narzisse!" Er lenkt die Stuten an dem verstummten Herrn Wilhelm Post vorbei und hält rechts vor einer der Fohlenboxen neben dem Scheunentor an, in der das Hengstfohlen schrill wiehernd herum tobt. Nebenan macht sich Mokka lautstark bemerkbar. Die Stuten antworten brummelnd ihren Fohlen, wollen zu ihnen. Ralf scheint außer Hörweite zu sein, sonst wäre er längst da. Will kann ihn nirgends sehen. Deshalb rutscht er langsam aus Mottes Sattel und bindet sie vor ihrer Box an. Dann führt er Narzisse in ihre Behausung. An der Tür muss er Dingsda abwehren, der sich hungrig auf seine Mutter stürzt. Nachdem sie sich begrüßt haben, drängt das Hengstfohlen sofort unter den

Bauch der Stute um zu trinken. Will befreit sie derweil vom Zaumzeug und lässt Mutter und Sohn erst einmal in Ruhe. Dann kümmert er sich um Motte, sattelt sie ab. Mokka, das Stutfohlen, ist nicht weniger begeistert als Dingsda, die Mutter wieder zu haben. Will wird die beiden Stuten später putzen, wenn die Fohlen sich beruhigt haben.

Er nimmt die Zaumzeuge und den Sattel auf und begibt sich in die Sattelkammer. Plötzlich steht der Kommissar in der Tür. Will hatte ihn ganz vergessen, als er sich, anderen Gedanken nachhängend, mit den Pferden beschäftigte.

„Haben Sie jetzt endlich die Güte, mit mir zu reden?"

„Guten Tag, Herr Kommissar!" sagt Will betont. Etwas gereizt antwortet dieser:

„Tach, Herr Maaler. Sie können sich sicher denken, warum ich hier bin?!"

„Nein. Verraten Sie es mir!"

„Schade, dass Sie mir so kommen. Ich hatte gedacht, dass wir ein vernünftiges Gespräch führen könnten."

„Ich habe Ihnen bereits alles gesagt, was ich weiß. Und was mir noch eingefallen ist, wird Sie sowieso nicht interessieren. Angesichts Ihrer verschiedenen Sichtweisen auf den Fall wäre es schon hilfreich, wenn Sie mir verraten würden, warum speziell Sie heute hier sind." Will bemüht sich um Sachlichkeit. Damit wird er vermutlich sehr viel weiter kommen und diesen unsäglichen Beamten besser ertragen können, als wenn er ihm offen seinen Ärger zeigt. Was auch immer Herr Wilhelm Post von ihm wissen will, er wird eine korrekte Antwort von Will bekommen. Nicht mehr und nicht weniger.

Um die Trensengebisse der Stuten zu reinigen, hält Will sie unter den Wasserhahn am Waschbecken in der Sattelkammer, ehe er sie mit einem Lappen blank poliert. Der Kommissar kommt herein. Unaufgefordert setzt er sich auf einen der beiden Stühle neben dem langen Bock aus Holz, der in der Mitte des Raumes steht. Dort können Sättel und Geschirre abgelegt werden, z. B. zum Reinigen, Pflegen oder ähnliches. Manchmal hängen auch Pferdedecken zum Trocknen darüber. Im Moment ist er leer.

Auf den kleinen Schrank am vorderen Ende des Bockes wirft Herr Wilhelm Post seinen Notizblock. Mit dem Bleistift klopft er rhythmisch auf die oberste Seite. Will würdigt ihn keines Blickes. Energisch schließt er die Tür, die der Kommissar offen ließ und begibt sich zu den Sattelhalterungen von Motte und Narzisse neben den Spinden. Als er die erste Trense sauber und ordentlich aufhängt und sich über die zweite hermacht, fragt er sich, warum

der Kommissar noch nichts gesagt hat. Doch Will hat keineswegs vor, sich erneut nach dem Grund dieses Treffens zu erkundigen. Deshalb schweigt er weiter. Die Stille wärt nicht lange. Der Kommissar räuspert sich geräuschvoll und fragt:
„Sie geben also zu, mir wichtige Informationen vorenthalten zu haben?"
„Nein, habe ich nicht. Da Sie mir versicherten, dass Sie sich nicht für etwas interessieren, was mit den Nachtreitern oder betroffenen Pferden zu tun hat, habe ich Ihnen nichts weiter zu sagen." Will sieht nicht von seiner Arbeit auf, als er antwortet.
„Wovon sind die Pferde denn betroffen?" hört er den Kommissar fragen. Will wirft ihm einen kurzen Blick zu und sagt:
„Von unbefugter Nutzung."
„In welcher Form?" der Bleistift trommelt immer noch seinen Rhythmus auf das Papier. Will ignoriert diese nervtötende Aktion standhaft.
„Jemand holt die Pferde nachts aus dem Stall und reitet sie." Jetzt hängt Will die zweite Trense ordnungsgemäß an ihren Platz und dreht sich zu Herrn Wilhelm Post um. Dieser meint mit einer geringschätzigen Miene:
„Den Blödsinn vom vergangenen Jahr haben Sie mir letztens schon aufgetischt, Herr Maaler. Erzählen Sie mir mal etwas Neues!"
„Vor einer Woche waren die Nachtreiter erneut aktiv. Vor drei Tagen eventuell ebenfalls."
„Beweise?"
„Fotos von dem dreckigen Pferd und meine Aufzeichnungen darüber. Einer Ihrer Kollegen legte mir ans Herz, Beweise zu sammeln. Seither tu ich das."
„Woher soll ich wissen, dass die Fotos echt sind? Vielleicht versuchen Sie bereits längere Zeit, den Mord an Ihrem Betthäschen einem anderen in die Schuhe zu schieben?"
„Nein!"
„Wer weiß noch von Ihren angeblichen Beweisen?"
„Agatha und meine Mutter."
„Ach, wie interessant. Ausgerechnet Fräulein Schöner. Was weiß sie noch darüber?"
„Keine Ahnung. Ich schlage vor, Sie fragen Agatha selbst."
„Ich frage aber Sie, Herr Maaler!"
„Manchmal wünsche ich mir schon, Gedanken lesen zu können, aber ich kann so wenig in fremde Köpfe hineinschauen wie Sie, Herr Post! Fragen Sie Agatha selbst."
„Ach kommen Sie, Maaler, erzählen Sie es mir! Sie sprechen doch sicher mit ihr. Was haben Sie ihr darüber erzählt?"

„Genau das Gleiche, was ich Ihnen grade berichtet habe."
„Ach, Quatsch! Halten Sie mich hier nicht zum Narren. Oder hatten sie wichtigeres zu bereden? Hä?" Will hört nur mit halbem Ohr hin, um nur einen Teil das Schwachsinns mitzukriegen, der scheinbar unkontrolliert aus dem Mund des Kommissars purzelt. Weil Will nicht gleich antwortet, spricht der Kommissar weiter: „Haben sie besprochen, wie sie ihre Beziehung geheim halten können? Oder ist der Dame vielleicht noch was eingefallen, was sie erst einmal Ihnen erzählt, damit sie keinen Schaden anrichtet, falls ich es erfahre? Oder haben Sie die Pläne geändert und ihr neue Instruktionen gegeben?"
„Was für uns wichtig ist, dürfte Sie nicht interessieren." stellt Will fest.
„Machen Sie es mir doch nicht so schwer, Maaler und verschwenden Sie nicht noch mehr von meiner Zeit! Fräulein Schöner kommt zwar morgen nach Hause, doch ich werde mir davon nicht das Wochenende versauen lassen. Sie hat für Montag eine Einladung in mein Büro im Briefkasten. Wenn sie nicht erscheint, lasse ich sie aus Mecklenburg-Vorpommern holen. Das können Sie ihr sagen, damit sie beide endlich den Ernst ihrer Lage kennen lernen. Ich denke, Sie glauben, dass ich bloß scherze. Aber das sieht anders aus. Ich kriege schon noch raus, was für ein Spiel Sie beide treiben. Denken Sie daran, Maaler!" dabei zeigt er mit dem Bleistift auf Will. Dann winkt er ab und erklärt: „Aber deswegen bin ich heute nicht hier. Sie haben sich erneut mit dem Gesetz angelegt und die Sache ist auch auf meinem Tisch gelandet, weil Ihr Name draufstand. Am besten Sie berichten mir kurz, wie Sie das Vieh um die Ecke gebracht haben, da kann ich schon einmal einen Bericht schreiben und den unterschreiben Sie in der nächsten Woche auf dem Revier. Was der Staatsanwalt daraus macht, ist mir egal, ich will bloß die Daten erfassen und den Mist loswerden. Dann hab ich wieder was vom Tisch." Er räuspert sich. „Zu der Sache mit dem Wolf wird die Schöner mir sicher nicht viel sagen können, schließlich war sie nicht da, das habe ich bereits prüfen lassen. Oder irre ich mich und sie haben auch in dieser Sache zusammengearbeitet?"
„Sie irren sich in vielem, Herr Kommissar, aber mit einem haben Sie Recht. Agatha hat keine Ahnung von dem Wolf, den ich neben der Koppel fand."
„Na, na, nicht so bescheiden! Nicht nur gefunden, sondern auch verrecken lassen, haben sie ihn. Ich hab für diese hässlichen Viecher nichts übrig und es ist mir scheißegal, wie sie draufgehen, aber leider muss ich mich an die Gesetze halten. Also sagen Sie

mir, was passiert ist und ich verschwinde. Ich hab bald Feierabend." Er dreht den Bleistift mit der Miene nach unten und hält ihn schreibbereit über den Block, während er Will erwartungsvoll anstiert.

Dieser kämpft mit dem Drang, den Kommissar am Kragen zu packen und hinaus zu werfen. Es juckt ihn sehr in den Finger, doch er bezweifelt, dass dessen Hemd diese Belastung aushalten würde. Will schluckt mit Macht seinen Ärger runter und erzählt:

„Nachdem sich die Tiere bereits seit Tagen komisch verhielten, fand ich auf dem Weg in den Wald auf Höhe der Koppel Glasscherben. Vermutlich von einem Scheinwerfer. Die sammelte ich ein und warf sie in den Müll. Ein paar Tage später scheute mein Pferd, als ich auf der anderen Seite an der Koppel vorbei ritt und die Kamelstute und der Kater verhielten sich seit einiger Zeit sehr seltsam. Sie hatten Angst. Da suchte ich die gesamte Koppel und den umliegenden Wald ab. In dem Buschstreifen am Feld fand ich den verendeten Wolf. Er begann bereits zu verwesen und stank fürchterlich. Ich holte einen Jäger und der benachrichtigte das Wolfsbüro. Der Typ vom Wolfsbüro brachte die Polizei mit und behauptete, dass ich den Wolf mit Absicht hätte verrecken lassen. Allerdings ist das nicht wahr. Ich wusste bis dahin nicht, dass sich ein Wolf auf meinem Grundstück befindet. Als ich ihn fand, war der Wolf bereits tot und erste Untersuchungen ergaben, dass er angefahren wurde. Vermutlich ist er an inneren Verletzungen gestorben, seine Hinterhand war schwer beschädigt. Er wird obduziert und durchleuchtet, da gibt es genaue Erkenntnisse. Der Typ vom Wolfsbüro hat mir angedroht, mich wegen vorsetzlicher Tötung von der Staatsanwaltschaft strafrechtlich verfolgen zu lassen. Die Sache hat nur einen Haken, Herr Kommissar." Will macht eine Kunstpause. Der Kommissar hebt seinen Blick vom Notizblock. „Ich habe kein Auto und das meiner Mutter ist völlig in Ordnung. Denn derjenige, der den Wolf anfuhr, dürfte einen größeren Schaden an der Vorderseite seines Autos haben. Dieser Wagen brauchte mit Sicherheit eine Reparatur. Den sollten Sie suchen, statt mit mir Ihre Zeit zu verschwenden. Die Scherben haben ihre Kollegen mitgenommen. Also was wollen Sie von mir?"

Post kritzelt was in seinen Block, dann grinst er Will an:

„Die Wahrheit hören. Ihre Geschichte ist ein bisschen fade. Finden Sie nicht auch? Sie sind doch ein schlaues Köpfchen, Maaler, konnten Sie sich nichts besseres einfallen lassen?"

„Für Sie immer noch Herr Maaler, Herr Kommissar Post! Die Sache ist so passiert, wie ich es Ihnen gesagt habe und wenn Sie mir nicht glauben, ist das Ihre Angelegenheit."

„Sie müssen Ihre Aussage unterschreiben, das wissen Sie."
„Natürlich und ich werde nur die Wahrheit unterschreiben."
„Wie Sie wollen, das ist Ihr Bier, geht mich nichts an. Ich werde den Bericht schreiben und Sie können ihn in der nächsten Woche unterzeichnen kommen."
„Wann ist es Ihnen recht?"
„Außer am Montag jeden Tag. Vormittags." Das letzte Wort betont Herr Wilhelm Post besonders, steckt sein Schreibzeug in die Brusttasche seines Hemdes und wuchtet sich vom Stuhl hoch. Mit einem unfreundlichen Tschüss latscht er zur Tür, reißt sie ärgerlich auf, dann ist er verschwunden. Die Tür lässt er offen.
Zurück bleibt ein angesäuerter Will. Am meisten verdrießt ihn, dass er nicht auf seine innere Stimme gehört und den verendeten Wolf sofort vergraben hatte. Das passiert ihm nie wieder. Gesetze sind zum einhalten gemacht. Aber Will bezweifelt stark den tieferen Sinn von diesem neuen Gesetz, wonach man schwer bestraft werden kann, wenn einem jemand nachweist, dass man einem Wolf zu Schaden verholfen hat. Der Typ vom Wolfsbüro ist ein fanatischer Freak, der einzig und allein und auch noch mit staatlicher Zustimmung das Geld der Steuerzahler verschwendet. Doch den Typen kann man ignorieren und in dem Glauben lassen, er sei der Größte. Damit ist man ihn los.
Wen juckt es.
Aber erst einmal, muss Will aufpassen, dass man ihm nichts anhängt. Am Montag wird er einen Anwalt kontaktieren, den er dann auch gleich mit der Sache wegen dem Mord an Flavia beauftragen kann. Schließlich tut der Kommissar so, als gäbe es nur zwei Verbrecher in der Stadt, nämlich ihn und Agatha. Dagegen wird er sich wehren und ihr den Rat geben, das gleiche zu tun.

** * **

Bei schönstem Sommerwetter schwingt sich Agatha lächelnd auf ihr Fahrrad und winkt noch einmal dem jungen Mann, der vor der Haustür ihres Wohnblocks steht und seine Zigaretten aus der Hosentasche zieht. Er winkt kurz hinter ihr her und lächelt ebenfalls. Er hat auch allen Grund dazu.
Sie tritt den Rückweg zu Großmama an, ist glücklich und könnte jubeln. Alles hat sich zu ihrer Zufriedenheit geklärt. Die letzte Aktion des Wohnungstausches wird sie am Montag im Büro der

Wohnungsbaugesellschaft haben, wo sie endgültig alles abschließt. Der Sohn ihrer Kollegin ist ebenfalls froh und wird in der letzten Juliwoche sein Mobiliar vervollständigen, bevor er ab August seinen Dienst antritt.
Jetzt muss Agatha nur noch den anderen Teil ihres Lebens auf die Reihe kriegen. Heute Nachmittag wird sie in den Pferdestall fahren und versuchen, mit Will zu reden.
Nach dem Whiskyabend in Dublin vorgestern, weckte sie gestern Morgen ein lautes Trommeln an die Zimmertür. Großmama und der Herr Doktor standen im Flur und versuchten sie wach zu klopfen. Einigermaßen klar im Kopf aber reif für mehrere Aspirin und etliche Stunden Ruhe, kam sie aus dem Bett hoch und öffnete einer vor Erleichterung seufzenden Großmama und einem ernst dreinblickenden Doktor die Zimmertür. Zum Glück hatte sie sich in das Bettlaken gewickelt. Von England sah Agatha dann nicht viel. Den größten Teil des Tages verschlief sie im Bus. Als sie sich abends in dem Bett des englischen Hotels lang gemacht hatte, wollte sie Will endlich die versprochene Nachricht schicken. Nur leider war sie eher eingeschlafen, als sie auf `senden´ drücken konnte. Am nächsten Morgen fuhr ihr der Schrecken durch die Glieder, weil sie das Handy nicht mehr fand. Nach minutenlanger und atemlos hektischer Sucherei kam es zwischen dem Bettzeug zum Vorschein. Hastig sammelte sie danach ihre Sachen zusammen und ging schnell noch frühstücken. Dann stieg sie an diesem Freitagmorgen in England in den Bus und war am zeitigen Sonnabendfrüh in Dresden. Von dort fuhren sie mit dem Zug nach Hause. Unterwegs beantwortete Agatha zwei Nachrichten. Dem jungen Mann bestätigte sie den Termin am heutigen Samstagmittag wegen der Wohnung und Will schrieb sie, dass sie heute Nachmittag wieder bei den Pferden sein wird.
Sie freut sich sehr darauf.
Selbst die flirrende Hitze wird sie nicht davon abhalten, sich auf das Fahrrad zu schwingen und rüber zu fahren. Sie hat Möhren und Äpfel besorgt, die sie in kleine Stücke schneiden wird. Die Leckerlis mögen die Pferde sehr.
Ohne auch nur ein Mal anhalten zu müssen, radelt Agatha nach Hause. Das Rad stellt sie am Schuppen in den Fahrradständer und geht ins Haus. Eine herrliche Kühle schlägt ihr entgegen. Sie bringt die Äpfel und Möhren in die Küche und ruft nach Großmama. Die antwortet ihr aus dem Wirtschaftsraum, wo sie sich mit der Waschmaschine beschäftigt.

„Ich geh unter die Dusche und leg mich noch ein bisschen hin, bevor ich rüber fahre. Wann ich heute Abend zu Hause sein werde, weiß ich noch nicht."
„Willst du gar nichts essen, Mädchen?"
„Nein, danke, Großmama. Ich habe keinen Hunger. Eventuell nachher."
„Wie du willst. Das Essen steht noch in der Küche."
„Danke."
„Ich fahre gleich noch einmal in die Stadt und bin dann zum Kaffee verabredet, also werde ich sicher nicht vor fünf wieder da sein. Könntest du noch die Wäsche aufhängen, bevor du losfährst?"
„Mach ich. Viel Spaß, Großmama!" antwortet Agatha und trabt die Treppe rauf. Oben wirft sie ihre Tasche auf den Sessel und geht ins Bad.
Die Türklingel hört sie nicht mehr.

Will steht vor der Haustür und wartet. Auf dem Schild neben dem Klingelknopf stehen zwei Namen. Einer davon ist Schöner. Nachdem er gestern vergeblich auf eine Nachricht von Agatha gewartet hatte, war er enttäuscht und sauer. Allerdings konnte er sich lange nicht dazu durchringen, ihr zu schreiben. Am Abend tat er es dann doch, erhielt aber keine Antwort. Die ganze Nacht hindurch kämpfte er mit quälenden Gedanken.
Was, wenn ihr etwas zugestoßen war, sie verletzt ist?
Oder tot?
Oder sie hat jemanden kennen gelernt, der ihr gefällt. Oder sie will doch wegziehen und hat deshalb Heinz schon einmal voraus geschickt. Lauter solche beunruhigenden Dinge beschäftigten ihn. Dementsprechend zerschlagen und müde fühlte er sich heute morgen beim Aufstehen.
Da kam ihre SMS.
Sie entschuldigte sich für gestern und schrieb, sie werde nachmittags im Pferdestall sein. Da ihr Pferd nicht hier ist, wollte sie nicht wegen Heinz hinkommen. Wills Laune stieg sofort enorm in die Höhe.
Das Training mit da Gama am frühen Vormittag fiel ihm schwer. Er musste sich sehr darauf konzentrieren. Wenig später beschloss er, sie zu überraschen. Er redete sich ein, Agatha abholen zu wollen. Als ihr Wohnblock in Sicht kam, trat jemand aus der Haustür. Beim Näherkommen sah Will, wie sich Agatha von einem Mann verabschiedete, der ihr hinterher winkte.
Hat sie doch einen anderen? Oder hat sie ihn belogen?

Wütend radelte er ihr hinterher. Er wollte sie abfangen und zur Rede stellen, doch sie hatte immerzu Glück und musste nie anhalten. Dazu fuhr sie ziemlich schnell. In der Siedlung hier am Rande der Stadt verlor er sie beinahe aus den Augen. Als er schon glaubte, sie ist auf dem Weg in den Pferdestall, verschwand sie in diesem Grundstück. Es ist eines der letzten vor dem Wald, an dessen Rand der Weg in sein Dorf beginnt. Agatha scheint Will nicht bemerkt zu haben. Er schob sein Rad in den Hof und dann neben ihres in den Fahrradständer am Nebengebäude. Vor dem Haus an der Straßenseite und hinten im Garten sah er viele Rosen blühen. Besucht sie hier ihre Verwandtschaft, von denen sie auch die Rosen hat, die sie ihm ins Krankenhaus brachte?
Er drückt auf den Klingelknopf.
Das beantwortet ihm immer noch nicht die Frage, wer dieser Mann war. Will schluckt die Eifersucht hinunter und versucht zu lächeln, als er von drinnen Schritte hört. Die Tür öffnet sich. Will schaut erstaunt sein gegenüber an. Die freundliche, ältere Frau, die ihm bereits zum zweiten Mal eine Tür aufmacht, lächelt ihn an und sagt:
„Hallo, das ist aber eine Überraschung! Schön Sie gesund und munter wiederzusehen, Will!"
„Guten Tag." antwortet Will und ergreift die hingehaltene Hand zum Gruß, „Wie war die Reise?"
„Sehr schön und sehr empfehlenswert. Aber kommen Sie doch herein! Draußen ist es so heiß, aber hier drinnen angenehm kühl. Sie wollen doch sicher zu Agatha, nicht? Da haben Sie Glück, Will, weil sie vor einer Minute heimgekommen ist. Eigentlich müssten sie ihr noch draußen begegnet sein. Sie ist eben erst hoch gegangen."
Während sie spricht, tritt Will in die geräumige, wie ein Wintergarten anmutende Veranda und Großmama schließt hinter ihm die Haustür. Dann wuselt sie an ihm vorbei in den Flur und ruft die Treppe rauf:
„Agatha, du hast Besuch!" sie lauscht, bekommt keine Antwort und dreht sich nach einigen Augenblicken um. Schulterzuckend meint sie zu Will: „Sie wollte duschen und sich etwas hinlegen, bevor sie zu Ihnen rüber gekommen wäre. Sicher ist sie im Bad, da hört sie mich nicht. Am besten gehen Sie selbst hoch, ich habe noch zu tun, bevor ich losfahre. Die Tür geradeaus führt in Agathas Wohnung." Damit dreht sich Großmama zu einer anderen Tür im Flur um und verschwindet dahinter.
Will ist verwundert. Agathas Wohnung?
Er schlüpft aus seinen Sandalen und lässt sie in der Veranda stehen. Dann geht er barfuss die hölzerne Treppe hinauf und

betritt oben den etwa einen Quadratmeter großen Flur. Es gibt nur zwei Türen, links und gerade aus. Er klopft an die vor sich. Als er auch nach dem zweiten Mal keine Antwort erhält, drückt er die Klinke herunter. Es ist nicht abgeschlossen.
Der farbenfroh gestaltete Raum der sich auftut, riecht genauso frisch renoviert, wie der Treppenflur. Einen Teil der Möbel erkennt er als die wieder, die in Agathas Wohnzimmer standen. Auf dem Sessel vor ihm liegt ihre Handtasche, die sie immer mit sich trägt. An der linken Wand hinter der Tür ist ein raumhohes, vollbesetztes Bücherregal daneben eine Tür. Von dort her kommt ein Rauschen. Agatha duscht vermutlich. An der Wand gegenüber befinden sich niedrige Kommoden mittendrin Agathas Sofa unter der Dachschräge. An der rechten Wand zur Hälfte unter dem Fenster stehen ihr Schreibtisch und ein Rollcontainer. Darüber hängt eine schwenkbare Wandlampe über dem Flachbildschirm des PCs, daneben erhebt sich eine Bogenstehleuchte aus der Ecke, die bis über das breite Sofa zum niedrigen Couchtisch reicht und davor ist ein hoher Schreibtischsessel. Rechts neben Will befinden sich Schränke und noch eine Tür, sie steht eine handbreit offen. Will wirf einen Blick hinein und erkennt Agathas Bett wieder.
In dem Moment fallen ihm die drei Bilder auf, die an dem schmalen Stück Wand zwischen der Schlafzimmertür und der Tür zur Treppe über dem Lichtschalter arrangiert sind. Zuerst springt ihm das große Foto von Heinz und einem anderen Pferd ins Auge. Bei ihnen stehen ein Junge, ein Mann und eine Frau. Diese sieht Agatha sehr ähnlich. Es handelt sich um das Foto, das sie ihm beschrieben hatte.
War es nicht verschwunden? Vielleicht ist es in den Umzugswirren kurzzeitig verloren gegangen. Gut das es wieder zum Vorschein kam. Es ist wirklich schön.
Darunter hängt auch ein Farbfoto, aber kleiner. Auf ihm sind zwei ältere Frauen zu sehen, eine davon ist Großmama. Zwischen ihnen stehen ein Mann und eine Frau mittleren Alters. Die Frau ähnelt Agatha. Will vermutet, das es ihre Eltern sind.
Das unterste Foto ist nicht einmal so groß wie sein Handteller. Es sieht abgegriffen aus. Auf ihm ist ein großes dunkles Pferd mit einem zierlichen Kind im Sattel zu sehen. Am Zaumzeug des Pferdes weht eine gelbe Schleife und das Kind strahlt über das ganze Gesicht. Die Reitkappe ist tief ins Gesicht gezogen und ihr Schild wirft einen Schatten, sodass nur der lachende Mund zu erkennen ist. Schräg über den Oberkörper des Kindes hängt eine Schärpe. Was darauf geschrieben steht, kann Will nicht entziffern. Im Hintergrund sind Hindernisse und Fahnen zu erkennen. Dieser

Schnappschuss stammt sicher von einer Siegerehrung. Ob das kleine Kind auf dem großen Pferd Agatha oder ihre Freundin ist, kann Will nur raten.
Er richtet sich wieder auf und schaut sich erneut das oberste Foto an. Hätte er ihr damals geglaubt? Wahrscheinlich. Er wollte es so gern. Dann wären viele Sachen nicht passiert.
Wahrscheinlich.
Doch er kann die Zeit nicht zurückdrehen. Er ist so tief in Gedanken versunken, dass er Agatha erst bemerkt, als sie ihn anspricht. Agatha cremte sich nach der Dusche ein und trocknete kurz die Haare. Dann schlang sie sich das Badehandtuch um und öffnete die Badtür.
Zuerst glaubte sie an eine Erscheinung. Sie stierte Wills breiten Rücken an und fürchtete sofort, dass er sich gleich als Fata Morgana erweisen und verschwinden wird. Doch er ist echt, steht wirklich und wahrhaftig in ihrer Wohnung. Freude durchströmt sie bei der Erkenntnis und lässt sie strahlen. Als sie ihn anspricht und auf ihn zugeht, dreht er sich zu ihr um.
„Will?!" Seine Augen nehmen sie sofort gefangen, in ihnen ist etwas von Traurigkeit. Wills Gesichtsausdruck ist ernst, beinahe verärgert. Das versetzt ihrem Hochgefühl einen Dämpfer. Sie möchte ihn umarmen, küssen, ihm sagen, wie sehr sie ihn vermisst hat und wie sehr sie ihn liebt, aber er hat eine Abwehrhaltung eingenommen, die sie verstummen lässt. So steht sie nahe vor ihm, sieht zu ihm hoch und fragt sich, warum er hier ist.
Will schaut in ihr schönes Gesicht, betrachtet den anmutig geschwungenen, verführerischen Mund und die strahlenden, braunen Augen, die ihn magisch anziehen. Er möchte sie in die Arme nehmen und küssen, aber er kann nicht. Sein Misstrauen hindert ihn. Sie schauen sich lange an, plötzlich sagt er:
„Schön, das du wieder da bist."
„Ich freue mich, dich zu sehen." Sie lächelt ihn an mit fragendem Blick. „Was ist los, Will?"
„Warum hast du mir nicht erzählt, dass du umziehst?"
„Ich habe dir stundenlang darüber berichtet, du weißt es nur nicht, weil du bewusstlos warst. Hinterher hatte ich keine Gelegenheit dazu."
„Warum hast du mir vorher nichts davon gesagt?"
„Weil ich es da noch nicht wusste."
„Wer ist der Mann, von dem du dich vorhin verabschiedet hast?"
„Was spielt das für eine Rolle?"
„Warum willst du es mir nicht sagen?"
„Weil es unerheblich ist."

„Ist es nicht! Wer war der Mann?"
„Wieso soll ich dir das sagen, wenn es nicht wichtig ist?" ihre Freude ist dahin.
„Weil ich es wissen muss!" beharrt er verärgert auf seiner Frage. Das macht Agatha wütend:
„Ich weiß nicht, warum du nun schon wieder sauer auf mich bist. Aber das eine kann ich dir sagen." Wütend gestikuliert sie mit einer Hand vor ihm herum, während die andere das Badetuch zuhält. „Egal wie sehr ich mich freue, dich endlich wiederzusehen, egal wie sehr ich dich vermisst habe und egal wie sehr ich dich liebe, ich werde niemals dein Prügelknabe sein, der alle deine Launen ertragen muss!" Sie stampft zornig mit dem Fuß und zeigt mit dem Finger auf seine Brust. „Merke dir das!" Setzt sie knurrend nach, dreht sich abrupt um und reißt die Schlafzimmertür auf. Will greift nach ihrem Arm, aber sie entzieht sich seiner Hand. Da erwischt er das Handtuch am Rücken und hält es fest:
„Nicht schon wieder weglaufen. Hier geblieben!"
„Lass los! Du hast mir nachspioniert, das verbitte ich mir. Lass los, Will!" Agatha wehrt sich dagegen, dass er sie am Handtuch zurück zieht und hält die Zipfel eisern vorn zusammen.
„Ich habe dir nicht nachspioniert. Oder hätte ich es tun sollen? Wobei hätte ich euch erwischt?"
„Bei der Wohnungsübergabe." knurrt sie. Will steht direkt hinter ihr als er zweideutig meint:
„Wirklich? Oder nennt man das heute nur so?" Ohne nachzudenken lässt Agatha das Handtuch los, wirbelt blitzschnell herum und verpasst Will eine schallende Ohrfeige. Dann geht sie nackt ins Schlafzimmer und schlägt laut die Tür hinter sich zu.
Außer sich vor Zorn zerrt sie die Schranktür auf und schnappt sich eines der legeren Sommerkleider. Dass dabei der Plastikbügel zerbricht, wird ihr nicht bewusst. Dann bückt sie sich und holt einen Tanga aus der unteren Schublade. Als sie sich wieder aufrichtet, fliegt die Schlafzimmertür auf. Will kommt hereingestürmt. Wie ein gereizter Stier mit geblähten Nüstern knirscht er vor Wut mit den Zähnen. So nahe, dass ihre Zehen die seinen beinahe berühren, bleibt er vor ihr stehen und stemmt die Fäuste in die Seiten. Er ist Furcht einflößend in seinem Zorn, aber Agatha ist genauso aufgebracht wie er. Sie weicht keinen Zentimeter vor ihm zurück, drückt nur das Kleid schützend an ihre Brust und hebt kampflustig das Kinn. Vor Wut bebend dräut er über ihr und zischt sie an:
„Ich hatte dir schon einmal gesagt, tu das nie wieder."
„Du hast es dir verdient, du Dickschädel!"

„So ein widerborstiges Weib wie dich habe ich noch nie erlebt. Warum bist du so stur und sagst mir nicht einfach, was ich wissen will?"
„Weil ich gar nicht einsehe, warum ich mich vor dir rechtfertigen sollte! Du tust es doch auch nicht."
„Warum sollte ich das auch tun? Wofür?" fragt Will schroff.
„Warum also ich? Wir haben demnach beide keinen Grund, uns zu rechtfertigen, oder eine Erklärung zu fordern. Oder?" ihre Augen funkeln ihn an. Sie sah nie begehrenswerter aus als jetzt. Sein Zorn zerbröckelt Stück für Stück und macht diesem anderen lodernden Gefühl Platz.
„Ich schon." knurrt Will und greift blitzschnell zu. Bis jetzt hat er sie nicht berührt, weil er wusste, dass er sich dabei leicht vergessen könnte. Noch dazu ist sie beinahe nackt, einen Zustand, den er sich schon lange erträumt. Ihr Duft und ihre Nähe und die Leidenschaft, die sie verströmt, haben ihn überwältigt. Er legt seine Hände auf ihre Hüften und zieht sie an sich heran. Dann schiebt er die Arme um sie herum. Ihre zarte Haut fühlt sich fantastisch an. „Es macht mich wütend, wenn du meinen Fragen ausweichst. Dann habe ich immer das Gefühl, du hintergehst mich. Tu das nicht, Agatha, versprich es mir!" seine Augen flehen sie an. Seine Stimme ist eindringlich, leise beschwörend.
„Warum vertraust du mir nicht?"
„Jemandem zu vertrauen, fiel mir schon immer schwer. Aber bei dir ist es noch schlimmer. Ich bin eifersüchtig auf jeden Mann, der mit dir spricht, dich ansieht. Es macht mich rasend, wenn ich dich mit einem anderen sehe. Denn im Grunde genommen habe ich Angst, dich zu verlieren, seit du mir das erste Mal die Tür ins Gesicht geknallt hast. Du hast mich mit deinen braunen Augen in Bann geschlagen und ich konnte nichts dagegen tun. Ich hatte mir geschworen, nie wieder eine Frau so nahe an mich heran zu lassen und dann stehst du vor mir. Seither will ich dich an meiner Seite haben und in meinem Bett. Doch ich war mir nie sicher, woran ich mit dir bin und aus irgendeinem Grund, konnte ich dich nicht so ungezwungen behandeln wie andere Frauen." Er streift mit den Lippen über ihre Wange. „Unterdessen weiß ich warum. Du hast vorhin gesagt, dass du mich vermisst hast. Ich dich auch. Die Sehnsucht nach dir wurde mit jedem Tag größer." Seine Lippen wandern über ihren Mund auf die andere Wange. „Ich habe es kaum noch ausgehalten. Deine Rückkehr ist meine Rettung. Ich wollte dich zu Hause überraschen." Wills Mund arbeitet sich zärtlich an ihrem Hals hinunter, Agatha bleibt die Luft weg. Sie zerfließt in seinen Armen und das Kribbeln im Bauch sammelt sich in ihrer

Mitte, um diese Stelle vor Verlangen pochen zu lassen. Seine Lippen wandern von ihrer Schulter wieder den Hals hinauf zu ihrem Ohr. Sie kann ein Schnurren nicht unterdrücken. Dort flüstert er:
„Wer war der Mann?"
„Mein Nachmieter, der Sohn einer Kollegin."
„Und du hast nichts mit ihm?"
„Nein, er bezieht meine Wohnung. Damit ich sie schneller loswerde, brauchte ich einen Nachmieter. Sonst nichts." Agatha seufzt, ist nicht mehr fähig zu denken, dass sie noch sprechen kann, ist verwunderlich. Mit geschlossenen Augen fühlt sie ihn am ganzen Körper. Diese Empfindungen sind so wunderschön und mächtig, dass sie alles andere überlagern. Will reibt seufzend seine Wange an ihrer, ehe er vorwurfsvoll fragt:
„Warum hast du mir das nicht gleich gesagt?" Agatha wird trotzig. Sie dreht den Kopf und schaut ihm selbstsicher in die Augen, als sie sagt:
„Weil ich machen will, was mir passt, ohne dich zu fragen."
„Ich habe aber ein Recht darauf zu wissen, was meine Frau macht und wo sie ist." lautet seine ernste Antwort.
„Wir haben keine Beziehung." wendet sie ein.
„Ab jetzt schon." stellt er fest und drückt sie fester an sich.
„Aber wir sind nicht verheiratet." erwidert sie entrüstet.
„Noch nicht." bestimmt er. Ungläubig schaut sie ihn an und fragt:
„Woher nimmst du die Gewissheit, dass ich damit einverstanden bin?" Seine Antwort kommt genauso schnell wie felsenfest:
„Weil ich dich liebe und du liebst mich." da zieht sich seine Stirn in Falten, „Oder war das gelogen?"
„Will!" Agatha trommelt mit den Fäusten auf seine Schultern und versucht, sich von ihm weg zu schieben, aber vergeblich. Seiner Umklammerung kann sie nicht entkommen. „Wenn du immer noch glaubst, ich würde dich belügen, dann lass mich los! Und verschwinde!" Sie wird sich nicht noch einmal in so eine einseitige Liaison stürzen, auch nicht mit diesem Traumtypen. Erzürnt erklärt sie: „Ich brauche Vertrauen und Liebe. Eins alleine werde ich nicht akzeptieren!"
„Dann ist ja alles in Ordnung. Denn genauso muss es für mich auch sein. Ich verspreche, Dir zu vertrauen und du versprichst mir ewige Treue." Agatha wirft den Tanga beiseite und packt Will am Hemdkragen.
„Hey, du unverbesserlicher Dickschädel! Ich mache, was mir gefällt! Warum kapierst du das nicht?"

„Das kannst du ja, solange es sich um unser Leben und unsere Familie dreht. Ich habe nichts gegen eine selbständige Frau. Aber ich will wissen wo und was."
„Du bist ein Tyrann und glaubst ernsthaft, dass ich mit dir leben werde?" Will grinst siegessicher und gibt unumwunden zu:
„Ja. Und ich werde dich niemals mit jemandem teilen, außer mit unseren Kindern." Agatha schiebt ihre Hände in seinen Nacken, befeuchtet sich mit der Zungenspitze die Lippen und lächelt ihn triumphierend an:
„Ich hoffe, du merkst dir diesen Satz, denn er gilt für dich ebenso. Erwische ich dich noch mal mit Damenbesuch, serviere ich dir einen exzellenten Streit. Glaub es mir!" Ihre Hände verschwinden im Kragen seines weit aufstehenden Hemdes. Will sieht ihr an, dass sie es ernst meint. Es wird sicher nie langweilig werden mit ihr.
„Ich glaube dir jedes Wort, denn du hast mich schon im Krankenhaus bestraft."
„Selbst schuld." stellt sie fest und streichelt über seine nackte Haut. Wills Gedanken schweifen ab, doch eines muss er noch wissen:
„Die letzten beiden Wochen waren die Hölle. Warum wolltest du nicht mit mir telefonieren?"
„Weil mich dann meine Sehnsucht zu dir nach Hause getrieben hätte, aber ich wollte nicht vorzeitig abreisen. Ich habe oft darüber nachgedacht, wie ich am schnellsten zurückkommen könnte." Ganz leicht bewegt sie ihre Hände unter seinem Hemd, wobei sie erregend feststellt: „Du hast ja keine Ahnung, was du mit deiner Stimme alles anrichten kannst."
Ihre Worte fegen die letzten Bedenken weg und Will senkt seine Lippen auf ihre. Stürmisch überfällt er ihren Mund, kostet von den leicht geöffneten Lippen, bis sie sich dem Zauber seines leidenschaftlichen Kusses ergeben. Ihr Geschmack macht ihn süchtig, ihre Zunge spielt jedes Spiel mit. Es dauert lange, bis er die Augen wieder öffnet und sich langsam von ihr löst.
„Lass mich nie mehr allein! Bitte." fleht er sie an. Ihr verhangener Blick fällt auf seinen Mund. Sie lächelt wissend und küsst ihn. Dann wandern ihre Lippen über sein Kinn an seinem Hals entlang. Ihre Hände liebkosen seine Brust, ihre Fingerspitzen verströmen Energien, die ihm den Atem nehmen. Da ersetzt sie ihre Finger durch ihren Mund und verteilt heiße Küsse auf seinem Oberkörper. Will wird heiß und kalt. Irgendwie hat sie sein Hemd geöffnet und schiebt es beiseite. Ihr Kleid ist längst zu Boden gefallen. Wills Hände erkunden die weiche Haut auf ihrem Rücken, an ihren Seiten. Als sie mit der Zunge über eine seiner Brustwarzen fährt, drückt er stöhnend ihren Po an sich. Sie schmiegt sich an ihn, spürt

sein Verlangen hart an ihrem Bauch, schaut zu ihm hoch und fragt verführerisch:
„Sag mir noch einmal, warum!" Dieses wundervolle Gefühl, ihre Haut auf seiner zu spüren, treibt seine Lust in neue Höhen, doch er beherrscht sich noch. Er schaut hinunter in die Tiefen ihrer Augen, während er mit dem Daumen über ihre weichen, leicht geöffneten Lippen streicht. Er weiß, dass es das Richtige ist, als er es ausspricht:
„Weil ich dich liebe und du mich. Wir gehören zusammen. Fühlst du es?"
„Ja. Schon lange."
Ihr Lächeln bricht alle Dämme.

Kapitel 3

Will schob seine Hände über ihr Haar, löste die Spange, mit der Agatha den zusammen gedrehten Zopf am Hinterkopf befestigt hatte und warf sie auf den Stuhl vor ihrem Schrank. Dann fuhr er durch die dichten dunklen Strähnen, ließ sie langsam durch seine gespreizten Finger gleiten, verteilte sie auf ihren Schultern. Der Unterschied zwischen ihrer hellen Haut und ihrem dunklen Haar schien ihn zu faszinieren. Mit seinen kräftigen, großen Händen umfasste er ihren Kopf und küsste sie, dass ihr schwindlig wurde. Agathas Hände klammerten sich an die Muskeln auf seinem Rücken. Sie wollte ihm nahe sein, noch näher kommen, ihren Körper mit seinem verschmelzen. Stöhnend vergrub er sein Gesicht in ihrem Haar und sagte rau:
„Ich will dich so sehr, dass es weh tut."
„Oh, bitte, Will, bitte." konnte sie noch wispern. Sein Duft vernebelte ihr die Sinne, seine Küsse raubten ihr den Verstand. Sie landeten auf dem Bett, wie, kann sie gar nicht mehr sagen, kaum dass Will seine Sachen von sich geworfen hatte. Er überschüttete ihren Körper mit Liebkosungen, bis ihre Haut glühte. Ihre Hände suchten nach ihm, suchten nach einem Halt, um ihn näher an sich zu ziehen, erkundeten und streichelten. Sie schloss die Augen, wölbte den Rücken und bekam mit jeder lustvollen Berührung weniger Luft vor Sehnsucht. Als seine Hände an ihren Schenkeln entlang fuhren, hatte das lodernde Verlangen sie längst bereit gemacht. Er spürte es und glitt auf sie. Kraftvoll kam er zu ihr, so tief, dass sie das Gefühl hatte, er könnte ihre Seele berühren. Wenn sie daran denkt, rast ihr Puls erneut.
Dieser Moment war aufs äußerste erregend. Noch nie in ihrem Leben hatte sie so etwas erlebt. Und sie durfte es wieder und wieder spüren. Seine Bewegungen reizten sie zu einem Höhepunkt, der sich mit dem seinen zu einer enormen Explosion steigerte. Sie schwebte lange selig durchs watteweiche Nirgendwo, so glücklich und zufrieden wie noch nie zuvor. Sein Liebesgeflüster begleitete sie auf wunderbare Weise, obwohl sie die Worte kaum verstand. Sie spürte sein Gewicht und empfand es als Schutz. Seine heiße Haut auf ihrer war alles, was sie brauchte. Nie wieder wollte sie darauf verzichten müssen. Dass sie so fühlen kann, wusste sie vorher nicht.
Es war überwältigend.
Erschöpft klammerten sie sich eng aneinander, um wieder auf die Erde zurück zu kehren. Doch nicht für lange. Ohne darüber

nachzudenken, berührte sie ihn, wie sie es grade wollte und er tat ihr gut, so unendlich gut. Sie schafften es nicht, von einander abzulassen. Sie liebten sich den ganzen Nachmittag, bis sie einschliefen.
Es ging auf Mitternacht zu, als Agatha einmal erwachte. Sie benutzte das Bad, dann kroch sie wieder ins Bett. Will drehte sich zu ihr herum, murmelte im Schlaf:
„Komm her." und schlang seine Arme um sie. Ihre Rückseite kuschelte an seinem Bauch und ihr Kopf ruhte auf seinem Oberarm. Sie breitete die dünne Decke über sie beide aus, drückte seine Arme an sich, um so viel von ihm zu spüren, wie es ging und schlief wieder ein. So viel Glück und Geborgenheit hatte sie noch nie gefühlt.
Vorhin erwachte sie mit einer Hand auf seinem Arm. Sie lag neben ihm auf dem Bauch, genau wie er. Ihre Finger ruhten an seinem Handgelenk, so als ob sie sich an den Händen gehalten hätten. Lächelnd betrachtete sie den schlafenden Mann neben sich und kam zu dem Schluss, dass ein Erwachen noch nie schöner gewesen sein kann, als an diesem Morgen. Dann knurrte ihr Magen laut und sie schlich sich aus ihrem Schlafzimmer, um hier unten in der Küche Frühstück zu machen.
Gleich werden die Brötchen fertig gebacken und der Kaffee durchgelaufen sein. Agatha stellt die Schüssel mit dem Rührei und die Flasche Orangensaft auf das Tablett neben Geschirr, Butter und Marmelade. Dann zieht sie den Besteckschub auf. Die Küchenuhr zeigt kurz vor sieben an, als sie mit dem beladenen Tablett die Treppe hoch geht. Leise öffnet sie mit dem Ellenbogen die Tür und setzt ihre Last sacht auf dem Couchtisch ab. Sie geht zurück, um geräuschlos die Tür ins Schloss zu drücken. In dem Moment öffnet sich die Badtür hinter ihr.
Will tritt in das Zimmer und sieht sie, sich an der Tür umdrehen und lächeln. Ihre Haare hat sie wieder am Hinterkopf fixiert, nur eine vorwitzige Strähne schmiegt sich an ihre Wange. Das nicht mal knielange Kleid mit den schmalen Trägern umspielt ihre Kurven. Sie ist barfuss, trägt keinerlei Schmuck und Make up. Dieses bezaubernde Lächeln reicht völlig, um sie zur schönsten Frau zu machen. Agatha kommt auf ihn zu, legt die Arme um seinen Hals. Ihr Kuss hüllt ihn in Liebe ein. Dabei schnurrt sie wie gestern, dass ihm die Erinnerungen heiße Schauer durch den Körper treiben. Während seine Hände neugierig und bewundernd über den weichen Stoff ihres Kleides streichen, denkt er nur an eins.
So sollte jeder Tag beginnen.

„Guten Morgen." flüstert sie an seine Lippen und küsst ihn erneut, ehe er zu einer Antwort kommt. Er schlingt seine Arme um sie, um genussvoll diesen Augenblick zu erleben. „Hast du Hunger?" fragt sie, ohne den Kontakt abzubrechen. Sein Magen knurrt so laut, dass er die Frage unbeantwortet lässt. Lieber küsst er sie noch einmal richtig.

„Guten Morgen! Ich liebe es, wenn der Tag so beginnt." gesteht er leise. Eigentlich will er sie nicht gleich wieder freigeben, doch sein Magen knurrt erneut. Agatha lacht ihn an und lässt langsam los, um das Frühstück auf dem Couchtisch ausbreiten zu können. Sie wirft zwei Sofakissen auf den Fußboden vor die Couch und bietet ihm eines davon an, sodass sie mit dem Rücken an das Sofa gelehnt sitzen. Der niedrige Tisch und die Kissen versprechen Gemütlichkeit. Also nimmt er neben ihr Platz. Der Duft des Kaffees in seiner Tasse, lässt ihm das Wasser im Mund zusammen laufen. Zum offenen Fenster dringen die Vogelstimmen und die warm riechende Sommerluft herein. Sie trägt das leise Brummen vereinzelter Fahrzeuge von der weiter entfernten Hauptstraße herüber. Im Nachbargrundstück arbeitet ein Rasensprenger rhythmisch im Kreis. Ansonsten bleibt die friedliche Stille des Sonntagmorgens ungestört.

Agatha und Will sitzen im Schneidersitz nebeneinander. Hungrig verspeisen sie das Frühstück. Will überlegt, wie er das heikle Thema anfängt, ohne den ganzen Tag zu versauen. Er muss sich unbedingt noch bei ihr bedanken. Er wäre im Wald verblutet, wenn sie ihn nicht gefunden und schnell Hilfe geholt hätte. Doch so einfach ist das nicht, denn er wird auf Flavias Anwesenheit und ihren Tod eingehen müssen. Als das Rührei vertilgt ist und er an seinem zweiten Brötchen kaut, fällt sein Blick zufällig auf die Bilderreihe zwischen den Türen.

„Wo hast du das Bild wieder gefunden?" fragt er und zeigt auf das oberste der drei Fotos. Agatha folgt seinem Blick an die Wand. Nach einer Weile schaut sie ihn an, als sie antwortet:

„Hinter meinem Schreibtisch." Sie trinkt einen Schluck Kaffee, während sie ihn von der Seite betrachtet. „Beim Umzug kam es zum Vorschein. Ich habe es neu gerahmt, damit es zu den anderen passt. Der alte Rahmen war sowieso kaputt, die Scheibe in tausend Scherben. Die herumliegenden Splitter habe ich den Gläsern aus dem Karton zugeordnet, die du zerbrochen hast. Deshalb bin ich gar nicht auf die Idee gekommen, dahinten nachzuschauen." Sie stellt die Tasse ab. „Hast du aus Wut den Karton runter geworfen?"

„Nein, es tut mir Leid. Er ist hinter mir vom Schreibtisch gerutscht.

Es war nicht meine Absicht, irgendetwas kaputt zu machen." Sein Gesicht ist ehrlich betrübt.

„Okay." Agatha lächelt ihn an, „Das beruhigt mich. Ich hatte schon befürchtet, dass du zu denen gehörst, die in ihrer Wut irgendetwas zerstören müssen."

„Nein. Ich verleihe meiner Wut anders Ausdruck." Agathas wissender Blick ruht auf seinem Gesicht und Will gesteht: „Keiner schafft es so perfekt wie du, mich in Rage zu versetzen." Sie lächelt kurz und wird dann still. Er küsst ihre Schulter, ihren Nacken und fragt nach einer Weile Schweigen,

„Was ist los." Agatha dreht ihre Kaffeetasse auf der Tischkante in den Händen immer rundherum. Sie reagiert gar nicht auf seine Liebkosungen. Plötzlich hebt sie den Kopf, sieht ihm in die Augen und stellt ernst fest:

„Wenn du das Bild nicht hinter den Schreibtisch befördert hast, wer war es dann? Mir ist es nicht runter gefallen und Großmama auch nicht. Sie ist die einzige, die noch einen Schlüssel hatte."

„Du meinst, es war jemand in deiner Wohnung, von dem du nichts weißt? Wurde bei dir eingebrochen?"

„Nein." antwortet sie kopfschüttelnd. Nach einem Schluck Kaffee, schwenkt sie in Gedanken versunken den Rest der Flüssigkeit in der Tasse herum, stiert in den Wirbel und sagt: „Es war nicht das erste Mal, dass ich das Gefühl hatte, dass jemand in meiner Wohnung war. Dinge, die verrückt worden waren, Wäsche, die anders im Schrank lag, als ich dachte, sie hinein getan zu haben. Aber ich habe mir nichts weiter dabei gedacht, weil ich nie genau wusste, ob ich es nicht am Ende selber war. Dann war da einmal der Geruch nach einem After Shave und Zigarettenrauch, doch der hätte auch von meinem Nachbarn stammen können. Und einmal war meine Tür nicht abgeschlossen. Das fiel mir erst lange Zeit später auf, weil mich an diesem Tag mein Nachbar wieder einmal vollgequatscht hat und ich froh war, ihm schleunigst entkommen zu können." Sie stellt die Tasse hin und schaut Will an, als der fragt:

„Hast du mit jemandem darüber gesprochen?" Ein Gedankenblitz schießt durch ihr Hirn. Plötzlich sieht sie einiges anders als zuvor.

„Ich glaube, mein Nachbar hat mir manchmal mitgeteilt, dass jemand in meiner Wohnung war." Ein eisiger Schauer läuft ihr vor Schreck über den Rücken.

Es schüttelt sie.

„Er hat immerfort anzüglich Bemerkungen gemacht, die ich einfach ignoriert habe, weil der Kerl mir schon immer furchtbar zuwider war. Aber da er die meiste Zeit zu Hause ist, kriegt er sicherlich vieles mit, was im Haus passiert. Selbst nachts, wenn er raus geht, um zu rauchen. Einmal hat er mir vorgeworfen, zu spät nach Hause gekommen zu sein, weil Ronny auf mich gewartet hätte und im Keller war." Nachdenklich zieht sie die Brauen zusammen. „Was hat er dort gesucht?"

„Wer ist Ronny?" Will sieht ihr an, dass sie zwar zu ihm herüber schaut, aber ganz wo anders ist.

„Mein Ex, den ich im Frühjahr rausgeschmissen habe." Sie beißt sich auf die Unterlippe. „Moment. Ich glaube, ich habe seinen Wohnungsschlüssel noch gar nicht wiederbekommen. Ja, na, klar!" Entsetzen spiegelt sich in ihren Augen. „Wir haben mal einen nachmachen lassen, das war mir entfallen. Deshalb habe ich auch nicht daran gedacht, als ich den Schlüsselsatz übergab. Aber was könnte er gesucht haben?" fragend schaut sie Will an, „Ich habe ihm alles hinterher geschickt, seine Möbel und seine Sachen. Gar nichts ist in meiner Wohnung zurück geblieben, nicht einmal die billige Schneekugel, die er mir geschenkt hat." Sie lächelt schuldbewusst. „Da wir grade bei Zerstörungswut waren: Das Ding habe ich an die Wohnzimmerwand geschleudert, bevor ich renovieren ließ. Dann hatte ich noch einen Grund, das kaputte Teil wegzuschmeißen und die Wohnung neu machen zu lassen."

„Bist du deshalb hier her gezogen?" Will hat ihr still zugehört.
„Nein." antwortet sie, daher möchte er wissen:
„Hattest du Angst in der Neubauwohnung?"
„Nein." Sie schüttelt den Kopf. „Überhaupt nicht. Wovor auch?"
„Warum dann?" Er schaut sie an, als er seine Kaffeetasse weggestellt hat. In Gedanken versunken erwidert Agatha:

„Es war Großmamas Wunsch und ich hatte keine Lust mehr auf den Stress mit dem Nachbarn. Ein paar andere Überlegungen haben ebenfalls ein Rolle gespielt. Doch im Nachhinein finde ich, es war ganz gut so. Keiner weiß, wo ich jetzt wohne und Ronny kommt sicher nicht hier her. Dass kann ich mir nicht vorstellen, er ist nicht übermäßig mutig. Er weiß, dass Großmama ihm jede Schweinerei zutraut und sie ihn noch nie mochte. In all den Jahren war Ronny nur ein oder zweimal in diesem Haus." Sie stiert das große Foto an und erzählt lächelnd:

„Das Bild ist vor etwa drei Jahren aufgenommen worden. Heinz und Halli, die Stute neben ihm, waren damals noch ein Herz und eine Seele. Weil Hermann und Hannes, Brunis Mann und ihr Sohn davor stehen, sieht man nicht, dass sie tragend ist. Ein paar Wochen später war Howart da. Er war nicht geplant. Halli ist heute grade mal sechs Jahre alt.

Bruni hatte sie als Dreijährige eben erst eingeritten und eingefahren, da stellte ein Gast seinen angeblichen Wallach bei ihr ein, der sich aber als Hengst entpuppte. Er war nicht lange auf dem Hof, jedoch lange genug, um ein paar Mal die Koppelzäune zu überwinden, um zu Halli zu kommen. Bruni ließ die Stute untersuchen und musste dann dem entsetzten Besitzer erklären, dass sie tragend war und auch noch von einem unbekannten Hengst. Denn wie sich herausstellte, waren alle Angaben über das Tier und seinen Besitzer gefälscht. Zum Glück konnte Bruni sich mit Hallis Besitzer einigen. Damals war Bruni ziemlich verzweifelt, doch heute sieht sie es nicht mehr so verbissen, eher als wunderbares Geschenk. Wie sie zufällig entdeckte, war Howarts Vater ein sehr guter Vererber, der kurze Zeit später gekört wurde. Seine Decktaxe ist heute ziemlich hoch." Agatha lacht und meint:
„Als Bruni mir die Geschichte das erste Mal erzählte, ereiferte sie sich derart, dass sie wutentbrannt sagte:
„So ein Arschloch von Pferdebesitzer ist mir zum Glück nirgends mehr unter gekommen! Ich habe mit Heinz ausgemacht, dass er ihn vom Hof jagt, falls dieser Vogel die Frechheit hat, jemals wieder aufzutauchen!" Agatha muss kichern bei der Erinnerung, dann erzählt sie weiter:
„Jetzt ist Bruni froh und glücklich, denn sie liebt Howart wie ihr eigenes Kind. Es gibt auch ein paar Parallelen. Zu Hannes ist sie mit siebzehn bei einem kurzen Ausflug in die Hafenstadt gekommen. Daraufhin ist Hermann ihr aufs Land gefolgt. Damals schrieb sie mir, dass sie heiraten werden, sobald sie achtzehn ist, damit Hannes nicht unehelich geboren wird. Doch irgendwie haben sie bis vor zwei Jahren gebraucht, um diesen Plan in die Tat umzusetzen. Ihr zweites Kind wird ehelich geboren. Im nächsten Januar. Sie freuen sich alle sehr darüber."
„Heinz ist jetzt bei ihnen?"
„Ja."
„Warum?"
„Weil ich jeden Sommer mehrere Wochen bei ihnen verbringe. Nur in diesem Jahr kam mir die Irlandreise dazwischen. Ich freue mich jedes Mal, nach Mecklenburg-Vorpommern zu fahren, weil ich gern dort bin." Agatha schaut ihn an. „Ich bin dort geboren."
„Und ich dachte, du hast dort deinen Ex getroffen. Hast du nicht was von der Ostsee gesagt?"
„Nein. Ronny kann Pferde nicht leiden und ich habe ihn aus irgendeinem Grund niemals mit zu Bruni genommen. Nach dem Streit, hatte sich das Thema sowieso erledigt." Sie schaut wieder Richtung Foto neben der Tür.

„Er konnte das Bild nie leiden. Ich nehme an, weil Bruni ihm ganz deutsch gesagt hat, was sie von ihm hält. Nämlich nichts." Agatha seufzt. „Sie waren auf Besuch gekommen und haben mir das Foto nachträglich zum Geburtstag geschenkt. Ronny hatte sich abfällig darüber geäußert und mit Brunis Mann Streit angefangen. Nachdem Bruni Ronny die Meinung gegeigt hatte, hat Ronny seine Sachen gepackt und war wieder an die Ostsee gefahren. Er arbeitet dort in einem großen Hotel als Gästebetreuer." Agatha zuckt mit den Schultern, „Jedenfalls hat er mir erzählt, er würde lieber auf seine Freizeit verzichten und arbeiten, als mit so einer Furie, wie er Bruni dann bezeichnete, seine Zeit zu verschwenden. Vier Wochen später stand er wieder vor meiner Tür. Aber egal was mit ihm ist, es interessiert mich seit Monaten nicht mehr. Ronny kann mir gestohlen bleiben."

Sie atmet tief ein und aus, legt den Kopf in den Nacken und betrachtete Will eine Weile intensiv, ehe sie sich mit der Zunge die Lippen befeuchtet und gesteht:

„Ich hatte mir geschworen, allein zu bleiben, wenigstens eine ganze Weile. Ich war schwer sauer auf mich und auf dich, weil du meine guten Vorsätze einfach so umgeschubst hast, ohne das ich eine Chance hatte, dagegen anzukommen. Wegen dir musste ich mich erneut mit schlaflosen Nächten abfinden." Will erwidert ihr liebevolles Lächeln und stellt zufrieden fest:

„Gut, dann ging es mir nicht allein so." er schiebt seinen Arm um ihre Schultern und zieht sie an sich. Ihre Zunge regte seine Erinnerungen an, lässt ihm ein Kribbeln über die Haut laufen. Sie reckt sich, umschlingt seinen Nacken, schmiegt sich an und küsst ihn, dass ihm gar nichts anderes mehr wichtig ist. Ihr Mund schmeckt nach Kaffee und süßer Marmelade, die sie sich vorhin von den Fingerspitzen geleckt hat. Ihm wurde heiß bei dem Anblick. Jetzt erregt ihn ihr Kuss noch mehr. Seine Kleidung wird zu eng, während er Agatha verlangend liebkost und streichelt. Eigentlich will er mit ihr reden, aber seine Emotionen nehmen dem Verstand das Zepter aus der Hand.

Ihre Augen versprechen ihm sagenhaft gute Gefühle. Er hat Zeit, die traumhafte Zweisamkeit zu genießen. Die Vernunft verabschiedet sich und räumt den Wünschen das Feld.

Seine Hand fährt unter den Saum ihres Kleides bis zu dem Dreieck aus Spitze und streift ihr den Tanga herunter. Er spürt ihren aufgewühlten Atem auf der Haut und ihre Lippen. Es macht ihn unheimlich an. Agatha befördert den Tisch ein Stück weg, strampelt das Höschen weg und zieht ein Knie an. Will hebt sie auf seinen Schoß. Er lässt sie aufsitzen und reiten. Sie küsst ihn, bis

nur noch ihre Hände um seinen Nacken liegen und sie keuchend den Kopf nach hinten fallen lässt.
Es ist noch besser, als er es sich vorgestellt hat und er will alles. Seine Finger haken sich in die Träger ihres Kleides ein, streifen sie von ihren Schultern. Agatha zieht ihre Arme heraus. Ihre Hände fassen nach seinen Schultern, krallen sich in seine Muskeln, um sich festzuhalten, während sie sich lustvoll bewegt. Das Kleid rutscht ihr auf die Hüfte und versteckt seine Hände, deren Daumen sie sanft massieren. Sie wölbt ihren Rücken. Er verwöhnt sie mit Zunge und Lippen. Diese lustvollen Berührungen zeigen ihr immer mehr, wie sehr er dieses Gefühl mit ihr braucht und treiben ihre lustvollen Bewegungen an.
Zusammen sind sie unsterblich.
Keiner von beiden kann dem Höhepunkt entkommen, dem sie unaufhaltsam entgegen stürmen und keiner will ausweichen, weil es ihr Ziel ist. Ihr Rhythmus treibt ihn in den Wahnsinn und die Ehrlichkeit dieses Gefühls schubst sie beide über den Rand der Realität. Beinahe vergisst sie zu atmen, schließt die Augen und klammert sich an Will. Er ist ihr Anker im Leben, der sie dort festhält, wo ihr Dasein gut und erfüllt ist. Alles andere ist so nichtig, das es um sie herum versinkt.
Sie senkt ihre Lippen auf seine und flüstert immer wieder seinen Namen, atmet ihn, schmeckt ihn, so wie letzte Nacht. Er versucht die Ekstase hinaus zu zögern, aber er hat nicht wirklich eine Chance dazu. Seine Hände umfassen ihre Hüfte, wollen sie bremsen, kommen aber nicht dazu. Die Gewalt ihrer Explosion schwemmt sie davon, entführt sie beide in endlos schillernde Weiten, bis sie langsam ins hier und jetzt zurückkehren. Will kann kaum fassen, was mit ihnen beiden passiert. Seine Arme halten sie fest, um die Augenblicke der totalen Glückseligkeit nicht so schnell vergehen zu lassen.
Wie konnte er nur zu der Meinung gelangen, sein Leben wie es bisher war, wäre gut. Er wusste halt nicht, was ihm fehlte. Nun, da er es weiß, kann er nicht mehr darauf verzichten.
Keuchend bittet er sie, ihn nachher zu begleiten. Es erscheint ihm wie Zeitverschwendung und Strafe zugleich, auch nur einen Vormittag ohne sie zu verbringen.
Sie deckt ihn mit Liebe ein, nimmt ihm die Luft zum Atmen und schenkt ihm unendliche Kraft zum Leben.
Will kann es nicht verstehen, er weiß nur, dass er sie liebt.
Seine Hände streifen über ihre heiße Haut und entdecken immer neues, selbst auf bekanntem Terrain.
Nichts ist mehr so, wie es war.

** * **

„Warum?"
„Weil ich doch nicht so einfach mein Leben aufgeben kann."
„Du sollst dein Leben nicht aufgeben, ich will mit dir leben!"
„Aber du verlangst von mir, dass ich meine Wohnung, meine Freiheit und für unsere Kinder meine Arbeit aufgebe."
„Ich will mit dir eine Familie gründen. Unsere Familie."
„Das sagst du so leicht." schmollt sie. Er lächelt wissend.
„Ja, weil es mir nicht schwer fällt, dich zu lieben."
„Und wer fragt mich?" erwartungsvoll schaut sie ihn an. Will bleibt stehen, ergreift ihre andere Hand auch noch und haucht auf jeden Handrücken einen zärtlichen Kuss, ohne den Blickkontakt abzubrechen. Nichts kann ihn so sehr fesseln, wie diese Augen.
„Ich. Morgen mache ich den nächsten Termin fest, den unser Standesamt zu bieten hat."
„Aber wir können doch nicht so Hals über Kopf heiraten. Was ist, wenn wir feststellen, dass wir nicht zusammen leben können? Oder du mich nicht mehr magst, weil ich mir nicht alles von dir gefallen lasse, oder etwas anders tue, als du es willst?"
„Darüber brauche ich gar nicht erst nachzudenken. Ich will Dich so, wie du bist. Und zwar für den Rest meines Lebens. So und nicht anders."
„Wie so?"
„So schön. So frech. So begehrenswert. So schlau. So sexy. So liebevoll. So energisch. So lüstern. So stark. So heiß." Jeden Satz betont er mit einem Kuss und stimuliert sie, bringt sie auf Touren und lässt ihre warme Haut unter seinen Liebkosungen beben. Agatha klammert sich an seine Hände in der Hoffnung, nicht vollkommen vom Boden abzuheben.
Es ist viel besser als im Film.
So einen Sommerabend kann keine Leinwand rüberbringen.
Ein glücklicher Seufzer kommt über ihre Lippen, ein Grund für Will, sie an sich zu ziehen und leidenschaftlich auf den Mund zu küssen, bevor sie weitergehen.
Agatha und Will sind zu Fuß in der Stadt unterwegs vom Kino nach Hause. Der Film war schön. Hinterher schlug Will einen Imbiss und ein Glas Sekt vor. Eine gute Idee. Sie schwebt auf Wolken vor Glück und möchte sich einfach mit ihm in der Stadt bewegen. Umso näher sie jetzt Großmamas Haus kamen, umso mehr beschwor Will sie, mit ihm zu gehen.

Er hatte sich heute Abend in ein schickes Hemd und eine elegante Anzughose geworfen. Den Schlips ließ er wegen der Hitze weg. Der breite Gürtel mit der goldenen Schließe und die passenden Slipper dazu, stehen ihm perfekt. Agatha trug erst Shorts und eine Bluse, entschied sich aber bei diesem Anblick dann doch für eines ihrer schicken Kleider, plus silberner Kette und hohen Absätzen. Großmama strahlte über das ganze Gesicht, als sie zusammen aus der Tür traten. Sie versicherte, nie ein schöneres Paar gesehen zu haben.
Es ist jetzt nicht mehr weit. Das Gartentor vor der nächsten Laterne ist bereits in Sicht. Die Dunkelheit hüllt den warmen Mittwochabend sanft ein. Um diese Zeit halten sich nur noch eine Hand voll Leute im Freien auf. Die meisten davon relaxen unter dem prachtvollen Sternenhimmel. Will lässt nicht locker:
„Wenn du nicht zu mir ziehen möchtest, kaufen wir uns ein anderes Haus. Ich habe eine Menge Platz. Wir können uns auch ein neues Haus bauen, wenn dir das lieber ist. Ich mache fast alles mit, was du willst." Agatha lächelt ihn an, als er hinzusetzt: „Nur bitte, zwing mich nicht, in der Stadt in so eine enge Neubauwohnung zu ziehen!" Sie lacht, schüttelt den Kopf und bleibt vor dem Gartentor stehen. Ihr Strahlen lässt den Mond verblassen, als sie sagt:
„Da möchte ich auch nicht unbedingt wieder hin."
„Gut." meint er erleichtert, „Jetzt brauche ich nicht mehr zu fürchten, in Beton und Massen von Menschen leben zu müssen."
„Hast du was gegen die Stadt?"
„Nein, aber ich bin ein Landei. Ab und zu bin ich mal gern in der Stadt unterwegs, komme aber noch viel lieber wieder nach Haus. Den Trubel und die bunten Leuchtreklamen tausche ich gern gegen Stille und Einsamkeit. Beim Studium habe ich genug Großstadt abbekommen. Damals war ich gezwungen, im vierten Stock eines riesigen Betonklotzes zu wohnen." Er grinst entschuldigend. „Seither bin ich geheilt davon."
„Was hast du studiert?"
„Landwirtschaft. Weshalb mir meine Mutter heute noch sauer ist. Ich sollte nämlich Tiermedizin studieren."
„Aber du wolltest nicht?"
„Genau. Das andere hat mich mehr interessiert." Agatha schmunzelt wissend und meint:
„Ich glaube kaum, dass man dich zu irgendetwas zwingen kann." Da wird sein Gesicht ernst. Er legt seine Arme auf ihre Schultern und schaut ihr lange tief in die Augen bis er sagt:
„Du, schon!"

„Wie oft hast du das schon behauptet?" meint sie schmunzelnd.
„Jetzt erst zum zweiten Mal. Das erste Mal ist über zehn Jahre her."
„Erzählst du mir davon?"
„Ja, aber bitte nicht heute."
„Warum?"
„Weil die Geschichte hässlich endet. Der Abend war viel zu schön, um ihn mit dieser Erinnerung zu verderben." Er lässt seinen Daumen über ihre Unterlippe wandern, während seine andere Hand in ihrem Rücken liegt, um sie an sich zu drücken. „Ich bin dafür, dass wir dort weitermachen, wo wir heute Morgen aufgehört haben."
„Weißt du noch, wo das war?" fragt sie an seinen Lippen, ehe er sie küsst. Es dauert eine lange, schöne Weile, bevor er antworten kann:
„Hm, ich glaube, wir sollten lieber noch einmal von vorn anfangen."
„Du meinst, ehe wir aus Versehen etwas vergessen?"
„Richtig." Er küsst ihr Ohr und flüstert dabei:
„Ich könnte es mir nie verzeihen, auch nur eine süße Stelle deines traumhaften Körpers ausgelassen zu haben." Seine Hände dehnen ihren erregenden Streifzug über ihren Rücken nach unten aus. Plötzlich spürt sie, wie er ihr langsam den Rock an einer Stelle hoch rafft.
„Lass das, Will! Wir stehen mitten im Laternenlicht auf der Straße. Kommissar Post würde es sicher gefallen, wenn man uns wegen Erregung öffentlichen Ärgernisses verhaftet." Will grinst sie schelmisch an und streicht den Rock wieder über ihrem Hinterteil glatt, während er bestätigt:
„Das würde seine Theorie unterstützen, wonach wir beide ein durchtriebenes Verbrecherpärchen sind, die einen geplanten Mord wie einen Überfall aussehen ließen."
„Stimmt. Komm mit!" Agatha nimmt seine Hand und tritt durch Großmamas Gartentor. Sie möchte schnell in ihre Wohnung und diesen wunderbaren Tag zu zweit ausklingen lassen. Ein paar Schritte weiter tauchen sie in den Schatten an der Giebelwand des Hauses ein. Die Fenster sind alle dunkel. Nicht mal das Mondlicht reicht bis hier her. Unerwartet bleibt Will stehen und dreht sie zu sich herum.
„Was ist?" fragt Agatha leise. Er legt ihre Arme auf seine Schultern und schiebt sie gekonnt rückwärts, bis sie zwischen der Wand und ihm eingeklemmt ist:
„Hier sind wir weder auf der Straße noch im Licht." Seine Hände wandern an ihren Seiten auf und ab. Seine Lippen liebkosen ihr Gesicht, ihren Hals und ihre Schulter. Sie duftet verführerisch, er

atmet tief ein. Die weiche Haut ihres Dekolletés ist zart wie die auf der Rückseite ihrer Oberschenkel, über die sich seine Hände unter ihrem Rock erst sanft nach unten und dann nach oben tasten. Sie trägt nur einen Tanga, der ihm schon den ganzen Abend lang die wildesten Ideen beschert. Seine Finger massieren die nackten Pobacken und drücken sie an sich. Agatha reibt sich lustvoll an ihm. Sein feuriger Kuss erstickt ein lautes Stöhnen. Kam es von ihm oder von ihr? Es ist ihm egal, als er nach ihrem Schenkel greift und ihr Knie an seine Hüfte legt. Sie wispert seinen Namen, schiebt ihre Finger in sein Haar und küsst ihn. Aufreizend langsam fährt seine Hand an ihrem Schenkel entlang, bis sich seine Fingerspitzen unter den dünnen Streifen Stoff drängen. Atemlos flüstert sie:
„Bitte, komm mit hoch!"
„Gleich danach."
„Und wenn uns jemand sieht?"
„Lass es uns riskieren. Ich will dich hier." Seine Finger stimulieren sie immer weiter und spüren den Erfolg. Die andere Hand knetet sanft ihre Brust, spielt mit der harten Knospe. Agatha schnurrt erregt leise und stößt dann keuchend den Atem aus. Da schiebt er ihr Kleid beiseite und langt nach seinem Reißverschluss.
Plötzlich flammt die Lampe über der Haustür um die Ecke auf und erleuchtet den Hof. Sie registrieren es nur am Rande, unterbrechen aber nicht ihren Kuss. Doch gleich darauf fällt auf der anderen Seite greller Lichtschein aus dem Esszimmerfenster in die Hofeinfahrt. Erstarrt vor Schreck stehen Will und Agatha im Schattenkegel. Er bekämpft mit Macht seinen Frust und zieht den Reißverschluss wieder zu. Das Esszimmerlicht wird Sekunden später gelöscht. Im Hof verursacht jemand Geräusche. Sie hören Großmama mit wem reden. Im nächsten Moment erreicht sie beide der würzige Duft von verbranntem Tabak. Schritte bewegen sich im Hof von ihnen weg Richtung Garten, von fröhlichem Geflüster begleitet. Enttäuscht senkt Will seine Stirn auf Agathas Schulter. Er spürt ihr Lächeln, als sie sein Ohr küsst und wispert:
„Der Gedanke war super." Ihr Bein rutscht erregend langsam um seines geschlungen hinunter. „Wir werden sicher noch mal eine Chance haben, ohne dass jemand dazwischen platzt." Das Klirren von Gläsern ist zu hören und Großmama lacht laut. „Wenn wir Glück haben," meint Agatha, „kommen wir unerkannt an den beiden vorbei ins Haus." Will verteilt Küsse auf ihrer Schulter und knabbert zärtlich an ihrer Haut. Agatha kann einen wohligen Laut nicht ganz unterdrücken. Das Licht im Hof geht wieder aus und nur noch der Rauchgeruch und leise Stimmen sind zu vernehmen.
„Lass uns schnell rauf gehen!" sagt Agatha, fährt ihm mit beiden

Händen durch sein hellblondes Haar. Er brummt etwas Unverständliches. Seine Lippen sind immer noch in ihrem Ausschnitt unterwegs. Sie erbebt, wenn er ihren Hals liebkost, muss sich zusammenreißen, weil sie es kaum aushält, will ihn so sehr spüren, dass sie nur noch den einen Wunsch hat, mit ihm allein zu sein. Deshalb hebt sie mit beiden Händen seinen Kopf an und küsst ihn auf den Mund. „Bitte, Will!" fleht sie, „Komm mit ins Bett!"

„In meins oder in deins?" knurrt er zwischen zwei Küssen.

„Meins ist näher." wispert Agatha hastig und versucht, sich von ihm zu lösen. Sie braucht mehrere Anläufe, dann gelingt es ihr, ihn mit sanfter Macht von sich zu schieben.

Seine Hand in ihrer gehen sie los. Leise schleichen sie um die Ecke in den Hof. Sie haben es grade am Bad vorbei bis zum Küchenfenster geschafft. Plötzlich leuchtet die Hoflampe auf und verrät sie. Aus der Dunkelheit des Gartens gleich hinter dem Nebengebäude mit den Garagen dringt Großmamas Stimme. Fröhlich ruft sie:

„Da seid ihr ja, Kinder!"

So ein Pech, schießt es Agatha durch den Kopf. An den Bewegungsmelder hat sie nicht mehr gedacht.

Großmama ist aufgestanden und kommt zu ihnen herüber. Sie können sie unmöglich einfach hier stehen lassen. Das wäre äußerst unhöflich. Will hat seine linke Hand auf Agathas Hüfte gelegt. Er zieht sie merklich an sich. Agatha schaut schnell zu ihm hoch und sieht, wie er sich bemüht, zu lächeln. Er erwidert ihren bedauernden Blick. Da hat Großmama sie auch schon erreicht:

„Hallo."

„Hallo, Großmama."

„Guten Abend! Kommt mit und setzt euch zu uns!" sie macht eine einladende Geste, „Ich habe schon Gläser für euch beide raus gestellt, lasst uns noch einen Schlummertrunk nehmen. Der Abend ist herrlich. Nicht wahr?" Agatha und Will sehen sich an. Stillschweigend beschließen sie, auf den Vorschlag einzugehen. Keiner von beiden mag Großmama und ihren Besuch vor den Kopf stoßen. Will schiebt Agatha hinter ihrer Oma her um das Nebengebäude herum zu der Sitzgruppe im Schutz der Bäume am Rand des Gartens. Im Schein einiger Windlichter und Laternen, die über dem Tisch und im Umkreis in den Ästen hängen, sitzt ein Mann und raucht Pfeife. Als er sich zu ihnen umdreht, stutzt Will. In dem Moment sagt Großmama:

„Endlich sind die Kinder wieder da, Friedrich." Der Pfeifenraucher steht auf und gibt Agatha die Hand. Freundlich lächelnd begrüßt er

sie wie eine alte Bekannte, dann wendet er sich Will zu. Großmama steht neben ihm und meint:
„Ich glaube, ihr kennt Euch. Will, das ist Friedrich. Friedrich, an Will erinnerst du dich sicher."
„Guten Abend, junger Mann! Wie geht es Ihnen?"
„Gut. Danke, Doktor." Will schüttelt dem älteren Herrn die Hand. Als sie Platz genommen haben, verteilt Großmama die gefüllten Weingläser und stößt mit jedem an. Dann sagt sie:
„Ich trinke auf diesen wundervollen Sommer, den herrlichen Urlaub und das Glück! Prost!"
„Dem stimme ich zu. Prost!" bestätigt der Doktor. Will und Agatha erheben die Gläser und schließen sich an. Sie sitzen nahe beieinander auf der Gartenbank. Will legt seinen Arm um ihre Schultern und zieht sie zu sich heran. Agatha kuschelt sich an. Der Wein funkelt im Licht der Kerzen. Die Grillen zirpen ihre Melodie dazu.
Sie berichten den beiden auf der Bank gegenüber, was im Kino los war. Das Gespräch dreht sich dann um die Irlandreise und um Krankenhausgeschichten. Es wird viel gelacht und im Nu ist auch die zweite Flasche Wein leer. Die Zeit vergeht wie im Fluge. Dabei meint der Doktor plötzlich an Will gewandt:
„Das nächste Mal müssen Sie mit Agatha nach Irland fahren. Es ist eine Reise wert. In diesem Jahr war es ganz besonders schön, weil ich das Glück hatte, mit den beiden bezaubernden Damen reisen zu dürfen." Er drückt Großmamas Hand und schaut sie liebevoll an.
„Es ist sehr bedauerlich, dass Sie nicht mitkommen konnten, Herr Maaler. Doch kann ich mich des Gedankens nicht erwehren, dass mir dann die Gunst nicht hold gewesen wäre und ich diese faszinierende Dame hier an meiner Seite hätte vielleicht nicht kennen lernen dürfen." Galant küsst er Großmama die Hand, legt sie dann auf seinen Oberschenkel und bedeckt sie mit seinen Fingern. Ehe Will etwas sagen kann, erklärt Agatha:
„Diese Reise war ein Geschenk meiner Eltern. Sie wissen von Will noch gar nichts."
„Aha." meint der Doktor, „Ein sehr schönes Geschenk. Ich bin froh, dass ihr beiden so gütig wart, es anzunehmen." Er stößt mit Großmama an und wendet sich dann erneut Will zu, als der zu ihm sagt:
„Nennen Sie mich Will, Doktor!" da erhebt sich dieser korrekt von der Bank und reicht Will feierlich die Hand über den Tisch. Will steht auf, ergreift sie und bei einem festen Händedruck sagt der Doktor:

„Ich bin Friedrich. Und sag du zu mir, ich bin doppelt so alt wie du, Junge!"
„Okay, Friedrich."
„Will." Sie setzen sich wieder und prosten sich zu. Dann fragt der Doktor:
„Was hat die Polizei herausgefunden in der Sache, bei der du verletzt wurdest?"
„Soweit ich weiß, noch nicht viel."
„Gibt es keine Spuren?"
„Die paar wenigen, die vorhanden sind, werden falsch interpretiert. Jedenfalls soviel uns gesagt wurde."
„Wieso falsch?"
„Weil der Kommissar der Meinung ist, Agatha und ich hätten den Mord geplant und es wie einen Überfall aussehen lassen." Großmama entfährt ein halblauter Schreckensschrei. Der Doktor tätschelt ihr sofort beruhigend die Hand.
„Wie kommt der Kommissar zu dieser Annahme?"
„Wir sind die beiden einzigen lebenden Personen, die er mit dem Tatort in Verbindung bringt oder bringen kann."
„Ich hatte eher den Eindruck, als seiest du ein Opfer. Das Wageninnere und dein Zustand zeugten wenig davon, dass du dieses Blutbad selbst angerichtet hattest."
„Der Kommissar ist der Meinung, dass es mit Agatha so geplant gewesen wäre und sie mich bluten lassen sollte, um den Verdacht von mir abzulenken."
„Wie kommt er denn zu dem Schluss?"
„Unter anderem behauptet er, Agatha habe den Wagen durchwühlt, um belastendes Beweismaterial wie Geld und die Waffe verschwinden zu lassen."
„Ich habe den Verbandskasten gesucht, während ich mit der Rettungsstelle gesprochen habe. Mir ist gar nicht bewusst geworden, dass ich Unordnung hinterlassen habe. An so etwas denkt doch keiner, angesichts der Situation. Schließlich tropfte Wills Blut aus dem Wagen und ich hatte Angst, dass er mir unter den Händen wegstirbt. Aber solche Sachen interessieren den Kommissar nicht." Sie holt tief Luft und versucht sich zu beruhigen. Will zieht sie enger zu sich heran und streichelt sie.
„Morgen gehst du zum Anwalt und holst dir Unterstützung. Der Kommissar scheint zu glauben, dass er ein makabres Spiel mit uns treiben kann. Wir müssen uns wehren. Still halten hilft nicht mehr."
„Ermittelt er denn nicht auch in andere Richtungen?"
„Davon hat er noch nichts gesagt. Doch ich habe den Eindruck, als würde er sich nur auf uns konzentrieren. Er konnte mich von

Anfang an nicht ausstehen und nach der Sache mit dem Wolf, gehöre ich seiner Meinung nach eindeutig in die Verbrecherkartei. Es scheint ihm zwar egal zu sein, welche Spuren oder Möglichkeiten es noch gibt. Sobald ich ihm davon berichtet habe, wurde ich von ihm der Lüge und Vertuschung bezichtigt."
„Von mir will er ständig wissen, wie unser Plan ausgesehen hat. Er hat mich sogar gefragt, ob Will sich auf die Art einer seiner Freundinnen entledigt hat. Irgendwie habe ich den Verdacht, es interessiert ihn überhaupt nicht, was wirklich passiert ist. Der Kommissar will lediglich einen plausiblen Bericht abliefern und den Fall abschließen, sonst nichts."
„Aber der kann euch doch nicht so einfach eines geplanten Mordes bezichtigen!" meint Großmama entsetzt. Sie schaut besorgt von einem zum anderen. Der Doktor legt seine Pfeife weg und seinen Arm um ihre Schulter. Dann streichelt er ihr tröstend den Arm: „Beruhige Dich, Liebes. Nichts wird so heiß gegessen, wie es gekocht wird. Die Ermittlungen sind noch nicht abgeschlossen. Man kann den beiden nichts nachweisen, sonst hätten sie bereits eine Anklage am Hals. Wenn bis jetzt keine Beweise aufgetaucht sind, woher sollten nun noch welche kommen?"
„Schon. Du magst ja Recht haben, Friedrich. Doch allein der Gedanke, dass die Polizei gegen Agatha und Will ermittelt, finde ich grauenhaft. Verstehst du mich?"
„Ich kann dich gut verstehen, Liebes. Aber mach dir nicht so viele Sorgen. Es wird alles gut gehen. Bestimmt!"

*** * ***

„Weder Herr Maaler noch die Tote hatten irgendwelche Papiere dabei. Es wurde jedenfalls nichts im Wagen gefunden. Erklären Sie mir das!" Agatha saß total verblüfft vor dem ziemlich voll gestapelten Schreibtisch von Kommissar Wilhelm Post und versuchte herauszubekommen, ob sie im falschen Film war oder einen Teil der Sache verpasst hatte. Stirnrunzelnd fragte sie zurück:
„Wie soll ich Ihnen das erklären?" er sah von seiner Akte auf, in der er während des Gespräches ständig herumblätterte. Es hatte bereits etliche Zeit und Nerven gekostet, nochmals zu berichten, was an dem Tag passiert war, als sie Will blutend im Wald gefunden hatte. Herr Wilhelm Post fixierte sie mit seinen kalten, ausdruckslosen Augen:

„Was wissen Sie davon?"

„Wieso fragen Sie mich danach?" kopfschüttelnd stierte sie ihn an und fragte sich, was er wohl damit erreichen wollte. Da stützte er die Ellenbogen auf die Schreibtischplatte und machte eine vage auffordernde Handbewegung:

„Weil ich von Ihnen wissen will, was Sie mir dazu sagen können. Hatten Sie es so vereinbart oder haben Sie die Papiere verschwinden lassen, als Sie den Wagen am vereinbarten Ort fanden?" Die Wut schoss durch Agatha. Sie krallte die Hände um die Henkel ihrer Handtasche, die sie auf dem Schoß festhielt. So eine Frechheit!

„Das sind infame Unterstellungen von Ihnen! Wie kommen Sie eigentlich schon wieder zu dieser abwegigen Annahme? Ich habe Ihnen bereits mehrfach erläutert, dass ich Herrn Maaler zufällig im Wald fand. Dabei habe ich lediglich daran denken können, wie ich sein Leben erhalte, bis die SMH da ist. Ich hatte gar keine Zeit dazu. Aus welchem Grund sollte ich nach irgendwelchen Dokumenten gesucht haben? Damit hätte ich weder seine Blutungen stillen noch der Frau wieder Leben einhauchen können. Die reale Welt funktioniert anders als im Trickfilm. Sie sehen zu viel fern!"

„Na, na, werden Sie mal hier nicht ausfällig, sonst könnte ich ganz schnell sauer werden und Sie wegen Beamtenbeleidigung drankriegen."

„Was?" keuchte Agatha, „Sind Sie noch bei Trost?" die giftigen Sätze, die ihr auf der Zunge lagen, schluckte sie mit Macht hinunter. Die Emotionen wollten sie aufspringen und diese eklige, fette Unke hinter ihrem Schreibtisch hervorziehen lassen. Zum Glück unterdrückte der Verstand diese Regung und arbeitete verbissen an der besten Lösung der Situation. Sie muss sich professionelle Hilfe suchen, das erschien ihr am vernünftigsten. Dagegen kann auch ein Herr Wilhelm Post nichts machen. Deshalb sagte sie so beherrscht wie möglich: „Wenn Sie mir immerzu so kommen, werde ich meinen Anwalt anrufen, ehe wir weiter reden."

„Wozu wollen Sie zu einem normalen Gespräch einen Anwalt dazu holen?"

„Sie treiben mich dazu. Schließlich unterstellen Sie mir furchtbare Dinge, die allesamt nicht wahr sind."

„Na, na, Fräulein. Stecken Sie so tief in der Sache drin, dass sie einen Anwalt brauchen?"

„Sie wollen sich gar nicht um die Aufklärung des Falles bemühen, stimmt's?"

„Sie machen mir die Sache nicht grade leicht, nicht wahr."
„Ich?"
„Tun Sie bloß nicht so unschuldig! Sie belügen mich ständig. Zur Abwechslung würde ich gern mal die Wahrheit hören!"
„Worüber?"
„Über ihren schwarzen Gaul zum Beispiel!"
„Was ist mit meinem PFERD?!"
„Haben Sie ihn nach MekPom geschafft, um später schneller abhauen zu können?"
„So ein Quatsch!" entfuhr es Agatha erbost. „Ich mache jedes Jahr mehrere Wochen Urlaub bei meiner Freundin."
„Und das soll ich Ihnen glauben?"
„Erkundigen Sie sich. Man wird Ihnen bestätigen, dass ich regelmäßig dort bin. Heinz habe ich dort hin gebracht, weil es seine Heimat ist."
„Was wollen Sie denn mit dieser Mauschelei vertuschen?"
„Ich mauschle nicht! Warum sollte ich lügen? Verdammt noch mal! Es gibt genug Menschen, die es Ihnen bestätigen werden." Agathas Stimme wurde sehr viel lauter, als vorher bei dieser Antwort. Dann musste sie erst einmal tief atmen, weil sie vor Wut kaum noch Luft bekam.
„Oder eine vorgetäuschte Wahrheit unterstützen?" fragte der Kommissar und schlug mit der flachen Hand auf die Akte. Da konnte Agatha eine Explosion kaum noch verhindern.
„Die Wahrheit würden Sie nicht erst erkennen, wenn sie Sie in den Hintern beißt!" zischte Agatha. Der Zorn über so viel Unverstand schnürte ihr die Kehle zu. Sie hatte das dringende Bedürfnis, ihm ihre Handtasche um die Ohren zu hauen, um sein Gehirn einzuschalten. Sie biss die Zähne zusammen, um der Versuchung zu widerstehen. Dabei saß er triumphierend grinsend hinter seinem Schreibtisch und beobachtete sie.
„Die Wahrheit ist, dass Sie sehr wohl mit Herrn Maaler liiert sind!"
„Und?"
„Dusslige Antwort, Fräulein! Wenn Sie mich hinters Licht führen wollen, dann müssen Sie früher aufstehen! Sie sind zusammen gesehen worden und nicht nur im Kino."
„Na und?" Agatha machte eine verständnislose Geste.
„Nichts, na und. Angeblich sind sie mit dem Maaler nur befreundet. Doch Freunde werden nicht beim Knutschen und Fummeln beobachtet. Ja, schauen Sie mich nicht so erschrocken an! Die Leute erzählen mehr aus Versehen, als sie eigentlich wollen. Ich kann auch zwischen den Zeilen lesen. Und jetzt spucken Sie endlich aus, wie der Plan ausgesehen hat!"

„Wer hat Ihnen von uns erzählt?"
„Antworten Sie mir endlich mal vernünftig, anstatt meine Fragen ständig mit Gegenfragen zu beantworten!?" Wieder landete die Hand des Kommissars mit einem lauten Knall auf der Akte. Agatha konnte so ein Verhalten nicht einschüchtern. Das schien ihn zu wurmen. Zornig schaute er sie an. Schnippisch meinte sie:
„Bitte. Ich werde Ihnen auf vernünftige Fragen auch ordentliche Antworten geben. Was wollen Sie wissen?"
„Wie sah der Plan aus?"
„Ich weiß nichts von einem Plan."
„Haben Sie ihn sich gemeinsam ausgedacht oder war es der Maaler allein?"
„Ich weiß nicht, wovon Sie reden."
„Das wissen Sie ganz genau, Fräulein. Womit hat er Sie denn rumgekriegt oder brauchte er sich keine Gedanken darum machen? Ist er so gut im Bett?" Anzüglich betrachtete er sie von oben bis unten. Agathas Augen schossen Blitze ab.
„Ich sehe ein, dass Sie keine vernünftigen Fragen mehr an mich haben. Auf Wiedersehen!"
„Na, kommen Sie schon! Plaudern Sie mit mir ein bißchen aus dem Nähkästchen!" Er zog die Augenbrauen hoch und zwinkerte ihr zu. Agatha stand wütend auf und ging zur Tür. Mit der Hand auf der Türklinke drehte sie sich noch einmal kurz um und sagte: „Kümmern Sie sich lieber um die Nachtreiter und die komischen Reifenspuren auf dem Bahndamm." Dann war sie aus dem Zimmer gestürmt und hatte die Tür laut hinter sich zugeschlagen.
Auf dem langen Gang rannte sie schwer atmend beinahe den Sohn ihrer Kollegin über den Haufen. Er sah sie prüfend an und sie entschuldigte sich mit einem nervösen Lächeln. Einem Gedankenblitz folgend fragte sie ihn, ob sie ihn anrufen dürfe und als er zustimmte, dankte sie ihm. Eilig marschierte sie aus dem Gebäude.
Der Zorn, der in ihrem Innern wütete, hätte sie bis nach Hause rennen lassen. Doch sie stieg auf ihr Rad und fuhr in Rekordzeit nach Hause. Zum Glück war Großmama unterwegs, sodass Agatha nach Herzenslust wüten konnte. Laut schimpfend zog sie sich um und stürmte dann wieder in die untere Etage. Als sie sich Luft gemacht hatte, musste sie unbedingt noch etwas tun, um nicht das Gefühl zu haben, untätig zu sein. Also schrubbte sie die Fußböden im ganzen Haus und warf die Wäsche in die Maschine. Am Nachmittag wollte sie sich mit Will und den Kindern am Pferdestall treffen. Bis dahin musste sie sich abgeregt haben, sonst könnten

die Kinder vielleicht einen schlechten Eindruck von ihr bekommen. Keiner hat es verdient, unter ihrem Zorn zu leiden.

Vor allen Dingen musste sie sich überlegen, was sie gegen die haltlosen Anschuldigungen tun kann. Grade wollte sie mit dem vollen Wäschekorb zur Haustür hinaus, um zur Wäscheleine im Garten zu gehen, als Großmama wiederkam. Sie freute sich sehr, Agatha zu Hause anzutreffen, denn eigentlich hatten sie letztes Wochenende besprochen, dass Agatha spätestens am Montagmittag zu Bruni fahren wollte. Da Großmama immerzu unterwegs war, seit sie aus Irland zurück gekommen waren und Agatha viel Zeit mit Will verbracht hatte, hatten sie kaum Gelegenheit, miteinander zu reden.

Dazu der genauso aufregende Termin am Montag bei Herrn Wilhelm Post, bei dem er Agatha über den Wolf ausgefragt hatte. Auch da hatte er ihr nicht geglaubt, dass sie nichts darüber weiß. Als sie sich erlaubte zu erwähnen, dass vielleicht der Raser, von dem ihr Gesine erzählt hatte, damit zu tun haben könnte, lachte sie der Kommissar lauthals aus, bis ihm Tränen in den Augen standen. Agatha war entsetzt von seinem Verhalten. Seine Erklärung dazu lautete: Noch so ein Blödsinn. Agatha hatte es aufgegeben, ihn von irgendwas überzeugen zu wollen.

All dieser Ärger und die anderen Veränderungen, die plötzlich ihr Leben durcheinander brachten, hatten sie kaum zu Atem kommen lassen. In all der Aufregung war es Agatha völlig entgangen, Großmama über ihre geänderten Pläne zu unterrichten. Weil es so wichtig für Großmama war, freute sie sich doppelt über Agathas Anwesenheit. Sie gönnten sich eine ausgiebige Gesprächsrunde in der Küche.

Agatha erfuhr, dass Großmama zumeist mit dem Doktor unterwegs war, wenn sie nicht grade beim Friseur saß oder sich ein Wellnessprogramm gönnte. Auch war sie shoppen, weil sie ihren Kleiderschrank einer kritischen Inspektion unterzogen und festgestellt hatte, dass sie sich durchaus von vielen alten Sachen trennen und sich neu einkleiden wollte.

Beim Mittagessen schob Großmama Agatha eine Visitenkarte von Bruni über den Tisch und erzählte, dass sie am Vormittag angerufen und eine neue Handynummer durchgegeben habe, als Agatha bei der Polizei war. Außerdem hoffte Großmama im Stillen, dass Agatha in diesem Jahr einmal an ihrem Geburtstag zu Hause sein könnte. Eine Party war bereits in Vorbereitung, ohne dass Agatha etwas davon mitbekommen sollte. Seit Jahren fährt Agatha zu Bruni im Sommer und meistens über ihren Geburtstag. Im vergangenen Jahr war Großmama verhindert. Es tat ihr unendlich

Leid. Deshalb hatte sie sich sehr gefreut, dass es ihre Tochter und ihr Schwiegersohn endlich einmal wieder rechtzeitig nach Deutschland geschafft hatten, um ihrem Kind an seinem Geburtstag zur Abwechslung einmal persönlich gratulieren zu können. Großmama ist sehr stolz auf die beiden, aber das hindert sie keineswegs, sie daran zu erinnern, dass sie Eltern sind.

Agatha war hin und her gerissen, denn es zog sie in den Norden. Die Irlandreise hatte ihr bereits zwei Wochen Urlaub abgenommen. Diese Woche war ebenfalls zur Hälfte um und es blieben ihr nur noch zehn Tage, dann muss sie wieder arbeiten gehen. Ihr Geburtstag war ihr noch nie so unwichtig erschienen, wie in diesem Jahr.

Will muss am Freitagvormittag noch einmal bei der Polizei antreten und Agatha hatte gehofft, hinterher mit ihm losfahren zu können. Der Pferdetransporthänger wird ab Freitagmittag frei sein. Sie wollte ihn gleich mitnehmen, um in etwa einer Woche Heinz mit nach Hause bringen zu können.

Doch nun muss sie umdisponieren. Es wird sich eine Lösung finden, das ist immer so. Denn erstens kommt es anders und zweitens als man denkt.

Dieser Donnerstag ging genauso Nerven aufreibend weiter, wie er beim Kommissar am Vormittag begann. Nach dem Essen warf Agatha ihre Sachen in den Kofferraum des Offroaders und verabschiedete sich von Großmama mit dem Versprechen darüber nachzudenken, ob sie nicht doch noch ihren Geburtstag am Sonnabend zu Hause feiern will.

Kaum war Agatha im Reitstall angekommen, lief sie Berti Schneider über den Weg. Nach einer anzüglichen Bemerkung konnte sie ihn in PePes Box abschütteln, denn mit Will wollte Berti sich offensichtlich nicht anlegen. Solange Agatha in Wills Nähe war, machte Berti einen großen Bogen um sie. Doch Will schien angekratzt zu sein und reagierte ein paar Mal ziemlich gereizt.

Da nur drei Kinder erschienen waren, entschied sich Will für einen Geländeritt. Er setzte sich auf da Gama und nahm Voice an den Führzügel. Agatha wies er PePe zu. Sie bekam Narzisse neben sich. Francesca auf Rex drückte er den Zügel von Motte in die Hand. So zogen sie hintereinander los. Der Regen der gegen Morgen die heiße Sommerluft sauber gewaschen hatte, hinterließ immer noch eine angenehme Frische. Deshalb wählte Will die große Runde durch die Felder, in der Nähe des Badesees vorbei und von der anderen Seite über den Dorfplatz zurück zum Pferdestall. Sie waren langsam aber lange unterwegs und die Kinder strengten sich richtig an. Sie hatten noch nie so viel Zeit im Sattel verbracht, das machte sich bemerkbar.

Agatha beobachtete die beiden Reiter vor sich. Will und der Junge sprachen nur sehr wenig. Der Junge auf Voice schaute ab und zu ergeben und stolz zu Will hinauf. Die beiden könnten glatt als Vater und Sohn durchgehen. Auf alle Fälle haben sie einen guten Draht zueinander. Das Mädchen bei Agatha auf Narzisse war ziemlich fertig nach dem Ritt, aber zufrieden. Das andere neben Francesca nörgelte ab und zu an Motte herum. Später rückte sie damit heraus, dass sie eigentlich nur mit dem Jungen getauscht hatte, weil ihr da Gama nicht geheuer ist. Sie dachte nämlich, dass sie ihn auch putzen müsse und davor hatte sie Angst. Doch neben Will reiten wollte sie schon ganz gern, weil er ihr Idol ist. Agatha klärte sie darüber auf, dass bestimmt keines der Kinder jemals dazu aufgefordert werden wird, da Gama zu putzen, weil Will großen Wert darauf legt, das allein zu machen. Außerdem weiß er, dass da Gama nicht unbedingt freundlich zu Kindern sein könnte. Will würde nie ein Kind absichtlich in Gefahr bringen, versicherte sie dem Mädchen. Nachdem die Kinder nach dem Geländeritt ihre Pferde geputzt und die Ausrüstung sauber verstaut hatten, gingen sie nach Hause.

Im Stall wurde es ruhiger. Die meisten der anderen Reiter verabschiedeten sich ebenfalls. Agatha hatte PePe auf Hochglanz gewienert und verließ eben seine Box, als plötzlich Will hinter ihr auftauchte und sie energisch in die Box von Narzisse zitierte. Dort fragte er sie verärgert, wo sich das Fohlen den Riss am Bein zugezogen und warum sie noch nichts gesagt hatte. Agatha konnte sich nicht erinnern, eine Verletzung bei dem Fohlen bemerkt zu haben. Es tat ihr Leid und sie zerbrach sich den Kopf, kam aber nicht drauf, wo das geschehen sein könnte. Sie hatte den beiden Mädchen geholfen, die Stuten zu putzen und sie hinterher zu den aufgeregten Fohlen in die Boxen zu bringen. Als sie Will nicht sagen konnte, wie das passiert war, machte er eine Geste, als ob er eine Unwissende vor sich habe, die es sowieso nie etwas begreifen würde. Dann fluchte er gereizt und schickte sie nach dem Wundspray in die Sattelkammer, mit dem er den Kratzer abdecken wollte. Völlig überrumpelt von seinem Benehmen, drehte Agatha sich um und marschierte wortlos die Stallgasse entlang. Wenn es nicht um das Fohlen gegangen wäre, hätte sie ihm gesagt, dass sie nicht seine Untergebene ist, die er herumkommandieren kann. Warum hatte er sie nicht vernünftig gefragt, statt sie zu beleidigen, mit seinem Ton und der Art zu fragen? Hat er das mit Absicht getan? Oder nicht?

Was war nur in ihn gefahren?
Er war den ganzen Nachmittag schon so schräg drauf. Jedes Mal, wenn er Francescas Grinsen sah, verdüsterte sich seine Miene noch mehr. Selbst der Begrüßungskuss für Agatha war sehr dürftig ausgefallen. Sie hatte sich damit getröstet, dass man schließlich nicht jeden Tag gut drauf sein kann. Am Morgen war er es zwar noch, doch wer weiß, was unterdessen geschehen ist. Allerdings fühlte sie auf dem Weg zur Sattelkammer ihren Groll wegen der Beleidigung immer größer werden. Sie wollte Will zur Rede stellen. Sie sah gar nicht ein, die Rolle des Prügelknaben geben zu müssen. Doch im nächsten Moment hatte sie ganz andere Sorgen.
Sie öffnete die Tür, ging um die Spinde herum und lief geradewegs Berti Schneider in die Finger, im wahrsten Sinne des Wortes. Sie schoss um die Ecke und stand dicht vor ihm. Sofort legte er seine schmierigen Hände an ihre Seiten und begann sie zu streicheln. Sie stieß ihn weg, griff nach dem Spray und wollte wieder raus. Da schnappte er sie, drückte sie mit dem Rücken gegen die Spindtüren und rückte ihr eindeutig auf den Pelz. Sie schimpfte und sagte ihm, er soll sie loslassen, drohte ihm mit einer Anzeige wegen Belästigung. Da machte er sich darüber lustig, dass sie wohl zu viel Angst davor habe, nach Will zu rufen. Der schien heute nicht gut auf sie zu sprechen zu sein, meinte er vertraulich. Dann drückte er seine Freude darüber aus, weil Will ihm schon einige Male seine abgelegten Bräute überlassen habe und Agatha ein ganz besonderer Leckerbissen sei, auf den er sich schon lange freue. Will sei sogar froh gewesen, dass Berti sich um diese Damen gekümmert habe, weil sie Will dann nicht mehr auf den Geist gegangen sind.
„Nicht mehr lange, Süße." Agatha hört es ihn noch sagen. Dabei hauchte er ihr seinen nach Zigarette stinkenden Atem ins Gesicht. Agatha hielt lange die Luft an, um nicht die Dunstwolken inhalieren zu müssen. Ihre Lunge schrie nach Sauerstoff. Sie drehte den Kopf zur Seite, überlegte kurz, ob sie nach Will rufen sollte, dachte sich aber im gleichen Moment, dass Berti so ein Verhalten sicher nur amüsieren und anstacheln würde.
Diese Vorstellung erboste sie noch mehr.
Ihre aufgestaute Wut brach sich Bahn. Blitzschnell hob sie die Hand mit dem Spray und zielte auf Bertis Ohr. Als ihn der Spray traf, trat sie mit aller Wucht auf seinen Stiefel. Er riss den Kopf zur Seite und strauchelte, da schubste sie ihn kräftig von sich. Sie flüchtete hektisch atmend aus der Sattelkammer in der Hoffnung, dass sie Berti abgeschüttelt hätte.
Eilig knallte sie die Tür hinter sich zu.

Und lief Will direkt in die Arme. Er fing sie auf und schaute ihr verärgert ins Gesicht. Dann nahm er ihr einfach den Spray aus der Hand und herrschte sie an, wozu sie so lange gebraucht habe und außerdem solle sie sich gefälligst angewöhnen, die Sattelkammertür leise zu schließen. Agatha war derart geplättet und enttäuscht, dass sie Will nur entgeistert ansehen konnte. Mit finsterem Gesicht drehte er sich um und ging zu der Fohlenbox zurück.
Das war genug!
Agatha trat wutentbrannt hinter sich gegen die Tür.
„Bitteschön!" fauchte sie hinter Will her, machte auf dem Absatz kehrt und ging in Richtung Stalltor. Kaum war sie in den Hof getreten, läutete ihr Handy. Bruni war dran, doch ehe Agatha herausbekam, was sie ihr schluchzend sagen wollte, ging ihr Handy aus. Agatha schwappte die Angst bis zum Hals hoch. Was war passiert und wem? Sie rannte in den Sozialtrakt. Die Bürotür war verschlossen, deshalb stürmte sie in den Stall zurück und bat Will, sein Handy benutzen zu dürfen. Er wollte gerade die Fohlenbox verlassen, als sie auf ihn zu lief. Er sah sie nur an und gab ihr wortlos das Telefon.
Hastig tippte sie Brunis neue Nummer ein. Im Nu hatte sie Hermann dran. Er teilte ihr traurig mit, dass ihre Oma im Pflegeheim gestorben war. Die Beerdigung war bereits organisiert worden und auf den Samstagnachmittag angesetzt worden. Die Neuigkeit kam nicht unerwartet, tat trotzdem sehr weh. Die Gesundheit ihrer Oma war schon lange massiv angegriffen. Seit dem letzten Winter war sie ans Bett gefesselt, was sie sehr quälte, denn sie wollte nicht von jemandem betreut werden müssen. Nun braucht Oma nicht mehr zu leiden. Für Agatha aber nur zum Teil ein Trost.
Der Verlust drückt schwer.
Agatha stand noch eine geraume Weile in der Scheune und stierte wortlos ins Leere. Sie konnte es kaum fassen. Dann wendete sie sich wieder in den Stall, gab Will mit einem leisen Danke das Handy wieder und sagte ihm, sie muss unbedingt zu Bruni. Kaum hatte sie ausgesprochen, brauste er erneut auf, dass sie doch ausgemacht hatten, erst am Wochenende zu fahren, weil er vorher nicht weg könne. Sich still fragend, warum es heute scheinbar alle auf sie abgesehen hatten, sagte sie Will, sie werde sich duschen und umziehen gehen. In rüdem Ton erinnerte er sie daran, dass sie beide um neun zum Grillen erwartet wurden. Das hatte Agatha wirklich vergessen, aber irgendwie war plötzlich gar nichts mehr wichtig. Wortlos drehte sie sich um und ging in die Umkleideräume.

Es war ihr auf einmal alles so unwirklich und völlig nutzlos vorgekommen.
Wozu sich aufregen, wenn doch alles mit dem Tod endet.
Ihre Oma wird sie nicht mehr erwarten, wenn sie bei Bruni ist. Sonst hat Agatha sich all die Tage, die sie bei Bruni verbrachte mindestens eine Stunde bei Oma im Pflegeheim aufgehalten. In diesem Jahr war sie sowieso schon spät dran und jetzt ist alles vorbei. In sich gekehrt schlich sie über den Hof und öffnete und schloss leise die Türen. Sie setzte sich auf die Bank vor ihrem Schrank. Ellenbogen auf die Knie gestützt, lies sie den Kopf hängen. Die Stirn lag schwer in den Handflächen. Alles passierte irgendwie wie in Zeitlupe, als ob sie durch ein Fenster von oben herab die Dinge und sich selbst beobachtet.
Als das Wasserrauschen aus den Duschen erstarb, hörte sie plötzlich deutlich, was da geredet wurde. Sie platzte in ein Gespräch zwischen Francesca und noch einem Mädchen hinein:
„Denkst du, dass Gesine mit ihr einverstanden sein wird?"
„Will fragt doch bestimmt nicht seine Mutter, mit welcher Frau er sich einlässt." antwortete Francesca in arrogantem Ton. Die Worte erreichten Agatha zwar, es dauerte allerdings bis sie sie verstanden hatte und aufhorchte. Die Türen der Duschkabinen schlugen an die Wände und Schritte näherten sich hinter ihr. Die Tür zu den Duschen wurde so weit geöffnet, dass sie an Agathas Bank anschlug und sie nun direkt dahinter saß.
„Aber Agatha wird doch sicher dort einziehen, oder denkst du, er wird woanders hinziehen?" fragte das Mädchen nachdenklich, während sie Francesca in die andere Hälfte des Raumes hinter Agatha folgte.
„Keine Ahnung. Ich weiß nur, dass es heute irgendwelchen Stress gab. Vielleicht ist sie bald seine nächste Ex." Schranktüren waren zu hören. Agatha konnte sich nicht rühren.
„Berti hab ich auch so eine Bemerkung machen hören." Die Stimme des Mädchens klang gedämpft, als ob sie sich die Haare mit dem Badetuch abtrocknet. Francescas antwortete abwertend:
„Der Kerl ist zwar ziemlich abgewrackt, aber manchmal hat er schon Recht gehabt."
„Aber so lange geht das mit den beiden doch noch gar nicht, oder?"
„Egal." meinte Francesca kaltschnäuzig, „Wen interessiert 's? Ich hätte den Mann gerne wieder für mich. Es hat mich schon angekotzt, als er Flavia hinterher gerannt ist." Francesca warf ihre Schranktür zu und wollte hinausgehen. „Mal sehen, was ich da machen kann. Bis dann."

Die Tür zum Flur durchquerend entdeckte sie Agatha, die sie geschockt ansah. Francesca stutzte nur ganz kurz, warf die blonde Mähne mit den feuchten Strähnen über die braun gebrannte Schulter und verschwand lächelnd nach draußen. Fassungslos starrte Agatha ihr hinterher. Sie registrierte nur am Rande, dass das andere Mädchen auch gleich hinter Francesca den Raum verließ.

Wie in Trance war sie unter die Dusche gegangen und hatte sich ein T-Shirt und eine kurze Hose angezogen. Die Dusche hatte ihre Anspannung gelöst und die Tränen zum Laufen gebracht. Agatha schaffte es nur mühsam sie einzudämmen, um Will erklären zu können, warum sie unbedingt noch an diesem Abend losfahren musste. Sie wollte ihn bitten, morgen Nachmittag mit dem Zug nachzukommen. Wenn er nicht zur Beerdigung mitkommen wollte, hätte er ja in der Hütte bleiben können. Sie hätte es verstanden. Er hat Oma schließlich nie kennen gelernt. Also wischte sie sich die Tränen vom Gesicht und putzte sich die Nase, bevor sie ihre Sachen zusammen raffte, alles in eine Tüte stopfte, ihre Stiefel unter den Arm klemmte und den Schrank verriegelte. So bepackt trat sie aus der Tür des Sozialgebäudes und blieb wie angewurzelt stehen. Mitten im Stalltor stand Will mit dem Rücken zu ihr. Francesca schmiegte sich an ihn, ihre Hände wühlten in seinem Haar. Was seine Hände auf ihrem Körper trieben, wollte Agatha gar nicht wissen, sehen konnte sie es nicht.

Ein scharfer Schmerz durchfuhr sie.

In dem Moment hörte sie all die Stimmen, die ihr erzählten, welch ein Frauenheld Will schon immer gewesen ist. Eine Frage drängte sich in den Vordergrund: Warum sollte er dieses Leben aufgeben und sich an sie binden? Sie haben ein paar sehr schöne Tage zusammen verbracht. Noch nicht einmal eine ganze Woche. Und nun ist schon wieder Schluss. Dabei hatte er von einem ganzen Leben gesprochen. Sie wollte ihm noch so vieles sagen. Er hat nie von seiner Mutter oder von den Unzertrennlichen gesprochen.

Ja, klar.

Warum auch?

Er wollte nicht, dass Agatha sein Leben kennt. Gesine ist bestimmt kein Mensch, für den man sich schämen muss und sie deshalb besser unerwähnt bleiben sollte. Im Gegenteil. Also kann Agatha nur zu einem Schluss kommen und der tut weh.

Alle Worte waren gelogen.

Es war keine Liebe, nur Lust.

Mit dieser niederschmetternden Erkenntnis setzte sie sich in Bewegung. Zum Glück war sie mit dem Auto da, weil sie eine

Tasche mit Klamotten im Kofferraum hatte. Will wollte sie angeblich unbedingt mit nach Hause nehmen, weil sie beide dort zum Grillen eingeladen waren. Vielleicht wollte er sie nun doch seiner Mutter vorstellen, Agatha einen kurzen Blick hinter die Kulissen gewähren. Wer weiß, zu welchem Zweck das gut sein sollte. Davon hatte sie ihn befreit. Er muss es nun nicht mehr riskieren, kann gerne alle seine Familiengeheimnisse für sich behalten.

Agatha warf alle Sachen auf den Beifahrersitz, stieg ein und fuhr, ohne in den Rückspiegel zu sehen, davon. Bei Großmama legte sie noch ein paar Dinge in den Wagen und erzählte dabei, was los war. Großmama standen die Tränen in den Augen. Sie hatte Angst, Agatha allein die weite Strecke fahren zu lassen, beschwor sie, auf Will zu warten, mit ihm zu reden und erst morgen mit ihm gemeinsam loszufahren. Aber Agatha lehnte strickt ab, gab Großmama einen Kuss und stieg in den Wagen.

Die vielen Stunden dann im Auto versuchte sie ihren Kopf klar zu kriegen, schaffte es aber nicht. Zwischen Tränen und lautem Schluchzen wechselten sich die Bilder von Oma und Will ab. Beide auf einmal zu verlieren, war fast mehr, als sie ertragen konnte. Spät in der Nacht traf sie auf Brunis Hof ein. Hermann wartete auf sie. Er telefonierte sofort mit Großmama, um die Ankunft zu melden, weil Agatha ihr Handy zu Hause liegen gelassen hatte. Da es sowieso ausgegangen war und sie kein Ladekabel dabei hatte, interessierte es Agatha wenig.

Sie wollte mit niemandem reden.

Brauchte nur die Abgeschiedenheit der Wiesenhütte und ihre Ruhe. Sie erbat sich bei Hermann Zeit, bis sie selbst auf den Hof kommen würde. Er sollte Bruni einen Gruß ausrichten und ihr sagen, dass sie am Freitag irgendwann zu ihr kommen werde. Dann fuhr Agatha langsam den unebenen Wiesenweg zwischen den Koppeln etwa einen Kilometer weiter und parkte ihr Auto direkt neben der Wiesenhütte. Mit bleischweren Gliedern stieg sie die beiden Stufen der Terrasse hinauf, öffnete die Tür und zerrte ihre Tasche hinein. Dann schloss sie hinter sich ab, nahm eine Flasche Wasser heraus und ließ die Tasche einfach neben der Tür stehen.

Agatha war nicht zum ersten Mal hier. Die Hütte gehört nun ihr, da Oma tot ist. Das fahle Mondlicht reichte, um sich bis zur Schlafzimmertür zu finden. Erst dort machte sie Licht. Kaum hatte sie die Flasche abgestellt und die Schuhe ausgezogen, breitete sie die dünne Decke aus und kroch so wie sie war ins Bett. Sie konnte keine Energie mehr erübrigen, um sich auszuziehen.

Nur Sekunden später war sie fest eingeschlafen. Wüste Träume quälten sie. Von Angst erfüllt und Schweiß gebadet, erwachte sie am Freitag. Es war später Vormittag. Irgendwann trieb es sie aus dem Bett. Die Dusche tat gut und die Nebelschwaden in ihrem Kopf lösten sich auf. Trotzdem fühlte sie sich total mies und ausgelaugt. Daran konnten auch der Sonnenschein und die herrlich vertraute, friedliche Natur um sie herum nichts ändern.
Auf den schier unendlichen Wiesen die nur von kleinen Baumgruppen unterbrochen werden, weidete Brunis Rinderherde. Hinter den festen Koppelzäunen auf der anderen Seite grasten die Pferde. Halli und Hilda standen auf einer Koppel für sich. Das Fohlen tobte übermütig herum. Agatha ging zu Fuß auf Brunis Hof. Tief atmete sie die frische Sommerluft ein. Auf dem Weg kam sie an Heinz' Koppel vorbei und begrüßte ihn ausgiebig. Er kam freudig heran, ließ sich genüsslich streicheln.
Das tat ihnen beiden gut.
Bruni räumte grade den Geschirrspüler ein, als Agatha die Küche betrat. Sie fielen sich in die Arme. Lange und wortlos hielten sie sich aneinander fest. Während die Männer im Hof zu tun hatten, drängte Bruni Agatha zum Essen. Doch mehr als ein Schälchen Pudding bekam sie nicht herunter.
Dann führte sie Agatha stolz durch das frisch renovierte Haus. Agatha staunte sehr. Hermann hatte in den vergangenen drei Wochen die gesamte obere Etage umgestaltet und war nun dabei auch das Erdgeschoss zu erneuern. Spätestens bis zum Jahresende will er auch den Keller saniert haben. Er hatte sich wirklich mächtig ins Zeug gelegt und seine Pläne weit übertroffen.
Dann lotste Bruni sie nach draußen in die Nachmittagssonne. Bei einem Glas Wasser auf der Gartenbank besprachen sie die Vorbereitung der Beisetzung. Irgendwann verabschiedete sich Agatha und verkroch sich wieder in der Einsamkeit der Wiesenhütte. Es tat ihr gut.
Am nächsten Tag wurde die Feier im kleinen Rahmen abgehalten. Außer Bruni und ihrer Familie waren Agatha, Großmama, der Doktor und eine Handvoll Leute aus dem Pflegeheim dabei. Oma wurde auf dem Friedhof des Dorfes neben ihrem Mann im Familiengrab beerdigt. Für den Weg dahin benötigte Agatha kein Auto. Im Dorfkrug gegenüber dem Friedhof war ein kleiner Imbiss und Getränke bestellt. Danach verabschiedete sich Agatha von allen und ging nach einem Abstecher zum Grab allein die Straße durch den Ort an Brunis Hof vorbei zur Wiesenhütte zurück.
Sie wollte niemanden mehr sehen und nichts mehr hören, hatte keine Kraft mehr, höflich zu sein und die Tränen zurück zu halten,

die ihr den ganzen Weg entlang über die Wangen liefen. Vorsorglich hatte sie sich ein paar Flaschen Wein gekauft, weil sie wusste, dass sie manchmal etwas brauchen würde, um einschlafen zu können.
Die schwüle Hitze des Tages klebte ihr das schwarze Kleid an den Körper. Der breitrandige schwarze Hut zusammen mit der dunklen Sonnenbrille verbargen ihr Gesicht vor Sonne und unliebsamen Blicken. Wieder daheim in der Hütte hatte sie alles gegen ein weites Big Shirt und einen Bikinislip ersetzt. Nach einem Abstecher unter die Dusche und in die Küche hatte sie sich barfuss mit einer Flasche Wein und einem Glas auf die Veranda geschleppt, war auf den Stuhl gesunken und hatte die bleischweren Füße auf den zweiten gelegt.
Die ersten Gläser Wein waren erstaunlich schnell leer, aber das wurde ihr gar nicht bewusst. So fanden sie Großmama und der Doktor. Als sie an der Hütte erschienen, wischte Agatha sich schnell die Tränen weg und stand auf. Sie wollten sich überzeugen, dass Agatha in Ordnung ist, bevor sie zurück nach Sachsen fuhren. Großmama brachte das Handy voll aufgeladen mit, samt Kabel. Allerdings hat Agatha es noch nicht eingeschaltet. Es ist einfach unwichtig geworden, ob sie erreichbar ist oder nicht.
Seit Stunden sitzt Agatha nun schon allein und tief in Gedanken versunken auf der schmalen Terrasse vor der Hütte. Abwesend stiert sie in ihr Weinglas. Die erste Flasche ist schon eine Weile leer und die zweite auch nicht mehr zur Hälfte voll. Sie schenkt sich grade nach, da schreckt sie ein Donnergrollen auf. Langsam hebt sie den Blick. Die Aussicht ist grandios. Über das beinahe ganz flache Land kann man sehr weit sehen, da die Hütte etwas erhöht steht.
Eine schwarze Gewitterwolkenfront schiebt sich hinter Brunis Hof, der noch im Sonnenlicht liegt, auf Agatha zu. Der Wind frischt stark auf und ein Frösteln überzieht ihre Haut. Mit einem Mal wird es erheblich dunkler und kühler. Da schießt ein Blitz herab und nicht lange darauf rollt der Donner heran. Selbst durch ihr stark benebeltes Hirn merkt sie, dass es Zeit wird, hinein zu gehen.
Sie nimmt die Weinflasche und das Glas und bringt beides in die Küche. Dann geht sie wieder raus. Sie bugsiert die beiden Stühle in die Hütte. Entweder ist die Tür kleiner geworden, oder die Stühle sind gewachsen. Immerzu stößt sie irgendwo an. Als sie wieder vor die Tür tritt, um den Tisch an die Wand zu rücken, schaut sie noch einmal hinunter. Im Hof sind die Scheinwerfer von Autos zu sehen. Wieso fahren die beiden nebeneinander durch den Hof?
Ach, egal.

Was soll 's. Es geht sie nichts an.

Agatha weiß, das Hermann die Pferde gut versorgt und sie sich um Heinz keine Gedanken machen muss. Er hat keine Angst vor den Naturgewalten. Die Gewitter sind manchmal sehr laut und Furcht einflößend, aber in dieser Gegend ist noch nie etwas passiert. Agatha schwankt wieder ins Haus. Der Wind reißt ihr beinahe die Tür aus der Hand. Sie drückt sie zu und beschließt den letzten Schluck Wein aus ihrem Glas in der Küche zu trinken. Auf dem Weg dorthin stößt sie sich die Schulter am Türrahmen an.

Mit der Hand die schmerzende Stelle massierend, lehnt sie sich an die Küchenzeile und schaut zum Fenster hinaus. Der nächste Blitz ist taghell und schwenkt herum. Irgendwie sieht der anders aus. Komisch.

Er strahlt direkt in die Küche, sodass sie die Augen zukneifen muss. Das Gewitter ist aber nah, denkt Agatha noch und greift nach ihrem Weinglas. Leider erwischt sie es nicht ganz richtig. Die Hälfte schwappt über den Rand, ehe sie den Stil zu fassen kriegt. Sie trinkt den letzten Rest und stellt es in die Spüle, bevor sie die Weinpfütze wegwischt. Da klatschen die ersten Tropfen auf das Dach.

Agatha löscht das Licht in der Küche, ein paar Schritte weiter das im Wohnzimmer. Den Weg bis ins Schlafzimmer findet sie auch im Dunkeln. Das Prasseln des Regens erfüllt den finsteren Raum. Plötzlich erhellt ein Blitz das Wohnzimmer und Agatha sieht mit großen Augen zur Tür. Diese ist offen und ein Mann tritt herein. Der darauf folgende Donnerschlag ist ohrenbetäubend. Agatha fährt erschrocken zusammen. Sie starrt noch kurz in die Dunkelheit, ehe sie ins Schlafzimmer tappt.

Nein!

Das kann unmöglich sein.

Warum sollte er hier her kommen. Es handelt sich bestimmt um eine Sinnestäuschung, die aus ihren Wünschen entsprang. Grade dachte sie, Will wäre zur Tür hereingekommen. Agatha lächelt, weil der Gedanke sehr schön ist.

So kriecht sie ins Bett und zieht die Decke über sich. Derart betrunken wie heute war sie schon lange nicht mehr. Aber schließlich hatte sie ja auch einen triftigen Grund. Der Regen trommelt auf die Hütte, vermischt sich mit Blitz und Donner. Nichts kann sie vom Einschlafen abhalten. Die Augen fallen ihr zu, da hat sie sich noch gar nicht richtig zugedeckt.

Sie merkt nicht mal mehr, dass jemand in der offenen Schlafzimmertür erscheint.

** * **

„Agatha?" wiederholt er laut, um die lauten Geräusche von draußen zu übertönen, bekommt aber keine Antwort. Er spürt einen Luftzug. Der Wind bläht die Gardinen. Will durchquert zügig das Schlafzimmer und schließt das angekippte Fenster. Auf dem Fensterbrett sammelt sich bereits das Regenwasser. Der nächste Blitz zeigt ihm die Nachttischleuchte. Er schaltet sie ein. Jetzt kann er sich im Raum umsehen.
Agatha liegt ziemlich schräg im Bett. Sie schläft tief und fest. Er kniet sich neben sie und spricht sie mit ihrem Namen an, aber sie regt sich nicht. Mit der Hand streicht er ihr sanft die Haare aus dem Gesicht. Bei der Berührung seiner Lippen an ihrer Wange brummt sie nur, wacht aber nicht auf. Es scheint keinen Zweck zu haben, er kann sie nicht wecken. Da beschließt er, auch schlafen zu gehen. Will steht auf und umrundet das Bett. Vor dem Fenster tritt er in eine Pfütze. Um sie aufzuwischen, sucht er in allen Räumen nach einem Lappen. Dabei findet er in der Küche nicht nur das gesuchte sondern auch die Weinflaschen. Nun wird ihm einiges klar. Wenn sie ihren Rausch ausgeschlafen hat, wird er mit ihr reden und endlich erfahren, was eigentlich los ist.
Etwas später schaltet Will im Bad das Licht aus. Erschöpft legt er sich neben Agatha in das große Doppelbett. Er gibt ihr einen Kuss auf die Schulter, den Nacken, das Ohr und nimmt sie in den Arm. Sie kuschelt sich an und hält ihn fest, ohne aufzuwachen. Will ist sehr erleichtert darüber, sie nahe bei sich zu haben. Zum Glück hat er sie gefunden. Dieser verrückte Tag findet so doch noch ein gutes Ende. Ihm gehen die vergangenen Tage durch den Sinn, während er der Melodie der Regentropfen lauscht und ihren Atem auf der Haut spürt.
Endlich hat er wieder das Gefühl, einschlafen zu können.
Am Donnerstagnachmittag hatte ihn Francesca mit ihren versteckten Andeutungen schwer verärgert und als er dachte, sie wäre bereits gegangen, fing sie ihn am Stalltor ab. Trotz seines Protestes fiel sie ihm um den Hals und beschwor ihn, zu ihr zurück zu kommen. Selbst als er ihr ziemlich verärgert klarlegte, dass er Agatha niemals verlassen wird, gab Francesca nicht auf. Er musste sie mit Macht von sich lösen. Grade als er ihre Hände von seinem Nacken nahm, hörte er Agathas Auto hinter sich starten. Ehe er losrennen konnte, war sie bereits zum Tor raus gefahren. Francescas siegessicheres Lächeln hätte er ihr am liebsten mit

einer Ohrfeige aus dem Gesicht gewischt. Doch er ließ sie einfach stehen, ging sich umziehen und fuhr nach Hause.

Als er aus dem Bad kam, lief ihm seine Mutter über den Weg. Er fragte sie, ob Agatha da gewesen sei. Er hatte die Hoffnung, dass sie mit ihm reden wollte. Doch seine Mutter hatte niemanden gesehen. Also stieg er in Hemd und Hose, schwang sich auf sein Rad und fuhr in die Stadt. Am Hoftor erwartete ihn die nächste ungute Überraschung. Es stand sperrangelweit auf und kein Auto war zu sehen.

Auf sein Klingeln öffnete ihm Großmama die Haustür. Sie sah sehr traurig aus. Mit einem großen Herrentaschentuch wischte sie sich die Tränen aus dem Gesicht. Er fragte sie nach dem Grund und sie gab einen Todesfall an. Wer und was behielt sie für sich. Dann erklärte sie knapp, Agatha sei allein abgereist und wollte die Tür schon wieder schließen. Er bat sie inständig, ihm wenigstens zu sagen, wohin Agatha gefahren sei. Großmama meinte, sie möchte sich nur ungern in etwas einmischen, dass nur Agatha und ihn etwas anginge, aber sie fände es sehr schade, wenn ihre Beziehung so enden würde. Gleich darauf drückte sie ihm eine Visitenkarte in die Hand, auf der handschriftlich eine Handynummer notiert war.

„Bruni." sagte sie nur, verabschiedete sich und ging wieder hinein. Will stand im Hof und las sich die Visitenkarte vom Pferdehof Bruni Schöne durch. Die Ortschaft kannte er von früher. Manchmal war er da durchgefahren. Er tippte die Nummer in sein Telefon ein und speicherte sie unter Bruni. Dann rief er dort an und hatte Brunis Mann am Telefon. Der sagte, dass er auf Agatha warte, weil sie ihr Handy zu Hause vergessen habe und deshalb auf dem Weg in den Norden nicht zu erreichen sei. Er stimmte zu, dass Will am Freitagabend auch dort hinkommt. Leider weigerte er sich, die näheren Umstände von Agathas plötzlicher Abreise zu erläutern. Das müsse er selbst mit Agatha besprechen, meinte Brunis Mann. Doch er bestätigte, dass sie einen schwerwiegenden Grund hatte, sofort losgefahren zu sein. Nach der Zusage, Will eine SMS zu schicken, wenn Agatha angekommen ist, verabschiedeten sie sich. Brunis Mann schien ihm ein sehr umgänglicher Typ zu sein.

Will fuhr nach Hause und packte seine Reisetasche. Das gute Essen, welches seine Mutter mit so viel Liebe und Vorfreude zubereitet hatte, konnte er nicht mehr sehen, geschweige denn etwas hinunter würgen. Er sagte ihr, dass Agatha an diesem Abend nicht erscheinen werde und ihm der Appetit vergangen sei. Seine Mutter sprach ihn nicht darauf an, was geschehen ist, sondern sah

ihn nur an und strich ihm aufmunternd über den Arm. Wortlos räumte sie den Tisch ab, löschte das Licht und ging zu Bett.
Weil Will nicht schlafen konnte, saß er die halbe Nacht auf der Gartenbank im Hof neben dem längst erkalteten Grill und stierte Bier trinkend in den Sternenhimmel. Er ärgerte sich sehr darüber, Francesca nicht energischer und eher abgeschüttelt zu haben, dann hätte er Agatha noch erwischt. Weit nach Mitternacht schlich er in sein Schlafzimmer, um wenigstens noch ein paar Stunden auszuruhen. Irgendwann schlummerte er sogar ein. Doch die Träume brachten ihm lediglich einen unruhigen Schlaf.
Stunden später am Freitagvormittag saß er ziemlich müde auf dem Stuhl vor dem zugestapelten Schreibtisch des Kommissars und hörte sich die blödsinnigen Theorien an, die ihn arg in Versuchung führten, diesem engstirnigen Beamten an den Kragen zu gehen. Eisern beherrschte er sich und beschloss, seine Nachforschungen zu intensivieren und die Nachtreiter auf frischer Tat zu ertappen. Vielleicht haben sie etwas mit Flavias Tod zu tun oder können ihm Hinweise liefern. Die Nachbarn wissen sonst auch über alles Bescheid, eventuell hat an dem Morgen jemand etwas oder wen beobachtet, der aus dem Wald kam bzw. hinein fuhr.
Nachdem ihn der Kommissar endlich entlassen hatte, stürmte Will zu seinem Autohändler, um seinen neuen Wagen zu holen. Seit mehreren Tagen vertröstete ihn der Verkäufer schon und verschob den Abholtermin immer wieder. Doch auch hier erlebte Will eine Enttäuschung. Sein Auto wird spätestens in einer Woche geliefert werden. Wutentbrannt verlangte er einen anderen Wagen dieser Größe, sonst wollte er sich woanders ein Auto holen und von dem Kauf des bestellten Fahrzeuges zurück treten. Der Autohändler war peinlich berührt. Er bot ihm zerknirscht einen Pick up an, den er aber erst am Sonnabend zur Verfügung stellen konnte. Will erinnerte ihn verärgert daran, dass er bereits seit fast zwei Wochen auf die versprochene Lieferung warte. Bezahlt war der Wagen schließlich schon. Man versprach ihm hoch und heilig für den Samstagvormittag ein Fahrzeug.
Den Rest des Freitags verbrachte Will mit da Gama und PePe im Gelände und in der Halle. Verbissen übte er Dressurelemente, die er auf PePe schon ewig nicht mehr geritten war und die ihm enorme Konzentration abverlangen. So verging wenigstens die Zeit. Dann bereitete er akribisch den Pferdeanhänger vor und lud alles ein, was er für da Gama und sich in der nächsten Woche brauchen wird.
Seine schlechte Laune war ihm vermutlich anzusehen, denn die anderen Leute im Reitstall gingen ihm aus dem Weg. Selbst Ralf

war sehr wortkarg, der sonst oft mal Zeit zum quatschen fand. Berti machte einen auffällig großen Bogen um Will, grüßte nur von weitem und verschwand gleich wieder vom Hof. Birte versuchte sich unsichtbar zu machen und ging ihm ebenfalls aus dem Weg. Es war Will sehr recht, genauso wie der Umstand, dass Francesca sich nicht blicken ließ.

Zum Abendessen setzte seine Mutter sich zu ihm an den Tisch und fragte ihn nach seinem Tag. Er berichtete knapp von dem Termin bei der Polizei und über den Autokauf. Sie hörte ihm einfach nur zu. Das war ihm angenehm, denn er war gereizt und übermüdet. Irgendwelche Kommentare hätten ihn sofort auf die Palme gebracht. Seine schlechte Laune hatte sich noch nicht gegeben, im Gegenteil, der Schlafmangel und die Unzufriedenheit taten das ihre dazu.

Dann ging er noch einmal zu den Unzertrennlichen. Seit der Wolf weg ist, hatten sie sich wieder beruhigt. Aladin kam zu Will auf die Schulter gesprungen und schnurrte aus tiefster Seele. Will kraulte ihm sein wuscheliges Fell. Besonders hinter den Ohren und am Kopf hatte der Kater es gern. Er hielt ganz still. Dann streichelte Will Sulaika. Sie schloss die Augen, hörte seinen gemurmelten Worten zu und genoss die Verwöhnung. Er gab ihr noch ein Leckerli und dem Kater auch, als Mutter plötzlich neben ihm stand. Tief in Gedanken und mit den Tieren beschäftigt, hatte er sie gar nicht kommen gehört. Sie reichte ihm eine Flasche Bier und fragte ihn, was er am Wochenende vorhätte.

Ohne lange darüber nachzudenken, tat er etwas, das ihm nur sehr selten unterkam. Er erzählte ihr frustriert von dem Zwist mit Agatha und dass er ihr hinterher fahren wird, weil er es nicht ohne sie aushält und unbedingt wissen muss, warum sie so still drauf war, bevor sie wegfuhr. Eigentlich hatte er erwartete, dass sie ihm nach der Szene mit Francesca eifersüchtig die Leviten lesen wird. Doch diese geballte Energie, die sie immer erfüllt hatte, schien mit einem Mal ausgelöscht zu sein. Seine Mutter meinte, dass sie ihn verstehen könne, denn Agatha sei ein liebenswerter Mensch und hätte sich schließlich auch intensiv um ihn gekümmert. Seinen fragenden Blick beantwortete Mutter mit einem verschmitzten Lächeln. Dann rückte sie mit einer Erklärung heraus. Erstaunt hörte er die Geschichte, wie sie Agatha kennen gelernt hatte.

Aha. Daher wehte also der Wind!

Will kann sich an diesen verflixten Tag noch gut erinnern und daran, wie ihn Agathas Starrsinn zur Weißglut getrieben und die Sorge ihn in Angst und Schrecken versetzt hatte. Bis heute hatte Agatha nichts darüber verlauten lassen. Auch nicht über das

Picknick bei den Unzertrennlichen. Schmunzelnd gab seine Mutter zu, dass sie froh war, Agatha im Krankenhaus zu sehen, als er angeschossen auf der Intensivstation lag. Keine andere seiner Freundinnen würde sie so sehr mögen wie Agatha. Will war so erleichtert darüber, dass er sich bei ihr mit einem Kuss auf die Wange bedankte. Seine Mutter verstand ihn. Sie redeten noch lange über alles Mögliche und schlenderten mit der einbrechenden Dunkelheit durch den Obstgarten zur Bank im Hof. Dort wünschte ihm seine Mutter eine gute Nacht und verschwand nach drinnen. Will trank noch ein Bier, ehe er hoch in sein Schlafzimmer ging. Lange lag er wach und fühlte sich einsam. Erinnerungen zogen vorbei und brachten Sehnsucht mit. Die Narbe am Arm schmerzte, der Fuß ebenfalls.

Ständig fragte er sich, was Agatha wohl gerade machte und ob sie allein ist und ohne ihn schlafen kann. Dass sie gesehen hat, wie Francesca an seinem Hals hing, hatte sie sicher sauer gemacht. Aber irgendetwas war vorher schon passiert, denn sonst hätte sie sich bestimmt nicht so still verhalten. Kurz vorher hatte sie ihn noch angefaucht und war wütend aus dem Stall marschiert. Warum sollte sie ihn einfach aufgeben? Dieses große Gefühl wegwerfen? Nein, das wird er nicht zulassen. Sie kann es ja versuchen, es wird ihr nur nicht gelingen. Er wird sie nicht gehen lassen. Nicht in diesem Leben! Mit ihrem Bild vor Augen fielen ihm die Lider dann doch zu. Die Erschöpfung siegte und versenkte ihn in einen tiefen Schlaf.

Gegen Morgen schoss er schwer atmend vor Angst im Bett hoch. Er hatte geträumt, er könne Agatha nicht mehr finden und keiner kann ihm sagen, wo er suchen soll. Und plötzlich stand er neben einem Sarg. Da war er aufgewacht. Diese Vorstellung schnürte ihm die Kehle zu. Um auf andere Gedanken zu kommen, ging er in die Küche und setzte Kaffee an. Dann trabte er die Treppe wieder hinauf. Im Bad beschäftigte er sich ausgiebig. Der abschließende Blick in den Spiegel befriedigte ihn einigermaßen. Hinterher zog er sich an und stürmte erneut in die Küche. Es war schon eine Weile her, seit er das letzte Mal Frühstück gemacht hatte. Als Mutter dann herein trat, war er grade fertig. Verwundert und erfreut setzte sie sich an den gedeckten Tisch. Nach dem Frühstück machte er sein Bett und räumte sein Schlafzimmer auf. Kaum hatte er sich sein Fahrrad unter den Hintern geklemmt, um in die Stadt zu seinem Autohändler zu fahren, klingelte sein Handy. Er wurde informiert, dass er den Pick up erst mittags bekommen kann. Will verlangte zornig, dass man ihm den Wagen nach Hause bringt und zwar so schnell wie möglich. Um die Zeit zu überbrücken, fuhr er in den Reitstall und trainierte mit PePe. Da Gama trödelte den ganzen Vormittag mit Voice über eine der Koppeln. Endlich radelte Will zum Mittagessen nach Hause.

Am Hoftor traf er den Autohändler. Will fiel ein Stein vom Herzen. Nach dem zügigen Abschluss der Formalitäten, verabschiedete sich der Verkäufer schleunigst, sprang zu seinem Kollegen ins Auto und verschwand. Will parkte den Pick up vor dem Garagentor, trabte in die Küche und stopfte schnell das Essen in sich hinein, dass seine Mutter noch vom Vortag aufgehoben hatte. Dann fuhr er mit dem Pick up zum Reitstall. Als er den Pferdetransporter anhängen wollte, erlebte er eine böse Überraschung. Der hatte einen platten Reifen. Später überlegte Will sich, ob ihn da jemand ärgern wollte, deswegen den Reifen zerstochen hat. Eilig wechselte er das Rad. Hinterher machte er da Gama reisefertig und lud ihn auf. Mit Ralf hatte er am Vortag bereits kurz gesprochen, doch heute erhielt er nochmals die ausdrückliche Anweisung, sich um PePe zu kümmern. Ralf tat es gern.

Bevor Will auf die Strecke ging, hielt er noch einmal zu Hause an und verabschiedete sich von seiner Mutter. Sie trug ihm Grüße für Agatha auf und Will musste versprechen, sich bei Ankunft zu melden. Die nächsten Stunden war er ständig damit beschäftigt, die Staumeldungen zu verfolgen, um nicht irgendwo festzusitzen. Damit Zeit zu verschwenden, war ihm ein grausiger Gedanke. Er hatte ziemliches Glück, bis auf die letzten Kilometer, da war vor ihm ein Stau wegen einer Baustellenampel entstanden. Er nahm eine Abfahrt früher von der Autobahn und kam schneller vorwärts als gedacht.

Es erwies sich auch als dringend nötig. Denn als er Brunis Mann anrief, dass er in wenigen Minuten da sei, drängte dieser ihn zur Eile. Ein mächtiges Gewitter sei im Anrollen und sie müssten vorher abgeladen haben. Kaum war da Gama in der Box und Will hatte den Pferdeanhänger unter die Remise geschoben, schickte ihn Hermann den Weg entlang zur Wiesenhütte, wie er das kleine Haus nannte.

Will fuhr so schnell es der unebene Untergrund zuließ und fand auch sofort den Abstellplatz. Er bog vor der Hütte vom Weg ab und parkte den Pick up direkt neben Agathas Wagen. Als er ausstieg und seine Tasche vom Beifahrersitz zerrte, klatschen die ersten großen Tropfen schwer herunter. Auf den Fahrzeugen und der Hütte verursachten sie rasch zunehmend einen derartigen Lärm, dass Will sich nicht vorstellen konnte, diese Lautstärke mit seinem Klopfen an der Tür übertönen zu können.

Gerade als er die Veranda betrat, ging drinnen das Licht aus. Er pochte gegen das Holz der Tür. Allerdings griff er auch sofort nach der Klinke und öffnete im nächsten Moment. Kurz entschlossen trat er ein, froh die Tür unverschlossen vorgefunden zu haben. Zur gleichen Zeit erleuchtete ein Blitz die schiere Finsternis. Da sah er Agatha auf der anderen Seite des Raumes stehen.
Sie starrte ihn wortlos an.
Zumindest hörte er nichts. Eilig schloss er die Tür hinter sich. Im darauf folgenden Donner ging seine Stimme unter. Er rief ihren Namen, doch vergeblich. Der nächste Blitz zeigte ihm gerade noch ein Stückchen von ihr, das durch eine andere Tür verschwand. Der Lärm des Regens war ohrenbetäubend und wurde nur von dem Krachen des Donners übertönt. Will ließ seine Tasche an der Haustür stehen und tastete sich durch das Zimmer. Als er durch die Schlafzimmertür trat, durch die Agatha verschwunden war und entdeckte, dass sie im Bett lag, war er sehr erleichtert.
Sie ist in seiner Nähe.
Er fühlt sich zu Hause.
Dieses Empfinden tut so unendlich gut. Er wollte ihr so viel sagen und alles wissen, doch sie schläft. Das gibt ihm die Chance, sich ebenfalls auszuruhen. Er ist total erledigt.
Mit dem guten Gefühl, dass seine Welt wieder im Lot ist, fällt er in einen tiefen Schlaf.

** * **

Die Sonnenstrahlen reichen geradewegs bis in das Bett und blenden sie. Es ist noch ziemlich früh. Ihr Kopf tut weh und der Magen fühlt sich komisch an. Um sich nicht den ganzen Tag so mies zu fühlen, schleppt Agatha sich unter die Dusche und putzt sich den ekligen Geschmack aus dem Mund. Nachdem sie sich ein paar Schlucke lauwarmes Wasser und ein Aspirin gönnte, zieht sie sich einen Tanga und ein kurzes Top an. Sie fischt ihre Shorts aus dem Schrank, da schweift ihr Blick über das ungemachte Bett.
Sie hatte wunderbar geträumt. Selbst Wills Duft hatte sie in der Nase. Doch das kann ja nur Einbildung sein. Der Gedanke, sich wieder in die Kissen zu kuscheln und von ihm zu träumen, ist zu verlockend. Sie lässt die kurze Hose auf die Reisetasche fallen, die Großmama sicher gestern hier vor den Schrank gestellt hat und kriecht erneut unter die zerwühlte Decke. Das andere Bett ist nicht mehr so ordentlich wie sonst, doch Agatha schiebt es darauf, dass

sie scheinbar gestern beide Betten benutzen wollte. Sie legt sich auf die Seite, zieht die Decke über ihren fröstelnden Körper und rafft sich das andere Kopfkissen heran. Beide Arme darum geschlungen, schließt sie die Augen und hofft, wieder so schön träumen zu können, wie in der Nacht. Die Kopfschmerzen haben sie noch voll im Griff, doch der Magen hat sich beruhigt. Vielleicht brummt ihr der Schädel nicht mehr, wenn sie noch ein paar Stunden schläft. Heinz wird gut behandelt, um ihn wird sie sich später kümmern. Sonst gibt es keinen, der auf sie wartet.
Leider, denkt sie traurig, ehe sie wieder einnickt.

Die Sonne strahlte zum Fenster herein, als er vor Stunden wach wurde. Will fühlte sich endlich wieder ausgeschlafen. Agatha lag neben ihm und träumte noch tief und fest. Seine Hand lag an ihrem Rücken. Als er sie wegzog, drehte sie sich schlafend herum und griff nach ihm. Ihre Finger klammerten sich um seinen Arm und sie murmelte etwas. Will verstand nur seinen Namen.
Es machte ihn glücklich.
Als er ihre Schulter und ihren Oberarm liebkoste, schnurrte sie genüsslich. Sein gutes Gefühl steigerte sich. Dann spürte er ihre Finger erschlaffen, sie war wieder in Tiefschlaf gefallen. Er stellte sich unter die Dusche und rasierte sich. Dann holte er sich saubere Sachen aus der Reisetasche, verstaute seine Kulturtasche und die Schmutzwäsche darin und zog den Reißverschluss zu. Es war eine Angewohnheit von ihm, alles gleich wieder wegzuräumen. Seine Betthälfte strich er ebenfalls so glatt, wie es ging. Agatha hatte sich herum gerollt und ihre Arme in seine Bettdecke geschoben. Sollte sie sich ausschlafen, er wollte sich nach dem gestrigen Unwetter erst einmal umsehen und nach den Pferden schauen.
Will verließ das Haus und ging um die Hütte herum. Außer das der Boden durchnässt war und ein paar Äste und Zweige von den vereinzelten Baumgruppen herumlagen, war nichts zu sehen. Die Morgenluft roch frisch gewaschen.
Er marschierte den Weg zum Hof hinunter. Auf einer Weide weit hinten konnte er eine Herde Rinder entdecken, sonst waren alle Koppeln leer. Der mächtige Regenguss hatte den Sand weggespült und viele Steine auf dem Weg ausgewaschen. Die Spurrinnen und die Schlaglöcher waren noch größer und breiter geworden.
Unten im Hof traf er Hermann und einen elfjährigen Jungen. Sie fegten Äste und andere herumliegende Gegenstände vom Hof. Hermann stellte den Jungen als seinen Sohn Hannes vor. Will half ihnen, dann fütterten sie die Pferde. Dabei erklärte Hannes ihm die anwesenden Tiere. Von Will wollte er viel über da Gama wissen.

Der Fuchswallach gefiel Hannes sehr. Will sah mit Erstaunen, wie der Junge die Box betrat und da Gama streichelte, ohne dass dieser Zähne fletschend auf ihn losging, wie er es bei den meisten anderen tat.
Eine Weile unterhielten sie sich. Will erfuhr, dass sie ständig in etwa fünf Pensionspferde da stehen haben, die zum Teil von Bruni und Hermann trainiert werden. Aber eigentlich ist Hermann Grundschullehrer im Nachbarort. Hannes kommt im Herbst in die sechste Klasse.
Er ist bereits ein sehr guter Reiter. Auf Heinz hatte er sich im vergangenen Jahr schon ein paar Sporen verdient. Hannes erläuterte stolz, dass er jetzt auf Halli trainiert, um im nächsten Jahr so gut wie seine Mutter und Agatha bei ihren ersten Wettkämpfen zu sein. Vor Wills Augen erschien sofort das kleine Foto an Agathas Wand. Sie hatte ihm immer noch nichts darüber verraten. Strahlend erzählten Vater und Sohn von den vergangenen Wochen, in denen sie sich richtig viel Zeit für lange Ausritte auf Heinz und Halli genommen hatten. Will gestand, dass ihm Heinz auf den ersten Blick gefallen hat, als Agatha mit ihm in seinem Reitstall aufgetaucht war. Wissend grinsten sich Hermann und Hannes an. Der Junge platzte stolz lächelnd heraus:
„Ja, das hat er so an sich. Und Howart wird genau so, nur nicht so schwarz, weil er ein Brauner ist." Die Männer mussten lachen. Dann erzählte Hermann von Heinz' Lahmheit im Winter und wie schwer es ihm gefallen war, den Wallach vom Hof zu geben, selbst in Agathas Hände. Doch er hatte sich damit getröstet, dass sie bestimmt mit Heinz hier Urlaub machen wird und es hatte geklappt. Hannes warf ein:
„Sie macht nämlich immer in den Sommerferien ganz lange Urlaub bei uns. Wir haben dann immer ihren Geburtstag gefeiert, das war cool. In diesem Jahr hat sie voll Pech gehabt, weil die Beerdigung am gleichen Tag war. Aber Papas Geburtstag konnten wir auch noch nicht feiern, deshalb haben wir beschlossen, eine Party für beide zu schmeißen. Heute Abend. Nicht wahr, Papa!"
„Was höre ich da von einer Party heute Abend?" erklang eine angenehme tiefe Frauenstimme hinter ihnen.
Alle drei drehten sich wie auf Kommando um und Will sah sich einer Frau gegenüber, die Agatha sehr ähnelte. Sie ist nicht ganz so groß, aber hat genau so schwarzes Haar und eine tolle Figur wie Agatha. Hermann stellte ihm seine Frau Bruni vor und Hannes berichtete freudig, dass er im Januar ein Geschwisterchen bekommen wird. Man sieht es Bruni noch nicht an, doch sie strahlt vor Glück. Ihr Händedruck war fest und sie meinte, es ist schön,

dass er hier sei. Sie bat ihn, Agatha noch nichts von der Party heute Abend zu sagen, denn es sollte eine Überraschung werden. Dann lud sie ihn und Agatha zum Frühstück ein, doch er lehnte dankend ab. Da Agatha eventuell noch schlief und er gern Zeit haben wollte, um mit ihr zu reden, wollte er lieber selbst Frühstück machen.

Er brachte noch da Gama und Heinz mit auf die Koppeln und verabschiedete sich dann. Unterdessen war es schon Zeit für ein zweites Frühstück und sein Magen protestierte lautstark. Er hatte sich schließlich das letzte Mal gestern Abend an einer Autobahnraststätte eine Bockwurst mit Brötchen gekauft. Die Kaffeemaschine und einen Toaster entdeckte er gestern bereits in der Küche der Wiesenhütte.

Jetzt betritt er den Wohnraum. Seine Schuhe tauschte er auf der Veranda gegen ein Paar Latschen. Gegenüber die Tür zum Schlafzimmer ist geschlossen. Vorsichtig durchquert Will den Wohnraum, drückt leise die Klinke herunter und schaut hinein. Agatha schläft noch. Sie hat sich an sein Kopfkissen gekuschelt. Geräuschlos schließt er die Tür wieder und begibt sich in die Küche. Eine halbe Stunde später hat er den Tisch in der Essecke der Küche fertig gedeckt. Eine Tasse Kaffee gönnte er sich nebenbei schon. Der Duft von Gebratenem, frischem Kaffee und Toast lässt ihm das Wasser im Mund zusammen laufen. Es wird Zeit, Agatha zu wecken.

Wieder drückt er sacht die Tür zum Schlafzimmer auf. Sie liegt immer noch so da wie vorhin. Er umrundet das Bett, beugt sich über sie, stützt die Arme neben ihr auf und küsst ihre Schulter, ihr Ohr und ruft sie flüsternd beim Namen.

Agatha wird wach.

Als erstes sieht sie die offene Zimmertür. Dann spürt sie wieder einen Kuss und hört seine Stimme. Wie betrunken war sie eigentlich?

Nein. Das ist real.

Mit einem Ruck dreht sie sich auf den Rücken. Total erstaunt starrt sie in Wills Gesicht. Er lächelt und sagt:

„Guten Morgen. Wie wäre es mit Frühstück?"

„Was machst du denn hier?" fragt sie verwirrt.

„Dich wecken, damit wir frühstücken können. Ich habe einen riesigen Hunger." Wütend schießt sie zurück:

„Das habe ich nicht gemeint. Ist Francesca damit einverstanden, dass du dich bei mir herumtreibst?"

„Es ist mir völlig egal, was Francesca oder irgendwer denkt." antwortet er ernst. Verärgert stellt Agatha fest:

„Da hat sie im Umkleideraum aber etwas ganz anderes verlauten lassen und so sah es dann auch aus." Will schaut ihr in die Augen und sagt ehrlich zerknirscht:
„Es tut mir Leid. Bitte entschuldige. Ich habe versucht, sie so schnell wie möglich loszuwerden. Als du beim Reitstall losgefahren bist, habe ich dich nicht mehr erwischt und anrufen ging auch nicht. Ehe ich bei dir zu Hause war, warst du bereits losgefahren. Großmama gab mir eine Visitenkarte mit dieser Adresse. Sie erwähnte einen Todesfall, aber nicht, dass du deswegen hergefahren bist. Warum hast du mir nichts davon gesagt?"
„Weil du damit beschäftigt warst, mich anzubrüllen. Ich weiß nicht, warum du so gereizt und sauer warst. Du hast mich an diesem Nachmittag schließlich nur angeschnauzt, aber nicht mit mir geredet. Also habe ich mir meinen Teil gedacht. Berti hat mich in der Sattelkammer bedrängt und Sachen gesagt, die genau dazu passten, was Francesca später von sich gab. Dann blaffst du mich wegen der Sattelkammertür an, wo ich Berti gerade mit Mühe und Not losgeworden war. Was sollte ich denn davon halten? Damit hast du bestätigt, was sie mir über dich gesagt hatten." wirft sie ihm vor. Seine Stirn umwölkt sich und er fragt sauer:
„Berti hat dich belästigt?"
„Ja. Und nach deinem Auftritt vor der Sattelkammer war ich sogar froh, dass du mir nicht eher hinterher gekommen bis. Denn ich war mir plötzlich nicht mehr sicher, ob du mir geholfen oder mir vorgeworfen hättest, dass ich mich mit diesem Stinktier einlasse."
„Wie kannst du so etwas denken?"
„Weil du mir so was ähnliches schon einmal unterstellt hast. Außerdem hat Berti Andeutungen gemacht." Will flucht, dann sagt er zornig:
„Deswegen ist er mir aus dem Weg gegangen. Er weiß, dass ich ihn in der Luft zerreiße, wenn er dir zu nahe kommt. Was er erzählt hat, war sicher dazu da, mich bei dir in ein schlechtes Licht zu rücken. Warum glaubst du alles, was man über mich erzählt?"
„Das habe ich nicht, bis du es selbst bestätigt hast. Zuletzt damit, dass du Francesca in den Armen hieltest."
„Es war ein Scheißtag. Nichts wollte klappen und dann sie noch dazu. Das mit Francesca ist seit vorigem Jahr vorbei. Ich weiß nicht, was in sie gefahren ist, mir plötzlich um den Hals zu fallen. Ich habe ihr gesagt, dass sie sich keine Mühe mehr zu geben braucht, weil ich dich niemals verlassen werde."
„Warum sollte ich dir glauben?"
„Weil ich dich liebe."
„Zu wie vielen hast du das schon gesagt?"

„Erst zu einer. Sie ist tot." Er richtet sich auf und schiebt die Hände in die Hosentaschen. Agatha setzt sich auf und legt die Arme um die angezogenen Knie:
„Du hast schon einmal was Ähnliches gesagt, mir aber noch nichts davon erzählt. Ständig willst du, dass ich dir alles sage, aber von dir erfahre ich nichts. Nicht mal über deine Mutter hast du etwas verlauten lassen. Und dann wunderst du dich, wenn ich anderen glaube?" Ihrem energischen Blick begegnet er mit ernstem Gesicht. Sie sieht ihm an, wie er mit sich ringt.
Plötzlich dreht er sich zum Fenster um und schaut abwesend hinaus, während er spricht:
„Es ist mehr als zehn Jahre her, da traf ich sie in meinem ersten Semester in der Straßenbahn. Sie war in der Ausbildung zur Krankenschwester. Wir stellten fest, dass wir aus derselben Gegend stammten, sogar dieselbe Schule besucht haben und das Großstadtleben beide nicht mochten. Wir gingen ein paar Mal aus und verliebten uns. Nach dem Studium übernahm ich zuhause den Hof und sie fand eine Anstellung in der örtlichen Arztpraxis. Wir haben geheiratet und wollten einen großen Landwirtschaftsbetrieb aufbauen und uns Kinder anschaffen. Wir waren glücklich. Ich hätte damals nie gedacht, dass so was enden kann." Will verstummt eine Weile, um sich zu sammeln und zu wappnen. „Es war mitten im Winter, Schnee und Eis und klirrende Kälte. Unsere Hochzeit lag noch kein halbes Jahr zurück. Sie hatte frei an diesem Tag und wir wollten es uns am Abend gemütlich machen. Während ich am PC saß und noch einige Arbeiten erledigen musste, stand sie in der Küche und bereitete ein großes Abendessen vor. Wie immer schaffte sie die Kartoffelschalen raus in den Stall zu den Kaninchen. Ich habe nicht darauf geachtet, wieviel Zeit vergangen war, seit sie das Haus verlassen hatte, weil sie oft noch zu den Pferden ging, wenn sie einmal im Stall war. Später schaltete ich den PC aus, da fing es an, angebrannt zu riechen. Ich rannte in die Küche und holte den Topf mit den verkohlten Kartoffeln vom Herd. Die Platte war nur niedrig eingestellt, es hatte Stunden gedauert, bis das Wasser verdampft war. Da rief ich nach ihr. In dem Moment kam meine Mutter heim und fuhr mit dem Auto in den Hof. Ich hörte die Autotüren und dann schrie sie nach mir. Ich stürzte in den Hof. Meine Frau lag im Schnee. Sie war auf dem Eis ausgerutscht und mit dem Hinterkopf auf eine Eiskante gekracht. Sie lag mit weit ausgebreiteten Armen auf dem Rücken. Ein leichter Schneegriesel bedeckte ihre reglose Gestalt. Sie trug über ihren Hosen und dem Pullover nur ein gehäkeltes Schultertuch und Hauslatschen. Einen davon hatte sie nur noch an. Überall um sie

herum lagen die Kartoffelschalen und die Schüssel war ein Stück beiseite gerollt. Dieses Bild werde ich wohl nie mehr loswerden."
Will räuspert sich und fährt dann fort: „Ich habe sie hineingetragen, während meine Mutter die SMH anrief. Jedoch war alles zu spät. Die Obduktion ergab, dass sie erfroren war. Sie war nach dem Sturz bewusstlos und hatte etwa zwei Stunden bei fast minus 20° C auf dem Eis gelegen." Will holt tief Luft und erzählt weiter: „Im Jahr darauf haben Mutter und ich alles verkauft und sind nach Sachsen gezogen. Wir haben nur eine Hand voll Dinge, die beiden Pferde und Sulaika mitgenommen. Seither bin ich in dem Pensionsstall angestellt." Will muss schlucken, wie immer, wenn ihm diese Geschichte mal wieder durch den Kopf geht. „Ich erinnere mich nur ungern daran, weil es mich manchmal noch quält. Es hat Jahre gedauert, bis ich damit fertig geworden bin." Er seufzt, starrt eine lange Weile still aus dem Fenster und gesteht: „Nie wieder wollte ich so etwas erleben. Deshalb habe ich mich mit Frauen getroffen, die nur Sex wollten. Ich bin mit vielen ins Bett gegangen, aber ich habe keine davon geliebt. Ich wollte mich nie mehr verlieben."
Agatha hat ihm die ganze Zeit wortlos zugehört, ihn intensiv beobachtet und seinen Schmerz gesehen. Jeder hat seine schlechten Erfahrungen im Leben machen müssen. Dazu gibt es nichts zu sagen. Sie kann ihm die Pein nicht abnehmen, aber sie kann ihm beistehen. Verständnisvoll sieht sie zu ihm hinüber. Jetzt dreht er sich wieder zu ihr um und schaut sie offen an, als er sagt: „Und dann stehst du vor mir, schaust mich mit deinen wunderschönen, braunen Augen an und ich war gefangen. Ich war stinksauer darüber, konnte aber nichts dagegen tun. Du hast mich durch die Hölle geschickt. Da will ich nie wieder hin. Ich hatte Angst um dich, Angst, dich nicht mehr wieder zu finden. Angst dich zu verlieren, hatte ich seit unserer ersten Begegnung. Das hat mich fertig gemacht.
Hermann und Hannes haben vorhin unten im Hof darüber gesprochen, wie du zu Heinz gekommen bist. Dann habe ich Bruni getroffen. Bitte verzeih mir, dass ich dir nicht geglaubt habe."
Mit zweifelnder Miene schaut sie zu ihm hoch und fährt sich mit der Zungenspitze über die Oberlippe.
Soll sie ihm glauben?
Hat er es nun endlich begriffen?
Sie muss ihn einfach fragen, um sich zu vergewissern:
„Du vertraust mir?"
„Ja."

„Keine Zweifel mehr?" Will schüttelt den Kopf, ohne den Augenkontakt zu unterbrechen. Sie möchte ihm so gern alles glauben und ihm alles verzeihen, aber eines geht ihr noch durch den Kopf:
„Ich bin keine Lügnerin mehr?" Will tritt an die Bettkante und schaut liebevoll schmunzelnd zu ihr hinab:
„Stur vielleicht, aber keine Lügnerin." Agatha nickt und stützt die Arme hinter sich ab, um besser zu ihm hoch sehen zu können. Sie fixiert ihn mit ernster Miene, als sie fragt:
„Und ich muss dich wirklich mit keiner anderen Frau teilen?"
„Nein, niemals." Agatha schaut ihn einen langen Moment an, steht auf und stellt sich am Rand des Bettes vor ihn hin.
„Sag mir noch mal, warum ich dir das abnehmen soll!" fordert sie ihn auf Augenhöhe heraus. Er legt seine Hände an ihre Hüften, spürt die warme, weiche Haut und zieht sie zu sich heran.
„Weil ich dich liebe!" der Anflug eines Lächelns huscht über ihr Gesicht und diese vorwitzige Zunge schnellt erneut über ihre Lippen. Will weiß, wie gut sie sich anfühlt.
„Sag mir: Warum soll ich meine Zeit mit dir großem Frauenheld verbringen?"
„Weil du mich liebst!" ihre Hände gleiten über seine Schultern in seinen Nacken. Sie schaut ihm tief in die Augen und dann auf den Mund. Er fühlt, wie sie sich anschmiegt.
„Richtig." flüstert sie an seine Lippen, „Ich habe dich ganz schrecklich vermisst." Dann küsst sie ihn leidenschaftlich und lange und wunderbar.
Als sie sich atemlos trennen, fragt sie lächelnd:
„Habe ich dir schon einmal gesagt, dass ich dich gleich bei unserem ersten Treffen am Reitstall küssen wollte?"
„Das wollte ich auch. Und warum hast du es nicht getan?"
„Weil ich Angst hatte, mich dann in dich zu verlieben. Allerdings ist mir erst später bewusst geworden, dass das längst passiert war. Und ich habe schwer dagegen angekämpft. Zum Beispiel bei unserem Streit nach der ersten Reitstunde. Du kamst in die Box und hast mich furchtbar wütend gemacht."
„Ich habe gesehen, dass du fuchsteufelswild warst."
„Weil ich mich nicht entscheiden konnte, ob ich dich ohrfeigen oder küssen sollte."
„Du warst zum anbeißen sexy, ich hätte mich beinahe vergessen."
„Schade dass Berti dazwischen geplatzt ist." Ihre Lippen streifen immer wieder erregend über sein Gesicht.
„Oh, Agatha. Wir haben so viel Zeit verschwendet." Will küsst ihren Mund. „Ich habe dich so sehr vermisst. Ich konnte nicht mehr

schlafen, hab mich gefragt, ob du einschlafen kannst ohne mich."
Er berührt erneut ihre Lippen. „Meine Welt ist nur in Ordnung, wenn du bei mir bist. Tritt mir auf die Zehen, wenn ich unfair zu dir bin! Wehre dich, halte nicht still! Sei so, wie du bist und liebe mich!" er hört nicht auf, sie zu küssen, sodass sie kaum noch sprechen kann.
„Kein Problem, wenn du mich erträgst. Ich habe da auch so meine Schattenseiten."
„Außer der Angewohnheit, mich ab und zu im Regen stehen zu lassen, habe ich noch keine entdeckt." Seine Lippen wandern zärtlich über ihren Hals und seine Hände sind unter ihrem Top unterwegs. Mit geschlossenen Lidern streckt sie sich, legt den Kopf in den Nacken und bittet:
„Könnten wir das Frühstück noch ein wenig verschieben? Ich habe Hunger auf dich." Er zieht ihr das Top aus, wirft sein T-Shirt ebenfalls in Richtung Reisetasche und knurrt:
„Guter Vorschlag."
Das einzige vom Frühstück, das später, als sie zum Essen kommen, noch als warm bezeichnet werden kann, ist der Kaffee in der Thermoskanne.

** * **

„So eine Oase wie diese ist wirklich die Krönung eines herrlichen Ausfluges mit den Pferden." Agatha schließt die Augen, legt den Kopf an die hohe Lehne des Gartensessels und genießt den Moment.
Es ist Donnerstag zur Mittagszeit und die Sonne meint es wieder unwahrscheinlich gut heute. Vor einer Woche war sie Hals über Kopf in Sachsen losgefahren. Es kommt ihr vor, als wäre das schon eine Ewigkeit her, fast nicht mehr wahr. Seit Will sie am Sonntag weckte, ist nichts mehr so, wie es war.
Die Welt ist besser, liebevoller, viel schöner.
Viele ihrer verborgenen Wünsche und Ängste teilten sie sich gegenseitig mit. Er erzählte ihr von seinem Leben und sie ihm von ihrem. Auf der Wiese hinter der Hütte aalten sie sich in der Sonne, bis sie sich beinahe schlimm verbrannten. Ein paar Abende verbrachten sie mit Bruni und Hermann. Die Party am Sonntagabend war wirklich heiter und entspannt verlaufen. Jeden Tag ritten sie stundenlang auf ihren Pferden durch die idyllische Landschaft rund um das Dorf. Dabei war Agatha diese

Westernkneipe hier an dem kleinen Teich eingefallen und sie überredete Will, Bruni und ihre Familie zum Abschied hier her einzuladen.

Morgen werden Will und Agatha mit beiden Pferden im Hänger abreisen. Will soll sich am Samstag sein neues Auto abholen und muss am Freitag noch irgendeinen wichtigen Anruf erledigen. Außerdem soll er sich noch einmal bei seinem Arzt vorstellen. Friedrich weigerte sich, Will als Patienten wieder anzunehmen, weil er demnächst endlich in seinen wohlverdienten Ruhestand treten wird und seinem jungen Kollegen im Klinikum voll und ganz vertraut.

Eigentlich wollte Agatha erst am Wochenende nach Hause fahren, doch so bleibt noch Zeit, um sich auf den ersten Arbeitstag vorzubereiten. Einige Dinge müssen auch noch geklärt werden. Will hat darauf bestanden, am Samstagabend das Grillen mit Gesine nachzuholen. Darauf freut Agatha sich. Will erzählte ihr, dass seine Mutter sie beide ungeduldig erwartet, weil sie froh ist, dass aus ihnen endlich ein Paar geworden ist. Etwas geheimnisvoll tat er damit, was sie beide in der nächsten Woche unbedingt noch erledigen müssten. Wie und was er auch immer vorhat, sie lässt sich überraschen. Über all diese Dinge und das Ende des Urlaubs weigert sie sich jetzt nachzudenken.

Agatha befindet sich mit den anderen an einem hölzernen Gartentisch vor dem Restaurant im Westernstil. Neben ihr sitzt Will und gegenüber Bruni mit Hermann. Hannes suchte sich den Platz zwischen den beiden Frauen aus, doch sobald er ausgetrunken hat, darf er zum Teich gehen. Die Reithelme und Brunis und Hermanns breitkrempige Westernhüte hängen an den Stuhllehnen. Alle bestellten sich ein leckeres Essen und bekamen eben ihren Eiskaffee zum Dessert serviert. Hannes und seine Mutter trinken Eisschokolade.

Die zarten Wellen des kleinen Tümpels spiegeln im Sonnenlicht und lassen die Wasseroberfläche glitzern. Wer möchte, kann mit seinem Pferd dort baden gehen. Hannes stellte natürlich Fragen und Agatha und Will erzählten von ihren Badeausflügen mit den Pferden zu Hause und dass sie den Kindern von Will's Truppe noch einen Tag am Wasser schulden.

Rechts und links des Wiesenstücks zwischen der Terrasse hinter dem Restaurant, auf der sie sich gerade befinden und dem Teich sind lauter kleinere Koppeln mit festem Holzbalkenzaun abgegrenzt. Ein Fahrweg führt im Bogen von der Straße um das Gebäude herum und durch das Wiesenstück geradewegs zum schmalen Sandstrand am Teich. Normalerweise ist diese Lokalität in den Ferien immer dicht belagert. In den restlichen Monaten von März bis Oktober ist nachmittags und abends ordentlich Betrieb hier, zumindest an der Bar im Saloon. Heute haben sie Glück, denn außer ihnen ist nur noch eine kleine Reiterschar aus lauter Erwachsenen anwesend, die sich auf der anderen Seite der Terrasse eine entspannte Mittagszeit gönnen.

Heinz und da Gama stehen zusammen auf einer Koppel, sie vertragen sich gut, daneben Halli. Das Fohlen Hilda ist nun schon fünf Monate alt und hält es ein paar Stunden allein zu Hause aus. Auf der nächsten Koppel stehen zwei Schimmel. Der Wallach ist ein erfahrenes Freizeitpferd, das sich sehr gut mit der jungen Stute verträgt, die zur Ausbildung bei Bruni eingestallt wurde. Heute gehen die beiden im Gespann vor einer eleganten Kutsche. Hermann weiß zwar, dass das Reiten seiner Frau und dem Baby eigentlich nicht schadet, ist aber wesentlich beruhigter, wenn sie mit ihm gemeinsam in der gut gefederten Kutsche unterwegs ist. Die beiden fuhren in gemächlichem Tempo die schmalen Straßen entlang, während Will, Agatha und Hannes das Gelände kreuz und quer nahmen.

Der Junge ist ein gewiefter Bursche mit einer sehr guten Ortskenntnis. Er führte sie durch Schleichwege, die sie allein nie gefunden hätten, obwohl Agatha sich hier auch noch auskennt. Für den Rückweg versprach der Junge ihnen eine Überraschung. Will beobachtet die grasenden Pferde und den Jungen. Der gefällt ihm immer mehr. So einen Sohn wünscht er sich auch. Hannes hat richtigen Pferdeverstand. Er geht die ganze Woche schon mit da Gama genauso freundlich und professionell respektvoll um, als ob er ein erfahrener Reiter wäre und den Wallach seit Jahren kennt. Gestern kamen Agatha und Will aus dem Gelände wieder, da fragte Hannes, ob er da Gama mal reiten dürfe. Sein Recke war gut drauf und ziemlich ausgepowert, sodass Will nicht befürchten musste, dass der Wallach sich erst einmal Luft machen und wild herum buckeln wird, wie er es öfter tut. Auf dem Reitplatz beim Hof stieg Will ab und Hannes kam heran. So als würde das zum täglichen Allerlei gehören, klopfte der Junge da Gama den Hals, verschnallte sich die Steigbügel passend für seine Größe und ließ sich dann von Will hoch helfen. Da Will niemals mit Sporen oder Gerte auf da Gama reitet, weil er genug Kraft in seinen langen Beinen hat, um das Pferd vorwärts zu treiben und sie beide ein eingespieltes Team sind, war er gespannt, wie da Gama auf den Jungen reagierte. Beinah wäre ihm die Kinnlade herunter gefallen. Hannes ritt einfach an und umrundete den Platz im Schritt. Dann fragte er, ob er Trab und Galopp ausprobieren dürfe und Will konnte nur nicken. Agatha stand lächelnd neben ihm an der Bande und sah zu, wie da Gama in allen drei Gangarten verschiedenste Hufschlagfiguren absolvierte. Zum Schluss ging er zwei Mal über die zu einem niedrigen Sprung aufgestapelten Ricks. Danach hielt Hannes glücklich vor Will an und meinte, er würde da Gama noch ein paar Runden im Schritt gehen lassen und ihn dann putzen, weil er mit Halli bereits fertig sei. Will lobte Pferd und Reiter und stimmte zu, blieb aber immer in der Nähe. Es war so unglaublich, dass aus seinem energiegeladenen Wilden plötzlich ein lammfrommes, ruhig vorwärts gehendes Pferd geworden sein sollte.

Als sie später zur Wiesenhütte gingen, gestand ihm Agatha, dass sie dieses Talent von Hannes kennt und wusste was kommt, als er Will fragte. Doch sie hatte bisher geschwiegen, denn er hätte es ihr vermutlich nicht geglaubt. Da musste Will ihr Recht geben. Selbst Ralf hatte manchmal seine liebe Not mit dem zickigen Sturkopf. Will hätte jeden ausgelacht, der ihm so etwas wie den Ritt von Hannes auf da Gama erzählt hätte. Doch Will hat es mit eigenen Augen gesehen. Und war begeistert.

Und zwar sehr.

Bis jetzt hockte Hannes am Ufer und schaute über das Wasser. Nun schlendert er die Koppelzäune entlang und begrüßt die fremden Pferde. Einen nach dem anderen krault und streichelt er die Tiere in den Koppeln, bis er ganz vorn bei Heinz und da Gama angekommen ist. Nach einem Abstecher auf die Toilette, setzt er sich wieder an den Tisch und erinnert alle daran, dass sie bereits seit über zwei Stunden hier sind und noch mindestens eine Stunde für den kürzesten Weg nach Hause brauchen werden.

Also satteln und schirren sie die Pferde auf, spannen an, steigen auf und los geht es nach Hause. Schon hinter der nächsten Kurve ruft Hannes seinen Eltern zu, dass sie abbiegen und über die Felder reiten und sich dann erst zu Hause treffen werden. Bruni und Hermann winken ihnen zu und fahren im leichten Trab auf der Landstraße weiter.

Will folgt Agatha und dem Jungen auf einen Feldweg. Der führte zwischen großen Getreideschlägen und kleinen Wäldchen hindurch direkt auf eine Bahnlinie zu. Dort gurten sie nach. Sie biegen auf einen Feldrand ein und Hannes richtete es so ein, dass er neben Will reitet. Agatha folgt ihnen beiden. Der Junge will wissen, wie sich da Gama im Gelände verhält. Er fragt Will Löcher in den Bauch. Dann berichtete Hannes, dass er in den vergangenen Wochen endlich wieder einmal auf Heinz das Gelände bestreiten durfte. Nun ist Will derjenige, der neugierige Fragen stellt. Er kann sich nur wundern und den Mut des Jungen loben. Dann erklärt

Hannes, dass ihm seine Mutter hilft, Halli geländegängig und wettkampftauglich zu machen.

„Nur ist die Stute leider nicht so mutig und ruhig wie Heinz." setzt der Junge wie ein Alter hinzu. Will lächelt ihn freundlich an. Hannes nutzt die gute Stimmung und kommt zum Kern der Sache. Gerade heraus fragt er Will, ob er mit ihm die Pferde tauschen würde. Hannes wünscht sich schon seit Tagen einen Ausritt auf da Gama. Will scheut zuerst vor dieser Vorstellung zurück, denkt aber darüber nach. Unterdessen sind sie auf der Hälfte des Feldes angekommen. Der Junge versichert, dass es nicht mehr weit sei bis zum Hof. Über die Schienen und dann vielleicht noch fünf oder sechs Kilometer, mehr wären hinter der Fernverkehrsstraße bis nach Hause nicht zurückzulegen. Will verspricht, es sich zu überlegen, bis sie die Straße gekreuzt haben. Eher will er nicht tauschen. Hannes strahlt über das ganze Gesicht, bedankt sich höflich und meint, dass sie bereits genug Zeit vertrödelt hätten.

Er trabt voraus bis zum Bahnübergang, dort haben sie Glück. Es herrscht weder viel Verkehr, noch sind die Schranken unten. Dahinter galoppiert der Junge an und lässt Halli im ruhigen Arbeitstempo den verwachsenen Sandweg zwischen den Feldern entlang laufen. Agatha hält mit Heinz großen Abstand und Will ist ein Stückchen hinter ihr. Langsam nähert sich der Weg der Straße, auf der ein ständiger Verkehr brummt.

Weiter vorn rückt ein neu gebauter Kreisverkehr in ihr Sichtfeld. Auf den lenkt Hannes seine Stute zu. Kurz vorher fallen sie in Schritt. Eine geraume Weile müssen sie warten. Diverse Fahrzeuge ziehen an ihnen vorüber, ehe sie weiter reiten können. Die Pferde verharren still am Straßenrand. Dann können sie endlich eine Verkehrslücke nutzen und biegen in die Ausfahrt zum Nachbarort ein. Alsbald verlassen sie die Straße. Ein kleiner Waldweg führt zu einer Weide hinter den Bäumen.

Ein paar Meter weiter hält Hannes unvermittelt an und fragt Will, ob er es sich überlegt habe. Will ist gar nicht wohl bei der Sache. Wenn da Gama anfängt zu spinnen und mit dem Jungen im Sattel herumtobt, könnte es einen schlimmen Unfall geben. Er sieht dem Jungen seine Entschlossenheit an. Zu seiner eigenen Beruhigung sagt sich Will, dass sie ja schließlich nur auf den Wiesen und Wegen heim reiten. Zur Not würde er halt eingreifen müssen. Will holt tief Luft, als er seine Entscheidung fällt. Er nickt und auf dem Gesicht des Jungen erscheint ein glückliches Strahlen. Sofort klopft er lobend Hallis Hals und sitzt mit einer eleganten Flanke ab. Sobald Will die Zügel beider Pferde in der Hand hält, passt Hannes sich die Steigbügel bei da Gama an und lässt sich hinauf helfen.

Während er die Zügel aufnimmt und sich zurechtsetzt, tut Will es ihm bei Halli nach. Die Stute ist etwa eine Hand breit niedriger als sein Recke und höchst empfindlich. Kaum ist Will im Sattel, fragt Hannes:
„Fertig? Kann's weitergehen?" Will nickt. Er folgt den beiden über die leere Weide. Halli ist gar nicht so froh darüber, nun hinterher gehen zu müssen, aber Will überzeugt sie. Er macht ihr klar, dass er nun das Kommando hat. Hannes legt mit da Gama ein mittleres Tempo vor, das dem Wallach sehr zusagt. Vorn zu sein, war schon immer seine Stärke. Das macht ihm Spaß. Agatha schließt sich an. Sie hat sich in den vergangenen Tagen hier ganz schön entwickelt. Sie sitzt so felsenfest im Sattel und ist derart wagemutig, dass Will manchmal nur staunen konnte. Von der Unterhaltung zwischen Hannes und Agatha vor ihm bekommt Will nicht alles mit.
Plötzlich zeigt Hannes auf einen verwitterten Holzstapel am Rand eines kleinen Wäldchens. Gegenüber auf der anderen Seite des Weges, der daran vorbei führt, ist eine Weide, an die sich eine um die andere Wiese anschließt, von Gräben, Zäunen und Büschen begrenzt. Die Rinderherde ist heute früh umgestellt worden. Deshalb sind jetzt alle Durchgänge hier geöffnet. Kilometerweit dahinter liegt der Hof.
In der Annahme, dass die beiden vor ihm aus dem Nähkästchen plaudern, konzentriert sich Will kurz auf die Stute unter sich. Da biegen die beiden vorne in die andere Richtung ab, als er dachte.
„Wir machen einen kleinen Abstecher. Wenn du nicht mitkommen willst, kannst du hier auf uns warten." Agatha hat angehalten und auf Will gewartet.
„Was für einen kleinen Abstecher?"
„Wenn die Weiden so frei sind wie heute, kann man hier eine klasse Strecke absolvieren. Die ist nicht so schwierig wie deine Hindernisstrecke. Ich hab es mir auf dem Hinweg bereits angesehen." Sie lächelt begeistert und setzt hinzu. „Hannes übt mit Halli bereits eine Weile auf einem Teil der Strecke. Mit Heinz ist er auch schon drüber gegangen. Ich glaube nicht, dass du dir um dein Pferd Sorgen machen musst."
„Weniger um das Pferd, mehr um den Jungen mache ich mir Gedanken. Da Gama geht voll ab, wenn ihn der Ehrgeiz packt. Ich weiß nicht, ob Hannes ihn dann noch beherrschen kann."
„Vertraue den beiden ein wenig! Da Gama hat ein mächtig großes Herz und kann ein besonders liebes Pferd sein. Außerdem werde ich ihn begleiten."
„Wenn du glaubst, dass ich euch beide allein lasse, dann vergiss es ganz schnell. Ich bleibe bei euch. Mit Halli werde ich mich schon

einigen." Agatha lächelt siegreich, dreht sich zu Hannes und ruft: „Will kommt mit. Los geht's! Ich halte Abstand." Der Junge grinst triumphierend und ruft zurück:
„Den verwachsenen Graben und das Wasser mag sie nicht besonders." Dann wendet er da Gama und reitet den lockeren Sandweg weiter um das Wäldchen herum. An der nächsten Ecke steuert er gerade aus auf die Wiese. Etwa in deren Mitte biegt er nach rechts ab und warnt laut über die Schulter:
„Ich mach los." Damit galoppiert Hannes an. Er reitet in einem großen Bogen rechtwinklig auf den Weg zu, der am Waldrand entlang führt. Statt der Brücke strebt er den Graben an. Da Gama legt einen gekonnten Satz hin und Hannes treibt ihn sofort weiter über einen Balken. Der versperrt den Eingang des ziemlich schlammigen, verwachsenen Weges, der quer durch das Wäldchen führt, dass sie grade umrundeten.
Plötzlich verschwinden Pferd und Reiter zwischen den Bäumen. Will schaut ihnen beunruhigt nach. Sekunden später ertönt ein schriller Ruf.
„Scheiße, was war das?" entfährt es Will. Da meint Agatha lachend: „Alles okay. Pass bei dem Holzstapel auf. Er ist der Einsprung und der Graben auf der anderen Seite vom Weg der Aussprung. Halt lieber Abstand!"
„Was? Mist!" Ehe Will noch einmal Luft geholt hat, ist Agatha auf dem Weg zum Graben. Sie hat ihr Pferd in Galopp gebracht und zieht auf da Gamas Spur das Tempo an. Augenblicke danach sieht Will sie, Heinz über den Graben schicken und dann über den Balken. Kaum sind Pferd und Reiterin verschwunden, lässt Will die aufgeregte, unruhig auf der Stelle tänzelnde Stute unter sich laufen und folgt ihnen.
Halli macht gut mit. Ohne zu zögern geht sie über die ersten beiden Hindernisse. Ihre gewaltigen Sprünge lassen Will hoffen. Kaum ist er zwischen den Bäumen eingetaucht, liegt vor ihm eine sanfte Kurve und dahinter eine schnurgerade Strecke an dessen Ende er den Holzstapel erkennen kann. Von den beiden Reitern ist keine Spur zu sehen. Die Stute wird langsamer. Will sieht warum. Der Waldweg ist eine ewig lange Pfütze, die erst kurz vor dem Holzstapel endet. Deshalb sollte er Abstand halten und nun weiß er auch, was Hannes so gefallen hat. Da Gama geht ohne zu zögern in jedem Tempo durch Wasser. Da kennt er nichts. Für Hannes war das sicher ein besonderer Spaß.
Die Stute ist Will viel zu langsam. Er drückt ihr das Gesäß in den Rücken und die Schenkel in die Seiten und erhöht das Tempo durch das Wasser. Zielsicher hält er auf den Holzstapel zu. Von

dieser Seite ist das Hindernis wesentlich schwieriger und größer, als es vom Weg aus zu erkennen war. Halli springt kraftvoll ab, setzt ordentlich auf dem Weg auf und hebt sofort über den Graben ab. Dahinter auf der Wiese fängt sie an zu rasen. Will lässt sie nicht wegrennen, aber in hohem Tempo weitergehen, welches sein Recke mit viel weniger Galoppsprüngen hinkriegt. Halli steuerte genau auf den Durchgang zur nächsten Weide zu. Da sieht Will durch die Büsche, wie Agatha und Hannes auf einem großen Kreis über die nächste Weide traben. Er pariert Halli zum Trab und wechselt auf die nächste Weide.

Kaum hat er die beiden erreicht, reitet er im Schritt weiter. Da kommen sie auf ihn zu geritten. Agatha schiebt Heinz neben Halli, Hannes lenkt da Gama auf die andere Seite. Auf Will's Höhe fordert Hannes sie beide schelmisch grinsend heraus:

„Worum wollen wir wetten?"

„Warum sollten wir mit dir wetten?" fragt Will den Jungen. Der meint begeistert:

„Der Anfang war schon voll super, da wird da Gama sicher noch viel besser über den Rest der Strecke gehen. Ich glaube, er ist der schnellste hier, oder?"

„He, he! Heinz ist auch nicht grade langsam und Halli ebenfalls." schimpft Agatha lächelnd. Hannes schaut von einem zum anderen und fragt erneut:

„Worum wetten wir?" Agatha sieht Will an und zuckt mit den Schultern. Der dreht sich zu dem Jungen um und will wissen:

„Was schwebt dir denn vor?"

„Wenn ich gewinne, darf ich bei euch Ferien machen und jeden Tag auf da Gama reiten."

„Aha. Und wenn einer von uns gewinnt?"

„Darf ich bei euch Ferien machen und übernehme jeden Tag den Futterdienst, wenn ich auf da Gama reiten darf."

„Da hast du dir aber was ausgedacht!"

„Also, einverstanden?" Will sieht Agatha fragend an und die erwidert seinen Blick amüsiert. Als sie fragend die Augenbrauen hochzieht und sich auf die Unterlippe beißt, muss er lachen. Hannes beobachtet sie beide mit Adleraugen. Bei Wills Lachen ruft er:

„Super! Ihr kriegt mich nicht!" und schon galoppiert er davon.

„Der spinnt wohl!" ruft Will und sieht Agatha ärgerlich an.

„Komm schon und tu nicht so bescheiden, als ob du das nicht könntest! Halli kann schnell sein! Es sind schon noch ein paar Meter bis zum Schluss." Damit galoppiert sie bereits von ihm weg und grinst wissend, als sie bestimmt: „Ich werde Heinz nicht bremsen. Komm schon, sonst wirst du letzter!"

„Von wegen letzter!" knurrt Will. Sein Ehrgeiz ist geweckt, auch wenn er gegen da Gama wenig Chancen hat. Sein Vorteil gegen die beiden ist nur seine Erfahrung.

Die Stute kommt zügig in die Gänge und bald hat er Heinz eingeholt. Da Gama verschwindet weit vorn hinter den Büschen, nachdem er über einen Graben gesprungen ist. Hannes klemmt wie angeklebt im Sattel. Will muss den Jungen einfach bewundern. Agatha setzt ebenfalls über den Graben.

Halli wird wieder langsamer. Doch Will macht ihr kraftvoll klar, was er von ihr erwartet und sie springt ordentlich hinter Heinz her. Langsam verstehen sie sich. Am anderen Ende der Koppel setzt da Gama grade mit einem weiten Satz über die Furt zwischen den Weiden. Dahinter schwenkt er im großen Bogen nach links und springt zwischen kleinen Bäumen hindurch über einen in Büschen und Hecken eingewachsenen Koppelzaun.

Und ist verschwunden.

Will flucht, doch Agatha beruhigt ihn. Dahinter geht es einen flachen Hang hinunter, erklärt sie ihm. Dann gibt es nur noch ein Hindernis.

„Lass dich nicht von den Kühen stören, wenn du uns irgendwann einholst!" sie grinst ihn an. Das werden wir ja sehen, denkt Will. Agatha überquert mit Heinz in voller Fahrt die Furt. Schlamm und Wasser spritzen in alle Richtungen. In weitem Bogen lässt sie Heinz über die Koppel dahinter weiter galoppieren.

Will hielt genügend Abstand, um nicht allzu viel herumfliegenden Dreck abzubekommen. Doch nun treibt er Halli energisch zu starkem Galopp an. Er schickt sie mit einem kräftigen Schenkeldruck über die von einer schlammigen Pfütze überzogene Furt. Sie streckt sich und bekommt eine lang gezogene Flugkurve hin, bei der sie das Wasser der Furt ein Stück hinter sich lässt. Danach verfolgt sie von sich aus Heinz. Will lässt die Stute erst laufen, sodass er etwas näher heran kommt. Dann pariert er sie zum Trab durch. Kaum ist Heinz hinter den Büschen des Hindernisses vor dem Abhang verschwunden, galoppiert Will an und springt mit der Stute über den verwachsenen Zaun. Dahinter lobt er sie, gibt ihr etwas mehr Freiheit.

Schräg zum Hang geht sie abwärts und biegt am Fuß des flachen Hügels nach rechts ab. Da erspäht Will hinter einer Waldinsel Heinz und Agatha und weit davor da Gama mit Hannes. Doch gleich sind sie wieder aus seinem Blickfeld verschwunden.

In dem leicht schlammigen Untergrund am Rand der Weide sieht Will die frischen Hufspuren und schlägt diese Richtung ein. Halli muss er erst überzeugen, denn sie würde gern einen anderen Weg nehmen. Doch Will lenkt sie in den kleinen Bach, in den die Hufspuren führen. Die Stute hat es nicht so mit Wasser, aber solange Will auf ihr reitet, wird sie machen müssen, was er von ihr verlangt. Vorsichtig läuft sie durch das aufgewühlte Rinnsal zwischen den Wiesen.

Will kommt Heinz beträchtlich näher. Unvermittelt springt der Wallach ein Stückchen nach oben und verschwindet nach rechts hinter den Büschen. In dem Moment erkennt Will die kleine Brücke vor sich.

Plötzlich bewegt sich etwas von links auf ihn zu. Ein Blick zur Seite und er weiß, was Agatha vorhin gemeint hat. Zwischen dem dichten Laub der Büsche und kleinen Bäume, die auf dem Stückchen zwischen Koppelzaun und Bachlauf gedeihen, erscheinen immer mehr Köpfe von großen und kleinen Rindern. Da sie erst seit Stunden auf dieser Weide sind, haben sie die Blätter noch nicht geplündert, sodass diese immer noch eine grüne Mauer bilden, in der nun beinahe nur die körperlosen braunen und weißen Köpfe auftauchen und ihn anglotzen.

Ein paar Galoppsprünge weiter erreicht Will die Brücke. Dort wendet er sich nach rechts. Sofort sieht er nur unweit vor sich Heinz' schwarzes Hinterteil. Agatha lässt ihren Wallach in einem gemächlichen Tempo über die große lange Wiese galoppieren. Das ist Wills Chance. Halli zieht es nach Hause. Sie streckt sich im Galopp. Als Agatha den Kopf wendet, hat Will nur noch ein, zwei Pferdelängen Abstand hinter ihr. Seine Geschwindigkeit lässt ihn an Heinz vorbeischießen.

"Wo ist das Ziel?" brüllt er gegen den Fahrtwind.

„Am Tor!" ruft Agatha verdutzt zurück und drückt Heinz die Absätze in die Seiten. Der Wallach geht ab. Es sind noch etwa hundert Meter oder etwas mehr. Halli fliegt förmlich vor Agatha her. Will duckt sich über den Pferdehals. Agatha beugt sich tief über die schwarze Mähne und gibt Heinz viel Zügel, um Fahrt aufzunehmen. Der Wallach holt immer mehr auf. Bald läuft er neben der Stute her. Doch weiter kommt er nicht, da ist das Tor schon direkt vor ihnen. Nebeneinander preschen sie hindurch und auf die nächste Weide. Agatha schaut erstaunt zu Will hinüber. Der grinst sie siegessicher an. Zumindest einige Augenblicke, ehe er wieder nach vorn sieht.

Wie konnte sie mit Heinz gegen Will und Halli verlieren?
Wie hat er das gemacht?

Agatha wollte gemütlich auf das Ziel zu reiten, weil sie vermutete, dass Will die Stute nur schwerlich in hohem Tempo durch das Wasser kriegt. Sie hatte sich geirrt. Agatha war ziemlich erschrocken, als er so schnell hinter und auch gleich neben ihr auftauchte.

Ein fröhlicher Ruf reißt sie aus ihren Gedanken. Hannes trabt auf sie zu. Der Junge jubelt, wirft die Faust in die Luft und strahlt glücklich. Da Gama ist ebenso nass, dreckig und verschwitzt wie Heinz und Halli. Agatha und Will parieren ihre Pferde zum Schritt durch. Die Tiere gehen am langen Zügel zügig vorwärts. Bis nach Hause können sie sich erholen und trocken werden. Als Hannes heran trabt, reitet er an Wills andere Seite und fällt in Schritt. Will reicht ihm die Hand:

„Glückwunsch, Hannes. Das hast du gut gemacht." gratuliert er dem Jungen und Agatha setzt dazu,

„Die Wette hast du gewonnen. Klasse!" Hannes strahlt über das ganze Gesicht, bedankt sich und lobt das Pferd. Voller Begeisterung erzählt er, dass er diese Strecke noch nie mit so viel Power und in so einem hohen Tempo absolviert hat. Nicht mal auf Heinz, meint er mit einem entschuldigenden Seitenblick auf Agatha. Die lacht ihn an, weil sie sich für den Jungen freut und seine Leistung bewundert. Glücklich sprudelt es aus ihm heraus:

„Wow, da Gama ist ohne zu zucken überall drüber gegangen. Das hab ich bis jetzt erst mit Heinz geschafft. Und wie der abgeht. Der macht Meter! Einfach geil, Mann!" Agatha beobachtet, wie Will die lebhaften Darstellungen des Jungen lächelnd verfolgt und ihn verstehen kann. Anerkennung ist in seinem Blick und manchmal Erstaunen, wenn er hört, was der Junge von seinem Pferd für hohe Leistungen erwartete.

„Du bist wirklich gut, super, Junge!" lobt Will und klopft Hannes anerkennend die Schulter. Der platzt beinahe vor Stolz. Euphorisch beschreibt Hannes, wie er die mächtigen Sprünge erlebte, mit denen da Gama die Hindernisse überwand. Dabei tätschelt er immer wieder lobend dem Wallach den Hals. Plötzlich schaut er um Will herum zu Agatha, schüttelt grinsend den Kopf, sieht erneut Will an und meint:

„Mensch, Alter! Ich hätte nie gedacht, dass Halli mit Heinz mithalten kann!" dann lacht er sie beide an und stellt fest,

„Aber mich habt ihr nicht gekriegt! Jaaaaaaaaaaa!"

Kapitel 4

„Gute Nacht, ihr zwei!"
„Gute Nacht, Gesine!"
„Schlaf gut, Mutter!" sagt Will und stellt seine Bierflasche auf den Tisch neben der großen Hollywoodschaukel. Dann macht er sich darauf lang und bettet seinen Kopf in Agathas Schoß, die sich ganz am Ende der langen Sitzgelegenheit in die Kissen lehnt.
Sie beide hatten beschlossen, noch etwas draußen zu bleiben. Dieser heiße Samstag und sein warmer Abend sind viel zu schön, um einfach so beendet zu werden.
Will ist glücklich.
Er konnte alles in die richtigen Bahnen lenken, kann seit heute Vormittag wieder über ein eigenes Fahrzeug verfügen und wird ab Montag endlich wieder seine Arbeit im Reitstall aufnehmen. Am meisten freut er sich darauf, in einer Woche mit der Frau, die er von Herzen liebt, verheiratet zu sein.
Doch davon weiß sie noch nichts.
Na ja, er hat es ihr angekündigt, nur den genauen Termin hat er ihr noch nicht verraten, weil er sie damit überraschen möchte. Er vertraut darauf, dass es ihm gelingt. Von irgendwelchen Bedenken lässt er sich nicht die wunderbare Stimmung trüben. Er schiebt sie kurzerhand beiseite und konzentriert sich ganz und gar auf seine momentane Lage, die er entspannt genießt.
Agatha ist bei ihm. Er ist zu Hause. So soll es sein und bleiben.
Es fühlt sich unheimlich gut an.
Die Schaukel bewegt sich sanft ein wenig hin und her, das Dach ist weit nach hinten geklappt. Nicht ein Lüftchen stört die warme, von Grillengezirpe durchwobene Abendstille. Ab und zu hört man vor dem Haus auf der Straße ein Fahrzeug vorbeifahren und im Hintergrund rauscht und plätschert leise das dünne Rinnsal an der Koppel vorbei. Agathas eine Hand liegt auf seiner Brust. Er fängt sie zwischen seinen ein und hält sie sanft fest. Die Finger ihrer anderen Hand streifen sacht durch sein Haar. Sie beobachtet mit zurück gelegtem Kopf den Sternenhimmel.
Eigentlich wollte sie erst ab heute bei ihm schlafen, aber gestern in der Nacht, nachdem sie beide essen waren, fanden sie auf dem Nach Hause Weg noch eine Tanzveranstaltung und amüsierten sich ein paar Stunden. Dann musste sie zugeben, dass diesmal sein Bett näher war als ihres. Sein Puls raste wie seit fernen Teenagertagen nicht mehr, als er Agatha die Treppe hoch und in sein Schlafzimmer führte.

Während er seine Jacke auf einen Bügel hängte, schaute sie sich kurz im Zimmer um. Dann knipste sie eine Nachttischlampe an, ließ ihre Handtasche samt Jacke neben dem Beistelltisch auf den Boden sinken und drehte sich zu ihm um. Ohne ihn aus den Augen zu lassen, ging sie zur Tür, löschte das Deckenlicht und zog ihre Absatzschuhe aus. Sie ließ sie stehen, wo sie sich gerade von ihren Füßen lösten, öffnete ihr Kleid und ließ es unterwegs zu ihm einfach an ihrem Körper herab rutschen, um beim nächsten Schritt heraus zu steigen. Die weiße Spitze ihrer Unterwäsche betonte ihre schlanke, wohl geformte Gestalt und verführte ihn zum Berühren. Er streckte die Hände nach ihr aus, fühlte das Knistern zwischen ihnen, das immer da ist, wenn sie sich nahe kommen.
Will war bereits heiß, doch sie heizte ihm noch mehr ein. Ihr Mund schmeckte nach mehr, ihre Lippen betörten die seinen. Aufreizend langsam öffnete sie ihm die Kleidung, schob sein Hemd über seine Schultern hinunter, hauchte dabei sanfte Küsse auf seine Haut bis zum Gürtel. Er vergaß beinahe zu atmen. Mit einem magischen Lächeln trat sie zurück und kroch dann auf das große Doppelbett. Mitten darauf drehte sie sich zu ihm um, stützte die Arme hinter ihrem Rücken ab und schaute ihm zu, wie er im Handumdrehen seine Sachen von sich warf. Als er ihr näher kam, sagte sie leise und verführerisch lächelnd:
„Ein schönes, großes Bett." Bei der Erinnerung an die letzte Nacht kuschelt Will sein Gesicht an ihren Bauch und schwelgt in ihrer zärtlichen Zweisamkeit. Agathas Blick legt sich weich und liebevoll auf seine Haut. Ihre Finger erkunden und liebkosen seine Gesichtszüge. Er schließt die Augen atmet ihren Duft, fühlt ihre Zuneigung mit jeder Berührung und in jeder Faser seines Körpers. Es ist einfach schön.
Er weiß nicht, wie lange er schon so daliegt, als plötzlich leise ihre Stimme erklingt:
„Schläfst du schon?"
„Nein, aber ich bin nahe dran." Will öffnet die Augen und bemerkt ihren verklärten Blick, der auf ihm ruht. „Woran denkst du gerade?"
Ein leises Lächeln umspielt ihre Lippen, als sie antwortet:
„Ich werde Entzugserscheinungen bekommen, wenn ich ab nächste Woche wieder arbeiten gehe. Acht Stunden ohne dich, eine grausame Vorstellung!"
„Stimmt. Das wird sicher hart." Er drückt ihr einen zarten Kuss auf den Bauch und meint in beschwichtigendem Ton: „Aber ich werde dich abholen kommen. Zumindest am Montag und Dienstag. Ich hoffe wir schaffen alle Vorbereitungen an diesen beiden Tagen."
„Was für Vorbereitungen?"

„Für unsere Hochzeit am Freitag." Abrupt halten ihre Hände still. Sie zieht die Augenbrauen zusammen und will wissen:
„Hochzeit. An welchem Freitag?"
„Na, in der nächsten Woche. Wir haben den letzten Termin nachmittags um drei bekommen."
„So schnell?" sie ist verblüfft. Sachlich antwortet er:
„Du musst an dem Tag eher heim kommen, damit wir es pünktlich aufs Standesamt in die Stadt schaffen."
„Will?!"
„Deine Chefin wird doch sicher Verständnis dafür haben, dass du zu deiner eigenen Trauung nicht zu spät kommen kannst. Am Besten fragst du sie gleich morgen oder am Montag…"
„Will!" fällt sie ihm energisch ins Wort und gestikuliert. „Was hast du dir denn dabei gedacht?"
„Ich dachte, damit sie genug Zeit hat, den Dienstplan…"
„Das meine ich doch nicht!" Agathas rechte Hand trifft das Kissen neben ihr, ihre linke fängt er sicherheitshalber schnell ein und hält sie fest. „Ich will wissen, warum du mich nicht gefragt hast wegen dem Termin?" Erstaunt schaut er zu ihr hoch und meint entschuldigend:
„Ich habe dir doch schon vorige Woche gesagt, dass ich den nächstmöglichen Termin auf dem Standesamt für uns beide reservieren werde. Die Dame dort rief mich an und fragte, ob ich mit diesem Tag einverstanden wäre. Natürlich habe ich zugesagt und gestern bestätigt. Jetzt fehlt nur noch der Rest der Vorbereitung."
„Ohne mich zu fragen?"
„Du hast nichts dagegen gehabt, als wir darüber sprachen. Also nahm ich an, dass du einverstanden bist. Ich dachte, ich kann dich überraschen."
„Das hast du geschafft!" sie schüttelt den Kopf, „Oh, Mann! Wirklich." Sie hält sich mit der freien Hand die Augen zu und atmet tief ein und aus.
„Gut, das freut mich." antwortet Will aufgeräumt und hängt wie nebenbei an: „Ich hatte schon gedacht, dass ich dir vielleicht doch noch offiziell einen Heiratsantrag machen muss." Agatha schüttelt erneut den Kopf und legt ihn lachend nach hinten auf die Lehne. Nach einer Weile schaut sie ihn wieder an, holt tief Luft und stellt fest:
„Du bist einfach unmöglich."
„Ich hoffe, das war ein Kompliment." Er küsst ihre Hand und drückt sie wieder an seine Brust. „Ich hasse sinnlose Zeitverschwendung."
Vorsichtig fragt sie:

„Findest du das nicht etwas voreilig?"
„Nein."
„Warum? Wir kennen uns doch erst seit kurzem."
„Worauf sollten wir warten? Wir sind beide aus dem Teeniealter raus und ich gebe dich sowieso nie wieder her. Außerdem werde ich bald dreiunddreißig und damit wird es langsam Zeit, mir Kinder anzuschaffen und zwar mit dir. Sie werden meinen Namen tragen und ehelich geboren. Willst du warten, bis du schwanger bist? Denn spätestens dann würde ich dich heiraten."
„Oje. Das kann ja heiter werden! Wenn unsere Kinder nach dir kommen, kann ich mich frisch machen." stöhnt Agatha.
„Hauptsache sie werden so hübsch wie du!" Will kuschelt sein Gesicht liebevoll an ihren Bauch und verteilt zärtliche Küsse. Agatha schmilzt dahin wie immer, wenn seine Liebe sie berührt. Er scheint immer genau zu wissen, welche Knöpfe er drücken muss, damit sie auch wirklich ja sagt und keinen Ausweg mehr hat. Sie fühlt sich dann jedes Mal hilflos gefangen und trotzdem ist Will alles, was sie zum Leben braucht. Leicht verzweifelt schimpfend sagt sie:
„Das ist ein ganz mieser Trick. Weißt du das? Du bist ein hinterhältiger Kerl! All meine heimlichen Wünsche erfüllen und sich dafür das Recht heraus nehmen, über mein Leben zu bestimmen."
„Das würde ich nie tun." Seinem schelmischen Lächeln kann sie nur schwer widerstehen, deshalb sagt sie so ernst, wie sie es schafft:
„So, so! Hast du dir eben selbst zugehört?"
„Ja und ich finde, mein Plan ist gut für unsere Zukunft."
„Ich möchte aber gefragt werden!"
„Was gefällt dir daran nicht? Hast du dir irgendwas anders vorgestellt?"
„Eigentlich nicht. Aber..." Will strahlt sie an. Agatha seufzt gequält und schüttelt erneut den Kopf. Da fragt er nach:
„Was aber?" Sie sieht ihm ins Gesicht, streichelt ihn sanft und meint zweifelnd:
„Es geht alles so schnell. Ich meine nur, sollten wir nicht vernünftig sein und uns Zeit lassen?" Jetzt wird seine Miene ernst. Will schwingt die Beine von der Hollywood-Schaukel und setzt sich aufrecht neben Agatha. Ehe er sie wieder ansieht, angelt er sich seine Bierflasche vom Tisch, um einen Schluck zu trinken und sie dann nervös in den Händen zu drehen. Mürrisch antwortet er:
„Wenn wir gleich von Anfang an vernünftig gewesen wären, wären wir sicherlich bereits verheiratet und einiges wäre anders verlaufen." Er bedenkt sie mit einem traurigen Blick.

Die Augen schließend, lehnt er sich zurück und atmet tief durch. So viele furchtbare Bilder geistern plötzlich durch seinen Kopf, bringen ihm schreckliche Erinnerungen, gegen die er sich wehrt. Nach einer langen Weile dringt ihre Stimme sanft zu ihm durch, als sie beinahe flüsternd fragt:
„Will?" Seine Lider öffnen sich. Er schaut sie eindringlich an: „Agatha, ich muss mich noch bei dir bedanken. Ohne dich wäre ich im Wald verblutet." Sie dreht sich zu ihm herum, rutscht nahe an seine Seite und legt ihm eine Hand auf den Arm.
„Hör bitte auf! Ich kann den Gedanken nicht ertragen, dich zu verlieren. Schon allein die Möglichkeit, du könntest sterben, jagt mir Angst ein." Will hebt die Hand und streicht liebevoll über ihr Gesicht.
„Du hast mir das Leben gerettet und ich habe noch nicht einmal danke gesagt. Das brennt mir seit Wochen auf der Seele." Agatha kuschelt ihre Wange in seine Handfläche und schließt die Augen. Sie schluckt die Tränen herunter.
„Bitte Will, sag nichts mehr."
„Aber ich muss mit dir darüber reden. Es tut mir sehr Leid. Bis jetzt habe ich keine plausible Erklärung dafür gefunden, was passiert ist. Und warum Flavia sterben musste."
„Will, du musst mir nichts über deine Bekanntschaften erzählen. Ich glaube nicht, dass ich besonders daran interessiert bin."
„Aber ich denke, ich sollte mich bei dir entschuldigen." Will trinkt noch einen Schluck aus der Flasche und versucht die richtigen Worte zu finden. „Ich möchte, dass du mich verstehst." Er schiebt seinen Arm um ihre Schulter und streichelt sie sanft.
„Dieser Tag war sehr Nerven aufreibend für mich. Ich habe mit meinen Zweifeln wegen dir und meinem Gefühl für dich gekämpft, war total sauer und irritiert. Nicht mal schwere Arbeit hat geholfen, mich abzulenken. Und dann warst du dort in dem Duschraum und ich konnte mich nicht mehr bremsen. Ich musste dich einfach küssen. Es kam mir vor, wie die einzige Möglichkeit, weiterleben zu können. Du hast so gut geduftet, dem war ich schon immer nur knapp entkommen und wollte es am Ende eigentlich gar nicht." Will sieht ihr ins Gesicht und sagt: „Ich weiß nicht, woher ich die Kraft genommen habe, dich gehen zu lassen. Doch als du sagtest, sie warten auf dich, überfielen mich wieder die Zweifel. Mein Frust war groß. Als du fort warst, habe ich immer wieder gehofft, dass du zu mir zurückkehrst. Selbst noch, als ich mich nach dem Sturz hochgerafft hatte. Später suchten mich die Alpträume heim und meine Eifersucht. Ich hab lange wach gelegen und überlegt, ob ich zu dir fahren soll oder nicht. Solche Sachen sind mir noch nie

passiert. Ich habe immer getan, was ich wollte. Ich fühlte mich total daneben und dazu die Schmerzen. Gegen Morgen rief dann plötzlich Flavia an. Sie fragte wie immer, ob ich Zeit für sie habe und ich Idiot bin los gerannt.
Verzeih mir bitte, Agatha! Es war dumm von mir, mich aus Frust mit einer anderen zu treffen, anstatt einfach zu dir zu kommen." Er schaut ihr in die Augen, drückt sie an sich und fragt: „Hättest du mir aufgemacht?" Agatha nickt flüsternd:
„Ja." Sie schluckt den dicken Kloß im Hals mühsam herunter, um weiter sprechen zu können. „Es fiel mir unheimlich schwer, dich an diesem Tag zu verlassen. Tausend Mal wollte ich umkehren, habe aber gehofft, dass du noch für mich da bist, wenn ich dich am nächsten Tag treffe. Als ich endlich nach Mitternacht wieder zu Hause war, hab ich die meiste Zeit wach gelegen und an dich gedacht oder von dir geträumt. Dann bin ich extra zeitig in den Stall gefahren, um dich unbedingt noch zu sehen, bevor du zum Turnier fährst. Ich habe so sehr gehofft, dir alles erklären zu können. Ich wollte, dass du mir verzeihst und verstehst, warum ich zu meinen Eltern fahren musste, obwohl ich viel lieber bei dir geblieben wäre. Wollte dir so vieles sagen. Und dann finde ich dich beinahe leblos im Wald. Es war furchtbar. Den grauenhaften Anblick werde ich wohl nie vergessen." Agatha rollen die Tränen über die Wangen und sie schlingt ihre Arme um seinen Hals. „Ich hatte solche Angst, dass du nicht mehr wach wirst." Schluchzend drückt sie ihr Gesicht an seine Schulter. Will hält sie fest in den Armen, bis ihre Tränen versiegen. Eine lange Weile später flüstert er ihr zu:
„Es tut mir leid, dass du das alles durchmachen musstest. Und alles nur wegen mir. Verzeih mir bitte, Agatha! Ich werde mich bessern." Sie nickt, drückt ihn noch einmal fest, bevor sie ihn langsam loslässt und schaut ihn dann an:
„Versprochen?" fragt sie und wischt sich das nasse Gesicht ab.
„Versprochen."
„Es reicht ja schon, wenn du mit mir redest, ohne mich anzubrüllen. Ich möchte dich verstehen können und dir helfen, anstatt dich zu verärgern. Ich liebe dich doch, so wie du bist. Jage mir nie wieder so einen Schrecken ein! Hörst Du?!"
„Okay, ich verspreche es dir. Dafür musst du mir versprechen, mich nie wieder allein zu lassen. Bitte, Agatha! Das ertrage ich nicht."
Sie schaut ihn prüfend an. Ihre Zungenspitze huscht flink über ihre Oberlippe, ehe sie die Zähne in ihre Unterlippe gräbt. Nach einem tiefen Seufzer stiehlt sich ein Lächeln in ihr Gesicht und sie stimmt zu:

„Abgemacht. Du bist bei mir lammfromm, zumindest meistens und ich bleibe für immer bei dir. Einverstanden?"
„Einverstanden. Ich habe sowieso keine andere Wahl, weil ich dich liebe und brauche."
„Deshalb gehören wir zusammen. Weil es mir genauso geht." Sie schiebt ihre Hände über seine Schultern und verschränkt sie in seinem Nacken. Ihr Blick wandert von seinen Augen zu seinem Mund. „Ich komme nicht von dir los. Egal was ich versuche, ich lande immer wieder bei dir." Agatha küsst ihn leidenschaftlich und lässt ihn spüren, dass ihre Worte ernst gemeint sind. Dann streifen ihre Lippen zärtlich über sein Gesicht.
Sie kuscheln sich aneinander und halten ganz still. Einige Zeit sind nur ihre Atemzüge und die Geräusche der Nacht zu hören.
Plötzlich zieht Agatha sich zurück und schaut Will fragend an. Er hat den Eindruck, als sei sie in Gedanken weit weg und sieht ihn gar nicht wirklich. Während er ihren Rücken streichelt, fragt er: „Was ist los?"
„Wieso warst du überhaupt dort? Ich meine, habt ihr euch immer am Anfang der Hindernisstrecke getroffen?"
„Manchmal nachts. Meistens gegen Morgen. Ich habe sie nie gefragt, aber ich dachte mir, dass sie da von irgendeiner Veranstaltung allein nach Hause fuhr und einsam war."
„Hast du sie dort getroffen?"
„Nein, an der Bushaltestelle im Dorf. An dem Tag hatte sie ihren Wagen neben dem Tor zum Reitstall geparkt. Jedenfalls hat man ihn nachher dort gefunden. Das weiß ich von Post."
„Aha. Wo hat sie sonst geparkt?"
„Manchmal vor meinem Hoftor, manchmal auf dem Dorfplatz, einige Male sollte ich sie hinterher nach Hause fahren. Es war ganz unterschiedlich. Wieso interessiert es dich?"
„Ich weiß nicht genau, wie ich es dir beschreiben soll. Aber ich habe eine Idee im Hinterkopf, kriege sie aber nicht so richtig zu fassen. Ständig habe ich das Gefühl, wenn ich die Puzzleteile anders herum anordnen würde, könnte ich das Bild erkennen. Doch ich komme nicht drauf."
„Ich kann dich verstehen. Es geht mir auch so." er räuspert sich und erzählt, „Zuerst konnte ich mich an fast nichts erinnern, aber nach und nach kommen die Bilder wieder." Will trinkt den letzten Schluck Bier aus und stellt die leere Flasche auf den Tisch. Die Ellenbogen auf den Knien, stützt er den Kopf in die Hände. Seine Finger in die Haare geschoben, geht sein Blick ins Leere, während er sich zwingt, weiter zu sprechen:

„Ich weiß noch, dass ich auf der Fahrt in den Wald jedes Schlagloch gespürt habe und sauer war. Irgendwie tat mir alles weh. Ich wollte Flavia sogar überreden, gleich neben der Koppel anzuhalten. Sie bestand allerdings darauf, bis zur Hindernisstrecke zu fahren. Kaum hatte ich angehalten, verließ sie kurz das Auto, um in den Büschen zu verschwinden. Ich stieg ebenfalls aus, um mir das T-Shirt auszuziehen. Es fiel mir schwer und ich bewegte mich langsam und vorsichtig. Als Flavia das sah, begann sie laut zu lachen und riss Witze darüber, ob mich ein Pferd getreten habe und so. Ich sagte ihr nichts von dem Sturz. Sie kicherte und amüsierte sich weiter, wie ich mich ächzend in meinen Wagen zwängte und den Sitz hinter schob. Dann zog sie ihren Slip aus, kam in den Wagen und streifte sich die Träger ihres Kleides über die Arme. Nachdem sie meine Hose geöffnet hatte, stellte sie ihre Sitzlehne weit hinten runter." Will verstummt, schüttelt den Kopf. Es kommt ihm vor, als erzählte er einen Film nach, den er vor langer Zeit gesehen hatte. Manche Erinnerungen sind grau in grau, unvollständig, verwaschen. Er atmet tief ein und aus, bevor er weiter spricht: „Kaum lag sie, flog die Beifahrertür auf. Der Mann mit der Waffe beugte sich herein. Er schaute zu mir und dann Flavia an. Total geschockt starrten wir ihn an. Im Nachhinein kommt es mir so vor, als ob er erstaunt oder erschrocken war. Er sagte etwas, dass wie ein Zischen klang, schaute wieder zu mir und schoss auf mich. Der Aufprall der Kugel in meinem linken Oberarm riss mich glücklicherweise so herum, dass der zweite Schuss, der vermutlich eher in die Brust gehen sollte, nochmals den Arm traf. Es schleuderte mich in den Sitz zurück, in dem ich vorher ziemlich aufrecht saß. Deshalb ging die erste Kugel auch durch die Scheibe. Die zweite fand man im Rahmen des Autos neben der Tür. Nach dem zweiten Schuss begann Flavia zu kreischen. Das rettete mir eventuell das Leben, denn der Mann zielte immer noch auf mich. Bei dem Geschrei fuhr er plötzlich herum und pumpte einen Schuss nach dem anderen in Flavias Körper. Ich musste zusehen und konnte nichts dagegen tun. Da bin ich bewusstlos geworden."
Will atmet lange aus und versucht seinen Puls wieder zu beruhigen. Dabei merkt er gar nicht, dass Agatha aufsteht und ihnen beiden noch eine Flasche Bier holt. Jetzt stellt sie ihm wortlos das Bier vor die Nase und setzt sich wieder neben ihn. Will nimmt einen tiefen Zug aus der Flasche und lehnt sich zurück. Agatha rückt heran. Sie legt ebenfalls den Kopf in den Nacken, sodass sie sich beinahe berühren.

„Es tut mir leid, Will." wispert sie. Er dreht seinen Kopf und gibt ihr einen Kuss auf die Wange. Zusammen stieren sie geraume Zeit wortlos in den Sternenhimmel und denken nach. Will ist so tief in Gedanken, dass er Agathas Frage erst gar nicht versteht. Sie wiederholt:
„Warum hat er zuerst auf dich geschossen?"
„Keine Ahnung."
„Ich meine: Warum schaltete er nicht zuerst Flavia aus? Die war ihm doch viel näher als du." Will zuckt nur ratlos mit den Schultern, wobei er fragt:
„Und warum hat er Flavia so komisch angesehen? Er war kein sehr junger Mann mehr, der sich von ihrem Aufzug eventuell überrumpeln ließ. So wie er sie angesehen hat, hat ihn ihre Nacktheit nur sehr wenig interessiert."
„Und was hat er gesagt?"
„Das habe ich nicht verstanden. Ich kann nicht einmal sagen ob er deutsch oder eine andere Sprache gesprochen hat. Was mich ebenfalls brennend interessiert: wo kam er so plötzlich her? Ich habe später die Umgebung abgesucht, aber nichts gefunden, was mich auf eine Idee bringt. Nur die komischen Reifenspuren auf dem Bahnübergang fielen mir dabei auf. Die Polizei hat auch keine Spuren entdeckt. Post hat jedenfalls nie etwas davon verlauten lassen. Zu dir vielleicht?"
„Nein. Ich habe ihm von den Reifenspuren erzählt, doch er hat sich benommen wie immer, überarbeitet und desinteressiert. Übrigens, über die habe ich mich früher bereits gewundert. Die kamen mir verdächtig vor, doch ich konnte mir keinen Reim darauf machen."
„Es ist unlogisch. Ich kann mir nicht erklären, warum jemand auf dem Bahnübergang wenden sollte. Rundherum auf dem Weg ist doch viel mehr Platz. Und auf dem Gleis entlang fahren ist unsinnig und gefährlich. Außer man kennt den Fahrplan."
„Das ist für mich kompletter Schwachsinn. Wer macht schon so was?"
„Es könnte ja sein, dass der Raser, von dem Mutter erzählt hat, solche Spielchen startet. Manche Leute brauchen diesen Kick. Eventuell trifft er sich mit anderen für verrückte Mutproben. An manchen Tagen ist ein ganz schöner Verkehr im Wald."
„Mag sein. Die Verrückten werden nicht alle. Was ich auch gerne wüsste, ist: Was hatte der Mörder um diese Uhrzeit dort zu suchen?"
„Das ist noch so etwas, worüber ich bereits öfter erfolglos nachgedacht habe. Es fallen mir viele Gründe ein, aber keiner erscheint mir logisch."

„Kann es ein anderer Liebhaber von ihr gewesen sein, der euch gefolgt ist?"

„Möglich. Doch dann hätte er ohne Licht hinter uns herfahren müssen. Ich bin mir sicher, dass uns niemand in Sichtweite gefolgt ist."

„Und wenn er gelaufen ist?"

„Nein. Dafür waren wir zu schnell unterwegs. Außer er war schon im Wald und wir sind an ihm vorüber gefahren. Doch Flavia kann nichts davon gewusst haben, sonst hätte sie bestimmt nicht darauf bestanden, dass wir dorthin fahren. Dazu war sie auch viel zu laut."

„Und wenn die beiden dich ausschalten wollten?"

„Warum hat er dann nicht das ganze Magazin in mich gepumpt anstatt in Flavia. Oder er wollte uns beide loswerden. Aber aus welchem Grund?" Will trinkt einen Schluck und dreht sein Gesicht zu Agatha. „Ich finde einfach kein Motiv. Den Mann kenne ich nicht, hab ihn auch nie zuvor gesehen. Die Waffe kann ich auch nur vage beschreiben. Mit solchen Sachen kenne ich mich nicht gut aus. Ich weiß nur noch, dass ich dachte, mit der Knarre in der Hand sieht der aus wie ein Gangster aus einem Film. Die war irgendwie eckig, also nicht so rund wie ein Revolver zum Beispiel."

„Hast du wen verärgert oder dir Feinde gemacht?"

„Vielleicht. Darüber denke ich eigentlich höchst selten nach. Doch ich kann mir keinen vorstellen, der mir deshalb das Lebenslicht auspusten würde. Mal ganz abgesehen davon, dass wir hier in Deutschland sind, wo nicht jeder mit einer Waffe herum laufen darf."

„Eventuell war es ein Jäger. Er war schließlich nachts im Wald."

„In Jogginghose und T-Shirt? Das kann ich mir kaum vorstellen. Außerdem kenne ich hier alle Jagdpächter und Jäger. Selbst die Gastjäger sind immer dieselben. Nein. Ein Jäger kann es schon gewesen sein, aber nicht aus dem unmittelbaren Umland."

„Dann kommt nur noch eine Möglichkeit in Betracht, nämlich dass es ein bewaffneter Verbrecher war, der euch aus irgendeinem unbekannten Grund überfiel oder überfallen sollte." Abrupt setzt sich Agatha kerzengerade hin und schaut angestrengt suchend in die Dunkelheit ringsumher. „Ich trau mich gar nicht weiter zu denken, Will, da wird mir angst."

„Ich weiß, was du meinst. Ich zerbreche mir auch schon den Kopf und komme immer wieder nur bis zu dieser Stelle. Aber warum sollte es wer auf mich abgesehen haben? Ich verstehe es nicht. Deshalb schiebe ich auch immer wieder die Idee beiseite, dass mich vielleicht doch noch einer aus dem Hinterhalt abknallt."

„Nein." Agathas Gesicht sieht selbst im trüben Schein der Hoflampe und des Windlichtes auf dem Tisch entsetzlich fahl aus. Will zieht sie zu sich heran und streichelt sie tröstend.

„Wenn das wirklich einer gewollt hätte, wäre es wahrscheinlich längst passiert. Als du in Irland warst, bin ich wochenlang mit da Gama spazieren gegangen. Bei schönem Wetter habe ich jeden Abend hier draußen gesessen. Und wenn mich mitten im Wald einer umgelegt hätte, hätte der Wolf mich sicher schon zum Großteil aufgefressen gehabt, bevor mich einer gefunden hätte. Für den Wolf wären die Kadaver von mir und da Gama die Lebensrettung gewesen. Der war so kaputt, dass er nicht mehr richtig laufen und schon gleich gar nicht jagen konnte. Er ist verhungert. Vielleicht hat er sich deshalb bei der Koppel aufgehalten in der Hoffnung, Sulaika oder Aladin zu erwischen."

„Hör auf, Will!" schimpft Agatha, „Das ist ja ekelhaft und eine schreckliche Vorstellung für mich."

„Aber es ist eine logische Erklärung. Die einzige, die ich in dem ganzen Chaos gefunden habe." Will trinkt einen Schluck Bier und meint: „Eventuell ist auch der Wolf für die Verletzung an Sulaikas Bein verantwortlich. Der war nämlich schon alt und hatte vielleicht schon vor dem Unfall Schwierigkeiten beim Jagen. Vielleicht konnte er sich nicht mehr schnell bewegen, oder hatte Schmerzen. Das wäre auch eine Erklärung, warum ihn das Auto auf dem schmalen Weg erwischt hat. Wenn er so erfahren war, dass er so nahe am Dorf gelebt hat, ohne dass ihn jemals jemand bemerkt hat, war er vielleicht auch der Meinung, dass er es noch über den Weg schafft, bevor das Auto aus dem Wald gerast kommt. Doch es hat ihn erwischt."

„Von einem Raser hat mir deine Mutter erzählt. Vermutlich war es derselbe, den ich auf der Kreuzung im Wald gesehen habe und der dann Gesine zu Fall brachte."

„Das Kennzeichen hast du dir nicht zufällig gemerkt?"

„Nein. Ich weiß nur, dass es kein einheimisches war. Ich kannte es und dachte noch, der ist aber weit von zu Hause entfernt. Was macht der denn hier im Wald?"

„Hast du das bei der Polizei angegeben?"

„Als ich Kommissar Post davon erzählen wollte, wimmelte er mich ab. Er sagte, dass ich mir meine Märchen schenken kann."

„Kann ich mir vorstellen. Aber ich werde das Gefühl nicht los, dass die Sache was zu bedeuten hat."

** * **

„Wieso?"
„Weil ich laufen will! Das kann ich nämlich noch allein."
„Steig jetzt ein, Agatha!"
„Nein!"
„Warum nicht? Wir wollen in den Hochzeitsausstatter und zum Juwelier. Warum sollen wir durch die halbe Stadt laufen?"
„Du kannst fahren wohin du willst, aber ohne mich!" mit diesen wütenden Worten dreht sie sich um und marschiert zügig den Gehweg entlang. Will spring aus dem Auto und rennt ihr hinterher. Er versteht gar nicht, was hier eigentlich los ist.
Heute Morgen brachte er Agatha zum ersten Mal in die Stadt und setzte sie vor der KiTa ab. Sie vereinbarten, dass er sie am Nachmittag genau um diese Zeit wieder abholt, damit sie etliche Hochzeitsvorbereitungen erledigen können. Die Bestellung in der Gaststätte im Dorf hatten sie gestern Abend abgearbeitet und alle restlichen Sachen auf Dienstagnachmittag verschoben. Alles passt perfekt. Jetzt kam er eben vor der KiTa an, als Agatha die Einrichtung verließ. Will freute sich, ihr berichten zu können, dass er die Blumen bereits bestellt hat und sie damit einen Punkt weniger auf der Liste haben. Da geht sie eiskalt am Auto vorbei. Kaum machte er sich bemerkbar, funkelt sie ihn böse an und weigert sich einzusteigen.
Ein paar Schritte weiter hat er sie eingeholt. Energisch tritt er ihr in den Weg. Zähneknirschend bleibt sie stehen. Will breitet offen bittend die Arme aus und fragt verwirrt:
„Was ist los?"
„Wie kommst du nur darauf, mich zu fragen? Du machst doch sonst auch alles allein." wirft sie ihm zornig vor. Er schaut sie irritiert an. Noch immer hat er keinen Schimmer, was er verbrochen haben könnte. Das ärgert ihn. Er ist für klare Worte:
„Schluss jetzt, Agatha! Ich habe keine Ahnung, was dich so aufregt. Du wirst es mir sofort sagen!"
„Will!" Agatha flucht und gestikuliert wütend. „Wenn du selbst nicht darauf kommst, ist das schon schlimm genug."
„Worauf denn? Heute früh war die Welt noch in Ordnung und jetzt bist du giftig hoch zwei. Was ist denn passiert?"
„Ich habe dir schon einmal gesagt, dass ich für mich allein entscheiden kann und keinen Vormund haben will! Und du hast es trotzdem wieder getan!" sie stampft zornig mit dem Fuß auf die Pflastersteine des Gehwegs. Da fällt Will etwas ein:
„Hat dich die Gärtnerei wegen der Blumen angerufen?"
„Nein. Warum sollten sie das auch tun?"

„Weil ich ihnen deine Telefonnummer gegeben habe, damit sie dich anrufen können, falls irgend ein Problem bei den Blumen auftreten sollte, die ich heute bestellt habe."
„Siehst du, da geht es schon weiter!" Sie fuchtelt wild mit den Armen vor ihm herum. „Warum brauchst du mich eigentlich noch? Suche doch gleich die Klamotten und so weiter auch alleine aus!" sie schiebt sich an ihm vorbei, „Tschüss!"
„Halt, hier geblieben!" Will nimmt sie an den Oberarmen und dreht sie zu sich herum.
„Lass mich los!"
„Nein! Was hat dich so sehr verärgert?"
„Das du bei meiner Chefin angerufen und mit ihr über unsre Hochzeit gesprochen hast!"
„Ich wollte nur verhindern, dass sie nicht rechtzeitig Bescheid weiß und am Freitag eventuell Chaos entsteht."
„Du hast mich bevormundet und ein Riesenchaos angerichtet!" brüllt sie ihn an. Will ist baff, denn er dachte, sich am Telefon unmissverständlich ausgedrückt zu haben. Dementsprechend schaut er sie an und will wissen:
„Wieso? Deine Chefin hat mir versichert, dass du an dem Tag Überstunden abbummeln kannst und somit gar nicht auf Arbeit gehen musst." Will hebt die Hände und lässt sie dann ratlos fallen. Da beugt sich Agatha zu ihm und erklärt ärgerlich:
„Das stimmt und drei Tage Sonderurlaub wegen der Hochzeit und dem Umzug nächste Woche habe ich auch noch bekommen. Ich weiß nicht, was du ihr erzählt hast, aber sie war völlig aufgedreht. Sie kam freudestrahlend auf den Spielplatz gelaufen und hat allen Kindern und Kollegen lauthals die tolle Neuigkeit verkündet. Die stürmten auf mich ein und bombardierten mich mit Fragen und Glückwünschen. Ich war total überrumpelt und sauer, weil ich erst mittags ins Büro gehen wollte und keinen solchen Aufriss veranstalten. Verflixt noch mal!" Agatha schließt die Augen, seufzt, schüttelt den Kopf und holt tief Luft. Als sie Will wieder ansieht, knurrt sie: „Und grinse nicht! Ich bin sauer auf dich."
„Dann ist ja alles in Ordnung." Will kann sich ein liebevolles Lächeln nicht verkneifen. Er ist erleichtert.
„Nein, ist es nicht!" erwidert sie streng. „Du ärgerst mich mit solchen Anwandlungen und das ist nicht schön. Verstehst du?"
„Verzeih mir, Agatha! Ich wollte dich nicht verärgern. Es sollte nur alles perfekt sein." verteidigt sich Will.
„Ich bin aber nicht perfekt, im Gegensatz zu dir."
„Doch, bist du." sagt er beschwichtigend. Er nimmt ihren Kopf in beide Hände, küsst sie sacht auf den Mund.

„Komm mit! Ich habe noch etwas für dich." Ihre Augen sprühen Funken, als sie widerspenstig sagt:
„Ich könnte dich ohrfeigen, am besten gleich hier! Weißt du das?" Agatha ist schon wieder dabei, ihm zu verzeihen, will es aber gar nicht. Dafür ist sie noch viel zu sauer auf ihn. Irgendwie kann sie aber weder diesem Mann noch diesem Gefühl für ihn entgehen. Genau das weiß er.
„Ja." Es fühlt sich gut an für ihn, als sie schmollend ihre Hände auf seinen Rücken schiebt. „Aber wie wäre es, wenn du mich stattdessen küsst?" fragt Will. Sie lächelt kurz, beißt sich auf die Unterlippe und meint vergnatzt:
„Ich bin immer noch sauer."
„Hm." Er haucht einen Kuss auf ihre Stirn. „Du bist super süß. Und ich liebe süße Sachen." Er streichelt mit seinen Lippen über ihre und sagt, „Dabei fällt mir ein, dass ich heute noch keine Zeit hatte, zum Bäcker zu gehen. Würdest du eventuell mitkommen und unsre Hochzeitstorte aussuchen?" ohne eine Antwort abzuwarten, küsst er sie innig.
Agatha ergibt sich seiner liebevollen Übermacht. Sie sieht ein, dass sie einfach chancenlos ist. Momentan hat sie keine Zeit, verärgert zu sein. Im Grunde mag sie es auch gar nicht. Will streichelt ihre Arme und fragt:
„Kommst du jetzt mit mir?"
„Ja, ich komme doch sowieso nicht gegen dich an. Oder?" Er lächelt sie an und legt den Kopf ein wenig schief zur Seite. Ihr Zorn verfliegt gänzlich bei diesem Anblick, macht diesem zärtlichen Gefühl Platz. Er nimmt sie bei der Hand. Agatha folgt ihm zum Auto zurück. Dort sagt er:
„Warte hier, bitte!" Will geht um das Auto herum, holt etwas aus dem Kofferraum und kommt zurück. In der Hand hält er eine langstielige rote Rose. Agatha freut sich sehr darüber. Sie liebt Blumen, Rosen ganz speziell. Will küsst ihr Lächeln und schaut ihr eine ganze Weile stumm in die Augen, ehe er ein Knie auf die Erde setzt und ihre Hand nimmt. Agatha starrt ihn verblüfft an, während sie ihn sagen hört:
„Ich bin nicht so perfekt, wie du denkst, aber ich gebe mir Mühe. Ich bin ein Egoist. Es wird sicher nicht leicht für dich, mit mir zu leben. Ich kann furchtbar eifersüchtig sein, denn ich will dich ganz und gar für mich allein. Ich liebe dich. Du bist perfekt, genau die richtige für mich. Agatha, ich brauche dich und deine Liebe. Bitte heirate mich! Werde am Freitag meine Frau!" er küsst ihre Hand und schaut sie wieder an, während er ihr die Rose reicht.

Agatha ist überrumpelt. Überglücklich schafft sie es grade noch so zu flüstern:
„Ja, Will, ich werde deine Frau." Sie nimmt ihm die Rose ab. Als er sich wieder erhoben hat, fällt sie ihm um den Hals. Ungewollt rollen ihr nun doch die Tränen über die Wangen. Will ist glücklich, dass es so funktioniert hat, wie er es sich vorstellte. Obwohl er die Sache gut durchdacht hatte, war ihm nach ihrem Wutausbruch doch etwas mulmig zumute.
„Ich liebe dich." flüstert er an ihr Ohr und küsst es zärtlich.
„Ich dich auch." wispert Agatha. Als er sie losgelassen hat, wischt sie sich die Tränen ab.
„Ich hoffe, das sind Glückstränen." Will schaut sie an. Sie nickt nur, da grinst er und schlägt vor: „Lass uns einen Kaffee trinken gehen und bei der Gelegenheit die Torte aussuchen."
„Nein. Jetzt machen wir mal, wie ich es mir denke." Sie küsst sein Kinn und bestimmt: „Zuerst gehen wir zum Juwelier und dann zum Hochzeitsausstatter und hinterher zum Bäcker. Dann können wir uns nämlich Zeit lassen und es genießen. Oder müssen wir in einer Stunde zu Hause sein?"
„Nein. Ralf macht heute Abend Futterdienst. Wir haben Zeit."
„Gut. Dann lass uns fahren. Ich weiß schon, wie ich mir mein Kleid vorstelle." Agatha öffnet die Autotür und steigt ein. Will setzt sich hinter das Lenkrad. Amüsiert meint er:
„Ich bin für die sparsame Variante." Verwirrt fragt Agatha:
„Soll ich auf den Preis achten?"
„Nein. Ich meinte, dass ich dich auch ohne Kleid heiraten würde." Er beugt sich zu ihr herüber und küsst sie, ehe er lüstern sagt:
„Und am besten gleich mit der Hochzeitsnacht beginnen." Agatha streichelt seinen Nacken und erkundigt sich belustigt:
„Darf ich mir sicherheitshalber doch ein Kleid aussuchen? Ist ja nur wegen der Hochzeitsgäste, die sich über ein Brautpaar in Unterwäsche wundern würden. Ich hab dich zwar auch am liebsten ohne, aber im Anzug gefällst du mir ebenfalls ganz gut." Will grinst und fragt nach:
„Nur ganz gut?"
„Hey! Du bist sowieso der größte und schönste, egal wie."
„Das wollte ich hören."
„Egomane."
„Total verliebt trifft es eher, finde ich."
„Na, gut. Dann eben ein total verliebter Egoist." Will grinst und vergisst im nächsten Moment, was er sagen wollte, als ihre Zungenspitze über ihre Oberlippe streicht. Einen langen Kuss

später gibt sie ihn endlich frei. Er startet den Motor, schaut in den Spiegel und fährt los Richtung Stadtmitte.
Keiner von beiden bemerkte die interessierten Zuschauer auf der anderen Straßenseite.

** * **

Die Nachmittagssonne knallt vom Himmel und treibt ihm den Schweiß aus allen Poren. Der Fahrtwind bietet da eine willkommene Abkühlung. Will zieht sich das Jackett aus und lockert den Schlips um seinen Hals. In Gedanken geht er alles noch einmal durch, obwohl er sich sicher ist, das er keinen Fehler begangen hat.
Sie sind rechtzeitig losgefahren. Es ist alles bestens organisiert. Nichts dürfte schief gehen. Also steht ihrem Glück nichts mehr im Wege. In knapp zwei Stunden werden sie verheiratet sein. Er könnte sich beruhigt zurück lehnen. Doch es fällt ihm schwer, die Vorfreude zu genießen.
Eine innere Unruhe lässt ihn nun doch auf der Sitzbank in der offenen, mit grünen Girlanden und üppigen Blumen geschmückten Kutsche hin und her rücken. Auf die Dekoration des Gefährts hatte sein Chef bestanden. Selbst die Geschirre der Pferde sind mit Blumengebinden verschönert. Die beiden dunkelbraunen Wallache, die einem Privatmann gehören, der mit ihnen beinahe ausschließlich fährt, bewohnen zwei Boxen in der Mitte des Stalles. Sie sind ein prachtvolles Gespann. Der Chef hatte darauf bestanden, dass dem Brautpaar diese Transportmöglichkeit zum Standesamt und hinterher in die Gaststätte zur Verfügung steht. Ralf wurde verpflichtet zu kutschieren, weil der Besitzer des Gespanns auf Dienstreise ist. Agatha weiß noch nichts davon. Will ist sich sicher, dass sie sich freuen wird.
Die letzten Tage vergingen wie im Fluge. Nachdem sie beide ihren Job, die Arbeit mit den Pferden und hinterher die unzähligen Hochzeitsvorbereitungen erledigt hatten, waren sie jeden Tag todmüde ins Bett gefallen. Gestern Abend entschied dann Großmama, dass die Braut bei ihr bleiben sollte, damit sie sie ein letztes Mal verwöhnen kann und für sich hat. Agatha fühlte sich in Großmamas Schuld. Natürlich blieb sie in der Stadt.
Kaum war Will zu Hause angekommen, erschien ein Bekannter. Dann kam ein Nachbar dazu und dann noch einer und noch einer und schwuppdiwupp füllte sich die Männerrunde um den Bierkasten

im Hof zu einer fröhlichen und ausgelassen feiernden Gesellschaft auf. Will war ständig umlagert. Ihm kam es so vor, als ob das halbe Dorf da war. Mutter hatte Getränke besorgt und erschien plötzlich mit einem Haufen Knabberzeug, Brötchen und einem großen Topf heißer Bockwurst. Sie versorgte lächelnd alle und zog sich wieder zurück. Weit nach Mitternacht kam Will endlich ins Bett. Er glaubt zu wissen, dass seine Mutter für diese spontane Party verantwortlich war. Darüber gesprochen haben sie nicht. Sie ging ihm immer lächelnd und schwer beschäftigt aus dem Weg.
Als Will am späten Morgen wach wurde, waren bereits alle Spuren beseitigt. Selbst die leeren Bierkästen standen nicht mehr in der Garage. Mutter war unterwegs zum Friseur. Nach dem Frühstück rief er Agatha an. Damit weckte er sie. Sie erzählte ihm, dass sie einen gemütlichen Frauenabend mit Großmama verbrachte. Als er ihr von seinem Männerabend berichtete, lachte sie. Großmama hätte von einem Gespräch mit Gesine erzählt, da hatte Agatha den Verdacht geschöpft, dass die beiden Damen etwas ausgeheckt hatten.
Will sehnt sich nach Agatha.
Es tut schon beinah weh.
Das baldige Wiedersehen kann er kaum erwarten. Sie waren noch nicht einmal einen ganzen Tag getrennt, jedoch kommt es ihm bereits wie eine halbe Ewigkeit vor. Unbewusst reibt er die schweißfeuchte Handfläche über sein Hosenbein. Erneut schaut er auf seine Armbanduhr. Es ist noch nicht einmal viertel nach zwei. Ralf lässt die Pferde traben. Sie gehen wie ein Uhrwerk im Takt und kommen zügig voran. Der Wald, in den sie gerade gefahren sind, spendet angenehme Kühle. Keine zehn Minuten später biegen sie in Großmamas Straße ein.
Will zieht sich sein Jackett wieder über und schiebt den Schlips hoch. Da lässt Ralf die Pferde bereits in Schritt fallen. Er dreht sich zu Will um. Wissend grinst er ihn an. Ein Blick nach vorn verrät ihm den Grund.
Sie werden erwartet.
Friedrich steht in Schlips und Kragen am Zaun. In einer Hand die Pfeife und in der anderen das Handy am Ohr. Er steckt das Telefon in die Tasche und schaut der Kutsche lächelnd entgegen. In der Nähe steht ein anderer Mann und fotografiert. Ralf hält genau vor den Gartentor an. Kaum ist Will aus der Kutsche gestiegen, wird er herzlich begrüßt. In dem Moment kommen Großmama und seine Mutter um die Ecke. Sie tragen Blumensträuße und Geschenke in den Händen, die sie auf die große Limousine in der Einfahrt legen.

Nach einer kurzen Begrüßung schickt Großmama Will hinein, um seine Braut zu holen. Das lässt er sich nicht zweimal sagen.
Will schnappt sich den Brautstrauß aus der Kutsche und marschiert in den Hof. Als er um die Hausecke biegt, kommt Agatha gerade zur Haustür heraus. Verzückt bleibt Will einen Moment stehen. Ein fantastischer Anblick.
Sie ist atemberaubend schön.
Das schneeweiße, bodenlange, trägerlose Kleid verbirgt ihre weißen Absatzschuhe und lässt Agatha wie eine Meerjungfrau erscheinen. Das schwarze Haar ist hochgesteckt. Weiße Perlen und rote Röschen, die denen am Kleid ähneln, zieren die Frisur unter dem kurzen Schleier, der rings um ihren Kopf verläuft. Das zarte Silberkollier um ihren Hals funkelt in der Sonne. Eine Märchenprinzessin kann nicht schöner sein.
Will fürchtet auf ein Mal, dieses Bild zu beschädigen, wenn er sie berührt. Wie angewurzelt bleibt er erneut auf halbem Weg stehen. Da lacht sie ihn an, streckt die bis zu den Ellenbogen in hauchdünne Spitzenhandschuhe gehüllten Arme aus und kommt mit kleinen flinken Schritten auf ihn zugeeilt. In der Euphorie ihrer Umarmung hätte Will beinahe den Brautstrauß zerknautscht. Vorsichtshalber hält er ihn nun von sich weg. Nur den freien Arm legt er vorsichtig um Agathas Taille, um sie an sich zu drücken. Sie umarmt ihn und sagt strahlend:
„Ich habe dich vermisst und jetzt kann ich dich nicht einmal so küssen, wie ich möchte, sonst ist mein Make up futsch und dir sieht man es an." Er betrachtet ihren kirschroten Mund, der durch den Rand des Schleiers schimmert. Der Lippenstift passt zu der Farbe der Blüten im Strauß. Er mochte diese Farbe schon immer sehr. Sie steht Agatha hervorragend, macht ihre Lippen noch verführerischer. Beim Lächeln strahlen ihre weißen Zähne dazwischen. Die langen schwarzen Wimpern umrahmen dicht gedrängt ihre braunen Augen und verleihen ihr einen noch intensiveren Blick, den er am ganzen Körper spürt. Ein Bild wie gemalt. So wie die ganze Frau.
Und sie ist sein.
„Schade, doch das holen wir nach." Sein Blick schweift über sie. „Du bist wunderschön." sagt er ehrfürchtig.
„Danke. Ich bin froh, dass ich mit dir mithalten kann. Du siehst toll aus." Sie hebt den Schleier ein bisschen an und haucht ihm einen zarten Kuss auf die Lippen, ehe sie fragt: „Darf ich dich wirklich heiraten?"
„Ja. Unbedingt!"

„Du bist meine Rettung." Sie schauen sich verliebt in die Augen, als plötzlich die Tür hinter Agatha aufgeht und die Friseurin, die sie zurechtgemacht und geschminkt hat, herauskommt. In einer Hand trägt sie ihre voluminöse Tasche und in der anderen Agathas Handtäschchen. Sie reicht Agatha das kleine, aus dem gleichen Stoff wie das Brautkleid gemachte Beutelchen und gratuliert ihnen. Dann verstaut sie ihre Utensilien in ihrem Auto im Hof und gesellt sich zu den anderen am Hoftor.

„Komm mit!" sagt Will, nach einem langen Blick in das faszinierende Gesicht seiner Braut und einem kurzen Blick auf die Uhr, „Wir sollten lieber losfahren." Er reicht ihr das kunstvolle Gebinde aus dunkelroten Rosen und hakt sie unter.

Auf dem Weg zur Straße entdeckt Agatha die Kutsche.

Das ist ja wie im Märchen. Sie ist freudig überrascht.

Doch bevor sie einsteigen können, werden sie von den Nachbarn beglückwünscht. Wenn sie all die Blumen und Geschenke in der Kutsche mitgenommen hätten, wäre für sie kein Platz mehr geblieben. Großmama, Gesine und Friedrich stehen zu guter Letzt mit vollen Händen da und sind hinter dem Blütenmeer kaum noch zu erkennen. Da kommt der Fotograf heran, der die ganze Zeit um sie herum schwirrte und sagt:

„Wollen wir alles in den Kofferraum meines Wagens tun? Sicher soll es mitgenommen werden." Er geht zu der Limousine in der Einfahrt, auf die Großmama und Gesine vorhin bereits die Blumen und Geschenke ablegten und öffnet den Kofferraum. Einige Sträuße werden noch ins Haus geschafft, weil sie keinen Patz mehr finden. Das machen Großmama und Friedrich während Will die Kutschentür öffnet.

Doch dann gibt es ein Problem. Agathas Kleid lässt keine großen Schritte zu. Ehe sie den engen Rock hoch raffen kann, nimmt Will sie auf die Arme und setzt sie in die Kutsche. Er schließt die Tür und begibt sich auf die andere Seite. Kaum ist er eingestiegen, weist er Ralf an, loszufahren. Der schnalzt mit der Zunge und die beiden Braunen setzen sich in Bewegung.

Agatha winkt den Leuten am Straßenrand zu und Will grüßt höflich. Die meisten kennt er nicht, im Gegensatz zu Agatha, die mit ihnen aufgewachsen ist.

Der Wagen rollt um die nächste Ecke. Gleich darauf kommen sie an die Kreuzung und biegen auf die große Hauptstraße ein. Dort lässt Ralf das Gespann im Trab gehen. Zügig kommen sie vorwärts. Der Verkehr wird immer dichter. An der letzten Ampel müssen sie zwei Rotphasen aushalten. Agatha lächelt Will an und hält seinen Arm fest, als er zum xsten Mal auf die Uhr sehen will. Gleich danach kommen sie an den Kreisverkehr. Alle Autos an den Einfahrten bleiben stehen und hupen, während sie die bepflanzte Insel umrunden. Sie winken lachend zurück. Endlich biegen sie in die richtige Straße ein.

Will atmet auf.

Von hier aus könnten sie es sogar noch zu Fuß schaffen. Kaum öffnet sich ihr Blick um die Kurve bis zum Rathaus, kommt Bewegung in den Menschenauflauf vor dem Standesamt. Den Weg vom Bordstein bis zum Eingang säumen viele Gäste und Zuschauer. Dazwischen sind Bruni mit Hermann und Hannes, Großmama, Friedrich und Gesine zu erkennen. Der Fotograf ist auch wieder da. Etliche Leute aus dem Dorf sind anwesend sowie Bekannte aus dem Reitstall. Agatha entdeckt Kolleginnen und Kinder mit ihren Eltern. Unbewusst sucht sie die Menge ab. Sie winkt lächelnd, um ihre Enttäuschung zu verbergen.

Ihre Eltern kann sie nirgends entdecken.

Ralf hat kaum am Ende der Gasse angehalten, welche die Leute zwischen dem Bordstein und der Tür zum Standesamt bilden, da springt Will bereits auf seiner Seite raus.

Agatha bleibt sitzen und schaut nach ihrem Brautstrauß und der Handtasche. Plötzlich dringt die Frage an ihr Ohr:

„Darf ich dir heraus helfen?" Die Stimme lässt sie erschrocken herum wirbeln. Direkt vor dem Wagenschlag steht der Vater mit seiner Tochter aus ihrer KiTa. Agatha schaut die zwei sprachlos an. Er steckt in einem dunklen, festlichen Anzug mit roter Fliege und die Kleine trägt ein helles Festtagskleidchen und weiße Lackschuhe. In ihrem schön frisierten Haar steckt eine echte Blume. Der Vater reicht Agatha die Hand und lächelt sie nervös an. Die Kleine schaut strahlend zu ihm hoch Plötzlich knufft sie ihn in die Seite. Da sagt er zaghaft:

„Bitte heirate mich!" Er versucht ein angespanntes Lächeln. Vor lauter Verblüffung kann Agatha gar nichts sagen. Als sie nicht gleich reagiert, fällt sein unsteter Blick auf die Wagentür. Er entriegelt sie und hat sie bereits ein Stück offen, da ist Will um den Wagen herum. Ohne hinzusehen knallt er die Tür wieder zu und stellt sich davor. Agatha sieht grade noch den Haarschopf des Vaters, der etwas zurück trat. Will verdeckt einen Großteil ihres Sichtfeldes mit seiner mächtigen Gestalt. Sie hört ihn fragen:

„Was wird das, wenn`s fertig ist?"

„Ich möchte Agatha hei…heiraten." stammelt der Vater. Will schnauft und bestimmt:

„Irrtum, sie wird meine Frau. Verschwinde!"

„Nein." Erwidert der Vater so mutig, wie er es schafft. Es klingt trotzig wie ein Kind.
„Genau! Wir werden nicht verschwinden, sondern du!" kreischt die kleine Göre von unten, „Wir haben nämlich alles gehört. Du hast sie mit der Rose erpresst, hat Papa gesagt. Aber Agatha muss dich nicht heiraten. So, ätsch!"
„R...Richtig." Bestätigt der die Worte seiner Tochter. „Agatha hat selbst gesagt, dass Sie sie bevormunden. So was würde ich nie tun. Sie hat Ihnen Tschüss gesagt, den L...Laufpass gegeben."
„Genau. Deshalb kann sie jetzt Papa heiraten." ertönt die Stimme der Kleinen wieder. Agatha kann sie hinter Wills breitem Kreuz nicht sehen, doch sie kennt das Kind und hat ihr Gesicht zu diesen Worten im Geiste vor sich. Die Kleine hat Haare auf den Zähnen, im Gegensatz zu ihrem Vater, der für Agatha der Inbegriff von einem Schlaffi ist. Wo nimmt der bloß den Mut her, hier diesen Auftritt zu inszenieren? Die ganze Situation ist irgendwie schräg, unwirklich. Zum Lachen, wenn es nicht so ernst wäre.
Was soll der Unfug?
Will öffnet die Hände und ballt sie abwechselnd zu Fäusten. Ein deutliches Zeichen, dass ihm gleich der Kragen platzt. Doch Agatha ist wie betäubt, sie kann sich nicht rühren. Ahnungslos, was sie tun könnte, hört sie der Diskussion zu. Derweil rauschen die meisten Worte an ihr vorbei, bis sie ihren Namen hört. Der Vater sagt:
„Agatha will Sie ja gar nicht heiraten. Sie hat Sie weggeschickt und ihr habt euch gestritten. Ich habe es genau gehört."
„Genau." bekräftigt die Kleine wieder. Da schießt Wills Hand vor und legt sich schwer auf die Schulter des wesentlich kleineren Mannes vor ihm. Der verstummt augenblicklich. Mühsam beherrscht bestimmt Will:
„Agatha, du klärst das mit der Kleinen!" Ohne sich zu Agatha umzudrehen, schiebt er den Vater vor sich her durch die Gäste. „Und du kommst mit mir!"
Kaum ist Will mit dem Vater weg, klettert das Mädchen zu ihr in die Kutsche. Agatha kann grade noch ihren Brautstrauß retten, schon sitzt die Kleine auf ihrem Schoß. Sie schaut mit strahlenden Augen zu Agatha auf. Verzückt sagt sie:
„Du bist so wunderschön wie eine Märchenprinzessin." Dann kuschelt sie sich an Agathas Busen und klammert sich fest. Agatha überlegt krampfhaft, wie sie die Situation retten kann, ohne ein großes Geschrei auszulösen. Sie spricht die Kleine mit Namen an und versucht ihr zu erklären, dass sie es nicht so gemeint hat, was sie auf der Straße vor der KiTa zu Will gesagt hat. Sie versichert ihr, dass sie Will heiratet, weil sie ihn sehr lieb hat. Und nur Will,

niemand sonst, kommt für sie zum Heiraten in Frage. Die Kleine schaut sie mit großen Kulleraugen an.

Da erscheinen gleich mehrere Personen vor dem Wagen. Sie wollen wissen, was los sei und ob sie helfen können. Darunter auch Agathas Chefin. Agatha ist sehr froh, sie zu sehen. Sie bittet sie, ihr mit dem Mädchen zu helfen. Mit freundlichen aber festen Worten schaffen sie es, dass die Kleine sich aus der Kutsche heben lässt und mit der Chefin mitgeht.

Agatha schaut sich suchend um, kann aber Will und den Vater nirgends entdecken. Lange den Atem ausstoßend versucht sie, sich zu beruhigen. Sie macht sich Sorgen, weniger um den Vater, als vielmehr um Will. Er hat akribisch alles geplant und vorbereitet. Und nun ist doch noch ein Chaos möglich.

Wo ist er und was tut er? Wie lange sind sie fort. Wie spät ist es? Werden sie es pünktlich zur Trauung schaffen? Sonst wird Will sich darüber ärgern. Es tut Agatha Leid. Sie erkundigt sich bei Hermann nach der Uhrzeit. Noch zwei Minuten bis drei. Agatha steht in der Kutsche auf, um bessere Übersicht zu gewinnen. Da sieht sie Will angerannt kommen.

„Ein Glück!" entfährt es ihr. Alle, die vor der Kutsche stehen, folgen ihrem Blick. Schnell treten sie zur Seite.

„Wo ist er?" fragt Friedrich.

„Beschäftigt." knurrt Will im vorbeilaufen, schaut auf die Uhr und dann Agatha an. Sein Gesicht spricht Bände. Schnell streckt Agatha ihm die Hände entgegen. Auf seinen Schultern abgestützt, hebt er sie heraus und stellt sie vor sich ab. Agatha fährt ihm mit der Hand liebevoll über die Wange, fesselt seinen Blick und flüstert:

„Nur du." Will fängt ihre Hand ein, drückt ihr einen flinken Kuss auf dir Fingerspitzen, ehe er antwortet:

„Lass uns reingehen!" Sie nickt. Sofort dreht er sich um, legt ihre Hand auf seinen Arm und führt sie gemessenen Schrittes durch das Spalier der Leute. Alle beginnen zu klatschen. Ein paar Mal tief durchatmen tut gut. Langsam können sie beide wieder lächeln, nach dem ersten Versuch wird es immer besser.

Großmama und Friedrich, Gesine, Bruni, Hermann und Hannes schließen sich ihnen an. Agatha hatte sich gewünscht, dass es ihre Eltern miterleben könnten. Doch sie scheinen es nicht geschafft zu haben. Vielleicht haben sie die Nachricht noch nicht einmal erhalten. Kopf hoch! Sagt Agatha zu sich. Es ist sehr traurig, doch es bringt ihr gar nichts, wenn sie sich davon den schönsten Tag ihres Lebens verderben lässt.

An Wills Arm erklimmt sie die paar Stufen vor dem Eingang ohne peinlichen Zwischenfall und betritt mit ihm den Flur des

Standesamtes. Zwei Schritte weiter bleibt Will abrupt stehen. Agatha, die gerade zu ihm hoch gesehen hat, dreht sich nach vorn. Der Anblick ist nicht schön.
Was soll das denn werden?
„Von wegen, Sie kennen sich erst seit Mai. Aber im August schon heiraten. Ihre Märchen können sie dem Weihnachtsmann erzählen, aber nicht mir! Das hat ein Nachspiel."
„Guten Tag, Herr Kommissar." grüßt Agatha mit eiserner Beherrschung. Sie spürt die Anspannung in Wills Körper, sie gleicht der ihren. „Welch ein Zufall, Sie hier zu treffen."
„Zufall ist das nicht, Fräulein. Ich wollte mich mit eigenen Augen vergewissern, ob die Gerüchte stimmen. Sie beide sind das ausgekochteste Gaunerpärchen, das mir je über den Weg gelaufen ist." Er droht ihnen mit dem Finger und hängt an: „Aber ich kriege Euch!"
„Ich nehme nicht an, dass sie uns zur Hochzeit gratulieren wollen, oder?" knirscht Will durch die zusammen gebissenen Zähne. Er hat beschlossen, sich von dem Kommissar und seinen Anwandlungen nicht mehr provozieren zu lassen. Aber es fällt ihm schwer.
„Pff! Das wäre ja noch schöner."
„Dann gehen Sie uns aus dem Weg!" fordert Will ihn auf.
„Aber bitte doch! Ich werde niemals Verbrecher daran hindern, in ihr Unglück zu rennen." Er tritt beiseite.
Will und Agatha würdigen ihn keines Blickes mehr. Stolz und aufrecht, in dem Wissen, dass sie nichts getan haben, was sein Verhalten rechtfertigen würde, gehen sie an ihm vorbei. Agatha bemüht sich um Fassung, da hört sie hinter sich Großmama wütend sagen:
„Lassen Sie die Kinder in Ruhe und hören Sie auf, so einen Quatsch zu erzählen!" Der Kommissar brummt etwas unverständliches vor sich hin und räuspert sich.
„Beruhige Dich, Liebes." hört sie Friedrichs Stimme. Doch Großmama ist noch nicht fertig:
„Na, ist doch wahr!" und laut sagt sie erbost, „Mit so was wie dem bin ich früher schon Schlitten gefahren." Agatha muss lächeln. Sie schaut zu Will hoch. Der grinst sie ebenfalls an. Stillschweigend erinnert sie ihn daran, dass sie beide nichts trennen kann.
Die freundliche Standesbeamtin erwartet sie feierlich an der Tür des Trauungszimmers. Endlich haben sie es geschafft. In dem festlich gediegenen Ambiente geben sie sich das Ja-Wort und tauschen die Ringe.
Später betreten sie den Flur erneut, aber nun als Ehepaar. Sie sind beide so glücklich, dass keiner mehr einen Gedanken an den

Kommissar verschwendet, der nirgends mehr zu sehen ist. Großmama, Gesine und die anderen sind vorneweg gegangen. Der Fotograf schoss noch ein Bild von ihnen beiden im Flur und ist jetzt ebenfalls nach draußen verschwunden.

Will nutzt die ungestörte Abgeschiedenheit der Situation und küsst Agatha. Es tut so unwahrscheinlich gut.

„Lass uns durch den Hinterausgang abhauen und mit der Hochzeitsnacht beginnen!" schlägt er zwischendurch vor.

„Dann schlagen die Leute draußen Wurzeln. Du hast dir so viel Mühe mit der Vorbereitung der Feier gegeben, es wäre doch schade darum." Sie knabbert an seiner Lippe und lächelt ihn an. Seine Hände sind auf ihrer Rückseite unterwegs, während sie ihn wieder und wieder küsst, bis sie schnurrt.

„Na gut, ich gebe es zu." Meint er dazwischen.

„Die Feier ist zur Ablenkung der Gäste gedacht, damit ich dich unbemerkt entführen kann." Sie grinst ihn spitzbübisch an:

„He, das ist ja ein ganz fieser Plan. Ich würde dabei sogar mitmachen."

„Wusste ich es doch." sagt er und hat nichts weiter zu tun, als sie schon wieder zu küssen.

„Aber vorher will ich mit dir tanzen und zwar auf unserer Hochzeit. So oft kommen wir ja schließlich nicht dazu, auf unserer eigenen Hochzeit zu tanzen."

„Okay, das ist ein Argument. Dann lass uns feiern gehen und alle Gäste so schnell wie möglich abfüllen, damit keiner merkt, wenn wir uns davon stehlen."

„Ich liebe dich."

„Damit habe ich gerechnet."

„Frecher Kerl." Agatha kramt flink ihren Lippenstift heraus und eine flache Dose.

„Halt mal." Sie drückt Will die Kappe des Lippenstiftes in die Hand und öffnet die flache Dose. Geschickt erneuert sie die Farbe auf ihren Lippen, presst sie zusammen und lässt die Utensilien wieder in ihrer kleinen Handtasche verschwinden.

„Ich liebe diese Farbe." gibt Will zu und betrachtet ihren einladend kirschroten Mund. Sie grinst und fragt:

„Auch an dir?"

„Wieso?"

„Weil du Spuren im Gesicht hast." Sofort langt Will in die Jackentasche, zaubert ein Tempo hervor und drückt es ihr in die Hand:

„Vernichte bitte alle Beweise!" Agatha nimmt ihm das Tuch ab und lacht:

„Solche Sätze von dir würden den Kommissar sicher ganz besonders freuen. Du musst aufpassen, was du sagst." Sie gibt ihm das Taschentuch wieder. „Du bist sauber."
Freudestrahlend gehen sie den Gang entlang und treten ins helle Sonnenlicht, das zur breit offen stehenden, zweiflügligen Eingangstür herein scheint. Jubel schlägt ihnen entgegen. Es werden viele Fotos gemacht. Blüten, Konfetti und Reiskörner regnen herab. Von allen Seiten kommen Gratulanten. Es dauert eine Weile, bis sie die Kutsche erreichen. Will legt den Brautstrauß auf die eine Sitzbank. Dann nimmt er Agatha auf die Arme, küsst sie und setzt sie in die Kutsche. Unter allgemeinem Jubel bekommt er noch einen Kuss und einen glutvollen Blick von seiner Braut, ehe er sich abwenden kann. Will schließt den Wagenschlag und geht hinten um das Gefährt herum.
Er wischt sich grade mit der Hand über den Mund, weil er sicher schon wieder rote Spuren auf den Lippen hat, als von links ein Taxi mit hoher Geschwindigkeit angeschossen kommt. Um es vorbei zu lassen, wartet er zwischen der Kutsche und der großen Limousine, die dahinter parkt. Doch anstatt weiter zu fahren, legt der Taxifahrer eine Vollbremsung hin. Mit quietschenden Reifen kommt das Taxi mitten auf der Straße neben der Kutsche zum Stehen. Die Türen fliegen auf und ein Mann und eine Frau springen heraus. Will schaut die beiden verdattert an. Plötzlich steht Agatha in der Kutsche und schreit:
„Papa!" sie lässt den Brautstrauß auf den Sitz fallen und wirft sich in die Arme des Mannes, der auf die Kutsche zugestürzt ist. Er fängt sie auf und hebt sie auf die Straße. Unterdessen hat die Frau einen großes Blumenbukett aus dem Auto geangelt und ist zu den beiden getreten. Sie umschlingt Vater und Tochter miteinander. Ihr rinnen Tränen aus den Augen. Will steht wie angewurzelt da und betrachtet sich die von Freudentränen begleitete, emotionsgeladenen Szene.
Der Mann ist groß, sehnig und schmalgesichtig. Die Haut ist braun gebrannt. Das braune Haar, ausgeblichen von der Sonne, hängt ihm bis auf die Schultern. Sein wettergegerbtes Gesicht leuchtet vor Freude. Einmal hält er Agatha von sich, um sie von oben bis unten zu betrachten und wieder in seine Arme zu schließen. Dann umarmt ihre Mutter sie. Die Frau sieht Agatha sehr ähnlich. Ihr schwarzes Haar geht ihr bis in den Rücken. Sie ist so groß wie ihre Tochter und ebenso schlank. Sie erscheint jünger, als sie ist. Da klopft Großmama Will auf die Schulter und sagt:
„Das sind deine Schwiegereltern. Meine Tochter und ihr Mann. Ich bin froh, dass sie es geschafft haben." Im nächsten Moment dreht

Agatha sich zu ihm herum. Sie kommt auf ihn zu, hakt sich bei ihm unter und stellt ihn vor:
„Mama, Papa, das ist mein Ehemann Will-Ole Maaler." und zu ihm, „Will, das sind meine Eltern." Sie geben sich die Hand und stellen sich höflich mit vollem Namen vor, bevor sie ihre herzlichen Glückwünsche aussprechen.
Will findet die beiden Fremden auf der Stelle sympathisch. Es war ihm nicht ganz egal. Vor dieser ersten Begegnung hatte er auf eine komische Art Befürchtungen gehegt. Vielleicht lag es daran, dass er die Entscheidung, ihr einziges Kind bei den Großeltern zu parken, um in der Welt herumzureisen, nicht verstehen kann. Aber der erste Eindruck, die Offenheit und ehrliche Freude in ihren Gesichtern machen seine Bedenken zunichte.
Dann ist Großmama an der Reihe und Friedrich. Nachdem der Rest der engeren Verwandtschaft kurz begrüßt wurde, schlägt Großmama vor, dass alle anderen bei der Feier bekannt gemacht werden. Dem stimmt jedweder zu.
Sie verteilen sich in die bereitstehenden Fahrzeuge. Langsam löst sich der Stau auf der Straße vor dem Standesamt auf, denn der Taxifahrer war, völlig unbeeindruckt von dem Hupkonzert hinter ihm, dort stehen geblieben, wo er angehalten hatte. Eigentlich hat er auch keine andere Chance, denn die Parkmöglichkeiten ringsherum sind alle belegt.
Winkend führen Will und Agatha den Tross an. Später trennen sich ihre Wege, weil die Kutsche mit dem Brautpaar wieder durch den Wald fahren soll, während die übrigen die Landstraße ins Dorf benutzen. Als die Kutsche auf dem Waldweg entlang ruckelt, lässt Ralf die Pferde im Schritt gehen. Trotz des ganzen Tohuwabohus haben sie noch Zeit.
Will hat den Arm um Agatha gelegt, nachdem er sich wegen der Hitze des Jacketts entledigt hatte und zieht sie zu sich heran. Die Augen geschlossen entringt sich ein tiefer Seufzer ihrer Brust. Als er sie anspricht, schaut sie zu ihm hoch:
„Wie geht es dir?"
„Sehr gut. Ich hoffe dir auch?" sie schenkt ihm ein zufriedenes Lächeln.
„Ja. Ich bin glücklich. Und du?" Sie macht ihn schon glücklich, wenn sie nur so nah bei ihm ist, ihn ansieht. Die Vision seiner Traumfrau aus seiner Gedankenwelt ist zu einem blassen Bild verkommen im Vergleich zu ihr.
„Überglücklich." flüstert sie. „Irgendwie kann ich es noch gar nicht richtig fassen. Küss mich noch mal, damit ich aufwache, falls ich aus Versehen in einem Traum gelandet bin." Sie hat ihren Schleier

zurückgeschlagen als sie in den Wald einbogen, sodass er ungehindert ihre Stirn küssen kann und danach ihren Mund. Sie schlingt ihren Arm um seinen Nacken, schmiegt sich an und gibt ihn lange nicht frei. Dann seufzt sie und meint verführerisch lächelnd:
„Das funktioniert nicht. Deine Küsse sind viel zu traumhaft. Da möchte ich gar nicht aufwachen."
„Gut so." lacht er, „Ich kann es auch noch nicht so recht glauben. Wahrscheinlich erst, wenn alles geregelt ist." Er streichelt ihre Schulter. „In den nächsten Tagen räumen wir deine Sachen um. Die Fahrräder verschwinden aus der anderen Garage, damit dein Auto nicht draußen stehen muss. Mutter hat ihres nie dort untergestellt, weil sie den großen Schuppen besser fand als die enge Garage. Ständig hat sie Angst, irgendwo anzuecken. Das war schon immer so. Und die beiden Gästezimmer in der oberen Etage werden zu Kinderzimmern gemacht. Also gibt es keine Hindernisse mehr."
„Mein Auto ist das Draußen stehen gewöhnt und die Sache mit den Kindern dauert noch ein paar Monate."
„Ich weiß. Aber dein Wagen muss ab jetzt nicht mehr Wind und Wetter aushalten, schaden wird es ihm sicher nicht. Und was die andere Sache angeht, sehe ich keine Schwierigkeiten."
„Du hast an alles gedacht." Er schmunzelt und zuckt mit den Schultern. Liebevoll betrachtet er sie von oben bis unten. Neugierig tasten seine Fingerspitzen über eines der Röschen auf ihrem Kleid. „Ich freue mich, dass es deine Eltern geschafft haben."
„Ja, ich auch. Wirklich. Das war eine schöne Überraschung." Ihr Gesicht beginnt vor Freude zu leuchten. „Ist schon verrückt, wie alles auf den letzten Metern schief gehen kann." Agatha lacht. „Nach tausenden Flugmeilen um die halbe Welt haben sie sich gefreut, dass sie rechtzeitig in Deutschland gelandet waren. Aber dann kamen sie nicht vorwärts. Erst haben sie vergeblich auf einen Anschlussflug nach Dresden oder Berlin gewartet und als sie endlich ein Taxi gefunden hatten, dass sie bis hier her bringen wollte, hängen sie stundenlang im Stau auf der Autobahn fest. Sonst hätten sie es vorher noch zu Großmama geschafft und wären mit zur Trauung gekommen. Mama hat gesagt, wir sollen ihnen eine Chance geben und langsam fahren. Sie sind jetzt noch schnell bei Großmama, umziehen und ihr Gepäck abstellen."
„Ich hatte schon befürchtet, dass in dem Taxi die nächste Unannehmlichkeit auf uns zukommt. Ein Taxi mit diesem Tempo und einem Kennzeichen aus Frankfurt am Main hat man bei uns

eben nicht so oft." Agatha erwidert sein Lächeln, drückt seine Hand und meint verschmitzt:
„Stimmt. Ich war auch erst besorgt, doch als Papa aus dem Auto sprang, brauchte ich eine Sekunde, um zu glauben, was da grade geschah."
„Ich sah mich schon, dich vor dem nächsten Verrückten retten."
„Mein Held. Ohne dich wäre ich dem Untergang geweiht." Sie streichelt über sein Gesicht und holt tief Luft. „Vor meinem verrückten Vater brauchst du mich nicht zu retten. Da laufen ganz andere herum, die es auf mich abgesehen haben. Danke. Das war jetzt schon das dritte Mal, dass du mich vor dem gerettet hast."
„Von zweimal weiß ich nur." „Nein. Das eine Mal hast du ihn vielleicht gar nicht gesehen." Sie seufzt bekümmert. „Am Montag war ich schon so verärgert wegen deinem Anruf bei meiner Chefin und dann treffe ich den Vater mit der Kleinen im großen KiTa-Flur auf dem Weg zur Haustür. Er hat mich wieder mit seinem ganzen Quatsch genervt und ließ mich nicht in Ruhe, obwohl ich ihm gesagt hatte, dass ich nur dich und niemals ihn heiraten werde. Trotzdem kam er mir hinterher gelaufen. Ich habe mich mit Absicht nicht umgesehen, deswegen kann ich gar nicht sagen, wie weit er mir gefolgt ist. Doch vermutlich hat er am Hoftor aufgegeben, als er dich gesehen hat und uns lieber von der anderen Straßenseite aus beobachtet." Agatha streichelt Will über den Handrücken. „Tratsch verbreitet sich sonst auch wie ein Lauffeuer. Ich hoffe nach der Szene heute hat auch wirklich jeder mitgekriegt, dass wir verheiratet und weder du noch ich für irgendwen verfügbar sind."
„Ich bin da ziemlich zuversichtlich. Der wird dir nie wieder zu nahe treten. Sollte er es doch tun, werde ich ihn mir noch einmal vorknöpfen."
„Hat er endlich eingesehen, dass er keine Chance bei mir hat? Ich meine, wie bist du ihn denn losgeworden?"
„Ich habe ihm erklärt, dass er nie wieder ungestraft davon kommen wird, wenn er dich nicht in Ruhe lässt." Will schaut ihr in die Augen. „Ich kann verstehen, dass er sich in so etwas Wunderbares wie dich verguckt hat. Aber das ändert nichts daran, dass du zu mir gehörst. Da verstehe ich keinen Spaß, mache keine Abstriche. Die schönste Frau gehört zu mir und nur mir allein. Kompromisslos. Er ist hoffentlich so schlau, mich lieber nicht herauszufordern."
Bei dem Gedanken an das Bild, wie der Vater mit der Göre vor der Kutsche stand und den Wagenschlag öffnen wollte, muss Will erneut seinen Unmut bekämpfen. Der Zorn hatte sich sofort explosionsartig in seinem Bauch ausgebreitet. Am liebsten hätte er

den Zwerg an seiner hässlichen roten Fliege gegriffen und geschüttelt, dass ihm hören und sehen vergangen wäre. Mit aller Macht musste Will sich beherrschen. Das Gekreische der frechen Göre ging ihm noch mehr auf die Nerven, als das dämliche Gestammel ihres Vaters. Die ganze Diskussion war ein Witz. Seit wann steht es dem Zwerg zu, über Gespräche zwischen Agatha und ihm zu urteilen? Schon alleine, das er darüber eine Diskussion anfing, war eine bodenlose Frechheit. Wie Agatha das jeden Tag ausgehalten hat, ist ihm ein Rätsel. Als es Will zu bunt wurde, suchte er nach einer Möglichkeit, die Sache zu beenden. Dazu musste er unter vier Augen mit ihm reden können.

Hinter dem Rathaus erstreckt sich so etwas wie ein kleiner Park, durch den ein Fußgängerweg zur Parallelstraße führt. Dorthin zerrte Will den Vater. Mit zunehmendem Abstand zu den anderen jaulte der immer lauter. Kaum waren sie um die Ecke des Gebäudes außer Sichtweite der anderen, hob Will ihn so weit am Kragen hoch, dass er kaum noch mit den Schuhspitzen den Boden berührte und zischte ihn an, er solle die Finger von Agatha lassen, sonst wird er sein blaues Wunder erleben. Auf die freche Antwort von dem Kerl hin, konnte Will sich kaum noch zusammenreißen. Zornig blaffte er ihm an:

„Ich sollte dich aus deinem Anzug schütteln und dich nackt durch die Stadt bis nach Hause prügeln. Aber wenn dir das zu wenig erscheint, rufe ich beim Jugendamt an und erkundige mich dort, ob die wissen, dass sie da einen Übergeschnappten mit einem Kind rumlaufen lassen. Die machen sich bestimmt Sorgen um deine Tochter und werden sich fragen, was du als nächstes für eine Verrücktheit vorhast. Ich werde denen nämlich von deinem Auftritt hier erzählen. Bestimmt interessieren sie sich für deine idiotischen Anwandlungen, die Frauen anderer Männer heiraten zu wollen."

„Ich kenne Agatha viel länger als d…du."

„Dann hättest du sie schon längst heiraten können."

„S…sie wollte ja immer n…nicht."

„Aha, das hast du also doch mitgekriegt. Warum lässt du sie dann nicht in Ruhe?"

„Weil meine Kleine eine Mutter haben will. Sie liebt Agatha und hört auf sie."

„Das ist kein Grund."

„Oh doch. Meine Kleine wird furchtbar wütend, wenn es nicht nach ihrem Kopf geht und ich kann das nicht aushalten."

„Dann wird es höchste Zeit, dass du dich durchsetzt. Aber das ist weder Agathas noch mein Problem, also lass uns in Ruhe!"

„Aber ich ka…kann nicht." jappst der Zwerg.

„Du wirst müssen, weil ich mich sonst umgehend mit den zuständigen Stellen in Verbindung setze. Agatha kann mir da sicher einen Tipp geben und auf ihr fachliches Urteil in Bezug auf das Wohlergehen deiner Göre kann ich mich verlassen. Wenn ich mit denen rede, werden sie sicher kaum auf dein Gestammel hören. Zumal du der Kleinen allen möglichen Scheiß einzureden scheinst. Oder was meinst du?" Plötzlich wurde der Zwerg kalkweiß und wimmerte. Verzweifelt bat er Will, sich nicht an das Amt zu wenden, da die sowieso schon ständig bei ihm auf der Matte stünden. Will war froh, endlich Gehör gefunden zu haben. Deshalb setzte er nach, um auch sicher zu gehen, dass der Zwerg ihn verstanden hatte:

„Meinst du nicht, dass mich eine der Damen dort auf dem Amt nett findet und auch zu der Meinung gelangen könnte, dass ich ein besserer Vater sein werde als du. Noch dazu verheiratet mit einer Frau, die etwas von Kindern versteht. Die glauben mir ganz sicher eher, als dir. Dann stecken sie deine Kleine erst einmal in ein Heim und jagen dich durch die Hölle, ehe du sie wieder siehst. Willst du das?"

„N...nein."

„Ganz bestimmt nicht?"

„G...ganz best...stimmt nicht."

„Dann lass die Finger von meiner Frau!" Will stieß den Vater ziemlich unsanft von sich und ließ ihn los. Der stolperte ein paar Schritte rückwärts, fing sich und holte tief Luft. Als Will sich grade abwenden wollte, antwortete der Zwerg bockig:

„Sie ist noch nicht deine Frau." Will dachte sich verhört zu haben. Wutentbrannt fuhr er herum, ging auf ihn zu und wollte nach ihm greifen. Doch der Zwerg wich ihm aus.

„Wie war das?" quetschte Will zwischen den zusammen gebissenen Zähnen hervor.

„Agatha kann immer noch mich heiraten." Beharrte der Vater auf seiner Meinung.

„Bist du noch ganz bei Trost, Mann?"

„Sie kann immer noch nein sagen." Ereiferte sich der Zwerg. Da griff Will blitzschnell zu. Er fasste nach der hässlichen roten Fliege, die an einem ziemlich stabilen Band befestigt war, drehte die Hand herum und zog den Zwerg zu sich heran.

„Wir werden uns das Ja-Wort geben und daran kannst du gar nichts ändern! Verstanden?" brüllte Will dem Zwerg ins Gesicht.

„Willst du wirklich einen Denkanstoß haben oder schaltest du jetzt endlich dein Gehirn ein?" Bei der ganzen Diskussion hatte Will gar

nicht gemerkt, dass sie immer weiter in den Park hinein geraten waren. Plötzlich ertönte hinter ihm eine Stimme:
„Eh, Alter! Warum biste denn so sauer?" Will glaubte beinahe, sich verhört zu haben. Er warf einen kurzen Blick über die Schulter, ehe er die Augen schloss und tief Luft holte, um sie gepresst durch die Zähne auszustoßen. Die Stimme, die so gänzlich unerwartet hinter ihm erklang, hat für Will einen unguten Beigeschmack. Doch in dem Moment der Resignation blitzte eine Idee in seinem Kopf auf. Der Typ könnte ihm eventuell helfen.
Mit eisernem Griff hielt Will den völlig verdattert drein schauenden Vater an der Schulter fest, sodass der beinah in die Knie ging und winselte. Dabei drehte Will sich um und versuchte zur Begrüßung zu lächeln.
„Grüß' dich!"
„Tach, Will."
„Wie geht es dir?"
„Alles paletti, geht so. Meine Alte is zwar noch nicht zufrieden, aber du weißt ja, wie das mit den Bräuten is."
„Schön, dass du wieder fit bist. Seit wann bist du draußen?" fragte er seinen Bettnachbarn aus dem Krankenhaus.
„Seit letzte Woche. Eh, krass, Alter. Du hast dich ja in Schale geschmissen. Siehst voll geil aus in dem Outfit, als wenn de was besondres vorhast. Was liegt an, Mann?"
„Hochzeit." „Eh, abgefahren, Mann! Ist das der Bräutigam? Hat die Pfeife etwa kalte Flossen gekriegt und is abgedampft?" er kichert.
„Nein, ich werde heiraten." Erwidert Will ungerührt. Da reißt sein Bettnachbar die Augen auf:
„Eh, megakrass, Mann! Welche denn? Die Blonde oder etwa die Süße, die nur ich gesehen hab?"
„Letztere."
„Eh, Alter. Das is ja abgefahren. Cool, Mann. Wie hast du die denn rumgekriegt?"
„Erzähle ich dir später. Hab im Moment ein bisschen Zeitdruck. Kannst du mir helfen?"
„Aber immer, Mann. Worum geht's?"
„Mach dem Kerl hier klar, dass Agatha meine Frau ist und ihn niemals heiraten wird. Er soll sie in Ruhe lassen, sonst kracht's."
„Der wollte dir deine Süße ausspannen?" Als Will nickte, wandte sich sein Bettnachbar direkt an den Vater und unterstützte seine Frage mit entsprechenden Gesten: „Hat dir einer ins Gehirn geschissen, Kumpel? Weißt du was dir passiert, wenn du einem wie Will auf die Zehen latschst?"

„Mach ihm das klar und erzähle ihm von deinen Verletzungen und wie lange du im Krankenhaus verbracht hast. Verstanden?"
„Klar, Mann. Kannst dich drauf verlassen, Alter. Alles paletti."
„Danke. Du hast einen gut bei mir." Damit ließ Will den leise protestierenden Vater los. Der rieb sich die Schulter und sah sich zweifelnd um. Als sein Blick wieder auf Will traf, zeigte der auf seinen Bettnachbarn und fuhr den Zwerg noch mal an: „Hör ihm genau zu und Finger weg von meiner Frau! Verstanden?" Der Zwerg sah aus, als wüsste er nicht, ob er sich freuen oder fürchten soll, doch überwogen wohl Angst und Verzweiflung.
Wills Bettnachbar legte seinen Arm um den schmalen Rücken des Vaters und drehte ihn herum. Als er ihn davon schob, rannte Will in Richtung Kutsche. Die letzten Worte seines Bettnachbarn, die er hörte, waren:
„Eh, Kumpel, eh, hör mal. Bist du lebensmüde? Wenn du so einem Maker wie Will die Alte anbaggers, haut der dir erst die Birne zu Brei, ehe er fragt, ob du Dresche haben willst. Kumpel, eh, ich kann dir sagen, ich hab mich lange im Krankenhaus rumgesielt. Is megascheiße, wenn dir alles weh tut, das..."
Will hegt die Hoffnung, dass sein Bettnachbar die richtige Sprache spricht, um dem Zwerg, wie er den Vater heimlich getauft hat, den Kopf grade zu rücken.
Eilig rannte Will um das Rathaus herum. Hinter der Ecke prallte er auf Agathas Chefin mit der Göre an der Hand. Er dankte der Frau für ihre Unterstützung, drückte ihr einen Geldschein in die Hand und bat sie, auf der anderen Straßenseite mit der Kleinen Eis essen zu gehen, damit die beiden Männer Zeit hätten, ihr Gespräch zu beenden. Will geht vorerst davon aus, dass sein Bettnachbar Erfolg haben wird.
Als Agatha wenig später `nur du´ zu ihm sagte, fühlte er sich bestätigt. Sie würde sich nie gegen ihn entscheiden. Mit ihrem Blick und diesen zwei Worten streichelte sie seine Seele. Die Wogen glätteten sich und sein aufgewühltes Gemüt beruhigte sich zusehends.
Und dann stand, wie um zu testen, wieviel Will ertragen kann, Kommissar Post im Flur des Rathauses. Dass der auftauchen würde, damit hatte Will gerechnet. Trotzdem verspürte er eine grenzenlose Wut in sich. Agatha ebenfalls. Ihr Körper versteifte sich an seiner Seite und ihre Finger krallten sich um seinen Arm. Wie sie die relativ freundlichen Worte heraus bekam, war ihm schleierhaft. Standhaft hielt Will seine Beherrschung aufrecht. Egal was der Kommissar gesagt hätte, er hätte ihn schon verhaften müssen, um ihn davon abzuhalten, Agatha an diesem Tag zu

heiraten. Doch das würde der sich ohne Beweise nicht trauen. Großmamas wütende Bemerkung, stimmte Will dann etwas versöhnlicher.
Im Trauungszimmer konzentrierte er sich auf die nette Standesbeamtin und schaffte es, sich komplett abzulenken. Obwohl es nicht das erste Mal war, verspürte Will eine große Anspannung, die erst nachließ, als er Agatha den Ring an den Finger steckte. Diese pure Freude, die Liebe und das Glück auf ihrem Gesicht ließen alle Unannehmlichkeiten unwichtig werden. Ein unheimlich gutes Gefühl erfasste ihn. Das will er festhalten.
Und dann kam der Auftritt ihrer Eltern. Will mochte sie von Anfang an. Sie liegen irgendwie auf seiner Wellenlänge und scheinen herrlich unkompliziert und herzlich zu sein. Sie trugen einfache, halblange Jeans, T-Shirts und Sandalen. Ihre unverblümte Freude war einfach ansteckend. Sie hatten eine Menge auf sich genommen, um rechtzeitig zur Trauung da zu sein.
„Einen Pfennig für deine Gedanken." unterbricht Agathas Stimme seine Überlegungen.
„Deine Eltern sind jetzt aus Frankfurt am Main gekommen?"
„Genau. Dort sind sie in Deutschland gelandet. Eigentlich hatten sie bis Dresden gebucht. Ihr Leihwagen steht noch dort. Aber das sollte irgendwie nicht sein. Sie werden ein paar Wochen zu Hause sein. Morgen fahren sie mit dem Taxi aus Frankfurt/Main bis nach Dresden mit, um sich ihr Auto zu holen. Sie fanden es sehr nett, dass Großmama den Taxifahrer zur Feier einlud und ihm ein Zimmer im Gasthof buchte. Ich glaube, der Mann fand die Idee auch sehr gut. Nach den zwölf Stunden Fahrt sehnt der sich bestimmt nach einer Pause."
„Sicher. Ich bin froh, dass er das Angebot annahm. Großmama kam mir zuvor, ich hatte den gleichen Einfall." Will atmet tief durch und stellt fest: „Eigentlich dürfte es nun keine großen Katastrophen mehr geben. Alle Gäste sind da. Es gibt genug zu essen und zu trinken und einen Schlafplatz für jeden. Die Leute können sich amüsieren, tanzen und feiern." Er zieht sie eng an seine Seite. „Unsere Hochzeit sollte perfekt werden, doch wenn das so weiter geht, wird sie ein Jahrhundertereignis. Unvergesslich ist sie jetzt schon." flüstert er an ihr Ohr, bevor er es liebkost.
„Auf die Weise haben wir etwas, das wir später unseren Kindern erzählen können." Agatha schmunzelt. „Du bist der geborene Organisator und ich bin stolz auf dich. Deinen Überblick und deine Geradlinigkeit bewundere ich sehr, aber eintönig und langweilig wird es sicher nicht werden. Meinst du nicht auch?"

„Ich kann mir nicht vorstellen, dass es mit dir jemals langweilig werden kann."

„Danke. Du wirst dafür sorgen." Sie lächelt verschmitzt.

„Ich gebe mir Mühe." Er küsst sie, bis ein Schlagloch sie trennt. Nicht weit vor ihnen ist die Hauptstraße, sie fahren hinter der Koppel der Unzertrennlichen entlang. Agatha grinst ihn an und fragt:

„Weißt du wo wir sind?"

„Ja. Warum?"

„Wollen wir deinen Plan in die Tat umsetzen, und heimlich verschwinden?"

„Du meinst einfach aus der Kutsche verduften, ohne dass es Ralf merkt?" Agatha nickt. Da ertönt vom Kutschbock die Ansage:

„Das habe ich gehört." Ralf dreht sich feixend um und sagt schadenfroh: „Blumenpflücken während der Fahrt ist verboten. Ihr werdet schon noch einige Stunden aushalten müssen."

„Schade." antwortet Agatha und Will lacht.

Ralf wendet sich wieder in Fahrtrichtung. Wenig später steuert er das Gespann auf die Straße. Dort lässt er die Pferde antraben. Sie sind noch nicht weit ins Dorf hinein gefahren, da überholt sie das Frankfurter Taxi. Der Fahrer hupt und Agathas Eltern winken aus den Fenstern. Auf den Gehwegen und an den Gartenzäunen stehen etliche Menschen und winken ihnen zu. Will hat sich sein Jackett wieder übergestreift und ist über jedes kühle Lüftchen heilfroh. Er weiß schon, was er als erstes tut, wenn der offizielle Teil und die Fotografiererei vorüber sind. Sich seiner Jacke entledigen und wenn es geht auch gleich des Binders. Vielleicht wird er Agatha fragen, ob sie damit einverstanden ist. Aber vielleicht entscheidet er das auch für sich allein, wenn er es nicht mehr aushält.

Sie biegen im Trab auf den für ein Dorf recht großen Marktplatz ein. Vor der Gaststätte haben sich eine Menge Leute angesammelt. Ralf fährt noch eine große Schleife und umrundet den Brunnen mit seinem plätschernden Wasserspiel. Dann hält er vor der jubelnden und klatschenden Menschentraube an, die sich teilt und den Weg zur Eingangstür freigibt.

Mitten darauf steht ein hölzerner, sehr gebraucht aussehender Sägebock und darüber liegt ein ziemlich dicker Stamm, an dessen Ende eine große Bügelsäge baumelt. So nimmt die Prozedur ihren Lauf und nachdem Will und Agatha den Stamm durchgesägt und viele Hände geschüttet und Glückwünschen entgegengenommen haben, sind sie endlich bis an den Kaffeetisch gelangt. Das Anschneiden der dreietagigen Hochzeitstorte gestaltet sich einfacher als gedacht und auch vom ersten Bissen, den Agatha Will

in den Mund schieben muss, geht nichts daneben. Zum Bedauern der kichernden Gäste, die sich über jede kleine Peinlichkeit amüsieren würden.
Die Kaffeetafel ist geschmackvoll gedeckt und dekoriert und die drum herum versammelte Gesellschaft schnattert, lacht und labt sich nach Herzenslust an den Köstlichkeiten. Der DJ untermalt das Ganze mit festlicher Kammermusik. Doch kaum ist der letzte Gast fertig, ordern einige aus so genannten gesundheitlichen Gründen den ersten Schnaps. Schließlich müssen sie ihre Verdauung in Schwung bringen, damit sie die Feierlichkeit auch weiterhin genießen können – jedenfalls beantworten sie so anfängliche Fragen ihrer Begleiterinnen. Und so dauert es nicht lange und eine ausgelassene Feierstimmung herrscht vor.
Das Brautpaar hat kaum Zeit, sich mit Agathas Eltern näher zu unterhalten, schon kommt wieder einer dazu oder sie müssen tanzen oder eines der Spiele mitmachen, mit denen der DJ die Leute auf Trab hält. Ihr erster Tanz wird kurz nach der Kaffeetafel gefordert. Sie schalten die Umgebung weg und konzentrieren sich nur auf den anderen. Es ist eine schöne Auszeit in dem ganzen Trubel. Später versuchen sie so oft sie können, miteinander zu tanzen. Allerdings muss sich Will etliche Male eine andere Tanzpartnerin suchen, weil die Braut ihm abgeklatscht wurde. Meist holt er sie sich nur Minuten später wieder. So vergeht die Zeit im Fluge und nachdem das Abendessen serviert und das Buffet eröffnet wurde, schlagen alle erneut mächtig zu.
Plötzlich steht Wills Bettnachbar in der Tür. Überschwänglich und in seiner Art und Weise gratuliert er dem Brautpaar. Will lädt ihn ein, dazubleiben. Es stellt sich heraus, dass Wills Bettnachbar durch Zufall in dieser Gaststätte gelandet ist und weil seine Freundin Nachtdienst hat, bleibt er hier, denn er möchte ungern zu Hause allein sein. Zu Anfang hegen Will und Agatha Befürchtungen, ob das gut gehen wird, doch dann sind sie begeistert. Wills Bettnachbar entpuppt sich in seiner ganz eigenen Art als überaus anregender Animateur. Er hebt den Begeisterungsgrad der Spiele des DJs um ein Vielfaches und als kaum noch einer kann, bringt er kurz vor Mitternacht eine gekonnte Karaokenummer, in die er Gesine und Großmama mit einbindet. Die beiden Frauen sind Feuer und Flamme, schwungvoll agieren sie mit ihm. Da bleibt kein Auge trocken.
Der DJ hat seine liebe Mühe, die ziemlich beschwipste und ausgelassene Gesellschaft daran zu erinnern, dass um Mitternacht der Schleiertanz ansteht. Dementsprechend lustig ist die Zeremonie und die Gäste haben ihren Spaß an den neuen Verkleidungen des

Brautpaares. Will findet, dass man die hässlichste Schlafmütze, die es gibt, für ihn ausgesucht hat, aber Agatha sieht in ihrem Spitzenhäubchen niedlich aus. Zum Anbeißen süß.
Sie tanzen lange miteinander, ehe sie sich nach draußen begeben, um sich etwas Abkühlung zu gönnen. Will hatte sich beizeiten seines Jacketts entledigt und nimmt nun den Binder ab. Achtlos stopft er ihn in die Hosentasche. Die Nachtmütze liegt auf dem Brunnenrand. Sie ist ihm viel zu warm. Der Schweiß läuft in Strömen seinen Rücken herunter. Der leichte Nachtwind tut gut. Agatha stehen ebenfalls die Schweißperlen auf der Stirn. Sie zieht ihre langen Handschuhe aus und steckt die Arme in das herrlich kühle Wasser. Will tut es ihr gleich, taucht seine Arme bis zu den hochgekrempelten Ärmeln hinein.
Aus der Gaststätte dringen Musik, Lachen und fröhliche Stimmen. So wie es sich anhört, ist der Bettnachbar wieder am Werk. Hermann mit Hannes und gleich darauf Bruni kommen heraus und verabschieden sich fröhlich bis zum nächsten Tag. Sie werden in Wills Haus in den Gästezimmern schlafen und wahrscheinlich erst am Sonntag wieder nach Hause fahren. Hannes hatte sich erbeten, einige Zeit mit den Pferden verbringen zu dürfen, weil er Sehnsucht nach Heinz und da Gama hat. Nach ihrer Ankunft heute zur Mittagszeit haben die drei es nicht mehr in den Pferdestall geschafft. Hannes durfte nur mal schnell zu den Koppeln gucken gehen.
Es vergehen Stunden, nachdem die drei fort sind, ehe es Will und Agatha schaffen, sich unbehelligt aus der Gaststätte davon zu stehlen. Mehrere Anläufe gingen daneben. Irgendeinem liefen sie immer wieder in die Finger, der sie aufhielt oder aufhalten sollte. Irgendwer hatte Wachen aufgestellt. Ein paar Gäste hatten ihren Spaß daran und beobachteten förmlich das Brautpaar. Selbst am Brunnen waren sie nicht allein, wie sich bald herausstellte. Großmama, Friedrich, Gesine und der Fotograf sind immer noch mit Agathas Eltern zu Gange. Einige andere Gäste halten ebenfalls durch. Doch Will findet, dass es nun genug ist. Er hat ausreichend Geduld bewiesen, jetzt braucht er gefühlvolle Zweisamkeit. Er nimmt seine Frau an der Hand, tanzt mit ihr ein letztes Mal und entführt sie in die Dunkelheit der warmen Sommernacht.
Sie haben Glück. Ungesehen kommen sie aus dem Licht des Dorfplatzes heraus, um bald von den Schatten der kleinen Straße zum Pferdestall verschluckt. Zu werden So entkommen sie. Die Nacht ist sternenklar und windstill. Die Geräusche der Straße verebben weit hinter ihnen. Grillen zirpen vereinzelt. Sonst ist es ringsum ruhig. Kichernd, lachend und flüsternd schlendern sie den

Wiesenweg entlang nach Hause, ohne jemandem zu begegnen. Will schließt die Haustür auf, macht Licht und dreht sich zu Agatha um.
Sie lächelt ihn erwartungsvoll an und beißt sich auf die Unterlippe, die jetzt keinen Lippenstift mehr trägt. Ihr voller, wunderbar geschwungener Mund hat auch so genügend Farbe, ist traumhaft schön, kann fantastisch küssen und bringt Will immer wieder stark auf Touren. Er nimmt Agatha auf die Arme und trägt sie über die Schwelle. Sie legt ihm glücklich die Arme um den Hals. Den gesamten Weg durchs Haus liebkost sie ihn, bis er sie oben auf sein Bett sinken lässt. Dabei wispert sie ihm süße Worte zu und knabbert an seinem Ohr.
So wie er sie hingebettet hat, beugt er sich über sie. Knopf für Knopf öffnet sie sein Hemd, während Will sich neben ihr abstützt und sie leidenschaftlich küsst. Kaum ist sie bei der Gürtelschnalle angelangt, lässt sie ihre Fingerspitzen über seinen Bauch nach oben wandern. Die zärtliche Berührung nimmt ihm den Atem. Ein lustvolles Kribbeln überzieht seine Haut. Ehe er sich vergisst, schlägt er vor:
„Ich gehe unten duschen, da hast du das Bad hier für dich. Und dann machst du genau dort weiter, wo du jetzt bist."
„Warum?" ihre Stimme ist verführerisch träge. Ihr verlangender Blick senkt sich aufreizend langsam auf seine Lippen.
„Weil ich es schön finde, was du mit mir tust."
„Und dann?" ihre Hände gleiten sacht über seine Brust. Er kann ein Stöhnen nicht unterdrücken.
„Verlieren wir zusammen den Boden unter den Füßen, wenn wir abheben, wieder und wieder." Ihr Mund bahnt sich einen Weg über sein Gesicht, seinen Hals hinunter. „Ich kann mich gleich nicht mehr beherrschen. Hör lieber auf, ehe ich dir das Kleid mit den Zähnen ausziehe. Dann kommst du nicht mehr bis ins Bad." Agatha schnurrt, nimmt seinen Kopf in beide Hände und holt ihn zu sich herunter. Einen langen Kuss später, flieht Will aus dem Schlafzimmer eine Etage tiefer unter die Dusche.
Agathas Blicke voll glücklicher Sehnsucht verfolgen ihn. Sie streckt sich, steht auf und beginnt, sich auf dem Weg ins Bad aus den Sachen zu schälen.
Mit noch feuchten Haaren, ein Handtuch um die Hüften geschlungen und voller Erwartung schließt Will Minuten später leise die Schlafzimmertür hinter sich. Im Bad hört das Wasserrauschen auf und die Duschkabine wird geöffnet. Er durchquert das Schlafzimmer, klopft kurz an die angelehnte Badtür, schiebt sie auf und tritt ein. Agatha steht in der Dusche das Badehandtuch über

dem Kopf und rubbelt sich die Haare trocken. Will nimmt ihr lächelnd das Badetuch ab. Sie streicht sich mit beiden Händen das feuchte Haar nach hinten, wobei er fragt:
„Darf ich dich abtrocknen?" Agathas sehnsuchtsvoller Blick wandert von oben nach unten und wieder zurück über seinen Körper. Lächelnd steigt sie aus der Dusche. Will fängt sie mit dem Badetuch ein, um sie an sich heran zu ziehen. Sie duftet unheimlich gut.
„Muss ich dabei stillhalten?" will sie wissen. Lüstern leckt sie einen Wassertropfen von ihren Lippen. Aufreizend langsam streichen ihre Hände über seine Seiten auf seinen Bauch. Ihre Fingerspitzen verschwinden hinter der Kante seines Handtuches und gleiten hinab. Immer weiter hinab, während ihre Lippen eine glühende Spur auf seiner Brust hinterlassen, bis sie ihm in die Augen schaut und an seinem Mund flüstert:
„Wo sollte ich weitermachen?" ihre Hände treffen sich streichelnd in der Mitte. Zischend atmet er ein, da fallen die Handtücher neben ihre Füße. Was er damit tun wollte, ist vergessen.
Will kann nur noch fühlen. So wie sie.

** * **

Das Sonnenlicht vergoldet ihre Haut, die Schatten tanzen elegant und leicht dahin. Nichts kann die leidenschaftliche Einsamkeit stören. Nicht einmal das Summen der Insekten in der Sommerluft beeinträchtigt die zufriedene, angenehm schläfrige Stimmung dieses sehr heißen Sonntagnachmittags. Es ist stickig hier oben auf dem Heuboden über dem Stall der Unzertrennlichen. Die große Dachluke ist zur Weide hin aufgeklappt. Will und Agatha haben es sich im Halbschatten auf dem restlichen Heu vom vorigen Jahr bequem gemacht. Ihre Sachen hängen teilweise am Dachgesperre und wehen leicht in einer zarten Brise. Das kleine Lüftchen sorgt dafür, dass man sich bei den hohen Temperaturen überhaupt hier oben aufhalten kann.
„Wie lange sind wir schon hier?" fragt Agatha und streckt sich.
„Ich habe nicht auf die Uhr gesehen, aber es ist sicher mehr als eine Stunde vergangen."
„Dann müssten sie schon auf der Autobahn sein." Sie liegt mit geschlossenen Augen neben ihm. Will dachte, sie sei eingeschlafen.
„Denke schon. Solange sie nicht in einen Stau geraten, dürften sie gut vorankommen. Machst du dir Sorgen?"

„Na,ja. Es kann schließlich alles Mögliche passieren. Die Hitze hat Bruni zu schaffen gemacht."
„Hermann passt gut auf sie auf. Das Auto ist klimatisiert. Mach dir keine Gedanken. Du kannst sowieso nichts tun. Es wird schon alles gut gehen. Sie sah beim Abschied doch ganz fröhlich aus."
„Stimmt. Du hast ja Recht. Aber es ist eine ganz besondere Situation. Weder Bruni noch ich sind gut im Abschied nehmen. Das war schon immer so."
„In ein paar Stunden werden sie anrufen und Bescheid sagen, dass sie gut zu Hause angekommen sind." Er zieht einen Finger sacht über ihren Körper. „Bis dahin lenke ich dich einfach ab." Agatha lächelt ihn an und verschränkt die Hände unter ihrem Kopf.
„Du wolltest hier nur nach dem Rechten sehen und hast gesagt, dass wir uns einen Mittagsschlaf gönnen sollten. Ist der nicht längst vorbei?" sie schmunzelt.
„Der Begriff ist dehnbar. Da wir Zeit haben, werden wir das ausnutzen." Er zieht sie zu sich herüber, küsst sie lange. Als Agatha sich wieder ein wenig aufrichten kann, lässt sie ihren Blick liebevoll über sein Gesicht wandern und fragt:
„Wird sich denn keiner wundern, wo wir bleiben?"
„Wer sollte das sein?" stellt Will die Gegenfrage. Ihr Blick schnippst zu seinen Augen. Sie zuckt leicht mit den Schultern, als er weiter spricht. „Mutter ist mit ihrem Fotografen noch vor Bruni und ihrer Familie losgefahren. Sie sagte, wir sollten heute nicht auf sie warten, weil es spät werden könnte. Wenn nicht grade Großmama und Friedrich auftauchen, sind wir zum ersten Mal allein zu Hause."
„Eine prickelnde Vorstellung. Warum sind wir dann nicht im Bett statt im Heu?"
„Weil ich mit dir schon lange im Heu landen wollte. Ich finde es romantisch und gemütlich hier."
„Und außerdem findet uns hier oben niemand. Stimmt' s? Du wolltest sicher gehen, dass uns keiner stört."
„Wie kommst du da drauf?"
„Du hast ganz zufällig unauffällig beide Handys im Haus liegen gelassen."
„Dir entgeht wohl nichts?"
„Für dich habe ich einen siebenten Sinn entwickelt."
„Schon wieder eine Gemeinsamkeit. Schön. So liebe ich das."
„Gut, dass du es so siehst. Ich befürchtete bereits, dass du dich beobachtet fühlst."
„Nicht von dir. Solange du dich mit mir beschäftigst, kann ich mir wenigstens sicher sein, dass du keinen Gedanken an andere Männer verschwendest."

„Da wäre ich mir an deiner Stelle nicht so sicher."
„Warum?"
„Weil ich schon manchmal über andere nachdenke."
„Wen zum Beispiel?"
„Meinen Vater."
„Der ist genehmigt und außerdem betrachte ich ihn nicht als Konkurrenz für mich. Wer noch?"
„Deinen Bettnachbarn aus dem Krankenhaus."
„Was?"
„Ja." Wissend lächelnd streichelt Agatha mit ihren Fingern sein ernstes Gesicht. „Der Typ war mir von Anfang an zuwider, aber vom Feiern versteht er was. Das muss man ihm lassen."
„Da hast du Recht. Mutter ist noch nie für solche Auftritte zu haben gewesen und dann stellt sie sich mit dem dort vorne hin und bringt diese Nummer. Ich war total erstaunt. Das habe ich noch nie erlebt." Agatha lacht.
„Mich hat verblüfft, dass dein Bettnachbar den älteren Schlagersänger kennt und dessen Hit so gut drauf hat. Es war einfach cool. Mit solcher Musik hätte ich ihn nie in Verbindung gebracht."
„Ja. Das dachte ich auch."
„Wo kam der Typ eigentlich so plötzlich her?"
„Er meinte, er würde in unserer Kneipe ab und zu einen Bekannten zu treffen, der manchmal Leute sucht. Da er momentan knapp bei Kasse ist, hoffte er von dem Bekannten einen Job zu kriegen. Angeblich habe er ihm schon ein paar Mal geholfen und die Bezahlung sei gut und sofort nach Ablieferung. Schnelles Geld nach dem keiner fragt. So was brauchte er jetzt. Das waren seine Worte."
„Was für ein Job sollte das sein?"
„Keine Ahnung. Hörte sich irgendwie nach einem Transport an. Er wollte sich nicht genauer darüber auslassen. War mir ganz recht, denn wenn der ein Thema gefunden hat, kann er sich stundenlang daran festhalten und erzählt alles dreimal." Will war froh, den Typen noch einmal getroffen zu haben, so konnte er sich bedanken und hören, wie die Sache mit dem Zwerg geendet hatte. Er soll es verstanden haben, meinte sein Bettnachbar zuversichtlich. Na hoffentlich, dachte Will. Agathas Stimme durchdringt seine Gedanken:
„Wer war denn sein Freund, den er treffen wollte?"
„Hat er nicht gesagt. Der kam wohl nicht. Das hat ziemlich enttäuschend gewirkt, jedenfalls kam er mir etwas verzagt vor. Er

hatte vielleicht gehofft, ein Problem lösen zu können. Kann ich nachfühlen. Und was gefällt dir sonst noch an dem Typ?"

„Nichts." Sie haucht einen zarten Kuss auf sein Gesicht. „Ich bin froh, wenn der nicht in meiner Nähe ist. Der reizt mich weder als Mensch noch als Mann. Wegen dem brauchst du ganz bestimmt nicht eifersüchtig zu sein."

„Wegen wem dann?" Sie hört auf, ihn zu liebkosen, beobachtet ihren Finger, der über seine Haut streift. Plötzlich sieht sie Will in die Augen und stellt fest:

„Damit habe ich ein Problem." Angestrengt verzieht sie das Gesicht, während Will unbewusst den Atem anhält. „Weißt du, das ist gar nicht so einfach. Ich habe noch keinen anderen gefunden, der so ist wie du. Das wäre nämlich der einzige Typ, auf den du wirklich eifersüchtig sein müsstest." Hörbar entweicht Will der angehaltene Atem wieder. Oh, diese Frau! Seine Finger legen sich um ihren Hinterkopf, um sie näher auf sich zu ziehen und ihr Lachen zu küssen.

Immer wieder.

Dazwischen raunt er:

„Zu meinem Glück ... gibt es ... mich ... nur einmal."

„Richtig. Du bist völlig ausreichend für ein Leben. Mein Leben." Er betrachtet ihren Mund, als sie antwortet. Dann flüstert er:

„Das wollte ich hören." Der Kuss wird intensiver, doch sie schafft es zu sagen:

„Du bist unmöglich."

„Und am liebsten mit dir allein." Eine Antwort lässt er nicht zu. Ausgiebig, gierig, bis zur Atemlosigkeit küsst er sie. Hält sie fest an sich gepresst, sodass sie nur noch atmen und sich an ihn schmiegen kann. Kaum lösen sich ihre Lippen von den seinen, versiegelt er sie erneut. Leidenschaftlich, erfüllend, zeitlos, besitzergreifend, verführerisch überwältigend. Die Schatten sind ein großes Stück weiter gewandert, als sie ihren Kopf auf seinen Brustkorb legt. Verträumt stellt sie fest:

„Wenn wir noch lange liegen bleiben, müssen wir hier übernachten. Hast du schon einmal hier geschlafen?"

„Geschlafen weniger. Übernachtet schon."

„Allein?"

„Nein, mit einer Dame." meint Will. Sofort hebt Agatha den Kopf und wehrt ab:

„Ich will es nicht wissen. Entschuldige." Es ist ihr peinlich. Genauso wenig wie sie über ihre früheren Beziehungen ausgefragt werden möchte, will sie ihn damit bedrängen.

„Ich erzähle es dir trotzdem." Will grinst sie an. „Als wir hier her zogen, gab es lediglich eine kleinere Koppel rund um dieses Gebäude hier. Der Vorbesitzer hatte einen Haflinger. Für diesen ließ er einst die beiden Garagen aus Fertigbetonteilen errichten. Eine Hälfte diente als Stall und die andere als Scheune. Sie war noch halb voll Heu und Stroh, als ich herkam. Der Haflinger starb nicht lange vor seinem Besitzer, von dessen Enkeln ich das Anwesen gekauft habe. Die große Wiese zwischen hier und dem Reitstall gehört dazu und ein großes Stück Wald vor und hinter der Bahnlinie. Selbst ein Teil vom Feld in Richtung Stadt war dabei, doch das haben die Enkel an den Bauern verkauft, der die Felder ringsum bewirtschaftet.

Während die Handwerker unter Mutters Aufsicht das Wohnhaus sanierten und umbauten, errichtete ich die Weide. Erst umzäunte ich das gesamte Areal, dann riss ich den alten Koppelzaun weg und baute die mittleren Zaunfelder. PePe, da Gama und Sulaika fanden das höchst interessant. Sie mussten sich am Anfang die kleine Weide teilen. Dann bekam ich den Job im Reitstall und wollte wieder trainieren. Also stellte ich die beiden Pferde im Reitstall ein."

Will lächelt vor sich hin und erzählt weiter:

„Sulaika war sehr unruhig, suchte die beiden ständig. Mutter machte sich Sorgen. Also übernachtete ich etliche Tage hier. Allerdings nicht hier oben, sondern unten auf dem alten Heu und Stroh. Sulaika drängelte so lange, bis ich sie in meine Garagenhälfte mit hinein ließ. Sie lag unten und ich oben auf den Ballen. Lange Ruhe hatte ich nicht, denn sie stand immerzu auf und sah nach mir. Sie war damals erst drei Jahre alt und noch nie allein in einem Stall gewesen. Am nächsten Wochenende schien sie sich an das Alleinsein gewöhnt zu haben. Also schlief ich endlich wieder in meinem Bett. Am anderen Morgen wurde ich ziemlich unsanft geweckt. Mutter riss die Tür auf und rief:

`Sulaika ist weg!´

Der Schreck war groß. Ich suchte grade mit dem Fahrrad den Wald ab, da klingelte mein Handy. Ralf rief an. Er machte an diesem Wochenende den Stalldienst. Als er mich fragte, was er mit meinem Kamel machen solle, weil es neben ihm auf dem Reitplatz stünde und ihm nicht von der Seite weichen wollte, war ich unendlich froh. Er weniger. Ich weiß bis heute nicht, wie sie aus der geschlossenen Koppel gekommen war, ohne etwas kaputt zu machen oder sich zu verletzen. Sie kam auch nicht mit uns nach hause. Nicht einmal Mutter konnte sie bewegen, ihr zu folgen. Erst als wir PePe und da Gama mitnahmen, ging sie friedlich mit Mutter mit. Deshalb blieb da Gama nun bei Sulaika, damit war sie

zufrieden. Er war damals ein Jährling. Ich hatte sowieso vor, ihn erst im nächsten Jahr einzureiten. Ich ließ die Garagen umbauen und ein Spitzdach darauf errichten, damit die beiden Platz hatten. Das Überdach vor den Eingängen entstand erst im Jahr darauf."
„Dann waren damals PePe, da Gama, Sulaika und Aladin die Unzertrennlichen?"
„Nein." Will lächelt. „Die drei waren es einfach gewöhnt beieinander zu sein. Sulaika ist mit unseren Pferden aufgewachsen und war noch nie von ihnen getrennt gewesen. Aladin gab es damals noch gar nicht."
„Warum hast du dir eigentlich eine Kamelstute zugelegt?"
„Zu Sulaika bin ich unabsichtlich gekommen." Will lacht und erzählt: „Sie war auf einem Schiff mit Schmugglern entdeckt worden. Die Polizei in der kleinen Hafenstadt hat sie dem Tierarzt in Obhut und Quarantäne gegeben. Sulaika war vielleicht ein halbes Jahr alt. Niemand hat wirklich daran geglaubt, dass sie überleben wird. Ihr Zustand war sehr kritisch. Als die Quarantäne um war, ging es ihr besser und der Tierarzt suchte aus Platz und Zeitgründen dringend eine andere Bleibe für sie.
Bei einem Besuch auf unserem Hof überredete er mich, sie zwischenzeitlich aufzunehmen. Er wollte sich um eine gute Unterbringung für sie kümmern. Damals habe ich noch studiert. Als ich viel später einmal nach Hause kam und den Tierarzt fragte, was mit Sulaika nun passieren wird, klärte der mich erstaunt darüber auf, dass meine Mutter in meiner Abwesenheit alles geregelt habe und das Tier nun ihr gehöre. Sie beichtete mir dann, dass sie es nicht ertragen konnte, Sulaika an irgendeinen Zoo zu geben, wo sie den ganzen Tag von Leuten angestarrt werden kann und niemand Zeit hat, sich so intensiv mit ihr zu beschäftigen, wie Mutter es von Anfang an getan hat."
„Deshalb geht sie jeden Nachmittag zu den Unzertrennlichen."
„Richtig. Und dabei lässt sie sich von niemandem stören. Nicht einmal mir hat sie je erzählt, was sie die ganze Zeit mit den beiden anstellt. Außer putzen, füttern und streicheln natürlich."
„Jede Frau hat ihre Geheimnisse. Weißt du das nicht?"
„Doch. Und ich bin grade dabei, deine zu ergründen."
„Aber wenn du davon weißt, sind es nicht mehr meine Geheimnisse." Agatha gibt ihm einen verliebten Kuss. „Erzähle mir lieber, wie ihr auf die Idee mit dem Kater gekommen seid."
„Wir gar nicht. Das haben die Tiere allein geschafft. Wie der Zufall manchmal so spielt. Aber seither durfte da Gama nicht mehr den Stall betreten. Ich baute ihm das Überdach und hoffte, dass Sulaika

sich bis zum Winter umstimmen ließ und da Gama wieder im Stall dulden würde."

„Warum hat sie ihn vertrieben?"

„Weil sie Aladin gefunden und beschützt hat. Ich hatte aus den zwei Abteilen einen großen Stall mit zwei Eingängen gemacht. Zwischen die beiden Türen baute ich so etwas wie eine große, niedrige Futterkrippe. Da drin lag immer Heu. Eines Tages fanden wir ein sehr junges Kätzchen darin. Sulaika benahm sich komisch. Sie war unruhig und schreckhaft. Wir dachten erst, dass es vielleicht an Aladin lag, der plötzlich in ihre Privatsphäre eingedrungen war. Sulaika ging nur noch wenig aus dem Stall und da Gama drückte sich ebenfalls immer in der Nähe des Stalles herum. Es war Spätsommer und so musste er nicht unbedingt in den Stall. Nach ein paar Tagen versuchte er es auch gar nicht mehr. Sulaika ging sofort auf ihn los, sobald er an der Stalltür erschien.

Er wirkte verängstigt.

Eines Morgens stand er zittern und schweißgebadet in der Stalltür. Er war abgekämpft, verschreckt, völlig von der Rolle. Sulaika verhielt sich ähnlich und verließ nur noch den Stall, wenn einer von uns dabei war. Da stellte ich da Gama im Reitstall in eine Box und Sulaika wird seither jeden Abend eingesperrt bevor es dunkel ist. Mutter lässt die beiden kurz nach Sonnenaufgang wieder raus. Seitdem hat sich alles eingepegelt." Will zuckt mit den Schultern und setzt hinzu: „Heute weiß ich, dass es an dem Wolf gelegen haben kann. Vielleicht hat er damals da Gama angegriffen oder er ist in der Nähe herum geschlichen, weil da Gama ein schmaler Zweijähriger und allein unterwegs war, nicht mehr in Sulaikas Begleitung. Ihre Größe hat den Wolf vielleicht abgeschreckt. Wer weiß. Auf jeden Fall hatte sich von diesem Tag an plötzlich unser Problem mit dem Partner für Sulaika gelöst. Sie hatte sich einen anderen erkoren und die beiden passen seither gut auf einander auf."

„Habe ich erlebt." Agatha lacht. „Es war herrlich zu beobachten wie Aladin Heinz klargemacht hat, dass Sulaika zu ihm gehört. Er hat Heinz sozusagen in die Flucht geschlagen." Will grinst wissend. „Das hat er vor ein paar Jahren mit PePe und da Gama auch getan, als sie über den Sommer einmal auf der Koppel nebenan sein mussten. Er bewacht seine Dame Tag und Nacht."

„Ein echter Gentleman. Und so wuschelig und verschmust. Gestern, als ich mit Bruni hier war, durfte ich ihn ausgiebig streicheln und kraulen."

„Wenn ich ihn nicht als einen meiner besten Freunde schätzen würde, könnte ich jetzt richtig eifersüchtig werden." Will nimmt Agatha in die Arme, rollt sie auf den Rücken und küsst sie heiß, innig und ausgiebig. Dann schaut er sie an und fordert:
„Das war meine Geschichte. Und jetzt du!"
„Was ich?"
„Jetzt erzählst du mir, warum du zwanzig Jahre auf keinem Pferd gesessen hast."
„Muss das jetzt sein?" mault sie mit Schmollmund. Den mag er so sehr. Er küsst ihn lange, bis er sich entscheiden kann, von ihr abzulassen. Will muss wissen, was geschah. Es interessiert ihn bereits, seit sie sich kennen lernten. Deshalb grinst er sie an und bestimmt:
„Du erzählst mir jetzt, wie das mit dem kleinen Foto war."
„Wirklich?"
„Du hast keine andere Wahl."
„Aber es ist deine Schuld, wenn uns die Geschichte den restlichen Tag verdirbt." ermahnt sie ihn und gräbt ihre Zähne in die Unterlippe. Er schüttelt langsam und lächelnd den Kopf:
„Meine Neugier schafft das auch, wenn du es mir nicht erzählst." hält Will dagegen.
„Na, gut." Sie seufzt. „Ich habe schwören müssen, dass ich auf kein Pferd mehr steige."
„Warum?"
„Weil ich ein Pferd ohne zu fragen umgestellt hatte und ein anderer dafür Ärger bekommen hat." Ihre Augen wandern ihren Händen voran über seine Schultern, seinen Hals und seine Brust. Will fängt sie ein, rollt sich von ihr herunter auf die Seite und küsst ihre Finger. Mit denen versucht sie ganz ungeniert, ihn vom Thema abzulenken. Er verzieht fragend das Gesicht und meint:
„Das war die Kurzfassung. Und nun zu der ganzen Geschichte. Fange damit an, wo du reiten gelernt hast." Als sie abwehren will, wendet er schnell ein: „Wir haben Zeit für eine lange Geschichte. Also los: Wie bist du zu den Pferden gekommen?" Agatha schaut resigniert zu ihm hoch und gesteht:
„Durch Bruni." dann lächelt sie, „Wir waren Nachbarn. Es war eine sehr schöne Zeit." Will sieht ihren Augen an, dass sie in die Vergangenheit eingetaucht. „Wir haben auf der anderen Seite des Koppelweges, der zur Wiesenhütte hinauf führt, gewohnt. Omas Häuschen mit dem kleinen Schuppen stand auf der heutigen Eckkoppel. Bei einem Hochwasser vor ein paar Jahren wurde es so sehr beschädigt, dass es abgerissen werden musste. Es war niedrig und schmal, aber urgemütlich. In der unteren Etage hatte es zwei

kleine Zimmer und auf der anderen Seite vom Flur eine Küche mit Waschküche und Vorratskammer. Unter dem Dach waren zwei Kammern. Als ich so groß war, dass ich ein eigenes Zimmer haben sollte, zog Oma in die hintere der beiden unteren Stuben, sodass ich nicht mehr im Schlafzimmer meiner Eltern hausen musste."
Agatha lächelt vor sich hin. „Ich war glücklich über mein eigenes Reich. Am schönsten war es, wenn ich morgens wach wurde und unter mir in der Küche hörte, wie Oma Frühstück machte. Für mich gab es meistens warmen Kakao. Bruni hat den auch sehr gern gemocht. Sie hat öfter in meinem Zimmer übernachten dürfen, so wie ich bei ihr drüben. Wir sind zusammen in den Kindergarten und in die Schule gegangen. Haben zusammen gespielt und ständig beieinander gehockt.
Auch reiten haben wir zusammen gelernt. Da waren wir vielleicht fünf oder so. Auf jeden Fall waren wir noch im Kindergarten und meine Eltern sahen es gar nicht gern, wenn ich nebenan auf den Pferden herumgeturnt bin. Sie schlugen die Hände über dem Kopf zusammen, als sie es erfuhren und hielten mir ständig vor, was alles passieren könnte und dass ich noch zu klein sei. Doch sie waren damals schon selten zu Hause. Also erzählten Oma und ich ihnen bald nicht immer alles. Damit haben wir ihre und unsere Nerven geschont und gelogen war das ja nicht. Irgendwann fragten sie danach und später, als ich ein Schulkind war, fanden sie es gut. Doch sie hatten nie wirklich Zeit, dabei zu sein. Oma hat mich beinahe elf Jahre lang allein betreut." Agatha schüttelt den Kopf und wischt sich eine Träne von der Wange: „Immer hat sie mich ermahnt, vorsichtig zu sein, damit mir nichts passiert. Und dann…"
Agatha schließt die Augen und schluckt die Tränen runter, ehe sie tief einatmet und weiter spricht:
„Brunis Großvater hatte Pferde. Unter anderem auch eine alte Zuchtstute. Sie war das liebste Pferd auf dem Hof und wir Kinder durften von vorne bis hinten auf ihr herumturnen. Sie verzieh uns fast alles. Aber wenn sie nicht mehr wollte, ging sie in den Stall und blieb vor ihrer Futtergrippe stehen. Dagegen waren wir machtlos. Einmal ist sie mit uns beiden auf dem Rücken bis in den Stall getrabt. Wir konnten sie nicht bremsen, das machte uns Angst. Aber nicht lange. Wir durften viel auf ihr lernen.
Dann gab es da unter anderem ein Shetlandpony. Wuschelig, süß, still und verschmust, solange es auf der Weide stand und keiner etwas von ihm wollte. Brunis Großvater hatte es an den Sattel gewöhnt und fuhr mit ihm gelegentlich. Vor dem Wagen lief es wie ein Uhrwerk, aber wehe wenn sich jemand auf seinen Rücken

traute, dann wurde es wild. Manchmal probierten sich die Nachbarsjungen auf dem Shetty aus. Doch keiner ist je oben geblieben. Ich glaube wir waren in der zweiten Klasse, als wieder einmal Rodeo auf dem Reitplatz angesagt war. Bruni und ich standen am Rand und bogen uns vor lachen. Die beiden Jungs fanden es dann gar nicht mehr lustig und nannten uns feige Hühner, die sich nicht auf das eigene Pferd trauten. Das wollten wir nicht auf uns sitzen lassen. Es wurmte uns sehr. Also beschäftigten wir uns solange mit dem Pony, bis es uns auf seinem Rücken duldete. Der positive Nebeneffekt war, dass wir nun zwei Pferde hatten, mit denen wir durch die Wiesen und Wälder streifen durften. Doch leider hatte das Pony immer wieder so seine Anwandlungen. Es warf uns immer wieder ab, um ein paar Meter weiter stehen zu bleiben und lammfromm zu warten, dass wir wieder aufstiegen.

Eines Tages erzählten die Nachbarsjungen von ihrem Training im Reitverein des Nachbarortes. Die beiden übten für ihren ersten Turnierstart. Wir führten ihnen stolz unser Können auf dem Pony vor. Das Tierchen machte auch prima mit, bis ich mit ihm über ein Rick gesprungen bin. Dahinter buckelte es mich runter. Die Jungs lachten und ich war sauer. Bruni ging es ebenso. Deshalb sagte sie den beiden, dass wir auch an Wettkämpfen teilnehmen werden und sie sich noch wundern werden.

Die beiden lachten immer lauter.

Das ging uns enorm gegen den Strich.

Sie bezichtigten uns der Lüge, weil wir gar kein Pferd dafür hätten. Damit lagen sie natürlich richtig, aber Bruni und mir fiel auch dafür eine Lösung ein. Wir wollten auf gar keinen Fall als Lügner dastehen und uns von den beiden unterkriegen lassen. Das vorletzte Fohlen der alten Zuchtstute war gerade vier Jahre alt geworden und Brunis Großvater ritt es seit einem Jahr ein. Er nannte den Wallach liebevoll seinen Kleinen, dabei war das Pferd über eins siebzig hoch. Ein Leuchtturm für uns Kinder. Das Tier hatte das zahme, geduldige Gemüt seiner Mutter geerbt und war durchweg schokoladenbraun.

Er hieß Tornado.

Bruni und ich überredeten den Großvater, uns auf Tornado zu trainieren. Er war erst skeptisch, freute sich aber dann über unser ehrliches Engagement und die Fortschritte, die wir mit dem Wallach machten. Ab da trainierten wir verbissen. Im Jahr darauf gingen wir zum ersten Mal an den Start. Tornado entpuppte sich als talentiertes Turnierpferd. Brunis Großvater unterstützte uns, wo es ging. Meistens war er derjenige, der sich über unsere Ergebnisse freute, denn wir konnten das nicht so recht. Was wir Brunis Großvater nämlich nicht erzählt hatten, war, dass wir die beiden Jungs besiegen wollten. Die waren zwei und drei Jahre älter als wir, mehr als einen Kopf größer und hatten zwei Jahre Trainingsvorsprung. Also mussten wir uns noch mehr anstrengen, um vorwärts zu kommen.

Im Herbst ritten wir unsere erste Herbstjagd mit. Brunis Großvater sah es als Belohnung für unsere harte Arbeit, sonst wäre er mit geritten, so wie jedes Jahr. Er setzte Bruni auf die Stute und ich durfte Tornado reiten. Die beiden Jungs waren auch dabei. Sie ritten Vereinspferde, aber nicht die, mit denen sie an Wettkämpfen teilnahmen. Sie lästerten über uns und amüsierten sich, weil Bruni und ich ziemlich kleine und schmächtige Zehnjährige waren und mit den höchsten Pferden antraten. Als sie dann lauthals fragten, warum wir nicht das Pony ritten, auf das wir viel besser passen würden und sie ihre Frage selbst beantworteten, indem sie lachend riefen, dann würden wir ständig im Wald liegen, weil das Biest uns wieder abgesetzt hätte, kochten wir beide vor Wut. Wir wollten es ihnen zeigen.

Die Jagd endete damit, dass an einer langen Schnur, die an hohen Stangen befestigt war, diverse Schnapsfläschchen hingen, die von den Reitern heruntergeholt werden mussten, indem sie darunter hindurch ritten, um sie abzureißen. Man durfte nicht anhalten dabei. Nun hatten wir zwar die höchsten Pferde, waren aber die kleinsten Reiter. Im Sattel sitzend hatten wir keine Chance, das wussten wir sofort. Die beiden Jungs erkannten das ebenfalls und hatten einen neuen Punkt gefunden, um über uns zu lachen. Wir beschlossen, egal wie, an so eine Flasche heran zu kommen. Beim abschließenden Spurt, dem Endgalopp über das große Feld auf die Ziellinie zwischen den hohem Stangen zu, hielten wir uns ganz hinten im Feld. Brunis Stute war sowieso nicht aus der Ruhe zu bringen und Tornado konnte ich an ihrer Seite halten. Die meisten Reiter auch die beiden Nachbarsjungen hatten ein Fläschchen erwischt. Wir suchten uns zwei tief hängende Fläschchen nebeneinander aus und steuerten in direkter Linie darauf zu. Umso näher wir kamen, umso klarer wurde uns, dass wir nur im Stehen heran kommen können. Die meisten Reiter waren Erwachsene und dazu einige Jugendliche, von denen die beiden Nachbarjungen mit Abstand die jüngsten waren. Alles preschte im Galopp vor uns her, wir trabten im großen Abstand hinterher.

Da wir nicht anhalten durften, aber keiner gesagt hatte, in welcher Gangart unter der Leine hindurch geritten werden musste, parierten wir die Pferde in den Schritt durch, machten einen

Knoten in den Zügel und knieten uns in den Sattel. Ich merkte sofort, dass ich trotzdem nicht heran kommen werde und stemmte mich in die Hocke hoch. Direkt vor der Leine stellte ich mich kurz hin und erwischte ein Fläschchen. Ich musste mit aller Kraft daran zerren, um es abzureißen. Beim zweiten Versuch schaffte ich es. Im gleichen Moment rutschte ich mit den Stiefeln ab und knallte zurück in den Sattel. Tornado erschrak und trabte los. Brunis Stute blieb an seiner Seite. Doch Brunis Schrei kam von hinter mir. Ich griff sofort nach dem Zügel der Stute und hielt an. Dann drehte ich mich um. Bruni hatte beim Aufstehen im Sattel gezögert und die Flasche erst zu fassen gekriegt, als Tornado los getrabt war. Nun hing sie mit einer Hand an der Flasche und mit der anderen an der Leine, die sich verdächtig durchbog. Ich war nur ein paar Meter weg, wendete auf der Stelle die Pferde und führte ihre Stute unter Bruni. Als ich ihr ein Zeichen gab, griff sie mit beiden Händen das Fläschchen und ließ sich in den Sattel fallen. Dann erst riss der Faden und sie hatte ihren Gewinn erbeutet. Ehe ihr Großvater von einem der Kremser herüber gelaufen war, um zu helfen, hatte Bruni sich im Sattel umgedreht. Wir trabten an und schwenkten unter allgemeinem Jubel unsere Fläschchen, womit wir zu den erfolgreichen Teilnehmern der Reitjagd zählten." Agatha lächelt Will an.
„Den Schnaps haben wir Brunis Großvater geschenkt. Er hatte Freudentränen in den Augen. Das war ein tolles Gefühl. Ich erinnere mich noch genau daran. Wir waren froh und glücklich, es geschafft zu haben und Brunis Großvater platzte beinahe vor Stolz auf uns. Für einen Moment waren die beiden Jungs still und ließen uns in Ruhe." Agatha holt tief Luft, ehe sie weiter erzählt:
„Den Winter über haben wir sie kaum gesehen. Sie kamen auch nicht mehr rüber. Wir dachten, sie von unserem Können überzeugt zu haben und dass sie uns nun als gute Reiter akzeptieren würden. Doch als im nächsten Frühjahr die grüne Saison wieder begann, zogen sie uns mit unserer Akrobatikeinlage bei der Reitjagd auf. Das war zu viel.
Wir waren enttäuscht und wütend.
Ein für alle mal wollten wir es ihnen zeigen. Also beschlossen wir, noch besser zu werden, als wir es uns sowieso schon vorgenommen hatten. So wie im Winter steckten wir auch weiterhin jede freie Minute ins Training. Brunis Großvater hatte ihr die Zuchtstute zum Üben überlassen und mir Tornado. Das stellte sich als weise Entscheidung heraus. Denn Bruni kam mit der Stute besser zurecht als mit Tornado. Sie war ein bestens ausgebildetes Sportpferd, was wir bis dahin noch nicht wussten. Und wir konnten

gleichzeitig trainieren. Hatten plötzlich doppelt so viel Zeit. Das zahlte sich aus. Brunis Großvater war ein exzellenter Coach.

Dann kam das erste Turnier des Jahres und wir waren wieder total enttäuscht von unserer abgelieferten Leistung. Zu Hause klappte alles irgendwie besser. Da tröstete uns Brunis Großvater und meinte, wir sollen nicht traurig sein. Wenn wir etwas wirklich wollen, werden wir es auch erreichen, sofern wir unser Ziel nicht aus den Augen verlieren. Es dauerte eine ganze Weile, ehe wir herausfanden, dass wir besser vorankamen, wenn wir den Meisterschaftstitel anstrebten, anstatt nur die beiden Jungs überholen zu wollen.

Darüber redeten wir dann mit Brunis Großvater. Er stimmte uns zu und gab uns noch ein paar Tipps. Als wir es begriffen hatten, ging es aufwärts. Wir feierten einen Sieg nach dem anderen und erritten haufenweise gute Platzierungen. Von da an machte es Spaß, trotz aller Mühe und Anstrengung. Das kleine Foto wurde im August bei der Siegerehrung der Kreismeisterschaften geschossen. Die Siegesschärpe rutschte mir ständig von den Schultern und ich fand, dass man viel zu viel Rummel um die ganze Sache machte. Ich war unheimlich froh, unser Ziel erreicht zu haben, wollte aber nicht, dass mir jeder auf die Schulter klopft. Ich freute mich sehr über meinen Sieg und das Bruni Dritte wurde. Das allein war genug. Die beiden Jungs kamen gar nicht in die Wertung für die Jugendmeisterschaften, weil sie nur in einer Disziplin gut waren und es aber um Dressur und Springen ging. Sie taten uns beinahe ein bisschen Leid, als sie so ernst zwischen den Zuschauern standen und bei der Siegerehrung zusehen mussten.

Bruni und ich hatten unser Ziel erreicht.

Wir waren super glücklich.

Meine Eltern waren mit dabei, auch Oma und Brunis Großeltern. Großmama und Großpapa von hier waren zu Besuch gekommen, weil wir meinen Geburtstag nachfeiern wollten. Sie standen ebenfalls am Rand des Turnierplatzes und applaudierten. Am Abend feierten wir eine tolle Party. Das war mein letzter richtig schöner Tag zu Hause."

Agatha holt tief Luft und setzt sich auf. Sie angelt sich die Wasserflasche und trinkt einige Schlucke von dem lauwarmen Wasser. Dann schraubt sie sie wieder zu und stiert beim Sprechen die Flasche in ihren Händen an:

„Am nächsten Morgen fuhren Großmama und Großpapa wieder heim und Mama und Papa erklärten, dass sie vielleicht die Chance bekommen, im Ausland zu arbeiten. Es klappte natürlich, wie alle ihre Pläne. Sie unterzeichneten ihre neuen Verträge noch am

selben Tag. Ich war traurig, doch ich sagte mir, dass sie dann auch nicht öfter weg wären, als bisher schon und ich immer noch Oma hätte.
Ich ging wie immer morgens rüber zu Bruni und kam zum Mittagessen wieder. Doch Oma war nicht in der Küche. Ich suchte und fand sie unter dem Kirschenbaum. Sie war von der Stehleiter gefallen und hatte sich die Hüfte gebrochen. Meine Eltern kamen am Abend aus dem Krankenhaus wieder und verkündeten mir, dass ich zu Großmama und Großpapa ziehen werde, weil Oma sehr lange im Krankenhaus bleiben müsse. Ich war entsetzt und am Boden zerstört.
Meine Welt war zerbrochen.
In meiner Verzweiflung flehte ich sie an, bei Bruni bleiben zu dürfen, bis Oma geheilt sei. Da sagten sie mir, dass Oma vermutlich nie wieder nach Hause kommen wird. Die Ärzte vermuteten weitere Erkrankungen, die jetzt erst entdeckt worden seien und es unmöglich machten, dass Oma mich weiterhin betreut.
Wir heulten mit Bruni Rotz und Wasser.
Tagelang.
In der Zeit saß ich zum letzten Mal auf Tornado, als wir einen Tag vor der Abreise unsere Lieblingsstrecke durch die Gegend ritten."
Agatha verstummt für eine Weile. Will wartete still ab. Agatha seufzt, ehe sie weiter spricht:
„Da die Sommerferien fast vorbei waren, musste ich keine Woche später nach Sachsen umziehen. Ich liebte Großmama und Großpapa dort sehr, aber sah gar nicht ein, warum ich zu ihnen ziehen sollte. Ich benahm mich unmöglich, tobte und blieb stur. Meine Verzweiflung blieb.
Meine Eltern wollten mich aufmuntern und meldeten mich beim Reitverein hier in der Stadt an. Am Tag vor ihrer Abreise, nachdem sie mich zu Großmama und Großpapa gebracht hatten, fuhren sie mit mir dort hin. Sie stellten mich bei den Vereinsleuten als Siegerin vor und erzählten stolz vom großartigen Gewinn der Kreismeisterschaft. Es war mir peinlich. Am liebsten wäre ich im Boden versunken. Der Trainer zeigte und erklärte uns alles. Er war begeistert, eine gute Reiterin zu bekommen, wollte mir schon ein Pferd und eine feste Übungsstunde zuweisen. Aber ich lehnte vorerst ab. Ich wollte mich wahrscheinlich an meinen Eltern rächen und ihnen genauso weh tun, wie sie mir weh getan hatten. Da ich wusste, wie stolz sie auf meine reiterlichen Erfolge waren, beschloss ich, mich von den Pferden fern zu halten. Ich wusste, es würde sie grämen. Deshalb sagte ich, dass ich erst einmal sehen

muss, was mich in der neuen Schule erwartet und ich noch keinen Stundenplan habe. Es war zwar eine Ausrede, aber es funktionierte. Das war das eine von zwei Malen, die ich je dort gewesen bin." Agatha verstummt abermals und trinkt noch einen Schluck.
Will legt sich auf den Rücken. Stumm verschränkt er die Hände hinter dem Kopf. Nach einer Weile dreht sich Agatha um und streckt sich lang auf dem Bauch neben ihm aus. Sie legt den Kopf auf ihre angewinkelten Arme und schaut ihn an. Will sieht ihr an, das der Film vor ihrem inneren Auge kein schöner ist. Er will wissen, wie es weiter ging, weshalb er sie ermuntert, ihre Geschichte fortzusetzen. Agatha holt tief Luft und erklärt:
„Fortan habe ich mich immer herausgeredet oder gedrückt, wenn Großmama oder Großpapa mit mir zum Reitstall fahren wollten. Sie redeten mir gut zu, aber ich wollte nicht. Ich hielt mich stur an meinen Plan, auch wenn es mir Leid tat. Es wurde ein goldener Herbst und Bruni schrieb mir, dass sie wieder erfolgreich mit der Stute bei der Reitjagd teilgenommen habe. Tornado durfte einer der Nachbarjungs reiten. Er war immer ganz vorn mit dabei. Ich freute mich, dass Tornado teilnehmen konnte. War aber gleichzeitig traurig, weil ich nicht dabei war.
Meine Großeltern hatten mir versprochen, am Jahresende und in den Sommerferien zu Bruni fahren zu können. Das tat ich später dann auch. Doch in dem Jahr wollte ich nicht. Und das kam hauptsächlich daher, weil ich mich schuldig fühlte." Agatha fischt einen Grashalm aus dem Heu und rollt ihn durch die Finger.
„Ich hatte nämlich Mist gebaut." Nachdenklich beobachtet sie den Grashalm und holt tief Luft:
„Damals kam ich an die Schule, in der Großmama Sekretärin war. Sie hatte alles schnellstens in die Wege geleitet und verließ sich darauf, dass ich die Mühe wert sei und gut in der Schule bin. Ich konnte mich aber nicht so schnell in die Klasse integrieren und mutierte zum griesgrämigen Einzelgänger. So streifte ich in den Hofpausen immer in den hintersten Ecken des weitläufigen, bewachsenen Schulgeländes herum, damit mir keiner zu nahe kam. Bei diesen stillen Streifzügen stieß ich auf verborgene Aktivitäten hinter der Turnhalle. Dort grenzte der Zaun an eine schmale Seitengasse, die an stillgelegten Fabrikgebäuden entlang führte. Der verwachsene Zaun wies etliche Löcher auf, die man aber nicht auf Anhieb sah. Ich entdeckte eine Schülerin, die regelmäßig dort hinten verschwand. Ich folgte ihr heimlich und beobachtete, wie sie von jemandem auf der Gasse etwas in Empfang nahm und versteckte. Neugierig wie ich war, forschte ich nach. Manchmal

musste ich nach dem Unterricht auf Großmama warten und spielte derweil allein draußen auf dem Schulgelände. Bei so einer Gelegenheit durchsuchte ich die Büsche hinter der Turnhalle. Außer einigen Durchgängen im Zaun fand ich auch das Versteck. An der äußersten Ecke der Turnhalle war eine kleine Kammer, der ehemalige Elektroanschluss. Die eiserne, verrostete Tür ließ sich kaum bewegen und nur einen Spalt breit öffnen, doch das reichte für mich. Hinter Schrott und Schutt lagen diverse Stangen Zigaretten aufgestapelt. Da wurde mir auch klar, warum ich so viele Zehntklässler in der Gasse rauchen sah. Bei meinen weiteren Beobachtungen stellte ich mich nicht sehr geschickt an und so bemerkte sie mich. Zu meinem Glück nicht in der Nähe der Turnhalle.

Sie begann, mich zu hänseln. Ich reagierte nicht darauf und verzog mich lieber in einen stillen Winkel. Das alte Schulgebäude bot etliche davon. Ich kannte sie bald alle. Das ärgerte die Schülerin und sie verlegte sich darauf, überall zu erzählen, dass ich in ihrem Reitverein wäre, aber nicht zum Training erscheine, weil ich den Mund zu voll genommen hätte und gar nicht so gut sei, wie meine Eltern behauptet haben. Sie stellte mich als Lügnerin hin und immer mehr Schüler verspotteten mich.

Wenn es mir zu viel wurde, ging ich zu Großmama ins Büro. Der Schuldirektor hatte zugestimmt, dass ich dort nach dem Unterricht meine Hausaufgaben erledigen durfte, wenn ich auf Großmama warten musste. Also fiel es kaum auf, wenn ich im Büro saß und las oder schrieb.

Doch die Schülerin ließ nicht locker. Die Lage spitzte sich zu. Unterdessen war ich stinksauer auf das Mädchen und auf mich. Denn sie war der amtierende Champion im Reitverein der Stadt und ließ das jeden spüren. Doch weil ich stur war und nichts mehr mit Pferden zu tun haben wollte, konnte ich ihr nicht beweisen, dass ich wirklich gut reiten und gegen sie antreten könnte.

Eines Tages passte sie mich auf dem Schulhof ab. Ihre Clique kreiste mich ein und begann, mich zu hänseln. Sie machten mich furchtbar wütend, doch ich konnte nichts dagegen tun. Am nächsten Tag hatte sie Fotos von sich auf ihrem Pferd mit und zeigte sie mir vor ihren Freunden mit Bemerkungen wie:

Schau mal, da ist vorn und da ist hinten beim Pferd. Sie ließ mich wirklich dumm aussehen. Das war zu viel. Ich warf all meine guten Vorsätze weg und präsentierte ihr am nächsten Tag mein Lieblingsfoto. Darauf waren Bruni und ich auf unseren beiden Pferden zu sehen. Brunis Großvater hatte es direkt nach der Siegerehrung geknipst und Bruni schenkte es mir zum Abschied. Es war eines meiner wertvollsten und meist geliebten Besitztümer, weil man denken konnte, dass Bruni meine Schwester ist und wir zusammen glücklich lachten.

Ich traf die Schülerin auf der Mädchentoilette und hielt ihr stolz das Foto unter die Nase. Dazu erzählte ich ihr, wie es entstanden war und dass wir unsere eigenen Pferde ritten. Das entpuppte sich als Fehler. Sie nahm das Bild und starrte es finster an. Dann fragte sie mich aus und ich erzählte ihr von den Turnieren und den Pferden. Und um sie noch mehr zu ärgern, verkündete ich, dass ich mich entschlossen hätte, wieder zu trainieren und im nächsten Jahr meinen Titel zu verteidigen.

Das mit dem sauer machen funktionierte. Sie wurde furchtbar böse, zischte mich an, mich ja vom Reitstall fern zu halten und ihr besser nicht in die Quere zu kommen. Ich forderte mein Foto zurück. Da hielt sie es so hoch, dass ich nicht herankam. Ich sprang hoch, um es ihr zu entreißen. Schnell zückte sie ihr Feuerzeug, verbrannte mein Lieblingsfoto über einer Toilette und spülte den Rest hinunter. Mir kamen die Tränen. Darüber amüsierte sie sich und verschwand triumphierend zur Tür hinaus. Sie erzählte allen, dass ich gelogen habe und ihr ein getürktes Foto unterjubeln wollte. Und dann hätte ich geheult und sie angebettelt, niemandem zu erzählen, dass ich noch nie auf einem Pferd gesessen hätte.

Das war die Krönung!

Ich war wütend und entschlossen, mich zu rächen. Die Woche darauf war die halbe Lehrerschaft krank und viele Unterrichtsstunden fielen aus, so auch der Sportunterricht. Ich überzeugte Großmama, dass es mich auch erwischt hätte und durfte zu Hause bleiben. Kaum waren meine Großeltern zur Arbeit gegangen, machte ich mich auf zum Reitstall.

Dort holte ich ihr Pferd von der Koppel und lief mit ihm zur Schule. Es war ein älteres, abgeklärtes Turnierpferd, das nicht so leicht aus der Ruhe zu bringen war. Straßenverkehr machte ihm gar nichts aus, es schlenderte seelenruhig neben mir her. Ich führte es nur am Halfter. So oft es ging, benutzte ich schmale Gassen und kleine Straßen außerhalb der geschäftigen Zonen." Agatha lacht und schüttelt den Kopf.

„Das Erstaunlichste daran ist, dass mich niemand aufgehalten oder wirklich gesehen hat. Im Nachhinein betrachtet, war es nicht das Schwierigste, mit dem Pferd hinein zu gelangen, sondern am helllichten Tag durch die halbe Stadt zu gehen. Aber es fand sich keiner, der mich gesehen hat, jedenfalls konnte niemand sagen, wie das Pferd vom Reitstall zum Schulgelände gekommen war.

Ich durchquerte den kaputten Zaun an der breitesten Stelle und brachte das Pferd in die Turnhalle. Damals gab es noch keine Alarmanlagen und so hatte ich die hintere, große Hallentür von innen aufriegeln können. Dann holte ich noch eine Stange Zigaretten und verstreute sie in der Turnhalle. Ich machte alle Türen hinter mir zu und flitzte ungesehen nach Hause.

Als Großmama am Nachmittag heim kam, erzählte sie von einem völlig geschockten Sportlehrer und einem großen Aufruhr in der Schule. Der letzt verbliebene, gesunde Sportlehrer war mit den Zehntklässlern kurz vor Mittag zum ersten Mal an diesem Tag in die Turnhalle gekommen und stand plötzlich einem Pferd gegenüber. Es hatte diverse Äpfel fallen gelassen, ein Ballnetz runter gerissen und vergnügte sich mit einer Art Murmelspiel. Die Zigaretten waren natürlich breitgetreten und setzten dem Chaos die Krone auf.

Die Schülerin, die mich ständig peinigte, bekam richtig Ärger, weil sie total geschockt ihr Pferd eingefangen und sich laut darüber geärgert hatte, wie das Tier in die Turnhalle gekommen war. Damit wurde sie plötzlich zur Hauptverdächtigen. Wie sie die Zigaretten erklärt hat, konnte ich nie heraus bekommen. Zu ihrem Pech konnte sie den anderen auch nicht weiß machen, dass ich das mit dem Pferd gewesen bin, weil sie ihnen ja vorher glaubhaft versichert hatte, dass ich lüge und von Pferden keine Ahnung habe.

Doch einige Tage später passte sie mich in der Toilette ab und drohte mir. Sie packte mich am Kragen und ließ mich schwören, mich nie wieder in die Nähe der Pferde zu begeben, sonst werde sie mir und Großmama die Schuld in die Schuhe schieben und damit wäre Großmama auch ihren Job in der Schule los.

Ich hatte plötzlich Angst, dass Großmama darunter leiden müsste. Allerdings ist mir erst später eingefallen, dass es eine Einschüchterungstaktik war. Denn wenn sie etwas gesagt hätte, wäre vermutlich ihr Geschäft mit den Zigaretten baden gegangen. Seitdem war ich sehr froh, wenn ich mich weit entfernt von ihr aufhalten konnte und noch viel erleichterter war ich, als sie im nächsten Jahr ihren Abschluss machte und von der Schule ging. Seither habe ich sie nur zufällig in der Stadt gesehen.

Jahrelang aber schon nicht mehr. Unser Zwist von damals interessiert mich heute nicht mehr. Angst habe ich auch keine mehr. Ich habe gar keinen Bedarf zu wissen, was sie heute macht. Ihr Schicksal ist mir irgendwie egal. Sie gehört in meine Vergangenheit.

Damals war ich heilfroh, mit diesem Blödsinn ungeschoren davon gekommen zu sein und Großmama keinen Ärger bereitet zu haben.

Ich strengte mich sehr an, um eine gute Schülerin zu werden, so wie Großmama es wollte. Am Ende des Jahres bat ich sie, mich im Reitverein abzumelden und meine Großeltern taten es resigniert. Danach fiel nie wieder ein Wort darüber." Agatha sucht sich einen anderen Grashalm.

„Was die Zehntklässlerin für eine Strafe in der Schule erhielt, weiß ich gar nicht mehr, aber im Reitverein hatte sie einen Monat Reitverbot. Das hielt sie mir vor und verlangte, dass ich aus dem Verein austreten soll. Einen größeren Gefallen konnte sie mir gar nicht tun, denn ich hatte mir bereits überlegt, dass es vielleicht wie ein Schuldeingeständnis aussehen könnte, wenn ich von mir aus den Verein verlasse. Ein paar Wochen später war das Thema gegessen." Agatha stützt sich auf die Ellenbogen und zerrupft den Grashalm.

„All die Jahre hat Bruni auf mich eingeredet, dass ich bitte wieder in den Sattel steigen soll, doch ich habe mich standhaft geweigert. Im Grunde hatte ich einfach Angst vor mir selbst. Denn ich wusste, wenn ich erst einmal wieder Blut geleckt hätte, würde ich mich darüber ärgern und meinen Schwur brechen.

Nach meinem Schulabschluss hatte ich dann sowieso keine Zeit mehr und auch keine, darüber nachzudenken. Bis dieses Jahr. Bis zu dem Tag im Frühjahr, als Bruni mich anrief und mir Heinz schenkte." Sie grinst Will an und meint:

„Eigentlich muss ich Ronny dankbar sein. Denn wenn ich ihn nicht rausgeschmissen hätte, wärst du mir vielleicht gar nicht gleich ins Auge gefallen."

„Das glaube ich nicht." wehrt Will ab und dreht sich ihr zu.

„Stimmt, aufgefallen wärst du mir trotzdem, aber ich hätte ein großes Problem gehabt." lenkt Agatha ein. Er schaut sie an und bemerkt:

„Ich danke Bruni für ihre Idee." Agathas Miene wird ernst:

„Außer dir habe ich noch niemandem etwas über das Pferd in der Turnhalle erzählt. Jetzt musst du das Geheimnis mit mir teilen."

„Ich schwöre es." antwortet Will und hebt feierlich die Hand, ehe er hinzusetzt: „Wusste doch, dass du eine freche Göre warst."

„Eigentlich nicht." Grinsend schüttelt sie den Kopf. „Da gab es sicher schlimmere als mich."

„Na, ich weiß nicht." zieht er sie auf. „Ein fremdes Pferd durch die halbe Stadt schleifen und ungesehen in eine Turnhalle einsperren und dann auch noch einer Schmugglerin die Ware klauen, ist für eine Elfjährige ganz schön abgebrüht." Sie lachen zusammen bis Agatha auf ihn zeigt und sagt:

„Du hast sicher eine blütenweiße Weste und warst immer ein vorbildlicher Sohn." Will muss laut lachen, ehe er sie grinsend glauben machen will:
„Aber sicher!"
„Wirklich?" fragt sie vergnügt zweifelnd. Will macht eine anbietende Handbewegung und schlägt amüsiert vor:
„Frag Mutter! Sie wird es dir mit Vergnügen bestätigen. Hat sie dir noch nicht vorgeschwärmt, was für einen liebenswerten Sohn sie hat?"
„Nein, daran kann ich mich nicht erinnern. Aber ich werde sie nach ihrem liebenswerten Sohn fragen. Worauf du dich verlassen kannst. Wo ist der eigentlich?"
„Hier. Du hast ihn geheiratet."
„Bist du dir sicher?"
„Ganz sicher! Sie war schon immer von meinen Qualitäten überzeugt und dass ich ein anständiger und artiger Mensch bin. Zweifelst du daran?"
„Warum soll ich dir das abnehmen?" stichelt sie. Da grinst Will wie ein kleiner Junge und gibt zu:
„Weil ich meiner Mutter nichts von meinen Schandtaten erzählt hab. Mein Vater wusste Bescheid, hat allerdings nie etwas gesagt."
„Oh, du!" Agatha schubst ihn auf den Rücken und legt sich der Länge nach auf ihn. Dann stützt sie sich neben seinem Kopf ab und flüstert: „Du bist schlimm und weißt es ganz genau. Was soll ich nur mit dir machen?" Will streichelt ihre Rückseite soweit er reichen kann, während sie ihn mit Hingabe küsst. Dafür nimmt sie sich lange Zeit. Dann flüstert er:
„Ich habe da eine Idee. Es ist viel zu heiß hier. Lass uns duschen und ins Bett gehen!"
„Gute Idee! Ich bin auch bereits gar. Und danach ins Kino." Ihre Lippen lassen die seinen nicht in Ruhe. „Dort können wir weiter knutschen, wenn du willst."

** * **

Der Kinoabend war wirklich schön. Na gut, von dem Film haben sie nicht besonders viel gesehen, denn das mit dem Knutschen in der hintersten Sitzreihe hatte Will wörtlich genommen. Agatha hätte nie für möglich gehalten, dass man im Kino sitzen und so wenig Interesse für die Leinwand aufbringen kann. Den Vorspann hatten sie verpasst, weil sie noch etwas essen wollten, aber das ist nicht tragisch. Der Abspann lief, das Licht ging an und Agatha dachte, dass der Film unmöglich schon zu Ende sein kann. Die Leute gingen den Gang entlang Richtung Tür, da erwachten sie beide aus ihrer Trance. Auf Popcorn und Cola hatten sie verzichtet und das war gut so. Dafür hätten sie gar keine Zeit gehabt. Trotzdem waren sie zufrieden und glücklich.

Beim Verlassen des Kinos begegnete ihnen die Katzenoma. Die alte Dame grüßte fröhlich und gratulierte ihnen nachträglich zur Hochzeit. Sie schwärmte ihnen vor, was für ein schönes Hochzeitspaar sie gewesen seien. Außerdem freue sie sich darüber, dass das prächtige, schwarze Pferd wieder da sei.

In der Nacht sei es kaum zu sehen, doch im Mondlicht glänze sein Fell so schön. Das sieht sie so gern, aber nur, wenn sie so nahe heran kommt, wie die letzten Male.

Bei den ein wenig verworren klingenden Bemerkungen wurde Agatha neugierig. Unauffällig sah sie Will an, doch der war bereits auf dem Weg zum Auto. In ihrem Kopf meldete sich eine Alarmglocke. Spontan lud Agatha die Katzenoma ein, mit ihnen nach Hause zu fahren. Als diese zustimmte, hakte Agatha sich bei ihr unter und sie folgten Will auf den Parkplatz.

Er schloss auf, half der Katzenoma höflich beim Einsteigen und drückte hinter ihr die Tür zu. Dann warf er Agatha einen unwirschen Blick rüber. Er hatte keine Lust auf Gesellschaft. Doch Agatha hatte keine Zeit für Erklärungen. Sie machte eine besänftigende Geste und bat ihn, nicht so schnell zu fahren, damit sie sich noch ein wenig unterhalten könnten.

Im Wagen wurde er dann ganz Ohr. Agatha und die Katzenoma unterhielten sich gerade darüber, das es ungewöhnlich ist, in ihrem fortgeschrittenen Alter noch keine Brille zu benötigen. Stolz verkündete die alte Dame, dass sie lediglich zum Lesen von kleinen Schriften eine Sehhilfe benutzt. Plötzlich meinte die Katzenoma:

„Ein Glück, dass dieses Auto immer an meiner Hecke wartet."

„Was für ein Auto?" mischte sich Will ein.

„Oh, mein Junge, das kann ich nicht sagen. Die sehen alle gleich aus für mich. Aber es ist lang."

„Ist es weiß?"

„Nein, nein. Ganz dunkel. Nachts ist es kaum zu sehen."

„Haben Sie es mal von nahem gesehen?"

„Ja, ja. Sehr nahe sogar. Leider."

„Wissen Sie noch, wann das war?"

„Oh, gewiss doch, mein Junge. Weißt du, das war so. Eigentlich wollte ich zu Ostern verreisen, aber mit den Schmerzen in der Hand konnte ich doch nicht. Meine Tochter war sehr traurig, weil sie im Pflegeheim keinen Urlaub gekriegt hat. Seit Weihnachten haben wir uns nicht mehr gesehen, deshalb hatte sie mir eine Bahnfahrkarte geschickt und mir alles ganz genau aufgeschrieben. Sie ist da immer ganz penibel und macht sich Sorgen um mich, müsst ihr wissen. Meine Enkel hatten auch nur für einen Kaffee Zeit. Es sind eben junge Leute, die haben andere Dinge im Kopf. Aber was erzähle ich denn, das wisst ihr ja selbst am besten. Nicht wahr?" Sie lacht kurz auf und klopft Agatha auf die Schulter.

„Ja, sicher. Warum hatten Sie Schmerzen in der Hand?"

„Weil da plötzlich das Auto stand. Ich hatte Angst, dass es meine Prinzessin überfährt, da hab ich nach ihr gelangt und bin ganz schlimm angestoßen. Neben der Hecke war es so dunkel, dass ich nicht sehen konnte, wo das Auto zu Ende ist. So einen Bluterguss habe er schon lange nicht mehr gesehen, meinte der Doktor. Dann hat er mich in die neue Ambulanz geschickt.

Wisst ihr, dass man dort früher einmal ganz hübsch Kaffee trinken konnte? Der kleine Park gehörte einem Herrn von…, von…, na egal. Mir will der Name nicht einfallen. Jedenfalls sind mein Hubert und ich oft dorthin gefahren. Kennt ihr noch das kleine Café in dem alten Pavillon?"

„Nein, leider nicht. Als ich Kind war, war alles bereits verlassen und baufällig." Entgegnet Agatha und will wissen: „Haben Sie den Fahrer von dem dunklen Auto gesehen?"

„Nur einen Schatten im Mondlicht. Im Auto war ja kein Licht."

„Er hat im Auto gesessen?"

„Ja sicher. Das tut er immer."

„Woher wissen Sie das?"

„Weil das Auto jedes Mal in meiner hinteren Einfahrt parkt."

„Wann immer?"

„Wenn die Leute mit den Pferden kommen."

„Haben Sie das schon jemandem erzählt?"

„Nein. Ich glaube nicht. Heutzutage parken schließlich überall Autos, da interessiert es bestimmt keinen. Mich stört es ja auch nicht. Ich störe die Leute nicht und sie mich nicht. Im Gegenteil. Dann sind meine Lieblinge nicht in Gefahr."

„In Gefahr?"

„Ja, ja, meine Liebe. Ich glaube, er hat meine Betty auf dem Gewissen. Ich habe sie seit jener Winternacht nie wieder gesehen und meine Nachbarin hat nie ihre Katzen abends herein geholt. Keine davon ist alt geworden. Er hat sie alle geholt."

„Wer hat Betty auf dem Gewissen?" fragt Will.

„Aber, Junge! Weißt du denn nicht, dass im Wald hinter eurer Koppel ein Wolf wohnt?"

„Doch, jetzt schon."
„Der hat sich immer in der Waldkante gehalten und ist nur im tiefen Winter an die Häuser gekommen. Ich war sehr froh, als du deine Pferde bei der LPG untergestellt hast. An das Kamel hat er sich all die Jahre erst einmal heran getraut, aber den kleinen, schmalen Fuchs hätte er beinahe gekriegt. Ich habe ihn schon oft beobachtet, wenn ich meine Lieblinge herein holen musste."
„Sie brauchen sich keine Sorgen mehr zu machen, der Wolf ist vor ein paar Wochen gestorben."
„Ach, wirklich. Na, so ein Glück. Da wird Emmi sich freuen. Jetzt kann sie beruhigt mit ihren Kleinen spazieren gehen. Sie ist schon immer so gern auf der großen Wiese spazieren gegangen. Seit sie ihre Kleinen hat, ist sie kaum noch raus gekommen. Ich lassen meine Lieblinge zumeist abends und nachts raus, damit sie nicht unter die Räder kommen. Wisst ihr? Ihr jungen Leute seid alle so schnell mit euren Automobilen unterwegs. Das war nicht böse gemeint, nicht wahr."
„Ist schon gut. Ich weiß wie Sie es gemeint haben." lenkt Agatha freundlich lächelnd ein. Will schaut in den Rückspiegel und fragt: „Wissen Sie, wann die Leute mit den Pferden bei Ihnen vorbei kommen?"
„Ja, ja, mein Junge. Mitte des Monats. Nächste Woche ist es wieder so weit. Deshalb freue ich mich ja schon so auf den prächtigen Rappen."
„Und wieviel Pferde sind noch dabei?"
„Noch ein anderes."
„Woher wissen Sie denn, wann die Leute mit den Pferden bei Ihnen vorbei kommen?"
„Ich höre doch immer die Autos in den Wald fahren."
„Aber es fahren so viele Autos in den Wald."
„Tief in der Nacht fahren immer nur die in den Wald."
„Wer sind die?"
„Ach, da fragt ihr mich zu viel. Ich höre doch immer nur die drei Autos und sehe ihre Lichter."
„Wenn eins davon in Ihrer hinteren Einfahrt parkt?"
„Nein, nein, Mädchen. Das kommt doch von der anderen Seite. Ich habe mir gedacht, dass es von der LPG kommt, damit es nicht umdrehen muss. Es fährt nämlich immer bei Euch auf die Straße und dann in die Stadt."
„Also fahren immer vier Autos in der Nacht herum?"
„Ja, ja. Die drei in den Wald und das bei mir."
„Seid wann geht das so?"

„Die kommen immer, wenn der Schnee weg ist und bis in den Herbst."
„Wann kommen die wieder aus dem Wald?"
„Ich sehe immer nur den einen, bevor die Pferde kommen. Die anderen bleiben vielleicht, bis es hell ist. Da sehe ich sie nicht mehr. Wisst Ihr, wenn man so alt ist wie ich, kann man nachts nicht mehr so gut schlafen, aber gegen Morgen lege ich mich immer noch ein paar Stunden hin. Meine Lieblinge schlafen dann auch immer."
„Wurde es das letzte Mal schon hell, als die Pferde bei Ihnen vorbei kamen?"
„Ja, ja, mein Junge. Daher weiß ich ja auch, dass der schöne Rappe nicht dabei war."
„Wer sitzt denn eigentlich auf dem anderen Pferd?"
„Ich glaube das junge Mädchen."
„Welches junge Mädchen?"
„Na das, das dann mit ins Auto einsteigt."
„Aha. Und was tun sie dann mit den Pferden bei dem Auto in Ihrer hinteren Einfahrt?"
„Nur das Päckchen abgeben."
„Was für ein Päckchen?"
„Na, das, das sie in das Auto werfen. Es ist vielleicht zu schwer, weil der Mann es immer hat und gleich in das Auto fallen lässt. Der steigt gar nicht vom Pferd ab. Dann reiten sie in den Stall, bevor sie wegfahren."
„Haben die Sie schon einmal gesehen?"
„Nein, nein,." winkt sie entschieden ab und lächelt gutmütig, "Bestimmt nicht."
„Aber wenn es hell wird, sehen sie Sie doch."
„Nein, nein. Um die Zeit bin ich immer auf dem Heuboden und stelle meinen Lieblingen neues Wasser hin und dann muss ich das Trockenfutter nachfüllen. Das fressen sie so gern. Der Manfred muss jede Woche zehn Kartons kaufen. Meistens höre ich dann die Schritte auf dem Weg und dann fährt das Auto los. Erst wenn sie weg sind, hole ich Emmi von der Wiese. Wenn du dann zur LPG fährst, mein Junge, lege ich mich wieder hin."
„Woher wissen Sie, dass ich es bin?"
„Weil ich immer noch eine Tasse Tee mit Honig trinke. Im Sommer setze ich mich in den Garten und beobachte das Treiben auf der Wiese und im Wald."
„Ich habe Sie noch nie gesehen."
„Oh, das glaube ich dir, mein Junge. Hinter den Blumen und Hecken bin ich gut versteckt. Da finden mich nur meine Katzen."

Sie lächelt und meint: „Den Hauptdarsteller mag ich ganz besonders. Der sieht aus, wie mein Hubert, als wir uns kennen lernten. Das waren aufregende Zeiten, wisst ihr?!" sie kichert, „Wie hat Euch beiden denn der Film heute gefallen?"
Agatha tauscht sich noch kurz mit der Katzenoma über den Kinoabend aus, schon hält Will vor ihrem Gartenzaun. Die alte Dame bedankt sich bei ihnen und tritt durch das Türchen. Sofort wird sie von mehreren Katzen umkreist, die sie liebevoll streichelt. Sie winkt ihnen lächelnd nach.
Will und Agatha fahren heim, betreten still und nachdenklich das Haus und reden dann lange über das Gehörte. Spät in der Nacht beschließen sie, sich am nächsten Abend auf die Lauer zu legen. Sie wollen nun endlich wissen, was nachts im Pferdestall geschieht.

Kapitel 5

Heute Vormittag räumten sie mit Großmamas und Gesines Hilfe Agathas Sachen in Wills Haus ein. Ihre Möbel ließ sie alle bei Großmama. Will hatte einen zweiten Kleiderschrank in sein Schlafzimmer gestellt und Gesine schlug vor, alle übrigen Kisten erst einmal in einem der Gästezimmer zwischen zu lagern.
Den Nachmittag verbrachten Will und Agatha mit den Pferden und am Abend wurde gegrillt. Gesine hatte ihren Fotografen, Großmama, Friedrich und Agathas Eltern eingeladen.
Agathas Eltern kamen erst am späten Abend aus Dresden wieder. Sie erzählten, dass sie einige Wochen bleiben werden. Ihre Arbeit der vergangenen Monate und ihr nächster Auftrag machten dies notwendig. Eigentlich wollten sie sich in Dresden einen Bungalow mieten, doch wegen Agathas Umzug werden sie nun bei Großmama wohnen. Sie gestanden, dass sie sich darüber freuen, weil sie gern mehr Zeit mit ihrer Familie verbringen wollten. Omas Tod hatte ihnen gezeigt, wie kurz das Leben ist und wieviel sie zu Hause versäumt haben. Dann entdeckten sie, dass der Fotograf sich ebenfalls viel im Ausland aufgehalten hatte.
Zu späterer Stunde nahm Friedrich Will beiseite und bat ihn um ein Gespräch unter vier Augen. Sie schlenderten gemeinsam durch den Obstgarten auf die Koppel der Unzertrennlichen zu. Die Bierflaschen in ihren Händen waren fast voll und Will fragte sich, was Friedrich wohl von ihm wollte. Der lehnte sich an das Koppeltor und sagte:
„Ich habe im Schwesternzimmer damals gehört, wie der Kommissar dich nach deinen Papieren gefragt hat. Agatha hat ebenfalls so etwas erzählt. Darüber wollte ich bereits vor Wochen mit dir reden."
„Worüber genau?" Will war sich nicht ganz sicher, ob er den alten Herrn richtig verstand. Friedrich trinkt einen Schluck Bier und antwortete:
„Hast du dich nicht gefragt, wie deine Brieftasche in den Tresor des Klinikums geraten ist?"
„Doch." Will lümmelte sich ebenfalls an den Balken und schaute seine Nebenmann erwartungsvoll an.
„Ich werde es dir erklären. Es lag mir fern, falsch zu handeln oder etwas zu vertuschen. Ich habe nur meine Arbeit getan." Friedrich räusperte sich. „Als wir dich fanden, war dein Zustand kritisch und ganz nebenbei habe ich mir auch um Agatha Sorgen gemacht. Sie hielt sich tapfer, war allerdings lange nicht in so einer guten

Verfassung, wie sie glauben machen wollte. Sie konnte mir keine weiteren Angaben über dich geben und so steckte ich deine Brieftasche ein, als sie mir einer meiner Mitarbeiter in die Hand drückte. Wir waren mit dir voll ausgelastet und konnten uns keine Minute Unaufmerksamkeit leisten. Es war schließlich nicht sicher, ob du je wieder aufwachen wirst. Deshalb habe ich erst auf der Station gemerkt, dass ich deine Brieftasche immer noch einstecken hatte.

Als ich sie öffnete, um deine Angaben in dem Formular zu ergänzen, so wie ich es der netten, überlasteten Schwester versprochen hatte, fiel mir das viele Geld auf. Ich bin zwar nicht arm dran, aber mit dreitausend in der Tasche laufe ich auch nicht jeden Tag herum. Ich ließ die Brieftasche einschließen, ohne dass ein anderer hineinsehen konnte.

Am nächsten Tag wollte ich es an die Polizei weiterreichen. Doch da rief mich Kommissar Post an und putzte mich herunter. Vom ersten bis zum letzten war jeder Satz den er sagte unhöflich, oder enthielt eine Beleidigung. Nicht nur für mich, sondern speziell für dich und Agatha. Er bezeichnete euch von Anfang an als Verbrecherpärchen und nahm kein Blatt vor den Mund. Es ging mir unerklärlicherweise sofort gegen den Strich, obwohl ich euch zu dem Zeitpunkt noch nicht kannte. Ich wollte euch schützen, zumindest meinen Patienten konnte ich in gewisser Weise schützen. Doch ich musste trotzdem der Pflicht entsprechend handeln." Friedrich trinkt einen Schluck aus seiner Bierflasche und fährt fort:

„Allerdings wollte ich vorher mit deiner Mutter sprechen. Ich reichte ihr deine Brieftasche und fragte sie, ob sie die mit nach Hause nehmen will. Sie warf einen Blick hinein und entschied, dass sie dir im Klinikum zur Verfügung stehen sollte, sobald du wach würdest. Sie beauftragte mich, all deine Wertsachen einzuschließen und das tat ich.

Später fragte mich Kommissar Post, ob ich wisse, wo deine Brieftasche sei. Da konnte ich ihm wahrheitsgemäß antworten, dass deine Frau Mutter angewiesen hat, dass ich sie in den Tresor einschließen soll, wo sie zu diesem Zeitpunkt noch war. Mehr wollte er darüber nicht wissen und ich war heilfroh, nicht lügen zu müssen.

Trotzdem plagte mich ein schlechtes Gewissen. Aber das hielt sich in Grenzen, weil es mir komisch vorkam, dass der Kommissar keinen Blick hinein werfen wollte. Nicht einmal deinen Ausweis wollte er sehen.

Nachdem du wach geworden bist und ich dich, so wie auch Agatha später auf der Reise, näher kennen lernen durfte, bin ich überzeugt, dass ich keinen Fehler begangen habe. Ich habe keinen Augenblick den Worten des Herrn Kommissar Glauben geschenkt. Der Mann ist voreingenommen und hat mehr Flecken auf seiner weißen Weste, als er verbergen kann. Menschen wie er in solchen Positionen können gefährlich sein.
Heute denke ich immer noch, dass ich alles richtig gemacht habe. Wer weiß schon, was dieser unmögliche Kommissar Post daraus gemacht hätte. Ich könnte mir denken, dass er dir glatt aus deinem eigenen Geld einen Strick gedreht hätte. Und da es für den Fall unerheblich ist, belassen wir es am besten dabei. Bist du damit einverstanden?"
„Ja. Wer weiß, was dem Kommissar noch alles einfällt." gab Will zu. Er musste Friedrich voll zustimmen, obwohl es ihm kein angenehmer Gedanke war, die Polizei quasi hintergangen zu haben. Trotzdem ist er dankbar.
Er schaute im letzten Licht des Tages in Friedrichs freundliches Gesicht. Der alte Herr gefiel ihm bereits als Arzt im Klinikum und auch als Mensch. Nun als Mitglied der Familie liegt er immernoch auf Wills Wellenlänge. Friedrich hat einen starken Charakter und einen klugen Kopf, dazu besitzt er Menschenkenntnis. Wenn der Kommissar auf ihn genauso abstoßend wirkt wie auf Will, wird es wohl nicht nur an Wills Antipathie liegen, dass er ihn nicht ausstehen kann.
„Danke." sagte Will und Friedrich nickte. Dann erzählte Will, was er mit dem Geld machen und wieso er nicht einfach mit Karte bezahlen wollte. Friedrich schlug ihm auf die Schulter und meinte: „Selbst das hätte dieser unsagbare Kommissar zu deinen Ungunsten ausgelegt. Lass es sein, wie es ist. Und gut. Allerdings bleibt für mich die Frage, warum der Kommissar nicht einmal deinen Ausweis sehen wollte."
„Hm." Mehr konnte Will nicht antworten, weil es ihm auch nicht einleuchtete. Grübelnd schaute er über die Weide im Dämmerlicht. Dann tranken sie ihr Bier aus, während Friedrich Fragen über die Unzertrennlichen stellte.
Bevor sie an den Grill zurückkehrten, sprach er Will noch sein Kompliment aus, was für eine kluge, engagierte und energisch liebenswerte Mutter er doch hat. Will hörte amüsiert zu und gestand, dass er ihn aus den Berichten seiner Mutter kannte, die heute im Gegensatz zu damals große Stücke auf den ‚Herrn Doktor' hält.

Kurz vor Mitternacht löste sich die fröhliche Gesellschaft auf und Agatha und Will legten sich noch zwei Stunden schlafen. Sie hatten beschlossen, niemandem etwas von ihrem Vorhaben zu sagen. Keiner sollte sich Sorgen machen, oder vor lauter Angst leidend nicht schlafen können.

** * **

Gegen zwei Uhr morgens zogen sie sich dunkle Sachen an und schlichen aus dem Haus. Agatha war es ein wenig gruselig zumute, aber an Wills Seite fühlte sie sich sicher.
Er nahm sie bei der Hand und sie gingen leise den Weg bis in den Wald hinein. Solange sie auf Gras liefen, verursachten sie kaum Geräusche. An der Kreuzung wendeten sie sich nach rechts, schlichen den schmalen Weg Richtung Reitstall. Das Mondlicht drang zwar nur spärlich zwischen die Bäume und Büsche, reichte ihnen aber völlig aus. Die Rehe auf der Wiese hoben nur den Kopf und ästen dann weiter. Geduckt rannten Will und Agatha den Weg zwischen den Koppeln und Reitplätzen hindurch zum Pferdestall. Ein Blick um die Scheunenecke verriet, dass niemand außer ihnen da zu sein schien. Sie huschten zurück zum hinteren Tor.
Will schloss auf.
So leise wie möglich zogen sie einen Flügel auf und lauschten. Mondlicht fiel silbern durch die hohen, angekippten Fenster, die in über Kopfhöhe an den langen Seiten des Gebäudes eine durchgehende Fensterfront bilden. Der leise Nachtwind war hier drin nicht mehr zu spüren. Es roch angenehm nach Pferd, Stroh und Grünfutter. Außer den Geräuschen, die die Pferde verursachten, war nichts zu hören. Lautlos schlüpften sie hinein und verriegelten das Tor hinter sich. Agatha pirschte sich an Heinz Box heran. Er lag im Stroh und schlief. Wortlos schlichen sie sich ans andere Ende des Stalles und schauten dabei nach jedem Pferd. Es war alles in Ordnung.
Die Box neben dem Tor zur Reithalle am Ende der Reihe von da Gama und Voice ist momentan frei und wird von Will als Zwischenlager für Strohballen genutzt. Dort hinein begaben sich Will und Agatha. Unauffällig arrangierten sie bereits am Nachmittag die Strohballen so um, dass sie sich dahinter verstecken und durch die hohen Fenster in den Hof sehen können.
Sie sind noch nicht lange hier, als von weiter her näher kommende Motorengeräusche ertönen. Will steigt auf einen Ballen und wirft

einen Blick in den Hof. Im nächsten Moment drückt er sich an die Wand. Am Tor sah er einen Schatten. Kaum zischte er ein leises: „Psst!" zu Agatha herunter, hört man auch schon das Knirschen von Schritten im Hof. Will lugt vorsichtig um die Ecke. Die Person kommt zielstrebig zum Stalltor, ist aber leider nicht richtig zu erkennen, weil sie sich immer im Schatten an der Scheunenwand hält. Dann ist sie aus Wills Blickfeld verschwunden. Leise verlässt er seinen Posten und stellt sich neben Agatha an die Wand aus Strohballen. Angespannt lauschen sie.
Das Tor wird aufgeschlossen, öffnet sich kurz, geht leise wieder zu. Der Schlüssel dreht sich im Schloss und wird herausgezogen.
Die Schritte verharren im Gang. Sekunden später gehen sie zur Sattelkammer, um darin zu verschwinden.
Metallisches Klimpern.
Schleifen.
Dann kommen die Schritte wieder heraus und entfernen sich mit rhythmischem Klimpern in die andere Stallhälfte.
Will überlegt, ob er sich nach vorn schleichen und versuchen sollte, die Person auf dem Gang zu erkennen. Eine Boxentür wird geöffnet. Da flüstert Agatha:
„Wer ist es?" Will legt schnell einen Finger auf ihre Lippen und wispert an ihr Ohr:
„Konnte ich nicht erkennen. Sei still!"
„Okay." antwortet sie tonlos, was er mehr an seinem Finger spürt, als das er es hört.
Ein Klirren.
Stille.
Stroh raschelt.
Leise Worte und eine Boxentür sind zu hören.
Dann wieder Schritte auf der Stallgasse. Sie gehen in die Sattelkammer.
Ein Gebiss klirrt.
Ein Schleifen, ein Ächzen.
Die Schritte kommen wieder heraus. Die Sattelkammer wird geschlossen.
Ein Pferd schnaubt.
Die Schritte entfernen sich wieder mit rhythmischem Klimpern.
Erneut wird eine Boxentür geöffnet.
Ein Pferd brummelt.
Eines schnaubt.
Stroh raschelt. Leise Worte. Sattelgurtschnallen sind zu hören.
Leder knarrt.
Metallisches Klimpern.

Stille.
Ein Klopfen mit der Hand am Pferdehals.
Dann wird ein Pferd auf die Stallgasse geführt.
„Steh!" befiehlt eine leise Stimme.
Schritte.
Eine Boxentür wird geöffnet.
Ein zweites Pferd betritt die Stallgasse.
Sie gehen zum hinteren Tor.
Schlüssel klackern. Hufe scharren auf der Stallgasse.
Stille.
Will und Agatha lauschen angestrengt. Nichts rührt sich, außer ein paar Pferden. Stroh raschelt ab und zu.
Plötzlich piepst leise ein Handy.
Sekunden später wird das hintere Tor geöffnet und die Pferde verlassen den Stall.
Will schleicht sich zur Tür der Box, in der sie sich befinden.
Das hintere Tor wird geschlossen und der Schlüssel ist zu hören. Kurz darauf dringt von draußen sich entfernender Hufschlag herein.
Will öffnet langsam und leise die Boxentür. Auf der Stallgasse ist nichts zu sehen und zu hören. Plötzlich steht Agatha hinter ihm und flüstert:
„Ist sie weg?"
„Ja. Woher willst du wissen, dass es eine Frau war?"
„Die Schritte waren nicht von einem Mann. Außerdem hat die Katzenoma gesagt, dass immer ein Mädchen dabei ist."
„Okay. Ich kontrolliere die Tore und die Sattelkammer. Du schaust nach, welche Pferde fehlen!"
„Gut." Agatha verlässt hinter Will die Box und geht in die andere Stallhälfte. Zuerst trifft sie auf Kings leere Box. Ein paar Schritte weiter, öffnet sie die Tür zu Heinz' Behausung.
Leer. Obwohl es vorher fast klar war, kriecht ihr nun die Angst den Rücken hoch. Wenn Heinz etwas zustößt. Sie darf gar nicht daran denken.
Auf der Stallgasse trifft sie Will. Er ist auf dem Weg zum hinteren Tor und stellt im Vorbeigehen fest:
„King und Heinz."
„Richtig. Was tun wir jetzt?"
„Hinterhergehen."
„Zu Fuß?"
„Ja, sicher. Wenn wir auch ein Pferd nehmen, fällt das auf und wir verraten uns."
„Okay."

„Also los." Will schließt vorsichtig das hintere Tor auf, damit es kaum Geräusche verursacht. Langsam schiebt er den Torflügel einen Spalt breit auf und hofft, er quietscht nicht.
Er späht hinaus.
Nichts in der Nähe.
Da öffnet er etwas weiter. Nun sieht er die Pferde. Sie verschwinden eben im Waldrand.
Der Mond leuchtet hell über den Bäumen. Deshalb müssen sie sich gebückt bis zum Waldrand schleichen, weil die Koppeln und Reitplätze im Mondlicht liegen, unterbrochen von ein paar wenigen Schatten der vereinzelt stehenden Bäume.
Nachdem Will das Tor wieder so verschlossen hat, wie es war, huschen sie immer am Koppelzaun entlang. Die Strecke abkürzen und über die Koppel laufen, um am Wiesenrand entlang in den Wald zu gelangen, wäre unklug, weil sie dann ungedeckt im Mondlicht stünden und leicht zu sehen sein würden.
Nach dem Gespräch mit der Katzenoma beschlossen Agatha und Will herauszufinden, wer nachts mit den Pferden unterwegs ist und wo. Natürlich hofften sie dabei zu erfahren, warum das alles so passiert. Agatha steckte sich einen kleinen Stift in die Hosentasche, falls sie eventuell eine Info aufschreiben musste. Der schwarze Rollkragenpullover und die langen schwarzen Jeans sind viel zu warm für diese Sommerzeit, machen sie aber in den Schatten der Nacht unsichtbar. Ihre Haare hat sie sich zu einem Pferdeschwanz am Hinterkopf zusammen gebunden. Will trägt ebenfalls lange schwarze Sachen und wie Agatha ein schwarzes Basecape. Die dunklen Chucks an ihren Füßen verursachen nur sehr wenig Laute. Als sie am Waldrand ankommen, verharren sie im Schutz der ersten Büsche und Bäume.
Es ist nichts mehr zu hören.
Die Pferde waren bis zum Waldrand getrabt, haben darum einen guten Vorsprung. Will nimmt Agatha an die Hand und führt sie zügig den Weg entlang. Für zwei Reiter nebeneinander ist er zu schmal, aber zwei Fußgänger kommen gut durch.
Trotzdem hält sich Agatha hinter Will, um so wenig wie möglich an die Büsche am Wegesrand anzustoßen. Nach einer Weile hören sie ein Pferd schnauben. Sie bleiben stehen und lauschen.
Leises Hufgetrappel entfernt sich.
Die Rehe mitten auf der großen Wiese heben die Köpfe.
Dann ist alles wieder still.
Will setzt sich erneut in Bewegung und Agatha bleibt dicht hinter ihm. Ihr Atem ist das lauteste Geräusch, das sie verursachen. Sie

haben die halbe Wiese hinter sich, als sie den Hufschlag vor sich wieder deutlich hören.
Der Weg ist hier breiter und hat einen festgefahrenen Untergrund. Hintereinander schleichen sie auf dem mit Gras bewachsenen Mittelstreifen entlang, um ein Knirschen unter ihren Füßen zu vermeiden. In der Nähe der Kreuzung stehen die Bäume und Büsche zwischen Wiese und Waldweg nicht mehr so eng beieinander und lassen mehr Mondlicht hindurch. Will sieht die großen schwarzen Gestalten der Pferde mit der Reiterin oben drauf nicht weit vor sich. Sie biegen nach rechts in die Brandschneise neben dem Hauptweg zum Bahnübergang hin ein. Dort traben sie an. Der Hufschlag ist nur noch ein dumpfes Klopfen auf dem weichen Boden aus Sand, Moos und Gräsern.
Will und Agatha verlieren keine Zeit, sie rennen hinterher. In der beinahe absoluten Finsternis, kommen sie nicht schnell voran. Trotzdem sie sich hier beide gut auskennen, besteht immer noch das Risiko, über ein Grasbüschel, einen Stein oder einen Zweig zu stolpern. Außerdem wäre es sehr unvorteilhaft, von weitem hörbare Geräusche zu verursachen.
Die Schneise begleitet den Hauptweg zum Bahnübergang mit einigen Unterbrechungen auf etwa zwei Kilometern. Über die Hälfte der Strecke haben sie hinter sich, als sie ein Stück vor sich die Pferde samt Reiterin auf einer der kleinen Kreuzungen im Mondlicht stehen sehen. Augenblicklich schleichen Will und Agatha an den Rand, hocken sich hin und ziehen die Rollkragen hoch. Der Mützenschirm verhindert, dass ihnen der Mond ins Gesicht scheinen kann. So verschmelzen sie mit der Umgebung.
Es vergehen ein paar Minuten, dann piepst das Handy.
Die Reiterin schaut auf das Display. Sie scheint eine Nachricht zu lesen, danach steckt sie das Telefon ein und reitet weiter. Immer gerade aus Richtung Bahndamm. Der Weg kurvt jetzt stärker durch den Wald. Die Pferde traben davon. Will und Agatha versuchen ihnen zu folgen. Doch da sie nicht so schnell laufen können, haben sie sie alsbald verloren. Deshalb rennen sie von einer Biegung zur anderen und lauschen erst einmal vorsichtig um die Ecke, ehe sie weiter huschen. Sehen können sie fast nichts. Die dicht stehenden Bäume rechts und links der Schneise lassen zu wenig Mondlicht zum Waldboden durch.
Kurz vor der letzten kleinen Kreuzung vor dem Bahnübergang steigt ihnen Zigarettenrauch in die Nase. Schnell ducken sie sich und pirschen sich an die nächste Kurve heran.
Ein Pferd kaut auf dem Gebiss in seinem Maul herum.
Eines schnaubt.

Leise Stimmen.
Ein paar Pferdelängen vor ihnen stehen die Pferde und dunkle Gestalten daneben. Zwei von ihnen rauchen. Die glühenden Zigarettenspitzen leuchten gefährlich in der Finsternis. Wie zwei Augen, die sie in der Dunkelheit erspäht haben. Die beiden Raucher diskutieren flüsternd. Außer einem Fluch ist nichts zu verstehen.
Keine zwei Meter links von Will und Agatha verläuft der Fahrweg. Sie hocken hinter einer hohen Kiefer, deren Stamm gerade breit genug ist, einen einzelnen Menschen zu verbergen. Im Umkreis von ein paar Metern sind keine Büsche.
Eine der Zigaretten wird auf den Boden geworfen, dann öffnet sich eine Autotür. Die Innenbeleuchtung wirft einen schwachen Schein auf die Szene im nahen Umkreis des Fahrzeuges. Einer der Männer macht Anstalten einzusteigen.
Will nimmt Agatha am Arm und zieht sie geduckt über die Schneise. Sie huschen hinter den nächsten Baumstamm und lauschen. Der Busch neben ihnen wackelt noch. Das Gespräch ist verstummt und eine Stimme flüstert gehetzt:
„Hast du das gesehen? Was war das?"
„Was soll denn da gewesen sein?" kommt die gereizte Antwort.
„Keine Ahnung. Irgendwas war dort hinter den Pferden." flüstert es wieder angstvoll.
„Mach dir nicht gleich ins Hemd, du Pfeife. Wenn hier irgendwas rumläuft, das dich in den Arsch beißen will, würden die Pferde unruhig werden. Aber die zucken nicht." knurrt der andere Mann.
„Und wenn uns irgendwer verfolgt?" erklingt die bange Frage leiser.
„Dann hätte er uns mit einem Fahrzeug verfolgen müssen, aber ich hab keins gehört und gesehen. Du etwa?"
„Nein."
„Also, halt die Schnauze! Was glaubst du eigentlich, warum wir hier keinen Krach machen, hä? Schwing deinen Arsch nach Hause und bring alles in Ordnung!"
„Ja, mach ich."
„Und fahr nicht wieder wie 'ne Sau. Wenn dir was passiert, werd ich sauer. Denk immer schön an meine Kohle! Sonst reiß ich dir den Arsch auf bis zu deinem dreckigen Hals! Verlass dich drauf!"
„Ich bring dir alles mit. Du kannst dich auf mich verlassen. Glaub mir!"
„Verschwinde endlich!" knurrt der andere Mann leiser.
Will kennt die gehetzte Stimme nicht, aber die knurrige könnte Berti gehören. Will traut sich nicht, nachzuschauen. Er darf nicht

riskieren, entdeckt zu werden, ehe er weiß, was hier läuft. Die Autotür wird zugeknallt und der Motor springt an.
Will und Agatha nutzen den Geräuschpegel, um ein paar Meter tiefer in den Wald hinein zu huschen. Sie kauern sich jeder hinter einen Baumstamm. Im nächsten Moment fährt das Auto los und beleuchtet hell die Stelle, wo sie sich auf der anderen Seite der Schneise versteckt hatten. Von den Pferden her kommen Schritte auf sie zu und die Stimme knurrt:
„Warte, ich muss pissen!" Bei dem Busch, den sie zuerst zum Wackeln brachten, hört man einen Reißverschluss. Gleich darauf rauscht Wasser und beißender Uringeruch weht herüber. Will und Agatha sind keine drei Meter entfernt. Sie haben die Köpfe gesenkt und die Hände in den Ärmeln versteckt. So verschmelzen sie mit dem nachtschwarzen Wald hinter ihnen. Selbst wenn der Mann ein Stück heran kommen und um die Bäume herum schauen würde, könnte er sie in dieser Finsternis unter den dichten Büschen und dem hohen Farn nur schwer entdecken.
Agatha versucht, ihre aufsteigende Angst zu unterdrücken und langsam und geräuschlos zu atmen. Sie weiß, dass Will in ihrer Nähe ist, hören und sehen kann sie ihn nicht. Der Reißverschluss wird wieder zugezogen, die Zigarette auf den Boden geworfen und ausgetreten. Dann entfernt sich der Mann.
Die Pferde treten herum, Steinchen knirschen auf dem Weg unter ihren Hufen.
„Gib den Bock her!" knurrt der Mann. Leder knarrt. Ein Ächzen.
„Warum musst du immer diesen riesigen Mistbock nehmen. Der andre vom Maaler tut's doch auch. Warum schleppst du den nicht an?"
„Wenn der sich noch mal die Knochen vertritt, fällt das auf." kontert eine mürrische Stimme.
„Schnauze! Brüll hier nicht rum!"
„Fertig?" fragt sie unbeeindruckt.
„Mach endlich los! Oder willst du warten bis es hell ist? Mir tut der Arsch noch vom letzten Mal weh, weil wir die Biester rennen lassen mussten."
„Pass auf! Ich trab an." Sie schnalzt mit der Zunge und die Pferde traben an Will und Agatha vorbei. Kaum sind sie ein paar Meter weg, erhebt sich Agatha und schaut ihnen nach. Will tritt zu ihr und wispert:
„Wir gehen noch ein Stück im Wald lang, ehe wir wieder auf der Schneise hinterher laufen."
„Okay. Aber willst du gar nicht beim Bahnübergang gucken gehen?"

„Dort werden wir nicht mehr viel sehen, wenn Berti und sein Komplize weg sind."
„Lass uns trotzdem nachschauen!"
„Okay, aber nur ganz kurz. Ich will wissen, was Berti als nächstes macht." Sie schleichen los Richtung Bahndamm. Das erste Stück im Wald und dann auf der Schneise entlang.
Plötzlich erklingt vor ihnen Motorengeräusch. Jemand gibt kräftig Gas. Es ist der tiefe Ton einer leistungsstarken Maschine. Reifen knirschen auf dem Bahnübergang. Will und Agatha flitzen zur letzten Biegung und schauen vorsichtig um die Bäume. Viel ist nicht zu sehen, dazu müssten sie näher heran, aber das wollen sie vermeiden.
Der Motor erstirbt.
Eine Autotür geht.
Hinter den dichten Büschen, die den Bahndamm besäumen, glänzen zwei Autos im Mondlicht.
Metall klappert. Zwei oder drei Stimmen rufen sich etwas zu. Zu kurz, um die Wörter zu verstehen.
Knarren, knirschen, rattern, etwas wie ein Quietschgeräusch.
Die Fahrzeuge scheinen unwirklich lautlos durch die Nacht zu gleiten. Dann sind sie nach rechts hinter Büschen und Bäumen verschwunden.
„Was war das?" fragt Agatha in Zimmerlautstärke.
„Psst!" zischt Will leise. Er tritt nahe an sie heran und wispert ihr ins Ohr: „Es könnte noch jemand in der Nähe sein. Lass uns verschwinden, aber ganz leise."
„Gut." antwortet Agatha genauso leise. Will nimmt sie bei der Hand und schleicht so schnell es geht auf der Schneise entlang Richtung Reitstall. Wieder schauen sie vorsichtig um alle Ecken, ein paar kürzen sie quer durch den Wald ab, doch sie treffen niemanden. Sie kommen nicht so schnell voran, wie Will es sich dachte und als sie bei der Kreuzung eintreffen, können sie weit und breit keinen entdecken. Auch auf den Wegen rund um die große Wiese ist nichts auszumachen.
„Mist, ihr Vorsprung war zu groß. Jetzt sind sie weg."
„Vielleicht sind sie noch im Stall."
„Das schaffen wir auch nicht mehr."
„Lass uns nach den Pferden sehen. Bitte, Will."
„Aber nur ganz kurz. Wenn alles in Ordnung ist, statten wir der Katzenoma einen Besuch ab, ehe sie ins Bett geht." Agatha nickt und Will rennt los. So zügig wie es eben geht, laufen sie den schmalen Weg zu den Koppeln und Reitplätzen entlang.

Plötzlich bleibt Will stehen. Agatha merkt im nächsten Augenblick warum.
Auf der anderen Seite der Wiese ist jemand. Vor dem weißen Gartenzaun eines Grundstückes zwischen der Katzenoma und dem Reitstall kann man eine Bewegung ausmachen.
„Siehst du das?" fragt Will leise und Agatha nickt, bis ihr einfällt, dass er es nicht sehen kann. Deshalb flüstert sie zurück:
„Ja. Das scheinen die beiden auf dem Weg vom Stall zum Auto zu sein." Dann sind die Gestalten verschwunden. Vor den Büschen und Hecken der nächsten Grundstücke sind sie unsichtbar, selbst bei dem hellen Mondlicht.
Angestrengt versuchen Will und Agatha zu erkennen, was da drüben passiert. Die Rehe auf der Wiese sind verschwunden. Die können sie nicht verraten. Darum beschließt Will, wenigstens ein bisschen näher ran zugehen. Er pirscht sich durch die Büsche und Bäume zum Graben und überquert ihn mit einem Satz. Geduckt schleicht er die Böschung auf der anderen Seite hinauf und hockt sich in das hohe Gras. In der nächsten Woche wird hier wieder Heu gemacht, weshalb er sich gut zwischen den dichten, hohen Halmen verbergen kann. Grade will er weiter huschen, da greift ihn Agatha von hinten am Arm und zieht ihn runter. Erstaunt dreht er sich um. Hastig wispert sie:
„Bleib hier. Du bist voll im Mondlicht, du fällst auf." Will schaut sich um. Tatsächlich. Bei dem Versuch, so leise wie möglich vorwärts zu kommen, hat er vergessen, dass der Mond weiter gewandert ist und nun den Waldrand direkt anstrahlt. Weswegen der Wiesenweg auf der anderen Seite der Wiese an manchen Stellen absolut dunkel ist.
Will legt sich auf den Bauch und beobachtet das Grundstück der Katzenoma. Agatha bleibt hinter ihm. Sie hat sich auf die Böschung des Grabens zurück gezogen. Dort macht sie im Schatten eines Busches einen langen Hals, um so viel wie möglich mitzukriegen. Die Stille rundherum lässt ihren Atem unnatürlich laut erscheinen. Sie versucht ihre Aufregung niederzukämpfen und auch ihre Angst um Heinz. Verstohlen wischt sie sich den Schweiß von der Stirn und verscheucht eine Mücke.
Will konzentriert sich auf die Dunkelheit an der Hecke. Er versucht heraus zu bekommen, wo das hintere Tor der Katzenoma ist. Kein Lüftchen regt sich, was sehr angenehm wäre, weil er in den langen Klamotten schwitzt. Das wartende Auto steht ebenfalls komplett im Finstern. Er hätte ein Fernglas mitnehmen sollen. Das ärgert ihn. Warum hat er nicht daran gedacht?

Seine Augen wandern minutenlang vergeblich an der schier undurchdringlichen Mauer aus Schwärze entlang, als plötzlich ein schwaches viereckiges Licht erscheint.
Berti und seine Begleiterin steigen ein.
Die Autotüren werden rasch und leise geschlossen, sodass es nicht mal in dieser nächtlichen Stille zu hören ist.
Sofort herrscht wieder absolute Finsternis.
Der Wagen wird gestartet und verlässt beinahe geräuschlos seinen Standplatz. Ein Stück weiter sind die Schatten zu Ende. Das Autodach und die Heckscheibe spiegeln im Mondlicht.
Es könnte sich um Bertis Combi handeln.
Genauso langsam, wie er losfuhr, bewegt sich der Wagen auf Wills Haus zu. Erst an der Hauptstraße leuchten die Scheinwerfer auf. Zu Wills Erstaunen rollt das Auto nicht in die Ortschaft hinein sondern Richtung Stadt davon. Er grübelt noch darüber nach, als Agatha neben ihm auftaucht.
„Wo wollen sie denn hin? Ich dachte die wohnen auf der anderen Seite des Dorfes?"
„Richtig. Die Katzenoma erzählte auch, dass das Auto Richtung Stadt fährt. Vielleicht wollen sie das Geld verstecken, oder eine falsche Fährte legen, falls sie in die Bredouille geraten. Angeblich ist Berti doch auf Reisen."
„Das könnte sein. Daran habe ich gar nicht gedacht. Oder es hat sie jemand anderer hier abgeholt."
„Das könnte auch sein, aber es sah so aus, als ob es Bertis Combi war."
„Den kenne ich nur mit der Limousine."
„Der Combi gehört seiner Frau. Deshalb war ich so erstaunt, dass sie nicht nach Hause gefahren sind."
„War das Birte bei Berti?"
„Ich glaube schon."
„Und wer saß im Auto?"
„Ich dachte eigentlich Babs. Erkennen konnte ich es nicht. Vielleicht irre ich mich auch."
„Wer ist Babs?"
„Bertis Frau. Der Combi wurde extra für sie umgebaut, damit sie wieder beweglich ist. Birte erzählte mir voriges Jahr davon."
„Das würde auch erklären, warum sie niemals aussteigt."
„Genau, das dachte ich auch. Und das Päckchen wirft Berti hinein, damit er nicht aus Versehen im Pferdestall damit überrascht wird." überlegt Will laut.
„Das könnte eine logische Erklärung sein. Eventuell bringen sie es jetzt zu einem Schließfach im Bahnhof oder zu einem anderen

sicheren Ort in der Stadt oder sonst wo." Sie rupft die Blätter von einem Grasstengel, ehe sie fragt: „Was wird da wohl drin sein? Geld? Drogen?"
„Hm. Vielleicht. Keine Ahnung."
„Was machen wir jetzt, Will?"
„Erst mal nach den Pferden sehen und dann zur Katzenoma, genau so wie wir es vorhin besprochen haben."
„Das meinte ich nicht." Agatha schaut Will an. Der nickt:
„Wir müssen uns an die zuständigen Stellen wenden, aber darüber reden wir zu Hause. Wenn nichts dazwischen kommt, bin ich am späten Vormittag wieder daheim, dann entscheiden wir uns, was wir machen werden. Einverstanden?"
„Okay. Wie wäre es, wenn ich bis dahin versuche, den Sohn meiner Kollegin ans Telefon zu bekommen?"
„Wieso sollte uns das helfen?"
„Ich spreche von meinem Nachmieter. Der ist doch seit kurzem bei unserer Polizei."
„Okay, mach das und ich werde meinen Bekannten anrufen."
„Und wenn wir ihnen begegnen, lassen wir uns nichts anmerken. Oder?" Agathas Frage klingt vorsichtig.
„Das wird das Beste sein." antwortet Will, „Wenn wir sie das nächste Mal erwischen wollen, dürfen wir sie vorher nicht verschrecken. Außerdem soll Berti die ganze Woche unterwegs sein laut Birte. Den werden wir wohl kaum zu Gesicht kriegen. Jetzt weiß ich, was damit gemeint ist, wenn Birte immer sagt, er sei unterwegs." Agatha zerrupft einen Grashalm in kleine Stückchen und überlegt eine Weile, ehe sie fragt:
„Wenn das nicht seine Frau war, ob die dann davon weiß?"
„Hm, keine Ahnung."
„Seine Tochter mit hinein zu ziehen ist mies, aber typisch für diesen Mann."
„Deshalb war sie manchmal so müde. Und ich dachte, sie hätte zu viel Party abgekriegt." Will atmet scharf aus. „Dieser miese Scheißkerl." Agatha nickt und schaut ihm dann direkt ins Gesicht, als sie besorgt fragt:
„Will?"
„Ja."
„War der andere mit dem Auto, der Mann, der auf dich geschossen hat?"
„Ich hab ihn damals nur ganz kurz gesehen, aber ich glaube nicht. Irgendwie war die Stimme auch anders." Sie holt tief Luft und meint:

„Ich konnte ihn nicht sehen, aber die Stimme kam mir bekannt vor. Das Geräusch des Autos war das gleiche, wie damals, als deine Mutter angefahren wurde. Jedenfalls kam es mir so vor." Will versucht im Mondlicht ihre Miene zu entziffern. Irgendetwas beschäftigt sie, worüber sie ihm noch nichts gesagt hat. Das kann er spüren. Vielleicht denkt sie darüber nach oder macht sich Sorgen und sagt es ihm später. Er wird es erfahren, deshalb sagt er:
„Das würde passen. Wer weiß, was der Typ für Berti macht. Sie können sich ja auch durchaus öfter treffen."

** * **

„Es ist eingebrochen worden."
„Wo?"
„In meine ehemalige Wohnung. Der Keller war aufgebrochen und in der Wohnung hat jemand herumgewühlt. Selbst die Scheuerleisten wurden von den Wänden gerissen. Nur, wie der Einbrecher in die Wohnung rein gekommen ist, kann keiner sagen. Man vermutet mit einem Schlüssel."
„Hat dieser Nachbar von gegenüber nichts gesehen?"
„Der wurde vom Arbeitsamt zu einem Minijob im Zoo verknackt. Seit zwei Wochen geht er früh aus dem Haus und kommt erst spät abends heim. Angeblich hat er geteilte Schicht und vertreibt sich die Zwischenzeit an einem Kiosk, damit er nicht zweimal hin und her laufen muss."
„Also ist es am Tage passiert?"
„Ja, gestern. Es ist wahrscheinlich vormittags gewesen, denn niemand hat irgendetwas bemerkt und in dieser Zeit waren sämtliche Bewohner dieser Hausnummer wie die meisten aus dem ganzen Block unterwegs. Als mein Nachmieter am frühen Abend nach Hause kam, fand er zu seiner Überraschung alles auf den Kopf gestellt. Daraufhin kontrollierte er den Keller und fand ihn aufgebrochen und durchwühlt. Nirgends fehlt irgendwas, aber ein paar Dinge sind zu Bruch gegangen."
„Hat man einen Verdacht, wer es war?"
„Nein. Aber kannst du dich daran erinnern, dass wir über meinen Wohnungsschlüssel gesprochen haben?"
„Ja. Den einen hat dein Ex noch."
„Genau. Das habe ich meinem Nachmieter auch mitgeteilt."
„Und? Was wird er in der Sache tun?"

„Keine Ahnung."
„Wird er uns helfen?"
„Ja. Aber er konnte mir nichts Genaues sagen, weil er sich erst einmal mit uns unterhalten will."
„Wann und wo?"
„Er will mich heute noch einmal anrufen, um einen Termin auszumachen."
„Gut."
„Hast du noch deinen Bekannten erwischt oder hat er dich zurück gerufen?"
„Ja. Er hat sich erkundigt und ist auf interessante Dinge gestoßen. Mehr wollte er mir nicht verraten. Ich habe ihm versprochen, ihm die Handynummer von deinem Nachmieter zu schicken, weil er mit dem Kontakt aufnehmen will, sobald der sich einverstanden erklärt, uns zu helfen."
„Hast du ihm die ganze Geschichte erzählt?"
„Einen Teil kannte er ja bereits, sodass ich nur noch die letzten Ereignisse schildern musste und die Namen und Daten hinzufügen."
„Wird er mit meinem Nachmieter zusammenarbeiten?"
„Weiß ich nicht."
„Kennt er zufällig Kommissar Post?"
„Darüber hat er nichts gesagt."
„Tun wir das richtige?"
„Ja." Will nickt entschlossen. „Berti dreht da irgendwelche krummen Dinger und sein Komplize hat zu Mutters Verletzung beigetragen. Dabei werden wir nicht stillschweigend zusehen." Will schaut in weite Ferne. „Vielleicht hat Flavias Tod damit zu tun. Wenn ich nur wüsste, was Berti dort draußen treibt!?"
„Ist es nicht egal, welches Verbrechen er begeht? Legale Geschäfte würde er doch woanders und am helllichten Tag tätigen. Oder?"
„Schon, aber wenn wir wüssten, um was es sich handelt, wäre mir wohler bei der Sache. Dann könnten wir genauere Angaben machen und die zuständigen Stellen informieren."
„Können wir Birte nicht vielleicht aushorchen?"
„Und wenn sie Verdacht schöpft und Berti warnt, ist unsre Chance, ihn auf frischer Tat zu ertappen im Eimer. Nein, das lassen wir besser bleiben."
„Du hast Recht." Agatha holt tief Luft. „Können wir ihr irgendwie helfen?" fragt sie besorgt. Will schnauft verbittert:
„Wie stellst du dir das vor?"
„Ich weiß nicht. Aber ich kann nicht glauben, dass sie freiwillig und wissentlich an irgendeiner krummen Sache beteiligt ist."

„Ich auch nicht. Aber warum eigentlich nicht? Sie hat schon immer auf Berti gehört." antwortet Will und denkt darüber nach, warum Berti seiner Tochter das antut. Er war schon immer ein undurchsichtiger Typ und seiner Tochter gegenüber ziemlich rau, aber nie ungerecht oder gemein. Doch so eine miese Tour abzuziehen, schlägt alles.
Agatha senkt den Blick, ehe sie kopfschüttelnd und besorgt Will anschaut:
„Wow! Wo sind wir da bloß rein geraten? Wenn ich näher darüber nachdenke, kriege ich Angst."
„He, Kopf hoch! Bald werden wir erfahren, was da läuft und es wird aufhören, hoffe ich." Er streichelt Agatha über die Wange, während er ihr in die Augen schaut. Dann nimmt er sie in die Arme. „Wir schaffen das. Keine Angst! Mach dir keine Sorgen. Ich passe auf dich auf."

** * **

Der Mond scheint nicht mehr ganz so hell, wie vor ein paar Tagen. Heute Nacht ist der Wald noch dunkler als sonst. Jedenfalls kommt es Will so vor.
Seit gestern Nacht lagen sie auf der Lauer und beobachteten den Verkehr auf dem Weg zum Bahnübergang. Will vom Heuboden bei den Unzertrennlichen aus und Agatha aus einem Fenster des Wohnhauses. Gestern kamen nur zwei Autos vorbei. Wenig später fuhr eines davon wieder Richtung Stadt davon. Die Nummernschilder und Automarken notierten sie sich. Heute kamen außer diesem einen Auto noch zwei andere Wagen vorbei. Sie fuhren langsamer und waren größer als das erste Auto.
Kaum waren sie im Wald verschwunden, schlichen sich Will und Agatha am hinteren Rand der Koppel zur Kreuzung im Wald. Sie versteckten sich links in den Büschen, weil von rechts Birte mit den Pferden zu erwarten war. Es dauerte auch gar nicht lange, da erschien sie. Will wollte vermeiden, von ihr und den Pferden entdeckt zu werden, deshalb ließen sie sie in großem Abstand vorbei, ehe sie ihr folgten.
Fast geräuschlos schleicht Agatha nun hinter ihm her. Weiter vorn hören sie die Schritte und das Schnauben der Pferde.
Birte ist wieder mit King und Heinz unterwegs.
Der Wald riecht nach Sommer. Trocken und stickig. Kein Lüftchen regt sich.

Will läuft der Schweiß den Rücken hinunter. In seinem schwarzen Sweatshirt mit Kapuze und den lagen dunklen Jeans und festen Schuhe wird es mit jedem Schritt heißer. Agatha geht es sicher nicht anders.
Plötzlich verstummt der Hufschlag.
Will bleibt stehen und lauscht. Er hört Agatha hinter sich atmen.
Im Wald knackt es. Dann flattert ein Vogel.
Stille.
Trotzdem hat er das Gefühl, der Wald sei heute belebter als letztens. Rehe waren keine auf der Wiese zu entdecken. Will drängt Agatha lautlos zwischen Büsche und Bäume am Rand der Schneise. Vorsichtig schaut er um den Stamm der hohen Kiefer herum.
Birtes Handy leuchtet auf und gleich darauf setzen sich die Pferde wieder in Bewegung.
Kaum sind sie ein paar Schritte weg, nimmt er Agatha bei der Hand und schleicht hinterher. Nicht lange und sie haben den Treffpunkt erreicht.
Direkt in der Kurve, hinter welcher der Bahnübergang ist, steht eine Gruppe Männer. Der Mond lässt die Blätter der Büsche am Bahndamm silbrig leuchten. Vor diesem Hintergrund erheben sich schwarz die Silhouetten der Personen ab. Von Zeit zu Zeit glimmt eine Zigarette auf. Sie reden leise und rauchen. Auf dem Weg neben den Pferden parkt ein Auto. S
o wie letztens.
Das karge Mondlicht spiegelt sind in den Scheiben.
Birte beschäftigt sich mit ihrem Handy, während sie bewegungslos auf King hockt und wartet. Heinz daneben hebt den Kopf und schaut sich um.
Er hat jemanden bemerkt.
Will zieht Agatha nach rechts in den Wald hinein. Im großen Bogen schleichen sie sich Richtung Bahndamm. Als sie in Höhe der Kurve sind, wo die Männer stehen, schnauben die Pferde erneut. Will beobachtet durch die Bäume, wie Berti sein Telefon aus der Tasche zieht, auf das Display schaut und es dann wieder einsteckt. Will erkennt ihn im Schein des Handys.
„Was ist?" fragt eine bekannte Stimme ungehalten. Der Mann steht mit dem Rücken zu ihnen neben Berti. Beim Klang dieser Stimme stellen sich Will die Nackenhaare auf.
Was macht der hier?
„Nichts, nur meine Alte." brummt Berti wegwerfend.
„Ich denk, die ist im Krankenhaus?" fragt Wilhelm Post gereizt.
„Deswegen ist sie doch nicht gleich zu doof, ein Handy zu benutzen." wiegelt Berti ab. Post wendet sich abfällig schnaufend

wieder den anderen beiden Männern zu, die hektisch miteinander diskutieren. Will kann nichts verstehen, nicht mal einzelne Worte.
Berti schnippt seine Kippe zur Seite und tritt sie aus. Dabei schaut er sich nach den Pferden um und in den Wald hinter sich, genau in Wills Richtung. Er dreht sich einmal um die eigene Achse und beobachtet unauffällig die Gegend. Will duckt sich ins Farnkraut zu Agatha.
Was die anderen miteinander bereden, ist beim besten Willen nicht zu verstehen. Als wenn sie eine andere Sprache sprechen. Angestrengt lauscht Will.
Doch erfolglos.
Er ist zu weit weg. Näher heran zu schleichen wäre zu gefährlich. Vorsichtig lugt Will unter seiner schwarzen Kopfbedeckung hervor. Berti und Post haben ihnen wieder den Rücken zugekehrt. Aber die Männer stehen nicht direkt im vollen Mondlicht, sodass sie kaum zu erkennen sind. Es scheinen wirklich nur die vier zu sein. Mehr braucht Will nicht zu wissen.
Er will weg hier, ehe es brenzlig wird.
Vom Bahndamm her erklingen Motorengeräusche. Jemand lässt einen schweren Motor an und aufheulen. Der Lärmpegel steigt mächtig an. Das Röhren schallt sehr laut durch den nächtlichen Wald. Will nutzt die Gelegenheit, um Agatha schnell tiefer zwischen die Bäume zu ziehen. Die Geräusche, die sie verursachen, können die Männer auf dem Weg bei der Lautstärke unmöglich hören. So schnell und unauffällig wie möglich bewegen sie sich immer weiter weg vom Weg und der Schneise. Weit außer Sicht und Hörweite flüstert Will:
„Wir müssen hier ganz schnell verschwinden. Die Pferde haben uns erkannt und Berti hat was mitgekriegt."
„Scheibenhonig! Aber wir wissen immer noch nicht, was die dort auf dem Bahndamm machen. Wenn uns einer fragt, warum die alle hier waren, können wir keinem was sagen."
„Stimmt. Aber wir sollten trotzdem abhauen."
„Hast du was von dem Gespräch mitbekommen?"
„Nein, ich konnte nichts verstehen."
„Ich auch nicht. Es war zu leise. Haben die eigentlich deutsch gesprochen?"
„Das kann ich nicht sagen. Aber manchmal dachte ich, ausländische Wörter zu hören."
„Sollten wir nicht kurz nachsehen, was auf den Gleisen ist, bevor wir losgehen?"

„Und wenn wir ihnen in die Finger laufen? Flavias Mörder war bewaffnet. Was denkst du, tun die mit uns, wenn sie uns entdecken? Nein, Agatha!"

„Soweit weg wie wir hier sind, merken die doch auf dem Weg gar nicht, wenn wir von der anderen Seite nachschauen gehen."

„Und wenn die vier Männer dort auf dem Weg und der in dem Auto nicht die einzigen sind? Was wenn sie Wachen aufgestellt haben?"

„Hätten sie uns dann nicht lange entdeckt?"

„Wahrscheinlich. Aber den Bahndamm überwachen sie bestimmt. Bei dem Mondlicht kann man weit sehen. Die Strecke geht lange geradeaus, ehe die Kurve kommt. Nach der anderen Seite auch. Also wie weit willst du durch den Wald gehen, damit sie uns nicht bemerken?"

„Gar nicht so weit. Wenn wir im Wald bleiben, sind wir nicht zu sehen."

„Hör auf und lass uns verschwinden!"

„Wenn wir von hier aus im rechten Winkel auf das Gleis zugehen, können wir es aus dem Wald heraus beobachten. Weiter brauchen wir gar nicht zu gehen. Bitte, Will. Nur einen Blick darauf werfen und dann schnell abhauen. Okay?"

„Agatha! Überlassen wir es der Polizei."

„Die scheint doch bereits da zu sein. Allerdings ist Post wohl mit von der Partie. Oder siehst du das anders?"

„Nein. Der gehört bestimmt zu Bertis Komplizen. Noch ein Grund, schnellstens zu verschwinden."

„Aber wenn sie uns nicht glauben oder alle unter einer Decke stecken? Was willst du deinem Bekannten erzählen, worum es bei der Sache hier geht. Nur die Tatsache, dass Berti und Post sich getroffen haben, ist noch kein Verbrechen."

„Das schon. Natürlich wäre es gut zu wissen, worum es sich bei der nächtlichen Aktion hier handelt. Aber es ist zu gefährlich."

„Nur einen kurzen Blick von weitem, bitte Will." Will schnauft genervt. Er schaut sich um. Ringsum stille Finsternis, lediglich von kleinen Flecken Mondlicht, dass sich durch die Kronen der hohen Kiefern stiehlt und dem Motorengebrumm unterbrochen. Hier kann sie keiner sehen noch hören. Eher unwahrscheinlich, dass sie vom Weg oder Bahndamm aus entdeckt werden. Wenn sie hier entlang zum Stall zurück schleichen, können ihnen vielleicht Rehe begegnen aber sonst nichts. Will holt tief Luft.

„Na gut. Aber nur schnell nachsehen und dann sofort zum Stall! Und zwar tief durch den Wald Richtung Koppeln am Reitplatz, sodass uns keiner bemerken kann!"

„Okay." flüstert Agatha und weg ist sie. Will flucht lautlos vor sich hin, als er ihr folgt. Seine Augen haben sich längst an die schiere Finsternis gewöhnt. Trotzdem muss er aufpassen, dass er Agatha nicht verliert.
So ein Irrsinn!
Wenn die hier irgendein krummes Ding drehen, lassen sie mit Sicherheit keinen am Leben, den sie beim Rumschnüffeln erwischen. Vielleicht musste Flavia deshalb sterben, weil er in der Nähe des Bahnübergangs geparkt hatte.
Will kämpft seine Angst nieder.
Ergibt sich nun etwa die Möglichkeit, Flavias Mörder zu begegnen? Darauf hat er nicht wirklich Lust. Doch wenn man den erwischen könnte, wäre der Mord aufklärbar. Aber wie könnte er das anstellen, ohne selber in Bedrängnis zu geraten.
Und was macht der Kommissar hier?
Wenn der mitmischt, wird ihm ein Anruf bei der Polizei dann von Nutzen sein? Oder stecken die alle unter einer Decke? Agatha hat Recht. Wenn sie beide wissen, was auf dem Gleis vor sich geht, kann er seinem Bekannten genaue Angaben machen. Das hilft dem sicher bei den Ermittlungen. Aber es ist und bleibt gefährlich. Sie müssen höllisch aufpassen. Und er muss telefonieren, sobald sie nachher außer Hörweite sind.
So schnell wie möglich schleichen sie Richtung Bahndamm in der Hoffnung, diesen ein großes Stück vom Bahnübergang entfernt zu erreichen. Die Motorengeräusche werden leiser und verstummen dann ganz.
Stille kehrt zurück.
Der Atem ist zu hören und das Knistern des Waldbodens unter seinen Füßen. Agatha bewegt sich nun langsamer und leiser vorwärts, Will ebenfalls. Es dauert viel länger, als Will annahm, ehe sie die Kante der Schottersteine unter den Büschen am Rand des Bahndamms erreichen.
Will weiß auch sofort warum.
Erschrocken greift er Agatha am Arm und hält sie unter den Zweigen geduckt fest. Ganz nahe an ihrem Ohr wispert er:
„Keinen Schritt weiter! Still!" Vor ihnen steht so etwas wie ein flacher Waggon auf den Gleisen. Sie befinden sich bei dem letzten Rad vor seinem Ende. Von der anderen Seite führt eine Rampe schräg auf den Bahnübergang hinunter. Auf dem flachen Waggon sind zwei große Limousinen hintereinander zu erkennen. Die eine wird eben befestigt.
Einer der Männer steht am Rand zwischen den beiden Wagen und beobachtet den Wald. Jetzt holt er ein Handy aus der Tasche und

wählt eine Nummer. Er hält es sich ans Ohr. In dem Moment schaut er genau in Wills Richtung. Schnell nimmt Will den Kopf runter, damit sein Gesicht nicht zu sehen ist. Agatha hockt reglos neben ihm. Die Worte kann Will nicht verstehen, aber die Stimme kommt ihm bekannt vor.
Es klingt aufgeregt.
Langsam hebt er den Kopf und sieht sich den Mann genauer an.
T-Shirt und Jogginghosen.
Das reicht.
Sie müssen ganz schnell weg hier. Er dreht sich zu Agatha um und wispert ihr ins Ohr:
„Zurück!" Kaum hat er sich abgewandt, knirschen Schritte auf der anderen Seite des Bahndamms. Will schaut sich um. Der Mann oben auf dem Waggon ist verschwunden und der zweite ebenfalls. Ehe Will sich und Agatha in die Finsternis des Waldes retten kann, blenden ihn die Scheinwerfer des vorderen Wagens. Grell beleuchten sie die Gegend.
Will kneift die Augen zu.
Im nächsten Moment können sie nirgends mehr hin.
Stimmen kommen schnell von allen Seiten und eilige Schritte. Nur langsam gewöhnt er sich an die Helligkeit. Blinzelnd sieht Will von der anderen Seite des Bahndamms Wilhelm Post hastig über die Schienen steigen und von links kommt Berti und noch ein Mann mit gezogenen Waffen auf sie zu gerannt.
Plötzlich raschelt und knackt es hinter ihm.
Im nächsten Moment spürt er etwas hartes im Rücken. Eine Stimme zischt einen Befehl und drückt Will den harten Lauf einer Waffe fest in den Rücken. Agatha gibt einen überraschten Laut von sich. Sie greift nach Wills Arm. Er dreht sich zu ihr um und sieht, wie sie plötzlich schmerzverzerrt das Gesicht verzieht. Der Mann hinter ihnen hat ihr den Arm auf den Rücken gebogen. Blitzschnell dreht Will sich herum und versucht, dem Mann die Waffe aus den Händen zu schlagen. Die Hand mit der Waffe kann er zwar von sich und Agatha wegschlagen, doch der Mann hält fest.
In dem Augenblick löst sich ein Schuss.
Wie erstarrt bleiben alle still stehen und schauen in die Richtung, aus der ein kurzer erschrockener Schrei kam. Nach einem Atemzug langer Stille ist nun ein Wimmern und Japsen zu hören, dass immer lauter wird.
Ehe Will die plötzliche Starre der anderen ausnutzen kann, trifft ihn etwas großes mit aller Macht im Rücken und schleudert ihn zu Boden. Seine Wange schrammt am Stamm der nächsten Kiefer entlang. Dann knallt seine Schulter auf das Holz. Doch ehe der

Schmerz kommen kann, presst ihm ein schweres Gewicht sämtliche Luft aus dem Körper. Verzweifelt versucht er zu atmen, doch es gelingt ihm nicht.
Dann wird alles schwarz.
Wie aus weiter Ferne hört er Agathas Schrei verklingen:
„Will!"

** * **

Entsetzt muss Agatha mit ansehen, wie sich Wilhelm Post von Wills Rücken herunter wälzt und dabei den Stamm als Stütze benutzt. Will liegt völlig bewegungslos auf dem Bauch zwischen Büschen und Baum. Kein Laut kommt von ihm. In der Dunkelheit hier unter dem dichten Blättergewirr kann Agatha nicht mal sehen, ob er atmet.
Angst um ihn bemächtigt sich ihrer.
Die Tränen steigen ihr in die Augen. Da grinst der Kommissar sie an und meint:
„So ein wenig Schwungmasse ist doch was Feines. Nicht wahr, kleines Fräulein?"
„Was haben Sie ihm angetan?" wimmert Agatha. Der Schock sitzt so tief in ihren Gliedern, dass sie sich nicht rühren kann.
„Was weiß ich denn. Wen interessiert's. Hauptsache er ist außer Gefecht." er taxiert Agatha von oben bis unten, „Konnte das Arschloch noch nie leiden. Was hast du nur an dem arroganten Stinker gefunden, kleines Fräulein." Er kommt noch einen Schritt näher und macht Anstalten, sie zu berühren. Das löst Agathas Starre. Sie weicht aus und hebt abwehrend die freie Hand. Der Mann hinter ihr hält eisern ihren rechten Arm auf ihrem Rücken fest, geht aber einen Schritt zurück, weil sie ihm auf die Zehen getreten ist.
„Lassen Sie mich in Ruhe!" zischt sie den Kommissar an. „Und der Mann soll mich loslassen, damit ich nach Will sehen kann!"
„Frech wie immer. Nicht wahr, kleines Fräulein?"
„Rufen sie einen Krankenwagen, Herr Kommissar!" fordert Agatha lautstark.
„Einen Scheiß werd ich! Soll er doch verrecken."
„Was? Das können Sie nicht machen." Agatha ist immer lauter geworden. Jetzt schreit sie schon. Mit angstvoll geweiteten Augen sieht sie dem Kommissar hinterher, der sich abwandte und auf Berti zugeht.

„Herr Post!" Da dreht dieser sich um und herrscht sie grimmig an: „Halt's Maul, sonst stopf ich's dir! Keine Namen! Hast du verstanden?" Er holte bei seinen Worten bereits aus. In seiner Hand blitzte es metallisch auf. Agatha zuckt erschrocken zusammen und verstummt. Post folgt ihrem Blick und fuchtelt ihr dann mit der Pistole vor dem Gesicht herum: „Richtig so. Ein vorlautes Mundwerk kann schnell schaden." Dann dreht er sich wieder um und watschelt hinüber zu Berti.

Post ist wütend und flucht, weil Berti mehrfach nach ihm rief. Die Klagelaute werden immer lauter. Agatha kann nicht erkennen, was dort los ist. Wahrscheinlich hat der Schuss einen der Männer getroffen. Post stapft zwischen die Leute der kleinen Gruppe und beugt sich ein wenig über den Mann, der dort am Boden liegt. „Scheiße, Mann! Ich brauch einen Krankenwagen." fleht eine Stimme, die Agatha bekannt vorkommt. „Das tut viehisch weh. Ruf endlich an!"

„Du bist wohl verrückt!" schnauzt Post den Verletzten an.

„Ich brauche einen Arzt, bitte!" der Satz endet in erneuten keuchenden Schmerzenslauten. Plötzlich erkennt Agatha die Stimme:

"Ronny?" wispert sie erschrocken. Doch das Wort geht in dem kurzen Knall einer kleinkalibrigen Waffe unter, der durch die Luft knatscht. Die Schmerzenslaute verstummen sofort.

Alle starren Post still an.

Der zuckt gelassen mit den Schultern und meint lapidar:

„Problem gelöst. Nun brauchst du keinen Arzt mehr." Post grinst und schaut zu Berti. „Erinner' mich dran, dass ich dem Maaler nachher die Pistole noch in die Finger drücke." Damit steckt er die kleine Waffe erst einmal in die Jackentasche zurück. „Einer mit Waffe und ein Toter, das klassische Szenario. Da brauche ich gar nichts zu erfinden. Und die Freude, Maaler hinter Gittern zu sehen, falls er nicht tot ist, gibt's gratis dazu." Post lacht auf. Agatha kann kaum fassen, was sie da hört. Doch Berti scheint das gar nicht lustig zu finden.

„Was soll der Scheiß? Und wer macht nun den Dolmetscher und den Kurier?"

„Dolmetscher brauchen wir nicht, ich kann auch polnisch. Oder hast du gedacht, ich lass mich von denen übers Ohr hauen?"

„Du hast ihn die ganze Zeit übersetzen lassen und eigentlich alles verstanden?" fragt Berti sauer.

„Na klar, so konnte ich immer alles kontrollieren. Kontrolle ist besser als Nachsicht. Ich lass mich von keinem dieser kleinen Wichser bescheißen! Verstehste?"

„Und was wird nun mit unserem Geld für die Karren? Ohne Kurier keine Lieferung." Berti macht eine Bewegung mit der Hand. „Ein Glück, dass der diesmal schon geliefert hat, sonst könnten wir uns selber die Kohle aus dem Schließfach abholen."
„Das kriegen wir halt immer bei der nächsten Lieferung hier, zusammen mit meinem Gewinn vom Puff. Das ist auch viel einfacher, als die umständlichen Wege über das Postfach an der Ostsee. Diese Verbindung war zwar sicher, aber hier passiert uns auch nichts. Ich hab alles im Griff und die Dienststelle komplett unter Kontrolle. Außerdem haben wir dann die Kohle sofort cash."
„Das ist leichtsinnig!" protestiert Berti. „Und warum musstest du ihn gleich abknallen? Jetzt haben wir hier zwei Leichen rumliegen."
„Wie lange wolltest du ihn hier rumbrüllen lassen? Der ging mir auf den Sack. Ich hab dir doch gesagt, dass ich es so drehen werde, dass der Maaler die Pfeife hier erschossen hat. Hör gefälligst zu, wenn ich rede!"
„Und was willst du mit der Frau machen?"
„Die wird irgendwann irgendwer als vermisst melden." Er grinst satanisch. Berti hält dagegen.
„Wenn du sie auch umlegst, wie willst du ihre Leiche verschwinden lassen?"
„Die kill ich nicht. Sie geht gleich mit den Wagen mit über die Grenze. Im Puff wird sie mir gutes Geld verdienen."
„Und wenn es auffliegt, ist das Geschäft mit den Karren im Eimer und dein Puff auch mit dran. Die anderen hast du doch extra so rüber gebracht, dass nichts nachkommen kann. Wenn du leichtsinnig wirst, geht unser Geschäft flöten. Da mach ich nicht mit! Dafür ist mir die Kohle zu wichtig. Lass dir lieber ein paar Tage Zeit und finde einen sicheren Weg für sie." Er zeigt über die Schulter und feixt. „Außerdem könnte sie doch noch ein wenig nett sein zu uns. Solange der Maaler die Hand drauf hatte, durfte sie keiner anfassen. Aber jetzt kann er uns nicht mehr dazwischen funken. Hast du nicht noch einen Platz in deinem Keller frei?" Post grinst Berti an und nickt:
„Da hast du Recht. Das sollte ich bedenken. Lieber kein größeres Risiko eingehen. Wenn man den Maaler hier findet, wird nach ihr gesucht. Wo wäre sie da besser versteckt, als bei mir?" Er schaut sich nach Agatha um. „Und wir sollten gleich noch die alten Schulden eintreiben bei ihr."
„Alte Schulden?" fragt Berti verwundert. „Ja, für den großen Deal damals mit den Zigaretten. Nachdem sie das Ding mit dem Pferd in der Turnhalle abgezogen hatte, konnten wir doch diesen Megadeal nicht mehr durchziehen. Das hat uns hunderte, tausende gekostet.

Streng mal dein letztes bisschen Grips an und erinner' dich an den Ärger und die Verluste!"

„Das war sie?" Berti zeigt erstaunt auf Agatha. „Sie soll die Rotzgöre gewesen sein, über die sich meine Alte immer so aufgeregt hat?" Post nickt.

„Ist was Hübsches draus geworden, was? Die wird der Star bei den Kunden. Jeden Cent wird sie mir wiedergeben für die Frechheit damals. Beinahe hätte sie das ganze Geschäft kaputt gemacht."

„Woher weißt du so genau, dass sie es war?"

„Ich informier mich über alle Geschäftspartner und auch die Leute, die irgendwas damit zu tun haben. Damals hatte ich euch schon länger im Visier und beschlossen, mit in das Geschäft einzusteigen, anstatt euch hochzuziehen. Die Variante ist sehr viel ertragreicher, als der pure Job. Glaub mir. Ich hab nicht vor, bis zur Pensionierung meinen Arsch für die paar Kröten zu riskieren und mich mit diesem Gesocks wie hier rumzuschlagen. Seither waren meine Einkünfte ja auch immer gut mit euch." Er grinst.

„Irgendwann war sie auf der Bildfläche erschienen und hat euch hinterher spioniert. Ich hätte sie schon damals verschwinden lassen sollen, aber nach der Turnhallengeschichte ist sie nie wieder in Reichweite gekommen. Ich hatte sie fast vergessen. Doch als ich vor Monaten den Fall von Maaler zugeteilt bekam und sie in dem stinkenden Pferdestall aufsuchte, fiel es mir wieder ein und ich informierte mich über sie. Sie ist das ideale Opfer: wohnt allein, Eltern im Ausland und Großmutter weit weg in Norddeutschland. Die, die hier lebt, sieht sie wohl nicht mehr so oft, seit sie vor Jahren in den Block gezogen ist."

„Aber nun ist sie verheiratet. Denk daran!"

„Stimmt, aber es kann doch sein, dass sie sich Feinde in der Nachbarschaft gemacht hat und sich einer gerächt hat. Wenn ich an den Nachbarn denke, mit dem ich sprach, dürfte diese Version nicht schwer zu belegen sein. Der Typ ist eh ständig besoffen und unglaubwürdig. Damit sind die Kollegen eine Weile beschäftigt. Und wenn die Wogen sich geglättet haben, schaff ich sie weg.

Da fällt mir ein, ich könnte in diesem Jahr mal Urlaub in Polen machen. Die Masuren sollen toll sein, haben die Kollegen erzählt." Er feixt Berti an und der grinst zurück.

Agatha wird schlecht vor Wut und Ekel. Und vor Angst. Was sie mit anhören muss, kann unmöglich wahr sein. Bestimmt wacht sie gleich aus diesem schrecklichen Alptraum auf.

Sie versucht sich zu bewegen und wird sofort von dem Mann hinter ihr fester am Arm gehalten. Der Schmerz beweist ihr, dass sie nicht träumt. Wie erstarrt steht sie da und versucht einen klaren

Gedanken zu fassen. Post redet mit den anderen Männern. Sie sprechen polnisch. Agatha versteht kein Wort.
Was soll sie nur tun?
Was kann sie tun?
Wie kommt sie am schnellsten hier weg?
Hilfe muss her. Aber woher? Fieberhaft denkt sie nach. Ihrem Bewacher zu entkommen, dürfte fast unmöglich sein, solange er sie festhält. Aber wie stellt sie es an, dass er sie loslässt? Dann könnte sie in den Wald rennen und versuchen, quer über die Wiese nach hause zu kommen. Wenn sie es bis dorthin schafft. Oder in die andere Richtung tief in den Wald hinein flüchten und sich irgendwo verstecken. Aber wo am besten?
Plötzlich meint sie, eine Bewegung wahrzunehmen.
Sie schaut zu Will. Doch er liegt so zwischen Zweigen und Blättern, dass sie nicht viel mehr als einen schwarzen Schatten erkennen kann.
War das jetzt ein tiefer Atemzug? Ein Schmerzenslaut?
Ihr Bewacher schaut ebenfalls in Wills Richtung.
„Tu das! Und beeil dich! Ich will hier weg." Unterbricht die energische Stimme des Kommissars ihre Gedankengänge. Agatha sieht Berti auf sich zukommen. Er tritt neben den Mann hinter ihr und schickt diesen mit einem kurzen Befehl zu den anderen. Dann packt er sie am Arm.
„Komm mit!"
„Wohin?"
„Zum Auto."
„Was soll das?"
„Das hast du doch gehört. Schon wieder vergessen?" er grinst sie an, dass Agatha vor Angst verstummt. Zu Gegenwehr ist sie nicht fähig. So führt er sie das kurze Stück am Waldrand entlang und um die Ecke, wo Ronny nicht weit vom Bahndamm sein Auto abgestellt hatte. Als sie es sieht, steigen ihr unwillkürlich die Tränen in die Augen.
„Er hat ihn einfach erschossen." flüstert sie entsetzt. Berti, der sie so an der Leiche vorbeigeführt hatte, dass sie Ronny nicht sehen konnte hinter den anderen Männern und ihm, schaut sie kurz von der Seite an und nickt:
„Ja. So ist es." Agatha schaut ihn entgeistert an. Dieses Verbrechen scheint Berti gar nicht zu berühren:
„Und Sie schauen nur zu?"
„Ja. Sei lieber froh, noch zu leben." Er greift nach der Autotür.
„Glaubst du, ich lege mich mit Post an? Vergiss es! Ich will die Kohle, sonst interessiert mich nichts." Damit holt er einen

Kabelbinder aus der Jackentasche und greift nach ihrer zweiten Hand. Flinker als Agatha es ihm zugetraut hätte, legt er ihre Hände übereinander und schlingt den Kabelbinder darum. Dann drückt er sie auf den Beifahrersitz. Halb über sie gebeugt nimmt er einen zweiten Kabelbinder, zieht den durch ihre Handgelenke und dann zum Türgriff. Dabei nähert er sich ihr bis auf wenige Zentimeter und flüstert:
„Halten Sie den hier so fest, dass es aussieht, als ob sie an der Tür festgemacht wären. Kopf runter und verschwinden Sie, so schnell wie möglich!" Er biegt ihre Finger um den Kabelbinder und den Türgriff. „Festhalten!" Gehorsam krallen ihre Finger sich fest. Noch während Agatha ihn verständnislos anschaut, richtet er sich auf und sagt laut: „Stillhalten, Süße! Bis bald." Und wirft die quietschende Autotür ins Schloss.
Agatha schaut ihm mit großen Augen hinterher. Sie sieht Berti zu Post an den Bahndamm gehen und den Gesten nach, erklärt er ihm wohl, dass er sie gefesselt hat. Sie hört nur die Stimmen durch das offene Fenster, um die Worte zu verstehen, ist sie zu weit weg. Dann verschwinden die beiden hinter den Büschen am Bahndamm.
Das ist deine Chance!
Schießt es Agatha durch den Kopf. Schnell lässt sie die Tür los und zerrt eine Hand aus dem Kabelbinder, der um ihre Handgelenke liegt. Blind tastet sie in der Dunkelheit nach dem Autoschlüssel.
Keiner da!
Ein Auto kurzschließen wie in Film kann sie nicht. Also muss sie zu Fuß weg von hier.
Schnell.
Mit fliegenden Fingern sucht sie den inneren Griff an der Tür. Sie findet den Hebel und zieht daran. Doch ehe sie sich dagegen werfen und die Tür öffnen kann, schießt es wie ein Blitz durch ihren Kopf.
„Die Tür quietscht!"
Also durch das offene Fenster. Schleunigst kniet sie sich auf den Sitz und hangelt sich kopfüber aus dem Auto. Die Fensterkante drückt in ihren Bauch, doch den Schmerz spürt sie nicht. Da der Wagen am Waldrand parkt, kann sie schnell auf allen Vieren hinter den Bäumen und Büschen verschwinden. Dort hockt sie sich hinter eine dicke Kiefer und lauscht. Ihr Atem ist lauter als die schwachen Verladegeräusche.
Sonst Stille.
Gehetzt schaut sie sich um. Nirgends wer zu sehen. Wohin jetzt am besten? Mitten in diese Stille schnaubt ein Pferd.
Heinz!

Agatha schaut angestrengt in die Richtung, aus der das Schnauben kam. Die Pferde stehen nicht weit entfernt. Aber Birte ist dort. Ob sie ihr Heinz überlässt? Und zwar leise.
Sie muss es wagen.
Heinz ist der schnellste Weg, Hilfe zu holen für Will. Geduckt schleicht Agatha über den Weg und auf die Pferde zu. Immer am äußersten Rand der Schneise dicht an Büschen und Bäumen in deren Schatten bleibend. Noch ein paar Meter.
Jetzt tritt sie auf die Schneise. Vom Bahnübergang kann man nicht bis hier her sehen.
Birtes Gesicht wird vom Licht des Displays ihres Handys schwach beleuchtet. Sie schaut Agatha entgegen. Agatha geht direkt zwischen die Pferde und wispert beschwörend zu Birte hoch: „Bitte! Gib mir Heinz. Bitte!" Birte sagt keinen Ton. Ihre Finger flitzen flink über die Tastatur ihres Handys. Sie schaut wieder stumm auf Agatha runter und bewegt sich nicht.
Ist das Angst in ihren Augen oder Schreck?
Auf alle Fälle ist ihr Gesichtsausdruck angespannt, aber nicht feindselig. Agathas Herz klopft bis zum Hals. Sie hofft auf Birtes Verständnis.
Einen Atemzug später piepst das Handy leise. Birte starrt es einen Augenblick lang an. Dann dreht sie es zu Agatha hin. Auf der Anzeige steht: „Weg!"
„Wir müssen ganz schnell verschwinden, sagt Dad. Hier!" damit wirft Birte ihr die Zügel zu. Ohne nachzudenken zieht Agatha den Zügel über Heinz Hals geht auf die andere Seite und schnappt sich den Steigbügel. Einen Moment später sitzt sie im Sattel. Den rechten Fuß in den anderen Steigbügel schiebend, lenkt sie Heinz herum und lässt ihn antraben. Nur das Knirschen unter den Hufen ist zu hören.
Ein paar Schritte weiter quietscht hinter ihnen die Autotür. Ein lauter Fluch folgt. Agatha lässt Heinz schneller laufen. Birte folgt ihr. Sie verschwinden um die nächste Kurve. Jetzt sind sie ganz außer Sichtweite selbst bei Tageslicht.
Da heult ein Motor auf.
Nein!
Er darf sie nicht kriegen.
Agatha bohrt Heinz die Absätze in die Seiten. Über die Schulter ruft sie:
„Los! Komm mit!" In der Hoffnung, dass Birte folgen kann, treibt sie Heinz im Galopp durch den Wald. Immer die Schneise entlang. Bis zur Kreuzung ist es noch mindestens ein Kilometer. Sie konzentriert sich auf den Untergrund vor sich. Zum Glück gibt es

auf der Schneise keine großen und kleinen Schlaglöcher, wie auf dem Weg nebenan, nur ein paar matschige Stellen, die zurzeit trocken sind. Die Pferde strecken sich im Galopp. Sie kommen schnell voran. Der Fahrtwind rauscht in den Ohren. Ab und zu treffen sie Zweige und Blätter. Agatha beugt sich tief über den Pferdehals. Einmal schaut sie sich nach Birte um. King ist dicht hinter Heinz.
Plötzlich fällt Lichtschein durch die Bäume und ein Auto kommt dem Weg entlang, hinter ihnen her gerast.
Es kommt immer näher.
Ein Schuss fällt.
Agatha treibt Heinz im Galopp um die nächste Kurve. Der schießt auf uns! Der grausige Gedanke fährt Agatha wie ein greller Blitz durch den Kopf.
Birte!
Was ist, wenn er sie trifft?!
Die Kurve hat das Auto zurück fallen lassen. Es holpert immer wieder durch die Schlaglöcher, droht vom Weg abzukommen. Der Motor jault auf. Jetzt hat es den Abstand beträchtlich verringert. Es ist dichter dran, als gut sein kann.
Der nächste Schuss peitscht durch den Wald.
Gleich darauf noch mehr Schüsse. Agatha duckt sich tiefer über den Pferdehals. Bloß weg hier, damit keiner was abkriegt! Hoffentlich trifft es niemanden, weder Pferd noch Mensch!
Hinter der nächsten Kurve kommt die Kreuzung in Sicht. Im Mondlicht ist sie kaum zu erkennen, aber der Weg auf die Wiese hinaus scheint durch ein schwarz gerahmtes Tor zwischen den Bäumen auf silbrig beschienene Weiden zu führen. Einer plötzlichen Eingebung folgend, drosselt sie leicht das Tempo und ruft zu Birte rüber:
„Du links ich grade aus zum Stall!" Birtes Antwort kann sie nicht verstehen. Sie wird von einem weiteren Schuss übertönt. Doch Birte bremst King ab, um nach links in den kleinen verwachsenen Weg einzubiegen.
Agatha nimmt kaum Tempo raus, sondern lenkt Heinz nach rechts. Noch vor Ende der Schneise nutzt sie eine große Lücke zwischen Büschen und Bäumen. Heinz springt schräg über niedriges Gestrüpp auf den Weg und nimmt sofort wieder Fahrt auf. Knapp hinter sich hört sie das Auto.
Wieder ein Schuss.
Agatha prescht auf den Wiesenweg hinaus. Mit einem Sprung setzt Heinz vom Weg auf die große Wiese über. Im Zick Zack galoppiert er durch die Heuballen, die überall verstreut sind.

Das Auto folgt ihr auf die Wiese.
Es kurvt um mehrere Heuballen herum. Dem nächsten kann es nicht mehr richtig ausweichen. Der Heuballen stiebt ein Stück zur Seite und das Auto schlingert. Da dreht es ab Richtung Weg zurück. Den erreicht es beim Stall der Unzertrennlichen. Nur wenige Zentimeter vor der Wand bekommt das Auto die Kurve. Kaum das es nicht mehr schlingert, jagt es mit zunehmender Geschwindigkeit weiter den Weg Richtung Straße lang auf die Wiesenecke zu. Agatha dreht sich um und sieht es vor der Ecke bremsen.
Auf einmal kommt ihr ein Gedanke.
Im schnellen Galopp reitet sie auf der Wiese weiter bis sie um die leichte Kurve herum. Vom Auto aus ist sie nun nicht mehr zu sehen. Dort biegt sie auf den Weg ein und bremst Heinz abrupt an der nächsten Einfahrt ab. Das große Tor hinter den hohen Hecken ist offen. Schleunigst lenkt sie Heinz die dunkle Einfahrt entlang und um das Ende der Hecke in den Garten.
Und hält an.
Keinen Tick zu früh. Im nächsten Moment kommt das Auto auf dem Weg vorbeigeschossen. Es hält auf den Stall zu.
Ihr Atem geht laut.
Heinz schnaubt.
Sie schaut erschrocken hinter dem Auto her, aber der Fahrer kann es ja nicht hören. Plötzlich wird sie aus der Dunkelheit heraus angesprochen:
„Bleiben sie hier! Jetzt sind wir dran." Agatha schaut sich hastig um. Die Stimme war freundlich, trotzdem bestimmt. Und unerwartet.
Heinz steht heftig atmend in Hab-Acht-Stellung in der Finsternis. Sie spürt die Anspannung in ihm. Auf der anderen Seite des Fliederbuschs neben ihr steht ein Polizeiauto. Aus dessen offenem rechten vorderen Fenster zeigt ihr eine Hand, sie soll hier bleiben.
Leise startet der Motor.
Das Einsatzfahrzeug rollt ohne Licht an der Hecke entlang zum Tor hinaus. Richtung Stall nimmt es Fahrt auf. Von dem anderen Auto ist nichts mehr zu sehen und zu hören. Das scheint am Stall angekommen zu sein.
Agatha sitzt wie erstarrt auf Heinz und lauscht in die Dunkelheit. Er spürt, worum es geht und hält ganz still. Liebevoll tätschelt sie seinen schweißbedeckten Hals.
Er schnaubt.
Es ist still ringsum.

Auf einmal zerfetzen mehrere Schüsse schnell hintereinander die lautlose Nacht.
In die Stille darauf platzt ein Schrei.
Plötzlich blinken überall blaue Rundumleuchten.
Scheinwerfer zerreißen die Dunkelheit. Polizeifahrzeuge fahren von allen Seiten auf den Pferdestall zu und um Scheune und Koppeln herum. Agatha treibt Heinz auf den Weg zu, um bessere Übersicht zu haben. Von dort aus beobachtet sie, wie sich die Polizeifahrzeuge um ein Areal hinter dem Stall treffen. Viele davon beleuchten eine Stelle.
Birte!
Oh nein!
Agatha fährt der Schreck in alle Knochen. Sie treibt Heinz auf die große Wiese und galoppiert auf den Pulk Polizeiautos zu. Den Gedanken, was Birte alles passiert sein könnten, verdrängt sie. Es nutzt jetzt gar nichts, darüber zu sinnieren. Sie wird ihr versuchen zu helfen.
Zwischen den Polizeifahrzeugen steht an der Ecke der Scheune das Auto von Ronny.
Ein Stück davor deckt ein Polizist einen leblosen Körper mit einer Plane ab.
Agatha bekommt kaum Luft vor Angst, es könnte Birte erwischt haben. An der Scheune angekommen entdeckt sie auf dem Weg zwischen Koppeln und Reitplätzen hindurch einen noch größeren Leichnam.
Daneben Birte. S
ie ist weinend zu einem Häufchen Unglück zusammengesunken. Ihr Schluchzen ist bis hierher zu hören. Schleunigst schließt Agatha das hintere Tor auf und stellt Heinz in seine Box. Sattel und Zaumzeug legt sie einfach in die Stallgasse und rennt wieder raus, vorbei an dem Auto, der Plane und den Polizisten.
Da sieht sie es.
Der Anblick zerreißt ihr das Herz. Birte liegt quer über dem toten Pferd und schluchzt zum Stein erweichen. Eine Polizistin bemüht sich um sie. Agatha schaut sich das Pferd genauer an. Es ist an verschiedenen Stellen getroffen worden, in Kopf und Brust. Langsam bildet das Blut eine Lache. Birte drückt ihr Gesicht in die Mähne, klammert sich an den Hals.
„Birte? Birte. Es tut mir so Leid." Agatha versucht die Tränen zurück zu halten, schafft es aber nicht. Sie hockt sich neben Birte und streichelt ihr den Rücken. „Es tut mir so Leid." Birte schluchzt und schnieft:

„Er hat mich gerettet! King hat mich gerettet. Der wollte mich erschießen." Die letzte Silbe geht in neuen Schluchzern unter. Plötzlich schaut sie auf. Sie wischt sich über die Augen und mustert Agatha. „Ist dir was passiert?"
„Nein. Und Heinz auch nicht." Birte nickt. Im nächsten Moment schluchzt sie:
„Der wollte dich erschießen!" und vergräbt ihr Gesicht wieder in Kings Mähne, in der sie auch ihre Finger verkrallt. Agatha schnürt der Schreck den Hals zu. Post wollte sie mundtot machen und hat Birte erwischt. Und sie hat ihm Birte auch noch direkt entgegen geschickt.
Verflixt!
Es dauert einige Zeit, bis das Weinen nachlässt und das Mädchen aufsteht. Birte fällt Agatha um den Hals und weint weiter. Sie hält sie fest und flüstert ihr Trost zu. Agatha führt sie ein Stück weg auf die nächste Koppel. Dort lässt sich Birte an einem Zaunpfahl nieder, legt die Stirn auf die Knie, die sie mit beiden Armen umschlingt. Agatha steht neben ihr. Sie kann das Mädchen jetzt nicht allein lassen. Irgendwie ist es ihre Schuld, dass King tot ist. Aber was ist mit Will?
Um bei dem Gedanken nicht verrückt zu werden, versucht sie sich abzulenken, indem sie das Treiben ringsumher beobachtet. Aber sie kommt nicht weit. Immer wieder muss sie daran denken, wie viele Fahrzeuge plötzlich überall auftauchten und aus dem Wald kamen.
War die Polizei bereits beim Bahndamm?
Haben sie Will gefunden?
Oder liegt er immer noch neben dem Baum?
Langsam wird es hell.
Birte fängt erneut an, laut zu schluchzen:
„Papa! Warum antwortet er nicht?" Sie sieht Agatha mit tränennassen Augen an, das Handy hält sie in der Hand. „Er antwortet nicht." Ihr entgeisterter Blick, diese Hilflosigkeit und Angst um ihren Vater in Birtes Augen, berühren Agatha zutiefst. Agatha weiß nicht, was sie darauf sagen soll. Es gibt viele unschöne Varianten, warum er nicht ans Telefon geht und sich meldet. Wortlos setzt sie sich neben Birte und nimmt sie in den Arm. Sie leidet mit dem Mädchen, das sich so um seinem Vater sorgt, obwohl der sie in den Schlamassel mit reingezogen hat. Immer wieder versucht sie, ihr Trost zu zuflüstern.
Die beiden merken nichts von den ankommenden Fahrzeugen der Sanitäter und des Leichenwagens.
Plötzlich ist Will bei ihnen.

Ehe Agatha aufspringen kann, hockt er sich zu ihnen und nimmt sie beide in die Arme. Agatha drückt ihr Gesicht an ihn. Sie ist unendlich froh. Tränen der Erleichterung fließen über ihr Gesicht. Will flüstert Agatha ins Ohr:
„Himmel! Jetzt hat sie beide verloren." Er küsst ihre Schläfe, drückt Birte und sie fester an sich heran und sagt lauter: „Ich bin so froh, euch zu sehen!"
„Wo ist Dad?" fragt Birte ängstlich schniefend.
„Ich weiß es nicht." antwortet Will beruhigend. Birte schaut hoch zu Will. Der schüttelt stumm den Kopf. Sie nickt erneut. Ein kleines Lächeln huscht über ihr tränenverschmiertes Gesicht, das in der Morgensonne feucht glänzt. Tapfer meint sie:
„Er wird wiederkommen. So wie immer." Sie nickt entschlossen.
„Und King ist ein Held! Mein Held. Er hat mir das Leben gerettet." Tränen strömen wieder über ihre Wangen.
„Er hat mich gerettet." Der Rest geht in Schluchzern unter.
Agatha hält sie ganz fest in Wills Armen.

** * **

„Sie waren überall. Stimmt 's?" Agatha schaut Will fragend an. Er nickt:
„Ja. Mein Bekannter sagte, sie hätten auf eine Gelegenheit gewartet, um die Sache möglichst ohne Tote zu beenden. Wenn sie auf den ersten Schuss reagiert hätten, wäre sicher sofort eine große Schießerei ausgebrochen. Die Polen waren alle bewaffnet. Flavias Mörder war unter ihnen."
„Warum musste sie sterben?"
„Vermutlich sollten wir mundtot gemacht werden, weil wir ihnen zu nahe gekommen waren. Es wird auch angenommen, dass Flavia ab und an einen der gestohlenen Wagen in den Wald gefahren hat. Vielleicht hatte sie sich auch mit einem der Polen eingelassen und der fühlte sich hintergangen. Jedenfalls waren wir definitiv zur falschen Zeit am falschen Ort." Er schüttelt ungläubig den Kopf.
"Und das in unserem ruhigen Wald!" Will räuspert sich. „Es fällt schwer zu glauben, aber als Post die Schießerei aus dem Auto anfing, wimmelte es plötzlich ringsum von lauter dunklen, bewaffneten Typen.
Das war das erste, was ich mitgekriegt habe, als ich mich wieder umsehen konnte. Berti hockte neben mir. Er hatte mich auf den Rücken gedreht, wobei ich zu mir kam. Flüstern befahl er mir:

`Hau ab und gib die hier den Ermittlern. Post hat damit Ronny umgelegt.´ Dabei schob er mir die kleine Pistole in die Hosentaschen. Mein Kopf dröhnte und mir tat alles weh. Ehe ich wusste, was er von mir wollte, zerrte er mich hinter den Baum und lehnte mich dort an. `Hau ab, sobald du aufstehen kannst. Bring dich in Sicherheit!´ zischte er mich an.
Im nächsten Moment fielen überall Schüsse und der Wald war voller Leute. Berti wollte wohl abhauen. Weit ist er nicht gekommen. Er lag kopfunter auf der anderen Seite des Bahndamms, die Beine noch halb auf dem Gleis. Auf meinem Weg vor zum Bahnübergang musste ich an Ronny vorbei und über einen der Polen steigen. Tot. Der andere lag oben auf den Wagen."
„Bitte hör auf, Will! Das gruselt mich. Ich habe so schon Angst vor dem Gedanken, was alles noch hätte geschehen können." Will grinst und zieht die Augenbrauen belustigt fragend hoch:
„Du? Wer wollte denn unbedingt an den Bahndamm schleichen? Meinem Bekannten zufolge haben wir dabei traumwandlerisch sämtliche Lücken zwischen den Einsatzkräften genutzt. Die konnten erst nicht nahe heran, weil Berti die Umgebung sondiert hatte, weshalb sie uns zuletzt quasi dicht auf den Fersen waren. Sie wollten uns abfangen, bevor wir Chaos anrichten konnten."
„Von Gefangennahme und Schießerei mit Toten war vorher keine Rede. Aber glaub mir, das mach ich nie wieder! Ich hab mir so große Sorgen wegen dir gemacht. Darauf verzichte ich demnächst freiwillig. Von der Schießerei hab ich nicht viel mitbekommen. Die Schüsse von Post reichten mir völlig."
„In dem Moment als ich zu mir kam und die ersten Schüsse fielen, hatte ich nur Angst um dich." Er fasst nach ihrer Hand und hält sie fest. „Die Sanis hab ich fast über den Haufen gerannt, als sie mir entgegen kamen, um mich zu verarzten."
„Aber sie haben dich doch verbunden?" fragt Agatha erstaunt. Will grinst.
„Mein Bekannter stand plötzlich neben mir und meinte, wenn ich mit ihm mitfahren möchte, um nach dir zu sehen, muss ich mich behandeln lassen. Da mir das als der schnellst Weg erschien, hielt ich still. Minuten später sind wir hinter Ronnys Auto hergefahren. Hinter jeder Kurve hatte ich Angst zu entdecken, dass dir etwas passiert war. Mein Bekannter fuhr mir viel zu langsam und dann fiel mir ein, ob du vielleicht zu hause sein könntest. Ich ließ mich absetzen und kontrollierte alle Türen.
Dann fuhr ich mit dem Rad zum Pferdestall. Unter der Plane entdeckte ich Post, ein Stück weiter das tote Pferd. Unterdessen war mir schlecht vor Angst um dich. Was war ich froh, als ich euch

fand! Unheimlich erleichtert, dass dir nichts passiert war." Er drückt ihre Hand. „Das hätte ich nicht ertragen."
Agatha streichelt zart mit den Fingerspitzen seine lädierte Wange. Die langen Kratzer vom Baumstamm, an dem er beim Sturz durch Posts Angriff herunter geschrammt war, verheilen sehr gut. Die geprellte Schulter ebenfalls. Zum Glück war es nicht die angeschossene. Plötzlich stutzt Agatha:
„In der Zeitung stand was von vier Toten der Schießerei und einem toten Pferd. Aber wenn ich dich richtig verstanden habe, müssten es doch fünf Tote gewesen sein. Oder?"
„Die beiden Polen dürften nicht mehr aufgestanden sein und Post auch nicht. Ronny ebenfalls. Hast Recht. Entweder ist es ein Druckfehler oder … ?" sie schauen sich nachdenklich an. Agatha fragt: "Meinst du?"
Egal wie er war, für Birte war er immer da. Sie braucht und vermisst ihn.
"Hm, oder es war ein Druckfehler."
„Ich hoffe für Birte, es war kein Druckfehler." Agathas Gesicht wird überlegend. "Nach allem was wir erlebt haben, könnte es da nicht sein, dass Berti nicht wirklich ein Verbrecher war? Vielleicht ein Informant, verdeckter Ermittler, oder so?" Will macht eine vage Bewegung mit dem Kopf:
"Hinter Post und seinen Machenschaften waren sie schon etliche Zeit her, konnten ihm nie was nachweisen und hatten keine Beweise. Der muss etliche Eisen im Feuer gehabt haben, zumindest Diebstahl, Schmuggel und Prostitution. Menschenhandel können sie ihm leider noch nicht nachweisen. Zu viele verwischte Spuren, aber den Mord an Ronny.
Er soll was mit der Explosion eines Schließfachs in einen Bahnhof nahe des Hotels an der Ostsee, in dem er gearbeitet hat, zu tun gehabt haben. Vielleicht hatte er den Schließfachschlüssel bei dir versteckt. Deswegen ist er immer wieder da gewesen und hat deine Wohnung abgesucht. Wer weiß, wo er ihn versteckt hatte."
Agatha meint überlegend:
Vielleicht in der Schneekugel, die ich an die Wang geworfen hatte. Das Ding war gesprungen und die Flüssigkeit ausgelaufen durch die Risse in der Kugel. Ich habe es in den Mülleimer geworfen ohne es zu öffnen. Vielleicht hat er mir das Ding geschenkt, um den Schlüssel darin zu verbergen."
„Und so konnte er das Geld nicht mitbringen, was er für Post dort deponiert hatte. Kein Wunder, dass er immerzu versuchte, an dich heran zu kommen. Berti wird ihm ganz schön eingeheizt haben.

Die Autos, deren Nummernschilder wir aufgeschrieben hatten, wurden ebenfalls sichergestellt. Die Nummernschilder waren zwar alle falsch, aber die teuren Autos waren in ganz Sachsen zusammengeklaut worden. Sie wurden auf verschiedenen Wegen ins Ausland geschafft. Post hatte ein gut funktionierendes Netz aufgebaut und seit über zwanzig Jahren florierende Geschäfte betrieben. Er wohnte in einer alten Villa, die er geerbt hatte und die mitten in einem Parkähnlichen Gelände steht. Von außen kaum einsehbar und ziemlich abgewrackt, von innen aber auf das modernste mit Sicherheitstechnik und Wohnkomfort ausgestattet. Im Keller fand man verschiedene Räume, die wohl als eine Art Unterkunft oder Gefängniszellen genutzt wurden und einen großen Safe voll Bargeld.

Über zehn Jahre lang hatte Post unbehelligt seinen illegalen Geschäften nachgehen können. Ein Zufall hatte ihm dann die Aufmerksamkeit der Ermittler gebracht. Er muss es ziemlich schnell gemerkt haben, denn sie kamen jahrelang nicht von der Stelle. Es war ihm nichts nachzuweisen. Im letzten Jahr bekamen die Ermittler Hilfe von einer speziellen Stelle, erzählte mein Bekannter. Post hatte alles gut im Griff und viele Spuren verwischt. Aber von ganz oben kam grünes Licht und plötzlich hätten sie die Möglichkeit gehabt, an viele Informationen heran zu kommen. Mein Anruf brachte ihnen dann Ort und Zeit. Sie lagen auf der Lauer." Will holt tief Luft. "Aber dann kamen wir durch den Wald geschlichen. Ehe sie uns abpassen konnten, hatte man uns bereits entdeckt." Will schaut sie von der Seite an. „Mir war von Anfang an nicht wohl bei der Sache, näher an den Bahndamm zu gehen. Wieso habe ich eigentlich auf dich gehört?"

„Weil du mich liebst. Außerdem waren Posts Erklärungen doch ziemlich aufschlussreich." Agatha holt tief Luft bei der Erinnerung: „Also war ich damals schon Berti in die Quere gekommen. Ich wusste, dass sie einen Freund hat, der um etliches älter war als sie, aber ich wäre nie auf den Gedanken gekommen, diesem Gaunerpärchen erneut zu begegnen. Babs Schicksal berührt mich irgendwie. Birte erzählte, sie hätte kaum Chancen, wieder zu hause leben zu können. Die Ärzte machen ihr trotz wiederholter Operation nur noch wenig Hoffnung. Bei dem Unfall ist zuviel beschädigt worden, um ein normal langes Leben haben zu können. Ich kann Birte nur bewundern. Andere würden aufgeben und sich verkriechen, aber sie glaubt fest daran, dasss ihr Vater wiederkommt und ihre Mutter geheilt wird. Vielleicht der Mut der Verzweiflung, so ohne Großeltern, Geschwister oder anderen Verwandten." Sie lächelt ihn an.

„Okay, das könnte sein. Teilweise." Gibt Will zu. Agatha runzelt die Stirn.

„Hat sie mit dir gesprochen?"

„Ja, damit hast du Recht. Aber das meine ich nicht." Sie stutzt.

„Wie kann man nur so neugierig sein!" grinst Will.

„Was? Ich und neugierig?" Will grinst sie weiter schelmisch an und gibt zu:

„Na gut, hast Recht. Ich war auch neugierig. Aber nicht so lebensmüde wie du. Ich liebe dich trotzdem."

„He! Ich war doch nicht lebensmüde, sondern wollte nur wissen, was da läuft. Woher konnte ich denn ahnen, dass die dort ein internationales Ding durchziehen?"

„Und dass Post beteiligt war. Wenn ich es recht bedenke, kam der Kerl mir von Anfang an komisch vor. Zum Glück sind unterdessen sämtliche Anschuldigungen gegen uns fallen gelassen worden.

Nur der Wolfstyp gibt keine Ruhe. Er will mich wegen dem angefahrenen Wolf und unterlassener Hilfeleistung hinter Gittern sehen. Mein Anwalt hat alle Hände voll zu tun, ist aber zuversichtlich, dass ich den Unsinn auch los werde."

„Der Wolfstyp hat letztens wieder im Waldrand an der Koppel gesessen. Mit dem Feldstecher beobachtete er stundenlang die Umgebung. Deine Mutter hat ihn überrascht und verscheucht. Wenn sie ihn das nächste Mal dabei erwischt, will sie ihn als Stalker anzeigen, weil sie sich beobachtet fühlt."

„Richtig. Wenn er sich Mutter und die Unzertrennlichen zum Feind macht, hat er schlechte Karten."

„Oh, ja. Ohne Wolf hat er keinen Grund, herum zu schnüffeln. Vielleicht sollte sich deine Mutter einen Hund anschaffen. Oder wir."

"Wir sollten uns zuerst Kinder anschaffen. Die wollen dann später bestimmt einen Hund haben."

„Na gut, das Argument lass ich gelten." Agatha grinst ihn an. Wieder fällt ihr auf, wie schön Wills Augen sind. Nach der Hektik der vergangenen Tage ist sie froh, dass sie endlich einmal Zeit zusammen verbringen können. Sie lehnt sich an seine Schulter, um ihn zu küssen. Dann lässt sie den Blick über die Umgebung schweifen.

Es ist der letzte Sommerferiensonnabend. Die Nachmittagssonne brennt auf sie hernieder. Ein leichtes Lüftchen macht die Hitze erträglich. Will und sie sitzen auf einer Decke am Ufer des Teiches. Rundherum liegen noch mehr Decken.

Ein Stück abseits auf der breiteren Uferstelle spielen die Kinder von Wills Truppe und andere aus dem Reitstall mit ihren Eltern und

Geschwistern Zweifelderball. Ausgelassene Stimmung herrscht schon den ganzen Tag.
Nach der Aufregung und den grausigen Ereignissen der letzten Wochen war ein schönes Erlebnis nötig. Gemeinsam bekamen sie es schnell hin, diesen Tagesausflug an den Teich zu organisieren. Zu Agathas Erstaunen schlossen sich noch etliche Privatleute mit und ohne Pferd an.
Der große Pulk Reiter, der heute Morgen beim Pferdestall aufbrach, drehte eine Geländerunde mit Ziel hier am Teich. Dann folgte ein Bad samt Pferden, die darauf in eine provisorische Koppel zum grasen entlassen wurden. Das Picknick war lecker und reichlich. Hinterher relaxten die meisten auf den Decken.
Bevor sie nachher wieder Richtung Heimat aufbrechen werden, wollten die Kinder noch ein Spiel spielen. Das Johlen wird lauter und Agatha sieht den Ball im hohen Bogen ins Wasser fliegen. Einer der Väter rennt hinterher. Im Wasser stehend wirf er den Ball zurück ins Spielfeld. Birte fängt ihn auf. Agatha beobachtet das Mädchen, als sie fragt:
„Was ist wohl mit Berti passiert?"

* * **

Seit Wochen schon meint es der Oktober gut mit dem Wetter. Der warme goldene Herbst lädt ein, seine Zeit im Freien zu verbringen. So oft sie können sind Will und Agatha im Gelände unterwegs.
Seit letzter Woche haben sie einen Feriengast. Hannes traf Anfang der Herbstferien mit dem Zug ein. Er verbringt die meiste Zeit im Pferdestall oder bei den Unzertrennlichen. Wenn sie gemeinsam ausreiten, darf er sich aussuchen, welches Pferd er nutzen möchte. Am liebsten sitzt er auf da Gama. Den putzt und sattelt er auch selbständig. Will war total erstaunt. Er hat noch nicht herausbekommen, wie Hannes das anstellt, aber sobald der Junge die Box betritt, steht der Wallach friedlich und still da.
Einmal hat Will beobachtet, wie Hannes beim Streichkappen anlegen unter dem Bauch hockte. Zum Auftrensen hält der Wallach seinen Kopf soweit runter, sodas Hannes bequem drüber langen kann. Auf Wills Frage hin, wie er das hinkriegte, meinte Hannes nur schlicht:
„Ich sag es ihm." Die Antwort war so ehrlich und der Unterton so verwundert, dass Will nicht nachfragte. Er hatte Hannes manchmal

leise reden hören, doch das klang in seinen Ohren so gar nicht nach irgendwelchen Befehlen.

In den letzten Tagen hat Hannes einige Bekanntschaften geschlossen. Kinder von Reitern, die ebenfalls Ferien haben. Auch Birte, die sich um PePe kümmert und ihn reitet. Sie wird Ende des Jahres umziehen. Keiner weiß wohin. Seit sie erzählt hat, dass sie wegziehen wird, wirkt sie wesentlich glücklicher. Die Kinder aus Wills Gruppe, die Hannes bewundern, weil er bereits so gut reiten kann, gehören nun auch zu seinen Freunden.

Letzte Woche wollte Hannes unbedingt mit den Kindern in der Abteilung reiten. Aber außer Voice waren alle Pferde belegt. So schnappte er sich deren Zeug und ging die Stute putzen. Wie Agatha ihm beim Satteln und Trensen helfen wollte, war das Pferd bereits fix und fertig ausstaffiert. Sie konnte nur noch den korrekten Aufzug bestätigen. Beim Aufsitzen half Will. Aber das war auch nur der Höhe des Tieres zuzuschreiben. Hannes ritt die nervöse Vollblutstute ohne zu Zucken. Sie lief wie ein Uhrwerk unter ihm. Der Junge hat sagenhaft was drauf und einen Draht zu den Tieren. Will bewundert ihn.

Es wird Abend.

Will und Agatha verlassen die Koppel der Unzertrennlichen. Sie schließen das Tor und lehnen sich dagegen. Hannes schlendert zu ihnen herüber. Grade saß er noch bei Sulaika auf dem Koppelzaun. Nun schwingt er sich neben Agatha auf die oberste Torstange. Sein Blick wandert am Waldrand entlang. Plötzlich fragt er:

„Wo hatte der Wolf seinen Bau?"

„Keine Ahnung. Den hat noch niemand gefunden."

„Ihr habt erzählt, der Wolf hat hier gelebt. Wo hat er dann geschlafen?"

„Wölfe wandern viele Kilometer am Tag. Seine Höhle kann durchaus weit hinter der Bahn sein. Aber das weiß keiner."

„Nicht mal der Wolfsmensch?"

„Nein, der auch nicht."

„Der hat aber Gesine gestern erzählt, er wüsste alles über die Wölfe hier."

„So, so. Wo haben sie sich denn unterhalten?"

„Im Obstgarten. Ich war hier, als sie mich gerufen hat. Dann sollte ich ihr das Telefon bringen. Hab mich nur gewundert, was sie mit dem Telefon beim Hof fegen will."

„Wieso?"

„Sie hatte den Besen in der Hand. Der Wolfsmensch sagte immer wieder, er wüsste alles, denn er würde alles schon lange mit dem

Feldstecher beobachten. Sitzt der den ganzen Tag im Wald und beobachtet die Wölfe?"
"Das kann ich dir nicht sagen, Hannes. Aber was hat Gesine dazu gesagt?"
"Sie hat mich losgeschickt, um den großen Hund von Roland zu holen."
"Was wollte sie mit dem?"
"Ich sollte ihn herholen, weil sie ein Leckerli für ihn hätte." Der Junge schaut sich weiter den Waldrand an. Als er nicht weitererzählt, fragt Will:
"Und?"
"Als ich mit dem Hund wiederkam, war der Wolfsmensch weg. Gesine hat den Hund gestreichelt und gefüttert, dann hab ich ihn wieder heim geschafft." Will und Agatha sehen sich an. Sie müssen sich beide ein leises Grinsen verkneifend. Keiner sagt etwas dazu. Nach einer Weile meint sie:
"Übermorgen kommen deine Eltern her." Hannes dreht sich zu ihr um. "Freust du dich?"
"Ja, klar!" Er lächelt glücklich. "Und dann ist Geburtstag. Mal ganz anders. Das wird schön!"
"Und ob!" bestätigt Will. Sie wollen beide gemeinsam feiern, denn Will hat ein paar Tage später. "Was wünschst du dir?" Hannes schaut erst Agatha und dann Will an. Ein Grinsen huscht über sein Gesicht.
"Birte erzählt immerzu von dem coolen Ausflug an den Teich. Darf ich da nächstes Jahr dabei sein?"
"Wenn es deine Zeit erlaubt und deine Eltern natürlich auch, bist du herzlich eingeladen, die Sommerferien bei uns zu verbringen."
"Cool! Ein super Geschenk!" Hannes strahlt Will an, "6 Wochen bei euch, das wird klasse."
"Wie kommst du auf 6 Wochen?" fragt Will erstaunt. Agatha lächelt ihn an und zieht amüsiert die Augenbrauen hoch. Sofort antwortet Hannes:
"Du hast doch gesagt, ich bin eingeladen, die Sommerferien bei euch zu verbringen. Und die sind 6 Wochen lang." Will lächelt und nickt. Nach kurzem Überlegen zeigt er mit dem Finger auf Hannes und bestimmt: "Aber das werden keine Faulenzerferien. Du kümmerst dich um die Pferde und reitest. Gehen wir auf Turniere, kommst du mit. Aber nicht nur zum Pferde putzen. Du wirst starten und dir deine Sporen verdienen! Verstanden?" Hannes springt auf, salutiert und ruft:
"Yes, Sir! Verstanden! Sir!" dann lacht er glücklich über das ganze Gesicht. Will hält ihm die Hand hin und Hannes schlägt ein. "Das

417

wird cool, Mann!" freut er sich. Strahlend schüttelt er Will die Hand. Agatha hält ihre Hand hoch und Hannes klatscht sie ab. „Jiippiee!!"
Von fern ertönt ein Ruf.
Hannes horcht auf und meint hastig: „Ich muss los, soll helfen.", dreht sich um und rennt los.
Will schaut Hannes nach. Dann schlingt er seine Arme um Agatha und fragt:
„Hab ich dir schon einmal gesagt, dass ich auch so einen Sohn haben möchte?"
„Nein, heute noch nicht." Agatha schmunzelt. „Dann streng dich an! Und für mich bitte ein Mädchen." Er schaut sie eine lange Weile an, nimmt jedes Detail in sich auf, muss daran denken, dass er sie hätte verlieren können. Nein, das darf nie geschehen. Bei dem Gedanken drückt er sie noch fester an sich und küsst sie.
Es tut so gut.
Auf dem obersten Balken des Koppelzaunes zwischen den Weiden sitzen zwei Katzen im Sonnenuntergang und beobachten sie. Sulaika grast daneben friedlich. Ein idyllisches Bild. Sie betrachten die Tiere eine Weile, bis Agatha meint:
„Seine Majestät und Aladin sind hier seit neustem öfter zusammen zu sehen. Seit wann traut sich seine Majestät bis hier her?"
„Seine Majestät hat sich vielleicht früher wegen dem Wolf nicht her getraut. Letztens kam er mit Roland und seiner Familie vorbei."
„Ich denke, ihr irrt euch."
„In was?"
„Seine Majestät ist eine sie und hat sich unsterblich in Aladin verliebt. Kann ich nachfühlen." Sie schiebt ihre Arme fester um Wills Körper.
„Und weißt du was noch?"
„Was?"
„Ich weiß immer noch nicht, wie Rolands Hund heißt." Will lächelt auf sie herab. Sie lächelt ihn erwartungsvoll an, als er antwortet:
"Aha."

Weitere Titel
Von

Anna Schubert

Der Verdacht
Erschienen im Renaissance Verlag Marburg
2015
Roman

Leseprobe:

1
Na endlich! Der Klang des alten Diesels ist wunderbar und das er nicht gleich wieder anfängt zu stottern und abstirbt ebenfalls. Sie sitzt hinter dem Lenkrad des stattlichen Pferdetransporters, an dem sie jetzt schon den vierten Tag herumwerkelt. Verflixt, sie hat noch anderes zu tun, aber diesen von

ihr heiß geliebten alten „Panzer" braucht sie übermorgen wieder.

Er hat seine besten Zeiten hinter sich und schluckt viel zu viel Diesel und Ersatzteile, aber er schleppt vier Pferde weg, hat eine kleine Sattelkammer mit vielen Staufächern und zwei fahrzeugbreiten eingebauten Kisten für Ausrüstung und Futtermittel. Auf denen kann man sogar ziemlich gut schlafen, was sie immer bei Turnieren praktiziert, wenn die beiden Schlafkojen hinter den Fahrer- und Beifahrersitzen belegt sind.

Bis auf den Motorblock hat sie fast alle Teile aus und wieder eingebaut, die sich unter der Haube befinden. Welchen Fehler genau sie damit behoben hat, kann sie gar nicht sagen, aber nach Austausch aller möglichen Kabel und Schläuche funktioniert das Biest wieder. Ein Glück, es bleibt hoffentlich auch so.

„Chris?" hört sie die Stimme ihres Bruders durch die Autowerkstatt dröhnen. Sein tiefer Bass übertönt jeden Motor. Sie dreht den Zündschlüssel und die mittägliche Stille kehrt wieder ein.

„Ja." ruft sie zurück, „Was ist denn?"
„Du brauchst nicht so zu schreien." bemerkt Conny. Sein Schatten verdunkelt die Fahrerkabine. Wenn er so wie jetzt in der offenen Tür des Pferdetransporters steht, kommt ihr das Fahrzeug richtig klein vor.
Conny ist ein Hüne von etwas über zwei Metern Größe und dem Body eines Athleten. Davon ist außer seinen muskulösen Armen momentan nichts zu sehen, weil er einen seiner loddrigen, verschlissenen Overalls trägt. Der hängt ihm wie ein Lumpen am Leib und lässt ihn abgewrackt aussehen. Seine langen dunkelblonden Haare hat er zu einem Pferdeschwanz zusammengerafft, der ihm weit über den breiten Rücken herunterhängt. Die grauen Augen blitzen fröhlich unter seinen üppigen Augenbrauen hervor. Mit fließenden Bewegungen trocknet er sich die Hände an einem fadenscheinigen Handtuch ab und nickt zu dem Fahrzeug hin:
„Gut gemacht! Ich wusste, dass du es schaffst, Schwesterlein."

„Danke, was wolltest du von mir?"

„Eben kam ein Anruf. Für dieses Wochenende haben sich noch 3 Paare angekündigt. Sie möchten wieder große Zimmer belegen. Ich wollte dich fragen, ob dort alles in Ordnung ist."

„Klar, alle bezugsfertig. Wann kommen sie an?"

„Morgen Nachmittag, so gegen fünf."

„Da bin ich beim Training, das weißt du und dann muss ich den Panzer hier noch beladen, damit ich übermorgen früh zeitig losfahren kann."

„Alles klar." Conny wirft sich das Handtuch über die Schulter, „Reiner und Franz waren schon essen. Wenn du den heimfährst, komm ich mit. Gitte hat gekocht."

Reiner und Franz sind Connys Angestellte in seiner Autowerkstatt, seine rechte und seine linke Hand. Die drei Männer schmeißen den Laden, Chris ist eigentlich nur Hilfskraft und Mädchen für alles. Genau wie ihr Bruder hat sie eine abgeschlossene Ausbildung und einen Meisterbrief. Doch sie kümmert sich mehr um die Pension. Conny hilft ihr dabei, so wie sie ihm in der Werkstatt.

Gitte ist als Bürokraft eingestellt, für die Werkstatt und die Pension, gehört aber zusammen mit ihrer kleinen Tochter Tina, die genauso alt ist wie Celli, schon zur Familie. Seit drei Jahren kocht Gitte auch, wenn es ihre Zeit erlaubt. Alle schätzen ihre Leckereien sehr und an solchen Tagen gehen sie abwechselnd essen, damit immer jemand in der Werkstatt ist. Sonst holt einer was zu essen und sie verbringen die Mittagspause hier.

„Na, dann fahr mal den Panzer raus, ich räume auf und schon können wir."

Conny tauscht mit Chris die Plätze und als sie alles in Ordnung gebracht hat, fahren sie das kurze Stück nach Hause.

Der stellvertretende Vereinsvorsitzende ist grade losgebraust, da hört er erneut ein Fahrzeug einbiegen. Der Blick aus dem Küchenfenster seiner neuen Behausung ist nicht sehr aufschlussreich, weil er über die Ladefläche seines Pick ups sehen muss, den er direkt vor die Hauswand gestellt hat. Dadurch kann er nur die obere Hälfte von allem was nah ist erkennen.

Der Pferdetransporter, der durch das Tor in den Hof rumpelt, ist ein älteres Modell und parkt drüben vor den Garagentoren des dreistöckigen Wohnhauses.

Es befindet sich an der südöstlichen Ecke des großen alten Gutes, direkt gegenüber von dem niedrigen Gebäude, auf dessen gefliestem Küchenboden der Sand unter seinen Reitstiefeln knirscht. Sein Häuschen drückt sich an der südwestlichen Ecke neben das mächtig breite Eingangstor.

Das kleine Gebäude hat zwei Haustüren, die linke führt zu der Wohnung und die rechte zu den Vereinsräumen. Die Wohnung besteht aus Küche, Wohnzimmer und Bad in der unteren Etage und zwei Schlafzimmern und einem Bad unter dem Dach. Dazu der Treppenflur.

Die Schlafzimmer haben je ein Giebelfenster, das zur Dorfstraße zeigt. Vom Dachfenster des oberen Bades aus kann man einen Teil der Reitplätze und Koppeln auf der Westseite überblicken.

Das hat er gleich beim ersten Rundgang durch das Stockwerk erspäht. Alles macht einen ordentlichen und funktionstüchtigen Eindruck, sauber und gepflegt.

Seine wenigen Sachen hat er sofort in das Schlafzimmer zur Hofseite hin gebracht und schnell im Schrank verstaut. Er wollte den Autoschlüssel holen und einkaufen fahren, damit er nicht außer Haus essen muss. Die magere Auswahl an mitgebrachten Getränken wird auch nicht lange reichen. Gerade überlegte er, ob er sich dazu umziehen sollte, als der Transporter ankam.

Zwei Mann in Overalls steigen aus. Der kleine sieht neben dem Hünen mit dem Pferdeschwanz winzig aus, reicht ihm aber bis zur Schulter. Sein kurzes blondes Haar ist viel heller als das des Hünen und sein Kreuz vermutlich nur halb so breit. In dem schlampigen Overall scheint nicht viel drinzustecken. Sie gehen zur Tür des großen Gebäudes, von dem er weiß, dass sie dort mit ihrem Bruder wohnt. Die Pensionszimmer befinden sich ebenfalls darin.

Der Stellvertreter hatte ihm kurz die Anlagen und die Gebäude erklärt, die Ställe und Plätze gezeigt und ihn dann in die Wohnung gebracht. Hier wird er unterkommen, solange er beim Verein angestellt ist und keine eigene Wohnung hat.

Günstiger konnte er es nicht treffen. Von hier aus kann er sie eventuell im Blick behalten. Seit über zehn Jahren hat er sie nicht mehr gesehen. Ob Chris ihn wieder erkennt? Damals war er 22, mit einer tiefen Abneigung gegen Friseure und entsprechend wilder Mähne. Stiefel trug er nur auf Turnieren, sonst Turnschuhe, zerfetzte Jeans und kunterbunte T-Shirts unter der abgetragenen Jeansjacke, die seine Mutter nur sehr selten in die Wäsche befördern durfte. Sein aufbrausendes Temperament hatte ihm so manchen Minuspunkt eingebracht, er hatte gelernt, sich zu beherrschen. Seine Intelligenz, sein Selbstbewusstsein und sein Kampfgeist waren förderlich für seine Karriere beim Bund. Heute sieht man ihm die Spuren von früher nicht mehr an. Die vergangenen Jahre haben ihn verändert.

Es war eine Schnapsidee, sich diesen Job hier zu besorgen, nur um in ihrer Nähe zu sein. Auf seiner ganzen Rundreise durchs Land war ihm nicht bewusst gewesen, wonach er eigentlich suchte, bis er ihren Namen las. Was er sich davon verspricht, weiß sein Unterbewusstsein ganz genau, nur sein Verstand streitet alles ab. Er wagt es nicht, zu hoffen, dazu ist es zu früh.

Als er sie das letzte Mal gesehen hat, war er stinksauer gewesen. So wütend, dass er alles in seiner Näher hätte kurz und klein schlagen können. Einige Tage später war er bei der Armee gelandet und diente dem Staat zehn Jahre lang, bis zu seiner Entlassung vor ein paar Wochen.

Auf seiner Suche nach einer Arbeit war er im Zickzack durch Deutschland gezogen. Von einem Pferdesportturnier zum nächsten und hatte sich umgesehen. Ein paar Jobangebote hörten sich verlockend an und er hatte sie geprüft.

Deswegen war er auf dem Weg zu einem Reitstall in Niedersachsen, als er vorige

Woche die Plakate für das Turnier sah. Er hatte sich zwei Tage bei der Veranstaltung aufgehalten, mit verschiedenen Leuten gesprochen und sich teilweise die Wettbewerbe angesehen, vorrangig die Fahr- und Springprüfungen.

Im Vorbeigehen hatte er die Ergebnislisten überflogen und auf einer der letzten ihren Namen gelesen. Chris Voller. Sie hatte mit ihrer Voltegiergruppe gewonnen und auch erfolgreich an einer Dressurprüfung teilgenommen. Leider war es schon Sonntag und späterer Nachmittag als er das entdeckte und alle Wettbewerbe, an denen sie teilgenommen hatte, waren beendet. Selbst die Siegerehrungen waren vorbei. Er war durch die Stallzelte und parkenden Pferdetransporter geschlendert in der Hoffnung, irgendwo einen langen blonden Zopf zu entdecken, den sie bei ihrem letzten Treffen getragen hatte. Er fragte ein paar Voltegierkinder und erfuhr, dass sie längst abgereist war.

Bis kurz vor dem Dunkelwerden saß er auf der Ladefläche seines Pick ups und ließ die Bilder der Vergangenheit Revue passieren.

Dann fasste er einen Plan. Die Adresse und Telefonnummer des Reitvereins, für den sie startete, besorgte er sich noch am gleichen Abend.
Montag früh rief er an und bekam erstaunt die Auskunft, dass der Job noch frei wäre und er gleich anfangen könne. Diese Ansage beruhte zwar auf einem Missverständnis, kam ihm allerdings sehr gelegen. Da er sich als Pferdewirt und Bereiter zu erkennen gab, wollte ihn der Herr am anderen Ende sobald wie möglich sehen. Also vereinbarten sie den Termin für heute und er sagte allen anderen ab.
Auf dem Weg hierher, hatte er einen Abstecher nach Hause gemacht. Doch wenn er jetzt darüber nachdenkt, hätte er es lieber bleiben lassen sollen. Der Zwischenstopp hatte gute und auch schmerzliche Erinnerungen heraufbeschworen. Vor allem letztere, auf die er gern verzichtet hätte. Es tat nur weh, sonst war alles unverändert. Aber ein positiver Effekt ergab sich, mit dem Besuch beruhigte er sein Gewissen und konnte befreit hier herfahren. Denn dort

war er weder willkommen, noch wurde er gebraucht.

Gestern Abend kam er hier an und hatte die Anlage und den Hof von der Straße aus betrachtet. Es gefiel ihm, was er vorfand.

Ein riesiges altes Gut bestehend aus großen und kleinen Wohngebäuden, Stallungen, Scheunen und Remisen. Mitten im Hof eine Dressurviereck große Koppel eingefasst von einer meterbreiten glatt gemähten Rasenfläche, deren Ecken je eine Kiefer, eine Tanne, eine Fichte und eine Whymouthskiefer bewachen. Ein uralter Ahorn und eine ausladende Linde überschatten den Parkplatz davor. Das Tor an der Südseite des rechteckigen Komplexes besäumen eine turmhohe Pappel und eine große Birke. Ihre Äste ragen über den Bürgersteig bis auf die Dorfstraße, die direkt vorbei geht.

Hinter den Stallungen an der Nordseite und der Reithalle an der Westseite grenzen verschieden große Reitplätze an, die bis zu den weitläufigen Koppeln reichen, welche sich um alles herum ausbreiten. Die Gebäude sind renoviert und gepflegt. Kein kaputter Zaun, keine abgeblätterte Farbe. Blumenkästen auf den Fensterbrettern und Blumenkübel neben der Eingangstür zu dem großen Wohngebäude.

Dort hinein verschwinden die zwei jetzt. Ob der kleinere ihr Bruder ist, der 100 Meter die Dorfstraße runter die Autowerkstatt betreibt? Jedenfalls schien ihm, als hätte der ebenso blondes Haar, wie er ihres in Erinnerung hat. Nur das ihres lang war, so lang wie das des Hünen. Seidenweich hatte es sich angefühlt, manchmal spürt er es immer noch zwischen den Fingern. Die Arme auf die Lehne eines Küchenstuhls gestützt, lässt er den Kopf hängen. Mit einem Ruck blickt er wieder zum Fenster raus. Schluss!

Er tauscht seine Reitsachen gegen Jeans, T-Shirt, Jacke, Slipper und Hut. Ein Paar Sandalen muss er sich noch besorgen, aus dem Frühling will in wenigen Wochen ein warmer Sommer werden. Am besten erledigt er das gleich, zusammen mit dem anderen. Heute haben alle Ämter und Institutionen lange offen. Er schnappt sich die schmale Aktentasche vom Küchentisch und den Schlüsselbund, ehe er das Haus verlässt. Als er in sein Auto steigt, ist der Hof menschenleer, nichts regt sich. Vinc setzt sich die Sonnenbrille auf und rollt langsam aus dem Tor.

„Hat super geschmeckt, danke." sagt Chris, verlässt die saalgroße Wohnküche im Erdgeschoß und geht ins Büro zwei Türen weiter. Auf dem Schreibtisch liegt ein Stapel Post. Die hat Gitte sicher mit rein gebracht. Die eine Hälfte ist Werbung und die andere an Cornelius Voller adressiert. Kein Mensch spricht ihn mit seinem vollen Namen an, alle sagen nur Conny. Sie hört ihren Bruder leise mit Gitte in der Küche reden.
Der große Pick up von gegenüber ist gerade losgefahren. Leider konnte sie nicht sehen, wer am Steuer saß. Der Verein hat sicher wieder die Wohnung an irgendeinen Gast vermietet oder einem der reichen Pferdebesitzer, die hier auch ihre Bereiter beschäftigen.
Hoffentlich dauert es nicht mehr zu lange, bis ein neuer Pferdepfleger eingestellt wird,

denn langsam wird ihre Zeit knapp. Im Sommer ist in der Werkstatt mehr zu tun und alle 18 Pensionszimmer sind fast durchgehend belegt. Außerdem will sie noch an mindestens 9 Turnieren teilnehmen und hatte einen 5-Tage-Wanderritt geplant, den sie vermutlich vergessen kann. Die Vereinsleute suchen wieder ein Mädchen für alles, statt nur einen Pferdepfleger und da dürfte das Angebot nicht all zu groß sein. Nachdem der alte Herr, der es vorher Jahrzehnte lang gemacht hat, nun endlich doch seinen wohlverdienten Ruhestand angetreten hat, fuhr er vor 3 Wochen auf unbestimmte Zeit in den Urlaub.

Seit dem versorgt sie jeden Morgen die fast 60 Pferde in den 4 großen Ställen. Zu ihrem Glück sind nicht alle Boxen belegt, denn dann wären 70 Pferde zu versorgen, die Fohlen nicht mitgezählt. Also fängt sie jeden Morgen um halb fünf im Stutenstall auf der Ostseite an. Dort sind nur 4 von 10 Boxen besetzt. Dann kommen der Nordoststall und dann der Nordweststall mit ihren je 20 Boxen dran, die durch eine

5 Meter breite und noch viel höhere Durchfahrt mit zwei Toren getrennt sind. Wenn sie das hinter sich hat, sind fast 90 Minuten vorbei. Von den 20 Boxen im Weststall bei der Reithalle sind zwei mit ihren eigenen Pferden belegt, 5 mit Vereinspferden und 7 mit Privatpferden von Vereinsmitgliedern.

Gegen 7 Uhr morgens hat sie es dann immer geschafft und geht frühstücken, bevor sie sich in die Werkstatt begibt, wo sie jeden Wochentag bis Mittag arbeitet. Nachmittags, Samstags und Sonntags ist sie mit der Pension und den Pferden beschäftigt.

Sie schleicht die Treppe hoch in die zweite Etage, die allein ihr gehört. Ein großes Bad, Wohnküche, Esszimmer, Wohnzimmer, zwei Schlafzimmer rundherum um einen großen breiten Flur bilden ihr Reich, rechts von der Treppe. Eine Etage tiefer in der gleichen Ansammlung von Räumen wohnt ihr Bruder mit seiner vierjährigen Tochter Celli.

Auf der linken Seite der Treppe, über dem großen Aufenthaltsraum und den Garagen wurden Gästezimmer mit Bad eingebaut. Ihre Etage hat sechs große Pensionsräume bei Conny sind es nur zwei, weil dahinter der niedrige Speicher liegt den sie als Abstellkammer brauchen. Das Dachgeschoß beherbergt zehn kleine Doppelzimmer mit Bad, die Chris persönlich am gemütlichsten findet.
Die meiste Zeit wird die riesenhafte Wohnküche im Erdgeschoss zum Essen genutzt, wo auch die Hausgäste versorgt werden. Links daneben sind die Waschküche und die Toiletten. Das Büro ist in dem Eckzimmer gleich rechts neben der Haustür und zwischen ihm und der Wohnküche, die beinahe die ganzen hintere Hausseite einnimmt, haben sie einen kleineren Aufenthaltsraum für die Hausgäste eingerichtet, dessen zentraler Mittelpunkt ein großer achteckiger Tisch mit vier Computern bildet. Da kann das Internet genutzt werden, LAN-Partys stattfinden und wozu die Gäste sonst noch

einen PC benötigen, bewerkstelligt werden. Selbst ein Drucker steht zur Verfügung.

Der große Aufenthaltsraum liegt gegenüber, hinter der Treppe und erstreckt sich über die gesamte Hausbreite. Er wird von Tischgruppen, knuddeligen Sitzecken, diverse Fernsehtechnik und einer Hausbar mit drei Barhockern davor bevölkert. Unter den Couchtischen liegen verschiedenfarbige Teppiche auf dem Parkett. Die cremefarbenen Wände sind mit allerlei Bilderrahmen übersät, die zumeist Pferdebilder beherbergen, Fotos, Karikaturen, Gemälde und vieles mehr. Die Zimmerpflanzen auf den hölzernen Fensterbrettern sind echt und halten sich schon seit Jahren tapfer aufrecht. Seit Gitte sie pflegt, haben einige sogar geblüht. Sie hat ein Feeling dafür, so was ist Chris irgendwie fremd.

Sie lässt in ihrem Bad die Arbeitssachen fallen und stellt sich unter die Dusche. Dann zieht sie sich ihre Reitsachen an und gönnt sich noch einen Kaffee, bevor sie die Trainingseinheit mit ihrer Turniergruppe um 3 Uhr nachmittags beginnt.

Mozart, ihr zwölfjähriger rotbrauner Warmblutwallach, zeigt sich von seiner besten Seite und die Kinder geben sich alle Mühe, kleine Fehler wegzuüben, damit beim nächsten Wettkampf am Wochenende wieder ein Sieg raus springt.

Danach nimmt Chris TipTap, den sechsjährigen Goldfuchs an die Longe und die Übungsstunde geht auf ihm weiter. Die beiden Einzelkämpfer ihrer Truppe müssen noch einmal zeigen, was sie können. Die Konkurrenz ist hart und die Richter gnadenlos. Die Kinder strengen sich an und sind wirklich gut. Die Tiere machen prima mit, Chris kann zufrieden sein.

Beim Putzen der Pferde hinterher, spricht sie mit ein paar Vereinsmitgliedern, die, so wie sie morgens, heute Abend mit füttern, ausmisten und einstreuen dran sind. Von ihnen erfährt Chris, dass die Möglichkeit besteht, demnächst jemanden einzustellen. Der Vorsitzende hätte sogar schon einen Termin ausgemacht. Ein Lichtblick, na endlich, der Gedanke ist sehr angenehm!

2

Als sie am Freitag früh mit dieser schönen Aussicht frisch geduscht und splitternackt vom Bad in ihr Schlafzimmer geht, um in Socken, Unterwäsche, ein altes T-Shirt und eine abgeschnittene und nun dreiviertel lange Jeans zu steigen, ist ihre Laune besser als an den Tagen davor.

Die Arbeitsschuhe zieht sie vor der Tür an, das Basecape verkehrt herum auf den Kopf und dann begibt sie sich zum Stutenstall. Auf dem Hof regt sich nichts. Der große Pik up parkt wieder vor der Wohnung. Die Morgensonne wirft die ersten Schatten in dem Hof. Ein laues Lüftchen bringt Frische und Blumenduft mit. Er raschelt durch die Baumkronen und streicht warm über die Haut. In diesem Frühjahr sind die Temperaturen schon hoch geklettert und haben heute früh die Zwanziggradmarke längst überschritten.

Nachdem sie die große zweigeteilte Tür des Oststalles wieder hinter sich geschlossen hat, wirft sie einen Kontrollblick in alle Boxen.

„Morgen, Mädels, es gibt Frühstück." sagt sie leise und freundlich und in den vier belegten Boxen stellen sich erwartungsvoll die Ohren auf. Sie füttert, mistet aus und kontrolliert dabei kurz den Allgemeinzustand der Tiere. Alles o.B., prima. Zehn Minuten später schließt sie die untere Hälfte der großen Tür hinter sich, hakt die obere Hälfte an der Wand außen fest, damit der Wind sie nicht wieder zuschlagen kann und steuert das riesige Tor des Nordoststalles an. Es lässt sich nicht aufschließen, das ist komisch. Plötzlich merkt sie, dass es gar nicht verschlossen ist. Alarmiert schleicht sie sich hinein. Leise bewegt sie sich von Box zu Box, aber nichts ist zu sehen. Die Pferde sind ganz ruhig und benehmen sich normal. Vielleicht hat gestern Abend einer vergessen abzuschließen und sie macht sich hier ganz umsonst Sorgen. Es kommt zwar recht selten vor, aber manchmal passiert das schon, vor allem, wenn so wie zurzeit etliche Leute dafür zuständig sind.
Den Tieren scheint nichts zu fehlen. Langsam beruhigt sie sich und will die

große Tür an der Stirnseite des Stalles kontrollieren, die in die Durchfahrt des Nordtors führt.

Das die Sattelkammertür nur angelehnt ist, entgeht ihr. Kaum ist sie an der vorbei, da wird diese aufgerissen und zwei starke Arme legen sich von hinten um sie herum. Chris Herz setzt einen Moment aus und sie kann sich vor Schreck nicht mehr rühren. Die Arme werden ihr gnadenlos an den Körper gepresst. An ihrem Rücken spürt sie harte Muskeln und an ihrem Hals einen starken Arm. Der braucht nur etwas zu zudrücken, schon bekäme sie keine Luft mehr. Chris ist geschockt und antwortet ganz automatisch, als eine Stimme nahe an ihrem Ohr fragt:

„Was machen Sie hier?"

„Pferde füttern."

„Das kann nicht sein."

„Doch!"

„Nein, Sie lügen. Dafür bin ich zuständig."

„Was? Nein! Das hätten die mir gesagt."

„Wer sind Sie?"

„Chris, Chris Voller."

„Verdammt!" die Stimme klingt irgendwie erschrocken, sie wird herumgedreht und er nimmt ihr das Basecape ab.

Zwei dunkelbraune, wunderschöne Augen schauen durchdringend auf sie herab. Dieses Gesicht kennt sie irgendwoher, doch sie kann sich wieder einmal nicht erinnern. Allmählich lässt der Schreck nach. Der Mann hat einen superkurzen Haarschnitt, ist frisch rasiert und fast so groß wie Conny. Das T-Shirt spannt sich über kräftige, perfekt geformte Muskeln. Er duftet unheimlich gut und hält sie immer noch mit der einen Hand am Ellenbogen und mit der anderen an der Schulter fest. Sie spürt den Druck seiner Finger, aber er tut ihr nicht weh.

Minutenlang stiert er sie an. Sein Blick wandert von ihrem Gesicht zu ihrem Haar, zu ihrem Mund und bleibt an ihren Augen hängen. Dieser Blick berührt sie zutiefst und sie hofft, dass ihr Pokerface ihre Gefühle versteckt, aber sie wird den Teufel tun und zuerst wegsehen.

Als sie nicht mehr das Gefühl hat, in Gefahr zu sein, macht sich mit jedem

Atemzug etwas anderes in ihr breit: Wut. Wie kann der Kerl es wagen, sie von hinten anzugreifen und wenn er noch so sehr den Drang in ihr erweckt, ihn anzubeißen. Denkt er, weil sie eine Frau ist, darf er das? Oder weil sie ihm an Kraft und Größe unterlegen ist?

Ohne den Blickkontakt zu unterbrechen, greift sie langsam nach ihrem Basecape, dass er immer noch in der Hand auf ihrer Schulter hat und zupft daran. Mit ihrer Kopfbedeckung lässt er auch sie ruckartig los.

Während sie sich das Basecape wieder aufsetzt, beißt sie sich auf die Unterlippe, um die Schimpfkanonade runterzuschlucken, die ihr auf der Zunge liegt. Sie ärgert sich fürchterlich und gehört nicht zu den Menschen, die so was für sich behalten können. Doch in einem Pferdestall rumbrüllen, gibt es für sie nicht. Das ist nicht der richtige Ort, um sich lauthals Luft zu machen.

Stattdessen schließt sie nun doch kurz die Augen und atmet tief ein. Das hätte sie nun wieder nicht tun sollen, denn er steht

immer noch dicht vor ihr und vernebelt ihr mit seiner Anwesenheit die Sinne. Sie öffnet die Augen und begegnet seinem Blick. Oh, Mann! Wie viele Frauen werden wohl schon bei dem Anblick zerflossen sein? Es kribbelt im Bauch. Auch diese Empfindung trägt dazu bei, dass sie schwer zu kämpfen hat, um sich in den Griff zu kriegen. Wenn er denkt, dass sie hier zuerst zurück weichen wird, hat er sich geirrt. Noch niemals hatte sie vor jemandem Angst und vor ihm schon gleich gar nicht.
„Wer sind Sie?" fragt sie mühsam beherrscht.
„Vinc, der neue Pferdepfleger." Er schaut sie immer noch an, „Hat keiner Bescheid gesagt?"
„Nein. Seit wann?" fragt sie verärgert.
„Gestern Mittag." Die Auskunft trifft sie wie ein Schlag ins Gesicht. Das kann doch nicht wahr sein! Wenn es zutrifft, was er sagt, haben die wieder mal vergessen sie zu informieren. Diese…
„Wer?" mehr kriegt sie gar nicht durch die wütend zusammengebissenen Zähne raus.
„Der stellvertretende Vorsitzende."

„Lars?" Oh, sie konnte den aufgedunsenen Fatzken noch nie leiden und seit er ihr auf die Pelle gerückt ist, ekelt er sie an. Na, warte, deine Nacht ist zu Ende.
„Ja." bestätigt Vinc. Sein Gesicht bekommt einen fragenden Ausdruck, doch darum kann sie sich jetzt nicht kümmern. Sofort wird sie Vinc Aussage prüfen:
„Ich gehe jetzt telefonieren und wenn Sie mich belogen haben, zerreiße ich Sie in der Luft. Sollte es stimmen, ist Lars fällig." Damit stürmt sie aus dem Stall.

Verflucht! Er atmet lange aus und lässt dabei die Luft hörbar entweichen. Einen gut gezielten Schlag abzubekommen, haut nicht so sehr um, wie in diese Augen zu starren.
Er hatte sich vorhin in der Sattelkammer umgesehen, als er das Geräusch vernahm. Ein leises Knirschen, ein Flüstern. Er lauschte bewegungslos. Wer schleicht früh morgens im Stall rum? Außer ihm dürfte hier keiner sein. Die Pferdebesitzer würden nicht schleichen und vermutlich erst einmal das Licht anmachen, anstatt sich

mit den paar Sonnenstrahlen, die durch die Stallfenster fallen, zu begnügen. War hier einer auf Raub aus oder wollte irgendwelchen anderen Blödsinn anstellen? Die Pferde in den Boxen stellen einen Wert in Millionenhöhe dar, da wollte Vinc kein Risiko eingehen. Dann ging der Schatten an der Sattelkammertür vorbei und er griff reflexartig zu.

Doch sobald er ihren Körper an seinen presste, spürte er, dass an dieser Situation irgendwas nicht stimmte. Sie war sehr erschrocken und es tat ihm auf der Stelle leid, noch bevor er wusste, wen er in den Armen hielt. Sie schrie nicht, zeigte keine Angst oder Scheu, im Gegenteil. Er spürte, wie jeder Muskel ihres Körpers sprungbereit angespannt war.

Schon nach den ersten Antworten wusste er, wen er gefangen hatte, doch er wollte es aus ihrem Mund hören. Dann erst glaubte er es selbst. Seine Lippen berührten beinahe ihr Ohr. Ihr Duft arbeitete mit dem Wahnsinn Hand in Hand gegen ihn und sie waren auf dem besten Weg, seinen Verstand zu besiegen. Er hat diesen verlockenden Duft immer noch in der Nase und der tut sein bestes.

Das war kein erstes Treffen sondern ein Crash, ein Zusammenstoß mit großem Knall und er hat den Totalschaden. Vinc schüttelt ungläubig den Kopf. Sein ganzer Körper hatte so heftig auf sie reagiert, dass er sich jetzt mühsam abregen muss. Er atmet ein paar Mal tief durch und drückt dann auf den Lichtschalter, um da weiter zu machen, wo sie anfangen wollte, beim Füttern. Doch seine Gedanken schweifen immer wieder zu dem Treffen ab.

Er nahm ihr die Kappe vom Kopf, weil er sehen wollte, was mit ihrem Haar passiert war. Sie trägt es jetzt sehr kurz, doch die Farbe ist die gleiche. Sofort schwebte ihm das Bild von den zwei Overall tragenden Figuren durchs Hirn. Das war sie mit ihrem Bruder.

Vinc sah Chris lange an, erkundete die Details. Sie ist noch schöner als damals. Sein Blick wanderte über ihr Gesicht. Dieser Mund ist zum Küssen da, schoss es ihm durch den Kopf und dann traf er ihre Augen. Wunderschöne, intensive, blaue

Augen in denen er liebend gern versinken würde. Ihr Blick ging ihm durch und durch und er hatte das Gefühl, sie krempelt sein Inneres nach außen.

Aber er konnte sich nicht losreißen. Sie hat ihn mit den Augen gefesselt, es war zu spät zum Ausweichen. Dieses Gefühl, chancenlos zu sein, hatte er vor 10 Jahren das letzte Mal erlebt. Bei ihr. Keine Frau hatte es seither geschafft, solche Empfindungen wachzurütteln. Verflixt!

Sie hatte fast seine eiserne Selbstbeherrschung gesprengt. Er wollte mit seiner Hand seinem Blick folgen, durch ihr Haar mit den Fingern streichen, die Konturen ihrer Lippen berühren. Und sie küssen. Zum Glück ist sie gegangen. …

Und...

demnächst:

Leute gibt's – das glaubt dir keiner

erscheint 2017
Eine amüsante Geschichte und Fotos mit Witz

Verfolgt

erscheint 2017
Roman

ABKÜRZUNG zu DIR

erscheint 2018
Liebesroman